मार्क्सवाद और भाषा का दर्शन

विमर्श

मार्क्सवाद और भाषा का दर्शन

वी.एन. वोलोशिनोव

अनुवाद

विश्वनाथ मिश्र

राजकमल
विश्व क्लासिक

ISBN : 978-81-267-0419-4

मूल्य : ₹250

पहला संस्करण : 2002
दूसरा संस्करण : 2003

This book is printed on **Print on Demand** Technology : 2025

प्रकाशक : राजकमल प्रकाशन प्रा. लि.
1-बी, नेताजी सुभाष मार्ग, दरियागंज
नई दिल्ली-110 002

शाखाएँ : अशोक राजपथ, साइंस कॉलेज के सामने, पटना-800 006
पहली मंजिल, दरबारी बिल्डिंग, महात्मा गांधी मार्ग, प्रयागराज-211 001
1, अनमोल सोराबजी सन्तुक लेन, धोबी तलाव, मरीन लाइंस, मुम्बई-400 002
वेबसाइट : www.rajkamalprakashan.com
ई-मेल : info@rajkamalprakashan.com

चयन रामबाबू
संयोजन हरीश आनन्द

MARXISM AND THE PHILOSOPHY OF LANGUAGE
by V.N. Voloshinov
Translated *by* Vishvanath Mishra

मार्क्सवाद और भाषा का दर्शन

अनुक्रम

सम्पादकीय प्रस्तावना

भाषा-विज्ञान के इतिहास में मार्क्सवाद और वोलोशिनोव

मानव-चिन्तन और संज्ञान की प्रक्रिया के सामान्य नियमों की खोज में आगे बढ़ते हुए, भाषा के प्रश्न से दर्शन की मुठभेड़ प्राचीन काल में ही हो चुकी थी। मानव-समाज की समस्त भौतिक एवं आत्मिक गतिविधियों के दौरान संज्ञानात्मक और संसर्गात्मक प्रकार्यों (function) की पूर्ति करनेवाली आधारभूत संकेत-प्रणाली के रूप में भाषा के विकास, उसकी प्रकृति और संरचना के अध्ययन के साथ-साथ, अव्यवस्थित ढंग से ही सही, पर शताब्दियों तक, दार्शनिक इन प्रश्नों से भी जूझते रहे कि भाषा किस हद तक मनुष्य की अन्य प्राणियों से इतर, प्राकृतिक-जैविक विशिष्टता की उपज है और किस हद तक यह एक सामाजिक परिघटना है।

यह धारणा मार्क्सवाद के जन्म से पहले ही मान्यता प्राप्त कर चुकी थी कि भाषा एक सामाजिक परिघटना है जो मानव कार्य-कलाप के समन्वय का साधन है। ऐतिहासिक भौतिकवाद ने भाषा-वैज्ञानिक चिन्तन को आगे बढ़ाते हुए उपरोक्त धारणा में यह बात जोड़ी कि भाषा सामाजिक उत्पादन के विकास के दौरान जन्म लेती है तथा उत्पादन-सम्बन्धों के कुल योग के आधार पर जीवन की जो आम सामाजिक-बौद्धिक-राजनीतिक प्रक्रिया गतिमान होती है, उसका माध्यम बनने के साथ ही, उसके दौरान, उसके साथ-साथ, सतत् विकसित भी होती रहती है।

समाज-विज्ञान या मानविकी की एक पृथक् प्रशाखा के रूप में, भाषा-विज्ञान का उन्नीसवीं शताब्दी से पहले अस्तित्व नहीं था। अठारहवीं शताब्दी के अन्त तक यह तर्कशास्त्र से अलग नहीं माना जाता था। उस समय तक दर्शनशास्त्र और तर्कशास्त्र के एक अंग के तौर पर, चिन्तन की अभिव्यक्ति के एकीकृत, सार्वभौमिक साधनों का अध्ययन भाषा-विज्ञान का विषय था।

तर्कशास्त्रीय भाषा चिन्तन की दो सहस्राब्दियाँ

भाषा के अध्ययन की प्राचीनतम अवस्थाएँ हमें प्राचीन यूनान और भारत में देखने को मिलती हैं। **अफलातून** (पाँचवी-चौथी शताब्दी ईसा पूर्व) के प्रसिद्ध दार्शनिक संवादों में,

पहली बार, विचारों के पाठ (text) में रूपान्तरण की परिकल्पनाओं ("प्रकल्पों" या "model") की एक पूरी व्यवस्था हमें दिखाई देती है। अफलातून का कहना था कि वस्तुओं का सारतत्व ("वस्तुगत विचार") आत्मगत मानव-संज्ञान में विविध पक्षों से परावर्तित होता है और तदनुरूप, विभिन्न नामों द्वारा द्योतित-निरूपित होता है। **अरस्तू** (चौथी शताब्दी ईसा पूर्व) ने तर्कशास्त्र का पूरक अंग मानते हुए भी भाषा को अफलातून से अधिक महत्त्व दिया। अरस्तू की तर्कशास्त्रीय-भाषावैज्ञानिक अवधारणा का प्रस्थान-बिन्दु है—शब्द-अवधारणाओं (*logoi*) की व्यवस्था जो प्रवर्गों में बँट जाती है और अन्त में वह उद्गारों और निर्णयों और उनके पूर्वापर सम्बन्धों के विभिन्न प्ररूपों का विश्लेषण प्रस्तुत करता है। अरस्तू ने अपनी दार्शनिक प्रणाली में वस्तुगत अस्तित्वों की उच्चतम व्यवस्थाओं का प्रतिनिधित्व करनेवाले दस प्रवर्गों की अवधारणा प्रस्तुत की। इन प्रवर्गों में सारतत्व, परिमाण, गुण और सम्बन्ध सहित कठोर पद-सोपानिक क्रम में विधेय के वे सभी रूप (संज्ञा-रूपों से लेकर क्रिया-रूपों तक तथा स्वतंत्र रूपों से लेकर सापेक्षतः निर्भर रूपों तक) शामिल थे जो प्राचीन यूनानी भाषा के एक सरल वाक्य में पाये जा सकते थे। अरस्तू पहला क्लासिकी चिन्तक था जिसने व्याकरणिक रूपों की समस्या को छुआ और शब्दों की विभिन्न व्याकरणीय कोटियों के लिए एक शब्दभेद-सिद्धान्त विकसित किया।

भारत में **ऐन्द्र, शाक्तायन, यास्क** आदि वैयाकरणों की पाणिनी पूर्व काल में लम्बी परम्परा थी, लेकिन इनमें से यास्क का *'निरुक्त'* ही विस्मृत होने से बच सका। अपने पहले की परम्पराओं को आगे विकसित करते हुए **पाणिनी** (पाँचवी-चौथी शताब्दी ईसा-पूर्व) ने अफलातून और अरस्तू द्वारा आम दार्शनिक चिन्तन के तन्तुबद्धीकरण की प्रक्रिया में भाषा पर चिन्तन की प्रवृत्ति से अलग हटकर भाषा-प्रश्न को एक स्वतंत्र-स्वायत्त प्रश्न के रूप में उठाया। व्याकरण की अपनी प्रसिद्ध पुस्तक *'अष्टाध्यायी'* में पाणिनी ने, अर्थ-विज्ञान (semantics) की किसी प्रणाली के बगैर ही, संस्कृत के स्वर-विज्ञान (phonetics), आकृति-विज्ञान (morphology), शब्द-संरचना और वाक्य-विन्यासगत तत्वों पर विस्तार से विचार किया। पाणिनी शब्द के मूल, प्रत्यय और धातु की अवधारणाएँ तथा शब्द-रूपों के निर्माण की अवधारणा प्रस्तुत करनेवाले पहले व्यक्ति थे। वे पहले व्यक्ति थे जिन्होंने यादृच्छिक प्रतीकात्मक वर्णनात्मक भाषा का इस्तेमाल किया। कई मायने में पाणिनी का व्याकरण बीसवीं शताब्दी के भाषाशास्त्रीय अध्ययनों के स्तर का है। पाणिनी की चिन्तन-परम्परा को उत्तरवर्ती काल में **नागेश भट्ट, कुन्द भट्ट, कात्यायन, पतंजलि** और **भर्तृहरि** ने आगे विकसित किया। इसी भारतीय व्याकरण-परम्परा में *स्फोट सिद्धान्त* का प्रवर्तन हुआ जिसमें ठोस भाषिक-रूपों के आदि-प्ररूप (प्रोटो-टाइप) देखने को मिलते हैं।

यूरोपीय संस्कृति के बाहर सर्वाधिक सांगोपांग विकसित तर्कशास्त्रीय-भाषावैज्ञानिक अवधारणाएँ यदि कहीं दीखती हैं तो वह है *नव्य-न्याय* का भारतीय दर्शन जिसका

सूत्रपात तेरहवीं शताब्दी में हुआ। नव्य-न्याय की चिन्तनधारा प्रवर्गों पर आधारित 'अप्रोच' की अरस्तू की अवधारणा से मिलती-जुलती थी, लेकिन नव्य-न्यायवादी 'जेण्डर' और विधेय के रूपों के बजाय प्रारम्भिक प्रवर्गों को ही गुण मानते थे। वे भाषा के सारतत्व और नामों के अर्थों का वास्तविक, वस्तुपरक अस्तित्व स्वीकार करते थे। वे मानते थे कि *ज्ञान* यदि सत्य है तो वह एक वस्तुगत तथ्य है। अरस्तू की ही तरह नव्य-न्याय का दर्शन भी सीधे भाषा पर निर्भर था।

यहीं पर प्रारम्भिक **स्टोआ काल** (तीसरी-दूसरी शताब्दी ईसा-पूर्व) के **जेनो** और **क्रिसिप्पस** आदि स्टोइक पन्थ के दार्शनिकों की भी चर्चा जरूरी है जिन्होंने उद्गार (utterance) पर आधारित एक तर्कसंगत 'अप्रोच' विकसित किया। पहली बार उन्होंने यह खोज की कि उद्गार के दो विषय होते हैं : पहला, *टेलोस* (telos), यानी यथार्थ जगत की कोई वस्तु [बीसवीं शताब्दी की तर्कशास्त्रीय और भाषा-वैज्ञानिक शब्दावली में "संकेत या व्याप्ति की वस्तु"(object of denotation), "संकेतित" (denotete), "अभिप्राय या आशय" (meaning) या, "विस्तारात्मक" (extensional)]; और दूसरा, *लेक्टोन* (lecton), कोई विशिष्ट, अमूर्त सारतत्व [बीसवीं शताब्दी की अर्थ-वैज्ञानिक (semantic) शब्दावली में "अभिप्रेत" (intentional), द्योतक अथवा अर्थ-संकेतक (signifier)]। अफलातून या अरस्तू के विपरीत, स्टोइकों ने उद्गार की अन्तर्वस्तु का तर्कपूर्ण-परीक्षण, अमूर्त अवधारणाओं या किसी एक विशिष्ट टाइप या किस्म के सार-तत्वों के समुच्चय के रूप में नहीं, बल्कि एक इकाई के रूप में, अवधारणाओं, अवबोधों और मानवीय भावनाओं के एक सम्मिलन के रूप में किया। '*लेक्टोन*' स्वीकरण या अस्वीकरण से अधिक व्यापक, ज्ञान का एक विशिष्ट रूप था, जिसकी सादृश्यता काफी हद तक *ज्ञान* की प्राचीन भारतीय अवधारणा के साथ स्थापित की जा सकती है।

यूनानी और भारतीय भाषा-वैज्ञानिक चिन्तन की परम्पराओं के ही प्रभाव में प्राचीन अरबी भाषा-विज्ञान का भी विकास हुआ जिसका स्वर्ण युग सातवीं से बारहवीं शताब्दी के बीच माना जा सकता है जब शब्दकोश-कला (lexicography) का विकास हुआ, अरबी व्याकरण की प्रसिद्ध पुस्तक '*अल-किताब*' और **फिरुज़ाबादी** का शब्दकोश प्रकाशित हुए। इस दौरान अरबी और अन्य सामी भाषाओं की अभिलाक्षणिकताओं के अध्ययन हुए, इनके त्रिपक्षीय मूलों को, जो इनकी एक विशिष्टता थी, परिभाषित किया गया और ध्वनियों के उत्पादन के साधनों का अध्ययन किया गया। अरबी भाषा-विज्ञान में पहली बार शब्दों और ध्वनियों के बीच फर्क किया गया। अरब विद्वानों द्वारा प्रस्तावित धातुओं और प्रत्ययों की परिभाषाओं ने उन्नीसवीं शताब्दी के, खासतौर पर, फ्रांत्स बॉप के, भाषा-वैज्ञानिक अध्ययनों को काफी प्रभावित किया।

भाषा-विज्ञान के क्षेत्र में तर्कशास्त्रीय प्रवृत्ति का वर्चस्व कमोबेश अठारहवीं शताब्दी के पूर्वार्द्ध तक बना रहा, हालाँकि तब तक अरस्तू के और स्टोइकों के बहुतेरे विचार

भुलाये जा चुके थे। फ्रांस के **पोर्ट-रोयाल** भाषा-वैज्ञानिकों द्वारा विकसित व्याकरण और तर्कशास्त्र के सिद्धान्त इस प्रवृत्ति के विकास के चरम-बिन्दु थे। पोर्ट-रोयाल के भाषा-वैज्ञानिकों ने अवधारणा, निर्णय और नौ शब्द-भेदों (parts of speech) जैसे भाषा के तर्कशास्त्रीय रूपों को सभी भाषाओं के लिए सामान्य, सार्वभौमिक रूप माना। तर्कशास्त्रीय प्रवृत्ति के इस सामान्य फ्रेमवर्क का सकारात्मक पहलू यह था कि इसने मनुष्य के एक सार्वभौमिक गुण के रूप में भाषा का अध्ययन करने की दिशा में, एक सार्वभौमिक व्याकरण की रचना की दिशा में और ऐसे अध्ययनों की एक सामान्य पद्धति के विकास की दिशा में महत्त्वपूर्ण कदम उठाये। लेकिन इनका नकारात्मक पहलू यह था कि विश्व की अलग-अलग भाषाओं की विशिष्ट ऐतिहासिक भिन्नताओं की उपेक्षा की गयी। भाषा-विज्ञान की यह प्रवृत्ति उन्नीसवीं शताब्दी के अन्त तक विभिन्न भाषाओं के विद्वत्तापूर्ण व्याकरणों के आधार के रूप में इस्तेमाल होती रही और बीसवीं शताब्दी में भी व्याकरण की शैक्षिक पाठ्यपुस्तकों पर इसका प्रभाव देखा जा सकता है।

भाषा-विज्ञान की परिपक्व अवस्था : ऐतिहासिक-तुलनात्मक भाषा-विज्ञान का उद्भव और विकास

भाषा-विज्ञान के विकास की अगली मंजिल की शुरुआत अठारहवीं शताब्दी के अन्त से मानी जा सकती है जब *ऐतिहासिक-तुलनात्मक अध्ययन-पद्धति* का प्रादुर्भाव हुआ। ऐतिहासिक-तुलनात्मक भाषा-विज्ञान शुरू में एक पूर्णतः स्वतंत्र विज्ञान के रूप में देखा गया जिसके अभिलाक्षणिक बुनियादी सिद्धान्त निम्नलिखित थे :

(i) प्रत्येक भाषा के अपने विशिष्ट गुण-धर्म होते हैं जो उसे अन्य भाषाओं से अलग पहचान देते हैं। ये विशिष्ट गुण-धर्म तुलना के द्वारा पहचाने जाते हैं।

(ii) भाषाओं की तुलना उनके बीच के उन सम्बन्धों को उद्घाटित करती है जो एक ही स्रोत से उत्पन्न हुए रहते हैं। वह स्रोत मूल भाषा (parent language) होती है। वह एक जीवित भाषा हो सकती है या मृत हो सकती है। भाषाओं का वंश-विषयक प्रवर्गीकरण सम्बन्धित भाषाओं को अलग-अलग समूहों में ऐक्यबद्ध करता है, जैसे कि जर्मेनिक या स्लाविक भाषाएँ। और फिर ये समूह वृहत्तर भाषा-परिवारों में संगठित होते हैं, जैसे कि इण्डो-यूरोपियन, फिनो-उग्रिक या सामी भाषा-परिवार।

(iii) सम्बन्धित भाषाओं के बीच के विभेदों की व्याख्या सिर्फ भाषाओं के सतत ऐतिहासिक परिवर्तन के आधार पर ही की जा सकती है। यह परिवर्तन हर भाषा का सर्वाधिक महत्त्वपूर्ण गुण होता है।

(iv) भाषाओं के ऐतिहासिक परिवर्तन में, दूसरे तत्वों के मुकाबले ध्वनियाँ अधिक तेजी से बदलती हैं। किसी एक भाषा के भीतर ध्वनि-रूपान्तरण पूरी तरह से नियमबद्ध ढंग से होते हैं और उन्हें स्वर विज्ञान के नियमों के अनुसार स्पष्टतः सूत्रबद्ध किया जा

सकता है। किसी भाषा के मूल तत्व—शब्द मूल, प्रत्यय, और विभक्तियाँ—हजारों वर्षों तक स्थिर-अपरिवर्तित बनी रहती हैं।

(v) ऐतिहासिक परिवर्तनों के आधार पर, पहले मौजूद रही किसी सर्वनिष्ठ भाषा की सामान्य अभिलाक्षणिकताओं का पुनःकल्पन या पुनर्गठन (reconstruction) किया जा सकता है (इसके पूर्व यह माना जाता था कि किसी मूल भाषा का पूरी तरह से पुनःकल्पन किया जा सकता है)।

मूल भाषा और पुनःकल्पन की अवधारणाओं ने भाषा के सामान्य अध्ययन और अलग-अलग विशिष्ट भाषाओं के अध्ययन के लिए उत्प्रेरक और उपकरण की भूमिका निभायी। भाषा के मुख्य तत्वों के स्थायित्व की धारणा ने विद्वानों को उसे (यानी भाषा को) एक विशेष किस्म की स्वतंत्र प्रणाली (system) या व्यवस्था मानने के विचार तक पहुँचाया। लेकिन उन्नीसवीं शताब्दी में, अधिकांश भाषा-वैज्ञानिक भाषा को एक अंगभूत या समाकलित (integral) प्रणाली मानने के बजाय यह मानते थे कि यह परिवर्तनशील और अपरिवर्तनशील—दो प्रकार के तत्वों से संघटित होती है। ये तत्व ही तुलनात्मक-ऐतिहासिक व्याकरण के विषय होते हैं, जो तुलनात्मक-ऐतिहासिक पद्धति के साधनों से निर्मित होता है।

इन विचारों को सूत्रबद्ध करने का काम पहली बार **फ्रांत्स बॉप** और **रास्मस क्रिश्चियन रास्क** ने किया। फिर **फ्रेडरिक फॉन श्लेगेल, जैकब ग्रिम** और **वोस्तोकोव** आदि ने इन्हें आगे विकसित किया। पहली बार बॉप के *तुलनात्मक व्याकरण* (1833) ने इन विचारों को ठोस रूप दिया। उन्नीसवीं शताब्दी के उत्तरार्द्ध में विभिन्न इण्डो-यूरोपियन भाषा-समुदायों के ऐतिहासिक-तुलनात्मक व्याकरण तैयार किये गये जिनमें **ग्रिम** (जर्मेनिक भाषा-समूह), **दियेज़** (रोमान्स भाषा-समूह) और **मिक्लोसिक** (स्लाविक भाषा-समूह) के व्याकरण उल्लेखनीय हैं। फिर इनके आधार पर, **रेनान** ने सामी भाषा-समूह के भी तुलनात्मक-ऐतिहासिक व्याकरण की पुस्तक तैयार की। एक नया समाहारमूलक अध्ययन **ऑग्यूस्त श्लीखर** की व्याकरण की प्रसिद्ध पुस्तक (1861-62) में सामने आया जो एक सामान्य इण्डो-यूरोपियन मूल भाषा की अवधारणा पर आधारित था। डार्विनवाद के जीवशास्त्रीय सिद्धान्तों को लागू करते हुए श्लीखर ने यह विचार प्रतिपादित किया कि भाषा एक विकासमान 'आर्गेनिज़्म' के समान होती है। इन विचारों के आधार पर भाषा-विज्ञान के क्षेत्र में जीवशास्त्रीय प्रकृतवाद का विचार भी उभरा, लेकिन वह अल्पप्रचलित और अल्पजीवी ही सिद्ध हुआ।

तुलनात्मक-ऐतिहासिक भाषा-विज्ञान के दृष्टिकोण के समान्तर और साथ ही, काफी हद तक उसी के फ्रेमवर्क के भीतर, **कार्ल विल्हेल्म फॉन हम्बोल्ट** ने अपना भाषा-वैज्ञानिक दृष्टिकोण प्रस्तुत किया, जिसका न सिर्फ उन्नीसवीं शताब्दी में, बल्कि बीसवीं शताब्दी में उससे भी अधिक प्रभाव रहा। हम्बोल्ट जर्मन दार्शनिक **काण्ट** के प्रागनुभविक प्रत्ययवाद और अज्ञेयवाद से प्रभावित थे और "वस्तु-निजरूप" (thing in itself) की दार्शनिक अवधारणा की ही तरह भाषा को एक स्वतःस्फूर्त (self contained) प्रणाली के रूप में देखते थे, एक ऐसी व्यवस्था के रूप में, जो अन्तिम नहीं है बल्कि "जन समुदाय की गूढ़-गहन स्पिरिट" को अभिव्यक्त करनेवाली "सक्रियता" के रूप में निरन्तर सृजित हो रही है। आगे चलकर बीसवीं शताब्दी की नवहम्बोल्टवादी और संरचनावादी भाषा-वैज्ञानिक विचार-सरणियों पर हम्बोल्ट के चिन्तन का गहरा प्रभाव मौजूद रहा।

तुलनात्मक-ऐतिहासिक भाषा-विज्ञान के ही फ्रेमवर्क से एक और शाखा जो फूटी वह जर्मन विद्वान **स्टाइन्थाल** और कुछ अन्य भाषा-वैज्ञानिकों द्वारा प्रवर्तित मनोवैज्ञानिक प्रवृत्ति थी जो भाषा-विज्ञान के तर्कशास्त्र से किसी भी किस्म के बुनियादी सम्बन्ध को अस्वीकार करती थी और मनोवैज्ञानिक नियमों की एकता के आधार पर मानवीय भाषा की एकता की व्याख्या करती थी जबकि भाषाओं की विविधता की व्याख्या वह अलग-अलग जन-समुदायों की मनोवृत्तियों की विशिष्ट अभिलाक्षणिकताओं के आधार पर करती थी। प्रसिद्ध उक्रइनी-रूसी भाषाविद् **पोतेब्निया** भी इसी धारा के विचारों को मानता था। उसने इन विचारों को आगे विकसित किया। पोतेब्निया की अवधारणा के अनुसार, भाषा का अध्ययन मनुष्य द्वारा चिन्तन में, मानस में, भाषा में और कलात्मक सृजन में, वस्तुगत जगत के अभिज्ञान को प्रकट करता है। पोतेब्निया-स्कूल के अनुसार, चिन्तन सुनिश्चित अर्थ-वैज्ञानिक (semantic) नियमों के अनुसार भाषा के घनिष्ठ सहयोजन में विकसित होता है। इन नियमों में संकेत-प्रतिस्थापन (sign substitution) सर्वाधिक महत्त्वपूर्ण है जो शब्दों में (शब्द के अतिरिक्त रूप के स्तर पर) भी होता है और वाक्यों के अर्थगत एवं विन्यासगत रूपान्तरण (शब्द-भेदों यानी parts of speech के प्रतिस्थापन) में भी होता है। तुलनात्मक-ऐतिहासिक मनोवैज्ञानिक भाषा-विज्ञान के विकास के आधार पर जो शोध-पद्धतियाँ विकसित हुईं, उनसे विशेष तौर पर, भाषा के रूपों के अध्ययन और पुनर्रचना से जुड़े उपक्रमों को विशेष लाभ मिला।

रूसी विद्वान **फोर्तुनातोव** ने भाषा के संरचनागत पक्षों के अध्ययन पर विशेष ध्यान दिया। मनोवैज्ञानिक भाषा-अध्ययन के आधार पर परवर्ती उन्नीसवीं शताब्दी में, तुलनात्मक-ऐतिहासिक भाषा-विज्ञान की एक और प्रशाखा *नवव्याकरणवाद* (neogrammerianism) सामने आयी जिसका आधारभूत सिद्धान्त जर्मन भाषा-वैज्ञानिक **ओस्थोफ** और **ब्रुगमान** ने अपनी पुस्तक *'मॉर्फोलॉजिकल स्टडीज़ इन दि इण्डो-यूरोपियन लैंग्वेजेज़'* (भाग 1-6, 1878-1910) में तथा **एच. पॉल** ने *'प्रिन्सिपल्स ऑफ दि हिस्ट्री ऑफ लैंग्वेज'* (1880) में प्रस्तुत किया। इन पुस्तकों को नवव्याकरणवाद का घोषणापत्र माना गया। किसी भी भाषा के अध्ययन का, विशेष तौर पर आकृति-विज्ञान (morphology) की दृष्टि से इसकी संरचना या रूप की पुनर्रचना का, आधार तैयार करने के साथ ही इन नववैयाकरणों ने मनोवृत्तिगत नियमों की एकता और वक्तृत्व के

स्वर-विज्ञानगत या ध्वन्यात्मक (phonetic) नियमों की अपरिवर्तनीयता के विचारों को बढ़ावा दिया।

उन्नीसवीं शताब्दी में तुलनात्मक-ऐतिहासिक भाषा-विज्ञान की सबसे बड़ी भूमिका यह रही कि उसने भाषाओं की तुलना तथा उनके लुप्त रूपों एवं नियमों की पुनर्रचना की श्रमसाध्य पद्धति विकसित की। वृहद भाषा-परिवारों के, विशेष तौर पर इण्डो-यूरोपियन परिवार के, इतिहास के अध्ययन में तथा जीवित भाषाओं में होनेवाले परिवर्तनों के प्रमुख स्वर-विज्ञान विषयक एवं अर्थ-विज्ञान विषयक नियमों को स्थापित करने में इसने ऐतिहासिक भूमिका निभायी। लेकिन इस प्रवृत्ति के समक्ष एक संकट यह पैदा हुआ कि भाषा-वैज्ञानिक अध्ययन के विषय के—भाषा और मानसिक स्थिति-संरचना के रूप में जारी विभाजन की प्रवृत्ति की परिणति अनेक द्वैतवादी सादृश्यों के रूप में सामने आयी, जैसे, ध्वनि और ध्वनि की मनोवैज्ञानिक प्रस्तृति, तथा अर्थ (meaning) और अर्थ की मनोवैज्ञानिक प्रस्तुति। उत्तरवर्ती दौर में, मनोवैज्ञानिक और नवव्याकरणीय प्रवृत्तियों सहित, तुलनात्मक-ऐतिहासिक भाषा-वैज्ञानिक अध्ययन की धारा की एक नकारात्मक प्रवृत्ति यह विकसित हुई कि भाषा के तंत्र के सामग्रिक अध्ययन का स्थान अनेकशः छोटे-बड़े, अविच्छिन्न उपादानों (जैसे ध्वनियाँ, शब्द-रूप आदि-आदि) के विश्लेषण ने ले लिया। व्यक्तिगत मनोविज्ञान और व्यक्तिगत वक्तृत्व (speech) की भूमिका बढ़ा-चढ़ाकर देखी जाने लगी जिसका परिणाम यह हुआ कि व्यक्ति के वक्तृत्व को "एकमात्र भाषा-वैज्ञानिक यथार्थ" की मान्यता दी जाने लगी।

संरचनावादी भाषा-विज्ञान की विकास-यात्रा

नवव्याकरणवाद के उपरोक्त संकट ने एक नई धारा—संरचनावादी भाषा-विज्ञान या भाषा-वैज्ञानिक संरचनावाद के उद्भव और विकास का आधार निर्मित करने में अहम भूमिका निभाई। संरचनावादी भाषा-विज्ञान संरचनावादी दार्शनिक-सौन्दर्यशास्त्रीय विचारसरणि के 'फ्रेमवर्क' के भीतर ही विकसित हुआ था, या यूँ कहें कि उसी की एक प्रशाखा या उपधारा था। दरअसल, बीसवीं शताब्दी के प्रारम्भ में, मानविकी के क्षेत्रों में विषयों और वस्तुओं की आन्तरिक संरचना को प्रकट करनेवाली एक ठोस वैज्ञानिक पद्धति के रूप में संरचनावाद का जन्म प्रत्यक्षवादी विकासक्रमवाद (positivist evolutionism) की प्रतिक्रिया के तौर पर हुआ था और इसी के समान्तर संरचनावादी भाषा-विज्ञान का विकास नवव्याकरणवाद के प्रतिक्रियास्वरूप हुआ था।

संरचनावाद ने साहित्य-कला की आलोचना, मनोविज्ञान, नृजातिविज्ञान आदि के क्षेत्र में प्रकृति-विज्ञानों द्वारा विकसित संरचनात्मक अन्वेषण-विधियों का इस्तेमाल किया। यह अनुसन्धान के विषयों या वस्तुओं की वर्तमान अवस्था के वर्णन पर ध्यान केन्द्रित करते हुए उनके अन्तर्निहित कालेतर गुणों को उद्घाटित करता है तथा अनुसन्धान का विषय बनी प्रणाली के तथ्यों या तत्वों के बीच सम्बन्ध स्थापित करता

है। विषय का अनुसन्धान करने में संरचनावाद पर्यावलोकित तथ्यों के प्रारम्भिक संगठन से विषय की आन्तरिक संरचना (उसके सोपान, प्रत्येक स्तर पर तत्वों के बीच अन्तर्सम्बन्ध) को उजागर करने तथा उनका वर्णन करने की ओर, और उसके बाद विषय का सैद्धान्तिक प्रतिरूप निर्मित करने की ओर आगे बढ़ता है। संरचनावाद के विचारों ने सांस्कृतिक परिघटनाओं के अन्तर्विषयगत अध्ययनों का एकीकरण करने तथा मानविकी और प्रकृति-विज्ञान के क्षेत्रों में गति के नियमों एवं विश्लेषण-पद्धतियों के बीच की समरूपता को उजागर करने में अहम भूमिका निभायी, लेकिन संरचनात्मक विधियों के व्यापक प्रयोग ने इसे दार्शनिक प्रणाली के स्तर तक ऊपर उठाने की कोशिशों को जन्म दिया, जो सर्वथा गलत थीं। कारण कि एक वैज्ञानिक विधि के रूप में संरचनावाद की संज्ञानात्मक सीमाएँ स्पष्ट हैं। संरचना की अवधारणा के प्रति इसका दृष्टिकोण इतिहास-विरोधी है। साथ ही, वस्तुओं या विचारों की संरचनाओं के विकास तथा परिवर्तन के स्रोत के रूप में संरचनावाद आन्तरिक व्याघातों का या आन्तरिक द्वंद्वात्मक गति का निषेध करता है।

संरचनावादी भाषा-विज्ञान भी इन्हीं दार्शनिक असंगतियों और संज्ञानात्मक सीमाओं से ग्रस्त था, लेकिन संरचनात्मक विधियाँ जिस हद तक विज्ञान-सम्मत थीं, उसके चलते भाषा-विज्ञान में भी इनके इस्तेमाल के सकारात्मक परिणाम निकले। इनके चलते लिपि रहित भाषाओं के वर्णन तथा अज्ञात भाषाओं की लिपियों की 'डिकोडिंग' जैसे काम सम्भव हो सके। संरचनावादी भाषा-विज्ञान के मुख्य सिद्धान्तों को इस रूप में सूत्रबद्ध किया जा सकता है :

(i) मूल और मुख्य यथार्थ किसी भाषा-विशेष का अलग-थलग तथ्य नहीं होता, बल्कि एक प्रणाली (system) के रूप में भाषा का अंग होता है। किसी भाषा का प्रत्येक तत्व उक्त प्रणाली के अन्य तत्वों के साथ अन्तर्सम्बन्धित रूप में ही मौजूद होता है। प्रणाली अपने तत्वों का कुल योग नहीं होती, बल्कि इसके विपरीत, उन्हें परिभाषित करती है।

(ii) उक्त प्रणाली का संरचनागत 'फ्रेमवर्क' कालेतर सम्बन्धों (extratemporal relationships) से निर्धारित होता है तथा व्यवस्था के भीतर के सम्बन्ध व्यवस्था के तत्वों को परिचालित करते हैं।

(iii) इसलिए, तत्वों की अलग-अलग विशिष्टता या उनकी भौतिकता के बजाय सम्बन्धों के आधार पर भाषा-प्रणाली का कालेतर "बीजगणितीय" अध्ययन सम्भव है और भाषा-विज्ञान में परिशुद्ध गणितीय पद्धतियाँ भी प्रयुक्त हो सकती हैं।

(iv) भाषा एक विशिष्ट प्रकार की प्रणाली अथवा व्यवस्था या तंत्र (system) होती है—एक संकेत-प्रणाली (sign system) होती है जो एक ओर, वस्तुगत तौर पर, मानव-मनोजगत के बाहर, अन्तर्वैयक्तिक अन्तर्सम्बन्धों में, मौजूद रहती है, और दूसरी ओर, मानव-मनोजगत के भीतर मौजूद रहती है।

(v) मानव-समाजों में काम करनेवाली, लोकगीत, रीति-रिवाज-आचार, अनुष्ठान-कर्मकाण्ड और सगोत्रीय सम्बन्ध आदि अन्य प्रणालियाँ (व्यवस्थाएँ) भी भाषा के ही सदृश संगठित हुई हैं। भाषा की ही तरह इन सभी संरचनाओं का भी भाषा-वैज्ञानिक अध्ययन किया जा सकता है, खासतौर पर, ''बीजगणितीय ढंग से'' या अन्य साधनों से उन्हें औपचारिक रूप दिया जा सकता है। संकेत-विज्ञान (semiotics) की विधा खासतौर पर संकेतों और संकेत-प्रणालियों का, संकेत-चिह्नित सम्बन्धों की अभिलाक्षणिक विशिष्टताओं का अध्ययन करती है।

संरचनावादी भाषा-विज्ञान का विधिवत प्रारम्भ स्विस भाषा-वैज्ञानिक **फर्दिनान्द द सॉस्युर** की पुस्तक '*कोर्स इन जनरल लिंग्विस्टिक्स*' (1916, मरणोपरान्त प्रकाशित) से माना जाता है। सॉस्युर के साथ ही कजान स्कूल के रूसी भाषाविदों—विशेषकर **क्रुशेव्स्की** और **बोदिन द कर्टने** ने भाषा-विज्ञान में संरचनागत की जमीन तैयार करने में अहम भूमिका निभाई।

भाषा सहित सभी संकेत-प्रणालियों के अध्ययन के लिए बीसवीं शताब्दी में एक विशेष विज्ञान—संकेत-विज्ञान (semiotics या semiology) का जन्म हुआ जिसमें सॉस्युर की अहम भूमिका मानी जाती है। सूचनाओं के प्रेषण या अर्थ की अभिव्यक्ति के साथ ही संसर्ग, यानी सम्प्रेषित सूचना का श्रोता/पाठक द्वारा बोध सुनिश्चित करना और संक्रिया की उत्प्रेरणा तथा भावनात्मक प्रभाव किसी भी संकेत-प्रणाली के मुख्य प्रकार्य होते हैं। इन प्रकार्यों की पूर्ति संकेत-प्रणाली के एक सुनिश्चित आन्तरिक संगठन की, यानी भिन्न-भिन्न संकेतों तथा उनके संयोजन के नियमों की उपस्थिति की पूर्वकल्पना करती है। नानाविध प्रकार के प्रकार्यों को निष्पादित करनेवाली संकेत-प्रणालियों की आन्तरिक संरचना के अध्ययन की प्रशाखा **संकेत-सम्बन्ध विज्ञान** (syntactics) के रूप में विकसित हुई। **अर्थ-विज्ञान** (semantics) अर्थ व्यक्त करने के साधन के रूप में संकेत-प्रणालियों का अध्ययन करता है। **संकेत-प्रयोग विज्ञान** (pragmatics) संकेत-प्रणालियों के उनके साथ सम्बन्ध का अध्ययन करता है, जो उनका प्रयोग करते हैं।

संरचनावादी भाषा-विज्ञान की, अलग-अलग देशों में अलग-अलग चिन्तन-सरणियाँ विकसित हुईं और कुछ समय के लिए भाषा-विज्ञान की एकता खो-सी गयी। लेकिन दूसरी ओर, अपनी सैद्धान्तिक कमजोरियों के बावजूद संरचनावादी .भाषा-चिन्तन की विविध सरणियाँ काफी हद तक एक-दूसरे के पूरक की भूमिका भी निभाती रहीं।

स्विस स्कूल और फ्रांसीसी समाजशास्त्रीय स्कूल ने, सॉस्युर के संकेत-सिद्धान्त को तथा एक हद तक, संरचनावाद की बीजगणितीय दिशा को भी आगे विकसित किया। संरचनावाद की महत्त्वपूर्ण उपलब्धियों का श्रेय सॉस्युर के शिष्य **आंत्वां मेये, सी. बैली, कार्त्सेवस्की** तथा स्विस विद्वान **गोदेल** और फ्रांसीसी विद्वान **बेन्वेनिस्ते** को दिया जा सकता है। इन भाषा-वैज्ञानिकों ने भाषाई संकेतों की प्रकृति का विशद अध्ययन किया, इस अध्ययन के आधार पर फ्रांसीसी, जर्मन और रूसी भाषाओं के

अर्थ-विज्ञान और संकेत-प्रयोग विज्ञान के अन्तर्भूत नियमों को उद्घाटित किया, इण्डो-यूरोपियन भाषाओं के व्याकरण और निघण्टु (lexicon) या शब्दकोश के व्यापक संस्तर को व्यवस्थित एवं पुनर्गठित किया; तथा इन भाषाओं के व्युत्पत्तीय (etymological) शब्दकोशों के लिए आधार तैयार किया।

आगे चलकर संरचनावादी भाषा-विज्ञान के तीन स्कूल विकसित हुए : अमेरिकी संरचनावादी भाषा-विज्ञान या चित्रणवाद (descriptivism), प्राग भाषा-वैज्ञानिक स्कूल या पूर्वी यूरोपीय संरचनावाद, और कोपेनहेगन स्कूल।

अमेरिका में 1920 के दशक में **फ्रांत्स बोआज़** और **एडवर्ड सपेर** आदि ने अलिखित अमेरिकी इण्डियन भाषाओं का अध्ययन करते हुए उनके ध्वनिग्रामों (phoneme), रूपग्रामों (morpheme) और बुनियादी संकेत-प्रयोग संरचनाओं या विन्यासगत ढाँचों को समझकर व्यवस्थित करते हुए, उनके आधार पर किसी भाषा के अधिकतम सम्भव वस्तुपरक प्रारम्भिक निरूपण के लिए पद्धतियाँ विकसित कीं। अमेरिकी इण्डियन भाषाओं के अध्ययन से वितरण की अवधारणा पर आधारित एक विशेष पद्धति विकसित करने में भी मदद मिली जिसका इस्तेमाल **ब्लूमफील्ड, हैरिस, पाइक** और **ट्रेगर** अदि भाषा-वैज्ञानिकों ने अपने शोधों में किया। लेकिन 1960 के दशक तक यह स्पष्ट हो चुका था कि यह सिद्धान्त व्याख्यापरक क्षमता की दृष्टि से कमजोर है और अर्थ-विज्ञान तथा संकेत-प्रयोग विज्ञान के क्षेत्र में प्रयोग की दृष्टि से अपर्याप्त है। इन कमियों को दूर करने की कोशिशों ने एक नई धारा—प्रजनक भाषा-विज्ञान (generative linguistics) को जन्म दिया।

प्राग भाषा-वैज्ञानिक स्कूल भी 1920 के दशक में ही अस्तित्व में आया। इसका केन्द्र प्राग भाषा-विज्ञान सर्किल था जो दूसरे विश्वयुद्ध के प्रारम्भ तक मौजूद रहा। इस सर्किल में कई रूसी और चेक भाषा-वैज्ञानिक शामिल थे जिनमें **त्रुबेत्स्कोई, मैथेसियस, जेकबसन, ट्रिन्का, हैव्रानेक, मकारोव्स्की, वाचेक, स्कालिका** आदि प्रमुख थे। पोलिश विद्वान कुरिलोविज़ के कार्य प्राग स्कूल और कोपेनहेगन स्कूल—दोनों से सम्बद्ध माने जाते हैं। प्राग स्कूल के विचारों को आगे विकसित करने में श्चेर्बा, बोगातिरेव और पोलिवानोव जैसे सोवियत विद्वानों की भी अहम भूमिका रही।

चित्रणवादियों से अलग, प्राग स्कूल ने यूरोपीय भाषाशास्त्र (philology) की परम्परा का अनुसरण करते हुए समृद्ध सांस्कृतिक इतिहासवाली यूरोपीय भाषाओं का अध्ययन किया और उस आधार पर उन्होंने "प्रणालियों की प्रणाली" (system of systems) के रूप में भाषा की अवधारणा विकसित की, ऐसी प्रणालियों के विकास की गतिकी को परिभाषित किया, तथा वाक्य के प्रकार्यात्मक (functional) विभाजन सहित उद्गार की विभिन्न समस्याओं का अध्ययन किया। सैद्धान्तिक स्वर-विज्ञान की रचना प्राग स्कूल का मुख्य अवदान था जिसका केन्द्रीय उपादान था—वैपरीत्य की अवधारणा। इस अवधारणा ने भाषा के अन्य क्षेत्रों के निरूपणों को सूत्रबद्ध करने में

उदाहरण का काम किया। प्राग स्कूल की अहम कमजोरी यह थी कि इसने सिद्धान्त और पद्धति के तर्कशास्त्रीय पहलुओं पर यथोचित ध्यान नहीं दिया।

1930 के दशक के मध्य में कोपेनहेगन स्कूल संरचनावाद के केन्द्र के रूप में उभरा। वहाँ एक सार्वभौमिक व्याकरण की समस्या को हल करने के लिए **ह्येल्मस्लेव, ब्रोण्डल** और **उल्दाल** ने भाषा-विज्ञान की पद्धतियों में आमूल सुधार की आवश्यकता महसूस की और एक नई प्रशाखा 'ग्लॉसमैटिक्स' (glossematics) का विकास किया। उन्होंने भाषा के नये सिद्धान्त और भाषा के वर्णन-चित्रण की पद्धति को तत्वों के ऊपर सम्बन्धों की निरपेक्ष प्राथमिकता के आधार पर विकसित किया। भाषा की व्याख्या उन्होंने "शुद्ध सम्बन्धों की प्रणाली" के रूप में की। कोपेनहेगन भाषा-वैज्ञानिक सिद्धान्त ने, अन्तर्वस्तु और रूप में विविध अन्तरविरोधों से ग्रस्त होने के बावजूद भाषा के अमूर्त सिद्धान्त को गणित के साथ जोड़ने का मार्ग प्रशस्त किया।

1960 के दशक के मध्य में भाषा-विज्ञान में एक नई प्रवृत्ति निर्मितिवाद (constructivism) के रूप में सामने आयी जो सैद्धान्तिक वस्तुओं की निर्मितिशीलता की आवश्यकता के सिद्धान्त पर आधारित थी। शुरू-शुरू में इस सिद्धान्त का सूत्रीकरण गणितीय तर्कशास्त्र के फ्रेमवर्क के भीतर हुआ, जिसे बाद में भाषा-विज्ञान के प्रदेश में विस्तारित किया गया। इस सिद्धान्त के दो मुख्य भाग हैं : पहला, किसी वस्तु को सिद्धान्त की वस्तु तभी माना जा सकता है जबकि उसकी निर्मिति सम्भव हो; और दूसरा, वस्तुओं के अस्तित्व या उनके संज्ञान की सम्भावना की बात तभी की जा सकती है जबकि उनकी सैद्धान्तिक निर्मिति या अनुरूपण (simulation) सम्भव हो। निर्मितिवादी पद्धति की एक बुनियादी अवधारणा कलन-गणित (algorithm) पर आधारित है जिस पर सबसे पहले अफलातून और पाणिनी तथा आगे चलकर अरस्तू, स्पिनोजा और पोतेब्निया आदि दार्शनिक विचार कर चुके थे। कलन-गणित से निगमित अवधारणाओं ने निर्मितिवाद की एक विशेष किस्म को जन्म दिया जो प्रजनक व्याकरणों और गणितीय भाषा-विज्ञान के सिद्धान्त का आधार बना। प्रजनक व्याकरणों ने अमेरिकी संरचनावादी भाषा-विज्ञान की कई कमियों को दूर करने का दावा किया, लेकिन विशिष्ट भाषा-वैज्ञानिक आँकड़ों पर लागू करने के बाद पाया गया कि ये सिद्धान्त अति सीमित दायरे में ही प्रभावी एवं उपयोगी हैं। प्रजनक व्याकरण के सिद्धान्त और गणितीय तर्कशास्त्र की एक शाखा के रूप में औपचारिक भाषा के सिद्धान्त की आधारशिला **नोम चोम्स्की** ने रखी थी। चोम्स्की का एक विवादास्पद विचार यह था कि किसी प्राकृतिक भाषा के वाक्य-विन्यास तथा अर्थ-विज्ञान के विविध पहलुओं के निरूपण के लिए प्रजनक व्याकरण का औपचारिक उपकरण पर्याप्त है। इस विश्वास के आधार पर कि दुनिया की सभी भाषाओं की बुनियादी, अन्तर्भूत संरचनाएँ समान होती हैं, चोम्स्की ने मस्तिष्क के अध्ययन के एक साधन के रूप में भाषा-विज्ञान के इस्तेमाल की सम्भावनाओं की ओर भी इंगित किया। कुछ सीमित तकनीकी इस्तेमाल

के बावजूद चोम्स्की के भाषा-वैज्ञानिक सिद्धान्तों की नवप्रत्यक्षवादी और औपचारिक तर्कवादी प्रवृत्ति की सीमाएँ आज स्पष्ट हो चुकी हैं।

संरचनावाद और नव व्याकरणवाद की विविधरूपा आलोचनाओं ने भाषा-वैज्ञानिक भूगोल, नवभाषा-विज्ञान और क्षेत्रीय भाषा-विज्ञान जैसी कई नई प्रवृत्तियों को जन्म दिया, लेकिन ये आम भाषा-वैज्ञानिक सैद्धान्तिक 'फ्रेमवर्क' के रूप में किसी पूर्ववर्ती व्यापक सिद्धान्त को प्रतिस्थापित करने योग्य कदापि नहीं थीं। इनका दायरा संकुचित था, प्रयोग सीमित थे और दार्शनिक आधार कमजोर था।

भाषा-विज्ञान के इतिहास का एक संक्षिप्त (और काफी हद तक असन्तोषजनक भी), परिचयात्मक सिंहावलोकन प्रस्तुत करते हुए अब हम उस मुकाम पर आ गये हैं कि मार्क्सवाद के भाषा-दर्शन की या मार्क्सवादी भाषा-विज्ञान की संघटन-प्रक्रिया की चर्चा कर सकें।

भाषा प्रश्न : सामान्य, आधारभूत मार्क्सवादी प्रस्थापनाएँ

मार्क्सवाद और समकालीन भाषा-विज्ञान के सम्बन्धों के मद्देनजर, यह सवाल किया जा सकता है कि क्या 'मार्क्सवादी भाषा-विज्ञान' जैसी कोई चीज मौजूद है। और इसका उत्तर देने में कोई हिचक या कठिनाई नहीं महसूस होती क्योंकि मार्क्सवाद मानव-सभ्यता के भौतिक-आत्मिक विकास का इतिहास प्रस्तुत करते हुए मानव-भाषाओं की व्याख्या के प्रति एक सुनिश्चित 'अप्रोच' प्रस्तुत करता है और एक सुनिश्चित पद्धति लागू करते हुए कुछ सुनिश्चित स्थापनाएँ प्रस्तुत करता है।

भाषा-दर्शन के मार्क्सवादी सिद्धान्त की आधारशिला यह स्थापना है कि भाषा का चरित्र सामाजिक है, और यह आदि मानव की सामाजिक श्रम-प्रक्रियाओं और समाजीकरण की प्रक्रियाओं के सतत विकास के क्रम में उन्नत से उन्नततर अवस्थाओं में विकसित होती गयी है (**फ्रेडरिक एंगेल्स**)। भाषा संज्ञान का प्रत्यक्ष यथार्थ है, जो सामाजिक संसर्ग के दौरान अस्तित्वमान हुई है (**मार्क्स-एंगेल्स**)। वस्तुगत यथार्थ का परावर्तन मानव चेतना के साथ ही, भाषा-रूपों की अन्तर्वस्तु के धरातल पर भी होता है (**लेनिन** का परावर्तन-सिद्धान्त)। भाषा के सामाजिक मूल, सामाजिक प्रकृति तथा सामाजिक संसर्ग एवं सम्प्रेषण में इसकी भूमिका की मार्क्सवादी अवधारणा इसके (यानी भाषा के) संरचनात्मक पक्ष के व्याख्या-विश्लेषण तक सफलतापूर्वक विस्तारित होती है। मार्क्सवादी भाषा-दर्शन संरचनावादियों की इस एक बुनियादी स्थापना को स्वीकार करता है कि भाषा संकेतों की एक निश्चित प्रणाली, अपने आन्तरिक संगठन समेत एक 'संरचना'' होती है, जिसके बाहर भाषा के संकेत और अर्थ को नहीं समझा जा सकता। लेकिन तुलनात्मक-ऐतिहासिक भाषा-विज्ञान और संरचनावादी भाषा-विज्ञान के पूरे काल के दौरान, प्रत्यक्षवाद, रूपवाद और नवप्रत्यक्षवाद द्वारा विभिन्न रूपों में भाषा के संकेत-वैज्ञानिक और अर्थ-वैज्ञानिक अध्ययनों का जो निरपेक्षीकरण किया

जाता रहा और दार्शनिक अध्ययन या ज्ञान-मीमांसा की सारी समस्याओं को भाषा के तार्किक विश्लेषण तक सीमित कर देने के जो प्रयास होते रहे, मार्क्सवाद ने उनका विरोध किया। नवप्रत्यक्षवाद ने दर्शन की समस्याओं को मिथ्या समस्याएँ घोषित करते हुए समकालीन ज्ञान और व्यवहार के दार्शनिक विश्लेषण के आधार पर "चिन्तन के बाह्य रूपों"—यानी भाषा और विचार व्यक्त करने की अन्य सभी संकेत-प्रणालियों के भाषाई-अर्थवैज्ञानिक विश्लेषण को प्रतिष्ठापित करने की कोशिश की। बीसवीं सदी के पूर्वार्द्ध में, विशेषकर सोवियत संघ के मार्क्सवादी भाषा-वैज्ञानिकों ने विज्ञान के रूप में दर्शन को सारतः विघटित कर देने की इन कोशिशों का तर्कपूर्ण विरोध प्रस्तुत किया।

मार्क्सवाद के अनुसार चिन्तन के अस्तित्व और अभिव्यक्ति के रूप में प्रकट होने के साथ ही भाषा चेतना के गठन में अहम भूमिका निभाती है। भाषा का संकेत अपनी वास्तविक प्रकृति के अनुसार, उसके प्रसंग में, जिसके अर्थ का वह द्योतक है, सोपानिक होते हुए भी अन्ततः यथार्थ के संज्ञान की प्रक्रिया से अनुकूलित होता है। भाषा अमूर्त चिन्तन के अस्तित्व और विकास को सम्भव बनाती है और चिन्तन के सामान्यीकरण का आवश्यक साधन होती है, लेकिन भाषा और चिन्तन को एक ही चीज नहीं कहा जा सकता। एक बार उत्पन्न हो चुकने के बाद भाषा सापेक्षतः स्वतंत्र होती है और अपने ही विशिष्ट नियमों का पालन करती है, जो चिन्तन के नियमों से भिन्न होते हैं। इसलिए, संकल्पना तथा शब्द, निर्णय तथा वाक्य आदि के बीच पूर्ण तादात्म्य का अभाव होता है।

भाषा के उद्भव, समाज में इसके स्थान और चिन्तन और यथार्थ की सामान्य मार्क्सवादी प्रस्थापनाओं की सामान्य चर्चा के बाद यह उल्लेख कर देना जरूरी है कि मार्क्सवादी भाषा-विज्ञान के उद्भव और विकास की पूरी यात्रा के दौरान एक ओर इसे रूपवाद, आत्मगत प्रत्ययवाद और नवप्रत्यक्षवाद से संघर्ष करना पड़ा, तो दूसरी ओर इसके सीमान्तों के भीतर भी प्रकृतवादी, विभिन्न कोटि के वर्ग-अपचयनवादी (class-reductionist), नवकाण्टवादी और नवहेगेलवादी विचलन पैदा होते रहे। भाषा-विज्ञान के विस्तार और सूक्ष्मता के कई ऐसे प्रश्न आज भी खड़े हैं जिनसे मार्क्सवाद जूझ रहा है और भौतिक-आत्मिक जीवन का विकास ऐसे बहुतेरे नये-नये प्रश्न भी उपस्थित करता जा रहा है, जिनका उत्तर ढूँढ़ते हुए मार्क्सवादी भाषा-विज्ञान को आगे विकसित होना है। आधुनिक सैद्धान्तिक भाषा-विज्ञान व्याकरणिक संरचनाओं के निरूपण के जिस प्रश्न से जूझ रहा है, वह मार्क्सवाद के सामने भी मौजूद है। इससे सम्बन्धित किसी सिद्धान्त का चरित्र मार्क्सवादी है या नहीं, यह फैसला मात्र व्याकरणिक वर्णन-निरूपण के धरातल पर नहीं हो सकता। इस धरातल पर हम केवल पद्धति की द्वंद्वात्मकता की जाँच-पड़ताल कर सकते हैं। व्याकरणिक संरचनाओं, जैसे किसी सूक्ष्म, तकनीकी प्रश्न पर प्रस्तुत किसी सिद्धान्त के मार्क्सवादी चरित्र का फैसला समग्रता में

इस बात से ही हो सकता है कि उस संस्तर पर मौजूद हमारा ज्ञान, हमारे व्यापक, सामान्यीकृत ज्ञान के अनुरूप है या नहीं, अथवा यूँ कहें कि हमारे ज्ञान की सम्पूर्णता के साथ समाकलित है अथवा नहीं।

भाषा-प्रश्न पर मार्क्स-एंगेल्स का चिन्तन

मार्क्स और एंगेल्स ने भाषा-विज्ञान पर कोई स्वतंत्र-सांगोपांग थीसिस नहीं लिखी। भौतिक जीवन और चिन्तन के अन्तर्सम्बन्धों, सामाजिक जीवन और चेतना के अन्तर्सम्बन्धों तथा सामाजिक वर्गों और विचारधारा के बारे में सोचते हुए उन्होंने भाषा-वैज्ञानिक प्रश्नों को यहाँ-वहाँ अपने एजेण्डे पर उठाया। लेकिन भाषा के प्रश्न पर उनकी दृष्टि सुसंगत और चिन्तन व्यवस्थित था—इसके स्पष्ट साक्ष्य हमें अवश्य देखने को मिल जाते हैं।

भाषा-विज्ञान के क्षेत्र में ऐतिहासिक भौतिकवाद को लागू करने का पहला स्पष्ट उदाहरण शायद फ्रेडरिक एंगेल्स का लेख *फ्रैंकिश डायलेक्ट* (*Frankish Dialect*) है, जिसकी चर्चा हम आगे करेंगे।

भाषा-विज्ञान विषयक मार्क्स की कुछ स्थापनाएँ हमें उनकी एक प्रारम्भिक कृति *जर्मन विचारधारा* में ही देखने को मिलती हैं जहाँ अपना सामाजिक सिद्धान्त निरूपित करते हुए वे भाषा की सारवस्तु और प्रकृति के बारे में कुछ पर्यवेक्षण रखते हैं तथा भौतिक-सामाजिक क्रिया-कलाप और भाषा की एकता का विचार प्रस्तुत करते हैं। साथ ही, वे स्पष्ट करते हैं कि सम्प्रेषण भाषा का एकमात्र प्रकार्य नहीं है, बल्कि तर्कशः और तथ्यतः, लोगों के बीच पारस्परिक सम्पर्क-संसर्ग एवं अन्तर्क्रिया के लिए भी भाषा का अस्तित्व अनिवार्य है। या यूँ कहें कि भाषा इसी प्रक्रिया में विकसित होती है और फिर इसमें सहायक होती है। "भाषा, चेतना की ही भाँति, केवल अन्य लोगों से संसर्ग की आवश्यकता और अनिवार्यता से ही उत्पन्न होती है" (*जर्मन विचारधारा*) चेतना और भाषा के चरित्र के सामाजिक निर्धारण का यह विचार मार्क्सवाद को उन सहजातवादी (innatism) विचारों से एकदम अलग कर देता है जो मानते हैं कि भाषा मनुष्य की एक सहजात नैसर्गिक जैविक योग्यता है। बीसवीं शताब्दी के उत्तरार्द्ध में नोम चोम्स्की के भाषा-सिद्धान्त ने जब इसी स्थापना को परिष्कृत रूप में प्रस्तुत किया तो मार्क्सवादी भाषा-वैज्ञानिकों ने भाषा के सामाजिक उद्गम और सामाजिक प्रकृति-विषयक मार्क्स के बुनियादी तर्कों को आधार बनाकर ही उसकी आलोचना की। एक सामाजिक परिघटना के रूप में भाषा की अवधारणा, जाहिरा तौर पर व्यक्तिगत भाषा की तार्किक सम्भावना सम्बन्धी अटकलों का भी विरोध करती है। आगे चलकर, इसी आधार पर एक नवमार्क्सवादी भाषा-वैज्ञानिक **फेरूसियो रोस्सीलान्दी ने विटगेंस्टाइन** के भाषाई दर्शन के 'मार्क्सवादी उपयोग' के बारे में अपने विवादास्पद विचार प्रस्तुत किये (Per un uso Marxiano de

Wittgenstein, 1968)। लेकिन रोस्सीलान्दी भी भाषा से, चेतना से स्वतंत्र रूप में विद्यमान वस्तुगत यथार्थ-विषयक विचार को अस्वीकार करते हुए अहंमात्रवाद (solipsism) के आत्मगत प्रत्ययवादी भटकाव के शिकार हो जाते हैं जिसका ज्ञानमीमांसीय सिद्धान्त यह है कि संवेदन संज्ञान का निरपेक्ष स्रोत है।

भाषा की सामाजिक प्रकृति-विषयक थीसिस को एंगेल्स ने ऐतिहासिक प्रेक्षण पर आधारित इस आनुभविक परिकल्पना से बल प्रदान किया कि भाषा की उत्पत्ति श्रम से या कार्य (work) से हुई है। तब से लेकर आजतक मार्क्सवादी भाषा-विज्ञान की लगभग सभी विचार-सरणियाँ किसी न किसी रूप में भाषा का उद्‌गम श्रम में, सामाजिक उत्पादन-प्रक्रिया में या सामाजिक श्रम-प्रक्रिया में देखती रही हैं।

आगे चलकर **जार्ज लूकाच** ने एंगेल्स की इस उत्पत्तिमूलक परिकल्पना को व्याख्यायित-विस्तारित करते हुए यह स्थापना दी कि श्रम या कार्य भाषा के जन्म के साथ ही इसके संरचनागत गुणों की भी व्याख्या करता है। लूकाच के विचार से श्रम या कार्य सभी मानवीय क्रिया-कलापों का आधारभूत प्रकल्प (basic model) है और इनमें भाषाई क्रिया-कलाप भी शामिल हैं।

भाषा, चिन्तन और यथार्थ के अन्तर्सम्बन्धों के प्रश्न पर मार्क्स की स्थापना यह थी कि भाषा विचारों के अस्तित्वमान होने की विधि या सत्व-प्रणाली (mode of being) होती है और प्रकार्यात्मकता या क्रियाशीलता के सन्दर्भ में भाषा और चिन्तन-रूप (thought form) की एकता अपृथक्करणीय होती है। उल्लेखनीय है कि मार्क्स की यह अवधारणा काण्ट के बाद के समय के जर्मन भाषा-दर्शन तथा जर्मन भाषाशास्त्र (philology), और खासकर **हेर्डर, श्लेगेल, बॉप, ग्रिम** और **विल्हेल्म फॉन हम्बोल्ट** आदि की तुलनात्मक-ऐतिहासिक पद्धति की परम्परा की निरन्तरता में नजर आती है। चिन्तन और भाषा की एकता के बारे में मार्क्स और एंगेल्स की इसी थीसिस का एक अतिवादी छोर तक विस्तार हमें बीसवीं शताब्दी में **एडवर्ड सपेर** और **बेंजामिन ली व्होर्फ** जैसे भाषा-वैज्ञानिकों की परिकल्पना (Sapir-Whorf hypothesis) में तथा नवहम्बोल्टवादियों के भाषाई सापेक्षवाद (linguistic relativism) में दिखाई पड़ता है जिनका यह मानना है कि भाषाई संरचनाएँ सोचने के तरीकों और विश्व-दृष्टिकोणों का निर्धारण करती हैं।

मार्क्सवादी भाषा-विज्ञान, मुख्यतः परावर्तन के सिद्धान्त (theory of reflection) के आधार पर, भाषाई सापेक्षवाद को अस्वीकार करता है। परावर्तन के द्वंद्वात्मक भौतिकवादी सिद्धान्त पर आधारित मार्क्सवादी ज्ञान-मीमांसा के अनुसार, विचार और भाषा सहित संज्ञान के परिणाम अपने मूल स्रोत के सापेक्षतः अनुरूप होते हैं। वस्तुगत जगत और उसमें जारी प्रक्रियाओं का चिन्तन या भाषा के धरातल पर निर्जीव ''छाया-चित्रण'' नहीं होता, अपितु यह परावर्तन, संवेदी तथा बौद्धिक-संज्ञान, मानसिक तथा व्यावहारिक क्रिया-कलाप की संजटिल तथा व्याघातपूर्ण क्रिया होता है, जिसमें

मनुष्य अपने को निष्क्रिय ढंग से बाह्य जगत के अनुकूल नहीं ढालता, बल्कि उस पर अपना प्रभाव डालता है, उसे बदलता है और उसे अपने उद्देश्यों के अधीन करता है। अधिकांश मार्क्सवादी भाषा-वैज्ञानिकों ने इस परावर्तन सिद्धान्त को भाषा और चिन्तन के अन्तर्सम्बन्धों पर भी लागू किया। उनके अनुसार, भाषा और चिन्तन दोनों ही सामाजिक श्रम-प्रक्रिया के दौरान अन्य लोगों से संसर्ग की आवश्यकता से तथा लगातार उन्नततर धरातल पर श्रम-प्रक्रिया के पुनर्गठन की आवश्यकता से उत्पन्न हुए। भाषा चिन्तन के अस्तित्वमान होने की विधि है जो मूलतः और व्यापकतः चिन्तन के सत्व से अनुकूलित होती है और अन्योन्यक्रिया के तौर पर, अपनी पारी में उसे प्रभावित भी करती है। भाषा में चिन्तन का निर्जीव-निष्क्रिय प्रतिबिम्बन नहीं, बल्कि सजीव-सक्रिय परावर्तन होता है। इस द्वंद्वात्मक सम्बन्ध का मुख्य पहलू, सामान्य और व्यापक सन्दर्भों में, चिन्तन द्वारा भाषा का अनुकूलन होता है, न कि भाषा द्वारा चिन्तन का अनुकूलन।

मार्क्सवाद मानव-चिन्तन के रूपों की सार्वभौमिकता पर जोर देता है। इस सार्वभौमिकता की एक अभिव्यक्ति भाषा की 'टाइपोलॉजी' (typology) द्वारा निरूपित सार्वभौमिक भाषाई संरचनाओं में देखी जा सकती है।

मार्क्स के भाषा-वैज्ञानिक चिन्तन का जो एक और दायरा है वह सामाजिक वर्गों और विचारधाराओं के सम्बन्ध से जुड़ा हुआ है। मार्क्स ने *जर्मन विचारधारा* में "बुर्जुआ भाषा" शब्द का इस्तेमाल किया है। अपने एक अन्य लेख *सन्त मैक्स* में भी वे बताते हैं कि बुर्जुआ वर्ग की "अपनी भाषा" होती है। *ग्रुंड्रिशे* में वे कहते हैं कि "विचार भाषा से अलग मौजूद नहीं होते" (पेंग्विन क्लासिक्स संस्करण, पृ. 163) और *जर्मन विचारधारा* में वे बताते हैं कि "हर युग में सत्ताधारी वर्ग के विचार ही सत्ताधारी विचार होते हैं।" मार्क्स की इन उक्तियों को सन्दर्भ से काटकर यांत्रिक ढंग से देखने से बीसवीं शताब्दी में एक वर्ग-अपचयनवादी भाषा-सिद्धान्त भी विकसित हुआ जो मानता था कि भाषा का एक वर्ग-चरित्र होता है। इस सोच के एक मुख्य प्रवर्तक सोवियत मार्क्सवादी भाषा-वैज्ञानिक एन.वाई. मार्र थे। मार्र के विचारों और वोलोशिनोव तथा स्तालिन द्वारा प्रस्तुत उनकी आलोचना का उल्लेख हम आगे करेंगे।

मार्क्स के विचारों को व्यापकता और समग्रता में देखने पर यह स्पष्ट हो जाता है कि वे भाषाई व्यवहार पर वर्ग-सम्बन्धों और विचारधाराओं की छाप और प्रभाव-छायाओं की बात करते हैं, न कि वर्ग-भाषा की। वे सिर्फ यह उल्लेख करते हैं कि शासक वर्ग की सत्ता भाषा के प्रयोग के दायरे तक विस्तारित-प्रभावी होती है। विचारधारा से भाषा की अवियोज्यता का यह अर्थ वे कदापि नहीं लेते कि दोनों समानार्थक हैं और कहीं भी वे विचारधारा की तरह भाषा को अधिरचना की कोटि में नहीं रखते। मार्क्स का तात्पर्य बुर्जुआ समाज में एक राष्ट्रीय भाषा के दायरे के भीतर बुर्जुआ वर्ग की अपनी वर्ग-उपभाषा (class-dialect) या जमाती भाषा (huckster's lingo) या कामकाजी

वर्ग-बोली (huckster's jargon) से था। फ्रेडरिक एंगेल्स भी अपनी पुस्तक *इंगलैण्ड में मजदूर वर्ग की दशा* में ब्रिटिश बुर्जुआ समाज में मजदूर वर्ग द्वारा अपनी भिन्न वर्ग-उपभाषा बोले जाने की चर्चा करते हैं। इस प्रश्न पर मार्क्स के समस्त चिन्तन और विमर्श के सारतत्व को आत्मसात करते हुए कहा जा सकता है कि भाषा सामान्यतः पूरे समाज की और समस्त मानवीय क्रिया-व्यापार की सामूहिक प्रकृति की अपरिहार्य आवश्यकता होती है, जबकि ठोस सामाजिक-विचारधारात्मक संरचनाओं के साथ इसके अन्तर्सम्बन्ध भाषाई व्यवहार या बरताव (linguistic usage) की विशिष्ट अनुसंकेत-पद्धतियों (subcodes) के धरातल पर अभिव्यक्त होते हैं। इस अन्तर्सम्बन्ध के आनुभविक पहलुओं का अध्ययन आज सामाजिक भाषा-विज्ञान के दायरे में किया जा रहा है।

बीसवीं शताब्दी के चौथे दशक के सोवियत मार्क्सवादी भाषा-वैज्ञानिक एन.वाई. मार्र के विपरीत, (मार्र ने ऐतिहासिक-तुलनात्मक भाषा-विज्ञान को प्रत्ययवादी बताते हुए खारिज कर दिया था और बाद में स्तालिन ने उनकी स्थापना का खण्डन किया था) मार्क्स और एंगेल्स ने ऐतिहासिक-तुलनात्मक भाषा-विज्ञान के प्रेक्षणों-निष्कर्षों को काफी महत्ता दी तथा बॉप, ग्रिम और दियेज़ की स्थापनाओं का, प्रायः वैज्ञानिक मानकों के तौर पर उल्लेख किया। एंगेल्स ने स्वयं भी तुलनात्मक भाषा-वैज्ञानिक इतिहास के क्षेत्र में कुछ काम किया। प्राचीन जर्मेनिक भाषाओं—विशेषकर फ्रैंकों और फ्रैंकिश भाषा के युग के इतिहास से सम्बन्धित अपनी दो पाण्डुलिपियों में (जिनमें The Frankish Dialect प्रमुख है) एंगेल्स ने अपनी स्थापनाओं को सूत्रवत प्रस्तुत किया है। उदाहरण के तौर पर, कबीलाई उपभाषाओं (dialects) के शिलष्टयोगात्मक रूपों और ध्वन्यात्मक अभिलाक्षणिकताओं के अध्ययन के बाद उन्होंने तथाकथित *द्वितीय जर्मन स्वरान्तन्रण* (second German vowel shift) के आधार पर जर्मन उपभाषाओं के वर्गीकरण की आलोचना की और प्रत्येक उपभाषा को उच्च या निम्न जर्मन के रूप में मान्यता देने का विचार प्रस्तुत किया। एंगेल्स की इन पाण्डुलिपियों में भाषा-विशेष बोलनेवाले समुदाय के इतिहास के अनुसार भाषाई विकास पर विचार किया गया है तथा तर्कशास्त्रीय और ऐतिहासिक पद्धतियों को परस्पर सम्बद्ध किया गया है। इस दृष्टि से इन्हें मार्क्सवादी भाषा-विज्ञान की आधारशिला मानना अत्युक्ति नहीं होगी।

बीसवीं शताब्दी : भाषा-वैज्ञानिक विमर्श में मार्क्सवादी हस्तक्षेप और वोलोशिनोव

बीसवीं शताब्दी के पूर्वार्द्ध में मार्क्सवादी भाषा-विज्ञान की दो प्रवृत्तियाँ विकसित होती हुई दिखाई देती हैं। पहली प्रवृत्ति का सम्बन्ध भाषा और विचारधारा के अन्तर्सम्बन्धों के बारे में मार्क्स की प्रारम्भिक स्थापनाओं से जाकर जुड़ता है। दूसरी प्रवृत्ति पाव्लोव के प्रतिवर्तों के सिद्धान्त (theory of reflexes) से जुड़ी है जो शरीरक्रिया-विज्ञान की

दृष्टि से विचार करते हुए भाषा को द्वितीय संकेत-प्रणाली (secondary signalling system) मानती है।

1920 और 1930 के दशक मार्क्सवादी भाषा-विज्ञान के विकास की दृष्टि से विशेष महत्त्वपूर्ण थे। जार्ज लूकाच की व्याख्या के अनुसार, मार्क्स का भाषा-चिन्तन, भाषा के ऊपर 'रीइफिकेशन' (reification) के प्रभावों को उजागर करता है। इस आधार पर अपनी पुस्तक *इतिहास और वर्ग चेतना* (1923) में, लूकाच ने ऐतिहासिक भौतिकवादी अवस्थिति से भाषाशास्त्रीय (philological) अध्ययन की सम्भावनाओं की ओर इंगित किया। आगे चलकर, 1960 के दशक में मार्क्सवादी संकेत-विज्ञान ने इस दिशा में महत्त्वपूर्ण काम किये। इसने 'भाषाई परकीयकरण' (linguistic alienation) जैसे कुछ महत्त्वपूर्ण विषयों पर काम किया और भाषा-वैज्ञानिक सिद्धान्त 'भाषाई कार्य', 'भाषाई उपकरण' और 'भाषाई पूँजी' आदि नये प्रवर्गों से समृद्ध हुआ (विशेष तौर पर देखी जा सकती है, रोस्सीलान्दी की पुस्तक : (Linguistics and Economics, 1975)।

एक सामाजिक एवं विचारधारात्मक परिघटना के रूप में, भाषा की प्रकृति और प्रकार्यों पर मार्क्सवादी चिन्तन को 1920 और 1930 के दशक में सोवियत भाषा-वैज्ञानिकों ने बहुपक्षीय रूप में आगे बढ़ाया। 19वीं शताब्दी के रूसी भाषा-विज्ञान और विशेषकर कजान स्कूल के प्रारम्भिक संरचनावादियों के चिन्तन में मौजूद भौतिकवादी प्रवृत्तियों को भी उन्होंने अपना सैद्धान्तिक आधार तैयार करते हुए अपनाया और आगे विकसित किया। इस दौरान सोवियत संघ में **आर.ओ. शोर, ई.डी. पोलिवानोव, एल.पी. याकुबिंस्की** और **बी.एम. झिरमुंस्की** आदि ने भाषा-विज्ञान के क्षेत्र में जो काम किया, वह मुख्यतः भाषा और समाज के अन्तर्सम्बन्धों से जुड़ा हुआ था। **एन.वाई. मार्र** और **वोलोशिनोव** के परस्पर-विरोधी भाषा-चिन्तन भी मुख्यतः इसी दायरे से जुड़े हुए थे पर उन्होंने एक हद तक भाषा और चिन्तन के अन्तर्सम्बन्धों पर भी अपनी प्रस्थापनाएँ रखीं। भाषा और चिन्तन के प्रश्न पर मुख्यतः **मेश्चानिकोव** और **विगोत्स्की** ने महत्त्वपूर्ण काम किया।

1929 में प्रकाशित **वी.एन. वोलोशिनोव** की पुस्तक *मार्क्सवाद और भाषा का दर्शन* पहली ऐसी पुस्तक थी जिसमें भाषा-विज्ञान के कुछ प्रमुख आधारभूत प्रश्नों पर मार्क्सवादी विश्व-दृष्टिकोण और पद्धति से विचार करने का प्रयास दिखाई देता है। आगे चलकर, 1930 और '40 के दशक में सोवियत भाषा-विज्ञान में हावी एन.वाई. मार्र की वर्ग-अपचयनवादी अवस्थिति के कारण वोलोशिनोव की यह पुस्तक ही नहीं, बल्कि वोलोशिनोव भी भुला-से दिये गये। पश्चिमी दुनिया के बुद्धिजीवी वोलोशिनोव की गुमनामी के लिए प्रायः स्तालिन के "सर्वसत्तावादी शासन" को जिम्मेदार ठहराते हैं, लेकिन ऐसा मानने का कोई भी तथ्यगत आधार नहीं है। इसके विपरीत, यह तथ्य उल्लेखनीय है कि एन.वाई. मार्र और उनके शिष्यों द्वारा मार्क्सवाद के सरलीकरण और

विकृतिकरण का विरोध करनेवाले भाषा-वैज्ञानिकों के उपेक्षा-उत्पीड़न का हवाला स्वयं स्तालिन ने अपनी प्रसिद्ध पुस्तिका *मार्क्सवाद और भाषा-विज्ञान की समस्याएँ* में दिया है। अलबत्ता, यह सवाल जरूर उठाया जा सकता है कि *प्रावदा* में भाषा-विज्ञान के क्षेत्र में हावी मार्र के वर्ग-अपचयनवादी विचार के विरुद्ध चली बहस और 1950 में स्तालिन द्वारा उसके समाहार के बाद भी वोलोशिनोव का भाषा-विषयक चिन्तन चर्चा और विमर्श के केन्द्र में क्यों नहीं आ सका! इसका कारण सम्भवतः यह रहा हो कि साहित्यिक-सांस्कृतिक हल्कों में, **ज़्दानोव** (सांस्कृतिक मामलों के पार्टी-प्रभारी) के कार्यकाल में, **लुनाचार्स्की** और **गोर्की** के समय के विपरीत, यांत्रिक भौतिकवादी और जड़सूत्रवादी विचलन मौजूद थे तथा विरोधी वैचारिक अवस्थितियों के साथ बहस का उतना खुला माहौल नहीं था। वोलोशिनोव चूँकि मार्बुर्ग पन्थ के नवकाण्टवादियों से प्रभावित बख़्तीन स्कूल से जुड़े रहे थे और उनके चिन्तन और लेखन पर **कारिसरेर** के चिन्तन का विचलनकारी प्रभाव अन्त तक मौजूद रहा, इसलिए ऐसा सम्भव है कि इसी कारण से बाद के दौर में भी उनकी उपेक्षा हुई हो। हालाँकि यह भी सच है कि **विनोग्रादोव** जैसे कुछ अग्रणी सोवियत भाषा-वैज्ञानिकों ने वोलोशिनोव के अवदानों की खुलकर चर्चा की।

वोलोशिनोव (1895-1936) प्रसिद्ध **बख़्तीन सर्किल** के एक सदस्य थे जिसके सैद्धान्तिक नेता **मिखाइल मिखाइलोविच बख़्तीन** माने जाते रहे हैं। **कागान** (1889-1937), **मद्वेदेव** (1891-1938), **पम्पियांस्की** (1891-1940), **सोलेरतिंस्की** (1902-1944) सर्किल के अन्य सदस्य थे। यद्यपि बख़्तीन 1950 के दशक तक रचनात्मक रूप से सक्रिय रहे तथा उपन्यास के सौन्दर्यशास्त्रीय सिद्धान्त तथा वक्तृत्व-शैली और संकेत-सिद्धान्त सहित साहित्यिक-कलात्मक भाषा के सिद्धान्त पर काम करते रहे, लेकिन बख़्तीन सर्किल की सघन सक्रियता का काल 1920 का दशक ही था। बख़्तीन सर्किल समाजशास्त्रीय काव्यशास्त्र और विमर्श-सिद्धान्त (discourse theory) की नई प्रणालियाँ विकसित करने की दिशा में सक्रिय था। आम तौर पर सामाजिक जीवन में, और विशेष तौर पर, कलात्मक सृजन के क्षेत्र में संकेतीकरण से जुड़े हुए प्रश्न इस ग्रुप के विचारकों के कृतित्व के केन्द्र में थे। सामाजिक समुदायों के बीच के टकरावों की भाषा में इन्दराजी, और अभिव्यक्ति के रूपों-रास्तों पर बख़्तीन और उनके साथियों ने विशेष तौर पर विचार किया। बख़्तीन सर्किल का केन्द्रीय विचार यह था कि भाषाई उत्पादन सारतः *संवादात्मक* (*dialogic*) होता है जो सामाजिक अन्तर्क्रिया के दौरान अस्तित्व में आता है। यह विभिन्न सामाजिक मूल्यों की अन्तर्क्रिया के रूप में सामने आता है जो दूसरों के वक्तृत्व के पुनर्बलाघात (reaccentuation) के रूप में दर्ज होता है। शासक तबका एकल (अथवा इकहरे) विमर्श को निदर्शनात्मक रूप में प्रस्तुत करने की कोशिश करता है, जबकि 'सबाल्टर्न' वर्गों का झुकाव इस *एकालापी* या *स्वगत* (monologic) समापन को छिन्न-भिन्न करने की दिशा में होता है। साहित्य के क्षेत्र

में, कविता और महाकाव्य, संस्कृति के दायरे के अन्तर्गत केन्द्राभिसारी (centripetal) शक्तियों का प्रतिनिधित्व करते हैं जबकि उपन्यास लोकप्रिय *विचारधारात्मक आलोचना* की, संरचनात्मक दृष्टि से जटिल-सुपरिष्कृत अभिव्यक्ति होता है।

बख़्तीन सर्किल पर मार्बुर्ग पन्थ के नवकाण्टवाद का स्पष्ट प्रभाव था जिसका मुख्य माध्यम कागान था जो लीपज़िग, बर्लिन और मार्बुर्ग में दर्शन का अध्ययन करते हुए मार्बुर्ग पन्थ के संस्थापक **हरमन कोहेन** का शिष्य रहा था। इसी दौरान उसे **अर्न्स्ट कास्सिरेर** के भाषण सुनने के भी अवसर मिले थे। मार्बुर्ग पन्थ के नवकाण्टवादियों (**कोहेन, कास्सिरेर, नाटोर्प** और **श्टामलेर**) ने काण्ट के विचारों की भौतिकवादी प्रवृत्ति को तिलांजलि देकर सुसंगत आत्मगत प्रत्ययवाद की अवस्थिति अपना ली थी। इनका मानना था कि दर्शन विज्ञानों की विधि और तर्क मात्र ही बना रहता है और वह जगत का ज्ञान नहीं बन सकता। समाज-विकास के वस्तुगत नियमों को अस्वीकार करते हुए मार्बुर्गपन्थी समाजवाद को केवल नैतिक परिघटना या वर्गोपरि "नैतिक आदर्श" मानते थे। मार्क्सवाद की काण्टवाद से "अनुपूर्ति" करने का आह्वान करते हुए उन्होंने वैज्ञानिक समाजवाद की आधारभूत आर्थिक और राजनीतिक अन्तर्वस्तु को खत्म कर दिया। कास्सिरेर ने इस बात का प्रतिवाद किया कि विज्ञानसम्मत अमूर्तीकरण यथार्थ का परावर्तन है। उसने भौतिक जगत को विशुद्ध चिन्तन के प्रवर्गों में घुला-मिला दिया, उसके नियमों के स्थान पर प्रत्ययवादी ढंग से परिभाषित प्रकार्यात्मक अधीनता को रखा; और आगे चलकर, वैज्ञानिक संज्ञान को "प्रतीकात्मक" चिन्तन के रूप में प्रस्तुत करने का प्रयत्न किया। यह तथ्य गौरतलब है कि साहित्यिक-भाषावैज्ञानिक दायरे में बख़्तीन सर्किल को प्रभावित करनेवाले मार्बुर्ग पन्थ के समाजशास्त्रीय विचारों ने रूस के "कानूनी मार्क्सवादियों" और दूसरे इण्टरनेशनल के **बर्नस्टीन, काउत्स्की, एडलर** आदि अवसरवादियों को विशेष तौर पर प्रभावित किया था और दक्षिणपन्थी समाजवादी धाराएँ मार्क्सवाद के विरुद्ध इन विचारों को आज भी इस्तेमाल करती हैं। इस तथ्य की रोशनी में एक और तथ्य को समझने की कोशिश की जा सकती है। गत शताब्दी के सातवें-आठवें दशक में न केवल बख़्तीन सर्किल के, और विशेषकर बख़्तीन के विचारों का पश्चिमी साहित्यालोचना और भाषा-विज्ञान की दुनिया में अचानक महत्त्व बढ़ गया, बल्कि ख्रुश्चेव-ब्रेझनेव के संशोधनवाद के समय में सोवितय संघ में बख़्तीन की जोर-शोर से पुनर्स्थापना हुई। और पश्चिमी अकादमिक नववामपन्थी दायरों के एक आराध्य-पुरुष तो बख़्तीन विगत लगभग तीन दशकों से बने ही हुए हैं।

हम इस बात पर यहाँ विशेष तौर पर जोर देना चाहते हैं कि बख़्तीन सर्किल का विचार-जगत एकाश्मी और सुबद्ध कतई नहीं रहा है। वैज्ञानिक संज्ञान और प्रतीकात्मक रूपों के बारे में कास्सिरेर के विचारों के गहन प्रभाव के बावजूद वोलोशिनोव के लेखन की, और एक अन्य धरातल पर मद्वेदेव के लेखन की, सर्किल के अन्य पुरोधाओं से कुछ महत्त्वपूर्ण भिन्नताएँ हैं जो उन्हें मार्क्सवादी विचारों के दायरे में ज्यादा विश्वासपूर्वक

रखने का आधार देती हैं। कागान और बख़्तीन की स्थिति उनसे भिन्न थी। बख़्तीन अपनी सर्जनात्मकता के अन्तिम दौर तक नवकाण्टवादी, आत्मगत प्रत्ययवादी प्रभाव-छायाओं से मुक्त नहीं हो सके थे और भाषा, उपन्यास, महाकाव्य, तथा कार्निवाल से लेकर वक्तृत्व-शैली तक की विवेचना करते हुए वे वैचारिक-कलात्मक परिघटनाओं के सामाजिक चरित्र एवं सामाजिक श्रम-प्रक्रिया तथा वर्गीय संरचना से उनके अन्तर्सम्बन्धों की अनदेखी-सी करते हुए दिखाई देते हैं। वोलोशिनोव और मद्वेदेव की स्थिति बख़्तीन और सर्किल के अन्य सदस्यों से इस मायने में भिन्न है। उनके लेखन का मार्क्सवादी चरित्र अधिक मुखर था। बख़्तीन ने विमर्श (discourse), संवादात्मकता (dialogism), कार्निवाल आदि कई विषयवस्तुओं पर पर्याप्त अमूर्त और अति पाण्डित्यपूर्ण ढंग से अपने विचार प्रतिपादित किये थे जिनका पश्चिम की अकादमिक साहित्यालोचना के हलकों में बाजार भाव काफी ऊँचा रहा और समकालीन उत्तरसंरचनावादी- उत्तरआधुनिकतावादी आदि-आदि भी बख़्तीन के विचारों को काफी अहमियत देते हैं। बख़्तीन सर्किल के लेखन में बख़्तीन के अवदानों को लेकर भी काफी विवाद रहे। विशेष तौर पर, 1970 के बाद पश्चिम में इस बात को लगभग पूरी तरह स्थापित करने की कोशिश की गयी कि वोलोशिनोव और मद्वेदेव के नाम से प्रकाशित लेखन वस्तुतः बख़्तीन का लेखन है और स्थापित विद्वान भी बिना किसी तथ्यगत-तार्किक आधार के, अपनी पुस्तकों और लेखों में यह लिखते रहे कि बख़्तीन ही वोलोशिनोव के छद्मनाम से लिखते थे। दिलचस्प बात यह है कि बख़्तीन ने अपने जीवनकाल में (1975 तक) न तो इससे सहमति जाहिर की, न ही इसका खण्डन किया। पश्चिमी साहित्यिक दायरों में तो यह भी कहा जाता रहा कि वोलोशिनोव की मार्क्सवादी शब्दावली महज एक आवरण है और वस्तुतः उनके विचार बख़्तीन, कागान आदि के ही विचार थे।

बहरहाल, बख़्तीन सर्किल के सभी लोगों की रचनाओं को—उनकी स्थापनाओं, शैलियों और दार्शनिक-वैचारिक अवस्थितियों के फर्क को देखकर स्पष्ट हो जाता है कि उपरोक्त बातें महज बेपर की उड़ानें हैं और पश्चिम की शीतयुद्धकालीन सांस्कृतिक रणनीति का ही एक हिस्सा हैं। ज्यादा से ज्यादा यह माना जा सकता था कि सभी साहित्यिक-समाजशास्त्रीय-मनोवैज्ञानिक-भाषावैज्ञानिक विषयों पर पूरे ग्रुप में जीवन्त बहसें होती थीं और उसके बाद अलग-अलग विषय-वस्तु पर अपने-अपने परिप्रेक्ष्य से अलग-अलग व्यक्ति लेखन करते थे। यह स्पष्ट है कि मार्बुर्गपन्थी नवकाण्टवादी प्रभावों से शुरू करने के बाद, कालान्तर में ग्रुप के अलग-अलग व्यक्तियों की अवस्थितियों में फर्क आते चले गये। 1928 में बख़्तीन सर्किल के टूटने के बाद यह प्रक्रिया और स्पष्ट हो गयी। तथ्यतः और तर्कशः यह मानने का कोई आधार नहीं है कि वोलोशिनोव का लेखन वस्तुतः बख़्तीन का लेखन था और न ही इस कथन का कोई आधार है कि वोलोशिनोव की मार्क्सवादी शब्दावली महज दिखावे के लिए थी। बल्कि इसके विपरीत,

यह मानने के पर्याप्त आधार मौजूद हैं कि भाषाई धरातल पर सक्रिय अन्तरविरोधों में वर्ग-संघर्ष की अन्तर्वस्तु पर लगातार जोर देने के कारण, वोलोशिनोव के प्रति पश्चिमी साहित्यालोचना के बुर्जुआ और नववामपन्थी दायरों में उतनी ललक या उतना आग्रह नहीं दिखाई देता। वर्ग-अन्तरविरोधों की, भाषा के धरातल पर अभिव्यक्ति एवं प्रतिफलन पर यह जोर वोलोशिनोव की दोनों ही प्रमुख कृतियों—*फ्रायडवाद : एक मार्क्सवादी आलोचना* (1927, 1976 में अंग्रेजी में अनूदित) तथा *मार्क्सवाद और भाषा का दर्शन* (1929, 1973 में अंग्रेजी में अनूदित) में स्पष्ट नजर आता है। भाषा के धरातल पर वर्ग-संघर्ष पर वोलोशिनोव का जोर भोंड़े भौतिकवादी ढंग का, या एन.वाई. मार्र जैसे वर्ग-अपचयनवादी ढंग का नहीं था। वोलोशिनोव भाषा को स्पष्टतः एक सामाजिक- विचारधारात्मक परिघटना मानते थे, पर भाषाई समुदायों के बीच के भेद को वे वर्ग-विभेद का सम्पाती नहीं मानते थे क्योंकि विभिन्न वर्ग एक ही भाषा इस्तेमाल करते हैं। वोलोशिनोव की मान्यता थी कि स्वयं भाषा के भीतर, वर्ग-संघर्ष जारी रहता है। स्वयं उन्हीं के शब्दों में, **"संकेत वर्ग-संघर्ष का एक क्षेत्र बन जाता है।"**

उपलब्ध तथ्यों के अनुसार, वोलोशिनोव के लेखन की शुरुआत 1918 के आसपास **वितेब्स्क** में हुई, जहाँ बख़्तीन ग्रुप के लोग गृहयुद्ध की कठिनाइयों से बचने के लिए रह रहे थे। उसी समय वहाँ **मालेविच** और **शागाल** जैसे अवाँगार्द कलाकार भी रह रहे थे। वहाँ बख़्तीन सर्किल के सदस्यगण सिर्फ अकादिमक दार्शनिक गतिविधियों तक सीमित न रहकर उस दौर की रैडिकल सांस्कृतिक गतिविधियों में भागीदारी भी करते थे। पावेल मद्वेदेव वितेब्स्क सर्वहारा विश्वविद्यालय के रेक्टर पद पर नियुक्त हो गये थे और नगर की सांस्कृतिक पत्रिका '*इस्कुस्त्वो*' ('कला') का सम्पादन भी करते थे। इसी पत्रिका में उनके और युवा वोलोशिनोव के लेख नियमित प्रकाशित हुआ करते थे। 1924 में लेनिनग्राद आने के बाद का समय, बख़्तीन सर्किल के सदस्यों की महत्त्वपूर्ण कृतियों का रचनाकाल था। यह सिलसिला 1928 में सर्किल के बिखरने तक चलता रहा जब 'सेण्ट पीटर्सबर्ग धार्मिक-दार्शनिक समाज' नामक संगठन से सम्बन्ध के कारण बख़्तीन को दस वर्ष के लिए सोलोवेत्स्की द्वीप पर निर्वासित कर दिया गया। बाद में गोर्की और लूनाचार्स्की के हस्तक्षेप के कारण, सजा घटाकर उन्हें छह वर्ष के लिए कजाकिस्तान भेज दिया गया। वोलोशिनोव 1934 तक लेनिनग्राद में 'हर्जेन शिक्षाशास्त्रीय संस्थान' में काम करते रहे। 1934 में ही उन्हें तपेदिक हुआ और दो वर्ष बाद एक सेनेटोरियम में उनका देहान्त हो गया। मृत्यु के समय वे अर्न्स्ट कास्सिरेर की तीन खण्डोंवाली पुस्तक *प्रतीकात्मक रूपों का दर्शन* के पहले खण्ड का अनुवाद कर रहे थे, जो अधूरा ही रह गया।

लेनिनग्राद में रहते हुए सॉस्युर और उनके शिष्यों द्वारा प्रवर्तित-विकसित संरचनावादी भाषा-विज्ञान और तत्कालीन रूपवादियों के कृतित्व में उसके निरूपण द्वारा उपस्थित

चुनौतियों को वोलोशिनोव ने, और पूरी बख़्तीन सर्किल ने, गहराई के साथ महसूस किया। *मार्क्सवाद और भाषा का दर्शन* पुस्तक के अतिरिक्त, 1926 से 1930 के बीच वोलोशिनोव ने भाषा-विज्ञान विषयक लेखों की एक पूरी शृंखला प्रकाशित की।

1926 में वोलोशिनोव का लेख *जीवन में विमर्श और कविता में विमर्श : समाजशास्त्रीय काव्यशास्त्र के प्रश्न* प्रकाशित हुआ। यह शोध-निबन्ध उन्होंने लेनिनग्राद में 'भौतिक, कलात्मक और वाचिक संस्कृति संस्थान' में स्नातकोत्तर अध्ययन के दौरान तैयार किया था। उनके शोध-सलाहकारों में **याकुबिंस्की** भी एक थे जो संवादात्मक वक्तृत्व के अध्ययन के प्रवर्तक थे। यह निबन्ध न सिर्फ संकेत-प्रयोग विज्ञान (pragmatics) का सबसे पहला उदाहरण माना जाता है बल्कि बख़्तीन सर्किल के बीच से आयी पहली मार्क्सवादी कृति भी मानी जाती है। इस निबन्ध में वोलोशिनोव ने 'सौन्दर्यपरक' की परिभाषा सामाजिक अन्तर्क्रिया के एक विशिष्ट रूप के तौर पर करने की कोशिश की है। "कलात्मक कृति की सर्जना द्वारा (इसके) समापन और सह-सर्जनात्मक अवबोध (cocreative perception) में इसके सतत पुनर्सृजन" को वोलोशिनोव ने इसकी (यानी 'सौन्दर्यपरक' की) अभिलाक्षणिकता बताया और यह भी कि , "इसे दूसरे किसी वास्तवीकरण (objectification) की आवश्यकता नहीं होती।" वोलोशिनोव ने यह विचार रखा कि किसी भी कलाकृति में अनकहे सामाजिक मूल्यांकन 'संघनित' (condensed) होते हैं जो कला-रूप का निर्धारण करते हैं। किसी विशिष्ट सामाजिक अन्तर्क्रिया की गहनतर संरचनागत अभिलाक्षणिकताएँ एक सफल कलाकृति में अभिव्यक्त होती हैं। वोलोशिनोव के ही शब्दों में, "रूप को अन्तर्वस्तु का स्वीकरणीय मूल्यांकन होना चाहिये।" इस तरह वोलोशिनोव ने प्रारम्भिक बख़्तीनियन परिघटनाशास्त्र को एक विशिष्ट समाजशास्त्रीय 'फ्रेम ऑफ रेफरेन्स' के साथ विमर्शात्मक अन्तर्क्रिया (discursive interaction) के एक नये साँचे में ढालने की शुरुआत की।

वोलोशिनोव की दूसरी परियोजना थी, नई-नई उभर रही मनोविश्लेषण की प्रवृत्ति तथा मार्क्सवाद और फ्रायडवाद के समागम के समकालीन प्रयासों की एक समालोचना प्रस्तुत करना। 1927 में उनकी पहली पुस्तक प्रकाशित हुई : *फ्रायडवाद : एक मार्क्सवादी आलोचना।* यह पुस्तक दरअसल 1925 में लिखे गये एक लेख, *सामाजिक से परे* की विषयवस्तु का ही अग्रवर्ती विस्तार थी जिसमें फ्रायड पर मार्क्सवाद की स्पिरिट से सर्वथा विजातीय, जैविक अपचयनवाद और मनोगतवाद का आरोप लगाया गया था। वोलोशिनोव के अनुसार, हर प्रकार के अर्थ (meaning) का उत्पादन, और अर्थों का दमन भी, व्यक्तिगत या जैविक नहीं होता जैसाकि फ्रायड का मानना था, बल्कि सामाजिक-विचारधारात्मक होता है। उत्तरवर्ती लूकाच की ही स्पिरिट में वोलोशिनोव ने भी फ्रायडवाद को 'बुर्जुआ पतनशीलता' के रूप में देखा। साथ ही, इस कृति में वोलोशिनोव नवकाण्टवादी प्रभाव-छायाओं से मुक्त होकर, सांस्कृतिक-दार्शनिक प्रश्नों

पर हेगेलवादी पहुँच-पद्धति की ओर संक्रमण करते दीखते हैं।

1920 के दशक के परवर्ती दौर में विमर्श-विषयक वोलोशिनोव के निबन्ध से उनके विचारों में महत्त्वपूर्ण समाजशास्त्रीय-भाषावैज्ञानिक मोड़ का संकेत मिलता है। वोलोशिनोव यहाँ पहुंचकर, पहली बार भाषा को सामाजिक सम्बन्धों के अभिसूचक (index) और विचारधारात्मक विश्व-दृष्टिकोणों के द्वंद्व के मूर्त रूप के तौर पर परिभाषित करते हैं। वोलोशिनोव की चिन्तन-प्रक्रिया के इस विकास पर अर्न्स्ट कास्सिरेर की उस विचार-यात्रा का भी काफी प्रभाव था जो उनकी पुस्तक *प्रतीकात्मक रूपों का दर्शन* में अभिव्यक्त हुई थी। कास्सिरेर का मार्बुर्गपन्थी नवकाण्टवाद से, काण्ट के हेगेलियन दोष-निवारण में संक्रमण इस पुस्तक में एकदम स्पष्ट था।

वोलोशिनोव ने विचारधारा और भाषा के प्रति सॉस्युर के संरचनावाद और विटगेंस्टाइन के भाषाई दर्शन से सम्बद्ध परम्पराओं से सर्वथा अलग 'अप्रोच' अपनाया तथा संकेत-विज्ञान और विमर्श-सिद्धान्त की ऐसी प्रणालियाँ प्रस्तावित कीं जो मार्क्सवादी साहित्यिक आलोचना को कई धरातलों पर समृद्ध बनाने की सम्भावना से युक्त थीं। *मार्क्सवाद और भाषा का दर्शन* का पहला संस्करण 1929 में और दूसरा संस्करण 1930 में प्रकाशित हुआ। इसमें वोलोशिनोव ने भाषा और विचारधारा के बीच के सम्बन्धों का जो विश्लेषण प्रस्तुत किया, वह अपने कई विवादास्पद उपप्रमेयों और उपांगों के बावजूद, भाषा-विज्ञान के क्षेत्र में मार्क्सवाद को लागू करने का अभूतपूर्व उदाहरण था। न केवल दशकों बाद तक, मार्क्सवादी भाषा-विज्ञान इसे एक सन्दर्भ-बिन्दु के रूप में देखता रहा और इसके द्वारा प्रस्तुत प्रस्थापनाओं तथा उठाये गये अनसुलझे प्रश्नों से जूझता रहा, बल्कि आज भी यह प्रक्रिया जारी है।

पुस्तक में वोलोशिनोव ने अपने समय में स्थापित दो प्रमुख भाषा-वैज्ञानिक चिन्तन-सरणियों को विश्लेषण का विषय बनाया है—पहली, **सॉस्युर** से जुड़ी धारा जिसे वे 'अमूर्त वस्तुपरकतावाद' (abstract objectivism) की संज्ञा देते हैं, और दूसरी, स्वच्छन्दतावादी प्रत्ययवादी (नवहेगेलपन्थी) इतालवी दार्शनिक **बेनेडेट्टो क्रोचे** (1866-1952) और **कार्ल वोस्लर** (1872-1942) द्वारा विल्हेल्म फ़ॉन हम्बोल्ट के कृतित्व से विकसित धारा, जिसे वे 'व्यक्तिवादी आत्मपरकतावाद' (individualistic subjectivism) की संज्ञा देते हैं। वोलोशिनोव की स्थापना है कि ये दोनों धाराएँ क्रमशः तर्कणावाद और स्वच्छन्दतावाद से निकली हैं और इन आन्दोलनों की मजबूतियाँ और कमजोरियाँ—दोनों ही इनमें से मौजूद हैं। पहली धारा, सही ढंग से, भाषा के प्रणालीगत और सामाजिक चरित्र को रेखांकित करती है, लेकिन यह 'स्वतः-समरूपी फॉर्मों की प्रणाली' को समाज में भाषाई व्यवहार का स्रोत समझ बैठने की भूल करती है, उपयोग के ठोस ऐतिहासिक सन्दर्भ में पृथक करके भाषा का अमूर्तीकरण कर देती है; सम्पूर्ण की कीमत पर अंश की जाँच-पड़ताल करती है; वक्तृत्व की गतिमानता की उपेक्षा करके अलग-अलग भाषाई तत्व को स्वतंत्र-स्वायत्त मानते हुए उन्हें 'वस्तु' के रूप में देखती है; अर्थ और

बलाघात की बहुलता की उपेक्षा करके शब्दार्थ की एकता की कल्पना करती है; तथा भाषा को एक बनी-बनायी प्रणाली के रूप में देखती है और उसमें होनेवाले परिवर्तनों को मात्र विच्युति मानती है। दूसरी धारा, सर्वथा सही ढंग से भाषा को एक सतत् प्रजननशील प्रक्रिया के रूप में देखती है और इस बात पर बल देती है कि यह प्रक्रिया अर्थयुक्त है, लेकिन यह इसकी रचना के नियमों का व्यक्तिगत मनोविज्ञान के नियमों के रूप में देखने की गलती करती है; भाषाई प्रजनन-प्रक्रिया और कलात्मक सृजन के बीच सादृश्यता स्थापित करने की भूल करती है; तथा संकेतों की प्रणाली को सर्जनात्मक प्रक्रिया के निष्क्रिय भूपृष्ठ (पपड़ी) के रूप में देखती है। इन आंशिक अन्तर्दृष्टिगत पर्यवेक्षणों के बाद, वोलोशिनोव ये आधारभूत तर्क प्रस्तुत करते हैं कि भाषाई संकेतों की स्थायित्वपूर्ण प्रणाली महज एक वैज्ञानिक अमूर्तन है; भाषा की प्रजनक प्रक्रिया वक्ताओं की सामाजिक-वाचिक अन्तर्क्रिया में क्रियान्वित होती है; भाषा-प्रजनन के नियम समाजशास्त्रीय नियम होते हैं; तथा, हालाँकि भाषाई और कलात्मक सर्जनात्मकता एक-दूसरे के अनुरूप अथवा परस्पर सम्पाती नहीं हुआ करतीं, लेकिन इस सर्जनात्मकता को भाषा में सम्पूरित विचारधारात्मक अर्थों और मूल्यों से सम्बन्धित-सन्दर्भित करके ही समझा जा सकता है।

वोलोशिनोव का कहना है कि प्रत्येक ठोस उद्‌गार की संरचना एक समाजशास्त्रीय संरचना होती है। गौरतलब है कि हमारे समय के उत्तर-संरचनावादी, संरचनावादी और अन्य पूर्ववर्ती भाषा-वैज्ञानिक विचार-सरणियों की जो आलोचनाएँ प्रस्तुत करते हैं, उनमें से बहुतेरी वोलोशिनोव की विवेचना में पहले से ही मौजूद हैं, लेकिन ऐसा करते हुए वोलोशिनोव न तो उत्तर संरचनावादियों के भाषाई सापेक्षवाद का शिकार होते हैं, न ही देरिदा के *'hors text'* या पाठ से बाहर की शून्यता ही उन्हें व्यापती है। वोलोशिनोव चेतना की संकेतबद्ध प्रकृति और भाषा-प्रणाली की अन्तरणशील प्रकृति (shifting nature) पर विशेष बल देते हैं, लेकिन वे विषय को भिन्नता के यथार्थ द्वारा विखण्डित रूप में नहीं देखते और प्रत्येक उद्‌गार को सामाजिक संघर्ष या घात-प्रतिघात के सूक्ष्म प्रतिरूप (microcosm) के रूप में देखते हैं। यह स्थापना विमर्श की समाजशास्त्रीय संरचना और बहुलता को ऐतिहासिक विकास की एकात्मकता के अनुसार सहसम्बन्धित करने में मदद करती है। इन अर्थ-सन्दर्भों में, वोलोशिनोव की विवेचना और **अन्तोनियो ग्राम्शी** द्वारा 'प्रिज़न नोटबुक्स' में प्रस्तुत वर्चस्व की व्याख्या में साम्य के बहुतेरे सूत्र लक्षित किये जा सकते हैं। वोलोशिनोव की ही तरह, ग्राम्शी ने भी **क्रोचे, वोस्लर** और **मात्तियो बर्तोली** के सॉस्युरियन 'स्थानिक भाषा-विज्ञान' के कृतित्व की विवेचना प्रस्तुत की है और फिर मार्क्सवाद के ''हेगेलियन पाठ'' के साथ इसे जोड़ने की कोशिश की है। लेकिन, जैसाकि हमने देखा है, वोलोशिनोव कास्सिरेर से काफी प्रभावित थे जो प्रजनक भाषा-विज्ञान के प्रवर्तक विल्हेल्म फ़ॉन हम्बोल्ट के प्रशंसक थे। अतः तर्कणावाद और स्वच्छन्दतावाद की दोनों धाराओं से

समान दूरी के दावे के बावजूद वोलोशिनोव का झुकाव दूसरे ध्रुव की ओर कुछ ज्यादा दीखता है। जैसे कि सामाजिक समूहों को वे सामाजिक-आर्थिक आधारों पर गठित वर्गों या समुदायों के रूप में स्पष्टतः परिभाषित नहीं करते। उनका यह कथन भी उनके इसी विचलन को इंगित करता है कि किसी शब्द का अर्थ "पूरी तरह से" उसके सन्दर्भ से "निर्धारित होता है।" वोलोशिनोव ने एक महत्त्वपूर्ण काम यह किया कि व्यक्तिगत और राष्ट्रीय भाषाई परिवर्तनशीलता की हम्बोल्ट की धारणा के साथ एक समाजशास्त्रीय आयाम जोड़ दिया। उन्होंने हम्बोल्ट के भाषा के 'अन्तस्थ रूप' (inner form) की अवधारणा को विमर्श की सम्बन्धात्मकता (relationality) या संवादात्मकता के साँचे में ढालकर उसे नया रूप दे दिया। वोलोशिनोव ने भाषा के धरातल पर सामाजिक वर्गों के टकरावों को मान्यता देते हुए भी इसे मूलाधार अथवा अधिरचना में से किसी प्रवर्ग से जोड़ने की सोच को सर्वथा गलत बताया तथा विविध भाषाई रूपों को एक एकल सारवस्तु की विविध अभिव्यक्तियों के रूप में निरूपित करते हुए कास्सिरेर और हेगेल का अनुसरण किया। उल्लेखनीय है कि ग्राम्शी ने भी सुसंगत अर्थक्रियावादी ज्ञानमीमांसीय पद्धति अपनाकर इसी मार्ग का अनुसरण किया तथा उनके और वोलोशिनोव के सूत्रीकरणों में भी आश्चर्यजनक समानता देखने को मिलती है।

मार्र का भोंड़ा भौतिकवादी भाषा-विज्ञान

वोलोशिनोव की ही तरह सोवियत भाषा-वैज्ञानिक एन.वाई. मार्र ने भी भाषा को एक सामाजिक-विचारधारात्मक परिघटना बताया, लेकिन इस तर्क को नितान्त यांत्रिक भौतिकवादी ढंग से आगे बढ़ाते हुए और घोर वर्ग-अपचयनवादी अवस्थिति अपनाते हुए उन्होंने यह स्थापना दी कि भाषा का एक सुनिश्चित वर्ग-चरित्र होता है और यह अधिरचना का अंग होती है। मार्र के अनुसार, भाषा वर्ग-शासन के एक उपकरण के रूप में अस्तित्व में आयी और विकास के प्रत्येक चरण में, कार्य-कारण सम्बन्धानुसार. इसका निर्धारण वर्ग-संघर्ष के द्वारा ही होता है। भाषा-सृजन की प्रक्रिया (glottogony) की इसी एकता के चलते, सभी ज्ञात भाषाओं के मूल तत्व एक समान होते हैं। अपने चार-तत्वीय विश्लेषण में मार्र ने यह दावा किया कि मनुष्य की आदिम भाषा का उच्चारण चार मूल ध्वनि-इकाइयों से विकसित हुआ था। भाषाओं के बीच की भिन्नताओं का विश्लेषण मार्र इस तथ्य के आधार पर करते थे कि विकास की प्रक्रिया की अलग-अलग मंजिलों में वे अस्तित्व में आयीं। भाषाओं के वर्ग-चरित्र का निर्धारण करते हुए, मार्र मानते थे कि अलग-अलग भाषाएँ अलग-अलग कबीलाई, नृजातीय या राष्ट्रीय समुदायों की नहीं, बल्कि अलग-अलग वर्गों की उपज हैं।

मार्र और उनके अनुयाइयों का यह वर्ग-अपचयनवादी सिद्धान्त 1930 के दशक में सोवियत भाषा-विज्ञान के परिदृश्य पर पूरी तरह से छाया रहा और स्वस्थ बहस-मुबाहसे

के जरिये नहीं, बल्कि सांस्कृतिक क्षेत्र की आधिकारिक नौकरशाही के जरिये सभी विरोधी विचारों को पूरी तरह से दबा दिया गया। वोलोशिनोव का भाषा-चिन्तन लगभग पूरी तरह से विस्मृति के अँधेरे में खो गया। बख़्तीन सर्किल से जुड़े होने के कारण वोलोशिनोव पर भी नवकाण्टवादी आत्मगत प्रत्ययवाद से ग्रस्त और अध्यात्मवादी होने का आरोप लगाया जाना सुगम था। उनके चिन्तन में मौजूद विचलनों पर ज्यादा जोर दिया गया और उनके द्वारा निगमित सही निष्पत्तियों, भाषा-विज्ञान में ऐतिहासिक भौतिकवादी पद्धति को लागू करने के प्रयासों, उनके लेखन में काण्ट, हेगेल, कास्सिरेर की प्रभाव-छायाओं और मार्क्सवादी विश्व दृष्टिकोण के बीच सतत मौजूद एक 'जेनुइन' तनाव तथा उनके द्वारा प्रस्तुत अनसुलझे प्रश्नों एवं नई सम्भावनाओं की उपेक्षा कर दी गयी।

सोवियत संघ से बाहर, **जेकबसन** आदि के **प्राग भाषा-वैज्ञानिक स्कूल** के चिन्तन पर वोलोशिनोव का स्पष्ट प्रभाव दीखता है। इस स्कूल के विचारों के विकास में **श्चेरबा, बोगातिरेव, पोलिवानोव** आदि जिन सोवियत विद्वानों का योगदान था, उन पर भी वोलोशिनोव के भाषा-विज्ञान का पर्याप्त प्रभाव था। आगे चलकर श्चेरबा के स्वर-विज्ञान, व्याकरण और कोश-रचना विषयक प्रसिद्ध सिद्धान्तों पर वोलोशिनोव की संकेत प्रणाली विषयक अवधारणा का विशेष प्रभाव दीखता है। रूसी भाषा, साहित्यिक भाषा, शैली विज्ञान और काव्यशास्त्र से सम्बन्धित **विनोग्रादोव** का सिद्धान्त भी वोलोशिनोव की धारणाओं एवं तर्क-पद्धति से प्रभावित दीखता है। बाद के समय में, विनोग्रादोव एक ऐसे भाषा-वैज्ञानिक थे जो वोलोशिनोव के अवदानों को मुखर रूप में स्वीकार करते थे।

मार्क्सवादी भाषा-विज्ञान और स्तालिन

1940 के दशक के अन्त में, *प्रावदा* में भाषा-विज्ञान की समस्याओं पर एक खुली बहस चली, जिसका समाहार करते हुए 1950 में **स्तालिन** की प्रसिद्ध पुस्तिका *मार्क्सवाद और भाषा-विज्ञान की समस्याएँ* प्रकाशित हुई। इस पुस्तिका ने न केवल सोवियत भाषा-विज्ञान के क्षेत्र में मार्रवादी प्रभुत्व का अन्त कर दिया, बल्कि पहली बार इसमें भाषा के प्रश्न पर मार्क्स-एंगेल्स, पाल लफार्ग और लेनिन की छिटफुट स्थापनाओं को समेटते हुए, ऐतिहासिक-तुलनात्मक और संरचनावादी स्कूलों के सकारात्मक अवदानों को समाहित करते हुए तथा भाषा-विषयक स्थापित तथ्यों का ऐतिहासिक भौतिकवादी विश्लेषण-समाहार करते हुए, सांगोपांग, सारगर्भित और सुगम ढंग से मार्क्सवादी भाषा-वैज्ञानिक अवस्थितियों को प्रस्तुत किया गया। गौरतलब है कि द्वितीय विश्वयुद्धोत्तर काल में जब स्तालिन अतीत के प्रयोगों के अनुभव के आधार पर, समाजवादी संक्रमण की वैचारिक एवं अर्थशास्त्रीय विच्युतियों को ठीक कर रहे थे तथा पार्टी और राज्य के स्तर पर नौकरशाही की समस्या को हल करने के लिए

आवश्यक कदम उठाने की सोच रहे थे; ठीक उसी समय भाषा-विज्ञान के क्षेत्र में भी मार्र के भोंड़े भौतिकवाद और वर्ग-अपचयनवाद के विरुद्ध उन्होंने वैचारिक संघर्ष छेड़ा। फिर भी यह प्रश्न अनसुलझा रह जाता है कि क्यों वोलोशिनोव के सकारात्मक-नकारात्मक पक्षों की विवेचना तो दूर, स्तालिन ने भाषा-विज्ञान सम्बन्धी अपने निबन्ध और साक्षात्कारों में उनकी चर्चा तक नहीं की है! बहरहाल, इस पर अटकलें लगाने के बजाय इस तथ्य को तथ्य के रूप में स्वीकारते हुए आगे बढ़ना होगा। इस सन्दर्भ में समाजवाद के दौर में सांस्कृतिक क्षेत्र में वैचारिक संघर्ष चलाने के तौर-तरीकों और अतीत के (सोवियत संघ और चीन के) अनुभवों पर कुछ चर्चा हो सकती है, लेकिन यहाँ यह प्रसंगातर होगा।

स्तालिन की भाषा-विज्ञान विषयक आधारभूत प्रस्थापनाओं को इस रूप में सूत्रबद्ध किया जा सकता है :

(i) भाषा और अधिरचना को परस्पर उलझाना, और भाषा को आर्थिक मूलाधार पर आधारित अधिरचना मानना एक गम्भीर गलती है। मूलाधार—यानी उत्पादन-सम्बन्ध वर्ग-विशेष के हितों के अनुरूप होते हैं और उससे प्रादुर्भूत एवं उस पर आधारित अधिरचना का एक स्पष्ट वर्ग-चरित्र होता है। लेकिन भाषा समाज के किसी एक मूलाधार का प्रतिफलन नहीं, बल्कि समाज के शताब्दियों के इतिहास और मूलाधारों के इतिहास की उपज होती है। यह किसी एक वर्ग द्वारा नहीं बल्कि पूरे समाज द्वारा, और सैकड़ों पीढ़ियों के प्रयासों से निर्मित हुई है। यह किसी वर्ग-विशेष की आवश्यकताओं की नहीं, बल्कि पूरे समाज के सभी वर्गों की आवश्यकताओं की पूर्ति करती है। अतः भाषा के वर्ग-चरित्र की धारणा अवैज्ञानिक है।

(ii) भाषा की, उत्पादन के उपकरणों—यानी मशीनों की प्रकृति से कुछ बुनियादी समानताएँ हैं। मशीनें सभी वर्गों के लिए वैसे ही समान हैं, जैसे कि भाषा। जैसे, पूँजीवादी व्यवस्था की जगह समाजवादी व्यवस्था कायम हो जाने पर भाषा और मशीनें पूर्ववत समाज का हितसाधन करती रहती हैं। लेकिन इनके बीच की एक बुनियादी भिन्नता यह है कि उत्पादन के उपकरण भौतिक सम्पदा का उत्पादन करते हैं जबकि भाषा ऐसा नहीं करती। अतः भाषा को मूलाधार, अधिरचना के आम प्रवर्गों और उत्पादन के साधनों से पृथक, एक सर्वथा भिन्न सामाजिक परिघटना के रूप में देखा जाना चाहिये जो चिन्तन, संसर्ग और सम्प्रेषण के प्रकार्य सम्पन्न करती है।

(iii) अधिरचना मनुष्य की उत्पादक कार्रवाई से सीधे नहीं, बल्कि परोक्षतः, आर्थिक मूलाधार के माध्यम से—उत्पादन-सम्बन्ध के माध्यम से जुड़ी होती है। भाषा व्यक्ति की उत्पादक गतिविधियों से सीधे जुड़ी होती है। साथ ही वह व्यक्ति के सभी कार्यक्षेत्रों की गतिविधियों से सीधे जुड़ी होती है। अतः वह उत्पादन में हुए परिवर्तनों को तत्काल और प्रत्यक्षतः परावर्तित करती है, मूलाधार में परिवर्तनों के घटित होने की

प्रतीक्षा नहीं करती।

(iv) भाषा का विकास गोत्र भाषाओं, जातीय भाषाओं, राष्ट्रीयताओं की भाषाओं और फिर राष्ट्रीय भाषाओं के अनुवर्ती विकास-क्रम में हुआ है। पूँजीवाद के उदय के साथ और राष्ट्रीय बाजारों के निर्माण के साथ राष्ट्रीयताओं का विकास राष्ट्रों में तथा राष्ट्रीयताओं की भाषाओं का विकास राष्ट्रीय भाषाओं में हुआ।

(v) भाषा समाज के सभी वर्गों के प्रति तटस्थ होती है, लेकिन विभिन्न सामाजिक वर्ग भाषा के प्रति तटस्थता का रुख नहीं अपनाते। वे भाषा का अपने हक में इस्तेमाल करने के उद्देश्य से उस पर अपनी विशेष शब्दावली और अभिव्यक्तियाँ आरोपित करते हैं। आम लोगों की बोलचाल की शब्दावली व शैली से अलग, शासक वर्ग प्रायः अपनी विशेष 'जमाती भाषा' (lingo), वर्ग-उपभाषा (dialect) और वर्ग-बोली (jargqn) इस्तेमाल करते हैं। पर ये पृथक स्वतंत्र भाषाएँ न होकर, प्रायः एक राष्ट्रीय भाषा के परिक्षेत्र में ही बरती जाती हैं, तथा उसी का अंग होती हैं। इनका अपना अलग से मूल शब्द-भण्डार या व्याकरण-प्रणाली नहीं होती।

(vi) मूल शब्द भण्डार और व्याकरण-प्रणाली—ये किसी भी भाषा की दो बुनियादी अभिलाक्षणिकताएँ होती हैं। मूल शब्द भण्डार, शताब्दियों तक बना रहता है, उसमें परिवर्तन की प्रक्रिया अत्यन्त मद्धम होती है, वह भाषा को नये शब्दों के निर्माण के लिए आधार प्रदान करता है। शब्दों में परिवर्तन और वाक्यों में उनके संयोजन को नियंत्रित करती हुई व्याकरण-प्रणाली, शब्दों और वाक्यों—दोनों के सन्दर्भ में, विशिष्ट और सुनिश्चित प्रकारों से अपने को अमूर्त या निरपेक्ष बनाते हुए उन चीजों को अपनाती है जो शब्दों के परिवर्तन और वाक्यों की रचना में आधारभूत और सामान्य होती हैं, और उन्हें व्याकरणीय नियमों की शक्ल देती है। व्याकरण मस्तिष्क द्वारा काफी लम्बे समय से जारी अमूर्तीकरण की प्रक्रिया का प्रतिफलन है। यह चिन्तन की व्यापक उपलब्धियों का एक संकेत है। व्याकरण इस सन्दर्भ में कुछ हद तक ज्यामिति जैसा होता है जो अपने नियमों को प्रस्तुत करते हुए स्वयं को ठोस वस्तुओं से अमूर्त कर लेता है और उन वस्तुओं को ठोसपन से रहित पिण्डों की तरह लेती है तथा उनके बीच के सम्बन्धों को ठोस वस्तुओं के निश्चित सम्बन्धों के रूप में परिभाषित करने के बजाय सभी प्रकार के ठोसपन से रहित पिण्डों के सम्बन्धों के रूप में परिभाषित करती है।

(vii) भाषाओं के विकास में आकस्मिक विस्फोटों (गुणात्मक छलाँग) और आकस्मिक भाषाई क्रान्ति के माध्यम से नई भाषा के जन्म की अवधारणा अवैज्ञानिक एवं अनैतिहासिक है। भाषा-सम्पर्क (linguistic crossing) किसी निर्णायक आघात (blow) का अकेला संघात नहीं, बल्कि सैकड़ों वर्षों तक चलनेवाली एक लम्बी प्रक्रिया है।

(viii) "भाषा विचारों की प्रत्यक्ष वस्तुवत्ता है"(मार्क्स)। सामान्य आदमी के दिमाग में विचार केवल भाषा-तत्व के आधार पर ही उत्पन्न हो सकते हैं। भाषा तत्व से रहित "नग्न" विचारों की मार्र की अवधारणा एकदम गलत है।

स्तालिन भाषा-विज्ञान के संकेत-प्रायोगिक, अर्थ-वैज्ञानिक, स्वर-वैज्ञानिक, और शैली-विज्ञान आदि से सम्बन्धित अमली तकनीकी विस्तार में तो नहीं गये, लेकिन इतना तय है कि भाषा-विज्ञान के लगभग सभी दार्शनिक एवं अवधारणागत पहलुओं को अपनी पुस्तिका में समेटते हुए उन्होंने एक सांगोपांग मार्क्सवादी फ्रेमवर्क पहली बार प्रस्तुत किया। उनके इस हस्तक्षेप ने मार्र के भोंड़े भौतिकवादी भाषा-विज्ञान को हमेशा के लिए दफ्न कर दिया।

पाव्लोव, लूकाच, डेला वोल्पे का चिन्तन और नववाम के भाषाई खेल : नया मार्क्सवादी हस्तक्षेप जरूरी है!

भाषा और सामाजिक संरचना तथा भाषा और विचारधारा के अन्तर्सम्बन्धों की इस मीमांसा से अलग एक और प्रश्न था जिसका उल्लेख मार्क्स से होकर स्तालिन तक के विमर्श में नहीं आया था। वह प्रश्न कुछ इस रूप में रखा जा सकता है : मनुष्य की अन्य प्राणियों से अलग वह कौन-सी विशिष्टता है, जिसके चलते सामाजिक जीवन में संज्ञानात्मक और संसर्गात्मक प्रकार्यों की पूर्ति के लिए आधारभूत संकेत-प्रणाली के रूप में वह भाषा का विकास कर सका? यह प्रश्न शरीरक्रिया-विज्ञान से जाकर जुड़ता था और इस दृष्टि से **पाव्लोव** ने इस पर विचार किया। पाव्लोव के प्रतिवर्तों (reflexes) के सिद्धान्त के अनुसार, भाषा द्वितीय संकेत प्रणाली (secondary signalling system) है। भाषा-विज्ञान के सामाजिक पहलू से जुड़े होने के बजाय, पाव्लोव का सिद्धान्त भाषा और संज्ञान के अन्तर्सम्बन्धों की द्वंद्वात्मक भौतिकवादी व्याख्या प्रस्तुत करता है।

आगे चलकर पाव्लोव के सिद्धान्त को लूकाच ने भी अपनी एक भाषा-वैज्ञानिक अवधारणा के आधार के तौर पर, किंचित संशोधित रूप में लागू करने की कोशिश की। दैनन्दिन जीवन की भाषा सहित, दैनन्दिन जीवन के अपने सिद्धान्त के फ्रेमवर्क में लूकाच ने तथाकथित 'संकेत-प्रणाली-I' से सम्बन्धित प्राक्कल्पना प्रस्तावित की। लेकिन साथ ही उन्होंने प्रकृतवादी रुझान के लिए पाव्लोव की आलोचना भी की। परवर्ती दौर की अपनी रचनाओं में लूकाच ने मुख्यतः सामाजिक पुनरुत्पादन के एक तत्व के रूप में तथा सामाजिक जीवन की निरन्तरता के एक साधन के रूप में भाषा की भूमिका पर विचार किया है।

भाषा-विज्ञान जैसे सापेक्षतः अमूर्त, वैज्ञानिक विषय के साथ प्रायः एक समस्या यह देखने में आती है कि व्यवहार के क्रान्तिकारी परिप्रेक्ष्य से कटकर अकादिमक सीमान्तों में घुसते ही आवश्यक अमूर्तन का स्थान अनावश्यक अमूर्तन ले लेता है, गौण मुद्दों पर सिराविहीन बहसों का अनन्त सिलसिला जारी हो जाता है, चरम अमूर्त प्रस्थापनाओं का अम्बार लग जाता है और मूल लक्ष्य जटिल भाषा के भँवरों में खो जाते है। नववामपन्थ के विभिन्न यूरोपीय दायरों में भी आज यह खूब हो रहा है। एक हद

तक, वोलोशिनोव में भी यह अकादमिक अमूर्तन मौजूद है, लेकिन बख़्तीन के लेखन में तो यह अति की सीमा तक जा पहुँचता है और इसमें कोई आश्चर्य नहीं कि न केवल पश्चिम के अकादमिक नववाममार्गी, बल्कि उत्तर-संरचनावादी और उत्तर-आधुनिकतावादी भी बख़्तीन को हाथों हाथ लेते रहे हैं। पश्चिमी नववाम की वर्तमान लहर से पहले, जिन कुछ पश्चिमी वामपन्थी विचारकों ने साहित्यालोचन के विविध प्रश्नों से जूझते हुए भाषा-विज्ञान सम्बन्धित कुछ महत्त्वपूर्ण प्रस्थापनाएँ दीं, उनमें इतालवी मार्क्सवादी दार्शनिक **गाल्वानो डेला वोल्पे** (1895-1968) का प्रमुख स्थान है। डेला वोल्पे ने वोलोशिनोव की ही भाँति भाषा के भौतिकवादी सौन्दर्यशास्त्र से जुड़ी कई एक महत्त्वपूर्ण अनुसलझी समस्याओं की एक पूरी शृंखला प्रस्तुत की है और उन पर विचार करने का एक सुनिश्चित कोण भी। अपनी प्रसिद्ध पुस्तक **'क्रिटीक ऑफ टेस्ट'** (Critique of Taste, 1960) में डेला वोल्पे ने प्लेखानोव, ग्राम्शी और लूकाच के साथ विमर्श में उलझते हुए ऐतिहासिक भौतिकवादी सौन्दर्यशास्त्र की अपनी अवधारणा प्रस्तुत की है तथा यथार्थवाद की समाजवादी अवधारणा की हिफाजत की है। इस दौरान डेला वोल्पे ने एक नई बात यह कही है कि मार्क्सवादी सौन्दर्यशास्त्र ने साहित्य के भाषागत आयामों पर यथोचित ध्यान नहीं दिया है। संरचनावादी भाषा-विज्ञान के कोपेनहेगन स्कूल के प्रवर्तक **ह्येल्मस्लेव** के 'ग्लॉसमेटिक्स' (glossematics) के सिद्धान्त के आधार पर डेला वोल्पे ने सौन्दर्यशास्त्रीय संकेत-विज्ञान की एक नई प्रशाखा विकसित की। एकार्थक वैज्ञानिक भाषा, अनेकार्थक कविता और सामान्य भाषा के बीच के द्वंद्वात्मक सम्बन्धों का वर्णन करते हुए डेला वोल्पे ने कविता की बहुअर्थी तर्कपरकता के रहस्यीकरण की आलोचना की। इस विश्लेषण ने काव्यालोचना के क्षेत्र में मौजूद प्रत्ययवाद और रूपवाद की आलोचना को एक नया आयाम दिया। डेला वोल्पे के सिद्धान्त के आधार पर इतालवी आलोचक **फ्रांको मोरेत्ती** ने मार्क्सवादी संकेत-विज्ञान में नया और महत्त्वपूर्ण काम किया है (Signs Taken For Wonders, 1983)।

हेबरमास और फ्रैंकफर्ट स्कूल के कुछ अन्य नव मार्क्सवादियों के अनुसार, भाष्यशास्त्र (hermeneutics) का काम यह है कि वह भाषा के विश्लेषण से "शासन तथा सामाजिक सत्ता के साधन" को उजागर करे जो "संगठित जोर-दबाव के सम्बन्धों का औचित्य" ठहराने का काम करता है। यह वस्तुतः एक तरह का नवप्रत्यक्षवादी "भाषा विश्लेषण" है जो अस्तित्ववादी **हाइडेगर** की ही भाँति दर्शन को भाषा की चौहद्दी में कैद कर देता है और भाषा के विश्लेषण को राजनीतिक-आर्थिक विश्लेषण का स्थानापन्न बनाने की कोशिश करता है।

आज तमाम "उत्तर" सिद्धान्तों के प्रस्तोताओं-प्रवक्ताओं ने जीवन के यथार्थ और उसकी गतिकी से मुंह मोड़कर भाषा-वैज्ञानिक विमर्श के नाम पर भाषा का जो खेल खेलना शुरू किया है, उसका एक मूल उद्देश्य सामाजिक संघर्ष की उस सार्वभौमिक

सच्चाई की अनदेखी करना है, जो भाषा के धरातल पर भी लगातार जारी रहता है। सत्य की सार्वभौमिकता, नियमनिष्ठता और वस्तुगत चरित्र को अस्वीकार करनेवाले ये सभी सिद्धान्त सत्य के पीछे तथ्य के आग्रह और संकेतों में अर्थ की उपस्थिति के आग्रह को खारिज करते हैं तथा सत्य के दावे को मानसिक उपनिवेशन बताते हैं। देरिदा कला-साहित्य में निश्चित अर्थ की अवधारणा को अस्वीकार करते हैं। इतिहास, दर्शन, साहित्य ही नहीं, विचार, विश्वास, व्यवहार, घटनाओं आदि को भी ये पाठ मानते हैं और पाठ का कोई निश्चित अर्थ नहीं होता। यह पाठक और उसकी व्याख्या पर निर्भर करता है। उत्तर-आधुनिकतावादी संकेतक (signifier) और संकेतित (signified) के मान्य सम्बन्ध को अस्वीकार करते हुए उनके बीच एक किस्म का 'आर्बिट्रेरी' सम्बन्ध स्थापित करते हैं।

देखा जाये तो उत्तर-आधुनिकतावादियों के सांस्कृतिक तर्कों की ही भाँति उनके भाषा-वैज्ञानिक तर्क भी पहले के प्रत्ययवादी और रूपवादी तर्कों के ही नये संस्करण मात्र हैं। मार्क्सवादी भाषा-विज्ञान काफी पहले इन प्रश्नों पर तर्कपूर्ण ढंग से विचार कर चुका है। मार्क्सवादी भाषा-चिन्तन की उस परम्परा को आज पुनर्जीवित करने की और आगे विस्तार देने की जरूरत है। साथ ही, भाषा-प्रश्न पर ऐतिहासिक भौतिकवादी चिन्तन के सामने आज भी कई जरूरी, अनुसलझे प्रश्न खड़े हैं, जिन्हें हल करना साहित्य की मार्क्सवादी सैद्धान्तिकी के अग्रवर्ती विकास की एक आवश्यक पूर्वशर्त है।

– कात्यायनी

सत्यम

भाग एक

भाषा का दर्शन और मार्क्सवाद के लिए इसका महत्त्व

अध्याय एक

विचारधाराओं एवं भाषा के दर्शन का अध्ययन

विचारधारात्मक संकेत की समस्या। विचारधारात्मक संकेत और चेतना। विचारधारात्मक संकेत के रूप में शब्द की सर्वोत्कृष्टता। शब्द की विचारधारात्मक पक्षमुक्तता। आन्तरिक संकेत बनने की शब्द की क्षमता। सार-संक्षेप।

भाषा के दर्शन की समस्याएँ वर्तमान समय में मार्क्सवाद के लिए असाधारण रूप से प्रासंगिक और महत्त्वपूर्ण हो उठी हैं। अपनी वैज्ञानिक उन्नति के क्रम में मार्क्सवादी पद्धति सर्वाधिक महत्त्व के अधिकांश क्षेत्रों में इन समस्याओं से सीधे जूझती है, क्योंकि इनके अनुसन्धान एवं समाधान का विशेष प्रावधान किये बिना यह उत्पादक रूप से आगे नहीं बढ़ सकती।

पहली और सर्वप्रमुख बात यह है कि विचारधाराओं के मार्क्सवादी सिद्धान्त की नींव—अर्थात वैज्ञानिक ज्ञान, साहित्य, धर्म, नीतिशास्त्र आदि के अध्ययन के मूलाधार—ही भाषा के दर्शन की समस्याओं से घनिष्ठ रूप से सम्बद्ध है।

कोई भी विचारधारात्मक उत्पाद अपने आप में यथार्थ (प्राकृतिक या सामाजिक) का सिर्फ एक भाग ही नहीं होता, जैसाकि कोई भौतिक निकाय, उत्पादन का कोई उपकरण, या उपभोग का कोई उत्पाद होता है, बल्कि वह इन अन्यान्य परिघटनाओं से स्पष्टतः इतर, स्वयं अपने से बाहर के एक-दूसरे यथार्थ को भी प्रतिबिम्बित और अपवर्तित करता है। प्रत्येक विचारधात्मक वस्तु एक *अर्थ* धारण किये होती है : यह स्वयं अपने बाहर स्थित किसी चीज का प्रतिनिधित्व या चित्रण करती या उसे अभिव्यक्त करती है। दूसरे शब्दों में, यह एक संकेत (sign) होती है। *संकेतों के बिना किसी विचारधारा का अस्तित्व ही नहीं होता।* उदाहरण के तौर पर, एक भौतिक निकाय स्वयं अपने ही समतुल्य होता है; यह पूरी तरह से अपनी विशिष्ट सुनिश्चित प्रकृति से मेल खाने के अलावा और किसी

भी चीज को संकेतित नहीं करता। इस स्थिति में विचारधारा का सवाल ही नहीं उठता।

बहरहाल, किसी भी भौतिक निकाय का बोध एक बिम्ब के रूप में किया जा सकता है; उदाहरण के लिए, उस वस्तु विशेष में मूर्तमान प्राकृतिक जड़ता और आवश्यकता का बिम्ब। इस तरह का कलात्मक-प्रतीकात्मक बिम्ब, जो एक विशिष्ट भौतिक वस्तु से उभरता है, पहले से ही एक विचारधारात्मक उत्पाद होता है। भौतिक वस्तु एक संकेत में परिवर्तित हो जाती है। इस तरह की वस्तु, भौतिक यथार्थ का एक भाग बने रहते हुये भी, किसी हद तक, एक दूसरे यथार्थ को प्रतिबिम्बित और अपवर्तित करती है।

यही बात उत्पादन के किसी भी उपकरण के लिये सच है। एक उपकरण स्वयं में कोई विशिष्ट अर्थ नहीं रखता; यह सिर्फ किसी पूर्वनिर्दिष्ट कार्य को नियंत्रित भर करता है—उत्पादन में इस या उस उद्देश्य को पूरा करने के लिए। उपकरण उसी विशिष्ट सुनिश्चित वस्तु के रूप में इस कार्य को पूरा करता है जो कि वह वास्तव में है, इसके अतिरिक्त, यह अन्य किसी भी वस्तु को प्रतिबिम्बित या अभिव्यक्त नहीं करता। वैसे, एक उपकरण को भी एक विचारधारात्मक संकेत में परिवर्तित किया जा सकता है। **सोवियत संघ** का हँसिया-हथौड़ावाला राज्य-चिह्न एक ऐसा ही उदाहरण है। यहाँ हँसिया-हथौड़ा का एक विशुद्ध विचारधारात्मक अर्थ है। इसके अतिरिक्त, उत्पादन का कोई उपकरण विचारधारात्मक रूप से अलंकृत भी हो सकता है। प्रागैतिहासिक मानव द्वारा प्रयोग किये जानेवाले उपकरण चित्रों या डिजाइनों से—अर्थात संकेतों से—आवृत्त होते थे। निस्सन्देह इस तरह संसाधित होने के बावजूद, एक उपकरण अपने आप में एक संकेत नहीं बन जाता।

यह भी सम्भव है कि किसी उपकरण को और भी कलात्मक रूप दे दिया जाये, और वह ऐसा बन जाये कि उसका सुघड़पन उत्पादन में उसके निर्दिष्ट कार्य के साथ सुसंगत हो। ऐसे में संकेत और उपकरण के बीच अधिकतम सन्निकटता, लगभग सम्मिलन की स्थिति उत्पन्न हो जाती है। लेकिन इतने के बावजूद, अभी भी हम यहाँ एक स्पष्ट वैचारिक विभाजक रेखा चिह्नित कर सकते हैं, इतने ही से वह उपकरण एक संकेत नहीं बन जाता, और संकेत अपने आप में उत्पादन का एक उपकरण नहीं बन जाता।

इसी तरह किसी भी उपभोक्ता माल को एक विचारधारात्मक प्रतीक बनाया जा सकता है। उदाहरण के लिए, रोटी और शराब ईसाइयों के धर्मसमागम के संस्कार में धार्मिक प्रतीक बन जाती हैं। लेकिन उपभोक्ता माल अपने आप में एक संकेत नहीं होता। उपकरणों की भाँति ही, उपभोक्ता मालों को भी विचारधारात्मक संकेतों के साथ संयुक्त किया जा सकता है, लेकिन मात्र इस संयुक्तीकरण से ही इनके बीच की स्पष्ट अवधारणात्मक विभाजक रेखा मिट नहीं जाती। रोटी एक खास आकृति में बनायी जाती है; लेकिन यह आकृति महज एक उपभोक्ता माल के रूप में रोटी के कार्य के चलते ही निर्धारित नहीं होती; बल्कि आदिम रूप में ही सही, इसका एक विचारधारात्मक संकेत के तौर भी कुछ मूल्य होता है (जैसे, ब्रेड की अंक आठ जैसी आकृति (*क्रेण्डेल*) या गुलाब

के फूल जैसी गुच्छेदार आकृति)।

इस प्रकार, प्राकृतिक परिघटनाओं, तकनोलॉजी के उपकरणों और उपभोग की वस्तुओं के साथ ही साथ एक विशिष्ट दुनिया—*संकेतों की दुनिया* भी अस्तित्वमान रहती है।

संकेत भी विशिष्ट भौतिक उपादान ही होते हैं; और जैसाकि हम देख चुके हैं, प्रकृति, तकनोलॉजी, या उपभोग की कोई भी वस्तु एक संकेत बन सकती है, और इस प्रक्रिया में एक ऐसा अर्थ ग्रहण कर लेती है, जो इसकी सुनिश्चित विशिष्टता से परे जाता है। कोई संकेत महज यथार्थ के एक भाग के रूप में ही नहीं मौजूद होता—यह एक दूसरे यथार्थ को भी प्रतिबिम्बित और अपवर्तित करता है। अतः यह उस यथार्थ को विकृत भी कर सकता है, या उसे ठीक-ठीक व्यक्त कर सकता है, अथवा एक विशेष दृष्टिकोण से उसका बोध कर सकता है, आदि-आदि। हर संकेत विचारधारात्मक मूल्यांकन के मानदण्डों पर परखा जाता है (यानी, क्या यह सच है , मिथ्या है, सटीक है, उचित है, अच्छा है, आदि)। विचारधारा का दायरा संकेतों के दायरे के संपाती होता है। दोनों एक-दूसरे के समतुल्य होते हैं। जहाँ कहीं भी कोई संकेत होगा, वहाँ विचारधारा भी अवश्यक मौजूद होगी। *प्रत्येक विचारधारात्मक वस्तु में संकेतपरक मूल्य (semiotic value) निहित होता है।*

संकेतों के दायरे के भीतर—अर्थात विचारधारात्मक परिधि के भीतर—गहरी विभिन्नताएँ मौजूद रहती हैं : आखिरकार, कुल मिलाकर, यह कलात्मक बिम्ब, धार्मिक प्रतीक, वैज्ञानिक सूत्र, और न्यायिक निर्णय आदि का दायरा है। विचारधारात्मक सृजनशीलता का प्रत्येक क्षेत्र यथार्थ के प्रति अपने खास तरीके का झुकाव लिये होता है, और प्रत्येक क्षेत्र यथार्थ को अपने ही ढंग से अपवर्तित करता है। सामाजिक जीवन की एकता के भीतर प्रत्येक क्षेत्र का अपना विशिष्ट कार्य होता है। *परन्तु यह उनका संकेतात्मक चरित्र ही है जो सभी विचारधारात्मक परिघटनाओं को एक ही सामान्य परिभाषा के अन्तर्गत ला देता है।*

प्रत्येक विचारधारात्मक संकेत यथार्थ का एक प्रतिबिम्बन, एक छायामात्र ही नहीं होता, बल्कि यह स्वयं में उस यथार्थ का एक भौतिक अंश भी होता है। किसी विचारधारात्मक संकेत के रूप में कार्य करनेवाली प्रत्येक परिघटना में किसी न किसी प्रकार की भौतिक मूर्तमानता भी होती है, चाहे वह ध्वनि के रूप में हो, भौतिक पिण्ड के रूप में हो, रंग के रूप में हो, या शरीर की गतियों आदि के रूप में हो। इस अर्थ में, संकेत का यथार्थ पूरी तरह वस्तुगत होता है, और अपने आप को एकात्मक, अद्वैतवादी और वस्तुगत अध्ययन-पद्धति के लिए प्रस्तुत करता है। संकेत बाह्य जगत की एक परिघटना है। स्वयं यह संकेत और इसके द्वारा उत्पन्न किये जानेवाले सारे के सारे प्रभाव (वे सारी की सारी क्रियाएँ, प्रतिक्रियाएँ और नये संकेत जो इसके द्वारा आसपास के सामाजिक परिवेश में प्रकट किये जाते हैं) दोनों ही बाह्य अनुभव में घटित होते हैं।

यह एक अत्यन्त महत्त्वपूर्ण प्रश्न है। फिर भी, यह बात चाहे कितनी ही प्रारम्भिक और अपने आप में स्पष्ट क्यों न प्रतीत होती हो, अभी भी विचारधाराओं के अध्ययन

से वे सारे निष्कर्ष प्राप्त नहीं किये जा सके हैं, जो इससे निकल सकते हैं।

संस्कृति के भाववादी दर्शन और मनोविज्ञानवादी सांस्कृतिक अध्ययनों में विचारधारा को चेतना के अन्तर्गत अवस्थित किया जाता है।[1] उनका दावा है कि विचारधारा चेतना का तथ्य है, अर्थात संकेत का बाह्य निकाय तो आवरण मात्र है, आन्तरिक प्रभाव, अर्थात समझ का महज एक तकनीकी साधन।

भाववाद और मनोविज्ञानवाद समान रूप से इस तथ्य की अनदेखी कर जाते हैं कि समझ स्वयं में सिर्फ एक प्रकार के संकेत-वैज्ञानिक उपादान [Semiotic material] (अर्थात आन्तरिक वक्तृत्व) के भीतर ही उत्पन्न होती है, कि संकेत का सम्बन्ध संकेत से होता है, कि *स्वयं चेतना भी सिर्फ संकेतों की भौतिक मूर्तमानता में ही प्रकट हो सकती है और एक जीवन्त तथ्य बन सकती है।* एक संकेत की समझ कुल मिलाकर, अवबोधित संकेत और अन्य पहले से ज्ञात संकेतों के बीच सम्बन्ध की एक क्रिया होती है; दूसरे शब्दों में, समझ एक संकेत का अन्य संकेतों से प्रतिसाद किये जाने की क्रिया है। विचारधारात्मक सृजनशीलता और समझ की यह श्रृंखला एक संकेत से दूसरे संकेत, और फिर एक नये संकेत की ओर गति करती हुई, पूरी तरह सुसंगत और निरन्तर बनी रहती है : हम संकेत-वैज्ञानिक प्रकृति की (और, इसलिए, भौतिक प्रकृति की भी) एक कड़ी से, निर्बाध रूप से, ठीक उसी प्रकृति की दूसरी कड़ी की ओर बढ़ते जाते हैं। और इस श्रृंखला में कहीं टूटन नहीं होती, कहीं भी यह श्रृंखला ऐसे किसी आन्तरिक अस्तित्व में नहीं फँसती जो अपनी प्रकृति में अभौतिक हो और संकेतों में मूर्तमान न हो।

यह विचारधारात्मक श्रृंखला एक व्यक्तिगत चेतना से दूसरी व्यक्तिगत चेतना की ओर, दोनों को परस्पर सम्बद्ध करती हुई, आगे बढ़ती है। आखिरकार, संकेत एक व्यक्तिगत चेतना और दूसरी व्यक्तिगत चेतना के बीच अन्तरक्रिया की प्रक्रिया में ही तो उत्पन्न होते हैं। और व्यक्तिगत चेतना स्वयं ही संकेतों से भरी होती है। चेतना सिर्फ तभी चेतना बनती है जब इसमें विचारधारात्मक (संकेत-वैज्ञानिक) अन्तर्वस्तु समाहित हो जाती है, और ऐसा केवल सामाजिक अन्तर्क्रिया की प्रक्रिया में ही होता है।

संस्कृति के भाववादी दर्शन और मनोविज्ञानवादी सांस्कृतिक अध्ययनों के बीच गहरा पद्धतिगत मतभेद होने के बावजूद, ये दोनों एक ही प्रकार की बुनियादी गलती करते हैं।

---

1. इस बात पर ध्यान दिया जाना चाहिये कि आधुनिक नव-काण्टवाद में इस सम्बन्ध में दृष्टिकोण में परिवर्तन देखा जा सकता है। यहाँ पर हमारे ध्यान में *अन्स्र्ट कास्सिरेर* की नवीनतम पुस्तक Philasophie der symobolischen Formen vol-I, 1923 है। चेतना की भूमि पर अवस्थित रहते हुए, कास्सिरेर प्रतिनिधित्व को इसकी प्रभावी विशेषता मानता है। अर्थात चेतना का प्रत्येक तत्व किसी न किसी चीज का प्रतिनिधित्व करता है, और उसका एक प्रतीकात्मक कार्य होता है। समग्र अपने अंशों में अस्तित्वमान होता है, लेकिन अंश सिर्फ समग्र में ही बोधगम्य होता है। कास्सिरेर के अनुसार, विचार भी उतना ही संवेदी होता है जितना कि पदार्थ, लेकिन इसमें निहित संवेदिकता प्रतीकात्मक संकेत की संवेदिकता होती है, यह प्रातिनिधिक संवेदिकता होती है।

वे विचारधारा को चेतना में सीमित करके, विचारधाराओं के अध्ययन को चेतना और उसके नियमों के अध्ययन में रूपान्तरित कर देते हैं; इससे कोई अन्तर नहीं पड़ता कि ऐसा भावातीत शब्दावली में किया जाता है या आनुभविक-मनोवैज्ञानिक शब्दावली में। यह गलती सिर्फ ज्ञान के अलग-अलग क्षेत्रों के बीच अन्तर्क्रिया से सम्बन्धित पद्धतिगत विभ्रम पैदा करने के लिए ही जिम्मेदार नहीं है, बल्कि यह, इसके साथ-साथ, अध्ययन किये जानेवाले यथार्थ को ही आमूल-चूल विकृत कर डालने के लिए भी जिम्मेदार है। विचारधारात्मक सृजनशीलता को—जो कि एक भौतिक और सामाजिक तथ्य है—बलात् व्यक्तिगत चेतना के चौखटे में कस दिया जाता है। तब व्यक्तिगत चेतना यथार्थ के किसी भी आलम्बन से वंचित हो जाती है। या तो यही सब कुछ बन जाती है, या कुछ भी नहीं बन पाती।

भाववाद के लिए तो यही, सब कुछ बन चुकी है : इसका स्थान अस्तित्व से कहीं ऊपर होता है, और यही अस्तित्व को निर्धारित करती है। लेकिन, वास्तव में, विश्व की यह तथाकथित परमसत्ता विचारधारात्मक सृजनात्मकता के सर्वाधिक सामान्य रूपों एवं कोटियों के बीच, एक अमूर्त बन्ध का, भाववादी मानवीकरण भर है।

इसके विपरीत मनोवैज्ञानिक् प्रत्यक्षवाद के लिए, चेतना का कोई महत्त्व नहीं है : यह सिर्फ सांयोगिक, मनोशारीरिक प्रतिक्रियाओं का एक समुच्चयन भर है, जो किसी चमत्कार से सार्थक और एकीकृत विचारधारात्मक सृजनशीलता में परिणामित हो जाता है।

इस प्रकार, एक बार जब विचारधारात्मक सृजनशीलता की वस्तुगत सामाजिक व्यवस्थिति को गलती से व्यक्तिगत चेतना के नियमों के अनुरूप समझ लिया जाता है, तब अस्तित्व में इसकी वास्तविक स्थिति का खो जाना अपरिहार्य ही है और तब यह या तो भावातीतवाद के लोकोत्तर अस्तित्ववाले नभमण्डल में विलीन हो जाती है, या मनोशारीरिक, जैविक अवयव के प्राक्-सामाजिक रसातल में जा गिरती है।

बहरहाल, विचारधारात्मक को इन अतिमानवीय या अवमानवीय, प्राणिगत उद्गमों की शब्दावली में व्याख्यायित करना सम्भव नहीं है। इसका वास्तविक स्थान मनुष्य द्वारा सृजित संकेतों के विशिष्ट, सामाजिक उपादान में है। इसकी विशिष्टता, असन्दिग्ध रूप से, संगठित व्यक्तियों के बीच स्थित होने में, उनके परस्पर संवाद का माध्यम बनने में है।

संकेत केवल *अन्तरवैयक्तिक क्षेत्र* में ही उत्पन्न हो सकते हैं। यह क्षेत्र ऐसा है जिसे शब्द के सीधे अर्थ में, "प्राकृतिक" नहीं कहा जा सकता :[2] संकेत *होमो सैपियन्स* प्रजाति के किन्हीं दो सदस्यों के बीच नहीं पैदा होते। इसके लिए आवश्यक है कि दो व्यक्ति *सामाजिक रूप से संगठित हों,* कि वे एक समूह (एक सामाजिक इकाई) गठित करें : केवल तभी उनके बीच संकेतों का माध्यम आकार ग्रहण कर सकता है। सिर्फ इतना ही नहीं है कि व्यक्तिगत चेतना को किसी चीज की व्याख्या करने के काम में नहीं लाया जा सकता, बल्कि, इसके विपरीत, स्वयं व्यक्तिगत चेतना को भी सामाजिक, विचारधारात्मक

2. बेशक समाज भी *प्रकृति का ही भाग है,* लेकिन यह एक ऐसा भाग है जो गुणात्मक रूप से पृथक और भिन्न है, तथा इसके नियमों की अपनी *विशिष्ट* व्यवस्थाएँ हैं।

माध्यम के अनुरूप अपनी व्याख्या की आवश्यकता होती है।

व्यक्तिगत चेतना एक सामाजिक विचारधारात्मक तथ्य है। इस तथ्य से निकलनेवाले सभी नतीजों में, अपेक्षित प्रावधान के साथ, इस तथ्य को शामिल करके ही एक वस्तुगत अध्ययन सम्भव हो सकता है।

निस्सन्देह यह चेतना का ही प्रश्न है जिसने मनोविज्ञान और विचारधाराओं के अध्ययन, दोनों ही से जुड़े सभी मुद्दों के साथ सामने आनेवाली मुख्य कठिनाइयों को जन्म दिया है और भारी विभ्रम पैदा किये हैं। कुल मिलाकर, हुआ यह है कि चेतना सभी दार्शनिक निर्मितियों के लिए *अज्ञानता की शरणस्थली* बन चुकी है। इसे ऐसी स्थली बना दिया गया है, जहाँ सारी की सारी अनसुलझी समस्याओं, और वस्तुगत रूप से विघटित न किये जा सकनेवाले अवशेषों को धकेल कर छुट्टी पा ली जाती है। चिन्तकों ने चेतना की एक वस्तुगत परिभाषा निरूपित करने की कोशिश करने के बजाय, इसे समस्त अकाट्य परिभाषाओं को मनोगत और अनिश्चित सिद्ध करने के एक साधन के रूप में इस्तेमाल करना शुरू कर दिया है।

चेतना की एकमात्र सम्भव वस्तुगत परिभाषा समाजशास्त्रीय ही हो सकती है। चेतना को सीधे प्रकृति से व्युत्पन्न नहीं किया जा सकता, जैसी कि नौसिखुआ यांत्रिक भौतिकवाद और (प्राणिवैज्ञानिक, व्यवहारवादी, तथा प्रतिबिम्बात्मक किस्मों के) समकालीन वस्तुगत मनोविज्ञान में कोशिश की जाती रही है, और अभी भी की जा रही है। विचारधारा को चेतना से नहीं व्युत्पन्न किया जा सकता, जैसाकि भाववाद और मनोविज्ञानवादी प्रत्यक्षवाद में किया जाता है। चेतना एक संगठित समूह द्वारा अपने सामाजिक संसर्ग की प्रक्रिया में सृजित संकेतों के भौतिक उपादान में ही स्वरूप ग्रहण करती है, और उसी में अस्तित्वमान होती है। व्यक्तिगत चेतना संकेतों द्वारा ही पोषित होती है; यह इन्हीं के द्वारा विकसित होती है, और संकेतों के ही तर्क और नियम प्रतिबिम्बित करती है। चेतना का तर्क विचारधारात्मक सम्प्रेषण का अर्थात एक सामाजिक समूह की संकेतपरक अन्तर्क्रिया का ही तर्क है। यदि हम चेतना को इसकी संकेत-वैज्ञानिक, विचारधारात्मक अन्तर्वस्तु से वंचित कर दें, तो इसमें कुछ नहीं बचेगा। चेतना हमेशा केवल बिम्ब, शब्द, सार्थक भाव संकेत आदि में ही निवास करती है। ऐसे उपादान के बाहर बस कोरी गतिविधि ही बची रहती है जो चेतना द्वारा उद्भासित नहीं होती है; यह संकेतों द्वारा प्रकाशित होती है, संकेत द्वारा इसे कोई अर्थ नहीं दिया गया होता है।

ऊपर अब तक जो कुछ कहा गया है, उससे निम्नलिखित पद्धतिगत निष्कर्ष निकलता है : *विचारधाराओं का अध्ययन मनोविज्ञान पर कतई निर्भर नहीं करता, और न इसे उस पर आधारित होने की आवश्यकता ही है।* जैसाकि हम आगे एक अध्याय में विस्तार से देखेंगे, बात वस्तुतः इसके ठीक उलट है : *वस्तुगत मनोविज्ञान को विचारधाराओं के अध्ययन पर आधारित होना चाहिये।* विचारधारात्मक परिघटनाओं का यथार्थ सामाजिक संकेतों का वस्तुगत यथार्थ है। इस यथार्थ के नियम संकेतपरक सम्प्रेषण के नियम हैं, और

ये सीधे सामाजिक और आर्थिक नियमों के कुल योग द्वारा निर्धारित होते हैं। विचारधारात्मक यथार्थ आर्थिक मूलाधार के ऊपर पहली अधिरचना है। व्यक्तिगत चेतना विचारधारात्मक अधिरचना की वास्तुकार नहीं, बल्कि एक किरायेदार भर है, जो विचारधारात्मक संकेतों के सामाजिक भवन में निवास करती है।

हम अपने प्रारम्भिक तर्क के सहारे विचारधारात्मक परिघटनाओं एवं उनकी नियम-व्यवस्थिति को व्यक्तिगत चेतना से अलग करके उन्हें सामाजिक सम्प्रेषण की दशाओं एवं उनके रूपों के साथ मजबूती से जोड़ते हैं। संकेत का यथार्थ पूरी तरह से इस सम्प्रेषण द्वारा निर्धारित होनेवाला विषय है। आखिर, संकेत का अस्तित्व इस सम्प्रेषण के मूर्तीकरण के अलावा और कुछ नहीं है। सारे विचारधारात्मक संकेतों की यही प्रकृति है।

लेकिन यह संकेत-वैज्ञानिक गुण और एक अनुकूलनकारी कारक के रूप में सामाजिक सम्प्रेषण की सतत, बोधगम्य भूमिका, उतनी स्पष्टताः और पूर्णता से और कहीं प्रकट नहीं होती जितनी कि भाषा में प्रकट होती है। *शब्द सर्वोत्कृष्ट विचारधारात्मक परिघटना है।*

शब्द का समूचा यथार्थ पूरी तरह से उसके संकेत होने के कार्य में ही निहित है। कोई शब्द ऐसा कुछ नहीं धारण करता जो इस कार्य से सम्बन्धित न हो, इसमें ऐसा कुछ नहीं होता जो इस कार्य द्वारा उत्पन्न न हो। शब्द सामाजिक संसर्ग का शुद्धतम और सर्वाधिक संवेदनशील माध्यम है।

एक विचारधारात्मक परिघटना के रूप में, शब्द की सूचकात्मक, प्रातिनिधिक शक्ति और इसकी संकेत-वैज्ञानिक संरचना का असाधारण वैशिष्ट्य ही, विचारधाराओं के अध्ययन में शब्द को उच्च स्थान दिलाने के लिए पर्याप्त कारण है। संकेतपरक सम्प्रेषण के मूलभूत, सामान्य विचारधारात्मक रूप शब्द के उपादान से ही सर्वोत्तम ढंग से प्रकट किये जा सकते हैं।

लेकिन बस इतना ही नहीं है। शब्द न सिर्फ एक शुद्धतम, और सर्वाधिक सूचकात्मक संकेत है बल्कि साथ ही साथ यह एक *पक्षमुक्त संकेत* भी है। इसे छोड़कर हर प्रकार का संकेत-वैज्ञानिक उपादान विचारधारात्मक सृजनशीलता के किसी विशेष क्षेत्र के लिए ही विशिष्टीकृत होता है। प्रत्येक क्षेत्र के अपने विचारधारात्मक उपादान होते हैं और वह अपने विशिष्ट संकेत एवं प्रतीक गढ़ता है जो किन्हीं दूसरे क्षेत्रों में नहीं लागू होते हैं। इन सभी मामलों में, संकेत किसी विशिष्ट विचारधारात्मक कार्य के लिए सृजित किया जाता है, और उसके साथ अविभाज्य रूप से जुड़ा रहता है। परन्तु इसके विपरीत, कोई शब्द किसी विशिष्ट विचारधारात्मक प्रकार्य के सन्दर्भ में, पक्षमुक्त होता है। यह *किसी भी* प्रकार के विचारधारात्मक प्रकार्य--वैज्ञानिक, सौन्दर्यशास्त्रीय, नीतिशास्त्रीय, धार्मिक आदि—सम्पन्न कर सकता है।

इसके अतिरिक्त, विचारधारात्मक सम्प्रेषण का वह विशाल क्षेत्र भी होता है, जिसे किसी एक विचारधारात्मक परिधि में नहीं बाँधा जा सकता : यह क्षेत्र है *मानव जीवन में, मानव व्यवहार में सम्प्रेषण का क्षेत्र।* इस प्रकार का सम्प्रेषण असाधारण रूप से समृद्ध

और महत्त्वपूर्ण होता है। एक तरफ, यह सीधे उत्पादन-प्रक्रियाओं से जुड़ा होता है, तो दूसरी तरफ, यह विविध विशिष्टीकृत और पूर्णतः विकसित विचारधाराओं की परिधियों को भी स्पर्श करता है। अगले अध्याय में, हम व्यवहारात्मक, या जीवन सम्बन्धी विचारधारा के इस विशिष्ट क्षेत्र की और विस्तार के साथ चर्चा करेंगे। फिलहाल हम सिर्फ इस तथ्य को रेखांकित कर रहे हैं कि व्यवहारात्मक सम्प्रेषण का भौतिक उपादान, सर्वोत्तम रूप से, *शब्द* ही है। तथाकथित बोलचाल की भाषा का स्थानीय दायरा और इसके रूप निश्चय ही व्यवहारात्मक विचारधारा के इसी क्षेत्र में आते हैं।

शब्द का एक और गुण जो सर्वाधिक महत्त्वपूर्ण है, वह है जो शब्द को व्यक्तिगत चेतना का प्राथमिक माध्यम बनाता है। यद्यपि शब्द का यथार्थ किसी भी संकेत के यथार्थ की भाँति, व्यक्तियों के ही बीच स्थित होता है, पर इसके साथ ही शब्द व्यक्तिगत शारीरिक निकाय के अपने साधनों द्वारा ही उत्पन्न किया जाता है, जिसके लिए किसी उपकरण या किसी प्रकार के गैर-शारीरिक उपादान का सहारा नहीं लिया जाता। इसी से *आन्तरिक जीवन—यानी चेतना* (आन्तरिक वक्तृता) के *संकेत-वैज्ञानिक उपादान* के रूप में शब्द की भूमिका निर्धारित हुई है। निस्सन्देह चेतना सिर्फ अपने इस उपादान के नाते ही विकसित हो सकी है जो उसका अपना था और जो शारीरिक साधनों द्वारा अभिव्यक्त हो सकता था। और शब्द ऐसा ही उपादान था। शब्द एक प्रकार के, आंतरिक कार्य के संकेत के रूप में उपलब्ध रहता है : यह बहिर्मुखी अभिव्यक्ति से पहले की स्थिति में भी संकेत का काम कर सकता है। इस कारण, *आन्तरिक शब्द* के रूप में (यानी सामान्य तौर पर एक *आन्तरिक संकेत* के रूप में) व्यक्तिगत चेतना की समस्या भाषा के दर्शन की सर्वाधिक महत्त्वपूर्ण समस्याओं में से एक बन जाती है।

यह बात तो शुरू से ही स्पष्ट है कि इस समस्या का सही निदान शब्द और भाषा की उस आम अवधारणा का सहारा लेकर नहीं किया जा सकता, जो गैर समाजशास्त्रीय भाषा-विज्ञान और भाषा के दर्शन में विकसित की गयी है। आवश्यकता इस बात की है कि शब्द को एक सामाजिक संकेत के रूप में, गहराई से और प्रखरता के साथ विश्लेषित किया जाये, तभी चेतना के माध्यम के रूप में इसके कार्य को समझा जा सकता है।

चेतना के माध्यम के रूप में शब्द की इस अनन्य भूमिका के नाते ही *शब्द एक ऐसे अनिवार्य संघटक अवयव की भाँति कार्य करता है जो हर प्रकार की विचारधारात्मक सृजनशीलता का सहवर्ती होता है।* शब्द हर प्रकार के विचारधारात्मक कार्यकलाप के साथ रहता है, और उस पर टिप्पणी करता है। अतः किसी भी प्रकार की विचारधारात्मक परिघटना को (चाहे वह एक चित्र हो, कोई संगीत रचना हो, धार्मिक अनुष्ठान हो, या मानवीय आचरण का कोई कार्य हो), समझने की प्रक्रियाएँ, आन्तरिक वक्तृत्व की सहभागिता के बिना कतई सम्पन्न नहीं हो सकतीं। विचारधारात्मक सृजनशीलता की सभी अभिव्यक्तियाँ—अन्य सभी गैरशाब्दिक संकेत—वक्तृत्व के तत्व से सराबोर, और उसी में डूबी होती हैं, जिससे उन्हें पूरी तरह से पृथक या विच्छिन्न नहीं किया जा सकता।

बेशक, इसका मतलब यह नहीं है कि शब्द किसी अन्य विचारधारात्मक संकेत का स्थान ले सकता है। मौलिक विशिष्ट विचारधारात्मक संकेतों में से कोई भी, शब्दों द्वारा पूरी तरह प्रतिस्थापनीय नहीं होता। किसी संगीत रचना या चित्रात्मक बिम्ब को समुचित रूप से शब्दों में सम्प्रेषित करना बिल्कुल असम्भव है। शब्द किसी धार्मिक अनुष्ठान का पूरी तरह स्थानापन्न नहीं हो सकते; और न ही कोई ऐसा शाब्दिक विकल्प है जो मानव-व्यवहार की सबसे सरल भाव-भंगिमा का भी स्थान ले सके। इससे इंकार करने का नतीजा अत्यन्त शुद्ध किस्म के तर्कवाद और एकांगीपन के रूप में सामने आता है। लेकिन तब भी, इसी के साथ-साथ इन विचारधारात्मक संकेतों में से हरेक शब्दों द्वारा प्रतिस्थापित भले न हो सके, पर वह इनके द्वारा समर्थित होता है और इसके साथ शब्दों की संगत होती है, ठीक वैसे ही जैसे गायन के साथ वाद्यों की संगत होती है।

कोई भी सांस्कृतिक संकेत, एक बार स्वीकृत हो जाने और अर्थ प्रदान कर दिये जाने के बाद, एकाकीपन में नहीं रह सकता : यह *शाब्दिक रूप से संघटित चेतना की एकता* का एक भाग बन जाता है। यह चेतना की क्षमता ही है जो इसे शाब्दिक रूप से ग्राह्य बनाती है।

इस प्रकार, ऐसा प्रतीत होता है, जैसे प्रत्येक विचारधारात्मक संकेत के इर्दगिर्द शाब्दिक अनुक्रियाओं और अनुगूँजों की तरंगें फैलती रहती हैं। *सृजन की प्रक्रिया में अस्तित्व का प्रत्येक विचारधारात्मक अपवर्तन,* चाहे उसके महत्त्वपूर्ण उपादान की प्रकृति कुछ भी क्यों न हो, *शब्द के रूप में विचारधारात्मक अपवर्तन का सहवर्ती होता है।* यह एक अनिवार्य सहगामी परिघटना है। समझ के प्रत्येक कार्य में तथा व्याख्या के प्रत्येक कार्य में शब्द मौजूद रहता है।

हमने शब्द के जितने गुणों की विवेचना की है—*उसकी संकेतपरक शुद्धता, उसकी विचारधारात्मक पक्षमुक्तता, व्यवहारात्मक सम्प्रेषण में उसकी संलग्नता, आन्तरिक शब्द बनने की उसकी योग्यता और, अन्ततः किसी भी सचेत कार्यकलाप में, एक सहवर्ती परिघटना के रूप में उसकी अनिवार्य उपस्थिति*—ये सभी गुण, शब्द को विचारधाराओं के अध्ययन में एक बुनियादी विषय बनाते हैं। संकेतों में, और चेतना में, अस्तित्व के विचारधारात्मक अपवर्तन के नियमों, उसके रूपों एवं उसकी यांत्रिकी का अध्ययन, सर्वप्रथम, शब्द के उपादान में ही किया जा सकता है। मार्क्सवादी समाजशास्त्रीय पद्धति को "सर्वव्यापी" विचारधारात्मक संरचनाओं की समस्त गहराइयों एवं सूक्ष्मताओं पर लागू करने योग्य बनाने का एकमात्र सम्भव उपाय यही है कि भाषा के दर्शन को *विचारधारात्मक संकेत का दर्शन* मानने के आधार पर आगे बढ़ाया जाये। और इस आधार को निश्चित तौर पर मार्क्सवाद द्वारा ही निर्मित और विस्तारित करना होगा।

अध्याय दो

मूलाधार और अधिरचनाओं के सम्बन्ध के बारे में

विचारधाराओं के अध्ययन में यांत्रिक कारण-कार्य-सम्बन्ध की कोटि की अग्राह्यता। समाज की प्रजनक-प्रक्रिया और शब्द की प्रजनक-प्रक्रिया। सामाजिक मनोविज्ञान की संकेतात्मक अभिव्यक्ति। व्यवहारात्मक वक्तृता-शैलियों की समस्या। सामाजिक संसर्ग के रूप और संकेतों के रूप। संकेत की विषयवस्तु। वर्ग-संघर्ष और संकेतों की द्वन्द्वात्मकता। निष्कर्ष।

मूलाधार और अधिरचनाओं के सम्बन्ध की समस्या—जो मार्क्सवाद की बुनियादी समस्याओं में से एक है—अनेक महत्त्वपूर्ण बिन्दुओं पर भाषा के दर्शन के प्रश्नों के साथ घनिष्ठ रूप से जुड़ी हुई है और इन प्रश्नों के समाधान से या यहाँ तक कि इन पर पर्याप्त सीमा तक और गहराई से विचार-विमर्श से भी इस समस्या पर पर्याप्त प्रकाश डाला जा सकता है।

जब सवाल को इस रूप में प्रस्तुत किया जाता है कि मूलाधार किस तरह विचारधारा को निर्धारित करता है तो इसका जवाब इस रूप में दिया जाता है : कारण-कार्य सम्बन्ध के जरिये; जो काफी हद तक सच तो है, लेकिन साथ ही यह अतिसामान्य, और इसीलिए अस्पष्ट भी है।

यदि कारण-कार्यसम्बन्ध का आशय यांत्रिक कारण-कार्यसम्बन्ध से है (जैसाकि प्राकृतिक वैज्ञानिक चिन्तन के प्रत्यक्षवादी प्रतिनिधियों द्वारा समझा और परिभाषित किया जाता रहा है और अभी भी किया जाता है), तब तो यह जवाब अनिवार्यतः गलत और स्वयं द्वन्द्वात्मक भौतिकवाद की मूल स्थापनाओं के विरुद्ध है।

यांत्रिक कारण-कार्य-सम्बन्ध की कोटियों के इस्तेमाल का दायरा अत्यन्त संकीर्ण है, और यहाँ तक कि स्वयं प्राकृतिक विज्ञानों के भीतर इन विज्ञानों के बुनियादी सिद्धान्तों में द्वन्द्वात्मकता जैसे-जैसे व्यापक और गहरी होती जाती है, वैसे-वैसे यह दायरा लगातार और

संकीर्ण होता जाता है। जहाँ तक ऐतिहासिक भौतिकवाद की बुनियादी समस्याओं और विचारधाराओं के सांगोपांग अध्ययन का सवाल है, इसके लिए यांत्रिक कारण-कार्यसम्बन्ध जैसी निष्क्रिय कोटि के लागू होने का प्रश्न ही नहीं उठता।

मूलाधार और उसके विचारधारात्मक सन्दर्भ की एकता और समग्रता से विच्छिन्न किसी अलग-थलग तथ्य के बीच सम्बन्ध स्थापित करने में कोई भी संज्ञानात्मक मूल्य नहीं होता। अतः सर्वोपरि तौर पर यह आवश्यक है कि *किसी भी सुनिश्चित विचारधारात्मक परिवर्तन का अर्थ उसके अनुरूप विचारधारा के सन्दर्भ में ही* निर्धारित किया जाये, यह देखते हुए कि विचारधारा का प्रत्येक क्षेत्र एक एकीकृत समग्र होता है जो मूलाधार में परिवर्तन लाने के लिए अपनी समूची बुनावट के साथ प्रतिक्रिया करता है। इसीलिए जरूरी है कि किसी भी व्याख्या में अन्तर्क्रिया करनेवाले क्षेत्रों के बीच की *सभी गुणात्मक विभिन्नताएँ* सुरक्षित रहें, तथा उन सभी विविध अवस्थाओं की छानबीन भी शामिल रहे जिनसे होकर कोई परिवर्तन आगे बढ़ता है। सिर्फ ऐसी सूरत में ही ऐसा विश्लेषण किया जा सकता है जो चीजों के भिन्न-भिन्न स्तरों से सम्बन्ध रखनेवाले दो बाहरी तथ्यों के महज बाहरी सहमेल को ही नहीं दर्शायेगा, बल्कि समाज की वास्तविक द्वन्द्वात्मक जनन-प्रक्रिया को, एक ऐसी प्रक्रिया को दर्शायेगा जो मूलाधार से उत्पन्न होती है और अधिरचनाओं में अपनी पूर्णता प्राप्त करती है।

यदि विचारधारात्मक परिघटना के अध्ययन में संकेतवैज्ञानिक-विचारधारात्मक उपादान की विशिष्ट प्रकृति की अनदेखी कर दी जाये, तो ऐसा अध्ययन सरलीकरण का शिकार हो जाता है। ऐसे में या तो सिर्फ इसका तर्कवादी पक्ष, उसका अन्तर्वस्तु पक्ष ही उल्लिखित और व्याख्यायित हो पाता है (मसलन, किसी कलात्मक बिम्ब का महज प्रत्यक्ष, सन्दर्भात्मक बोध, जैसे "रूदिन एक फालतू आदमी" के रूप में), और तब इसी पक्ष को मूलाधार से सहसम्बन्धित कर दिया जाता है (जैसे, कुलीन वर्ग पतित हो रहा है, इसलिए साहित्य में "फालतू आदमी" उपस्थित हुआ है), या इसके विपरीत, विचारधारात्मक परिघटना का महज बाहरी, तकनीकी पक्ष अलग कर लिया जाता है (उदाहरण के तौर पर, भवन-निर्माण सम्बन्धी कोई तकनीकी पहलू या रंग-रोगन सामग्री का रसायन विज्ञान) और फिर इसी पक्ष को उत्पादन के तकनोलाजिकीय स्तर से सीधे निष्कर्षित कर लिया जाता है।

मूलाधार से विचारधारा को निष्कर्षित करने के ये दोनों ही तरीके विचारधारात्मक परिघटना के असली सारतत्व को पकड़ने में चूक जाते हैं। ऐसे में भले ही स्थापित की गयी संगति सही हो, भले ही यह सही हो कि कुलीन वर्ग के आर्थिक ढाँचे के ध्वस्त हो जाने के नाते साहित्य में "फालतू आदमी" प्रकट हुआ था, फिर भी पहली बात यह है कि इससे यह अर्थ नहीं निकलता कि सम्बन्धित आर्थिक ध्वंस किसी उपन्यास के पन्नों पर "फालतू आदमी" को उकेरने का यांत्रिक रूप से कारण बन जाता है (ऐसे दावे का बेतुकापन अपने आप में ही पूरी तरह स्पष्ट है); और दूसरी बात यह कि स्थापित की गयी संगति अपने आप में तब तक किसी भी संज्ञानात्मक मूल्य से रहित ही रहती है जब

तक उपन्यास के कलात्मक रचना-विधान में 'फालतू आदमी' की विशिष्ट भूमिका और समूचे सामाजिक जीवन में उपन्यास की विशिष्ट भूमिका, ये दोनों ही स्पष्ट नहीं की जातीं।

यह बात निश्चित तौर पर स्पष्ट होनी चाहिये कि आर्थिक गतिविधियों के परिवर्तनों और उपन्यास में ''फालतू आदमी'' के निरूपण के बीच तय किया जानेवाला रास्ता लम्बा, बहुत लम्बा होता है जो ढेर सारे गुणात्मक रूप से भिन्न क्षेत्रों से होकर गुजरता है, और इनमें से प्रत्येक क्षेत्र के नियमों का अपना एक विशिष्ट सेट तथा अपनी विशिष्ट अभिलाक्षणिकताएँ होती हैं। यह बात भी निश्चित तौर पर स्पष्ट होनी चाहिये कि ''फालतू आदमी'' किसी भी तरह से उपन्यास के दूसरे तत्वों से स्वतंत्र और असम्बद्ध रूप में उपन्यास में नहीं प्रकट हुआ, बल्कि, इसके विपरीत, पूरा उपन्यास ही, एकल आवयविक एकता के तौर पर, स्वयं अपने विशिष्ट नियमों के तहत, पुनःसंरचना की प्रक्रिया से होकर गुजरा और कि इसके फलस्वरूप, उपन्यास के अन्य सारे तत्व—उसकी बुनावट, शैली आदि भी पुनःसंरचना की प्रक्रिया से होकर गुजरे। इससे भी बढ़कर यह कि उपन्यास की यह आवयविक पुनःसंरचना साहित्य के सम्पूर्ण क्षेत्र में हो रहे परिवर्तनों के घनिष्ठ सम्बन्ध में ही सम्पन्न हुई।

इस प्रकार मूलाधार और अधिरचनाओं के अन्तर्सम्बन्ध की समस्या एक असाधारण रूप से जटिल समस्या है जिसके सर्जनात्मक उपचार के लिए भारी मात्रा में प्रारम्भिक तथ्य-सामग्री की दरकार होती है, और इसे शब्द के उपादान के जरिये एक महत्त्वपूर्ण स्तर तक निरूपित किया जा सकता है।

अब यदि इस समस्या को हम अपने सरोकारों के कोण से देखें, तो इस समस्या का सारतत्व इस रूप में दिखायी देता है कि वास्तविक अस्तित्व (मूलाधार) संकेत को कैसे निर्धारित करता है और संकेत अस्तित्व को उसकी प्रजनन-प्रक्रिया में *कैसे* प्रतिबिम्बित और अपवर्तित करता है।

एक विचारधारात्मक संकेत के रूप में शब्द के गुण (पिछले अध्याय में वर्णित गुण) ही इस पूरी समस्या को उसके बुनियादी अर्थ में समझने के लिए शब्द को सबसे उपयुक्त बनाते हैं। इस लिहाज से, शब्द के बारे में उसके संकेत की शुद्धता का उतना महत्त्व नहीं है जितना कि उसकी *सामाजिक सर्वव्यापकता* का। शब्द लोगों के बीच प्रत्येक क्रिया या सम्पर्क में सन्निहित होता है—काम-धन्धे के साहचर्य में, विचारधारात्मक आदान-प्रदान में, सामान्य जीवन के आकस्मिक सम्पर्कों में, राजनीतिक सम्बन्धों में, और ऐसे ही अन्य तमाम क्रिया-कलापों में। सामाजिक संसर्ग के सभी क्षेत्रों में व्याप्त असंख्य विचारधारात्मक सूत्र शब्दों में ही अपना प्रभाव व्यक्त करते हैं। अतः यह कहना तर्कसंगत होगा कि शब्द *सामाजिक परिवर्तनों* का सबसे संवेदनशील *सूचक* है, और इतना ही नहीं, यह उन परिवर्तनों का भी सबसे संवेदनशील सूचक है जो अभी विकास की प्रक्रिया में हैं, जिन्होंने अभी निश्चित स्वरूप ग्रहण नहीं किया है और न ही अभी पहले से सुव्यवस्थित और पूरी तरह

परिभाषित विचारधारात्मक प्रणालियों में समायोजित हुए हैं। वस्तुतः शब्द ही वह माध्यम है जिसमें उन धीमे मात्रात्मक परिवर्तनों की अभिवृद्धि होती रहती है जिन्होंने अभी एक नई विचारधारात्मक गुणवत्ता की स्थिति नहीं प्राप्त की है, और न ही एक नया और पूर्ण विकसित विचारधारात्मक रूप धारण कर पाये हैं। इस प्रकार शब्द सामाजिक परिवर्तन की सभी अल्पकालिक, सूक्ष्म और क्षणिक अवस्थाओं को भी व्यक्त करने की क्षमता रखता है।

जिसे ''सामाजिक मनोविज्ञान'' कहा गया है और जिसे ही प्लेखानोव के सिद्धान्त के अनुसार एवं अधिकतर मार्क्सवादियों द्वारा, संकीर्ण अर्थ में (जैसे विज्ञान, कला आदि में) सामाजिक-राजनीतिक व्यवस्था और विचारधारा के बीच संक्रमणकालीन कड़ी के रूप में माना जाता है, वह अपने वास्तविक, भौतिक अस्तित्व में, शाब्दिक अन्तर्क्रिया ही है। शाब्दिक सम्प्रेषण और अन्तर्क्रिया (सामान्य तौर पर संकेतपरक सम्प्रेषण और अन्तर्क्रिया) की इस वास्तविक प्रक्रिया से यदि सामाजिक मनोविज्ञान को रहित कर दिया जाये तो वह एक आधिभौतिक या मिथकीय अवधारणा—जैसे ''समष्टिगत आत्मा'' या ''समष्टिगत आन्तरिक मनश्चेतना'', ''जनता की आत्मा'' आदि का छद्मवेश धारण कर लेता है।

सामाजिक मनोविज्ञान वास्तव में कहीं भीतर (सम्प्रेषणरत व्यक्तियों की ''आत्माओं'' में) नहीं, बल्कि समग्रतः और पूर्णतः *बाहर*—शब्द में, भावभंगिमा में, कर्म में स्थित होता है। इसमें कुछ भी अनभिव्यक्त नहीं छूटा होता, इसमें ''भीतरी'' कुछ भी नहीं—यह पूर्णतः बाहरी रूप में होता है, पूर्णतः आदान-प्रदान में व्यक्त होता है, पूर्णतः भौतिक उपादान में, और सर्वोपरि रूप से, शब्द के भौतिक उपादान में, स्थित होता है।

उत्पादन सम्बन्ध और इन सम्बन्धों द्वारा गठित सामाजिक-राजनीतिक व्यवस्था जनता के बीच, श्रम-कार्य में, राजनीतिक जीवन में, और विचारधारात्मक सर्जना के क्षेत्र में, शाब्दिक सम्पर्कों तथा उनके शाब्दिक सम्प्रेषण के सभी रूपों और साधनों के समूचे विस्तार का निर्धारण करती है। और इसी शाब्दिक सम्प्रेषण की दशाओं, रूपों और प्रकारों से वक्तृत्व-क्रियाओं के केवल रूप ही नहीं, बल्कि उनकी विषयवस्तुएँ भी व्युत्पन्न होती हैं।

सामाजिक मनोविज्ञान प्रथमतः और सर्वप्रमुख रूप से नानाविध *वक्तृत्व-क्रियाओं* द्वारा रचित एक परिवेश है जिसमें विचारधारात्मक सर्जना के सभी स्थिर रूप और प्रकार समाहित और परिष्कृत होते रहते हैं : जैसे अनौपचारिक चर्चाएँ, नाट्य या संगीत समारोहों या विविध प्रकार के सामाजिक समारोहों में विचारों के आदान-प्रदान, एकदम संयोगवश हुए शाब्दिक आदान-प्रदान, किसी के जीवन और दैनन्दिन अस्तित्व में घटी घटनाओं के प्रति उसकी शाब्दिक प्रतिक्रिया के ढंग, व्यक्ति द्वारा अपनी पहचान बनाने तथा समाज में अपनी अवस्थिति को जानने-समझने का ढंग, आदि। सामाजिक मनोविज्ञान प्राथमिक तौर पर ''मौखिक उद्‌गार'' के, तथा आन्तरिक और बाह्य प्रकार की छोटी-छोटी वक्तृत्व-शैलियों के बहुविध रूपों में विद्यमान होता है—ये सब ऐसी बातें हैं जिनका आज

तक अध्ययन नहीं किया गया है। बेशक ये समस्त वक्तृत्व-क्रियाएँ दूसरे प्रकार की संकेतपरक अभिव्यक्तियों और संकेत-विनिमयों जैसे स्वांग, भावभंगिमा, अभिनय आदि से भी जुड़ी होती हैं।

वक्तृत्व-विनिमय के ये सभी रूप उन सामाजिक दशाओं के साथ अत्यन्त घनिष्ठ सम्बन्ध रखते हुए कार्यशील होते हैं जिनमें ये उत्पन्न होते हैं और उस सामाजिक परिवेश में होनेवाली सभी हलचलों के प्रति असाधारण संवेदनशीलता प्रदर्शित करते हैं। और इसी शाब्दिक रूप से मूर्तमान हुए भौतिक उपादान से सम्पन्न सामाजिक मनोविज्ञान की आन्तरिक गतिविधियों में बमुश्किल दिखायी दे सकनेवाले विचलन और परिवर्तन जमा होते रहते हैं जो आगे चलकर पूर्ण विकसित विचारधारात्मक उत्पादों के रूप में अभिव्यक्त होते हैं।

अब तक जो कुछ कहा गया है उसका अर्थ यह हुआ कि सामाजिक मनोविज्ञान का अध्ययन निश्चय ही दो दृष्टियों से किया जाना चाहिये : पहले, अन्तर्वस्तु, अर्थात समय के इस या उस क्षण के लिए प्रासंगिक विषयवस्तुओं की दृष्टि से; और दूसरे, शाब्दिक सम्प्रेषण के उन रूपों और प्रकारों की दृष्टि से, जिनमें सम्बन्धित विषयवस्तुएँ प्रस्तुत की जाती हैं (यानी चर्चा की जाती है, अभिव्यक्त किया जाता है, प्रश्न उठाया जाता है, चिन्तन-मनन किया जाता है, आदि।)

अभी तक सामाजिक मनोविज्ञान के अध्ययन का कार्यभार उपर्युक्त पहले दृष्टिकोण तक ही सीमित रहा है, अर्थात अभी तक इसका सरोकार एकमात्र इसकी विषयवस्तु सम्बन्धी बुनावट को परिभाषित करने तक ही सीमित रहा है। इस स्थिति के चलते ही इस सवाल को पूरी स्पष्टता से नहीं उठाया जा सका कि इस सामाजिक मनोविज्ञान का अभिलेखन—इसकी ठोस अभिव्यक्तियाँ कहाँ तलाशी जायें। यहाँ भी, ''चेतना'', ''मनश्चेतना'' और ''आन्तरिक जीवन'' की खेदजनक भूमिका के चलते सामाजिक मनोविज्ञान की अभिव्यक्ति के स्पष्टतः विवेचित भौतिक रूपों को खोजने की जहमत उठाने की जरूरत से ही छुट्टी पा ली गयी।

बहरहाल, ठोस रूपों का यह मुद्दा सर्वाधिक महत्त्वपूर्ण है। बेशक यहाँ पर सवाल किसी विशेष काल में सामाजिक मनोविज्ञान के बारे में हमारे ज्ञान के स्रोतों (जैसे संस्मरणों, पत्रों, साहित्यिक कृतियों आदि) का नहीं है, और न ही ''युग चेतना'' की हमारी समझदारी के स्रोतों का है, बल्कि सवाल तो इस चेतना के ठोस प्रस्तुतिकरण के रूपों, अर्थात मानव-व्यवहार में संकेतात्मक सम्प्रेषण के रूपों का है।

इन रूपों का प्ररूपविज्ञान (typology) विकसित करना मार्क्सवाद के फौरी कार्यभारों में से एक है। आगे चलकर, मौखिक उद्गार और संवाद की समस्या के सम्बन्ध में, हम पुनः वक्तृत्व-शैलियों की समस्या पर विचार करेंगे। फिलहाल, हम कम से कम निम्नलिखित बातों पर गौर करें।

प्रत्येक काल में, प्रत्येक सामाजिक समूह के मानवीय व्यवहार में, विचारधारात्मक

सम्प्रेषण के लिए वक्तृत्व-रूपों का अपना निजी रंगपटल रहा है और है। सजातीय रूपों के प्रत्येक समुच्चय, अर्थात प्रत्येक व्यवहारात्मक वक्तृत्व-शैली का, अपने अनुरूप विषयवस्तुओं का समुच्चय होता है।

सम्प्रेषण के रूप (जैसे काम-धन्धे के दौरान किये जानेवाले तकनीकी किस्म के सम्प्रेषण), उद्गार के रूप (संक्षिप्त, कामकाजी वक्तव्य) और उसकी विषयवस्तु एक अन्तर्बंधित आवयविक एकता में गुँथी होती है। इसीलिए, *उद्गार के रूपों का वर्गीकरण निश्चित रूप से शाब्दिक सम्प्रेषण के रूपों के वर्गीकरण पर आधारित होना चाहिये।* शाब्दिक सम्प्रेषण के रूप पूरी तरह से उत्पादन सम्बन्धों और सामाजिक-राजनीतिक व्यवस्था द्वारा निर्धारित होते हैं। यदि हम अपेक्षाकृत अधिक विस्तृत विश्लेषण करें तो हम देखेंगे कि मौखिक संवाद-विनिमय की प्रक्रिया में *श्रेणीबद्धता के कारक* का कितना भारी महत्त्व है और सम्प्रेषण के श्रेणीबद्ध संगठन का उद्गार के रूपों पर कितना भारी प्रभाव पड़ता है। भाषिक शिष्टाचार, वक्तृत्व-कौशल, तथा समाज के श्रेणीबद्ध संगठन के अनुरूप किसी उद्गार को सुसंगत बनाने के अन्य रूपों का, बुनियादी व्यवहार-सम्बन्धी शैलियाँ निर्धारित करने की प्रक्रिया में बड़ा महत्त्व है।[1]

प्रत्येक संकेत, जैसाकि हम जानते हैं, सामाजिक रूप से संगठित व्यक्तियों के बीच, उनकी अन्तर्क्रिया की प्रक्रिया में, एक निर्मिति होता है। इसीलिए, *संकेतों के रूप, सर्वोपरि तौर पर, अन्तर्क्रिया में सहभागिता करनेवाले व्यक्तियों के सामाजिक संगठन द्वारा तथा साथ ही उनकी अन्तर्क्रिया की तात्कालिक दशाओं द्वारा अनुकूलित होते हैं।* जब ये रूप बदलते हैं, तो तदनुरूप संकेत भी बदल जाते हैं। अतः विचारधाराओं के अध्ययन सम्बन्धी कार्यभारों में से एक कार्यभार यह भी होना चाहिये कि शाब्दिक संकेत के इस सामाजिक जीवन की छानबीन की जाये। केवल इस पहुँच से ही *संकेत और अस्तित्व के बीच सम्बन्ध की समस्या* अपने ठोस रूप में अभिव्यक्त हो सकती है, और केवल तभी अस्तित्व द्वारा संकेत का स्वरूप निर्धारित करनेवाले कारण-कार्य सम्बन्ध की प्रक्रिया, सही अर्थों में अस्तित्व-से-संकेत में संक्रमण की, अर्थात अस्तित्व के संकेत में वास्तविक द्वन्द्वात्मक अपवर्तन की प्रक्रिया के रूप में निरूपित हो सकती है।

इस कार्यभार को पूरा करने के लिए कुछ खास तौर से बुनियादी, पद्धति-विज्ञान सम्बन्धी पूर्वशर्तों को ध्यान में रखना जरूरी है :

1. विचारधारा को संकेत के भौतिक यथार्थ से अलग नहीं किया जाना चाहिये (अर्थात उसे "चेतना" या अन्य अस्पष्ट और अबूझ क्षेत्रों में स्थित नहीं किया जाना चाहिये);

---

1. व्यवहारात्मक वक्तृत्व-शैलियों की समस्या अभी बहुत हाल में भाषा-वैज्ञानिक और दार्शनिक शोध-अध्ययन में विचार-विमर्श का विषय बनी है। इन शैलियों को लेकर पहले गम्भीर प्रयासों में से एक लिओ स्पिट्ज़र की कृति Italienische Umgangssprache, 1922 है, हालाँकि यह किसी स्पष्टतः परिभाषित समाजशास्त्रीय दिशा से रहित है। स्पिट्ज़र, उसके पूर्ववर्तियों और सहकर्मियों पर और चर्चा हम आगे करेंगे।

2. *संकेत को सामाजिक संसर्ग के ठोस रूपों से अलग नहीं किया जाना चाहिये* (इस बात को ध्यान में रखते हुए कि संकेत संगठित सामाजिक संसर्ग का ही एक हिस्सा है, और यह इससे बाहर, अपने आप में महज एक भौतिक शिल्पकृति बनकर नहीं रह सकता),

3. *सम्प्रेषण और सम्प्रेषण के रूपों को उनके भौतिक मूलाधार से अलग नहीं किया जाना चाहिये।*

प्रत्येक विचारधारात्मक संकेत—शाब्दिक संकेत समेत—सामाजिक संसर्ग की प्रक्रिया में उत्पन्न होता है, और अपने सुनिश्चित काल और सुनिश्चित सामाजिक समूह की *सामाजिक सीमा* द्वारा निर्धारित होता है। अभी तक हम सामाजिक अन्तर्क्रिया के रूपों द्वारा निर्धारित संकेत के रूप की चर्चा करते रहे हैं। अब हम इसके दूसरे पक्ष—अर्थात, संकेत की *अन्तर्वस्तु* की, और समस्त अन्तर्वस्तु के साथ मौजूद रहनेवाली उसके मूल्यांकनकारी स्वराघात की, चर्चा करेंगे।

समाज के विकास की प्रत्येक अवस्था में चीजों का अपना एक विशिष्ट और सीमित दायरा होता है और उस समाज की दृष्टि बस उन्हीं चीजों तक सीमित रहती है, जो उन विषयवस्तुओं को मूल्यांकनकारी स्वराघात प्रदान करती हैं। केवल उस दायरे के भीतर की वस्तुएँ ही—संकेत निर्माण में योगदान करती हैं, और संकेतात्मक सम्प्रषण का विषय बनती हैं। मूल्यगत स्वराघातों से युक्त वस्तुओं के इस दायरे को कौन निर्धारित करता है?

कोई भी वस्तु, चाहे वह यथार्थ के किसी भी क्षेत्र की हो, समूह की सामाजिक सीमा में तभी प्रवेश और स्पष्ट विचारधारात्मक अभिक्रिया कर सकती है, जब वह, आवश्यक रूप से, उस विशिष्ट समूह के अस्तित्व की बुनियादी सामाजिक-आर्थिक पूर्वशर्तों के साथ जुड़ जाये; इसके लिए आवश्यक है कि यह किसी तरह चाहे अप्रत्यक्ष रूप से ही सही, उस समूह के भौतिक जीवन के आधारों के सम्पर्क में आ जाये।

निस्सन्देह, इन परिस्थितियों में, व्यक्तिगत चयन का कोई अर्थ नहीं हो सकता। संकेत व्यक्तियों के बीच, अर्थात एक सामाजिक परिवेश में होनेवाला सृजन है। अतः हम यहाँ जिस सम्बन्धित वस्तु की चर्चा कर रहे हैं, उसकी पहली आवश्यकता यह है कि वह अन्तर्वैयक्तिक महत्त्व धारण करे, क्योंकि ऐसा होने के बाद ही वह वस्तु संकेत-निर्माण का विषय बन सकती है। दूसरे शब्दों में, *केवल वही वस्तु विचारधारा की दुनिया में प्रवेश कर सकती है, स्वरूप ग्रहण कर सकती है और अपने आप को स्थापित कर सकती है, जो सामाजिक मूल्य प्राप्त कर चुकी हो।* इसी कारण समस्त विचाराधारात्मक स्वराधात चाहे वे व्यक्तिगत स्वर से उत्पन्न हुए हों (जैसे, शब्द के मामले में) या किसी भी रूप में, किसी व्यक्तिगत शरीर द्वारा उत्पन्न किये गये हों,—सभी विचारधारात्मक स्वराघात सामाजिक स्वराघात ही होते हैं, जो *सामाजिक स्वीकृति* की अपेक्षा रखते हैं, और इस स्वीकृति की बदौलत ही, विचारधारात्मक उपादान से बाहर भी इस्तेमाल किये जाते हैं।

मान लेते हैं कि संकेत का विषय बननेवाली चीज को हम संकेत की विषयवस्तु कहेंगे। प्रत्येक पूर्ण विकसित संकेत की अपनी विषयवस्तु होती है। और इसी प्रकार

प्रत्येक शाब्दिक क्रिया की भी अपनी विषयवस्तु होती है।[2]

कोई विचारधारात्मक विषयवस्तु हमेशा ही सामाजिक स्वराघात से युक्त होती है। निश्चय ही, विचारधारात्मक विषयवस्तुओं के समस्त स्वराघात व्यक्तिगत चेतना में भी प्रवेश करते हैं (जो जैसा कि हम जानते हैं, पूरी तरह विचारधारात्मक ही है) और वहाँ पर वे व्यक्तिगत स्वराघात होने का आभास देने लगते हैं, क्योंकि व्यक्तिगत चेतना उन्हें अपने निजी स्वराघातों के रूप में आत्मसात कर लेती है। लेकिन, इन स्वराघातों का स्रोत व्यक्तिगत चेतना नहीं है। स्वराघात अपने आप में अन्तर्वैयक्तिक है। पशुवत चीख, जैविक निकाय में पीड़ा की शुद्ध अनुक्रिया, स्वराघात से रहित होती है; यह विशुद्ध रूप से एक प्राकृतिक परिघटना है। ऐसी चीख के लिए, सामाजिक वातावरण अप्रासंगिक है, और इसीलिए इसमें संकेत निर्माण का बीज भी नहीं होता।

विचारधारात्मक संकेत की विषयवस्तु और विचारधारात्मक संकेत का रूप अविभाज्य रूप से परस्पर सम्बद्ध होते हैं, जो सिर्फ अमूर्तन में ही एक-दूसरे से अलग किये जा सकते हैं। अन्ततः शक्तियों का एक ही समुच्चय और एक ही भौतिक पूर्वशर्तें विचारधारात्मक संकेत की विषयवस्तु और विचारधारात्मक संकेत के रूप, दोनों में जीवन का स्पन्दन करती हैं।

निस्सन्देह, आर्थिक दशाएँ जो सामाजिक सीमा में यथार्थ के एक नये तत्व का सूत्रपात करती हैं, जिससे यह सामाजिक रूप से अर्थवान और "रुचिकर" बन जाता है, ठीक वे ही दशाएँ हैं, जो विचारधारात्मक सम्प्रेषणों के रूपों (जैसे संज्ञानात्मक, कलात्मक, धार्मिक, आदि) का सृजन करती हैं और बदले में, विचारधारात्मक सम्प्रेषण के ये ही रूप संकेतात्मक अभिव्यक्ति का स्वरूप निर्धारण करते हैं।

इस प्रकार, विचारधारात्मक सृजनशीलता की विषयवस्तुएँ और रूप एक ही गर्भ से उत्पन्न होते हैं, और सारभूत रूप से, एक ही वस्तु के दो पक्ष हैं। विचारधारा में समावेशन की प्रक्रिया—विषयवस्तु के जन्म और रूप के जन्म—की प्रक्रिया अपने सर्वोत्तम रूप में शब्द के उपादान में ही सम्पन्न होती है। विचारधारात्मक जनन की यह प्रक्रिया भाषा में दो रूपों में प्रतिबिम्बित होती है : एक, अपने बड़े पैमाने के सार्वभौमिक-ऐतिहासिक आयामों में, जिसका अध्ययन अर्थ-वैज्ञानिक पुराअध्ययन में किया जाता है, जिसकी बदौलत ही प्रागैतिहासिक मनुष्य की सामाजिक सीमा में यथार्थ के अविभेदीकृत अवयवों के समावेशन का खुलासा सम्भव हुआ है; और दूसरे, अपने छोटे पैमाने के आयामों में, जो समकालीनता के चौखटे के भीतर संघटित होते हैं, क्योंकि, जैसाकि हम जानते हैं, शब्द सामाजिक अस्तित्व में पैदा होनेवाली मामूली से मामूली भिन्नता को भी संवेदनशीलता के साथ प्रतिबिम्बित करता है।

संकेत में प्रतिबिम्बित अस्तित्व सिर्फ प्रतिबिम्बित ही नहीं, बल्कि *अपवर्तित* भी होता

---

2. विषयवस्तु और व्यक्तिगत शब्दों के अर्थ-विज्ञान के आपसी सम्बन्ध पर हम अपने इस अध्ययन के आगे के खण्ड में चर्चा करेंगे।

है। विचारधारात्मक संकेत में अस्तित्व का यह अपवर्तन कैसे निर्धारित होता है? एक ही संकेत-समुदाय के भीतर भिन्न-भिन्न सामाजिक हितों के परस्पर प्रतिच्छेदन द्वारा, अर्थात *वर्ग-संघर्ष द्वारा।*

वर्ग संकेत-समुदाय, अर्थात समुदाय, का सम्पाती नहीं है क्योंकि समुदाय विचारधारात्मक सम्प्रेषण के लिए संकेतों का एक ही समुच्चय इस्तेमाल करनेवालों का कुल योग होता है। इस प्रकार, विभिन्न वर्ग एक ही भाषा इस्तेमाल करते हैं। फलतः भिन्न-भिन्न दिशाओंवाले स्वराघात प्रत्येक विचारधारात्मक संकेत में एक-दूसरे को काटते हुए मौजूद रहते हैं। संकेत वर्ग-संघर्ष का रणक्षेत्र बन जाता है।

विचारधारात्मक संकेत की यह सामाजिक *बहुस्वराघातात्मकता* बहुत महत्त्वपूर्ण पक्ष है। कुल मिलाकर, स्वराघातों के इस प्रतिच्छेदन की बदौलत ही कोई संकेत अपनी जीवन्तता एवं गत्यात्मकता को तथा आगे विकास करने की क्षमता को बनाये रखता है। यदि कोई संकेत सामाजिक संघर्ष के दबावों से पीछे हट जाये—अर्थात वर्ग-संघर्ष के दायरे से बाहर चला जाये—तो अनिवार्यतः वह अपनी शक्ति खो देता है, और अन्योक्ति में पतित होता हुआ, जीवन्त सामाजिक बोधगम्यता का विषय न रहकर, भाषाशास्त्रीय बुद्धिग्राह्यता का विषय बन जाता है। मानवजाति की ऐतिहासिक स्मृति ढेरों ऐसे घिसे-पिटे संकेतों से भरी पड़ी है, जो जीवन्त सामाजिक स्वराघातों के परस्पर टकराव के रणक्षेत्र बनने में सर्वथा अक्षम रहे। फिर भी जिस हद तक वे भाषाशास्त्री और इतिहासकार द्वारा याद किये जाते हैं, उस हद तक कहा जा सकता है कि इनमें जीवन की आखिरी टिमटिमाहट बची होती है।

बहरहाल, जो चीज विचारधारात्मक संकेत को जीवन्त और परिवर्तनशील दोनों बनाती है, वही उसे एक अपवर्तनकारी और विकृतकारी माध्यम भी बनाती है। शासक वर्ग इस विचारधारात्मक संकेत को वर्गेतर, शाश्वत चरित्र प्रदान करने की कोशिश करता है, ताकि वह उसके भीतर चलनेवाले सामाजिक मूल्य-निर्णयों के बीच के संघर्ष को खत्म कर सके, या उसे अपने में ही सिमट जाने के लिए बाध्य कर सके, और इस प्रकार संकेत को एकस्वराघाती बना सके।

वास्तव में, प्रत्येक विचारधारात्मक संकेत जानस* की भाँति, दो चेहरोंवाला होता है। कोई भी प्रचलित गाली का शब्द प्रशंसा का शब्द बन सकता है, कोई भी प्रचलित सत्य अनिवार्यतः इस रूप में ध्वनित हो सकता है क वह लोगों को सबसे बड़ा असत्य प्रतीत हो। संकेत का यह *आन्तरिक द्वन्द्वात्मक गुण* पूरी तरह खुलकर केवल तभी प्रकट होता है, जब सामाजिक संकटों या क्रान्तिकारी परिवर्तनों का दौर आता है। परन्तु जीवन की साधारण दशाओं में, प्रत्येक विचारधारात्मक प्रतीक में सन्निहित यह अन्तर्विरोध पूरी तरह प्रकट नहीं हो सकता, क्योंकि एक स्थापित, वर्चस्वशाली विचारधारा का विचारधारात्मक संकेत हमेशा एक रूप में प्रतिक्रियावादी होता है, और हमेशा ही सामाजिक प्रजनक-प्रक्रिया के द्वन्द्वात्मक प्रवाह में पूर्ववर्ती कारक को स्थिरीकृत करने की कोशिश करता है, तथा बीते

* जानस - दोमुँहा रोमन देवता

हुए कल के सत्य को इस प्रकार स्वराघात देता है कि वह आज का सत्य प्रतीत होने लगे। और यही वह चीज है जो वर्चस्वशाली विचारधारा के भीतर उसकी अपवर्तनकारी और विकृतकारी असामान्यता के लिए जिम्मेदार है।

अधिरचनाओं के साथ मूलाधार के सम्बन्ध की समस्या की यही तस्वीर है। इसके साथ हमारा सरोकार इसके कुछ निश्चित पक्षों को ठोस रूप में प्रस्तुत करने तथा उसके रचनात्मक विवेचन में अपनायी जानेवाली दिशा और अपनाये जानेवाले रास्तों को स्पष्टतः निरूपित करने तक ही सीमित रहा है। इस विवेचन में भाषा के दर्शन का जो स्थान है, उसे एक विशिष्ट बिन्दु के रूप में लिया गया है। शाब्दिक संकेत का भौतिक उपादान, सर्वाधिक पूर्णता और सुगमता के साथ, परिवर्तन की द्वन्द्वात्मक प्रक्रिया को, अर्थात उस प्रक्रिया को, जो मूलाधार से अधिरचनाओं तक जाती है, उसकी निरन्तरता में समझने में सहायक सिद्ध होता है। अतः विचारधारात्मक परिघटनाओं की व्याख्या में प्रयोग की जानेवाली यांत्रिक कारण-कार्य सम्बन्ध की कोटि भाषा के दर्शन के आधार पर बड़ी आसानी से निरस्त की जा सकती है।

अध्याय तीन

भाषा का दर्शन और वस्तुगत मनोविज्ञान

मानस को वस्तुगत रूप से परिभाषित करने का कार्यभार। ''समझने और व्याख्या करनेवाले'' मनोविज्ञान की डिल्थे की धारणा। मानस का संकेत-वैज्ञानिक यथार्थ। क्रियात्मक मनोविज्ञान का दृष्टिकोण। मनोविज्ञानवाद और प्रति-मनोविज्ञानवाद। आन्तरिक संकेत (आन्तरिक वक्तृत्व) का स्पष्ट गुण। आत्मनिरीक्षण की समस्या। मानस की सामाजिक-विचारधारात्मक प्रकृति। सार-संक्षेप और निष्कर्ष।

मार्क्सवाद के बुनियादी और सर्वाधिक आसन्न कार्यभारों में से एक वास्तविक अर्थों में वस्तुगत, ऐसे मनोविज्ञान की रचना करना है, जो शरीरक्रिया या जीवविज्ञान के सिद्धान्तों पर नहीं, बल्कि *समाजशास्त्रीय* सिद्धान्तों पर आधारित मनोविज्ञान हो। इस कार्यभार के अनिवार्य अंग के तौर पर, मार्क्सवाद के सामने उस सचेतन, आत्मगत मानवीय मानस के प्रति एक वस्तुगत, लेकिन साथ ही सूक्ष्म और लचीली पहुँच विकसित करने की समस्या है, जिस पर आमतौर पर आत्मनिरीक्षण की विधियों का ही अधिकार माना जाता रहा है।

यह एक ऐसा कार्यभार है जिसे सम्पन्न करने में न तो जीवविज्ञान सक्षम है, और न ही शरीरक्रिया-विज्ञान : चेतन मानस एक सामाजिक-विचारधारात्मक तथ्य है और इस नाते, यह शरीरक्रिया-विज्ञान की विधियों या अन्य किसी भी प्राकृतिक विज्ञान की विधियों की पहुंच से बाहर है। मनोगत मानस कोई ऐसी चीज नहीं है जिसे महज प्राकृतिक, प्राणिगत निकाय के दायरे के भीतर होनेवाली प्रक्रियाओं के रूप में निरूपित किया जा सके। मानस की अन्तर्वस्तु को बुनियादी तौर पर निर्धारित करनेवाली प्रक्रियाएँ व्यक्तिगत निकाय के भीतर नहीं, बल्कि बाहर घटित होती हैं, बावजूद इसके कि इनमें व्यक्तिगत निकाय भी सहभागिता करता है।

मनुष्य का मनोगत मानस प्राकृतिक-वैज्ञानिक विश्लेषण का विषय नहीं है, जैसाकि प्राकृतिक विश्व में किसी भी चीज या प्रक्रिया के मामले में होता है; *मनोगत मानस विचारधारात्मक समझ का और इस समझ के जरिये सामाजिक-विचारधारात्मक व्याख्या*

का विषय है। जब एक मानसिक (psychic) परिघटना को समझ और व्याख्यायित कर लिया जाता है, तब इसे सिर्फ उन सामाजिक कारकों के रूप में व्याख्यायिकत करना सम्भव हो जाता है, जो व्यक्ति के मूर्त जीवन को उसके सामाजिक वातावरण की दशाओं में निर्धारित करते हैं।[1]

जब हम इस दिशा में आगे बढ़ते हैं तो बुनियादी महत्त्व का जो पहला प्रश्न उठ खड़ा होता है, वह है "आन्तरिक अनुभव" को वस्तुगत तौर पर परिभाषित करने का प्रश्न। ऐसी परिभाषा में वस्तुगत, बाह्य अनुभव की एकता के भीतर आन्तरिक अनुभव भी शामिल रहना चाहिये।

मनोगत मानस का सम्बन्ध किस प्रकार के यथार्थ से है? *आन्तरिक मानस का यथार्थ वही है जो संकेत का यथार्थ है।* संकेतों के भौतिक उपादान के बाहर कोई मानस नहीं होता; बेशक शरीर की क्रियात्मक प्रक्रियाएँ होती हैं, स्नायु-प्रणाली की प्रक्रियाएँ होती हैं, परन्तु कोई भी ऐसा मनोगत मानस नहीं होता जो एक विशिष्ट अस्तित्वपरक गुण के रूप में निकाय के भीतर चलनेवाली शारीरिक प्रक्रियाओं और उस निकाय को बाहर से परिवेष्टित करनेवाले यथार्थ, दोनों ही से बुनियादी तौर पर भिन्न हो, और जिनके प्रति यह मनोगत मानस अभिक्रिया करता हो, और जिन्हें यह इस या उस रूप में प्रतिबिम्बित करता हो। इसकी अस्तित्वपरक प्रकृति के अनुसार इसे शारीरिक निकाय और बाह्य विश्व के बीच कहीं पर, अर्थात एक ऐसी *सीमारेखा* पर स्थित करना होगा, जो यथार्थ के इन दोनों क्षेत्रों को अलग करती है। बेशक इस सीमारेखा पर ही शारीरिक निकाय और बाह्य विश्व एक-दूसरे के आमने-सामने होते हैं, लेकिन यह मुलाकात कोई भौतिक चीज नहीं है : *शारीरिक निकाय और बाह्य विश्व की मुलाकात संकेत में होती है।* मानसिक अनुभव शारीरिक निकाय और बाह्य वातावरण के बीच सम्पर्क की संकेतपरक अभिव्यक्ति ही है। यही कारण है कि *आन्तरिक मानस का एक वस्तु के रूप में विश्लेषण नहीं किया जा सकता, बल्कि केवल एक संकेत के रूप में ही इसे समझा और व्याख्यायित किया जा सकता है।*

"समझने और व्याख्या करनेवाले", मनोविज्ञान की धारणा बहुत पुरानी है और इसका एक शिक्षाप्रद इतिहास भी है। आधुनिक काल में, मानविकी अर्थात विचारधारात्मक विज्ञानों की पद्धतिगत आवश्यकताओं के सन्दर्भ में, लाक्षणिक तौर पर, इसे सर्वाधिक प्रामाणिक भी सिद्ध किया जा चुका है।

आधुनिक काल में इस धारणा का सर्वाधिक कुशाग्र और सुस्थापित प्रवक्ता विल्हेल्म डिल्थे था। डिल्थे के लिए, यह बात उतनी महत्त्वपूर्ण नहीं थी कि मनोगत मानस का अस्तित्व है, और न ही यह बात उतनी महत्त्वपूर्ण थी कि कोई चीज कैसे अस्तित्वमान

---

1. मनोविज्ञान की आधुनिक समस्याओं का सरल चित्रण हमारी पुस्तक *फ्रायडिएनिज़्म (ए क्रिटिकल आउटलाइन)*, (लेनिनग्राद, 1927) में किया गया है। देखें अध्याय 2, "टू ट्रेण्ड्स इन कण्टेम्परेरी साइकोलॉजी"।

होती है, जितनी यह बात कि *उसमें अर्थ होता है।* और जब हम अनुभव के शुद्ध यथार्थ को जानने के प्रयास में इस अर्थ का तिरस्कार कर देते हैं, तब ही वास्तव में हमारे सामने, डिल्थे के अनुसार, शारीरिक निकाय में चलनेवाली एक शरीरक्रियात्मक प्रक्रिया उपस्थित होती है, और इसी बीच अनुभव हमारी आँख से ओझल हो जाता है—यह ठीक वैसे ही है, जैसे जब हम एक शब्द के अर्थ को तिरस्कृत कर देते हैं, तो स्वयं शब्द को ही गँवा बैठते हैं, और हमारे सामने सिर्फ उसकी भौतिक ध्वनि और उसके उच्चारण की शरीरक्रियात्मक प्रक्रिया ही शेष रह जाती है। अर्थ ही शब्द को शब्द बनाता है। अनुभव को भी उसका अर्थ ही अनुभव बनाता है। और इस अर्थ को केवल आन्तरिक, मानसिक जीवन के सारतत्व को गँवा बैठने की कीमत पर ही तिरस्कृत किया जा सकता है। अतः मनोविज्ञान अनुभवों को कारण-कार्य सम्बन्ध के तहत व्याख्यायित करने के कार्यभारों के पीछे नहीं पड़ता, वह इन्हें शारीरिक या शरीरक्रिया सम्बन्धी प्रक्रियाओं के सदृश नहीं मानता। मनोविज्ञान का आवश्यक कार्यभार है मानसिक जीवन को, दार्शनिक विश्लेषण के अन्तर्गत ठीक एक दस्तावेज की भाँति लेते हुए, वर्णित, विखण्डित और व्याख्यायित करने का प्रयास करना। केवल इसी प्रकार का वर्णनात्मक और व्याख्यात्मक मनोविज्ञान, डिल्थे के अनुसार मानविकी या स्वयं में उसी के शब्दों में, "आत्मिक विज्ञानों" (*Geisteswissenschaften*) के लिए आधार का काम कर सकता है।[2]

डिल्थे की धारणा बहुत उर्वर सिद्ध हुई है और आज भी इसके बहुतेरे समर्थक मानविकी के प्रतिनिधियों के बीच मिलते रहते हैं। यह बात दावे के साथ कही जा सकती है कि वस्तुतः वे सारे के सारे समकालीन जर्मन मानविकीविद, जो एक दार्शनिक रुझान रखते हैं, कमोबेश डिल्थे के विचारों पर ही निर्भर हैं।[3]

डिल्थे की अवधारणा भाववादी आधार से उत्पन्न हुई है, और उसके अनुयायी उसी आधार पर कायम हैं। समझने और व्याख्या करनेवाले मनोविज्ञान की धारणा भाववादी चिन्तन की कुछ निश्चित पूर्वमान्यताओं के साथ घनिष्ठ रूप से जुड़ी हुई है तथा कई मायनों में तो इसे एक विशिष्ट भाववादी धारणा ही कहा जा सकता है।

वास्तव में, व्याख्यात्मक मनोविज्ञान जिस रूप में सर्वप्रथम स्थापित हुआ और आज तक जिस रूप में विकसित होता रहा है, वह भाववादी ही है, और द्वन्द्वात्मक भौतिकवाद के दृष्टिकोण से अस्वीकार्य है। और जो चीज सर्वोपरि रूप से अस्वीकार्य है वह है *विचारधारा के ऊपर मनोविज्ञान की पद्धतिगत वरीयता।* आखिरकार, डिल्थे और व्याख्यात्मक

---

2. डिल्थे के बारे में एक विवरण, रूसी भाषा में, Frisejzen-Keler के निबन्ध (*Logos*, 1912-13 में प्रकाशित) में देखा जा सकता है।

3. डिल्थे की धारणा के प्रवृत्ति-निर्धारक प्रभाव को वर्तमान जर्मनी में मानविकी के सर्वाधिक ख्यातिलब्ध विद्वान भी स्वीकार कर चुके हैं, जिनमें से आस्कर वाल्ज़ेल, विल्हेल्म गुण्डोल्फ, एमिल एर्मातिंगर आदि उल्लेखनीय है।

मनोविज्ञान के अन्य प्रतिनिधि यही तो कहते हैं कि समस्त मानविकी का आधार मनोविज्ञान को होना चाहिये। उनके अनुसार, विचारधारा की व्याख्या अन्य किसी भी रूप में नहीं, बल्कि मनोविज्ञान के रूप में, अर्थात मनोविज्ञान की अभिव्यक्ति और अवतरण के रूप में ही की जाती है। उनका सच यही है कि मानस और विचारधारा में परस्पर सहमेल है, और उन दोनों में एक चीज—अर्थ—साझा होती है, जिसके नाते वे दोनों शेष यथार्थ से अलग पहचान रखते हैं। लेकिन दोनों का यह सामंजस्य विचारधारा द्वारा नहीं, बल्कि मनोविज्ञान द्वारा तय किया जाता है।

इसके अतिरिक्त डिल्थे और उसके अनुयायियों की धारणाओं में *अर्थ के सामाजिक चरित्र के लिए कोई गुंजाइश नहीं रखी जाती।*

अन्त में—और यही उनकी समूची अवधारणा का *केन्द्रीय मिथ्यात्व* भी है—*उनकी* धारणा *में अर्थ और संकेत के बीच सारभूत सम्बन्ध की कोई धारणा नहीं है।*

वास्तव में, डिल्थे अनुभव और शब्द के बीच जो तुलना करता है वह उसके लिए एक सरल सादृश्य से, यानी एक व्याख्यात्मक कथन से ज्यादा महत्त्व नहीं रखती—यह एक अपेक्षाकृत विरल बात है, जो इससे सम्बन्धित डिल्थे की कृतियों में ही मिलती है। वह इस तुलना से निकल सकनेवाले निष्कर्षों से कोसों दूर है। इतना ही नहीं, उसकी दिलचस्पी विचारधारात्मक संकेत के माध्यम से मानस की व्याख्या करने में नहीं, बल्कि, अन्य किसी भी भाववादी की भाँति, मानस के माध्यम से संकेत की व्याख्या करने में है : डिल्थे के लिए संकेत केवल तभी तक संकेत बना रहता है, जब तक वह आन्तरिक जीवन की अभिव्यक्ति के माध्यम का कार्य करता है। इस मामले में डिल्थे की अभिधारणा हर तरह से भाववाद की ही सामान्य प्रवृत्ति को लेकर आगे बढ़ती है : *वह समस्तबोध, समस्त अर्थ को भौतिक विश्व से अलग कर देती है और उसे कालरहित, दिक्‌रहित आत्मा में अवस्थित कर देती है।*

लेकिन यदि अनुभव में अर्थ निहित है और यदि वह यथार्थ का एक विशिष्ट अंश भर नहीं है (इस मामले में डिल्थे सही है), तब तो तय बात है कि अनुभव कहीं अन्यत्र नहीं, बल्कि संकेतों के भौतिक उपादान में ही उत्पन्न हो सकता है। आखिरकार, अर्थ का सम्बन्ध तो सिर्फ संकेत से ही हो सकता है; संकेत के बाहर अर्थ एक कल्पनामात्र हो सकता है। यथार्थ के एक विशिष्ट अंश और उसका प्रतिनिधित्व और चित्रण करनेवाले एक दूसरे प्रकार के यथार्थ के बीच एक संकेतपरक सम्बन्ध की अभिव्यक्ति ही अर्थ है। अर्थ संकेत का कार्य है और इसीलिए उसे संकेत से बाहर किसी विशिष्ट, स्वतंत्र अस्तित्व रखनेवाली चीज के रूप में नहीं समझा जा सकता (कारण कि अर्थ विशुद्धतः सम्बन्ध या कार्य ही है)। यदि कोई इस तरह की धारणा बना ले कि "घोड़ा" शब्द का अर्थ यह विशिष्ट, जीवित घोड़ा है, जिसकी ओर मैं इशारा कर रहा हूँ, तो यह हास्यास्पद होगा। यदि ऐसा होता, तब तो मैं, उदाहरण के तौर पर, यह भी कह सकता हूँ कि एक सेब खाकर मैं सेब नहीं, बल्कि "सेब" शब्द का अर्थ ही खा गया हूँ। संकेत एक विशिष्ट

भौतिक उपादान होता है, परन्तु अर्थ कोई भौतिक उपादान नहीं है, और इसे संकेत से ऐसे पृथक नहीं किया जा सकता, मानो यह कोई ऐसा यथार्थ हो, जो संकेत से अलग अपने आप में अस्तित्वमान हो। अतः यदि अनुभव का अर्थ होता है, यदि इसे समझा और व्याख्यायित किया जा सकता है, तो अवश्य ही इसका अस्तित्व असली, यथार्थ संकेतों के भौतिक उपादान में ही हो सकता है।

इस बात को रेखांकित करने की आवश्यकता है : *इतना ही नहीं कि अनुभव को संकेत के माध्यम से बाह्य रूप में अभिव्यक्त किया जा सकता है* (एक अनुभव को दूसरों के समक्ष विविध तरीकों से अभिव्यक्त किया जा सकता है—शब्द के द्वारा, मुखमुद्रा के द्वारा, या अन्य किसी माध्यम से), बल्कि इस बाह्य अभिव्यक्ति (दूसरों के लिए) के अतिरिक्त, *अनुभव उस व्यक्ति के लिए भी अस्तित्वमान होता है, जो इसे सिर्फ संकेतों के भौतिक उपादान में ही अनुभव करता है।* इस भौतिक उपादान के बाहर ऐसा कोई अनुभव नहीं होता। इस अर्थ में *कोई भी अनुभव अभिव्यक्ति के योग्य होता है,* अर्थात सम्भावित अभिव्यक्ति होता है। कोई भी विचार, कोई भी भाव, कोई भी अभिप्रेत क्रियाकलाप अभिव्यक्ति के योग्य होता है। अभिव्यक्तिशीलता के इस कारकतत्व को, स्वयं अनुभव की प्रकृति को ही नष्ट किये बिना, अनुभव से खारिज नहीं किया जा सकता।[4]

इस प्रकार, आन्तरिक अनुभव और उसकी अभिव्यक्ति के बीच छलाँग जैसी कोई चीज नहीं है, यथार्थ के एक गुणात्मक क्षेत्र से दूसरे गुणात्मक क्षेत्र में चले जाने जैसी कोई चीज नहीं है। अनुभव से उसकी बाह्य अभिव्यक्ति की ओर संक्रमण एक ही गुणात्मक क्षेत्र के भीतर होता है, और वह अपनी प्रकृति में परिमाणात्मक होता है। बेशक, प्रायः ऐसा भी होता है कि बाह्य अभिव्यक्ति की प्रक्रिया में एक प्रकार के संकेतपरक उपादान (जैसे, मूकाभिनय) से दूसरे प्रकार के संकेतपरक उपादान (जैसे, शाब्दिक) की ओर संक्रमण हो जाता है, लेकिन तब भी इस पूरे संक्रमण के दौरान अभिव्यक्ति की प्रक्रिया संकेतों के उपादान से बाहर नहीं जाती।

तब, सवाल यह उठता है कि मानस का संकेत-उपादान क्या है? यह कोई भी जैविक गतिविधि या प्रक्रिया हो सकती है : जैसे, श्वसन, रक्त-संचरण, शारीरिक गतियाँ, उच्चारण, आन्तरिक वक्तृत्व, मूकाभिनयात्मक हाव-भाव, बाह्य उद्दीपकों (जैसे, प्रकाश उद्दीपक) के प्रति प्रतिक्रिया, आदि।

संक्षेप में, *जैविक निकाय के भीतर होनेवाली कोई भी चीज और हरेक चीज अनुभव*

---

4. चेतना की सभी परिघटनाओं की अभिव्यक्तिशीलता की धारणा नव-काण्टवाद के लिए विजातीय नहीं है। पहले ही उद्धृत की जा चुकी कास्सिरेर की पुस्तक के अतिरिक्त हर्मन कोहेन ने अपने सैद्धान्तिक ग्रन्थ *Aesthetic des reinen Gefühls* के तीसरे खण्ड में चेतना के अभिव्यक्तिशील चरित्र पर लिखा है। लेकिन उसमें जो धारणा प्रतिपादित की गयी है, उससे उचित निष्कर्ष नहीं निकाले जा सकते। उसमें चेतना का सारतत्व अनुभव के क्षेत्र से बाहर ही रहता है।

का भौतिक उपादान बन सकती है, कारण कि हरेक चीज संकेत-वैज्ञानिक महत्त्व प्राप्त कर सकती है, अभिव्यक्तिशील बन सकती है।

निश्चय ही, यह समस्त उपादान महत्त्व के एक ही स्तर पर कतई नहीं रहता। विकास और विभेदीकरण की किसी सीमा तक पहुँच चुके किसी भी मानस के पास अनिवार्य रूप से, अपने अनुसार इस्तेमाल किया जानेवाला एक सूक्ष्म और नमनशील संकेतपरक उपादान रहता है, जिसको बाह्य अभिव्यक्ति की प्रक्रिया के तहत अपने शारीरिक निकाय से इतर सामाजिक परिवेश में रूपायित, परिष्कृत और विभेदीकृत किया जा सकता है। इस प्रकार, मानस का संकेतपरक उपादान सर्वोपरि रूप में, शब्द—अर्थात *आन्तरिक वक्तृत्व*—ही है। वैसे यह सच है कि यह संकेत-वैज्ञानिक मूल्य रखनेवाली अन्य प्रेरक प्रतिक्रियाओं के एक समुच्चय से भी अन्तर्ग्रन्थित होता है। लेकिन, कुल मिलाकर, यह शब्द ही है जो आन्तरिक जीवन का मूलाधार, अर्थात उसका ढाँचा संघटित करता है। यदि मानस शब्द से वंचित हो जाये, तो यह एक आत्यन्तिक सीमा तक संकुचित हो जायेगा, और अन्य सभी अभिव्यक्तिशील गतिविधियों से रहित होकर, अन्ततः निःशेष हो जायेगा।

यदि हम आन्तरिक वक्तृत्व के तथा मानस को संघटित करनेवाली अन्य सभी अभिव्यक्तिशील गतिविधियों के संकेतपरक कार्य को तिरस्कृत कर दें, तो हमारे समक्ष व्यक्तिगत निकाय के दायरे में चलनेवाली मात्र शरीरक्रियात्मक प्रक्रिया भर दिखायी देगी। इस प्रकार का अमूर्तन एक शरीरक्रिया-विज्ञानी के लिए ही पूरी तरह से वैध और आवश्यक हो सकता है : कारण कि उसकी एकमात्र आवश्यकता बस शरीरक्रिया की प्रक्रिया और उसकी यांत्रिकी ही है।

फिर भी, एक जीव वैज्ञानिक की हैसियत से, एक शरीरक्रिया-विज्ञानी तक के लिए भी, यह आवश्यक है कि वह सम्बन्धित विविध प्रकार की शरीरक्रियात्मक प्रक्रियाओं के अभिव्यक्तिशील संकेत के कार्य (अर्थात सामाजिक कार्य) को भी ध्यान में रखे। अन्यथा, वह प्राणिगत निकाय की समूची व्यवस्था में उन प्रक्रियाओं की जीव वैज्ञानिक अवस्थिति को भली प्रकार नहीं समझ सकता। इस मामले में, एक जीव वैज्ञानिक भी इसके समाजशास्त्रीय दृष्टिकोण की अनदेखी करना नहीं चाहेगा, और न ही इस तथ्य को खारिज करना चाहेगा कि मानवीय प्राणिगत निकाय प्रकृति के अमूर्त क्षेत्र से सम्बन्धित नहीं है, बल्कि वह एक विशिष्ट सामाजिक क्षेत्र का एक संघटक अंग है। लेकिन एक शरीरक्रिया-विज्ञानी सम्बन्धित विविध शरीरक्रियात्मक प्रक्रियाओं के संकेत के रूप में कार्य पर गौर करने के पश्चात उनकी विशुद्धतः शरीरक्रियात्मक यांत्रिकी (उदाहरणस्वरूप, अनुकूलित प्रतिबिम्ब की यांत्रिकी) की छानबीन करने में ही लग जाता है, और इस प्रकार, वह उन विचारधारात्मक मूल्यों को तिरस्कृत कर देता है जो इन प्रक्रियाओं में अन्तर्निहित होते हैं, और जो परिवर्तनशील तथा अपने ही सामाजिक-ऐतिहासिक नियमों के अधीन होते हैं। संक्षेप में, मानस की अन्तर्वस्तु से उसका कोई सरोकार नहीं रह जाता।

लेकिन निश्चित तौर पर मानस की यह अन्तर्वस्तु ही व्यक्तिगत प्राणिगत निकाय के

सन्दर्भ में मनोविज्ञान का विषय बनती है। किसी भी वास्तविक मनोविज्ञान की किसी भी दूसरे विषय में रुचि न है और न हो सकती है।

ऐसा भी दावा किया जाता रहा है कि मानस की अन्तर्वस्तु नहीं, बल्कि व्यक्तिगत मानस में इस अन्तर्वस्तु का केवल कार्य ही मनोविज्ञान का विषय है। तथाकथित *कार्यात्मक मनोविज्ञान* का यही दृष्टिकोण है।[5]

मनोविज्ञान की इस शाखा के मतानुसार, "अनुभव" दो कारकों से मिलकर संघटित होता है। एक कारक *अनुभव की अन्तर्वस्तु* है। यह अपनी प्रकृति में *मानसिक* नहीं है। इसमें या तो एक भौतिक परिघटना निहित होती है जिस पर अनुभव केन्द्रीभूत होता है (अर्थात इन्द्रियानुभूति का विषय बनता है) या एक संज्ञानात्मक अवधारणा होती है जिसके अपने ही तर्कसंगत नियंत्रणकारी नियम-विधान, नीतिविषयक मूल्य आदि होते हैं। अनुभव का यह अन्तर्वस्तु-निर्दिष्ट, सन्दर्भात्मक पक्ष प्रकृति, संस्कृति, या इतिहास का गुण है, और इसके नाते इसका सम्बन्ध विज्ञान की उपयुक्त शाखाओं की क्षमता से है जिनसे एक मनोवैज्ञानिक का कोई सरोकार नहीं होता।

अनुभव को संघटित करनेवाला दूसरा कारक *व्यक्तिगत मानसिक जीवन की अन्तरंग व्यवस्था के भीतर किसी भी विशिष्ट सन्दर्भात्मक अन्तर्वस्तु का कार्य है।* और, निस्सन्देह, मानस से बाहर किसी अन्तर्वस्तु की यह *अनुभवगतता* या *अनुभवात्मकता* ही वास्तव में मनोविज्ञान का विषय है। दूसरे शब्दों में, कार्यात्मक मनोविज्ञान का विषय अनुभव का *क्या* नहीं, बल्कि *कैसे* है। अतः उदाहरण के लिए, किसी चिन्तन-प्रक्रिया की अन्तर्वस्तु—अर्थात इसका क्या—गैर-मानसिक होती है, जो किसी तर्कशास्त्री, ज्ञानमीमांसा या (यदि इस प्रकार के चिन्तन में गणितीय चिन्तन शामिल हो) गणितज्ञ का विषय बनती है। इसके विपरीत, एक मनोवैज्ञानिक केवल यह अध्ययन करता है कि विविध वस्तुगत अन्तर्वस्तुओंवाली चिन्तन-प्रक्रियाएँ (तार्किक, गणितीय या अन्य कोई भी) किसी सुनिश्चित व्यक्तिगत मनोगत मानस द्वारा प्रदान की गयी दशाओं के अन्तर्गत *कैसे* उत्पन्न होती हैं।

यहाँ पर हम इस मनोवैज्ञानिक अवधारणा के विस्तार में नहीं जाना चाहेंगे, और इसे यहीं छोड़कर हम मानसिक कार्य से सम्बन्धित कुछ निश्चित, समय-समय पर बहुत उपयोगी सिद्ध होनेवाली, ऐसी स्पष्ट भिन्नताओं की चर्चा पर आना चाहेंगे, जो मनोविज्ञान की इस शाखा के, तथा मनोविज्ञान से सम्बन्धित अन्य आन्दोलनों के प्रतिनिधियों के आलेखों में देखने को मिल सकती हैं। हमारे उद्देश्य के लिए, कार्यात्मक मनोविज्ञान का वही बुनियादी सिद्धान्त पर्याप्त है जो पहले से ही निर्धारित है। इसकी सहायता से हम अपेक्षाकृत अधिक स्पष्टता के साथ मानस की अपनी निजी अवधारणा को तथा मनोविज्ञान

5. कार्यात्मक मनोविज्ञान के प्रमुख प्रतिनिधि स्टम्फ, माइनांग आदि हैं। कार्यात्मक मनोविज्ञान की नींव फ्रांत्स ब्रेन्टानो ने रखी थी। निस्सन्देह, आज के समय में यह कार्यात्मक मनोविज्ञान जर्मन मनोवैज्ञानिक चिन्तन का प्रभावी आन्दोलन बन चुका है, हालाँकि ठीक-ठीक कहें तो यह अपने विशुद्धतः क्लासिकीय रूप में नहीं रह गया है।

की समस्या के समाधान में संकेत के दर्शन (या भाषा के दर्शन) के लिए इसकी महत्ता को अभिव्यक्त कर सकते हैं।

कार्यात्मक मनोविज्ञान का जन्म और सुस्पष्ट विकास भी भाववाद की जमीन से ही हुआ है। फिर भी, कुछ मामलों में, यह एक ऐसी प्रवृत्ति भी प्रदर्शित करता है जो डिल्थे प्रकार के व्याख्यात्मक मनोविज्ञान के ठीक विपरीत है।

वास्तव में, जहाँ डिल्थे का आग्रह मानस और विचारधारा को एक ही सामान्य संज्ञा—अर्थ—में निरूपित करता हुआ प्रतीत होता है, वहीं इसके विपरीत कार्यात्मक मनोविज्ञान *मानस और विचारधारा के बीच* एक बुनियादी और कठोर *विभाजक रेखा*, यानी एक ऐसी विभाजक रेखा खींचने का प्रयास करता है जो *स्वयं मानस को ही चीरती हुई* जाती प्रतीत होती है। फलतः केवल अर्थ के ही रूप में समझी जानेवाली हरेक चीज इस तरह बहिष्कृत हो जाती है कि उसमें मानस का लेशमात्र भी मिलने की सम्भावना नहीं रह जाती, जबकि, इसी के साथ, केवल मानस से ही सम्बन्धित समझी जानेवाली हरेक चीज ''व्यष्टिगत आत्म'' कहे जानेवाले किसी व्यष्टिगत तारामण्डल में व्यवस्थित पृथक-पृथक सन्दर्भात्मक अन्तर्वस्तुओं की कार्रवाई भर बनकर रह जाती है। इस प्रकार, कार्यात्मक मनोविज्ञान, व्याख्यात्मक मनोविज्ञान से स्पष्टतः भिन्नता प्रदर्शित करते हुए, विचारधारा को मानस के ऊपर वरीयता प्रदान करता है।

इस बिन्दु पर एक सवाल उठाया जा सकता है : मानस कार्य कैसे करता है, और इसके अस्तित्व की प्रकृति क्या है? यह एक ऐसा सवाल है, जिसका एक सुस्पष्ट, सन्तोषजनक जवाब हमें कार्यात्मक मनोविज्ञान के प्रतिनिधियों के आलेखों में नहीं मिलता। इस मुद्दे पर उनमें कोई सुस्पष्ट धारणा, कोई सहमति, कोई एक राय नहीं है। लेकिन एक बिन्दु है, जिस पर वे सभी एकमत हैं : मानस की कार्रवाई को किसी शरीरक्रियात्मक प्रक्रिया के साथ मिलाया नहीं जाना चाहिये। इस प्रकार, मानसिक को स्पष्ट तौर पर शरीरक्रियात्मक से अलग कर दिया जाता है। लेकिन, तब भी, यह नया गुण, यानी मानसिक, किस प्रकार का तत्व है—यह अस्पष्ट ही रह जाता है।

इसी तरह विचारधारात्मक परिघटना के यथार्थ की समस्या भी कार्यात्मक मनोविज्ञान में इतनी ही अस्पष्ट रह जाती है।

केवल एक ही मामला है जहाँ कार्यात्मक मनोविज्ञानी एक स्पष्ट जवाब देते हैं, और वह है, प्रकृति में उपस्थित किसी वस्तु की ओर निर्दिष्ट अनुभव का मामला होता है। यहाँ पर वे मानसिक कार्रवाई और प्राकृतिक, भौतिक अस्तित्व के बीच एक विभाजक रेखा खींचते हैं—जैसे, यह पेड़, धरती, पत्थर आदि।

लेकिन मानसिक कार्रवाई और विचारधारात्मक अस्तित्व—एक तर्कसंगत अवधारणा, एक नीतिशास्त्रीय मूल्य, एक कलात्मक बिम्ब, आदि—के बीच किस प्रकार की विभाजक रेखा बनती है?

इस मुद्दे पर कार्यात्मक मनोविज्ञान के अधिकतर प्रतिनिधि, सामान्य रूप से धारण

किये गये भाववादी, मुख्यतः काण्टीय दृष्टिकोण का समर्थन करते हैं।[6] वे, व्यक्तिगत मानस और व्यक्तिगत मनोगत चेतना के अतिरिक्त एक "भावातीत चेतना", "स्वयं चेतना", या "शुद्ध ज्ञानमीमांसक विषय" आदि का प्रावधान भी करते हैं। और इसी भावातीत क्षेत्र में वे विचारधारात्मक परिघटना को व्यक्तिगत मानसिक कार्य के विरोध में स्थित करते हैं।[7]

इस प्रकार, विचारधारा के यथार्थ की समस्या कार्यात्मक मनोविज्ञान के आधार पर असमाधानित ही रह जाती है।

वस्तुतः विचारधारात्मक प्रतीक और उसके अस्तित्व की विशिष्ट प्रणाली को, इस या अन्य सभी उदाहरणों में, न समझ पाना ही मानस की समस्या की असमाधेयता का कारण है।

जब तक विचारधारा की समस्या हल नहीं कर ली जाती, तब तक मानस की समस्या भी कभी हल नहीं की जा सकती। ये दोनों ही समस्याएँ अविभाज्य रूप से परस्पर जुड़ी हुई हैं। वस्तुतः मनोविज्ञान का पूरा इतिहास और विचारधारात्मक विज्ञानों—जैसे, तर्कशास्त्र, ज्ञानमीमांसा, सौन्दर्यशास्त्र, मानविकी, आदि—का समूचा इतिहास ही अविराम संघर्षों का इतिहास है, जिसमें इन दोनों संज्ञानात्मक शाखाओं के बीच परस्पर अलगाव और परस्पर एकीकरण चलता रहता है।

ऐसा प्रतीत होता है कि सभी विचारधारात्मक विज्ञानों को अपने प्रवाह में बहा ले जानेवाले एक तात्विक मनोविज्ञानवाद, और मानस को उसकी समस्त अन्तर्वस्तु से वंचित कर उसे किसी खोखली, औपचारिक स्थिति में (जैसे कार्यात्मक मनोविज्ञान में) या महज शरीरक्रियावाद में निर्वासित कर देनेवाले एक तीक्ष्ण प्रतिक्रियाशील प्रति-मनोविज्ञान के बीच एक विशिष्ट प्रकार का आवर्ती प्रत्यावर्तन चलता रहता है। जहाँ तक विचारधारा की बात है, तो एक बार जब प्रति-मनोविज्ञानवाद इसकी सामान्य स्थिति को अस्तित्व से बहिष्कृत कर देता है (और यह स्थिति निश्चित तौर पर मानस ही है), तब इसकी कोई स्थिति ही नहीं रह जाती, और यह यथार्थ से भी बहिष्कृत हो जाने और भावातीत या यहाँ तक कि एकदम अनुभवातीत हो जाने को विवश हो जाती है।

बीसवीं सदी के आरम्भ में, हमें प्रति-मनोविज्ञानवाद की प्रबल लहरों में से एक का अनुभव हो चुका है (जो, निश्चय ही, इतिहास में पहली कतई नहीं थी)। आधुनिक

---

6. इस समय में *परिघटनावादी* भी, कार्यात्मक मनोविज्ञान की ही अवस्थिति धारण किये हुए हैं, और ये, इसी रूप में, फ्रांत्स ब्रेन्टानो से सम्बद्ध हैं (यह सम्बद्धता उनके समग्र दार्शनिक दृष्टिकोण तक विस्तारित है)।

7. जहाँ तक परिघटनावादियों की बात है, तो वे विचारधारात्मक धारणाओं की सत्तामूलकता ही सिद्ध करते हैं, और उन्हें ही आदर्श अस्तित्व का एक स्वयं-संचालित क्षेत्र मानते हैं।

प्रति-मनोविज्ञानवाद के प्रमुख प्रतिनिधि ह्युसर्ल[8] की कृतियाँ; उसके अनुयायियों, अर्थात *अभिप्रायवादियों ("परिघटनावादियों") की कृतियाँ; मार्बुर्ग और फ्राइबुर्ग*[9] शाखा के आधुनिक नव-काण्टवाद के प्रतिनिधियों का प्रति-मनोविज्ञानवादी मोड़; तथा ज्ञान के सभी क्षेत्रों से और यहाँ तक कि स्वयं मनोविज्ञान से ही मनोविज्ञानवाद का निर्वासन!—ये सब चीजें मिलकर हमारी सदी के पहले दो दशकों में सर्वोपरि दार्शनिक एवं पद्धतिगत महत्त्व की एक घटना सिद्ध हुई हैं।

अब, इस सदी के तीसरे दशक में, प्रति-मनोविज्ञानवाद की लहर धीमी पड़ने लगी है। अब इसकी जगह लेने के लिए मनोविज्ञानवाद की एक नई और स्पष्टतः बहुत शक्तिशाली लहर आ रही है। इस मनोविज्ञानवाद का एक प्रचलित रूप "जीवनदर्शन" है। इसी ट्रेडनेम के तहत, एक निहायत बेलगाम मनोविज्ञानवाद एक बार फिर आ रहा है, जिसने अपनी असाधारण गति से, दार्शनिक और विचारधारात्मक अध्ययन की उन सभी शाखाओं में, तमाम स्थान हथिया लिये हैं, जिनको इसने अभी हाल तक छोड़ रखा था।[10]

मनोविज्ञानवाद की यह आ रही लहर अपने साथ मानसिक यथार्थ के मूलभूत सिद्धान्तों के बारे में कोई नये विचार नहीं ला रही है। मनोविज्ञानवाद की पिछली लहर

---

8. देखें उसकी कृति *Logische Untersuchengen* का खण्ड 1 (इसका एक रूसी अनुवाद 1910 में किया गया था)। यह कृति समकालीन प्रति-मनोविज्ञानवाद की बाइबिल जैसी चीज बन चुकी है। उसका आलेख (रूसी अनुवाद) "फ़िलॉसफ़ी ऐज़ ऐन इग्ज़ैक्ट साइन्स" *Logos* I, 1911-1912 भी देखें।

9. उदाहरणस्वरूप देखें, फ्राइबुर्ग शाखा के प्रमुख, हाइनरिख रिकर्ट का शिक्षाप्रद अध्ययन (रूसी अनुवाद) "टू पाथ्स इन दि थिअरी ऑफ नॉलेज" (न्यू आइडियाज़ इन फ़िलॉसफ़ी) 1913। इस अध्ययन में रिकर्ट, ह्युसर्ल के प्रभाव में, ज्ञान के सिद्धान्त की किसी हद तक मौलिक मनोविज्ञानवादी अवधारणा को प्रतिमनोविज्ञानवादी शब्दावली में रूपान्तरित करता है। यह आलेख प्रति-मनोविज्ञानवादी आन्दोलन के प्रति नव-काण्टवाद द्वारा अख्तियार किये गये दृष्टिकोण को बहुत ही अभिलाक्षणिक ढंग से प्रस्तुत करता है।

10. समकालीन जीवनदर्शन का एक सामान्य सर्वेक्षण, जो भले ही प्रवृत्तिमूलक है और आज के समय के लिहाज से पुराना भी पड़ चुका है, रिकर्ट की पुस्तक (रूसी अनुवाद) *दि फ़िलॉसफ़ी ऑफ़ लाइफ़,* "एकेडेमिया", 1921 में देखा जा सकता है। ई. स्प्रैंगर की पुस्तक *Lebensformen* ने मानविकी पर भारी प्रभाव डाला है। जर्मनी में साहित्यिक और भाषा-वैज्ञानिक अध्ययन के सभी क्षेत्रों के सभी प्रमुख प्रतिनिधि कमोबेश आजकल जीवन-दर्शन (the philosophy of life) के ही प्रभाव में हैं। इनमें से उल्लेखनीय हैं : एर्मातिंगर *(Das dichterische Kunstwerk,* 1921), गुण्डोल्फ (गेटे और जार्ज के बारे में पुस्तकें 1916-25), हिफेल *(Das Wesen der Dichtung,* 1923), वाल्ज़ेल (Gehalt und Gestat im dicherischen Kunstwerk, 1923), वोस्लर और वोस्लरवादी, तथा अन्य कई। इन विद्वानों में से कुछ की चर्चा हम आगे करेंगे।

(अर्थात उन्नीसवीं सदी के उत्तरार्द्ध का प्रत्यक्षवादी-आनुभविक मनोविज्ञानवाद जिसका सर्वाधिक अभिलाक्षणिक प्रतिनिधि वुण्ट था) के विपरीत, इस नये मनोविज्ञानवाद की रुझान आन्तरिक अस्तित्व, अर्थात "अनुभव की तात्विक परिघटना" को आधिभौतिक शब्दावली में व्याख्यायित करने की है।

इस प्रकार, मनोविज्ञानवाद और प्रति-मनोविज्ञानवाद के इस द्वंद्वात्मक उतार-चढ़ाव से कोई भी द्वन्द्वात्मक संश्लेषण नहीं प्राप्त हो सका है। आज तक, बुर्जुआ दर्शन में न तो मनोविज्ञान की समस्या का और न ही विचारधारा की समस्या का कोई सम्यक समाधान हो सका है।

इनके समाधान के लिए आवश्यक है कि इन दोनों ही समस्याओं के समाधान के आधारों को एक ही साथ और अन्तर्सम्बन्धित रूप में स्थापित किया जाये। हमारा कहना यह है कि एक ही कुंजी से इन दोनों ही क्षेत्रों की समस्याओं के समाधान का रास्ता खोला जा सकता है। और यह कुंजी है *संकेत का दर्शन* (सर्वोत्कृष्ट विचारधारात्मक संकेत के रूप में शब्द का दर्शन)। विचारधारात्मक संकेत ही मानस और विचारधारा दोनों का क्षेत्र है, अर्थात यह एक ऐसा क्षेत्र है जो भौतिक है, समाजशास्त्रीय है और अर्थवान है। इसी क्षेत्र में मनोविज्ञान और विचारधारा के बीच की सीमारेखा ढूँढ़ी जानी चाहिये। मानस को शेष विश्व (सर्वोपरि रूप से विचारधारात्मक विश्व) की कृति होने की कोई आवश्यकता नहीं है, और इसी तरह, शेष विश्व को भी मानस के एकालाप का महज एक भौतिक कथन बनने की कोई आवश्यकता नहीं है।

लेकिन यदि मानस के यथार्थ की प्रकृति ठीक वही है जो संकेत के यथार्थ की है, तो व्यक्तिगत मनोगत मानस और, शब्द के सटीक अर्थ में, विचारधारा के बीच विभाजक रेखा कैसे खींची जा सकती है, जो खुद भी एक संकेतपरक तत्व है? बहरहाल, अभी तक हमने इस सामान्य क्षेत्र को इंगित भर किया है; अब हमारे लिए आवश्यक यह है कि इसके भीतर समुचित सीमारेखा खींची जाये।

इस मुद्दे का केन्द्रवर्ती तत्व आन्तरिक (अन्तःशारीरिक) संकेत की परिभाषा में निहित है, जो अपने तात्कालिक यथार्थ में, आत्मनिरीक्षण के लिए उपलब्ध है।

मानस और विचारधारा के बीच, स्वयं विचारधारात्मक अन्तर्वस्तु के दृष्टिकोण से, न तो कोई सीमारेखा है, और न ही हो सकती है। समस्त अन्तर्वस्तु, चाहे उसमें कोई भी संकेतपरक उपादान मूर्तमान हो, निरपवाद रूप से, समझे जाने योग्य, अर्थात आन्तरिक संकेतों के उपादान में पुनरुत्पादित किये जाने योग्य होती है। दूसरी ओर, कोई भी विचारधारात्मक परिघटना, सृजन की प्रक्रिया में उस प्रक्रिया के एक आवश्यक चरण, मानस, से होकर ही गुजरती है। हम फिर से कह दें : प्रत्येक बाह्य विचारधारात्मक संकेत, चाहे वह जिस किसी भी प्रकार का हो, आन्तरिक संकेतों—अर्थात चेतना—में समाहित और परिष्कृत होता रहता है। बाह्य संकेत आन्तरिक संकेतों के इसी समुद्र से उद्‌भूत होता है और उसी पर आश्रित होता है, कारण कि इसका जीवन पुनर्नवीकरण की एक प्रक्रिया

है, जिसे समझा जा सकता है, अनुभूत किया जा सकता है, और आत्मसात किया जा सकता है, अर्थात इसका जीवन आन्तरिक सन्दर्भ के भीतर हमेशा नवीनीकृत होते रहनेवाले इसके अस्तित्व में ही निहित है।

अतः *अन्तर्वस्तु के दृष्टिकोण से, मानस और विचारधारा के बीच कोई बुनियादी विभाजन नहीं है : अन्तर सिर्फ अवस्था का है।* जब तक विचारधारा का अंकुर बाह्य विचारधारात्मक उपादान में मूर्तमान नहीं हुआ रहता है, तब तक वह अपने आन्तरिक विकास की इस अवस्था में एक अस्पष्ट तत्व के रूप में रहता है, यह अपनी परिभाषा, अपना विभेदीकरण, अपनी स्थिरता केवल विचारधारात्मक मूर्तीकरण की प्रक्रिया में ही प्राप्त कर सकता है। सृजन की अपेक्षा—यहाँ तक कि असफल सृजन की भी अपेक्षा—इरादा, एक कम महत्त्वपूर्ण चीज है। कोई भी विचार जो, किसी एकीकृत विचारधारात्मक प्रणाली संघटित करनेवाले एक अनुशासन के दायरे में मूर्तमान हुए बिना, अभी सिर्फ हमारी व्यक्तिगत चेतना के ही दायरे में होता है, एक धुँधला, असंसाधित विचार ही रहता है। लेकिन वह विचार पहले से ही एक विचारधारात्मक प्रणाली की दिशा में निर्देशित हमारी व्यक्तिगत चेतना में ही अस्तित्व में आया था, और यह स्वयं उन विचारधारात्मक संकेतों द्वारा ही उत्पन्न किया गया था, जिन्हें हमारी व्यक्तिगत चेतना पहले से ही आत्मसात किये हुए थी। हम फिर बता दें कि यहाँ, किसी भी बुनियादी अर्थ में कोई गुणात्मक विभेद नहीं है। पुस्तकों एवं दूसरे लोगों के शब्दों के बारे में संज्ञान तथा अपने मस्तिष्क के भीतर होनेवाले संज्ञान का सम्बन्ध यथार्थ के एक ही दायरे से है, और मस्तिष्क एवं पुस्तक के बीच जो भेद पाये जाते हैं, वे संज्ञान की अन्तर्वस्तु को प्रभावित नहीं करते।

मानस और विचारधारा के बीच विभाजकरेखा खींचने की हमारी समस्या को जो चीज सर्वाधिक जटिल बनाती है, वह है ''वैयक्तिकता'' की अवधारणा। ''समष्टिगत'' और ''व्यष्टिगत'' प्रायः दो विपरीतों के एक युग्म के रूप में लिये जाते हैं और इसलिए हमारी यह धारणा बन जाती है कि मानस व्यष्टिगत होता है, जबकि विचारधारा समष्टिगत होती है।

परन्तु इस प्रकार की धारणाएँ बुनियादी तौर पर गलत हैं। समष्टिगत का सहसम्बन्धक ''प्राकृतिक'' है, और इसी तरह ''व्यष्टिगत'' का अर्थ एक व्यक्ति से नहीं, बल्कि प्राकृतिक, जीवविज्ञानी प्रतिरूप के रूप में ''व्यक्ति'' से है। व्यक्ति, अपनी निजी चेतना के संसाधनकर्ता के रूप में, अपने विचारों के सृष्टा के रूप में, अपने विचारों एवं अपनी भावनाओं के प्रति उत्तरदायी व्यक्तित्व के रूप में होता है—और इस प्रकार, एक व्यक्ति विशुद्ध रूप से एक सामाजिक-विचारधारात्मक परिघटना ही है। अतः, ''व्यष्टिगत'' मानस की अन्तर्वस्तु स्वयं अपनी प्रकृति में उतनी ही समष्टिगत है, जितनी कि विचारधारा, और किसी के व्यक्तित्व एवं उसके आन्तरिक अधिकारों और विशेषाधिकारों के प्रति उसकी चेतना का स्तर विचारधारात्मक, ऐतिहासिक और समाजशास्त्रीय कारकों द्वारा ही

अनुकूलित होता है।[11] *संकेत के रूप* में प्रत्येक संकेत समष्टिगत ही होता है, और यह बात बाह्य संकेत के लिए जितनी सच है उतनी ही आन्तरिक संकेत के लिए भी है।

यहाँ गलतफहमी से बचने के लिए, आवश्यक है कि सामाजिक विश्व का बिना कोई सन्दर्भ लिये, एक प्राकृतिक प्रतिरूप के रूप में, व्यक्ति (अर्थात जीव वैज्ञानिक के ज्ञान एवं अध्ययन के विषय के रूप में व्यक्ति) की अवधारणा और वैयक्तिकता की उस अवधारणा के बीच एक तथ्यात्मक विभेद किया जाये, जो प्राकृतिक व्यक्ति के ऊपर एक विचारधारात्मक संकेतात्मक अधिरचना की हैसियत रखती है, और जो इसीलिए एक सामाजिक अवधारणा है। "व्यष्टि" शब्द के ये दो अर्थ (प्राकृतिक प्रतिरूप और व्यक्ति) आमतौर पर एक ही में गड्डमड्ड कर दिये जाते हैं, जिसका परिणाम यह होता है कि अधिकतर दार्शनिकों और मनोविज्ञानिकों की दलीलें लगातार उछलकूद ही प्रदर्शित करती रह जाती हैं : कभी एक अवधारणा प्रचलित होती है, तो कभी इसकी जगह दूसरी अवधारणा ले लेती है।

अब जबकि व्यष्टिगत मानस उतना ही समष्टिगत है जितनी कि विचारधारा, तब यह भी कहा जा सकता है कि विचारधारात्मक परिघटनाएँ भी उतनी ही व्यष्टिगत हैं (शब्द के विचारधारात्मक अर्थ में) जितनी कि मनोवैज्ञानिक परिघटनाएँ। वस्तुतः प्रत्येक विचारधारात्मक उत्पाद अपने सृष्टा या सृष्टाओं की वैयक्तिकता की छाप लिये होता है, लेकिन यह छाप भी उतनी ही समष्टिगत है, जितनी कि विचारधारात्मक परिघटनाओं के अन्य सभी गुण एवं विशेषण।

इस प्रकार, प्रत्येक संकेत, यहाँ तक कि वैयक्तिकता का संकेत भी, समष्टिगत ही होता है। फिर, आन्तरिक और बाह्य संकेत के बीच, मानस और विचारधारा के बीच निहित अन्तर है क्या?

आन्तरिक गतिविधि के उपादान में सन्निहित अर्थ ही प्राणिगत निकाय की ओर, व्यक्ति विशेष के स्व की ओर निर्दिष्ट अर्थ है, और यह सबसे पहले उस स्व के विशिष्ट जीवन के सन्दर्भ में ही निर्धारित होता है। इस सम्बन्ध में, कार्यात्मक मंनोविज्ञान की शाखा के प्रतिनिधियों द्वारा समर्थित दृष्टिकोण में सच्चाई का कुछ तत्व अवश्य निहित है। मानस के भीतर अवश्य एक विशिष्ट एकता होती है, जो विचारधारात्मक प्रणालियों की एकता से स्पष्टतः अलग चिह्नित की जा सकती है, और इस एकता की कतई अनदेखी नहीं की जा सकती। मानसिक एकता की विशिष्ट प्रकृति मानस की विचारधारात्मक और समष्टिगत अवधारणा की पूरी संगति में होती है।

वास्तव में, कोई भी संज्ञानात्मक विचार, यहाँ तक कि हमारी व्यक्तिगत चेतना, हमारे व्यक्तिगत मानस का विचार भी, जैसाकि हम कह चुके हैं, ज्ञान की एक विचारधारात्मक

---

11. अपने इस अध्ययन के आखिरी भाग में हम देखेंगे कि शाब्दिक रचना-स्रोत की, यानी शब्द के प्रति स्वामित्व अधिकार की अवधारणा वास्तव में कितनी सापेक्षिक और विचारधारात्मक है, और कि भाषा में वक्तृत्व की व्यक्तिगत पूर्वशर्तों के एक स्पष्ट बोध का विकास कितना बाद में दिखायी पड़ता है।

प्रणाली की दिशा में निर्दिष्ट होकर ही अस्तित्व में आता है, और उसमें ही वह स्थान पाता है। इस अर्थ में, हमारा व्यक्तिगत विचार शुरू से ही एक विचारधारात्मक प्रणाली से सम्बन्धित होता है, और उसी के नियमों के एक समुच्चय द्वारा शासित होता है। लेकिन इसके साथ ही, यह एक दूसरी प्रणाली—हमारे व्यक्तिगत मानस की प्रणाली—से भी सम्बन्धित होता है, जो विचारधारात्मक प्रणाली की भाँति ही अपनी एक विशिष्ट एकता रखती है, और वैसे ही इसका भी अपने नियमों का एक समुच्चय होता है। इस दूसरी प्रणाली की एकता हमारे व्यष्टिगत प्राणिगत निकाय की एकता से ही नहीं, बल्कि यह निकाय जीवन एवं समाज की जिन दशाओं में अवस्थित होता है, उनके पूरे समुच्चय द्वारा निर्धारित होती है। हमारे व्यष्टिगत स्व की इस जैविक एकता को और हमारे व्यष्टिगत जीवन की इन विशिष्ट दशाओं को, दृष्टिगत रखकर ही कोई मनोवैज्ञानिक हमारे विचार का अध्ययन कर सकता है। ठीक यही विचार, विचारविज्ञानी के लिए महज ज्ञान की एक प्रणाली में वस्तुगत योगदान करने के रूप में दिलचस्पी का विषय बन सकता है।

मानस की प्रणाली, जो जैविक, और शब्द के व्यापक अर्थ में जीवन-सम्बन्धी कारकों द्वारा निर्धारित होती है, किसी भी रूप में महज मनोवैज्ञानिक के "दृष्टिकोण" का परिणाम नहीं होती। निस्सन्देह यह एक वास्तविक एकता है, जो उतनी ही वास्तविक है जितना कि अपने विशिष्ट योगदान सहित जैविक स्व, जो उसी यथार्थ एकता पर आधारित है, और साथ ही, यह उतना ही वास्तविक है, जितना कि इस स्व के जीवन को निर्धारित करनेवाली जीवन-दशाओं का पूरा समुच्चय। आन्तरिक संकेत इस मानसिक प्रणाली के साथ जितनी अधिक घनिष्ठता से अन्तर्ग्रंथित होता है और जैविक एवं जीवन-सम्बन्धी कारकों से जितना ही अधिक विशेषीकृत होता है, एक सुस्पष्ट विचारधारात्मक अभिव्यक्ति से यह उतना ही दूर होता है। इसके विपरीत, जैसे-जैसे यह अपने विचारधारात्मक सूत्रीकरण एवं मूर्तीकरण के निकट आता जाता है, वैसे-वैसे कहा जा सकता है कि, यह उस मानसिक दायरे के बन्धन को उतार फेंकता जाता है, जिसमें यह पहले से आबद्ध रहता है।

यही वह चीज है जो एक तरफ, आन्तरिक संकेत (अर्थात अनुभव) को समझने की प्रक्रिया में भिन्नता को निर्धारित करती है, तो दूसरी तरफ, बाह्य, विशुद्धतः विचारधारात्मक संकेत को निर्धारित करती है। पहले मामले में, *समझने* का अर्थ दूसरे संकेतों को धारण करनेवाली एकता को एक विशिष्ट आन्तरिक संकेत से सन्दर्भित करना है, उसे विशिष्ट मानस के सन्दर्भ में अनुभव करना है। दूसरे मामले में, समझने का अर्थ है संकेत को उसके अनुरूप उपयुक्त विचारधारा की प्रणाली में अनुभव करना। निस्सन्देह, पहले मामले में अनुभव के विशुद्धतः विचारधारात्मक अर्थ का विचार भी शामिल है—आखिरकार, यदि मनोवैज्ञानिक किसी विचार के विशुद्धतः संज्ञानात्मक बोध को समझेगा नहीं, तो वह अपने प्रयोज्य व्यक्ति के मानस में इसकी स्थिति समझने में भी समर्थ नहीं हो सकेगा। और यदि वह विचार के संज्ञानात्मक अर्थ को ही तिरस्कृत कर दे, तब तो उसके सम्मुख विचार, या संकेत नहीं, बस शरीरक्रियात्मक प्रक्रिया शेष रह जायेगी और वही जैव निकाय में विचार

या प्रतीक को चरितार्थ करती प्रतीत होने लगेगी। यही कारण है कि संज्ञान के मनोविज्ञान को ज्ञान मीमांसा और तर्कशास्त्र पर आधारित करना आवश्यक है, और इसीलिए सामान्य तौर पर, समूचे मनोविज्ञान को विचारधारात्मक विज्ञान पर आधारित होना चाहिये न कि इसका उलट होना चाहिये।

यहाँ ध्यान देने योग्य है कि उदाहरणस्वरूप, किसी भी बाह्य संकेत की अभिव्यक्ति को, किसी भी उद्गार को, इन दो दिशाओं में से किसी भी एक दिशा में संयोजित किया जा सकता है : या तो स्वयं प्रयोज्य व्यक्ति की दिशा में, या उससे अलग, विचारधारा की दिशा में। पहले मामले में, उद्गार का उद्देश्य बाह्य संकेत की अभिव्यक्त को, हूबहू आन्तरिक संकेतों की दिशा में निर्दिष्ट करना होता है, और इसमें उद्गार को ग्रहण करनेवाले व्यक्ति के लिए आवश्यक हो जाता है कि वह आन्तरिक संकेतों को एक आन्तरिक सन्दर्भ दे, अर्थात इसके लिए विशुद्धतः एक मनोवैज्ञानिक प्रकार की समझ आवश्यक होती है। दूसरे मामले में, उद्गार की एक विशुद्धतः विचारधारात्मक, विषय-सन्दर्भात्मक समझ आवश्यक होती है।[12]

इसी ढंग से मानस और विचारधारा के बीच एक विभाजक रेखा खींची जा सकती है।[13]

तब हम, अवलोकन और अध्ययन के लिए, मानस को किस रूप में ग्रहण करते हैं, अर्थात आन्तरिक संकेतों को किस रूप में ग्रहण करते हैं? आन्तरिक संकेत अर्थात अनुभव, अपने शुद्ध रूप में, केवल आत्मप्रेक्षण (आत्मनिरीक्षण) द्वारा ही ग्रहण किया जा सकता है। क्या आत्मनिरीक्षण, बाह्य वस्तुगत अनुभव के विरोध में होता है? यदि मानस को और स्वयं आत्मनिरीक्षण को ठीक ढंग से समझा जाये, तो ऐसा कुछ भी नहीं है।[14]

---

12. यह ध्यान देने योग्य है कि पहले प्रकार के उद्गार द्विधात्मक चरित्र के हो सकते हैं : वे या तो अनुभवों को सूचित कर सकते हैं ("मैं खुश महसूस कर रहा हूँ"), या वे उन्हें सीधे अभिव्यक्त कर सकते हैं ("हुर्रे!")। संक्रमणकालीन रूप भी सम्भव है ("मैं बहुत खुश हूँ!"—आनन्द के एक प्रबल अभिव्यंजक स्वरविन्यास के साथ)। इन दो प्रकारों के बीच का अन्तर मनोवैज्ञानिक और विचारविज्ञानी दोनों ही के लिए, अति महत्त्वपूर्ण है। पहले मामले में, अनुभव की कोई अभिव्यक्ति नहीं है और इसीलिए आन्तरिक संकेत का कोई वास्तवीकरण भी नहीं है। इसमें जो कुछ भी अभिव्यक्त हुआ है, वह आत्मनिरीक्षण का परिणाम है (अर्थात, इसमें एक संकेत का संकेत दिया गया है)। दूसरे मामले में, आन्तरिक अनुभव का आत्मनिरीक्षण सतह पर फूट पड़ता है और बाह्य प्रेक्षण का विषय बन जाता है (इसमें तय बात है कि सतह पर फूट पड़ने में कुछ परिवर्तन तो हो ही जाता है)। तीसरे—संक्रमणकालीन—मामले में, आत्मनिरीक्षण का परिणाम फूट पड़ते आन्तरिक संकेत (आरम्भिक संकेत) का आभास लिये होता है।

13. विचारधारा के रूप में मानस की अन्तर्वस्तु पर हमारे दृष्टिकोण का खुलासा हमारी ऊपर सन्दर्भित पुस्तक *Frejdizm* में दिया गया है, देखें अध्याय, "दि कण्टेण्ट ऑफ साइकी एज आइडियालॉजी"।

14. यदि मानस के यथार्थ को एक संकेत के यथार्थ में लेने के बजाय एक वस्तु के यथार्थ के रूप में लिया जायेगा, तो ऐसा ही विरोधाभास होगा।

कुल मिलाकर, तथ्य यह है कि आन्तरिक संकेत ही आत्मनिरीक्षण का विषय है, और तब इसी रूप में, यह आन्तरिक संकेत भी एक बाह्य संकेत ही हो सकता है। निस्सन्देह आन्तरिक संकेत को स्वर दिया जा सकता है। आत्मस्पष्टीकरण की प्रक्रिया में आत्मनिरीक्षण के परिणामों को अनिवार्यतः बाह्य रूप में अभिव्यक्त किया जा सकता है या कम से कम, बाह्य अभिव्यक्ति की मंजिल तक लाया जा सकता है। आत्मनिरीक्षण अपनी इस कार्रवाई में, आन्तरिक से बाह्य संकेतों तक यात्रा करता है। तब कहा जा सकता है कि आत्मनिरीक्षण का भी एक अभिव्यंजक चरित्र होता है।

आत्म-प्रेक्षण (आत्मनिरीक्षण) अपने स्वयं के आन्तरिक संकेत को समझने की प्रक्रिया है। इस मामले में यह एक भौतिक वस्तु या किसी भौतिक प्रक्रिया के प्रेक्षण से स्पष्टतः भिन्न है। हम अनुभव को देख या महसूस नहीं कर सकते—हम उसे समझते हैं। इसका अर्थ यह है कि आत्मनिरीक्षण की प्रक्रिया में हम अपने अनुभव को एक ऐसे सन्दर्भ में संलग्न करते हैं जो ऐसे संकेतों से मिलकर बना होता है, जिन्हें हम समझते हैं। एक संकेत केवल दूसरे संकेत की सहायता से ही समझा जा सकता है।

आत्मनिरीक्षण एक प्रकार की *समझने की प्रक्रिया* है, और इसीलिए यह अनिवार्य रूप से किसी विशिष्ट विचारधारात्मक दिशा की ओर ही प्रस्थान करता है। इस प्रकार, इसे मनोविज्ञान के हित में भी ले जाया जा सकता है, और उस दशा में, यह दूसरे आन्तरिक संकेतों के दायरे के भीतर एक विशिष्ट अनुभव को समझने की प्रक्रिया बन जाता है, और उसका केन्द्रबिन्दु मानसिक जीवन की एकता होता है।

इस मामले में, आत्मनिरीक्षण मनोवैज्ञानिक संकेतों की संज्ञानात्मक प्रणाली की सहायता से, आन्तरिक संकेतों को समझने की प्रक्रिया सम्पन्न करता है; इसमें यह अनुभव को स्पष्टीकरण और विभेदीकरण का विषय बनाता है, जिसका उद्देश्य उसका एक सटीक मनोवैज्ञानिक विवरण प्राप्त करना होता है। यह एक ऐसी प्रक्रिया है, जिसमें उदाहरण के तौर पर, एक मनोवैज्ञानिक प्रयोग के अन्तर्गत एक प्रयोज्य व्यक्ति से एक अपेक्षित क्रिया करायी जाती है। प्रयोज्य व्यक्ति से प्राप्त अनुक्रिया या तो एक मनोवैज्ञानिक विवरण बनती है, या ऐसे विवरण का एक अपरिष्कृत रूप प्रस्तुत करती है।

लेकिन आत्मनिरीक्षण एक भिन्न दिशा की ओर भी बढ़ सकता है, नीतिशास्त्रीय या नैतिक आत्म-विषयीकरण की ओर झुक सकता है। यहाँ पर आन्तरिक संकेत नीतिशास्त्रीय मूल्यों एवं मानदण्डों की एक प्रणाली में समाहित हो जाता है, और उन्हीं के दृष्टिकोण से इसे समझा और व्याख्यायित किया जाता है।

आत्मनिरीक्षण की अन्य दिशाएँ भी सम्भव हो सकती हैं। लेकिन हमेशा और हरेक जगह इसका उद्देश्य आन्तरिक संकेत की व्याख्या करना, और उसे संकेतात्मक निश्चयात्मकता के उच्चतम स्तर तक विकसित करना ही होता है। यह प्रक्रिया अपनी अन्तिम सीमा पर तब पहुँचती है, जब आत्मनिरीक्षण का विषय पूरी तरह से *समझ लिया* जाता है, अर्थात, जब यह केवल आत्मनिरीक्षण का ही नहीं बल्कि साधारण, वस्तुगत विचारधारात्मक

(संकेत-वैज्ञानिक) प्रेक्षण का भी विषय बनने योग्य हो जाता है।

इस प्रकार, आत्मनिरीक्षण एक विचारधारात्मक समझ-प्रक्रिया के रूप में, वस्तुगत अनुभव की एकता में समाहित होता है। इसी के साथ हमें यह विशेषता भी अवश्य जोड़ देनी चाहिए कि ठोस उदाहरणों में, आन्तरिक और बाह्य संकेतों के बीच, आन्तरिक आत्मनिरीक्षण और वाह्य प्रेक्षण के बीच, एक स्पष्ट विभाजक रेखा खींचना असम्भव है, जिसमें बाह्य प्रेक्षण, समझे जा रहे आन्तरिक संकेतों के बारे में, संकेतपरक एवं आनुभविक दोनों ही प्रकार की टीकाओं का एक सतत प्रवाह प्रस्तुत करता रहता है।

आनुभविक टीका तो हमेशा ही मौजूद रहती है। किसी भी संकेत के समझने की प्रक्रिया, चाहे वह आन्तरिक संकेत हो या बाह्य संकेत, अविभाज्यतः उस स्थिति से बँधी होती है, *जिसमें वह संकेत चरितार्थ हुआ होता है।* यह स्थिति, आत्मनिरीक्षण के मामले में भी, बाह्य अनुभव से प्राप्त तथ्यों के एक समुच्चय के रूप में होती है, तथा बाह्य अनुभव से प्राप्त तथ्यों का यह समुच्चय ही विशिष्ट आन्तरिक संकेत को टीका और समझ प्रदान करता है। यह स्थिति हमेशा एक *समष्टिगत स्थिति* ही होती है। इस प्रकार किसी की भी आत्मा का दिशा-निर्देशन (आत्मनिरीक्षण) उस विशिष्ट सामाजिक स्थिति के दिशा-निर्देशन से वस्तुतः अविभाज्य ही होता है, जिसमें अनुभव प्राप्त होता है। अतः आत्मनिरीक्षण में कोई भी गहरी पैठ केवल तभी सम्भव हो सकती है जब वह सामाजिक दिशा-निर्देशन की एक गहरी पैठवाली समझ-प्रक्रिया के साथ निरन्तर जुड़ा रहे। सामाजिक दिशा-निर्देशन का पूर्ण तिरस्कार अनुभव के पूर्ण विलोपन की ही दिशा में ले जा सकता है, और ठीक यही बात तब भी हो सकती है, जब उसकी संकेतपरक प्रकृति का तिरस्कार किया जाये। जैसाकि आगे हम विस्तारपूर्वक देखेंगे, *संकेत और उसकी समष्टिगत स्थिति अविभाज्य रूप से परस्पर सम्बद्ध हैं।* संकेत को, एक संकेत के रूप में, उसकी प्रकृति को तिरस्कृत किये बिना, समष्टिगत अवस्थिति से अलग नहीं किया जा सकता।

आन्तरिक संकेत की समस्या भाषा के दर्शन की सर्वाधिक महत्त्वपूर्ण समस्याओं में से एक है। आखिरकार, आन्तरिक संकेत सबसे बढ़कर शब्द, या आन्तरिक वक्तृत्व ही तो है। आन्तरिक संकेत की समस्या एक दार्शनिक समस्या है, जैसी कि इस अध्याय में चर्चित अन्य सभी समस्याएँ हैं। यह समस्या मनोविज्ञान और विचारधारात्मक विज्ञानों के सरोकारों के बीच उपस्थित होती है। इस समस्या का एक बुनियादी, पद्धतिगत हल केवल संकेत के दर्शन के रूप में, भाषा के दर्शन की जमीन पर ही किया जा सकता है। एक आन्तरिक संकेत के रूप में, अपनी भूमिका निभानेवाले शब्द की प्रकृति क्या है? आन्तरिक वक्तृत्व किस रूप में चरितार्थ होता है? यह कैसे समष्टिगत स्थिति से अन्तर्बन्धित होता है? इसका बाह्य उद्गार से क्या सम्बन्ध है? आन्तरिक वक्तृत्व का खुलासा करने, उसका अवगाहन करने के क्या तरीके हैं? इन सारे सवालों का जवाब सिर्फ एक पूर्णतः विकसित भाषा-दर्शन द्वारा ही दिया जा सकता है।

अब, आइये हम इनमें से दूसरे प्रश्न पर—यानी उन रूपों पर गौर करें जिनमें आन्तरिक

वक्तृत्व चरितार्थ होता है।

यह तो निरपवाद रूप से, शुरू से ही स्पष्ट है कि बाह्य भाषा के रूपों के विश्लेषण के लिए, भाषा-विज्ञान द्वारा निरूपित की गयी सभी कोटियाँ (शब्दकोशीय, व्याकरणात्मक, ध्वन्यात्मक), आन्तरिक वक्तृत्व के विश्लेषण में लागू नहीं होतीं, या यदि लागू होती भी हैं तो केवल अपने पूर्णतः एवं आमूलचूल रूप से संशोधित रूपों में ही लागू होती हैं।

इसका यदि अपेक्षाकृत अधिक निकट से विश्लेषण किया जाये, तो पता चलेगा कि आन्तरिक वक्तृत्व को संघटित करनेवाली इकाइयाँ कुछ निश्चित *समग्र तत्व* होते हैं, जो कुछ-कुछ एकालापी वक्तृत्व या समूचे उद्गार के एक अवतरण से मिलते-जुलते हैं। लेकिन सबसे अधिक वे *एक संवाद की प्रत्यावर्ती रेखाओं* से मिलते-जुलते हैं। इसी नाते प्राचीन काल के चिन्तकों ने आन्तरिक वक्तृत्व को *आन्तरिक संवाद* के रूप में ग्रहण किया था। आन्तरिक वक्तृत्व के ये समग्र तत्व व्याकरणात्मक तत्वों में विखण्डित नहीं किये जा सकते (या केवल कुछ सुनिश्चित शर्तों के साथ ही विखण्डित किये जा सकते हैं), और इनके बीच, संवाद की प्रत्यावर्ती रेखाओं की भाँति ही, व्याकरणात्मक सम्बन्ध नहीं, बल्कि एक भिन्न प्रकार के सम्बन्ध जुड़े होते हैं। आन्तरिक वक्तृत्व की ये इकाइयाँ, अर्थात *उद्गारों की ये समस्त छापें,*[15] एक-दूसरे से जुड़ी होती हैं, और व्याकरण के नियमों के अनुसार नहीं, बल्कि *मूल्यांकनकारी* (भावनात्मक) *संवाद, संवादात्मक विस्तार* आदि के नियमों के अनुसार, एक-दूसरे के साथ प्रत्यावर्तित होती रहती हैं; और यह सब कुछ सामाजिक स्थिति की ऐतिहासिक दशाओं और जीवन की समूची व्यावहारिक गतिविधि पर घनिष्ठ रूप से निर्भर होता है।

केवल समस्त उद्गारों के रूपों, और, खास तौर पर, संवादात्मक वक्तृत्व के रूपों को जान लेने के बाद ही, आन्तरिक वक्तृत्व के ऊपर और साथ ही साथ आन्तरिक वक्तृत्व के प्रवाह पर, उनके संयोजन के विशिष्ट तर्क पर, रोशनी डाली जा सकती है।

अब तक हमने आन्तरिक वक्तृत्व की जितनी समस्याओं का उल्लेख किया है, वे सभी हमारे अध्ययन की सीमा से काफी बाहर जाती हैं। उनकी उत्पादक संसाधन प्रक्रिया आज तक एक असम्भव प्रक्रिया ही बनी हुई है। इसके लिए आवश्यक है कि पहले भारी मात्रा

---

15. यह शब्दावली गोम्पट्र्ज़ की कृति *Weltanschauungs lehre* से ली गयी है। ऐसा लगता है कि यह शब्दावली सबसे पहले ओटो वेइनिंगर द्वारा इस्तेमाल की गयी थी। समस्त छाप (impression) का अर्थ है एक वस्तु की समग्रता की अब भी अविभेदीकृत छाप—उसकी समग्रता की गन्ध, जो मानो उस वस्तु की स्पष्टतापूर्वक जानकारी होने के पहले ही से मौजूद हो। जैसे उदाहरणस्वरूप, हमें कभी-कभी कोई नाम याद नहीं आता, हालाँकि "यह हमारी जबान की नोक पर ही होता है", अर्थात हम पहले से ही उस नाम या शब्द की एक समग्र छाप रखे होते हैं, लेकिन वह छाप अपने ठोस विभेदीकृत प्रतिबिम्ब में विकसित नहीं हो पाती। गोम्पट्र्ज़ के अनुसार, समग्र छापों का ज्ञानमीमांसा की दृष्टि से भारी महत्त्व है। वे समग्र के रूपों की मानसिक समतुल्यताएँ हैं, जो समग्र को उसकी एकता से सम्पन्न करती हैं।

में प्रारम्भिक तथ्यात्मक सामग्री एकत्र कर ली जाये तथा भाषा के दर्शन के अपेक्षाकृत अधिक आरम्भिक एवं बुनियादी मुद्दों, खासतौर से, उदाहरणस्वरूप, उद्‌गार की समस्या के बारे में, जानकारी प्राप्त कर ली जाये।

निष्कर्ष के तौर पर, हमारा विश्वास है कि इतना कर लेने के बाद ही मानस और विचारधारा की पारम्परिक सीमाबद्धता की समस्या को, इन दोनों को समाविष्ट करनेवाले विचारधारात्मक संकेत के एकात्मक क्षेत्र के भीतर, हल किया जा सकता है।

इसी समाधान के जरिये, मनोविज्ञानवाद और प्रति-मनोविज्ञानवाद के बीच के अन्तरविरोध को भी द्वंद्वात्मक ढंग से समाप्त किया जा सकता है।

प्रति-मनोविज्ञानवाद का मानस से विचारधारा की व्युत्पत्ति से इन्कार करना सही है। लेकिन यहाँ आवश्यकता कहीं इससे भी अधिक की है : मानस को निश्चय ही विचारधारा से व्युत्पन्न करना होगा, मनोविज्ञान को भी निश्चित रूप से विचारधारात्मक विज्ञान पर आधारित होना होगा। वक्तृत्व अस्तित्व में पहले आया, और जैव निकायों के सामाजिक संसर्ग की प्रक्रिया में पहले विकसित हुआ, और उसके बाद ही यह जैव निकाय के भीतर प्रविष्ट होकर आन्तरिक वक्तृत्व बन सका।

लेकिन *मनोविज्ञानवाद भी सही है। आन्तरिक संकेत के बिना कोई बाह्य संकेत नहीं होता।* बाह्य संकेत जो आन्तरिक संकेतों के दायरे में प्रवेश करने की क्षमता न रखता हो, अर्थात वह ऐसा हो कि उसे समझा और अनुभूत ही न किया जा सकता हो, तो वह संकेत ही नहीं रह जाता, और वापस एक भौतिक वस्तु में पदावनत हो जाता है।

विचारधारात्मक संकेत अपने मानसिक रूप से चरितार्थ होने के जरिये ही जीवन्त बनता है, ठीक वैसे ही, जैसे मानसिक रूप से चरितार्थ होना तभी जीवन्त बनता है जब उसमें विचारधारा समाविष्ट हो जाती है। मानसिक अनुभव एक आन्तरिक चीज जैसा है, जो बाह्य बन जाता है, और विचारधारात्मक संकेत एक बाहरी चीज जैसा है जो आन्तरिक बन जाता है। मानस जैव निकाय के भीतर एक क्षेत्रातीत स्थिति रखता है। यह एक समष्टिगत तत्व है, जो एक व्यक्ति के जैव निकाय के भीतर प्रवेश कर जाता है। इसी तरह, प्रत्येक विचारधारात्मक वस्तु अपने सामाजार्थिक दायरे में क्षेत्रातीत होती है, ताकि विचारधारात्मक संकेत जिसकी स्थिति जैव निकाय के बाहर होती है, एक संकेत के रूप में अपने अर्थ को चरितार्थ करने के लिए आन्तरिक विश्व में अनिवार्यतः प्रवेश कर सके।

मानस और विचारधारा के बीच निरन्तर एक द्वन्द्वात्मक अन्योन्य क्रिया चलती रहती है : *मानस, विचारधारा बनने की प्रक्रिया में, अपने आप को विलुप्त कर देता या मिट जाता है, और विचारधारा, मानस बनने की प्रक्रिया में अपने आप को विलुप्त कर देती है।* आन्तरिक संकेत के एक विचारधारात्मक संकेत बनने के लिए आवश्यक है कि वह अपने आप को मानसिक सन्दर्भ (जीवविज्ञानी-शरीरक्रियात्मक सन्दर्भ) के साथ अपनी संलिप्तता से मुक्त करे, एक मनोगत अनुभव होना बन्द कर दे। विचारधारात्मक संकेत के लिए आवश्यक है कि वह अपने आप को आन्तरिक, मनोगत संकेतों की तात्विकता में डुबो

दे। यदि इसे एक जीवन्त संकेत बने रहना है और एक अबूझ संग्रहालीय वस्तु के रूप में हीं शोभायमान नहीं रह जाना है, तो इसके लिए आवश्यक है कि इसमें मनोगत ध्वनियों की गूँज भी सुनायी देती रहे।

आन्तरिक और बाह्य संकेतों के बीच की मानस और विचारधारा के बीच की—इस द्वन्द्वात्मक अन्योन्य क्रिया ने कई बार चिन्तकों का ध्यान आकर्षित किया है, परन्तु इसे कभी भी समुचित रूप से समझा या व्याख्यायित नहीं किया जा सका है।

हाल ही में इस अन्योन्य क्रिया का सबसे गहन एवं दिलचस्प विश्लेषण दार्शनिक एवं समाजशास्त्रीय जार्ज सिम्मेल ने किया है।

सिम्मेल ने इस अन्योन्य क्रिया को समकालीन बुर्जुआ चिन्तन की ही एक अभिलाक्षणिकता के रूप में—अर्थात "संस्कृति की त्रासदी" या, और परिशुद्ध रूप से कहें तो, संस्कृति-सर्जक मनोगत व्यक्तित्व की त्रासदी के चिन्तन के रूप में—समझा है। सिम्मेल के अनुसार, यह सर्जक व्यक्तित्व, जो वस्तुगत उत्पाद स्वयं सृजित करता है, उसमें यह स्वयं को, अर्थात अपनी मनोगतता को और स्वयं अपने "व्यक्तित्व" को विलीन कर देता है।

हम यहाँ पर इस पूरी समस्या के बारे में सिम्मेल द्वारा किये गये विश्लेषण के विस्तार में नहीं जायेंगे (गो कि उस विश्लेषण में प्रखर और दिलचस्प प्रेक्षणों की कमी नहीं है)।[16] लेकिन आइये हम सिम्मेल की अवधारणा की बुनियादी कमी पर गौर करें।

सिम्मेल के अनुसार, मानस और विचारधारा के बीच एक असमाधेय असंगति है : *वह यथार्थ के ऐसे किसी रूप के संकेत को नहीं जानता जो मानस और विचारधारा दोनों में उभयनिष्ठ हो।* इसके अतिरिक्त, गोकि वह एक समाजशास्त्री है, फिर भी वह विचारधारा के यथार्थ की आद्योपान्त सामाजिक प्रकृति को, तथा साथ ही साथ, मानस के यथार्थ को समझ पाने में एकदम असफल सिद्ध होता है। चूँकि यथार्थ के दोनों प्रकार के रूप एक ही सामाजार्थिक अस्तित्व के अपवर्तन होते हैं, अतः मानस और अस्तित्व के बीच का जीवन्त द्वंद्वात्मक अन्तरविरोध सिम्मेल के लिए, एक निष्क्रिय, जड़ विरोध—एक "त्रासदी"—बनकर रह जाता है, और तब वह जीवन-प्रक्रिया की आधिभौतिक रंग में रँगी गतिकी के सहारे इस

16. इस मुद्दे पर सिम्मेल के दो अध्ययनों का रूसी में अनुवाद हुआ है : "दि ट्रेजेडी ऑफ कल्चर" *Logos* II-III, 1911-1912 और "दि कॅनफ्लिक्ट्स ऑफ़ कन्टेम्परेरी कल्चर", प्रोफेसर स्वयातलोव्स्की की प्रस्तावना के साथ "रुडिमेण्टस ऑफ़ नॉलेज" शीर्षक के अन्तर्गत पेत्रोग्राद से 1923 में प्रकाशित। सिम्मेल की सबसे हाल की पुस्तक *Lebensanschauung*, 1919 में उसने इसी समस्या का जीवन-दर्शन के दृष्टिकोण से विवेचन किया है। सिम्मेल की लिखी गोएठे की जीवनी तथा किसी हद तक नीत्शे और शापेनआवर पर उसकी पुस्तकों में, तथा रेम्ब्राँ एवं माइकलेन्जलो पर उसके अध्ययनों में भी यही विचार उभरता है। मानस, और संस्कृति के एक बाह्य उत्पाद में उसके सृजनात्मक वस्तुकरण के बीच इस टकराव को हल करने के विविध उपाय सिम्मेल द्वारा सृजनात्मक व्यक्तित्वों की प्रतीकात्मक व्याख्या के तहत दिये गये हैं।

अपरिहार्य विरोध से पार पाने की असफल कोशिश करने लगता है।

केवल एक भौतिकवादी अद्वैतवाद के आधार पर ही ऐसे सभी अन्तरविरोधों का एक द्वंद्वात्मक समाधान पाया जा सकता है। इससे इतर कोई भी आधार लेने पर, निश्चय ही, या तो इन अन्तरविरोधों की ओर से आँखें बन्द कर लेनी पड़ेंगी और इनकी अनदेखी कर देनी पड़ेगी, या उन्हें एक निराशाजनक विरोध, अर्थात एक त्रासद अन्त में रूपान्तरित कर देना पड़ेगा।[17]

शाब्दिक माध्यम में, प्रत्येक उद्‌गार के अन्तर्गत, चाहे वह कितना भी महत्त्वहीन क्यों न हो, यह जीवन्त द्वंद्वात्मक संश्लेषण, मानस और विचारधारा के बीच, आन्तरिक और बाह्य के बीच, अनवरत और बार-बार चलता रहता है। वक्तृत्व की प्रत्येक क्रिया में, मनोगत अनुभव व्यक्त किये गये शाब्दिक उद्‌गार के वस्तुगत तथ्य में विलीन होता रहता है, और व्यक्त किया गया शब्द अनुक्रियात्मक समझ-प्रक्रिया की कार्रवाई का विषय बनता रहता है, ताकि वह देर-सबेर एक प्रतिकथन उत्पन्न कर सके। प्रत्येक शब्द, जैसाकि हम जानते हैं, भिन्न-भिन्न दिशाओं में निर्दिष्ट सामाजिक विशिष्टताओं के टकराव और उलझाव का एक लघु रणक्षेत्र ही होता है। एक व्यक्ति विशेष के मुंह में आया एक शब्द सामाजिक शक्तियों की जीवन्त अन्तर्क्रिया का ही एक उत्पाद होता है।

इस प्रकार, मानस और विचारधारा का सामाजिक संसर्ग की एकात्मक एवं वस्तुगत प्रक्रिया में द्वंद्वात्मक रूप से परस्पर अन्तर-व्यापन होता रहता है।

---

17. रूसी दार्शनिक साहित्य में, फेदोर स्तेप्पुन ने मनोगत मानस के विचारधारात्मक उत्पादों का विषय बनने की समस्या का, तथा उससे उत्पन्न होनेवाले अन्तरविरोधों एवं उलझावों का विवेचन किया है, और ऐसा विवेचन वह अभी भी कर रहा है। उसके इस अध्ययन को *Logos*, II-III, 1911-1912 और II-IV, 1933 में देखा जा सकता है। लेकिन स्तेप्पुन भी इन समस्याओं को एक त्रासद और यहाँ तक कि एक रहस्यमयी रोशनी में ही देखता है। वह उन्हें वस्तुगत भौतिक यथार्थ के फ्रेमवर्क में नहीं जाँच-परख पाता। लेकिन केवल इसी फ्रेमवर्क में इस समस्या का एक सृजनात्मक एवं संयमित द्वंद्वात्मक समाधान पाया जा सकता है।

भाग दो

भाषा के मार्क्सवादी दर्शन की ओर

अध्याय एक

भाषा के दर्शन में चिन्तन की दो प्रवृत्तियाँ

भाषा के अस्तित्व की वास्तविक प्रणाली की समस्या। भाषा के दर्शन में चिन्तन की पहली प्रवृत्ति (व्यक्तिवादी मनोगतवाद) के बुनियादी सिद्धान्त। भाषा के दर्शन में चिन्तन की दूसरी प्रवृत्ति : अमूर्त वस्तुवाद। दूसरी प्रवृत्ति की ऐतिहासिक जड़ें। अमूर्त वस्तुवाद के समकालीन प्रतिनिधि। निष्कर्ष।

वास्तव में, भाषा के दर्शन की विषयवस्तु क्या है? हमें यह कहाँ मिलेगी? इसका ठोस, भौतिक अस्तित्व कैसा है? किस पद्धति या किन पद्धतियों से हम इसके अस्तित्व की प्रणाली को समझ सकते हैं?

अपने अध्यय के पहले—परिचयात्मक भाग में हम इन ठोस मुद्दों से पूरी तरह दूर रहे। वहाँ हमने भाषा के दर्शन की, शब्द के दर्शन की चर्चा की थी। लेकिन भाषा है क्या, और शब्द क्या है?

बेशक, हमारे दिमाग में इन अवधारणाओं की एक अन्तिम परिभाषा जैसी कोई चीज नहीं है। ऐसी परिभाषा (यानी अन्तिम कही जा सकनेवाली एक वैज्ञानिक परिभाषा) तो किसी अध्ययन के अन्त में ही निष्कर्षित की जा सकती है, न कि आरम्भ में। जब कोई शोध-कार्य शुरू किया जाता है, तो पद्धतिगत मार्गदर्शक नीतियों की आवश्यकता पड़ती है, परिभाषाओं की नहीं। इसमें सर्वोपरि आवश्यकता यह होती है कि असली विषयवस्तु—शोध की विषयवस्तु को स्पर्श किया जाये; उससे उसके चारों ओर स्थित यथार्थ से पृथक किया जाये, और उसकी एक प्रारम्भिक सीमा निर्धारित की जाये। शोध-कार्य आरम्भ करते समय, मार्गदर्शन के लिए सूत्र और परिभाषाएँ गढ़ने में बुद्धि लड़ाने की उतनी जरूरत नहीं पड़ती, जितनी कि विषयवस्तु की वास्तविक उपस्थिति को महसूस करने के प्रयास में आँखों और हाथों की जरूरत पड़ती है।

लेकिन जब हम अपने विषय-विशेष की ओर रुख करते हैं तो आँखें और हाथ असमंजस में पड़ जाते हैं : आँखों को कुछ दिखायी नहीं देता और हाथ कुछ स्पर्श नहीं

कर सकते। कान कुछ बेहतर स्थिति में लगता है क्यों कि वह शब्द को सुनने, भाषा को सुनने का दावा कर सकता है। और निश्चय ही, एक *सतही ध्वन्यात्मक अनुभववाद* के प्रलोभन भाषा-विज्ञान में बहुत प्रबल हैं। भाषा का ध्वन्यात्मक पक्ष भाषा-विज्ञान में, विषम रूप से, एक व्यापक क्षेत्र पर अधिकार किये हुए है, यह अकसर ही इस क्षेत्र में अध्ययन का रुख निर्धारित करता है, और अधिकतर मामलों में तो विचारधारात्मक संकेत के रूप में भाषा के वास्तविक सारतत्व से कोई सम्बन्ध रखे बिना ही चलता रहता है।[1]

भाषा के दर्शन में अध्ययन के वास्तविक विषय की पहचान करना कोई आसान कार्यभार नहीं है। शोध के विषय के सीमा-निर्धारण में, उसे निश्चयात्मक और निरीक्षण-योग्य आयामोंवाले एक सुसंगत विषयवस्तु संश्लिष्ट में रूपान्तरित करने के हमारे हरेक प्रयास के साथ ही हम अध्ययन की विषयवस्तु के सारतत्व—उसकी संकेत-वैज्ञानिक और विचारधारात्मक प्रकृति—को गँवाते जाते हैं। यदि हम ध्वनि को एक विशुद्धतः *ध्वन्यात्मक परिघटना* के ही रूप में अलग-थलग कर दें तो भाषा हमारा विशिष्ट विषय रह ही नहीं जायेगी। ध्वनि पूरी तरह से भौतिकी का विषय है। यदि हम ध्वनि उत्पन्न करने की शरीरक्रियात्मक प्रक्रिया और ध्वनिग्रहण करने की प्रक्रिया को भी शामिल कर लें, तब भी हम अपने विषय के अधिक निकट नहीं पहुँच सकते। अब यदि हम इसमें वक्ता और श्रोता के *अनुभवों* (आन्तरिक संकेतों) को भी शामिल कर लें तो हमें दो मनोशारीरिक प्रक्रियाएँ प्राप्त होंगी, जो दो भिन्न मनो-शरीरक्रियात्मक प्राणियों में, और एक ऐसे भौतिक ध्वनि संश्लिष्ट में घटित हो रही हैं, जिसकी प्राकृतिक अभिव्यक्ति भौतिकी के नियमों से संचालित है। अध्ययन के एक विशिष्ट विषय के रूप में, भाषा हमेशा ही हमसे दूर रह जाती है। फिर भी, हमने यथार्थ के तीन क्षेत्रों—भौतिक, शरीरक्रियात्मक और मनोवैज्ञानिक—का तो निर्धारण कर लिया है, और हमें पर्याप्त स्पष्ट रूप से संग्रन्थित संश्लिष्ट भी प्राप्त हो गया है। इस संश्लिष्ट में कमी सिर्फ "आत्मा" की रह गयी है, इसके संघटक अवयव पृथक-पृथक तत्वों के संग्रह भर हैं, जो अभी किसी आन्तरिक, व्यापक नियंत्रण द्वारा एक ऐसी एकता में संयुक्त नहीं किये जा सके हैं, जो उस संश्लिष्ट को विशुद्ध रूप से भाषा की परिघटना में रूपान्तरित कर सके।

तब फिर, इस पर्याप्त सुस्पष्ट संश्लिष्ट में और क्या जोड़ने की आवश्यकता है? सबसे पहले तो यह आवश्यक है कि इस संश्लिष्ट को एक अपेक्षाकृत अधिक विस्तृत और

---

1. इसका सरोकार प्राथमिक तौर पर प्रयोगात्मक ध्वनि-विज्ञान से है, जो वस्तुतः किसी भाषा की ध्वनियों का अध्ययन नहीं करता, बल्कि वाक्तन्तुओं द्वारा उत्पन्न और कान द्वारा ग्रहण की गयी ध्वनियों का अध्ययन करता है, जिसमें इस बात की तनिक भी परवाह नहीं की जाती कि भाषा की प्रणाली में या एक उद्गार के संघटन में इन ध्वनियों की क्या स्थिति है। ध्वनि-विज्ञान की दूसरी शाखाओं में भी बड़ी मेहनत और अतिसावधानी से एकत्र की गयी विपुल सामग्री इस्तेमाल की जाती है, पर उसे किसी भी रूप में पद्धतिगत ढंग से भाषा में अवस्थित नहीं किया जाता है।

अपेक्षाकृत अधिक बोधगम्य संश्लिष्ट में—अर्थात संगठित सामाजिक संसर्ग के एकीकृत दायरे में रखा जाये। जैसे दहन की प्रक्रिया का प्रेक्षण करने के लिए दहनशील वस्तु को हवा में रखना आवश्यक होता है, ठीक वैसे ही, भाषा की परिघटना का प्रेक्षण करने के लिए, ध्वनि के जनक और श्रोता दोनों को, तथा स्वयं ध्वनि को भी, सामाजिक वातावरण में रखना आवश्यक है। आखिरकार, वक्ता और श्रोता दोनों एक ही भाषा समुदाय—अर्थात कुछ विशिष्ट आधारों पर संगठित समाज—से ही सम्बन्धित होने चाहिये। इसके अतिरिक्त, यह भी आवश्यक है कि हमारे ये दोनों व्यक्ति तात्कालिक सामाजिक एकता के दायरे में रहें, अर्थात, वे एक विशिष्ट आधार पर, एक-दूसरे से अवश्य सम्पर्क करें। केवल एक विशिष्ट आधार पर ही शाब्दिक विनिमय सम्भव हो सकता है, चाहे वह साझा आधार कितना भी निर्वैयक्तिक, और कितना भी अवसर की माँग के अनुसार अनुकूलित क्यों न हो।

अतः हम कह सकते हैं कि *सामाजिक वातावरण की एकता और सम्प्रेषण की तात्कालिक घटना की एकता* ही वे दशाएँ हैं, जो हमारे भौतिक-मनो-शरीरक्रियात्मक संश्लिष्ट को भाषा के साथ, वक्तृत्व के साथ सम्बन्धित करने के लिए आवश्यक हैं, ताकि यह संश्लिष्ट भाषा-वक्तृत्व का एक तथ्य बन सके। दो जैव निकाय विशुद्धतः प्राकृतिक दशाओं में रहकर वक्तृत्व का तथ्य नहीं पैदा कर सकते।

लेकिन हमारे विश्लेषण के परिणामों ने, हमारे अनुसन्धान के विषय की अभीष्ट सीमा निर्धारित करने के बजाय, हमें इसके आत्यन्तिक विस्तार में तथा और अधिक जटिलता में पहुँचा दिया है। इसका कारण विषय के इस तथ्य में निहित है कि हमने अपने संश्लिष्ट को जिस संगठित सामाजिक वातावरण में शामिल किया है, वह और तात्कालिक सामाजिक सम्प्रेषणात्मक स्थिति, स्वयं में ही अत्यन्त जटिल हैं, जिनमें ढेरों बहुआयामी और बहुविध प्रकार के संयोजन शामिल हैं, जो सभी भाषा-वैज्ञानिक तथ्यों को समझने के लिए एक ही समान महत्त्वपूर्ण नहीं हैं, और न ही सभी भाषा के संघटक अवयव ही हैं। अन्ततः आवश्यकता इस बात की है कि विशिष्टों और संयोजनों तथा प्रक्रियाओं और शिल्पकृतियों की इस समूची बहुविध प्रणाली को एक ही सामान्य संज्ञा के अन्तर्गत रखा जाये : इसकी समस्त विविधतापूर्ण रेखाओं को एक ही केन्द्र की ओर—भाषा-प्रक्रिया के नाभिकेन्द्र की ओर—निर्दिष्ट किया जाये।

ऊपर हमने भाषा की समस्या को प्रस्तुत किया है, अर्थात हमने स्वयं इस समस्या को खोलकर इसमें सन्निहित कठिनाइयों को उजागर कर दिया है। अब आइये देखें कि इस समस्या को हल करने के लिए भाषा के दर्शन में और सामान्य भाषा-विज्ञान में क्या प्रयास किये गये हैं। अर्थात इस समस्या को हल करने के मार्ग में वे कौन से मार्गदर्शक स्तम्भ स्थापित किये गये हैं जिनके सहारे हम आगे बढ़ सकें?

यहाँ पर हमारा उद्देश्य भाषा के दर्शन का और सामान्य भाषा-विज्ञान के इतिहास या यहाँ तक कि केवल उनकी समकालीन स्थितियों का विस्तृत सर्वेक्षण करना नहीं है।

यहाँ पर हम अपने आप को सिर्फ आधुनिक काल के दार्शनिक एवं भाषा-वैज्ञानिक चिन्तन के प्रमुख आलेखों के एक सामान्य विश्लेषण तक ही सीमित रखेंगे।[2]

भाषा के दर्शन में तथा सामान्य भाषा-विज्ञान से सम्बन्धित पद्धतिगत क्षेत्रों में हमें अपनी समस्या, अर्थात *अध्ययन के एक विशिष्ट विषय के रूप में भाषा की पहचान और सीमानिर्धारण की समस्या के समाधान की दो बुनियादी प्रवृत्तियाँ* देखने को मिलती हैं। बेशक, इस मुद्दे पर जो मतभेद हैं वे भी इन दो प्रवृत्तियों के बीच के ही मतभेद हैं, जो भाषा के अध्ययन से सम्बन्धित सभी मुद्दों पर लागू होते हैं।

पहली प्रवृत्ति को, भाषा के अध्ययन में *व्यक्तिवादी मनोगतवाद,* तथा दूसरी प्रवृत्ति को *अमूर्त वस्तुवाद* कहा जा सकता है।[3]

पहली प्रवृत्ति भाषा के आधार को वक्तृत्व की सृजनात्मक कार्रवाई के रूप में लेती है (यहाँ पर भाषा का तात्पर्य निरपवाद रूप से सभी भाषाई अभिव्यक्तियों से है)। इस प्रवृत्ति के अनुसार, भाषा का स्रोत व्यष्टिगत मानस है। भाषाई सृजनशीलता के नियम—और इसके अनुसार भाषा एक सतत प्रक्रिया है, एक अविराम सृजनशीलता है—व्यक्तिगत मनोविज्ञान के नियम हैं, और भाषा-वैज्ञानिकों एवं भाषा के दार्शनिकों को इन्हीं नियमों का अध्ययन करना होता है। एक भाषा-वैज्ञानिक परिघटना को व्याख्यायित करने का मतलब है, उसे सृजनशीलता की व्यक्तिगत कार्रवाई के रूप में सार्थक (प्रायः तर्कमूलक भी) सिद्ध करना। एक भाषा-वैज्ञानिक इसके अलावा जो कुछ भी करता है, वह सिर्फ एक

---

2. अभी तक कोई भी ऐसा अध्ययन प्रकाशित नहीं हुआ है, जो खासतौर से भाषा के दर्शन पर ही हो। भाषा के दर्शन विषय पर जो मौलिक अनुसन्धान उपलब्ध है, वह बहुत पुराना है, जैसे, स्टाइन्थाल कृत *Geschichte der Sprachwissenchaft bei den Griechen und Römern* 1890. जहाँ तक इसके यूरोपीय इतिहास की बात है, तो इस पर हमें सिर्फ व्यक्तिगत चिन्तकों एवं भाषाविदों के बारे में मोनोग्राफ ही उपलब्ध हैं (जैसे हम्बोल्ट, वुण्ट, मार्ती आदि)। हम इनकी उपयुक्त जगह पर चर्चा करेंगे। पाठक को भाषा के दर्शन एवं भाषा-विज्ञान के इतिहास की एक रूपरेखा पर अपने ढंग की यथेष्ट सामग्री देनेवाली एकमात्र पुस्तक अर्न्स्ट कास्सिरेर की *Philosophie der symbolischen Formen : Die Sprache* (1923). रूसी शोध साहित्य में, भाषा-विज्ञान और भाषा के दर्शन की समकालीन स्थिति की एक संक्षिप्त परन्तु ठोस रूपरेखा आर. शोर ने अपने आलेख 'समकालीन भाषा-विज्ञान का संकट' में प्रस्तुत की है। भाषा-विज्ञान में समाजशास्त्रीय अध्ययन का एक सामान्य, गो कि एकदम अधूरा, सर्वेक्षण एम.एन. पीटरसन के एक आलेख "भाषा एक सामाजिक परिघटना के रूप में", रेनियन (मास्को, 1927) में दिया गया है। यहाँ पर भाषा-विज्ञान के इतिहास पर लिखी गयी कृतियों की हम चर्चा नहीं करेंगे।

3. जैसाकि ऐसी शब्दावलियों के साथ हमेशा ही होता है, इनमें से कोई भी शब्दावली अपनी इंगित प्रवृत्ति के विस्तार और उसकी जटिलता को पूरी तरह अभिव्यक्त नहीं करती। जैसाकि हम देखेंगे, पहली प्रवृत्ति का नामाभिधान विशेष रूप से अपर्याप्त है। लेकिन इससे बेहतर शब्दावली गढ़ने में हम असफल रहे।

प्रारम्भिक, चित्रणात्मक, वर्णनात्मक या वर्गीकरणात्मक चरित्र का ही होता है, इसका उद्देश्य सिर्फ व्यक्तिगत सृजनात्मक कार्रवाई के रूप में भाषा-वैज्ञानिक परिघटना की सही व्याख्या का आधार तैयार करना या भाषा-शिक्षण के व्यावहारिक उद्देश्यों को पूरा करना है। इस तरह से लेने पर, भाषा अन्य विचारधारात्मक परिघटना खासतौर से, कला—सौन्दर्यशास्त्रीय कार्रवाई जैसी ही प्रतीत होती है।

इस प्रकार, भाषा के बारे में पहली प्रवृत्ति के बुनियादी दृष्टिकोण से ये चार बुनियादी सिद्धान्त निःसृत होते हैं :

1. *भाषा एक क्रिया है, सृजन की एक अविराम प्रक्रिया (energeia), जो अलग-अलग वक्तृत्व कार्रवाइयों में चरितार्थ होती है;*
2. *भाषाई सृजनशीलता के नियम ही व्यक्तिगत मनोविज्ञान के नियम हैं;*
3. *भाषाई सृजनशीलता एक सार्थक सृजनशीलता है, जो सृजनशील कला के सदृश है;*
4. *भाषा एक तैयार माल (ergon) की भाँति एक स्थिर प्रणाली (जैसे शब्दकोश, व्याकरण, ध्वनिशास्त्र), या यों कहें कि एक निष्क्रिय कवच की भाँति,* भाषाई सृजनशीलता का कठोरीकृत लावा है, *जिसे भाषा-वैज्ञानिक भाषा के व्यावहारिक शिक्षण के हित में एक तैयार उपकरण के रूप में, एक अमूर्त संरचना प्रदान करते हैं।*

इस पहली प्रवृत्ति का सबसे महत्त्वपूर्ण प्रतिनिधि, जिसने इसकी आधारभूत प्रस्थापनाएँ दीं, विल्हेल्म फ़ॉन हम्बोल्ट था।[4]

हमने इस प्रवृत्ति के क्षेत्र का जिस हद तक चरित्र-चित्रण किया है, उससे कहीं अधिक ही प्रभाव हम्बोल्ट के सशक्त चिन्तन का पड़ा है। यह भी दावा किया जा सकता है कि समस्त हम्बोल्ट-पश्चात भाषा-विज्ञान आज तक उसके अवधारण सम्बन्धी प्रभाव को महसूस करता है। यहाँ यह बताने की आवश्यकता नहीं है कि हम्बोल्ट का समस्त चिन्तन अपनी पूरी समग्रता में, ऊपर उल्लिखित चार सिद्धान्तोंवाले फ्रेमवर्क के भीतर ही नहीं समाहित है; वह इससे कहीं अधिक व्यापक, कहीं अधिक जटिल, और कहीं अधिक अन्तरविरोधी है, जिससे इस बात का स्पष्ट पता चलता है कि यह कैसे सम्भव हुआ कि हम्बोल्ट इतनी व्यापक विभिन्नतावाली प्रवृत्तियों एवं आन्दोलनों का प्रवर्तक बन सका।[5]

---

4. हमान और हेर्डर इस प्रवृत्ति के मामले में हम्बोल्ट के पूर्ववर्ती रहे हैं।

5. भाषा के दर्शन पर हम्बोल्ट ने अपने विचारों का प्रतिपादन अपने अध्ययन, "Uber die Verschiedenheiten des menschlichen Sprachbaues," (बर्लिन, 1841-1852) में किया, इसका बहुत पहले, 1859 में, एक रूसी अनुवाद पी. बिलयार्स्की ने *ऑन दि डिस्टिंक्शन अमंग आर्गेनिज़्म्स ऑफ़ ह्यूमन लैंगवेज* शीर्षक के अन्तर्गत किया। हम्बोल्ट के बारे में विपुल साहित्य उपलब्ध है। हम यहाँ आर.हेम की पुस्तक *Wilhelm von Humboldt* का उल्लेख कर

फिर भी हम्बोल्ट के विविधतापूर्ण विचारों के केन्द्रीय तत्व को पहली प्रवृत्ति द्वारा दर्शायी गयी बुनियादी रुझानों की सर्वाधिक सशक्त एवं सर्वाधिक घनीभूत अभिव्यक्ति के तौर पर लिया जा सकता है।

रूसी भाषा-शास्त्र के विद्वानों में ए.ए. पोतेब्न्या और उसके अनुयायियों की मण्डली इस प्रवृत्ति के सबसे सशक्त प्रतिनिधि हैं।[6]

लेकिन, हम्बोल्ट के बाद इस प्रवृत्ति के जो अनुयायी हुए वे हम्बोल्ट के दार्शनिक संश्लेषण एवं उसकी गहनता के स्तर तक नहीं पहुँच सके। नतीजतन, यह प्रवृत्ति स्पष्टतः संकीर्णतर होती हुई, खासतौर से प्रत्यक्षवादी और अर्द्धआनुभविक तौर-तरीकों को अख्तियार करके उन्हीं का अंग-उपांग बनकर रह गयी। स्टाइन्थाल के मामले में तो, हम्बोल्टवादी प्रभाव एकदम गायब हो गया। तब फिर इसकी क्षतिपूर्ति के तौर पर, पहले से अधिक पद्धतिगत परिशुद्धता और सुव्यवस्था लाने की बात सामने आने लगी। स्टाइन्थाल तक ने भी मानस को ही भाषा के स्रोत के रूप में देखना शुरू कर दिया, और मनोवैज्ञानिक नियमों को ही भाषा-वैज्ञानिक विकास के नियम मानने लगा।[7]

पहली प्रवृत्ति के बुनियादी सिद्धान्तों को वुण्ट और उसके अनुयायियों के अनुभववादी मनोविज्ञान ने बुरी तरह संकीर्ण बना दिया।[8] वुण्ट की अवस्थिति का आशय इस धारणा में है कि भाषा के सभी तथ्य, निरपवाद रूप से, स्वैच्छिक आधार पर, व्यक्तिगत मनोविज्ञान

सकते हैं, जिसका रूसी अनुवाद उपलब्ध है। हाल के अध्ययनों में, हम एडवर्ड स्प्रेंगर की इसी नाम की पुस्तक (बर्लिन, 1909) का उल्लेख कर सकते हैं।

हम्बोल्ट और रूसी भाषा-वैज्ञानिक चिन्तन में उसकी भूमिका के बारे में रूसी व्याख्या हमें बी.एम.एंगेलगार्ट की पुस्तक *A.N. Veselovski* में मिल सकती है। हाल ही में, जी. श्पेट ने एक उत्तेजक एवं दिलचस्प पुस्तक प्रकाशित की है, जिसका शीर्षक है : *दि इनर फार्म ऑफ़ दि वर्ड (एट्यूडस ऐण्ड वैरिएशन्स आन ए थीम ऑफ़ हम्बोल्ट)*। इसमें श्पेट ने पारम्परिक व्याख्या की परत दर परत के भीतर से, मौलिक और प्रामाणिक हम्बोल्ट को फिर से ढूँढ निकालने की कोशिश की है। लेकिन श्पेट की हम्बोल्ट के बारे में, मनोगत अवधारणा एक बार फिर यही सिद्ध करती है कि हम्बोल्ट कितना दुरूह और अन्तरविरोधी है : "भिन्नताएँ" वास्तव में बहुत स्वच्छन्द सिद्ध होती है।

6. पोतेब्न्या का बुनियादी दार्शनिक अध्ययन है : *'थॉट ऐण्ड लैंग्वेज'*। उसके अनुयायी, तथाकथित ज़ारकोव स्कूल के प्रतिनिधि (ओव्सयानिको-कुलिकोव्स्की, लेज़िन, ज़ार्सिएक आदि) ने एक अनियतकालिक, शृंखला, *Voprosy teorii i psixologii tvorcestva* प्रकाशित की जिसमें पोतेब्न्या के मरणोपरान्त उसकी कृतियों तथा उसके बारे में उसके छात्रों के लेखों को प्रकाशित किया गया। पोतेब्न्या के आधारभूत विचारोंवाले खण्ड में हम्बोल्ट के विचारों पर चर्चा की गयी है।

7. स्टाइन्थाल की अवधारणा का आधार हर्बार्ट का मनोविज्ञान है, जिसकी कोशिश यह है कि मानवीय मानस के समूचे ढाँचे को साहचर्यबद्ध विचारों के तत्वों से निर्मित किया जाये।

8. इस बिन्दु पर हम्बोल्ट से जुड़ाव बहुत ही कम हो गया है।

की शब्दावली में व्याख्यायित किये जा सकते हैं[9] और यह सच है कि स्टाइन्थाल की भाँति वुण्ट भी भाषा को ''राष्ट्रों के मनोविज्ञान''(Volkespsychologie) या ''नृजातीय मनोविज्ञान'' का ही एक तथ्य मानता है।[10] लेकिन वुण्ट का राष्ट्रीय मनोविज्ञान अलग-अलग व्यक्तियों के व्यष्टिगत मानसों से मिलकर बना है; उसके अनुसार, इन्हीं में यथार्थ का पूरा परिमाप निहित होता है।

इस तरह, अन्तिम विश्लेषण में, भाषा की कार्रवाइयों, मिथक एवं धर्म से सम्बन्धित हम्बोल्ट की समस्त व्याख्याएँ, विशुद्धतः मनोवैज्ञानिक व्याख्याएँ बन जाती हैं। एक विशुद्धतः समाजशास्त्रीय नियंत्रणशीलता, जो सभी संकेतों की विशेषता है, और जिसे व्यक्तिगत मनोविज्ञान के नियमों में नहीं रूपान्तरित किया जा सकता, उसकी ज्ञान-सीमा से परे ही रह जाती है।

हाल के समय में, भाषा के दर्शन की पहली प्रवृत्ति ने प्रत्यक्षवाद की बेड़ियों को उतार फेंका है, और एक बार फिर इसने वोस्लर स्कूल के जरिये, अपने कार्यभारों की अवधारणा में एक सशक्त विकास और विस्तृत सम्भावना का क्षेत्र प्राप्त कर लिया है।

वोस्लर स्कूल (तथाकथित 'विचारधारात्मक नवभाषाशास्त्र') निश्चय ही समकालीन दार्शनिक-भाषावैज्ञानिक चिन्तन के सबसे सशक्त आन्दोलनों में से एक है। और इसके समर्थकों ने भाषा-विज्ञान में (रोमान्स और जर्मन दर्शन में) जो सकारात्मक, विशिष्टीकृत योगदान दिया है वह भी निरपवाद रूप से महान है। यहाँ पर स्वयं वोस्लर के अलावा और जो विद्वान इन योगदानकर्ताओं में उल्लेखनीय है, उनमें से लिओ स्पित्सर, लॉर्क, लेर्च आदि प्रमुख हैं। हम इन विद्वानों में से प्रत्येक के बारे में आगे चलकर, अवसर आने पर चर्चा करेंगे।

वोस्लर और वोस्लर स्कूल का सामान्य दार्शनिक-भाषावैज्ञानिक दृष्टिकोण उन चारों बुनियादी सिद्धान्तों की अभिलाक्षकिणताओं को चरितार्थ करता है, जिनका उल्लेख हम पहली प्रवृत्ति के साथ कर चुके हैं। वोस्लर स्कूल की पहली और सर्वप्रमुख विशेषता यह है कि यह निश्चयात्मक रूप से और सिद्धान्तनिष्ठ ढंग से *भाषा-वैज्ञानिक प्रत्यक्षवाद को अस्वीकार* कर देता है, क्योंकि यह भाषा-वैज्ञानिक रूप (प्राथमिक तौर पर, सर्वाधिक ''प्रत्यक्ष'' किस्म के ध्वन्यात्मक रूप) एवं इसके उत्पादन की प्रारम्भिक मनो-शरीरक्रियात्मक

---

9. स्वैच्छिकतावाद इच्छा के तत्व को ही मानस का मूल आधार मानता है।

10. यह जी. श्पेट ही था जिसने जर्मन शब्द "Volkespsychologie" के शाब्दिक अनुवाद के बजाय ''नृजातीय मनोविज्ञान'' की शब्दावली प्रयोग करने का प्रस्ताव किया। बेशक मूल शब्दावली पूरी तरह से असन्तोषजनक है, और श्पेट द्वारा प्रस्तुत की गयी वैकल्पिक शब्दावली हमें अधिक संगत प्रतीत होती है। देखें जी. श्पेट की कृति, *इण्ट्रोडक्शन टु एथनिक साइकोलॉजी* (मास्को, 1927)। इस पुस्तक में वुण्ट के दृष्टिकोण की विस्तृत आलोचना की गयी है, लेकिन स्वयं जी. श्पेट की प्रणाली भी पूर्णतः अस्वीकार्य ही है।

कार्रवाई से बाहर कुछ भी देख पाने में असमर्थ है।[11] इस सिलसिले में भाषा के अन्तर्गत एक *सार्थक विचारधारात्मक कारक* को बहुत अहमियत देकर प्रस्तुत किया गया है। और कहा जा रहा है कि भाषा-वैज्ञानिक सृजनशीलता का मुख्य प्रेरक तत्व "भाषा-वैज्ञानिक अभिरुचि" है जो एक विशेष किस्म की कलात्मक अभिरुचि है। इस शाखा के अनुसार, भाषा-वैज्ञानिक अभिरुचि ही वह भाषा-वैज्ञानिक सत्य है, जिसके जरिये भाषा जीवित रहती है, और एक भाषा-वैज्ञानिक को यही चाहिये कि वह अभिव्यक्ति को सही ढंग से समझने और व्याख्यायित करने के लिए भाषा की प्रत्येक अभिव्यक्ति में इसी अभिरुचि की खोज करे। वोस्लर लिखता है :

> विज्ञान की हैसियत का दावा कर सकनेवाला भाषा का इतिहास केवल वही हो सकता है जो चीजों की व्यावहारिक कारण-कार्य सम्बन्धवाली व्यवस्थिति बन सके, क्योंकि इसी के जरिये भाषा-वैज्ञानिक अभिरुचि और भाषा-वैज्ञानिक सत्य, भाषा-वैज्ञानिक अभिरुचि और संवेदनशीलता, या जैसाकि हम्बोल्ट ने कहा है, भाषा का आन्तरिक रूप, उसके भौतिक रूप से, मानसिक रूप से, राजनीतिक रूप से, आर्थिक रूप से और सामान्य तौर पर, उसके सांस्कृतिक रूप से अनुकूलित रूपान्तरणों में, स्पष्ट और बोधगम्य बन सकता है।[12]

इस प्रकार हम देखते हैं कि वोस्लर के अनुसार, एक भाषा-वैज्ञानिक परिघटना पर निश्चयात्मक प्रभाव डालनेवाले सभी कारक (भौतिक, राजनीतिक, आर्थिक एवं अन्य कारक) एक भाषा-वैज्ञानिक के लिए कोई प्रत्यक्ष प्रासंगिकता नहीं रखते, उसके लिए तो सिर्फ एक ही चीज महत्त्वपूर्ण है, और वह है किसी सुनिश्चित भाषा-वैज्ञानिक परिघटना का कलात्मक अर्थ।

वोस्लर की भाषा सम्बन्धी सौन्दर्यात्मक अवधारणा की यही प्रकृति है। स्वयं उसके ही शब्दों में : "भाषा-वैज्ञानिक विचार अपने साररूप में एक काव्यात्मक विचार है; भाषा-वैज्ञानिक सत्य कलात्मक सत्य है, वही सार्थक सौन्दर्य है।"[13]

तब इस बात को पूरी तरह से समझा जा सकता है कि वोस्लर के अनुसार, भाषा की बुनियादी अभिव्यक्ति को, उसके बुनियादी यथार्थ को, पहले से ही तैयारशुदा प्रणाली जैसी भाषा के रूप में, अर्थात उसके ध्वन्यात्मक व्याकरणात्मक, आदि जैसे विरासत में प्राप्त, तात्कालिक तौर पर उपयोग में आनेवाले रूपों के एक निकाय के अर्थ में नहीं, बल्कि *वक्तृत्व की व्यक्तिगत सृजनात्मक कार्रवाई* के अर्थ में ही लेना चाहिये। इसका मतलब यह हुआ कि भाषा के सृजन के दृष्टिकोण से, वक्तृत्व की प्रत्येक कार्रवाई की

---

11. वोस्लर के पहले, प्रवृत्ति-निर्धारक दार्शनिक अध्ययन, *भाषा-विज्ञान में प्रत्यक्षवाद और आदर्शवाद* (हाइडेलबर्ग, 1904) का उद्देश्य भाषा-वैज्ञानिक प्रत्यक्षवाद की आलोचना था।

12. (रूसी अनुवाद) "ग्रामर एण्ड दि हिस्ट्री ऑफ़ लैंग्वेज", ...1910, पृ. 170

13. वही, पृ. 167

जीवन्त विशिष्टता व्याकरणात्मक रूपों में निहित नहीं है जो साझा और स्थिर होते हैं और एक दी गयी भाषा के सभी अन्य उद्‌गारों में भी तत्काल इस्तेमाल किये जा सकते हैं, बल्कि यह विशिष्टता तो इन अमूर्त रूपों के शैलीगत मूर्तीकरण और रूपान्तरण में निहित है जो किसी उद्‌गार को विशिष्ट और अनन्य अभिलाक्षणिकता प्रदान करते हैं।

ठोस उद्‌गार में भाषा का यह अलग-अलग शैलीगत विशिष्टीकरण ऐतिहासिक और सृजनात्मक रूप से उत्पादक होता है। ठीक इसी शैलीगत विशिष्टीकरण में भाषा पैदा होती है, जो आगे चलकर व्याकरणात्मक रूपों में सुव्यवस्थित होती है : *हरेक चीज जो व्याकरण का तथ्य बनती है, पहले शैली का तथ्य रह चुकी होती है। व्याकरण के ऊपर शैली की* वरीयता की यही धारणा वोस्लर प्रस्तुत करता है।[14] वोस्लर स्कूल द्वारा प्रकाशित किये गये अधिकांश भाषा-वैज्ञानिक अध्ययन भाषा-विज्ञान (संकीर्ण अर्थों में) और शैली विज्ञान के बीच इसी विभाजक रेखा पर अवस्थित हैं। वोस्लरवादी भाषा के प्रत्येक रूप में सार्थक विचारधारात्मक उद्‌गम तलाशने की दिशा में अपने प्रयास को निरन्तर निर्दिष्ट करते रहते हैं।

वोस्लर और उसके स्कूल का मूलतः यही दार्शनिक-भाषावैज्ञानिक दृष्टिकोण है।[15]

बेनेडेट्टो क्रोचे के विचार, कई मामलों में, वोस्लर के विचारों से मेल खाते हैं। क्रोचे के अनुसार, भाषा भी एक सौन्दर्यात्मक परिघटना है। इसमें उसकी अवधारणा का बुनियादी कुंजीभूत शब्द *अभिव्यक्ति* है। उसकी दृष्टि में, किसी भी प्रकार की अभिव्यक्ति, अपने उद्‌गम में कलात्मक होती है। अतः यह धारणा कि अभिव्यक्ति के अध्ययन के रूप में भाषा-विज्ञान ही सर्वोत्कृष्ट है (और शाब्दिक माध्यम ऐसा ही है), सौन्दर्यशास्त्र से मेल खाती है। तब इसका मतलब यही हुआ कि क्रोचे के अनुसार भी, शाब्दिक अभिव्यक्ति की

---

14. हम इस धारणा की आलोचना पर बाद में लौटेंगे।

15. वोस्लर के मौलिक दार्शनिक-भाषावैज्ञानिक अध्ययन, जो *प्रत्यक्षवाद और आदर्शवाद* के बाद प्रकाशित हुए, *भाषा का दर्शन* (1926) में संकलित हैं। यह पुस्तक वोस्लर के दार्शनिक एवं भाषा-वैज्ञानिक दृष्टिकोण का पूरा चित्र प्रस्तुत करती है। वोस्लर के 1922 तक के लेखन की पूरी सन्दर्भ-सूची *Idealistische Neuphilologie. Festschrift für K. Vossler* (1922) में देखी जा सकती है। वोस्लर के दो आलेखों "ग्रामर ऐण्ड हिस्ट्री ऑफ़ लैंग्वेज" और "दि रिलेशनशिप ऑफ़ हिस्ट्री ऑफ़ लैंग्वेज टु दि हिस्ट्री ऑफ़ लिटरेचर" (1912-13) के रूसी अनुवाद उपलब्ध हैं। ये दोनों ही आलेख वोस्लर के दृष्टिकोण के मूलभूत तत्वों को समझने में योगदान करते हैं। रूसी भाषा-वैज्ञानिक साहित्य में, वोस्लर और उसके अनुयायियों के दृष्टिकोणों के बारे में, अभी तक कोई विवेचन नहीं किया गया है। उनके बारे में कुछेक सन्दर्भ वी.एम. ज़र्मुन्स्की द्वारा समकालीन जर्मन साहित्यिक रचनाकर्म के बारे में लिखित एक आलेख में दिये गये हैं, जो 1927 में प्रकाशित हुए। आर. ए. शोर द्वारा ऊपर उद्धृत सर्वेक्षण में, वोस्लर स्कूल की चर्चा सिर्फ एक पादटिप्पणी में की गयी है। वोस्लर के अनुयायियों की दार्शनिक एवं पद्धतिगत महत्त्व रखनेवाली कृतियों के बारे में कतिपय चर्चा हम समय आने पर करेंगे।

व्यक्तिगत कार्रवाई ही भाषा की बुनियादी अभिव्यक्ति है।[16]

आइये, अब हम भाषा के दर्शन में चिन्तन की दूसरी प्रवृत्ति का चरित्रचित्रण करें।

सभी भाषा-वैज्ञानिक परिघटनाओं का संगठनकारी केन्द्र, जो उन्हें भाषा के एक विशेष विज्ञान का विशिष्ट विषय बनाता है, दूसरी प्रवृत्ति के मामले में, खिसककर पूरी तरह से एक भिन्न कारक की ओर–*भाषा के ध्वन्यात्मक, व्याकरणात्मक और शब्दकोशीय रूपों की एक प्रणाली, अर्थात भाषा-वैज्ञानिक प्रणाली की ओर*–चला जाता है।

जहाँ पहली प्रवृत्ति के अनुसार, भाषा वक्तृत्व-कार्रवाइयों की एक ऐसी सतत प्रवाही धारा है, जिसमें कुछ भी स्थिर और अपने आप में विशिष्ट नहीं रहता, वहीं, दूसरी प्रवृत्ति के अनुसार, भाषा उसके ऊपर उभरा स्थिर इन्द्रधनुष है।

इस दूसरी प्रवृत्ति के अनुसार, प्रत्येक व्यक्तिगत सृजनात्मक कार्रवाई, प्रत्येक उद्गार, अपने आप में विशिष्ट और अनन्य है, लेकिन प्रत्येक उद्गार में जो तत्व होते हैं, वे किसी सुनिश्चित वक्तृत्व-समूह के दूसरे तत्वों से पूरी तरह मेल खाते हैं। और ये ही कारक–अर्थात ध्वन्यात्मक, व्याकरणात्मक, और शब्दकोशीय कारक–सभी उद्गारों से भी पूरी तरह मेल खाते हैं और इसीलिए मानकीय भी होते हैं–जो किसी भाषा की एकात्मकता और किसी समुदाय के सभी सदस्यों द्वारा इसके बोध को सुनिश्चित करते हैं।

यदि हम भाषा के अन्तर्गत किसी ध्वनि को लें, जैसे, उदाहरणस्वरूप "इन्द्रधनुष" की (ध) ध्वनि को लें, तो यह ध्वनि जो अलग-लग जैव निकायों के शरीरक्रियात्मक उच्चारण तंत्र द्वारा पैदा की जाती है, प्रत्येक वक्ता के लिए विशिष्ट और अनन्य होगी। "इन्द्रधनुष" के (ध) के उतने ही भिन्न-भिन्न उच्चारण हो सकते हैं जितने लोग इस शब्द को बोलते हैं (भले ही हमारा कान इनकी अलग-अलग विशिष्टताओं को पहचान पाने में असमर्थ रहे)। शरीरक्रियात्मक ध्वनि (अर्थात, व्यक्तिगत शरीरक्रियात्मक तंत्र द्वारा पैदा की गयी ध्वनि), कुल मिलाकर, उतनी ही अनन्य होती हैं, जितनी कि अंगुलियों की छापें, या जैसाकि प्रत्येक अलग-अलग व्यक्ति के रक्त का रासायनिक संघटन (इस तथ्य के बावजूद कि विज्ञान अभी तक अलग-अलग व्यक्तियों के रक्त के लिए अलग-अलग सूत्र दे पाने में समर्थ नहीं हो पाया है)।

बहरहाल, सवाल यह है : भाषा की दृष्टि से, (ध) के उच्चारण की ये सभी व्यक्तिगत विशिष्टतावाली विलक्षणताएँ कितनी महत्त्वपूर्ण हैं–क्या ये ऐसी विलक्षणताएँ हैं, जिनको लेकर हम यह परिकल्पना करें कि अलग-अलग व्यक्तियों के होठों की आकृति और उनकी मुख-गुहा ही इन विलक्षणताओं के लिए उत्तरदायी है यह मानते हुए कि हम इन विलक्षणताओं को अलग-अलग पहचानने और ठीक-ठीक इंगित करने में सक्षम हैं)? बेशक, इसका जवाब यही है कि वे पूरी तरह से महत्त्वहीन हैं। निश्चय ही, इसमें महत्त्वपूर्ण तो सभी उद्गारों की

---

16. बी. क्रोचे की कृति *Aesthetics as aScience of Expression and General Linguistics* के पहलेभाग में भाषा एवं भाषा-विज्ञान के बारे में क्रोचे का पूरा दृष्टिकोण प्रस्तुत है।

वह *मानकीय पहचान* है, जिसके तहत "इन्द्रधनुष" शब्द का उच्चारण किया जाता है। यही मानकीय पहचान (तथ्यात्मक पहचान के अस्तित्व का तो, वस्तुतः प्रश्न ही नहीं उठता) एक भाषा की ध्वनिप्रणाली की एकता का (भाषा के जीवन के किसी विशिष्ट क्षण में) संघटन करती है, और यही इस बात की गारण्टी भी करती है कि बोले गये शब्द को उस भाषा समुदाय के सभी सदस्य समझ लेंगे। इस मानकीय पहचानवाली 'ध' ध्वनि को एक भाषा-वैज्ञानिक तथ्य कहा जा सकता है, और यही भाषा के विज्ञान के अध्ययन का विशिष्ट विषय भी है।

ठीक यही बात भाषा के अन्य सारे तत्वों के लिए भी सच है। इनमें से हमें सर्वत्र भाषा-वैज्ञानिक रूप की वही मानकीय पहचान (अर्थात, विन्यासात्मक पैटर्न) तथा वक्तृत्व की एकल कार्रवाई में उसी विशिष्ट रूप के, व्यक्तिगत तौर पर और विशिष्ट रूप से लागू एवं समाविष्ट होने की बात दिखायी देती है। इसमें मानकीय पहचान का सम्बन्ध भाषा की प्रणाली से है, और वक्तृत्व की एकल कार्रवाई का सम्बन्ध वक्तृत्व की उन व्यक्तिगत प्रक्रियाओं से है, जो आकस्मिक तौर पर (भाषा के दृष्टिकोण से एक प्रणाली के रूप में) शरीरक्रियात्मक, मनोगत-मनोवैज्ञानिक और ऐसे अन्य सभी कारकों द्वारा अनुकूलित होती हैं जिनका सही-सही विवरण प्राप्त कर पाना सम्भव नहीं है।

अतः यह स्पष्ट है कि ऊपर भाषा की प्रणाली को जिस अर्थ में चित्रित किया गया है, उस अर्थ में भाषा की प्रणाली पूरी तरह से व्यक्गितगत सृजनात्मक कार्रवाइयों, इरादों या अभिप्रेरणाओं से मुक्त है। इस दूसरी प्रवृत्ति के दृष्टिकोण से, वक्ता के लिए सार्थक भाषा-सृजन का कोई सवाल ही नहीं है।[17] भाषा व्यक्ति के सामने ऐसे खड़ी हो जाती है जैसे वह कोई अनुल्लंघनीय, निर्विवाद मानक हो, जिसे व्यक्ति, अपनी ओर से सिर्फ स्वीकार ही कर सकता है। और यदि कोई व्यक्ति किसी भाषा-वैज्ञानिक रूप को निर्विवाद मानक नहीं मानेगा तो उसके लिए भाषा के एक रूप के तौर पर इसका कोई अस्तित्व ही नहीं रह जायेगा, और तब यह उसके अपने व्यक्तिगत, मनो-शारीरिक तंत्र के लिए एक प्राकृतिक सम्भावना भर ही रह जायेगा। व्यक्ति भाषा की प्रणाली को अपने वक्तृत्व समुदाय से पूरी तरह एक तैयारशुदा माल की भाँति प्राप्त करता है। और इस प्रणाली के भीतर कोई भी परिवर्तन उसकी व्यक्तिगत चेतना की सीमा से परे होता है। ध्वनियों को उच्चारण में संयोजित करने की व्यक्तिगत कार्रवाई एक भाषा-वैज्ञानिक कार्रवाई केवल तभी बनती है, जब वह स्थिर (समय के किसी भी सुनिश्चित क्षण में) और निर्विवाद भाषा-प्रणाली के अनुरूप हो।

तब सवाल उठता है कि इस भाषा प्रणाली के भीतर लागू नियमों के समुच्चय की प्रकृति क्या है?

---

17. हालाँकि, जैसाकि हम देखेंगे, भाषा के दर्शन में चिन्तन की इस दूसरी प्रवृत्ति के जिन आधारों का अभी-अभी वर्णन किया गया है, वे तर्कवाद के धरातल पर अपने भीतर एक कृत्रिम रूप से निर्मित, तर्कसंगत एवं सार्वभौमिक भाषा की अवधारणा समाहित किये हुए थे।

नियमों के इस समुच्चय की प्रकृति विशुद्ध रूप से *सर्वव्यापी और विशिष्ट* है, जिसे नियमों के किसी भी अन्य समुच्चय—विचारधारात्मक, कलात्मक या अन्य किसी में—अपचयित नहीं किया जा सकता। समय के किसी सुनिश्चित क्षण में, अर्थात *समकालिक तौर पर* भाषा के सभी रूप परस्पर अपरिहार्यता और सम्पूरकता की स्थिति में होते हैं, और इसी की बदौलत वे भाषा को एक ऐसी व्यवस्थित प्रणाली में रूपान्तरित करते हैं जिस पर एक विशिष्ट भाषा-वैज्ञानिक कृतिवाले नियम प्रभावी होते हैं। *यह विशिष्ट भाषा-वैज्ञानिक प्रणालीबद्धता, विचारधारा की प्रणालीबद्धता* से—अर्थात संज्ञान से, सृजनात्मक कला से, और नीतिशास्त्र से—*एकदम भिन्न है, और व्यक्तिगत चेतना का प्रेरक तत्व नहीं बन सकती।* व्यक्ति को इस प्रणाली को जस का तस स्वीकार और आत्मसात करना होता है; इसमें ऐसे मूल्यांकनकारी, विचारधारात्मक विभेदीकरण का कोई स्थान नहीं है, जिनके तहत यह कहा जा सके कि अमुक उससे बेहतर है, बदतर है, सुन्दर है, कुरूप है, आदि। वास्तव में भाषा-वैज्ञानिक कसौटी तो सिर्फ एक ही है : सही बनाम गलत, जिसके तहत *भाषा-वैज्ञानिक दृष्टि से सही* को केवल *एक सुनिश्चित रूपवाली भाषा की मानकीय प्रणाली से अनुरूपता* के अर्थ में समझा जाता है। परिणामतः भाषा-वैज्ञानिक अभिरुचि या भाषा-वैज्ञानिक सत्य जैसी कोई चीज विचार-विमर्श के लिए मिल ही नहीं सकती। व्यक्ति के दृष्टिकोण से, भाषा-वैज्ञानिक प्रणालीबद्धता नियमेतर है, अर्थात इसमें किसी भी प्राकृतिक या विचारधारात्मक (उदाहरण के लिए, कलात्मक) बोधगम्यता या अभिप्रेरण का पूर्णतः अभाव होता है। अतः एक शब्द की ध्वन्यात्मक अभिकल्पना और उसके अर्थ के बीच न तो कोई प्राथमिक सम्बन्ध रह जाता है, और न ही कोई कलात्मक अनुरूपता।

यदि रूपों की एक प्रणाली के तौर पर, भाषा व्यक्ति की अपनी सृजनात्मक प्रेरणाओं या क्रियाशीलताओं से पूरी तरह स्वतंत्र है, तो इसका अर्थ यही हुआ कि भाषा समष्टिगत सृजनशीलता का ही उत्पाद है—अर्थात यह कि इसका एक सामाजिक अस्तित्व है और इसीलिए यह सभी सामाजिक संस्थाओं की भाँति, प्रत्येक व्यक्ति के लिए भी मानकीय है।

बहरहाल, भाषा की यह प्रणाली, जो किसी समय के सुनिश्चित क्षण में, अर्थात समकालिक तौर पर, एक अपरिवर्तनशील एकता होती है। वक्तृत्व समुदाय के ऐतिहासिक विकास की प्रक्रिया में निश्चय ही बदलती और विकसित होती है। आखिर ऊपर हमने ध्वनि की जो मानकीय पहचान स्थापित की है, वह उससे सम्बन्धित भाषा के विकास की भिन्न-भिन्न अवधियों में भिन्न-भिन्न हो सकती है। संक्षेप में, भाषा का अपना इतिहास होता ही है। तब सवाल यह है कि इस इतिहास को दूसरी प्रवृत्ति के दृष्टिकोण से देखा कैसे जाये?

भाषा के दर्शन में चिन्तन की इस दूसरी प्रवृत्ति की एक सर्वोपरि अभिलाक्षणिकता यह है कि इसमें *भाषा के इतिहास और भाषा की प्रणाली* (अर्थात, अपने अनैतिहासिक समकालीन आयामवाली भाषा-प्रणाली) *के बीच* एक विशेष प्रकार की *विच्छिन्नता* की कल्पना की जाती है। इस दूसरी प्रवृत्ति के बुनियादी सिद्धान्तों के दृष्टिकोण से, यह

द्वैतवादी विच्छिन्नत पूर्णतः अनुल्लंघनीय है। अतः समय के किसी सुनिश्चित क्षण में भाषा-वैज्ञानिक रूपों को निर्धारित करनेवाले तर्क और इन रूपों के ऐतिहासिक परिवर्तन के तर्क (या यों कह लें कि "अ-तर्क") के बीच कुछ भी साझा नहीं हो सकता। अर्थात तर्क के दो भिन्न प्रकार हैं, या यों कहें कि यदि हम उनमें से किसी एक को तर्क मानें, तो दूसरा अ-तर्क, अर्थात स्वीकृत तर्क का सरासर उल्लंघन बन जायेगा।

निस्सन्देह, भाषा की प्रणाली संघटित करनेवाले भाषा-वैज्ञानिक रूप एक दूसरे के लिए अपरिहार्य और सम्पूरक होते हैं, ठीक वैसे ही जैसे किसी गणितीय सूत्र के पद। प्रणाली में एक सदस्य के परिवर्तित हो जाने से एक नई प्रणाली सृजित हो जाती है, ठीक वैसे ही जैसे किसी सूत्र में एक पद का परिवर्तन एक नये सूत्र को जन्म दे देता है। बेशक, किसी सूत्र के पदों के बीच के सम्बन्ध को नियंत्रित करनेवाला अन्तःसंयोजन एवं नियमन विस्तारित होकर उस विशिष्ट सूत्र या प्रणाली और उससे उत्पन्न सूत्र या प्रणाली के बीच के सम्बन्धों तक नहीं चला जाता, और न वहाँ तक जा ही सकता है।

यहाँ पर एक कामचलाऊ सादृश्य प्रस्तुत किया जा सकता है, जिसके जरिये भाषा के इतिहास के प्रति, भाषा के दर्शन में चिन्तन की इस दूसरी प्रवृत्ति के दृष्टिकोण को समुचित ढंग से चित्रित किया जा सकता है। आइये, हम भाषा की प्रणाली की तुलना द्विपदीय प्रमेयों को हल करने में इस्तेमाल किये जानेवाले न्यूटन के सूत्र से करें। इस सूत्र के अन्तर्गत नियमों का एक सुनिश्चित समुच्चय कार्य करता है, जिसके तहत ही सूत्र का प्रत्येक पद समाविष्ट रहता है और उसी के तहत उसका कार्य भी निर्धारित रहता है। अब आइये, यह कल्पना करें कि एक छात्र इस सूत्र का गलत ढंग से इस्तेमाल कर जाता है (उदाहरण के लिए, वह घातांकों या धनात्मक एवं ऋणात्मक चिह्नों को गड्डमड्ड कर डालता है)। इस प्रकार, एक ऐसा नया सूत्र प्राप्त हो जाता है जिसके अपने मानकीय सिद्धान्त होते हैं (निस्सन्देह, यह सूत्र द्विपदीय प्रमेयों को हल करने के काम नहीं आ सकता, परन्तु यह यहाँ पर किये जा रहे सादृश्य निरूपण से एक अलग बात है)। अब, पहले और दूसरे सूत्रों के बीच कोई भी ऐसा गणितीय सम्बन्ध नहीं होता, जो प्रत्येक सूत्र के भीतर दिये गये पदों के आपसी सम्बन्ध के सदृश हो।

ठीक यही स्थिति भाषा में भी है। भाषा की प्रणाली में (समय के किसी क्षण-विशेष में) दो भाषा-वैज्ञानिक रूपों को एक में संयोजित करनेवाले प्रणालीगत सम्बन्धों का उन सम्बन्धों से कोई तालमेल नहीं होता, जो इन रूपों में से किसी एक रूप को, उस भाषा के ऐतिहासिक विकास की एक उत्तरवर्ती अवधि में, उसके परिवर्तित पक्ष के साथ संयोजित करता है। सोलहवीं सदी के पूर्व तक, एक जर्मन "to be" क्रिया को भूतकाल में इस प्रकार प्रयोग करता था : *ich was; wir waren* । लेकिन आज का जर्मन इस प्रकार प्रयोग करता है : *ich war; wir waren*। इस तरह ich was को ich war में परिवर्तित कर दिया गया। ich was और wir waren रूपों के बीच, तथा ich war और wir waren रूपों के बीच, प्रणालीगत भाषा-वैज्ञानिक सम्बन्ध और सम्पूरकता मौजूद है।

ये रूप एक ही क्रिया के एकवचन और बहुवचन के रूप में एक-दूसरे के साथ जुड़ते हैं और सम्पूरक हैं। "Ich was" और "ich war" के बीच तथा "ich war" (आधुनिक काल में) और "wir waren" (पन्द्रहवीं और सोलहवीं सदियों में) के बीच, एक भिन्न और पूर्णतः पृथक सम्बन्ध है जिसका कोई तालमेल पहलेवाले, प्रणालीगत रूप से नहीं है। "ich war" रूप "wir waren" के सादृश्य के जरिये प्रचलन में आया; "wir waren" के प्रभाव में लोग (अलग-अलग व्यक्ति) "ich was" के स्थान पर "ich war" बोलने लगे।[18] यह परिघटना व्यापक बन गयी, जिसका परिणाम यह हुआ कि एक व्यक्ति की गलती एक भाषा-वैज्ञानिक मानक बन गयी। इस प्रकार, इन दो श्रेणियों :

I. *ich was—wir waren* (पन्द्रहवीं सदी के समकालिक परिप्रेक्ष्य में)
या *ich war—wir waren* (उन्नीसवीं सदी के समकालिक परिप्रेक्ष्य में) और
II. *ich was—ich war*

wir waren (सादृश्य प्रस्तुत करनेवाले एक कारक के रूप में)

के बीच भारी और बुनियादी अन्तर मौजूद हैं। पहली—समकालिक—श्रेणी एक-दूसरे के लिए अपरिहार्य और सम्पूरक तत्वों की प्रणालीगत भाषा-वैज्ञानिक संयोजकता द्वारा नियंत्रित है। यह श्रेणी, स्वयं एक निर्विवाद भाषा-वैज्ञानिक मानक की हैसियत से, व्यक्ति से एकदम पृथक है। दूसरी—ऐतिहासिक या द्विकालिक—श्रेणी स्वयं अपने ही सिद्धान्तों के एक विशेष समुच्चय से—या और स्पष्ट कहें तो, सादृश्यजनित गलती के सिद्धान्तों से—नियंत्रित है।

भाषा के इतिहास का तर्क—व्यक्तिगत गलतियों या विचलनों ("ich was" का "ich war" में परिवर्तन) का तर्क—व्यक्तिगत चेतना की सीमा से परे होता है। इस तरह का परिवर्तन बिना किसी इरादे के, अनजाने ही हो जाता है, और यह सिर्फ ऐसे ही हो भी सकता है। समय की किसी सुनिश्चित अवधि में केवल एक ही भाषा-वैज्ञानिक मानक हो सकता है : या तो "ich was" या "ich war"। एक मानक किसी दूसरे अन्तरविरोधी मानक के साथ नहीं, बल्कि सिर्फ अपने ही उल्लंघनकारी रूप के साथ सहअस्तित्व में रह सकता है (इसी कारण से भाषा में "त्रासदी" नहीं हो सकती)। यदि यह उल्लंघन स्वयं में अनुभव किये जाने लायक नहीं बनता और इसी नाते ठीक नहीं किया जाता, तथा यदि इस विशिष्ट उल्लंघन के एक व्यापक तथ्य बन जाने का अनुकूल आधार मौजूद हो—अर्थात यदि हमारे उदाहरण में प्रस्तुत सादृश्य इसके लिए एक अनुकूल आधार बन जाये—तो यही उल्लंघन एक दूसरा भाषा-वैज्ञानिक मानक बन जायेगा।

इसका मतलब यही निकला कि रूपों की एक प्रणाली के तौर पर भाषा के तर्क और उसके ऐतिहासिक विकास के तर्क के बीच कोई तालमेल—कोई सम्बन्ध—नहीं है। इन दोनों ही प्रकार के तर्कों के अपने-अपने क्षेत्रों में सिद्धान्तों एवं कारकों के पूर्णतः भिन्न-भिन्न

18. अंग्रेजी के "I was" से तुलनीय।

समुच्चय कार्य करते हैं। और इसी नाते, भाषा को उसके समकालिक आयाम में अर्थ और एकता प्रदान करनेवाली चीज, भाषा के द्विकालिक आयाम में बेकार और नजरन्दाज कर दी जाती है। *किसी भाषा की वर्तमान स्थिति और उस भाषा का इतिहास, दोनों, एक-दूसरे के लिए बोधगम्य नहीं हैं, और न ही ऐसा हो सकता है।*

इसी बिन्दु पर, हमें भाषा के इतिहास में पहली और दूसरी प्रवृत्तियों के बीच एक मूलभूत अन्तर दिखायी देता है। बेशक, पहली प्रवृत्ति के अनुसार, भाषा का सारतत्व उसके इतिहास में स्पष्टतः प्रकट होता है, और भाषा का तर्क कतई ऐसी चीज नहीं है जो मानकीय रूप से समरूप रूप को पुनरुत्पादित करे, बल्कि वह शैलीगत रूप से पुनरुत्पादित न किये जा सकनेवाले उद्‌गार के माध्यम से उस रूप का एक निरन्तर पुनर्नवीकरण एवं अलग-अलग विशिष्टीकरण करनेवाली चीज है। *भाषा का यथार्थ वास्तव में, उसका सृजन ही है।* भाषा में पूर्ण पारस्परिक बोधगम्यता, भाषा के जीवन के किसी सुनिश्चित क्षण और उसके इतिहास के बीच ही बनती है। भाषा के जीवन एवं उसके इतिहास में एक ही प्रकार की विचारधारात्मक अभिप्रेरणाएँ मौजूद रही हैं। वोस्लरीय शब्दावली में, *भाषा-वैज्ञानिक अभिरुचि ही, समय के किसी सुनिश्चित क्षण में, भाषा की एकता का सृजन करती है; और यही भाषा-वैज्ञानिक अभिरुचि भाषा के ऐतिहासिक विकास की एकता को भी सृजित और सुरक्षित करती है।* एक ऐतिहासिक रूप से दूसरे ऐतिहासिक रूप में संक्रमण मूलतः व्यक्तिगत चेतना में ही होता है, कारण कि, जैसाकि हम जानते हैं, वोस्लर के अनुसार, प्रत्येक व्याकरणात्मक रूप शुरू में एक स्वतंत्र शैलीगत रूप ही था।

पहली और दूसरी प्रवृत्तियों के बीच के अन्तर को बहुत स्पष्ट ढंग से निम्नलिखित विषमता के जरिये दिखाया जा सकता है। भाषा की अपरिवर्तनशील प्रणाली (*ergon*) का संघटन करनेवाले स्व-समरूप रूप पहली प्रवृत्ति के लिए भाषा की वास्तविक सृजनात्मक प्रक्रिया, अर्थात गैर पुनरुत्पादनशील, व्यक्तिगत सृजन-क्रिया में संलग्न भाषा के सारतत्व के सिर्फ निष्क्रिय ऊपरी सतह का प्रतिनिधित्व करते हैं। इसके विपरीत, दूसरी प्रवृत्ति में, स्व-समरूप रूपों की ठीक यह प्रणाली ही भाषा का सारतत्व है; इस प्रवृत्ति के अनुसार, भाषा-वैज्ञानिक रूपों के व्यक्तिगत सृजनात्मक अपवर्तन एवं उनकी भिन्नताएँ भाषा-वैज्ञानिक जीवन की, या यों कहें कि भाषा-वैज्ञानिक स्मारकीयता के सिर्फ कूड़ा-करकट, अर्थात भाषा-वैज्ञानिक रूपों की मौलिक, और स्थिर समस्वरता के मात्र अस्थिर और बाह्य अधिस्वर भर हैं।

कुल मिलाकर, दूसरी प्रवृत्ति के दृष्टिकोण का सारांश निम्नलिखित बुनियादी सिद्धान्तों में प्रस्तुत किया जा सकता है :

1. *भाषा मानकीय रूप से समरूप रूपों की एक अपरिवर्तनशील प्रणाली है, जिसे व्यक्तिगत चेतना तैयारशुदा माल की भाँति ग्रहण करती है और जो इस चेतना के लिए निर्विवाद होती है।*

2. भाषा के नियम, किसी सुनिश्चित बन्द भाषाई प्रणाली के भीतर भाषा-वैज्ञानिक संकेतों के बीच संयोजन के विशिष्ट नियम हैं। ये नियम किसी भी मनोगत चेतना के लिए वस्तुगत होते हैं।

3. विशिष्ट भाषा-वैज्ञानिक संयोजनों का विचारधारात्मक मूल्यों (कलात्मक, संज्ञानात्मक या अन्य) के साथ कोई तालमेल नहीं होता। भाषा की परिघटनाएँ विचारधारात्मक अभिप्रेरणाओं पर आधारित नहीं होतीं। शब्द और उसके अर्थ के बीच चेतना के लिए प्राकृतिक और बोधगम्य प्रकार का, या कलात्मक प्रकार का कोई संयोजन-सम्बन्ध नहीं होता।

4. *वक्तृत्व की व्यक्तिगत कार्रवाइयाँ, भाषा के दृष्टिकोण से, मानकीय तौर पर समरूप रूपों के महज अपवर्तन या स्पष्ट और सरल विरूपण भर हैं;* लेकिन, निश्चित तौर पर, वक्तृत्व की ये व्यक्तिगत कार्रवाइयाँ भाषा-वैज्ञानिक रूपों की ऐतिहासिक परिवर्तनशीलता को, अर्थात एक ऐसी परिवर्तनशीलता को स्पष्ट करती हैं, जो अपने आप में, भाषाप्रणाली के दृष्टिकोण से, असंगत और निरर्थक होती हैं। *भाषा की प्रणाली और उसके इतिहास के बीच कोई संयोजन-सम्बन्ध नहीं होता, और न अभिप्रेरणाओं का ही कोई साझापन। वे एक-दूसरे के लिए बिल्कुल अजनबी होते हैं।*

पाठक यहाँ देख सकते हैं कि भाषा के दर्शन में चिन्तन की इस दूसरी प्रवृत्ति का चरित्र-चित्रण करने के लिए अभी-अभी हमने जिन चार बुनियादी सिद्धान्तों को सूत्रित किया है, वे पहली प्रवृत्ति से सम्बन्धित चार बुनियादी सिद्धान्तों का प्रतिवाद ही प्रस्तुत करते हैं।

दूसरी प्रवृत्ति के ऐतिहासिक विकास की जड़ें तलाशना कहीं अधिक कठिन है। इस मामले में, कोई भी ऐसा प्रतिनिधि या विल्हेल्म फ़ॉन हम्बोल्ट जैसा प्रर्वतक नहीं है। इस प्रवृत्ति की जड़ें निश्चय ही सत्रहवीं और अठारहवीं शताब्दियों के तर्कवाद में तलाशनी होंगी। ये जड़ें देकार्ती भूमि तक जाती हैं।[19]

दूसरी प्रवृत्ति के पीछे निहित धारणा की पहली और अत्यन्त प्रखर अभिव्यक्ति लाइबनित्स की सार्वभौमिक व्याकरण सम्बन्धी अवधारणा में हुई।

भाषा की परम्परागतता और नियमेतरता समूचे तर्कवाद की अभिलाक्षणिक विशेषता है, लेकिन, इसके साथ ही *भाषा की गणितीय संकेतों की प्रणाली के साथ तुलना* भी कम अभिलाक्षणिक नहीं है। गणितीय मानसिकतावाले तर्कवादियों की दिलचस्पी न तो संकेत

---

19. इसमें कोई सन्देह नहीं हैं कि इस दूसरी प्रवृत्ति का गहरा सम्बन्ध देकार्त चिन्तन से तथा नवक्लासिकीवाद के समग्र विश्वदृष्टिकोण एवं उसके स्वायत्त, तर्कसंगत, स्थिरीकृत रूप के मतवाद से है। स्वयं देकार्त ने भाषा के दर्शन पर कोई अध्ययन नहीं प्रस्तुत किया, परन्तु उसकी अभिलाक्षणिक उक्तियों को उसके पत्रों में देखा जा सकता है। देखें, कास्सिरेर की कृति *Philosophie der symbolische Formen.*

और उसके द्वारा प्रतिबिम्बित यथार्थ के आपसी सम्बन्ध में होती है, और न ही उस व्यक्ति में होती है जो उसका स्रोत होता है, बल्कि *बन्द प्रणाली के भीतर* पहले से ही स्वीकृत और अधिकृत *संकेत का संकेत के साथ सम्बन्ध में होती है।* दूसरे शब्दों में, उनकी दिलचस्पी सिर्फ *संकेतों की प्रणाली के अपने आन्तरिक तर्क* में होती है, जिसे वे बीजगणित के तर्क की भाँति, उन विचारधारात्मक अर्थों से पूरी तरह स्वतंत्र, मानते हैं जो संकेतों को उनकी अन्तर्वस्तु प्रदान करते हैं। वैसे, तर्कवादी समझनेवाले व्यक्ति के दृष्टिकोण के विरोधी नहीं हैं, फिर भी वे वक्ता के दृष्टिकोण को, उसके निजी आन्तरिक जीवन को अभिव्यक्त करनेवाले विषय के तौर पर, स्वीकार करने में बहुत ही कम दिलचस्पी रखते हैं। क्योंकि तथ्य यह है कि गणितीय संकेत की व्यक्तिगत मानस की एक अभिव्यक्ति के रूप में व्याख्या तो की जा सकती है—और इसी गणितीय संकेत को ये तर्कवादी, शाब्दिक संकेत समेत, अन्य किसी भी संकेत के लिए आदर्श मानते हैं। इसी की सुस्पष्ट अभिव्यक्ति लाइबनित्स की सार्वभौमिक व्याकरण की अवधारणा में हुई।[20]

इस बिन्दु पर यह गौरतलब है कि वक्ता के दृष्टिकोण के ऊपर, समझनेवाले व्यक्ति के दृष्टिकोण को वरीयता, दूसरी प्रवृत्ति की एक स्थायी विशिष्टता बनी हुई है। इसका मतलब यह है कि इस प्रवृत्ति के आधार पर, न तो अभिव्यक्ति की समस्या को समझा जा सकता है, और इसीलिए न ही चिन्तन की शाब्दिक उत्पत्ति तथा मनोगत मानस की समस्या को समझा जा सकता है (जो कि पहली प्रवृत्ति की मूलभूत समस्याओं में से एक है)।

अठारहवीं सदी के प्रबोधन काल के प्रतिनिधियों ने, किसी हद तक सरलीकृत ढंग से, भाषा की धारणा को, मूलभूत तौर पर तर्कसंगत प्रकृति के प्रचलित नियमेतर संकेतों के रूप में ही प्रस्तुत किया था।

फ्रांस की भूमि पर पैदा हुई, अमूर्त वस्तुवाद की धारणाएँ अब भी फ्रांस में प्रभावी बनी हुई हैं।[21] आइये, हम इसके विकास की मध्यवर्ती अवस्थाओं को छोड़कर, सीधे इस दूसरी प्रवृत्ति की आधुनिक अवस्था के चरित्र-चित्रण की ओर बढ़ें।

वर्तमान समय में, अमूर्त वस्तुवाद की सर्वाधिक प्रखर अभिव्यक्ति फर्दिनान्द दि सास्युर के तथाकथित जेनेवा स्कूल में हुई है। इसके प्रतिनिधि खासतौर से चार्ल्स बैली, आधुनिक युग के प्रमुखतम भाषा-वैज्ञानिकों में से हैं। दूसरी प्रवृत्ति की सारी की सारी धारणाएँ फर्दिनांद दि सास्युर की विस्मयकारी स्पष्टता और शुद्धता से सम्पन्न हैं। भाषा-विज्ञान की बुनियादी अवधारणाओं से सम्बन्धित उसके सूत्रीकरण अपने किस्म के क्लासिकीय सूत्रीकरण कहे जा सकते हैं। इसके अतिरिक्त, सास्युर बड़ी निर्भीकता से अपनी अवधारणाओं

---

20. यहाँ पर दिये गये लाइबनित्स के दृष्टिकोण से परिचित होने के लिए कास्सिरेर की पुस्तक *Leibniz System in seinen wissenschaftlichen Grunlagen* देख सकते हैं।

21. विचित्र बात यह है कि पहली प्रवृत्ति, दूसरी प्रवृत्ति के मुख्यतः विरोध में प्रथमतः जर्मन भूमि पर विकसित हुई और अब भी विकसित हो रही है।

को उनके निष्कर्षों तक ले जाता है, और अमूर्त वस्तुवाद की सभी बुनियादी बातों की, असाधारण रूप से सुस्पष्ट और तथ्यात्मक परिभाषाएँ भी देता है।

रूस में सास्युर स्कूल जितना लोकप्रिय और प्रभावी है, उतना लोकप्रिय और प्रभावी वोस्लर स्कूल नहीं है। यह दावे के साथ कहा जा सकता है कि भाषा-विज्ञान के अधिकतर रूसी चिन्तक निश्चय ही सास्युर तथा उसके अनुयायियों बैली और शेचेहाय के प्रभाव में हैं।[22]

समूची दूसरी प्रवृत्ति के लिए, और खासतौर से, रूसी भाषा-वैज्ञानिक चिन्तन के लिए सास्युर के दृष्टिकोणों के बुनियादी महत्त्व को देखते हुए, उनकी हम कुछ विस्तार से चर्चा करेंगे। लेकिन हम अपने आपको केवल दार्शनिक-भाषावैज्ञानिक अवस्थितियों तक ही सीमित रखेंगे।[23]

सास्युर का प्रस्थान-बिन्दु भाषा के तीन पक्षों के बीच स्पष्ट भेद करता है। ये तीन पक्ष हैं : *भाषा-वक्तृत्व* (langage); *भाषा, रूपों की एक प्रणाली के रूप में* (langue); *और व्यक्तिगत वक्तृत्व-कार्रवाई*—उद्गार (parole)। भाषा (रूपों की एक प्रणाली के अर्थ में) तथा उद्गार भाषा-वक्तृत्व के संघटक अवयव हैं, और भाषा-वक्तृत्व का अर्थ यह समझा जाता है कि यह सभी परिघटनाओं—भौतिक, शरीरक्रियात्मक और मनोवैज्ञानिक—का कुल योग है, जो शाब्दिक क्रिया के बोध में शामिल है।

भाषा-वक्तृत्व सास्युर के अनुसार, भाषा-विज्ञान के अध्ययन का विषय नहीं हो सकता। इसके भीतर, तथा स्वयं इसकी भी, एक स्वायत्त सत्ता के रूप में, आन्तरिक एकता एवं वैधता का अभाव होता है; यह एक विषमांग संग्रंथन है, इसका अन्तरविरोधी संघटन ही इसके बारे में कुछ भी कहना कठिन बना देता है। इसके आधार पर भाषा-वैज्ञानिक तथ्य की सुस्पष्ट परिभाषा देना असम्भव है। इस प्रकार, भाषा-वक्तृत्व भाषा-वैज्ञानिक विश्लेषण का प्रस्थान-बिन्दु नहीं हो सकता।

---

22. आर. शोर की कृति *लैंग्वेज एण्ड सोसायटी* (मास्को, 1926) जेनेवा स्कूल की स्पिरिट से ओत-प्रोत है। वह अपने आलेख, जिसे पहले ही उद्धृत किया जा चुका है, में सास्युर की बुनियादी धारणाओं के एक प्रबल समर्थक के रूप में कार्य करती है। भाषा-वैज्ञानिक वी. वी. विनोग्रादोव को जेनेवा स्कूल का अनुयायी कहा जा सकता है। रूसी भाषा-विज्ञान के दो स्कूल, फोर्तुनेतोव स्कूल और तथाकथित कजान स्कूल, दोनों ही भाषा-वैज्ञानिक रूपवाद की प्रखर अभिव्यक्तियाँ हैं, जो पूरी तरह से उसी फ्रेमवर्क में फिट हो जाती हैं जिसका निरूपण हमने भाषा के दर्शन में चिन्तन की दूसरी प्रवृत्ति के रूप में किया है।

23. सास्युर की बुनियादी सैद्धान्तिक कृति, जो उसकी मृत्यु के बाद उसके छात्रों द्वारा प्रकाशित की गयी *Cours de linguistique générale* है। हमन उसके 1922 वाले दूसरे संस्करण से उद्धरण लिये हैं। एक अजीब बात यह है कि, सास्युर की यह पुस्तक, अपने व्यापक प्रभाव के बावजूद, अभी तक रूसी में अनूदित नहीं हुई है। सास्युर के दृष्टिकोण की एक संक्षिप्त रूपरेखा आर.शोर के ऊपर उद्धृत आलेख में तथा पीटर्सन के आलेख *जनरल लिंग्विस्टिक्स,* 1923 में देखी जा सकती है।

तब सास्युर के अनुसार भाषा-विज्ञान के विशिष्ट विषय की पहचान के लिए कौन-सी सही पद्धतिगत प्रणाली है? हम उसे ही इस प्रश्न का उत्तर देने देते हैं :

> हमारे विचार से, इन सारी कठिनाइयों (अर्थात भाषा-वक्तृत्व को विश्लेषण के प्रस्थान-बिन्दु के रूप में लेते समय आनेवाली कठिनाइयों—वी.वी.) का एकमात्र यही समाधान हो सकता है : *हम सबसे पहले और सर्वप्रमुख रूप से भाषा की जमीन पर अपनी अवस्थिति तय करनी चाहिये और इसे ही वक्तृत्व की बाकी सभी अभिव्यक्तियों के लिए मानक के रूप में स्वीकार करना चाहिये।* निस्सन्देह, तमाम द्वैतताओं के बीच एकमात्र भाषा ही है जो स्वायत्त परिभाषा में निरूपित होने की सम्भावना रखती है, और एकमात्र यही है जो दिमाग को कार्रवाई का एक सन्तोषजनक आधार प्रदान कर सकती हैं।[24]

और सास्युर वक्तृत्व (langage) और भाषा (langue) के मूलभूत अन्तर को किस चीज में देखता है?

> वक्तृत्व, अपनी समग्रता में, नानाविध और अनियमित होता है। एक ही साथ कई क्षेत्रों—भौतिक, शरीरक्रियात्मक *और* मनोवैज्ञानिक से सम्बन्धित होने के साथ ही तथा व्यक्तिगत एवं सामाजिक, दोनों क्षेत्रों में संचरण कर जाती है। यह मानवीय तथ्यों की किसी भी कोटि के अन्तर्गत किये जानेवाले वर्गीकरण में बाधक है, क्योंकि यह ज्ञात नहीं है कि इसकी एकता का निरूपण कैसे किया जाये।
> इसके विपरीत, भाषा एक स्वयं-सम्पूर्ण समग्रता है और वर्गीकरण का एक सिद्धान्त भी। एक बार ज्यों ही हम वक्तृत्व के तथ्यों के बीच इसे प्रथम स्थान दे देते हैं, त्यों ही हम एक समुच्चय के भीतर एक प्राकृतिक क्रम-स्थापन की शुरुआत भी कर देते हैं, जो अन्य किसी भी वर्गीकरण में सम्भव नहीं है।[25]

इस प्रकार, सास्युर इस बात पर जोर देता है कि निश्चय ही, मानकीय तौर पर, समरूप रूपों की प्रणाली के रूप में, भाषा को एक प्रस्थान-बिन्दु के तौर पर स्वीकार करना चाहिये, और कि वक्तृत्व की सारी अभिव्यक्तियों को भी इन्हीं स्थायी और स्वायत्त रूपों की रोशनी में देखना-समझना चाहिये।

भाषा को वक्तृत्व (शाब्दिक क्षमता की सारी अभिव्यक्तियों) से स्पष्टतः अलग निरूपित करने के प्रश्चात, सास्युर भाषा को व्यक्तिगत वक्तृत्व की कार्रवाइयों, अर्थात उद्‌गार से स्पष्टतः अलग करने की दिशा में आगे बढ़ता है :

> भाषा और उद्‌गार के बीच अन्तर स्पष्ट करने के साथ ही हम यह भी स्पष्ट कर लेते हैं कि (1) समष्टिगत और व्यष्टिगत के बीच क्या अन्तर है, तथा (2) अनिवार्य

---

24. सास्युर, *Cours de linguistique*, पृ. 24
25. वही, पृ. 25

और आनुषंगिक एवं कम या अधिक नियमेतर के बीच क्या अन्तर है।

भाषा वक्ता का प्रकार्य भर नहीं है; यह एक उत्पाद है जिसे व्यक्ति निष्क्रिय रूप से दर्ज करता है : यह कभी किसी पूर्वचिन्तन पर आधारित नहीं होती और इसमें प्रतिबिम्बन की कोई भूमिका नहीं होती; प्रतिबिम्बन की भूमिका सिर्फ वर्गीकरण के मामले में होती है—इस विषय पर बाद में विचार किया जायेगा।

इसके विपरीत, उद्‌गार इच्छा और प्रतिभा की एक कार्रवाई है जिसके अन्तर्गत निश्चय ही हमें यह स्पष्ट करना होगा कि (1) एक वक्ता अपने निजी व्यक्तिगत विचारों को अभिव्यक्त करने के लिए एक विशिष्ट भाषा-संहिता को जिन समुच्चयों में से लेकर इस्तेमाल करता है, उन समुच्चयों, और (2) उन समुच्चयों को मूर्तरूप देने में उसे समर्थ बनानेवाली मनोवैज्ञानिक प्रक्रिया के बीच क्या अन्तर है।[26]

सास्युर की धारणा के अनुसार, उद्‌गार भाषा-विज्ञान के अध्ययन का विषय नहीं हो सकता।[27] उद्‌गार में भाषा-वैज्ञानिक तत्व का संघटन उसमें प्रस्तुत भाषा के मानकीय समरूप रूप करते हैं। इसमें अन्य कोई भी चीज "आनुषंगिक और नियमेतर" ही हो सकती है।

आइये हम सास्युर की मुख्य थीसिस को रेखांकित करें : *भाषा उद्‌गार के विरोध में वैसे ही स्थित है, जैसे समष्टिगत, व्यष्टिगत के विरोध में स्थित है।*

अतः उद्‌गार को पूरी तरह व्यक्तिगत सत्ता मान लिया जाता है। और, जैसाकि हम आगे चलकर देखेंगे, ठीक इसी बात में सास्युर का तथा समूची अमूर्त वस्तुवादी प्रवृत्ति का भी *केन्द्रीय मिथ्यात्व* निहित है।

बहरहाल, व्यक्तिगत वक्तृत्व की कार्रवाई, अर्थात उद्‌गार को जहाँ इतने निर्णायक ढंग से भाषा-विज्ञान से बाहर कर दिया गया था, उसे ही अब भाषा के इतिहास में एक अनिवार्य कारक के तौर पर वापस ला दिया गया है। सास्युर दूसरी प्रवृत्ति के उत्साह में, भाषा के इतिहासों को, एक समकालिक प्रणाली के रूप में निरूपित भाषा के तीखे विरोध में, प्रस्तुत कर देता है। उसके अनुसार, इतिहास पर "उद्‌गार" अपनी वैयक्तिकता और नियमेतरता के साथ हावी रहता है, और इसीलिए, भाषा की प्रणाली की तुलना में, भाषा के इतिहास के लिए, सिद्धान्तों का एक नितान्त भिन्न समुच्चय लागू होता है। सास्युर स्पष्ट कहता है :

ऐसी स्थिति के चलते द्विकालिक का समकालिक "परिघटना" से कोई तालमेल नहीं हो सकता।.... *समकालिक भाषा-विज्ञान* को एक प्रणाली के सहअस्तित्वमान शब्दों

---

26. वही, पृ. 30

27. यह सच है कि सास्युर उद्‌गार के एक विशिष्ट भाषा-विज्ञान ...... की सम्भावना को भी स्वीकार करता है, फिर भी, वह इस बात पर खामोश ही है कि यह किस तरह का भाषा-विज्ञान होगा। इस विषय में उसका कहना है :... (वही, पृ. 39)

एवं उस प्रणाली के रूप को एक में आबद्ध करनेवाले तर्कसंगत और मनोवैज्ञानिक सम्बन्धों से सरोकार रखना होगा, क्योंकि इन सम्बन्धों का बोध उनसे सम्बन्धित समष्टिगत मानस ही करता है।

इसके विपरीत, *द्विकालिक भाषा-विज्ञान* के लिए आवश्यक है कि उसके अन्तर्गत क्रमशः प्रकट होनेवाले शब्दों को एक में आबद्ध करनेवाले सम्बन्धों का अध्ययन किया जाये, क्योंकि ये सम्बन्ध ऐसे हैं जिनका बोध समष्टिगत मानस नहीं करता, और ये बिना एक प्रणाली निर्मित किये, एक-दूसरे को विस्थापित करते रहते हैं।[28]

इतिहास के बारे में सास्युर का दृष्टिकोण तर्कवाद की उस भावना की अभिलाक्षणिकता को प्रदर्शित करता है, जो भाषा के दर्शन में चिन्तन की इस दूसरी प्रवृत्ति पर पूरी तरह से हावी है, और जिसके तहत इतिहास को एक ऐसी असंगत शक्ति समझा जाता है, जो भाषा-प्रणाली की तर्कसंगत शुद्धता को विकृत कर डालती है।

हमारे समय में केवल सास्युर और सास्युर स्कूल ही अमूर्त वस्तुवाद के चरम प्रस्तोता नहीं रह गये हैं। सास्युर स्कूल के साथ-साथ एक दूसरी दुर्खीम की समाजशास्त्रीय शाखा भी अपना प्रभाव दिखाने लगी है, जिसकी भाषा-विज्ञान में प्रस्तुति माइलेट जैसे व्यक्ति ने की है।[29] लेकिन ये सभी के दूसरी प्रवृत्ति के बुनियादी सिद्धान्तों के फ्रेमवर्क के भीतर ही समा जाते हैं। कारण कि, माइलेट के लिए भी, भाषा अपनी अवस्थिति में एक प्रक्रिया के रूप में नहीं, बल्कि भाषा-वैज्ञानिक रूपों की एक स्थायी प्रणाली के रूप में ही एक सामाजिक परिघटना है। इस तरह, भाषा की अनिवार्य प्रकृति और यह तथ्य कि भाषा व्यक्तिगत चेतना से बाहर की चीज है—ये दो चीजें, माइलेट की दृष्टि में, भाषा की सामाजिक अभिलाक्षकिणताएँ हैं।

भाषा के दर्शन में चिन्तन की दूसरी प्रवृत्ति—अमूर्त वस्तुवाद की प्रवृत्ति का दृष्टिकोण बस यही भर है।

कहने की आवश्यता नहीं कि भाषा-विज्ञान में ऐसे असंख्य स्कूल और आन्दोलन हैं, जो कभी-कभी महत्त्वपूर्ण भी बन जाते हैं, लेकिन जो हमारे द्वारा ऊपर वर्णित दोनों प्रवृत्तियों में से किसी के भी फ्रेमवर्क में फिट नहीं बैठते। यहाँ पर हमारा मुख्य उद्देश्य प्रमुख प्रवृत्तियों की ही छानबीन करना रहा है। दार्शनिक-भाषावैज्ञानिक चिन्तन की अन्य सभी अभिव्यक्तियाँ, अपनी प्रकृति में, या तो ऊपर विवेचित की गयी प्रवृत्तियों को एक में संयुक्त करके या उनके साथ समझौता करके चलनेवाली हैं, या किसी उल्लेखनीय सैद्धान्तिक दिशा से पूर्णतः रहित हैं।

---

28. वही, पृ. 129 और 140।

29. दुर्खीम की समाजशास्त्रीय पद्धति के सिद्धान्तों के सम्बन्ध में माइलेट के दृष्टिकोण का एक परिचय एम.एन. पीटर्सन के ऊपर उद्धृत लेख में दिया गया है। इस लेख में एक सन्दर्भ सूची भी दी गयी है।

आइये हम नव-वैयाकरणीय आन्दोलन का उदाहरण लें, जो उन्नीसवीं सदी के उत्तरार्द्ध में भाषा-विज्ञान की कोई कम महत्त्वपूर्ण परिघटना नहीं रहा है। ये नव-वैयाकरण, अपने बुनियादी सिद्धान्तों के मामले में, पहली प्रवृत्ति से, साहचर्यबद्ध होकर, उसकी शरीरक्रियात्मक अति तक जा पहुँचने की रूझान रखते हैं। इनके लिए, भाषा का सृजन करनेवाला व्यक्ति सारतः एक शरीरक्रियात्मक अस्तित्व भर है। दूसरी ओर, इन नव-वैयाकरणों ने, मनो-शरीरक्रियात्मक आधार पर, भाषा के ऐसे अपरिवर्तनशील प्राकृतिक वैज्ञानिक नियम भी गढ़ने का प्रयास किया है, जो वक्ताओं की व्यक्तिगत इच्छा के रूप में किसी भी उल्लेखनीय चीज से पूर्णतः रहित ही है। इसी से, ध्वनि-नियमों से सम्बन्धित नव-वैयाकरणीय धारणा भी उत्पन्न हुई है।[30]

भाषा-विज्ञान में, अन्य किसी भी विज्ञान की भाँति, जिम्मेदार, सैद्धान्तिक और तदनुसार दार्शनिक शब्दावली पर सोचने की अनिवार्यता और कठिनाई से बचने के दो उपाय हैं। पहला उपाय यह है कि सारे सैद्धान्तिक दृष्टिकोणों को थोकभाव से स्वीकार कर लिया जाये (यह अकादमिक सर्वसंग्रहवाद है), और दूसरा उपाय यह है कि सैद्धान्तिक प्रकृति के दृष्टिकोण की एक भी बात न स्वीकार की जाये, तथा किसी भी प्रकार के ज्ञान के लिए ''तथ्य'' को ही अन्तिम आधार और कसौटी माना जाये (यह अकादमिक प्रत्यक्षवाद है)।

दर्शन से बचने के लिए इन दोनों उपायों का दार्शनिक प्रभाव एक ही जैसा है, कारण कि दूसरे उपाय के तहत भी, ''तथ्य'' के आवरण में सारे के सारे सैद्धान्तिक दृष्टिकोण अनुसन्धान के भीतर आ ही सकते हैं, और आते भी हैं। कोई अनुसन्धानकर्ता इनमें से किस उपाय को चुनता है, यह पूरी तरह से उसके मिजाज पर निर्भर करता है : सर्वसंग्रहवादी की रुझान ज्यादा खुली होती है, जबकि प्रत्यक्षवादी की रुझान गुपचुप होती है।

भाषा-विज्ञान में ऐसी बहुतेरी प्रवृत्तियाँ, और उनके स्कूल (यहाँ स्कूल का आशय वैज्ञानिक और तकनीकी प्रशिक्षण से है) रहे हैं, जो भाषा-वैज्ञानिक दिशा लेने से बचते रहे हैं। लेकिन, हमारे वर्तमान सर्वेक्षण में, निश्चय ही, उन्हें कोई स्थान नहीं दिया गया है।

हम, आगे चलकर, उपयुक्त अवसर आने पर, शाब्दिक अन्तर्क्रिया की समस्या और अर्थ की समस्या के विश्लेषण के सम्बन्ध में, कुछ ऐसे भाषा-वैज्ञानिकों और भाषा दार्शनिकों की चर्चा करेंगे, जिनपर अभी तक कोई चर्चा नहीं हुई है—जैसे, ऑटो डाइट्रिख और अन्तोन मार्ती।

---

30. नव-वैयाकरणीय आन्दोलन की बुनियादी कृतियाँ हैं : ओस्टॉफ कृत *Das physiologische und psychologische Moment in der Sprachlichen Formenbildung* (Berlin, 1879); Brugmann and Delbrück, *Grundriss der vergleichenden Grammatik der indogermanischen Sprachen,* (Vol. I, 1886). ओस्टॉफ और ब्रुगमान ने अपनी पुस्तक *Morphologische Untersuchungen* (Vol. I, Leipzig, 1878) की भूमिका में नव-वैयाकरणीय कार्यक्रम का वर्णन किया है।

इस अध्याय के आरम्भ में, हमने *भाषा के अभिज्ञान और सीमानिर्धारण की समस्या को अनुसन्धान के एक विशिष्ट विषय के रूप में* प्रस्तुत किया था। इसमें हमने प्रयास किया कि भाषा के दर्शन में पहले से चली आ रही चिन्तन की प्रवृत्तियों द्वारा इस समस्या के समाधान के मार्ग में जो मार्गदर्शक स्तम्भ पहले से स्थापित किये जा चुके हैं, उनका पता लगाया जाये। इसके फलस्वरूप, हमें इन मार्गदर्शक स्तम्भों की ऐसी दो श्रेणियों का पता लगा, जो एक दूसरे की धुर विरोधी दिशाओं *व्यक्तिगत मनोगतवाद की थीसिसों और अमूर्तवस्तुवाद की प्रति-थीसिसों—को इंगित करती है।*

तब फिर, भाषा-वैज्ञानिक यथार्थ का—व्यक्तिगत वक्तृत्व-कार्रवाई का—या भाषा की प्रणाली का—सही केन्द्र क्या है? और भाषा के अस्तित्व की—अविराम सृजनात्मक उत्पादन या स्व-समरूप रूपों की अपरिवर्तनशीलता की—वास्तविक प्रणाली क्या है?

अध्याय दो

भाषा, वक्तृत्व और उद्गार

क्या भाषा को मानकीय, स्व-समरूप रूपों की एक प्रणाली के तौर पर एक वस्तुगत तथ्य माना जा सकता है? भाषा मानकों की एक प्रणाली के रूप में, तथा एक वक्ता की चेतना में भाषा के प्रति वास्तविक दृष्टिकोण। एक भाषा-वैज्ञानिक प्रणाली के आधार में किस प्रकार का भाषा-वैज्ञानिक यथार्थ होता है? विजातीय, विदेशी शब्द की समस्या। अमूर्त वस्तुवाद की गलतियाँ। सार-संक्षेप और निष्कर्ष।

पिछले अध्याय में, हमने भाषा के दर्शन में चिन्तन की दो मुख्य प्रवृत्तियों का एक पूर्णतः वस्तुगत चित्र प्रस्तुत करने का प्रयास किया था। अब हमारे लिए आवश्यक है कि हम इन प्रवृत्तियों का एक सांगोपांग आलोचनात्मक विश्लेषण करें। केवल ऐसा करके ही, हम उस सवाल का जवाब देने में समर्थ हो सकते हैं जो पिछले अध्याय के अन्त में उठाया गया है।

आइये हम दूसरी प्रवृत्ति, अर्थात अमूर्त वस्तुवाद के आलोचनात्मक विश्लेषण से शुरुआत करें।

सबसे पहले, आइये हम एक सवाल उठायें : स्व-समरूप रूपों की प्रणाली को (अर्थात भाषा की प्रणाली को, जिस रूप में दूसरी प्रवृत्ति के प्रतिनिधि इसे समझते हैं) किस हद तक वास्तविक तत्व माना जा सकता है?

वास्तव में, अमूर्त वस्तुवाद का कोई भी प्रतिनिधि भाषा की प्रणाली में ठोस भौतिक यथार्थ को मान्यता नहीं देता। हालाँकि, यह सच है कि यह प्रणाली भौतिक वस्तुओं में—अर्थात संकेतों में—ही अभिव्यक्त होती है, फिर भी मानकीय समरूप रूपों की एक प्रणाली के तौर पर, इसका यथार्थ केवल सामाजिक मानक के ही रूप में होता है।

अमूर्त वस्तुवाद के प्रतिनिधि लगातार इस बात पर जोर देते रहते हैं—और यह उनके बुनियादी सिद्धान्तों में से एक है—कि भाषा की प्रणाली, *किसी भी* व्यक्तिगत चेतना से बाहर और स्वतंत्र रूप में, एक वस्तुगत तथ्य है। वास्तव में, जब इसे स्व-समरूप, अपरिवर्तनशील रूपों की एक प्रणाली के रूप में प्रस्तुत किया जाता है, तब इस ढंग से इसका

बोध केवल व्यक्तिगत चेतना द्वारा और उस चेतना के दृष्टिकोण से ही किया जा सकता है।

निस्सन्देह, यदि हम मनोगत, व्यक्तिगत चेतना को, भाषा-प्रणाली के मुकाबले अर्थात उस चेतना के लिए निर्विवाद रूपों की प्रणाली के मुकाबले, तिरस्कृत कर दें, और यदि हम भाषा पर वस्तुगत ढंग से--उससे अलग हटकर या अधिक स्पष्ट कहें तो, उससे परे होकर--दृष्टिपात करें, तो उसमें हमें एक स्व-समरूप रूपों की कोई निष्क्रिय प्रणाली नहीं मिलेगी। इसके बजाय, उसमें हमें भाषा-रूपों का अविराम सृजन ही दिखायी देगा।

भाषा को देखने का वास्तविक वस्तुगत दृष्टिकोण वह है जिसमें इस नजरिये से अलग ढंग अपनाया जाता है कि किसी एक व्यक्ति को, किसी एक क्षण में वह कैसी दिखायी देती है। इस दृष्टिकोण से देखने पर ही भाषा सृजन के एक अविराम प्रवाह का चित्र प्रस्तुत करती है। भाषा को वस्तुगत ढंग से, उससे परे होकर, देखने के दृष्टिकोण से समय का कोई ऐसा वास्तविक क्षण होता ही नहीं, जिसमें भाषा की एक समकालिक प्रणाली निर्मित की जा सके।

इस प्रकार *एक समकालिक प्रणाली, वस्तुगत दृष्टिकोण से, अपने सृजन की ऐतिहासिक प्रक्रिया में किसी भी वास्तविक क्षण की संघाती नहीं होती।* और सचमुच ही, भाषा के इतिहासकार के लिए, उसके द्वैकालिक दृष्टिकोण के नाते, समकालिक प्रणाली एक वास्तविक तत्व होती भी नहीं; उसके लिए तो यह महज एक प्रचलित पैमाने का काम करती है, जिससे वह समय के प्रत्येक वास्तविक क्षण में होनेवाले विचलनों को मापता है।

अतः एक समकालिक प्रणाली की अस्तित्वमानता केवल ऐतिहासिक काल के किसी विशिष्ट क्षण में किसी विशिष्ट भाषा समूह से सम्बन्धित एक व्यक्तिगत वक्ता के दृष्टिकोण से, ऐसी कोई भी प्रणाली ऐतिहासिक काल के किसी वास्तविक क्षण में विद्यमान नहीं होती। यहाँ पर हम, उदाहरण के तौर पर यह कल्पना करें कि जिस समय सीजर अपनी पुस्तक लिखने में लगा हुआ था, तब लैटिन भाषा उसके लिए स्व-समरूप रूपों की एक निर्विवाद प्रणाली थी; लेकिन भाषा के इतिहासकार के लिए तो भाषा-वैज्ञानिक परिवर्तन की एक अनवरत प्रक्रिया ठीक इस क्षण में भी चल रही थी (भले ही लैटिन भाषा का कोई इतिहासकार उन परिवर्तनों का ठीक-ठीक पता लगाने में समर्थ हो, या न हो)।

सामाजिक मानकों की कोई भी प्रणाली एक सदृश स्थिति में होती है। यह केवल उन व्यक्तियों की मनोगत चेतना के सन्दर्भ में विद्यमान होती है, जो मानकों द्वारा नियंत्रित किसी विशिष्ट समुदाय से सम्बन्धित होते हैं। नैतिक मानकों, न्याय-विधिक मानकों, सौन्दर्यात्मक अभिरुचि के मानकों (बेशक ऐसे मानक होते ही हैं), और ऐसे ही तमाम दूसरे मानकों की प्रणाली की यही प्रकृति होती है। बेशक, ये मानक परिवर्तित भी होते रहते हैं : उनकी यह अनिवार्य प्रकृति ठीक वैसे ही परिवर्तित होती रहती है, जैसे उनकी सामाजिक परिधि का विस्तार परिवर्तित होता रहता है, और जैसे मूलाधार के साथ निकटता में उनके सामाजिक महत्त्व की अवस्था आदि भी परिवर्तित होती रहती है। परन्तु मानकों के रूप में

उनके अस्तित्व की प्रकृति पहले जैसी ही बनी रहती है—वे केवल किसी विशिष्ट समुदाय के सदस्यों की मनोगत चेतना के सन्दर्भ में ही अस्तित्वमान रहते हैं।

तब, क्या इसका मतलब यह है कि मनोगत चेतना और वस्तुगत निर्विवाद मानकों की एक प्रणाली के रूप में भाषा के बीच का सम्बन्ध स्वयं में किसी वस्तुगतता से रहित होता है? निश्चय ही ऐसा नहीं है। यदि ठीक से समझा जाये, तो इस सम्बन्ध को एक वस्तुगत तथ्य माना जा सकता है।

यदि हम यह दावा करने लगें कि निर्विवाद और अपरिवर्तनशील मानकों की एक प्रणाली के रूप में भाषा का वस्तुगत अस्तित्व है, तो हम एक बड़ी गलती के शिकार हो जायेंगे। लेकिन यदि हम यह दावा करें कि भाषा, व्यक्तिगत चेतना के सन्दर्भ में, अपरिवर्तन- शील मानकों की एक प्रणाली है, कि किसी दिये गये भाषा समुदाय के प्रत्येक सदस्य के लिए भाषा के अस्तित्वमान होने की यही विधा है, तब इसका मतलब यह होगा कि हम इस शब्दावली में पूरी तरह से एक वस्तुगत सम्बन्ध की बात कर रहे हैं। क्या यह तथ्य स्वयं में सही ढंग से संघटित है, क्या वक्ता की चेतना के सन्दर्भ में, भाषा, वास्तव में, मानकों की एक स्थिर और निष्क्रिय प्रणाली के रूप में ही प्रकट होती है—यह एक अलग सवाल है। फिलहाल, हम इस सवाल को खुला छोड़ दे रहे हैं। लेकिन किसी भी सूरत में, असली बात यह है कि एक निश्चित प्रकार का सम्बन्ध तो स्थापित किया ही जा सकता है।

अमूर्त वस्तुवाद के प्रतिनिधि स्वयं इस मामले को कैसे लेते हैं? क्या वे यह दावा करते हैं कि भाषा वस्तुगत और निर्विवाद स्व-समरूप मानकों की एक प्रणाली है, या वे इस तथ्य से परिचित हैं कि किसी दी गयी भाषा के वक्ता की मनोगत चेतना के सन्दर्भ में यह केवल भाषा के अस्तित्व की प्रणाली का ही मामला है?

इससे बेहतर जवाब और कोई नहीं दिया जा सकता : अमूर्त वस्तुवाद के अधिकतर प्रतिनिधि *अविवेचित यथार्थ* को, *भाषा की अविवेचित वस्तुगतता को ही मानकीय समरूप रूपों की एक प्रणाली* मानने का दावा करते हैं। दूसरी प्रवृत्ति के इन प्रतिनिधियों की दृष्टि में, अमूर्त वस्तुवाद सीधे *सत्वीकृत अमूर्त वस्तुवाद* में परिवर्तित हो जाता है। इस प्रवृत्ति के अन्य प्रतिनिधियों (उदाहरण के लिए, मेइलेट) का दृष्टिकोण अपेक्षाकृत अधिक आलोचनात्मक है, और वे भाषा प्रणाली की अमूर्त और प्रचलित प्रवृत्ति पर ध्यान देते हैं। लेकिन अमूर्त वस्तुवाद का एक भी प्रतिनिधि इस स्पष्ट और सुनिश्चित अवधारणा पर नहीं पहुँचा है कि एक वस्तुगत प्रणाली के रूप में भाषा का यथार्थ किस प्रकार का होता है। अधिकतर मामलों में, ये प्रतिनिधि, भाषा की प्रणाली में प्रयुक्त किये जानेवाले "वस्तुगत" शब्द की दो अवधारणाओं के बीच तनी हुई रस्सी पर ही चलते हैं : मानो एक को उद्धरण चिह्नों के भीतर रखकर (वक्ता की मनोगत चेतना के दृष्टिकोण से) और दूसरे को उद्धरण चिह्नों के बिना प्रस्तुत करके (वस्तुगत दृष्टिकोण से)। प्रसंगवश यह भी बता दें कि सास्युर भी इस सवाल से इसी ढंग से निपटने की कोशिश करता है—वह भी कोई स्पष्ट समाधान नहीं देता।

अब हमें यह सवाल जरूर पूछना चाहिये : क्या भाषा, सचमुच निर्विवाद, मानकीय समरूप रूपों की एक प्रणाली के रूप में वक्ता की मनोगत चेतना के लिए अस्तित्वमान होती है? क्या अमूर्त वस्तुवाद ने वक्ता की मनोगत चेतना के दृष्टिकोण को सही-सही समझ लिया है? या दूसरे शब्दों में क्या मनोगत वक्तृत्व-चेतना में भाषा के अस्तित्वमान होने की प्रणाली सचमुच वही है, जो अमूर्त वस्तुवाद कहता है?

हमें इस सवाल का निश्चय ही नकारात्मक जवाब देना होगा। वक्ता की मनोगत चेतना मानकीय समरूप रूपों की प्रणालीवाली भाषा में कतई संचालित नहीं होती। वह प्रणाली तो महज एक अमूर्तन है, जिसे काफी मेहनत से और एक निश्चित संज्ञान एवं व्यावहारिक ध्यान-केन्द्रण के जरिये निष्कर्षित किया गया है। भाषा की प्रणाली भाषा के विचार-विमर्श का और एक ऐसे विचार-विमर्श का उत्पाद है, जिसे न तो स्वयं मूल वक्ता ही अपनी चेतना से पैदा करता है, और न ही वह वक्तृत्व के किन्हीं तात्कालिक उद्देश्यों के तहत पैदा की जाती है।

वास्तव में, वक्ता का ध्यान-केन्द्रण तो उसके द्वारा प्रकट किये जानेवाले विशिष्ट ठोस उद्‌गार के साथ ही हो जाता है। उसके लिए तो एक मानकीय समरूप रूप को (यहाँ हम थोड़ी देर के लिए यह मानकर चलते हैं कि मानकीय समरूप रूप जैसी कोई चीज होती है) किसी विशिष्ट ठोस सन्दर्भ में लागू करना ही महत्त्वपूर्ण होता है। उसके लिए गुरुत्व केन्द्र रूप की समरूपता में नहीं, बल्कि उस नये एवं ठोस अर्थ में निहित होता है, जिसे वह निश्चित सन्दर्भ में प्राप्त करता है। वक्ता के लिए रूप का वह पहलू मूल्यवान नहीं होता, जो अपने इस्तेमाल के सभी मामलों में, उन मामलों की प्रकृति के बावजूद, अपरिवर्तनशील रूप से एकात्मक बना रहता है, बल्कि, उसके लिए मूल्यवान भाषा-वैज्ञानिक रूप का वह पहलू होता है, जिसके नाते वह रूप अपने सुनिश्चित विशिष्ट सन्दर्भ में प्रकट होता है, और जिसके नाते ही वह रूप सुनिश्चित, ठोस स्थिति की दशाओं के अनुकूल एक संकेत बनता है।

इसे हम इस तरह भी अभिव्यक्त कर सकते हैं : *किसी वक्ता के लिए, किसी भाषाई रूप के बारे में, महत्त्वपूर्ण यह नहीं है कि यह एक स्थायी और हमेशा स्वयं-समतुल्य रहनेवाला संकेत है, बल्कि महत्त्वपूर्ण यह है कि यह हमेशा ही परिवर्तनशील और अनुकूलनशील होता है।* यह वक्ता का दृष्टिकोण है।

लेकिन क्या वक्ता को इसे सुनने और समझनेवाले व्यक्ति के दृष्टिकोण का भी ध्यान नहीं रखना पड़ता? क्या यह सम्भव नहीं कि ठीक यहीं पर एक भाषा-वैज्ञानिक रूप की मानकीय समरूपता लागू होती है?

लेकिन बात ऐसी भी नहीं है। समझने का बुनियादी कार्यभार यह नहीं है कि वक्ता द्वारा किसी जैसे सुपरिचित भाषा-वैज्ञानिक रूप को "हूबहू" वैसे ही स्वीकार कर लिया जाये, जैसे हम, उदाहरणस्वरूप, एक ऐसे संकेतक को स्पष्टतः पहचान लेते हैं, जिसके लिए अभी हम बिल्कुल अभ्यस्त नहीं हुए होते हैं, या जैसे हम किसी ऐसी भाषा में एक

रूप को पहचान लेते हैं, जिसे हम बहुत अच्छी तरह नहीं जानते। नहीं, समझने का बुनियादी कार्यभार प्रयोग किये गये रूप को पहचानना भर नहीं है, बल्कि इसे एक विशिष्ट, ठोस सन्दर्भ में समझना तथा एक विशिष्ट उद्‌गार में उसके अर्थ को समझना है, अर्थात उसकी नवीनता को समझना है, न कि उसकी विशिष्टता को पहचानना।

दूसरे शब्दों में, वक्ता के ही भाषा समुदाय से सम्बन्धित, समझनेवाला व्यक्ति भी भाषा-वैज्ञानिक रूप को एक स्थिर, स्व-समरूप संकेतक (signal) के रूप में नहीं, बल्कि परिवर्तनशील और अनुकूलनशील संकेत के रूप में लेता है।

समझने की प्रक्रिया को किसी भी सूरत तें पहचान करने की प्रक्रिया के साथ गड्डमड्ड नहीं करना चाहिये। ये दोनों एकदम भिन्न प्रक्रियाएँ हैं। केवल संकेत को समझा जा सकता है; जिसकी पहचान की जाती है वह संकेतक है। एक संकेतक आन्तरिक रूप से स्थिर, एकाकी चीज होता है, जो वास्तव में, न तो किसी चीज को प्रतिबिम्बित करता है, न अपवर्तित करता है, बल्कि वह इस या उस वस्तु (किसी निश्चित, स्थिर वस्तु) या इस या उस क्रिया (उसी भाँति निश्चित और स्थिर) को इंगित करने का महज एक साधन है।[1] संकेतक किसी भी सूरत में विचारधारात्मक क्षेत्र से सम्बन्धित नहीं होता; इसका सम्बन्ध तकनीकी उपक्रमों की दुनिया से, अर्थात व्यापक अर्थों में, उत्पादन के उपकरणों से होता है। इतना ही नहीं, प्रतिबिम्बन विज्ञान की दृष्टि से भी संकेतक विचारधारा से रहित होते हैं। इन संकेतकों का, जैव निकाय के सन्दर्भ में, अर्थात, उसके संकेतकों के रूप में उत्पादन की तकनीकों से कोई सम्बन्ध नहीं होता। इस रूप में वे एक विशिष्ट प्रकार के उद्दीपक होते हैं। वे उत्पादन के उपकरण केवल तभी बनते हैं, जब वे प्रयोगकर्ता के हाथों में होते हैं। इन "संकेतकों" को अपनाने और उन्हें भाषा एवं मानवीय मानस (आन्तरिक शब्द) को समझने की एक कुंजी बना डालने के प्रयास के लिए भ्रान्त अवधारणाएँ और यांत्रिक चिन्तन की गहरे जड़ जमा चुकी आदत ही जिम्मेदार है।

यदि एक भाषाई रूप केवल एक संकेतक ही रह जाये, यानी यदि उसे समझनेवाला व्यक्ति उसे संकेतक के रूप में ही स्वीकार करे, तब तो उसके लिए यह भाषाई रूप में अस्तित्वमान ही नहीं रह जायेगा। शुद्ध सांकेतिकता तो भाषा सीखने की आरम्भिक अवस्थाओं तक में भी नहीं होती। इस मामले में भी, भाषाई रूप सन्दर्भ-निर्दिष्ट ही होता है, यहाँ भी वह एक संकेत ही होता है, हालाँकि उसमें सांकेतिकता का कारक और उसका सहसम्बन्धी अर्थात पहचान का कारक, भी कार्यशील रहते हैं।

इस प्रकार भाषाई रूप का संघटक कारक, संकेत के कारक की भाँति, संकेतक के रूप में कतई उसकी स्व-समरूपता नहीं है, बल्कि उसकी विशिष्ट परिवर्तनशीलता है, और

1. एक संकेतक या संकेतकों के समुच्चय (जो उदाहरणस्वरूप समुद्री जहाजों के लिए इस्तेमाल होते हैं) और एक भाषाई रूप या भाषाई रूपों के समुच्चय के बीच, वाक्यविन्यास की समस्या के सम्बन्ध में, दिलचस्प और विलक्षण विभेदीकरणों के लिए, देखें ब्यूहलर कृत "Vom Wesen der Syntax", *Festschrift für Karl Vossler* पृ. 61-69..

भाषाई रूप को समझने का संघटक कारक "हूबहू उसी चीज" को पहचान लेना नहीं बल्कि शब्द के समुचित अर्थ में उस रूप को समझना, उसे विशिष्ट तौर पर दिये गये सन्दर्भ में, और विशिष्ट तौर पर दी गयी स्थिति में दिशा-निर्दिष्ट करना है—अर्थात उसे सम्भावना की प्रक्रिया में दिशा-निर्दिष्ट करना है, न कि किसी निष्क्रिय अवस्था में "दिशा-निर्दिष्ट करना"।[2]

बेशक, अब तक जो कुछ कहा गया है, उस सबसे यह अर्थ नहीं निकलता कि संकेतकीकरण और उसके सहसम्बन्धी पहचान के कारक भाषा से गायब रहते हैं। वे मौजूद रहते हैं, परन्तु अपने उसी रूप में भाषा के संघटक अवयव नहीं बनते। वे संकेत (अर्थात भाषा) के नये गुण द्वारा द्वंद्वात्मक रूप से विलीन कर दिये जाते हैं। वक्ता की देशज भाषा में, अर्थात, एक विशिष्ट भाषा समुदाय के एक सदस्य की भाषाई चेतना के लिए, संकेतक का दिशा-निर्देशन निश्चय ही द्वंद्वात्मक रूप से विलीन कर दिया जाता है। एक विदेशी भाषा में प्रवीणता हासिल करने की प्रक्रिया में सांकेतिकता और पहचान का अहसास अभी भी होता रहता है, और अभी भी उनसे पार पाना बाकी रहता है, अर्थात वह विदेशी भाषा इसके लिए अभी पूरी तरह भाषा नहीं बन पायी होती है। एक भाषा में प्रवीणता प्राप्त कर लेने की आदर्श स्थिति यह है कि सांकेतिकता शुद्ध संकेतात्मकता द्वारा आत्मसात की जाये, तथा शुद्ध समझ द्वारा पहचानी जाये।[3]

---

2. हम आगे चलकर देखेंगे कि सही अर्थों में, खासतौर से इसी प्रकार की समझ, अर्थात प्रक्रिया की समझ अनुक्रिया के आधार में, यानी शाब्दिक अन्तर्क्रिया के आधार में निहित होती है। समझने और अनुक्रिया करने के बीच कोई स्पष्ट विभाजक रेखा नहीं खींची जा सकती। समझने की कोई भी क्रिया एक अनुक्रिया ही है, अर्थात यह समझी जा रही चीज को एक नये सन्दर्भ में परिवर्तित कर देती है, जहाँ से एक अनुक्रिया की जा सकती है।

3. यहाँ पर प्रस्तुत सिद्धान्त ही जीवित विदेशी भाषाओं की सभी उपयुक्त शिक्षण-विधियों के प्रचलन का आधार बना हुआ है (हालाँकि उचित सैद्धान्तिक समझ की कमी है)। इन सभी विधियों की केन्द्रीय बात यह है कि छात्र केवल ठोस सन्दर्भों एवं स्थितियों में ही प्रत्येक भाषाई रूप से परिचित होते हैं। अर्थात, उदाहरण के लिए, छात्र किसी शब्द का परिचय उन विविध प्रकार के सन्दर्भों के प्रस्तुतीकरण के जरिये प्राप्त करते हैं, जिनमें वह शब्द प्रयुक्त हुआ होता है। इसी पद्धति के चलते, समरूप शब्द की पहचान का कारक, शब्द की सन्दर्भात्मक परिवर्तनशीलता, विविधता और नये अर्थों के लिए क्षमता के कारक के साथ द्वंद्वात्मक रूप से संयुक्त, और उसी में निमज्जित होता है। कोई शब्द, जो सन्दर्भ से अलग किया गया हो, एक अभ्यासपुस्तिका में लिखा गया हो, और अपने रूसी अनुवाद के साथ याद कर लिया गया हो, महज एक संकेतक बन जाता है। यह एक पक्की चीज बन जाता है, तथा पहचान का कारक इसे समझने की प्रक्रिया में गहन रूप से सक्रिय हो उठता है। संक्षेप में कहें तो, व्यावहारिक शिक्षण की एक ठोस एवं समुचित विधि के अन्तर्गत, एक रूप को भाषा की अमूर्त प्रणाली में, यानी एक स्व-समरूप रूप में नहीं, बल्कि उद्गार की ठोस संरचना में, अर्थात परिवर्तनशील और नमनशील रूप में आत्मसात होना चाहिये।

वक्ता की और सुनने-समझनेवाले व्यक्ति की भाषाई चेतना, सजीव वक्तृत्व की विशिष्ट कार्रवाई में, भाषा के मानकीय समरूप रूपों की अमूर्त प्रणाली से नहीं बल्कि, एक विशिष्ट भाषाई रूप के लिए इस्तेमाल किये जानेवाले सम्भव सन्दर्भों के समुच्चय के अर्थ में, भाषा-वक्तृत्व से सरोकार रखती है। अपनी देशज भाषा बोलनेवाले एक व्यक्ति के लिए, एक शब्द, शब्द-भण्डार के एक अंग के रूप में नहीं, बल्कि एक ऐसे शब्द के रूप में होता है, जिसे सहवक्ता अ, सहवक्ता ब, सहवक्ता स आदि विविध प्रकार के उद्गारों में इस्तेमाल कर चुके होते हैं, और जिसे स्वयं वक्ता भी अपने विविध प्रकार के उद्गारों में इस्तेमाल कर चुका होता है। यदि कोई यहाँ से सम्बन्धित भाषा की शब्दकोशीय प्रणाली से सम्बन्धित स्व-समरूप शब्द—अर्थात शब्दकोशीय शब्द—की ओर प्रस्थान करना चाहे, तो इसके लिए एक विशेष और विशिष्ट प्रकार की अभिमुखता आवश्यक होगी। इसी कारण, एक भाषा समुदाय का व्यक्ति अपने आप को आमतौर पर, निर्विवाद भाषाई रूपों के दबाव में नहीं महसूस करता। एक भाषाई रूप अपना मानकीय महत्त्व केवल तभी प्रकट करता है, जब उलझाव की असाधारण रूप से विरल परिस्थितियाँ हों, जो वक्तृत्व की क्रिया के लिए प्रातिनिधिक न हों। (और जो आधुनिक मनुष्य के लिए लगभग पूरी तरह लेखन से सम्बद्ध हों)।

यहाँ पर एक और विचारणीय बात को जोड़ना प्रासंगिक होगा। वक्ताओं की शाब्दिक चेतना का, कुल मिलाकर, स्वयं भाषा-वैज्ञानिक रूप से, या स्वयं भाषा से कुछ भी लेना-देना नहीं होता।

वास्तव में, भाषा-वैज्ञानिक रूप, जैसाकि हम अभी-अभी दर्शा चुके हैं, वक्ता के लिए सिर्फ विशिष्ट उद्गारों के ही सन्दर्भ में अस्तित्वमान होता है, और इसी नाते यह सिर्फ एक विशिष्ट विचारधारात्मक सन्दर्भ में ही अस्तित्वमान होता है। वास्तविक व्यवहार में, हम *शब्द* नहीं बोलते या सुनते हैं, बल्कि हम वह बोलते और सुनते हैं, जो सच या झूठ, अच्छा या बुरा, महत्त्वपूर्ण या महत्त्वहीन, रुचिकर या अरुचिकर, आदि होता है। *शब्द हमेशा ही व्यवहार या विचारधारा से निष्किर्षित अन्तर्वस्तु एवं अर्थ से भरे होते हैं।* शब्दों को हम इसी ढंग से समझते हैं, और हम उन्हीं शब्दों के प्रति अनुक्रिया करते हैं जो हमें व्यवहारात्मक या विचारधारात्मक रूप से सहभागी बनाते हैं।

केवल असामान्य और विशेष मामलों में हम किसी उद्गार को सहीपन की कसौटी पर कसते हैं (जैसे, भाषा के शिक्षण में)। सामान्य तौर पर, भाषाई सहीपन की कसौटी पर विशुद्धतः विचारधारात्मक कसौटी हावी रहती है : एक उद्गार के सहीपन को उसकी सत्यता या उसका मिथ्यात्व, या उसकी काव्यात्मकता या तुच्छता, आदि ढँक लेती है।[4]

---

4. इस आधार पर, जैसाकि हम आगे चलकर देखेंगे, कोई वोस्लर के इस निरूपण से असहमत भी हो सकता है कि एक पृथक और स्पष्टतः भिन्न प्रकार की भाषाई अभिरुचि प्रत्येक मामले में, किसी भी विशिष्ट प्रकार की विचारधारात्मक ''अभिरुचि''—सौन्दर्यात्मक, संज्ञानात्मक, नीतिशास्त्रीय, आदि से पृथक ही रहती है।

भाषा, अपने व्यावहारिक प्रयोग की प्रक्रिया में, अपनी विचारधारात्मक या व्यहारात्मक पूर्णता से अविभाज्य होती है। यहाँ भी, एक पूर्णतः विशेष प्रकार की अभिमुखता—जो वक्ता की चेतना के उद्देश्यों से अप्रभावित रहती है—भाषा को, उसकी विचारधारात्मक या व्यवहारात्मक पूर्णता से अमूर्त रूप में पृथक करने के लिए आवश्यक हो जाती है।

यदि हम इस अमूर्त पृथक्करण को एक सिद्धान्त का जामा पहना दें, यदि हम उसकी विचारधारात्मक पूर्णता को छोड़कर भाषाई रूप को ही मूर्त रूप प्रदान कर दें, जैसाकि दूसरी प्रवृत्ति के कुछ प्रतिनिधि करते हैं, तब भाषा-वक्तृत्व का संकेत नहीं, बल्कि एक संकेतक ही हमारे हाथ लगेगा।

भाषा को उसकी विचारधारात्मक पूर्णता से वंचित करना अमूर्त वस्तुवाद की सबसे गम्भीर गलतियों में से एक है।

इस तरह, कुल मिलाकर, भाषा के वक्ता की चेतना, अर्थात उस भाषा के अस्तित्व की वास्तविक प्रणाली मानकीय समरूप रूपों की एक प्रणाली जैसी है। वक्ता की चेतना और सामाजिक संसर्ग में उसके वास्तविक जीवन-व्यवहार के दृष्टिकोण से, अमूर्त वस्तुवाद द्वारा निरूपित भाषा प्रणाली तक सीधे पहुँचने का कोई उपाय नहीं है।

फिर ऐसी स्थिति में, यह प्रणाली है क्या?

यह तो शुरू से ही स्पष्ट है कि यह प्रणाली अमूर्तन के जरिये प्राप्त की गयी है, कि इसका संघटन वक्तृत्व का प्रवाह बनानेवाली वास्तविक इकाइयों से—उद्गारों से—अमूर्त ढंग से निष्कर्षित किये गये तत्वों से हुआ है। लेकिन किसी भी अमूर्तन की वैधता के लिए यह आवश्यक है कि किसी विशिष्ट सैद्धान्तिक और व्यावहारिक उद्देश्य के तहत उसका औचित्य सिद्ध हो सके। कोई अमूर्तन उत्पादक या अनुत्पादक हो सकता है, या कुछ उद्देश्यों एवं कार्यभारों के लिए उत्पादक तथा बाकी के लिए अनुत्पादक हो सकता है।

भाषा की समकालिक प्रणाली की दिशा में निर्दिष्ट इस प्रकार के भाषा-वैज्ञानिक अमूर्तन के पीछे क्या उद्देश्य निहित हैं? और किस दृष्टिकोण से इस प्रणाली को उत्पादक और आवश्यक माना जाये?

भाषा को मानकीय तौर पर एक जैसे रूपों की एक प्रणाली माननेवाली भाषा-वैज्ञानिक चिन्तन की विधाओं का आधार उन प्रचलित और विजातीय भाषाओं के अध्ययन पर व्यावहारिक और सैद्धान्तिक रूप से ध्यान केन्द्रित करने में है जो लिखित स्मारकों में सुरक्षित हैं।

इसी भाषाशास्त्रीय अभिमुखता ने काफी हद तक यूरोपीय विश्व में भाषा-वैज्ञानिक चिन्तन के समूचे विकासक्रम का निर्धारण किया है, और हमें इस बात पर अधिकतम सम्भव आग्रह के साथ जोर देना चाहिये। यूरोपीय भाषा-वैज्ञानिक चिन्तन लिखित भाषाओं के शवों के प्रति चिन्ता को लेकर विकसित और परिपक्व हुआ, और उसकी लगभग सभी बुनियादी कोटियों, उसकी पहुँच एवं उसकी तकनीकों का विकास इन शवों में फिर से जान फूँकने की प्रक्रिया में ही हुआ।

भाषाशास्त्रीयता समूचे यूरोपीय भाषा-विज्ञान की अपरिहार्य अभिलाक्षणिक विशेषता रही है जो अपने जन्म एवं विकास के ऐतिहासिक उतार-चढ़ावों द्वारा निर्धारित है। हम भाषा-वैज्ञानिक कोटियों एवं विधियों के इतिहास का पता लगाते हुए चाहे जितना पीछे चले जहाँ, हमें भाषाशास्त्री सर्वत्र ही मिलते हैं। सिकन्दरियावासी ही नहीं, प्राचीन रोमवासी भी भाषाशास्त्री थे, और यूनानी भी (अरस्तू एक ठेठ भाषाशास्त्री था)। इनके अतिरिक्त, प्राचीन हिन्दू भी भाषाशास्त्री थे।

हम सीधे कह सकते हैं : *जहाँ कहीं भी और जब कभी भी भाषाशास्त्रीय आवश्यकता उत्पन्न होती है, भाषा-विज्ञान जन्म ले लेता है।* भाषाशास्त्रीय आवश्यकता ने भाषा-विज्ञान को पैदा किया, इसे पालने में झुलाया, और अपनी भाषाशास्त्रीय वंशी को शिशु के कपड़ों में लपेट कर छोड़ दिया। सोचा गया था कि वह वंशी मुर्दे में भी प्राण फूँक देगी। लेकिन इसमें वास्तविक और निरन्तर पैदा होती रहनेवाली जीवित वक्तृत्व में प्रवीणता हासिल करने के लिए आवश्यक विस्तार का अभाव था।

एन. वाई. मार्र भारोपीय भाषा-वैज्ञानिक चिन्तन के इस सारतत्व को इंगित करते हुए बिलकुल सही कहते हैं :

> भारोपीय भाषा-विज्ञान, जिसके पीछे स्थापित और लम्बे समय से अनुसन्धान के लिए पूर्णतः सुगठित विषय—ऐतिहासिक युगों की भारोपीय भाषाओं—का आधार है, जो लगभग अश्मीभूत हो चुके लिखित भाषा-रूपों—और उनमें से भी सर्वप्रमुख मृत भाषाओं को अपना प्रस्थानबिन्दु बनाये हुए हैं—सामान्य तौर पर वक्तृत्व की उत्पत्ति और उसकी शैलियों के अस्तित्व में आने की प्रक्रिया पर कोई प्रकाश डालने में स्वभावतः अक्षम है।[5]

या एक अन्य अवतरण में :

> सबसे बड़ी बाधा (आदिम वक्तृत्व के अध्ययन में—वी.वी.) न तो स्वयं अनुसन्धान की कठिनाई है, न ठोस आँकड़ों का अभाव, बल्कि हमारा वैज्ञानिक चिन्तन ही है, जो दर्शन के परम्परागत दृष्टिकोण में या संस्कृति के इतिहास में कैद है, जिसका संवर्द्धन जीवित वक्तृत्व के अपरिमित रूप से स्वतंत्र, सृजनात्मक उतार-चढ़ाव के नृजाति-वैज्ञानिक एवं भाषा-वैज्ञानिक बोध द्वारा नहीं हो पाया है।[6]

निस्सन्देह, मार्र के ये शब्द केवल भारोपीय अध्ययनों के लिए ही नहीं सच हैं, जिन्होंने सभी समकालीन भाषा-विज्ञानों के लिए एक समस्वरता प्रदान की है, बल्कि इतिहास में ज्ञात अब तक के सभी भाषा-विज्ञानों के लिए भी सच हैं। सर्वत्र, जैसाकि हम कह चुके हैं, भाषा-विज्ञान भाषाशास्त्र (philology) की ही सन्तान है।

---

5. एन.वाई. मार्र, *थ्रू दि स्टेजेज़ ऑफ दि येफेटिक थिअरी* (1926), पृ. 269
6. वही, पृ. 94-95

भाषाशास्त्रीय आवश्यकता से निर्देशित होकर, भाषा-विज्ञान हमेशा ही, समाप्त हो चुके एकालापी उद्‌गार को—प्राचीन लिखित दस्तावेज को ही अन्तिम सत्य का आश्रय मानते हुए—अपना प्रस्थान-बिन्दु बनाता आया है। इसकी जितनी भी विधियाँ एवं कोटियाँ विकसित हुई हैं, वे सभी इसी प्रकार के अप्रचलित, एकालापी उद्‌गार पर, या यों कह लें कि ऐसे उद्‌गारों की शृंखला पर आधारित हैं, जो आम भाषा होने के नाते ही भाषा-विज्ञान के लिए एक वाङमय का काम करते हैं।

लेकिन, कुल मिलाकर, उद्‌गार तो पहले से ही एक अमूर्तन है, हालाँकि निश्चय ही एक "प्राकृतिक" प्रकार का अमूर्तन है। लिखित स्मारकों समेत, कोई भी एकालापी उद्‌गार शाब्दिक सम्प्रेषण का एक अविभाज्य तत्व होता है। कोई भी उद्‌गार—जिसमें समाप्त, लिखित उद्‌गार भी शामिल है—किसी न किसी के प्रति अनुक्रिया ही होता है, और बदले में इसके प्रति भी अनुक्रिया सम्भावित होती है। यह वक्तृत्व-क्रियाओं की एक अटूट शृंखला में महज एक कड़ी भर है। प्रत्येक अभिलेख अपने पूर्ववर्तियों की विरासत का वाहक होता है, उनके साथ वाद-प्रतिवाद करता है, अनुक्रियात्मक समझ की प्रत्याशा रखता है, और आगे भी ऐसी ही समझ की पूर्वपिक्षा रखता है। प्रत्येक अभिलेख, अपनी वास्तविकता में, विज्ञान, साहित्य, या राजनीतिक जीवन का एक अनिवार्य अंग होता है। अभिलेख अन्य किसी भी एकालापी उद्‌गार की भाँति ही, इसी दिशा में निर्दिष्ट होता है कि उसे प्रचलित वैज्ञानिक जीवन या प्रचलित साहित्यिक गतिविधियों के सन्दर्भ में समझा जाये; अर्थात उसे उसी विशिष्ट विचारधारात्मक दायरे की सृजनशील प्रक्रिया में समझा जाये, जिसका वह एक अनिवार्य अंग है।

भाषाशास्त्री, भाषावैज्ञानिक अभिलेख को उसके वास्तविक दायरे से काटकर अलग कर देता है और उसे ऐसे लेता है मानो वह एक स्वयं-सम्पूर्ण पृथक तत्व हो। वह इसे एक सक्रिय विचारधारात्मक समझ के हवाले नहीं करता है, बल्कि एक ऐसी नितान्त निष्क्रिय किस्म की समझ उस पर लागू करता है, जिसमें अनुक्रिया का एक स्फूरण भी नहीं होता, जो कि किसी भी प्रामाणिक समझ में होना ही चाहिये। भाषाशास्त्री इसी पृथक्कृत अभिलेख को भाषा का दस्तावेज मान लेता है और इसे ही सम्बन्धित भाषा के सामान्य स्तर पर अन्य अभिलेखों के समकक्ष रखता है। भाषा-वैज्ञानिक चिन्तन की सभी विधियाँ और कोटियाँ भाषा के स्तर पर पृथक्कृत एकालापी उद्‌गारों की परस्पर तुलना करने और सहसम्बन्ध-स्थापन की इसी प्रक्रिया में विकसित की गयी हैं।

भाषा-वैज्ञानिक जिस मृत भाषा का अध्ययन करता है, वह, वास्तव में, एक विजातीय भाषा ही होती है। अतः भाषाई कोटियों की प्रणाली, उससे सम्बन्धित भाषा के वक्ता की भाषाई चेतना द्वारा किये गये संज्ञानात्मक प्रतिबिम्बन का ही एक उत्पाद है। यहाँ पर वक्ता स्वयं अपनी भाषा के लिए मूल वक्ता की भावना को नहीं शामिल करता। नहीं, इस प्रकार का प्रतिबिम्बन उस दिमाग की उपज है, जो एक विजातीय भाषा की अपरिचित दुनिया में खोजबीन के रास्ते बनाते हुए चलता है।

अतः भाषाशास्त्री-भाषावैज्ञानिक की यही निष्क्रिय समझ, अनिवार्य तौर पर, उस अभिलेख तक पर भी प्रक्षेपित हो जाती है, जिसका वह भाषा के दृष्टिकोण से अध्ययन कर रहा होता है, मानो वह अभिलेख, वास्तव में ठीक उसी प्रकार की समझ के लिए निर्दिष्ट किया गया था, मानो वह वास्तव में भाषाशास्त्री के लिए ही लिखा गया था।

इसी सबका परिणाम है समझ का एक मूलभूत रूप से गलत सिद्धान्त, जो सिर्फ मूलपाठों की भाषा-वैज्ञानिक व्याख्या की पद्धतियों में ही नहीं, बल्कि समूचे यूरोपीय अर्थ-विज्ञान में भी निहित है। शब्द के अर्थ और उसकी विषयवस्तु से सम्बन्धित इसकी समूची अवस्थिति *निष्क्रिय समझ*, अर्थात शब्द की एक ऐसी समझ की मिथ्या धारणा में बनी हुई है जो सक्रिय अनुक्रिया को पहले ही, और सिद्धान्त के आधार पर, बहिष्कृत कर देती है।

हम आगे चलकर देखेंगे कि इस प्रकार की समझ, जो अनुक्रिया-बहिष्कार से अन्तर्ग्रंथित है, वस्तुतः किसी भी सूरत में उस प्रकार की समझ नहीं कही जा सकती, जो भाषा-वक्तृत्व में लागू होती है। भाषा-वक्तृत्व में लागू होनेवाली समझ एक ऐसी समझ है जो कही गयी और समझी जा रही बात के अनुरूप एक सक्रिय अवस्थिति के साथ अविभाज्य रूप से संलग्न होती है। निष्क्रिय समझ की अभिलाक्षणिक विशिष्टता यह है कि इसके अन्तर्गत एक भाषाई संकेत का बोध तथ्यतः एक भिन्न पहचान-कारक के रूप में किया जाता है, अर्थात संकेत का बोध एक कृत्रिम संकेतक और, उसके सहसम्बन्ध में, पहचान -कारक की प्रधानता के रूप में किया जाता है।

इस प्रकार, *मृत, लिखित, विजातीय भाषा* ही भाषा की वह किस्म है, जिससे भाषा-वैज्ञानिक चिन्तन सरोकार रखता रहा।

पृथक्कृत, समाप्त एकालापी उद्‌गार, जो अपने शाब्दिक और वास्तविक सन्दर्भ से कटा होता है और जो किसी प्रकार की सक्रिय अनुक्रिया के लिए नहीं, बल्कि एक भाषाशास्त्री की निष्क्रिय समझ के लिए सुलभ होता है—बस वही भाषा-वैज्ञानिक चिन्तन का अन्तिम "आश्रय" और प्रस्थान-बिन्दु है।

वैज्ञानिक अनुसन्धान के उद्देश्यों के लिए एक मृत, विजातीय भाषा में प्रवीणता हासिल करने की प्रक्रिया से पैदा हुए भाषा-वैज्ञानिक चिन्तन ने, एक और भी उद्देश्य पूरा किया है, जो अनुसन्धानात्मक नहीं, बल्कि शिक्षणात्मक है : किसी भाषा की गूढ़लिपि का अर्थ निकालने का नहीं, बल्कि पहले से पढ़ी जा चुकी गूढ़लिपि के शिक्षण का उद्देश्य । व्याख्यान कक्षों के लिए, स्वतः शोधप्रणाली के दस्तावेजों पर और उन्हीं की सामग्री से भाषा के क्लासिकीय मॉडल के अभिलेख तैयार किये गये हैं।

भाषा-विज्ञान के इस बुनियादी कार्यभार ने—अर्थात व्याख्यान कक्ष में सम्प्रेषण के उद्देश्यों के अनुरूप, किसी पढ़ी जा चुकी नयी भाषा के शिक्षण के लिए, या फिर से उसे संहिताबद्ध करने के उपकरण गढ़ने के कार्यभार ने—भाषा-वैज्ञानिक चिन्तन पर भारी छाप छोड़ी है। **ध्वनि-विज्ञान, व्याकरण, शब्दकोश**—भाषा प्रणाली की इन तीन शाखाओं ने—अर्थात भाषा-वैज्ञानिक कोटियों के इन तीन संगठनकारी केन्द्रों में—भाषा-विज्ञान को दो प्रमुख

कार्यभारों—*अनुसन्धानात्मक और शिक्षाशास्त्रीय*—के अनन्तर ही स्वरूप ग्रहण किया है।

भाषाशास्त्री क्या है?

प्राचीन हिन्दू पुरोहितों से लेकर भाषा के आधुनिक यूरोपीय विद्वानों तक, सांस्कृतिक और ऐतिहासिक विकासक्रमों में व्यापक विभिन्नताओं के बावजूद, भाषाशास्त्री हमेशा और हर जगह परायी, "गुप्त" लिपियों एवं शब्दों का अर्थ निकालनेवाला, और पढ़ी जा चुकी तथा परम्परागत रूप से चली आ रही लिपियों और शब्दों का शिक्षक तथा प्रचारक रहा है।

पहले भाषाशास्त्री और पहले भाषा-वैज्ञानिक हमेशा और हर जगह *पुरोहित* ही रहे हैं। इतिहास की जानकारी में ऐसा कोई राष्ट्र नहीं है जिसकी पवित्र पुस्तकें एवं मौखिक परम्पराएँ किसी न किसी हद तक आम आदमी के लिए एक विजातीय भाषा में और अबूझ न हों। पवित्र शब्दों के रहस्य खोलने का कार्यभार पुरोहित-भाषाशास्त्रियों के ही जिम्मे रहा है।

ये ही वे आधार रहे हैं जिनपर भाषा का प्राचीन दर्शन विकसित हुआ : जैसे, शब्द के बारे में वैदिक शिक्षण, प्राचीन यूनानी चिन्तकों के 'लोगोस' और शब्द के बारे में बाइबिल का दर्शन।

इन दार्शनिक अर्थों को ठीक से समझने के लिए यह बात एक क्षण के लिए भी नहीं भूलनी चाहिये कि ये *विजातीय शब्दों के दार्शनिक अर्थ* रहे हैं। यदि किसी राष्ट्र में एक ही देशज भाषा प्रचलित होती; यदि उस राष्ट्र में शब्द का मतलब हमेशा ही उस राष्ट्र के जीवन से सम्बन्धित देशज शब्द से होता, यदि उसकी सीमा में किसी भी रहस्यमय, विजातीय शब्द, या किसी भी विदेशी भाषा के किसी भी शब्द का कभी भी प्रवेश नहीं हुआ होता, तो ऐसा राष्ट्र कभी कोई ऐसी चीज सृजित भी सृजित नहीं कर सकता था जो इन दार्शनिक अर्थों से मेल खाती थी।[7] यह एक विस्मयकारी विशिष्टता है : सुदूर अतीत से लेकर आज तक, शब्द का दर्शन और भाषा-वैज्ञानिक चिन्तन विजातीय, विदेशी भाषा के प्रति विशिष्ट संवेदनशीलता को लेकर और उन कार्यभारों को लेकर विकसित होता आया है जो, खासतौर से इस प्रकार के शब्द द्वारा, मस्तिष्क के समक्ष प्रस्तुत किये जाते हैं—और ये कार्यभार हैं अर्थ निकालना और पहले निकाले जा चुके अर्थ का शिक्षण करना।

वैदिक पुरोहित और समकालीन भाषाशास्त्री-भाषावैज्ञानिक, भाषा के प्रति एक ही परिघटना—विजातीय, विदेशी भाषा के शब्द—को लेकर मुग्ध हैं और उनका चिन्तन भी उसी में कैद है।

---

7. वैदिक धर्म के अनुसार, पवित्र शब्द—प्रतिष्ठित "गूढ़ ज्ञानवादी" पुरोहित द्वारा प्रयुक्त अर्थ में—समस्त अस्तित्व का सर्वोच्च नियामक बन गया। यहाँ पर पुरोहित-ज्ञानी वह होता था जो शब्द का अनुशासन-नियमन करता था—उसी में उसकी सारी शक्ति निहित होती थी। इस आशय का सिद्धान्त ऋग्वेद में पहले से ही है। लोगोस के प्राचीन यूनानी दार्शनिक अर्थ तथा सिकन्दरियाई लोगोस सिद्धान्त तो सुप्रसिद्ध है।

कोई भी व्यक्ति अपने देशज शब्द के प्रति पूर्णतः भिन्न रूप से संवेदनशील होता है, या इसे और स्पष्ट कहें तो, कोई भी व्यक्ति अपने देशज शब्द को एक ऐसे शब्द के रूप में नहीं लेता जिसमें भाषा-वैज्ञानिक चिन्तन और प्राचीन दार्शनिक चिन्तन की तमाम कोटियाँ ठूँस-ठूँस कर भरी हुई हैं। देशज शब्द तो "हमारा अपना" है; हम इसके बारे में ठीक वैसे ही महसूस करते हैं जैसे अपने रोजमर्रा के कपड़े-लत्ते के बारे में, या और बेहतर ढंग से कहें तो, इसे हम उस वातावरण की तरह महसूस करते हैं, जिसमें हम आदतन जीते और साँस लेते हैं। इसमें कोई रहस्य नहीं होता, यह रहस्य केवल तभी बन सकता है जब यह दूसरों के मुँह से, हमसे ऊँची हैसियतवालों के मुँह से—अर्थात किसी मुखिया या पुरोहित के मुँह से—उच्चरित हो। एक विजातीय के मुँह में जाकर वह देशज शब्द एक भिन्न प्रकार का शब्द बन जाता है, वह बाह्य रूप से परिवर्तित और दैनन्दिन जीवन से कट जाता है (अर्थात वह साधारण जीवन में या तो एक वर्जना बन जाता है या वक्तृत्व का एक आर्ष प्रयोग), बशर्ते कि यदि यह शुरू से ही किसी विजेता-मुखिया के मुंह में एक विजातीय शब्द न रहा हो। इसी बिन्दु पर "शब्द" पैदा होता है, और इसी बिन्दु पर *दर्शन का, भाषाशास्त्र का जन्म* होता है।

भाषा-विज्ञान और भाषा के दर्शन में विजातीय, विदेशी शब्द के प्रति अभिमुखता भाषा-विज्ञान और दर्शन की एक आकस्मिक घटना या सनक कतई नहीं है। नहीं, यह अभिमुखता तो उस भारी ऐतिहासिक भूमिका की अभिव्यक्ति है, जिसे शब्द ने सभी ऐतिहासिक संस्कृतियों के निर्माण में निभाया है। इसने, निरपवाद रूप से, सामाजिक-राजनीतिक व्यवस्था से लेकर दैनन्दिन जीवन की व्यावहारिक संहिता तक, विचारधारात्मक सृजनशीलता के सभी क्षेत्रों में यह भूमिका निभायी है। निस्सन्देह, विजातीय, विदेशी शब्द ने ही सभ्यता, संस्कृति, धर्म और राजनीतिक संगठन का प्रसार क्रिया (उदाहरण के लिए,बेबिलोनियाई सामियों के प्रति सुमेरियाइयों की, यूनानियों के प्रति जैफाइटों की, बर्बर जातियों के प्रति रोम और ईसाइयत की, पूर्वी स्लाव, आदि जातियों के प्रति बाइजेण्टाइनों, "वैरंगियों" और दक्षिणी स्लाविक कबीलों की भूमिकाएँ)। विजातीय शब्द की इस प्रतापी संगठनकारी भूमिका ने, जो हमेशा या तो शस्त्र एवं संगठन की विदेशी शक्ति के साथ दृश्यपटल पर अवतरित होती रही या जो एक प्राचीन और कभी सशक्त रह चुकी संस्कृति के तरुण विजेता राष्ट्र को घटनास्थल पर प्राप्त होती रही और जिसने नवागत-राष्ट्र की विचारधारात्मक चेतना को, उस प्राचीन और कभी सशक्त रह चुकी संस्कृति का बन्दी बना लिया—विजातीय शब्द की इसी भूमिका ने इसे राष्ट्रों की ऐतिहासिक चेतना की गहराइयों में प्राधिकार की धारणा, सत्ता की धारणा, पवित्रता की धारणा, सत्य की धारणा के साथ एकाकार कर दिया, और यह आदेशित कर दिया कि शब्द के बारे में धारणाएँ अपने उत्कृष्ट रूप में विजातीय शब्द की ही मुखापेक्षी रहें।

बहरहाल, भाषा के दर्शन को और भाषा-विज्ञान को वस्तुगत तौर पर कभी यह ज्ञात नहीं रहा है और आज भी ज्ञात नहीं है कि विदेशी शब्द ने कितनी बड़ी भूमिका अदा की

है। नहीं भाषा-विज्ञान तो अभी भी इसी की दासता में है; लेकिन वह इसे ऐसे प्रस्तुत करता है मानो विजातीय वक्तृत्व की एक समय की भरपूर उफनती धारा की यही एक आखिरी लहर है जो हम तक पहुँच रही है, मानो शब्द की आदेशात्मक और संस्कृति निर्मात्री भूमिका का यही अन्तिम अवशेष है।

इसी कारण, भाषा-विज्ञान, जो स्वयं ही एक विदेशी शब्द का उत्पाद है, भाषा और भाषा-वैज्ञानिक चेतना के इतिहास में विदेशी शब्द द्वारा निभायी गयी भूमिका को ठीक से समझने से कोसों दूर है। इसके विपरीत, भारोपीय अध्ययनों ने भाषा के इतिहास की समझ के लिए ऐसी कोटियों का फैशन चला दिया है, जिनमें विजातीय शब्द का समुचित मूल्यांकन छूट ही जाता है। लेकिन इसके बावजूद विजातीय शब्द द्वारा निभायी जानेवाली भूमिका, अपनी सभी अभिव्यक्तियों में बहुत व्यापक है।

भाषाओं के विकास में बुनियादी कारक के रूप में भाषा-वैज्ञानिक "संकरण" की धारणा को मार्र ने निश्चित रूप से आगे बढ़ाया। उसने भाषा की उत्पत्ति की समस्या के समाधान के लिए भाषा-वैज्ञानिक संकरण को मुख्य कारक के रूप में चिह्नित भी किया :

> संकरण को सामान्य तौर पर, भिन्न-भिन्न भाषा-प्रजातियों और यहाँ तक कि भाषा-प्रकारों की उत्पत्ति के एक कारक के रूप में, तथा नई भाषा-प्रजातियों के सृजन के एकमात्र स्रोत के रूप में, सभी येफेटिक भाषाओं में खूब देखा-परखा और खोजा गया है, और निश्चित तौर पर इसे ही येफेटिक भाषा-विज्ञान की सबसे महत्त्वपूर्ण उपलब्धियों में से एक मानना चाहिये। यहाँ पर महत्त्वपूर्ण बात यह है कि ध्वन्यात्मक भाषा का, या एकल-कबीलाई भाषा का कोई भी आदिम रूप उपलब्ध नहीं है, या जैसाकि हम देखेंगे, वह कभी भी अस्तित्व में नहीं रहा है, और न ही रह सकता था। भाषा सामाजिकता का सृजन है जो आर्थिक आवश्यकताओं के तहत अन्तःकबीलाई सम्प्रेषण के आधार पर उत्पन्न हुई, और वह वस्तुतः इसी प्रकार की सामाजिता का संचयन भी है, तथा वह हमेशा से बहुकबीलाई ही रही है।[8]

अपने आलेख *ऑन दि ऑरिजिन ऑफ लैंग्वेज* में इस विषय पर मार्र यह कहता है :

> संक्षेप में, इस या उस भाषा को तथाकथित राष्ट्रीय संस्कृति के रूप में, पूरी जनसंख्या के लिए सार्वजनिक, देशज भाषा के रूप में, मानने की पहुँच अवैज्ञानिक और अयथार्थवादी है; सार्वभौमिक, वर्गविहीन राष्ट्रीय भाषा एक कल्पना ही है। लेकिन बात बस इतनी ही नहीं है। जैसे जातियाँ विकास की आरम्भिक अवस्थाओं में कबीलों से—वस्तुतः कबीलाई संरचनाओं से उत्पन्न हुईं, और ये संरचनाएँ अपने आप में किसी भी तरह से सरल नहीं थीं—वैसे ही, संकरण के जरिये, ठोस कबीलाई भाषाएँ उत्पन्न हुईं और यहाँ तक कि राष्ट्रीय भाषाएँ भी भाषाओं के संकरणजनित प्रकार ही हैं, जो सरल संघटक अवयवों के संयुक्तीकरण में, संकरण के फलस्वरूप

8. एन. वाई. मार्र, *येफेटिक थिअरी*, पृ. 268

वैसे ही उत्पन्न हुई हैं, जैसे इस या उस तरह से प्रत्येक भाषा पैदा होती है। मानव-वक्तृत्व का जीवाश्मिकीय विश्लेषण इन कबीलाई संघटक अवयवों की परिभाषा से आगे नहीं जाता, लेकिन येफेटिक सिद्धान्त इन संघटक अवयवों को एक ऐसे निर्णायक और निश्चित ढंग से समायोजित करता है कि भाषा की उत्पत्ति का सवाल उन संघटक अवयवों की उत्पत्ति के सवाल तक चला जाता है, जो वास्तव में कबीलाई नामों के अतिरिक्त और कुछ भी नहीं हैं।[9]

यहाँ हम भाषा की उत्पत्ति और उसके विकास की समस्या के समाधान के लिए सिर्फ विजातीय शब्द के महत्त्व पर ही ध्यान दे सकते हैं। ये समस्यायें हमारे वर्तमान अध्ययन की सीमा से बाहर हैं। हमारे लिए विजातीय शब्द का महत्त्व दार्शनिक भाषा-वैज्ञानिक चिन्तन तथा उस चिन्तन से विकसित कोटियों एवं पहुँच को निर्धारित करनेवाले एक कारक के रूप में निहित है।

हम अब विजातीय शब्द के बारे में ऊपर वर्णित आदिम चिन्तन की विशेषताओं एवं साथ ही साथ शब्द के बारे में प्राचीन भाषा-शास्त्रीय कोटियों को भी छोड़ देंगे[10] यहाँ पर हम शब्द के बारे में चिन्तन की केवल उन्हीं खास विशिष्टताओं पर ध्यान देने का प्रयास करेंगे जो सदियों से चली आ रही हैं और जिन्होंने समकालीन भाषा-वैज्ञानिक चिन्तन पर निर्णायक प्रभाव डाला है। हम निरापद रूप से यह मान सकते हैं कि निश्चित तौर पर ये कोटियाँ ही सर्वाधिक प्रभावी रूप से और सर्वाधिक स्पष्ट रूप से अमूर्त वस्तुवाद के सिद्धान्त में अभिव्यक्त हुई हैं।

हम अमूर्त वस्तुवाद के आधार में निहित विजातीय शब्द के संज्ञान की उन विशिष्टताओं को संक्षिप्त आधारभूत कथनों की निम्नलिखित शृंखला में पुनःसूत्रित करने का प्रयास करेंगे।[11]

---

9. वही, पृ. 315-316

10. इसी प्रकार, एक उल्लेखनीय सीमा तक, यह विजातीय शब्द ही शब्द के बारे में प्रागैतिहासिक मनुष्य के जादुई बोध को निर्धारित करता था। इस सम्बन्ध में समस्त प्रासंगिक परिघटनाएँ हमारे ध्यान में हैं।

11. इस सम्बन्ध में निश्चिय ही यही नहीं भूलना चाहिये कि अमूर्त वस्तुवाद अपनी नई संरचना में उस दशा की ही एक अभिव्यक्ति है जिसमें विजातीय शब्द तब पहुँचा, जब वह अपनी आधिकारिक प्रामाणिकता और उत्पादकता को एक महत्त्वपूर्ण सीमा तक खो चुका था। इसके अतिरिक्त, विजातीय शब्द के बोध की विशिष्टता स्वयं अमूर्त वस्तुवाद में भी अपना महत्त्व खोती जा रही है जिसका कारण यह है कि अमूर्त वस्तुवाद की कोटियाँ अब जीवित और देशज भाषाओं के बोध तक विस्तारित की जा चुकी हैं। भाषा-विज्ञान एक जीवित भाषा का अध्ययन ऐसे करता है मानो वह एक मृत भाषा है, और एक देशज भाषा का अध्ययन भी ऐसे करता है मानो वह एक विजातीय भाषा हो। यही कारण है कि अमूर्त वस्तुवाद के निरूपण विजातीय शब्द के प्राचीन दाशनिक अर्थों से इतने भिन्न हो जाते हैं।

1. वैज्ञानिक रूपों की स्थायी स्व-समरूपता का कारक उनकी परिवर्तनशीलता के ऊपर वरीयता प्राप्त कर लेता है।

2. अमूर्त मूर्त के ऊपर वरीयता प्राप्त कर लेता है।

3. अमूर्त क्रम-स्थापन ऐतिहासिक वास्तविकता पर वरीयता प्राप्त कर लेता है।

4. संघटक अवयवों के रूप समग्र के रूप पर वरीयता प्राप्त कर लेते हैं।

5. वक्तृत्व की गत्यात्मकता की अनदेखी कर पृथक्कृत भाषाई अवयव को मूर्त रूप प्रदान करना।

6. शब्द के अर्थ और उसकी उच्चारण-विशिष्टता की जीवन्त बहुलता की अनदेखी कर शब्दार्थ और उसकी उच्चारण-विशिष्टता को एकवचन में प्रस्तुत करना।

7. एक पीढ़ी से दूसरी पीढ़ी को हस्तान्तरित होनेवाली एक तैयारशुदा शिल्पवस्तु के रूप में भाषा की धारणा।

8. भाषा की आन्तरिक सृजनात्मक-प्रक्रिया की अवधारणा निरूपित करने में अक्षमता।

आइये हम विजातीय शब्द से प्रभावित चिन्तन प्रणाली की इन विशिष्टताओं में से प्रत्येक के बारे में संक्षिप्त चर्चा करें।

1. पहली विशिष्टता पर कोई टिप्पणी करने की आवश्यकता नहीं है। हम पहले ही इंगित कर चुके हैं कि किसी व्यक्ति की स्वयं अपनी भाषा के बारे में समझने की प्रक्रिया वक्तृत्व के समरूप अवयवों को स्वीकार करने पर नहीं, बल्कि उनके नये, प्रासंगिक अर्थ को समझने पर केन्द्रित होती है। तब स्व-समरूप रूपों की एक प्रणाली की संरचना को, एक विजातीय भाषा की गूढ़लिपि का अर्थ निकालने और उसे प्रचलित करने की प्रक्रियाओं में, एक अपरिहार्य और महत्त्वपूर्ण चरण कहा जा सकता है।

2. दूसरी विशेषता भी, ऊपर कही जा चुकी बातों के आधार पर काफी स्पष्ट है। कालातीत एकालापी उद्‌गार, वास्तव में, एक अमूर्तन है। एक शब्द को ठोस रूप देना केवल तभी सम्भव हो सकता है जब उस शब्द को उसके आरम्भिक प्रचलन के वास्तविक और ऐतिहासिक सन्दर्भ में रखा जाये। सिर्फ पृथक्कृत एकालापी उद्‌गार को ही प्रस्तुत कर देने से तो, उद्‌गार को उसकी ऐतिहासिक उत्पत्ति की पूर्ण सुसंगति में बाँधनेवाले सारे के सारे संयोजन छिन्न-भिन्न हो जाते हैं।

3. रूपवाद और क्रम-स्थापनशीलता किसी भी ऐसे चिन्तन की अभिलाक्षणिक विशेषताएँ हैं, जो एक तैयारशुदा और बँधे-बँधाये विषय पर केन्द्रित होता है।

चिन्तन की इस विशिष्टता की तमाम भिन्न-भिन्न अभिव्यक्तियाँ हैं। अभिलाक्षणिक तौर पर, जिस चिन्तन का क्रम-स्थापन किया जाता है, वह आमतौर पर (भले ही पूरी तरह से नहीं) किसी अन्य का चिन्तन होता है। सच्चे सृजनकर्ता—नई विचारधारात्मक प्रवृत्तियों के आरम्भकर्ता—कभी भी रूपवादी क्रम-स्थापक नहीं होते। क्रम-स्थापन एक ऐसे युग में ही दृश्यपटल पर प्रकट होता है जब वह युग अपने आपको आधिकारिक रूप से प्रामाणिक

चिन्तन के एक तैयारशुदा और आरोपित निकाय के अधीन महसूस करता है। एक सृजनात्मक युग निश्चय ही पहले गुजर जाता है; उसके बाद और केवल उसके बाद ही रूपवादी क्रम स्थापन का कार्य शुरू होता है—यह विशिष्ट उत्तरदायित्व उसके वे उत्तराधिकारी और अनुवर्ती सँभालते हैं जो अब महसूस करते हैं कि किसी के मूक शब्द उनके पास हैं। सृजन-प्रक्रिया के गत्यात्मक प्रवाह की दिशा कभी भी रूपवादी, क्रमस्थापनशील की नहीं हो सकती। इसीलिए, रूपवादी क्रमस्थापनशील व्याकरणात्मक चिन्तन का अपनी पूरी सीमा तक और पूरी शक्ति भर विकास केवल एक विजातीय, मृत भाषा के उपादान को लेकर ही हो सका, और वह भी केवल इसी कारण हो सका कि वह भाषा पहले ही, एक उल्लेखनीय सीमा तक अपनी प्रभाव-क्षमता—अपना शुद्ध और प्राधिकारिक-प्रामाणिक चरित्र—खो चुकी थी। एक जीवित भाषा के मामले में भी क्रमबद्ध, व्याकरणात्मक चिन्तन के लिए यह अपरिहार्य है कि वह एक संकीर्ण अवस्थिति अपनाये, अर्थात वह एक जीवित भाषा को निश्चय ही इस रूप में व्याख्यायित करे मानो वह पहले से ही पूर्णताप्राप्त और तैयारशुदा है और कि इस प्रकार उसमें कोई भी भाषात्मक नवाचार एक विरोध की ही स्थिति उत्पन्न कर सकता है। भाषा के बारे में औपचारिक क्रमबद्धता के दृष्टिकोण से, इतिहास आकस्मिक अतिक्रमणों की महज एक शृंखला ही प्रतीत होता है।

4. भाषा-विज्ञान, जैसाकि हम देख चुके हैं, पृथक्कृत, एकालापी उद्‌गार की दिशा में ही निर्दिष्ट होता है। भाषा-वैज्ञानिक अभिलेख अध्ययन की सामग्री प्रस्तुत करते हैं, और भाषाशास्त्री का निष्क्रिय रूप से समझनेवाला दिमाग उसी सामग्री को समझने-बूझने में लग जाता है। इस प्रकार सारा का सारा अध्ययन कार्य किसी सुनिश्चित उद्‌गार की सीमा के भीतर ही चलता रहता है। जहाँ तक उस उद्‌गार को एक समग्र तत्व के रूप में अभिचिह्नित करनेवाली सीमाओं की बात है, तो उनका एक बहुत धुँधला बोध ही हो पाता है, या वह भी नहीं हो पाता। समस्त अनुसन्धान-कार्य उद्‌गार के भीतरी क्षेत्र के ही अन्तर्भूत सम्बन्धों के अध्ययन में चलता रहता है। उद्‌गार के बाहरी मामलों पर विचार-विमर्श अध्ययन क्षेत्र से बाहर ही रह जाता है। इस प्रकार, एक एकालापी समग्र के रूप में उद्‌गार की सीमा से परे जानेवाले सारे-के-सारे सम्बन्ध आँख ओझल कर दिये जाते हैं। तब कोई यह भी कह सकता है कि एक उद्‌गार की समग्रता की प्रकृति और उस समग्रता द्वारा अपनाये जा सकनेवाले रूप भाषा-वैज्ञानिक चिन्तन की परिधि से बाहर ही छूट जाते हैं। और निस्सन्देह भाषा-वैज्ञानिक चिन्तन उन संघटक अवयवों से आगे नहीं बढ़ता, जो एकालापी उद्‌गार को संरचित करते हैं। एक जटिल वाक्य (एक पूर्ण वाक्य) की सरंचना भाषा-वैज्ञानिक पहुँच की एक और भी सीमा बन जाती है। एक सम्पूर्ण वाक्य की संरचना एक ऐसी चीज है जिसे भाषा-विज्ञान ज्ञान की अन्य शाखाओं—जैसे वाग्मिता और काव्यात्मकता की क्षमता पर छोड़ देता है। भाषा-विज्ञान में समग्र के संघटनात्मक रूपों के प्रति किसी भी पहुँच का अभाव है। इसीलिए, इसके अन्तर्गत, एक उद्‌गार के संघटक अवयवों के भाषा-वैज्ञानिक रूपों ओर उसके समग्र के रूपों के बीच कोई प्रत्यक्ष संक्रमण

नहीं प्रस्तुत किया जाता, और निस्सन्देह यही मान लिया जाता है कि ऐसा कोई संक्रमण-सम्बन्ध होता ही नहीं है! तब तो हम सिर्फ वाक्य-विन्यास से छलाँग लगा करके ही वाक्य संयोजन की समस्याओं पर पहुँच सकते है। यह एकदम अपरिहार्य है, यह देखते हुए कि एक उद्गार के समग्र को संरचित करनेवाले रूपों को केवल उन दूसरे सभी उद्गारों के आधार पर ही जाना-समझा जा सकता है, जो विचारधारा के किसी विशिष्ट क्षेत्र की एकता से सम्बन्धित होते हैं। इस तरह, उदाहरण के लिए, एक वाग्मितापूर्ण उद्गार—कला-साहित्य—के रूपों को केवल दूसरे किस्म के साहित्यिक रूपों की एकता से अविभाज्यतः जुड़ी साहित्यिक जीवन की एकता में ही समझा जा सकता है। जब हम एक साहित्यिक कृति को एक प्रणाली के रूप में भाषा के इतिहास के हवाले कर देते हैं, तब हम इसे महज भाषा का एक दस्तावेज ही समझते हैं, और तब हम इसके रूपों को एक साहित्यिक समग्र के रूप में समझ पाने में असमर्थ रह जाते हैं। किसी साहित्यिक कृति को भाषा की प्रणाली के हवाले कर देने और उसे साहित्यिक जीवन की ठोस एकता के हवाले कर देने के बीच आकाश-पाताल का अन्तर है, और यह अन्तर अमूर्त वस्तुवाद के आधार पर अलंघ्य ही है।

5. भाषाई रूप वक्तृत्व-क्रिया के—उद्गार के—गत्यात्मक समग्र का महज एक अमूर्त रूप से निष्कर्षित किया जानेवाला कारक भर ही है। इस प्रकार का अमूर्तन, निस्सन्देह उस सीमा के भीतर तो वैध है, जिसमें भाषा-विज्ञान अपने विशिष्ट कार्यभार निर्धारित करता है। परन्तु अमूर्त वस्तुवाद भाषाई रूप के मूर्तमान होने के लिए उसे एक ऐसा संघटक अवयव बन जाने का आधार प्रदान करता है, जिसके बारे में यह कहा जा सके कि उसे वास्तविकता में निष्कर्षित किया जा सकता है, कि वह स्वयं अपना एक पृथक्कृत, ऐतिहासिक अस्तित्व रखता है। यह पूरी तरह से समझ में आनेवाली बात है : आखिरकार एक पूरी की पूरी प्रणाली तो ऐतिहासिक विकास से होकर गुजरती नहीं है। फलतः कुल मिलाकर, उस प्रणाली के संघटक अवयव, अर्थात पृथक-पृथक भाषाई रूप ही तो बचे रह जाते हैं। और इस प्रकार, अनिवार्यतः ये ही हैं जो ऐतिहासिक परिवर्तन से होकर गुजर सकते हैं।

इस तरह, भाषा का इतिहास उन पृथक-पृथक भाषा-वैज्ञानिक रूपों (ध्वन्यात्मक, रूपात्मक, आदि) का ही इतिहास है, जो समूची प्रणाली के बावजूद और ठोस उद्गारों से पृथक, विकास की प्रक्रिया से होकर गुजरते हैं।[12]

अमूर्त वस्तुवाद ने भाषा के इतिहास को जिस रूप में ग्रहण किया है, उसके बारे में वोस्लर का कहना एकदम सही है :

> मोटे तौर पर कहा जाये तो ऐतिहासिक व्याकरण ने हमें भाषा का जो इतिहास दिया है, वह कुछ वैसा ही है जैसे पोशाकों का ऐसा इतिहास, जो फैशन की अवधारणा

---

12. भाषा-वैज्ञानिक रूप के परिवर्तन के लिए उद्गार महज एक तटस्थ माध्यम है।

या समय की अभिरुचि को अपना प्रस्थानबिन्दु नहीं बनाता, बल्कि बटनों, बकलसों, जुराबों, हैटों, और रिबनों की कालक्रम से और भौगोलिक क्षेत्र के अनुसार एक क्रमबद्ध सूची प्रस्तुत करता है। ऐतिहासिक व्याकरण में, ऐसे बटनों और रिबनों के नाम बलाघातहीन या बलाघातयुग्त *E* स्वरहीन *T*, स्वरयुक्त *D*, आदि हो सकते हैं।[13]

6. शब्द का अर्थ पूरी तरह से उसके सन्दर्भ द्वारा निर्धारित होता है। वस्तुतः एक शब्द के भिन्न-भिन्न सन्दर्भों में इस्तेमाल होने पर भिन्न-भिन्न अर्थ हो जाते हैं।[14] लेकिन तब भी शब्द की एकल सत्ता खण्डित नहीं होती, कई सन्दर्भों में इस्तेमाल होने के दौरान शब्द कई पृथक-पृथक शब्दों में नहीं टूटता। शब्द की एकता सिर्फ उसके ध्वन्यात्मक संगठन द्वारा नहीं, बल्कि उसके सभी अर्थों में समान रूप से सन्निहित एकता के कारक द्वारा सुनिश्चित होती है। शब्द की मूलभूत अनेकार्थकता उसकी एकता के साथ कैसे संगत हो सकती है? इस सवाल को उठाने का मतलब है अर्थ-विज्ञान की मूलभूत समस्या को मोटे तौर पर और सरल ढंग से सूत्रित करना। इस समस्या को केवल द्वंद्वात्मक ढंग से ही हल किया जा सकता है। लेकिन इसके बारे में अमूर्त वस्तुवाद का क्या कहना है? अमूर्त वस्तुवाद के अनुसार, शब्द का एकता कारक जैसे ही घनीभूत होता है, वह अपने अर्थों की मूलभूत अनेकता से अलग हो जाता है। इस अनेकता का बोध कभी-कभी एकमात्र सुस्थापित अर्थ के अधिस्वरों में होता है। लेकिन भाषा-वैज्ञानिक ध्यान-केन्द्रण का बिन्दु, वक्तृत्व के एक विशिष्ट प्रवाह में निमग्न वक्ता की यथार्थ-जीवन सम्बन्धी समझ के ठीक विपरीत होता है। जब एक भाषाशास्त्री-भाषावैज्ञानिक उन सन्दर्भों की परस्पर तुलना करता है जिनमें कोई शब्द प्रकट होता है, तब उसका ध्यान एकता कारक के इस्तेमाल पर ही केन्द्रित होता है, क्योंकि उसके लिए शब्द को तुलना किये गये सन्दर्भों से अलग करने तथा उसे सन्दर्भ से बाहर परिभाषित करने, अर्थात उससे बाहर एक शब्दकोशीय शब्द सृजित करने में समर्थ होना ही महत्त्वपूर्ण होता है। एक शब्द को पृथक करने और किसी सन्दर्भ से बाहर उसका अर्थ निश्चित करने की यह प्रक्रिया विभिन्न भाषाओं की परस्पर तुलना करने के दौरान, अर्थात एक शब्द की किसी दूसरी भाषा के समतुल्य शब्द के साथ संगति बिठाने की कोशिश में, अतिरिक्त शक्ति ग्रहण करती जाती है। इस तरह, भाषा-वैज्ञानिक विवेचन की प्रक्रिया में अर्थ, कम से कम दो भाषाओं की सीमारेखा पर, संरचित होता रहता है भाषा-वैज्ञानिक की कोशिशें इस तथ्य के कारण तब और भी जटिल होती जाती हैं जब वह किन्हीं शब्द से सम्बन्धित एकमात्र एकल और वास्तविक वस्तु की कल्पना गढ़ने लगता है। उसके अनुसार, एकमात्र यही एकल और

---

13. देखें वोस्लर की कृति "Grammatika i istorija jazyka", *Logos*, I, (1910).

14. हम अर्थ और विषयवस्तु के बीच के भेद को फिलहाल छोड़ दे रहे हैं। उस पर हम आगे (अध्याय 4 में) चर्चा करेंगे।

स्व-समरूप वस्तु अर्थ की एकता सुनिश्चित करती है। इस तरह, एक शब्द के शब्दशः यथार्थ होने की कल्पना उसके अर्थ को मूर्तरूप देने के लिए एक सीढ़ी और ऊपर चढ़ जाती है। लेकिन, इन आधारों पर, अर्थ की एकता का उसकी अनेकता के साथ द्वंद्वात्मक संयुक्तीकरण असम्भव हो जाता है।

अमूर्त वस्तुवाद की एक और गम्भीर गलती नीचे देखी जा सकती है। इसके अन्तर्गत, किसी भी एक विशिष्ट शब्द के इस्तेमाल के विविध सन्दर्भों को एक ही समान स्तर पर स्थित मान लिया जाता है। इन सन्दर्भों को इस रूप में लिया जाता है, मानो ये एक ही दिशा में निर्दिष्ट, एक ही घेरे के, स्वयं-सम्पूर्ण उद्‌गारों की एक शृंखला हैं। परन्तु, वास्तव में, यह मान्यता सच से कोसों दूर है : एक ही शब्द के इस्तेमाल के सन्दर्भ अकसर एक दूसरे के विरोधी होते हैं। एक ही शब्द के इस्तेमाल के इन परस्पर विरोधी सन्दर्भों का क्लासिकीय उदाहरण संवाद में देखने को मिलता है। एक संवाद की बारी-बारी से आनेवाली पंक्तियों में, वही शब्द दो परस्पर विरोधी सन्दर्भों में प्रस्तुत हो सकता है। वास्तव में, संवाद तो सिर्फ विविध दिशाओंवाले सन्दर्भों का सर्वाधिक सुरचित और स्पष्ट उदाहरण भर होता है। वस्तुतः कोई भी वास्तविक उद्‌गार, इस या उस रूप में, या इस या उस हद तक, किसी चीज के बारे में एक सहमति या उसके निषेध का एक कथन होता है। सन्दर्भ एक के बाद एक करके ऐसे पंक्तिबद्ध नहीं होते, मानो वे एक दूसरे के प्रति अनभिज्ञ हों, बल्कि वे निरन्तर एक तनाव, या अविराम अन्तर्क्रिया और टकराव की दशा में होते हैं। लेकिन भाषा-विज्ञान विभिन्न सन्दर्भों में शब्द की मूल्यांकनकारी विशिष्टता के परिवर्तन को पूरी तरह नजरन्दाज कर देता है, और उसके सिद्धान्त में अर्थ की एकता का कोई प्रतिबिम्बन भी नहीं मिलता। यह विशिष्टता मूर्तीकरण के लिए बहुत कम ही साध्य होती है, फिर भी यह शब्द की बहुलताभरी विशिष्टता ही है जो उसे एक जीवित चीज बनाये रखती है। अतः इस बहुलताभरी विशिष्टता की समस्या को अर्थों की बहुलता की समस्या के साथ साहचर्यबद्ध किया जाना चाहिये। इनको एक साथ साहचर्यबद्धता करके ही इन दोनों समस्याओं को हल किया जा सकता है। लेकिन ठीक इसी साहचर्यबद्ध को ही तो अमूर्त वस्तुवाद के बुनियादी सिद्धान्तों से एकदम बाहर रखा गया है। भाषा-विज्ञान ने इस मूल्यांकनकारी विशिष्टता को उसके अनन्य उद्‌गार (parole) समेत बाहर फेंक दिया है।[15]

7. अमूर्त वस्तुवाद की शिक्षा के अनुसार, भाषा एक तैयारशुदा माल के तौर पर ही एक पीढ़ी से दूसरी पीढ़ी की हस्तान्तरित होती है। वास्तव में, दूसरी प्रवृत्ति के प्रतिनिधि भाषा के दाय के हस्तान्तरण को रूपक की शब्दावली में एक शिल्पवस्तु के तौर पर समझते हैं, लेकिन तब भी उनके द्वारा की जानेवाली तुलना मात्र रूपक ही नहीं है। भाषा की प्रणाली को मूर्तीकरण में तथा जीवित भाषा को एक मृत और विजातीय भाषा के रूप में

15. हम यहाँ पर इंगित की गयी बातों की और विस्तृत चर्चा अपने अध्ययन के इसी खण्ड के चौथे अध्याय में करेंगे।

लेते हुए, अमूर्त वस्तुवाद भाषा को एक ऐसी चीज बना देता है जो मानो शाब्दिक सम्प्रेषण की धारा से बाहर हो। उसके अनुसार, यह धारा तो बहती है, पर भाषा, एक गेंद की भाँति, पीढ़ी-दर-पीढ़ी उछाली जाती रहती है। लेकिन वास्तविकता यह है कि भाषा उस धारा के साथ ही प्रवहमान रहती है और यह उससे अविभाज्य होती है। भाषा क़े बारे में यह कहना उचित नहीं है कि वह हस्तान्तरित की जाती है—यह कायम रहती है, यह सृजन की एक सतत प्रक्रिया के रूप में कायम रहती है। व्यक्ति भाषा को एक तैयारशुदा माल के रूप में कतई प्राप्त नहीं करते, बल्कि वे शाब्दिक सम्प्रेषण की धारा से होकर गुजरते हैं; निस्सन्देह, सिर्फ इस धारा में ही उनकी चेतना पहली बार शुरू और क्रियाशील होती है। एक विदेशी भाषा सीखने में ही एक पूर्णतः पारंगत चेतना—देशज भाषा के नाते पारंगत चेतना—एक पूर्णतः विकसित भाषा से टकराती है, जिसे ऐसी चेतना द्वारा सिर्फ पहचाने जाने की ही आवश्यकता होती है। लेकिन लोग अपनी देशज भाषा की "पहचान" नहीं करते—वे तो अपनी देशज भाषा में ही पहली बार अपना होश सँभालते हैं।[16]

8. अमूर्त वस्तुवाद, जैसाकि हम देख चुके हैं, भाषा के अस्तित्व को उसके अमूर्त, समकालिक आयाम के साथ, भाषा के मूल्यांकन के साथ एकबद्ध करने में असमर्थ है। इसके अनुसार, भाषा वक्ता की चेतना के लिए, मानकीय समरूप रूपों की एक प्रणाली के तौर पर ही अस्तित्वमान होती है, जो केवल इतिहासकार के लिए ही सृजन की एक प्रक्रिया होती है। इस तरह, अमूर्त वस्तुवाद में, वक्ता की चेतना के लिए ऐतिहासिक विकास की प्रक्रिया के साथ सक्रिय सम्पर्क में रहने की सम्भावना एकदम खारिज हो जाती है। तब आवश्यकता को स्वतंत्रता के साथ, और फिर उसे भाषा-वैज्ञानिक उत्तरदायित्व के साथ द्वंद्वात्मक रूप से जोड़ने की बात इन आधारों पर एकदम असम्भव हो जाती है। इस तरह, अमूर्त वस्तुवाद में भाषा-वैज्ञानिक आवश्यकता की एक विशुद्धतः यांत्रिक अवधारणा ही शेष रह जाती है इसमें कोई सन्देह नहीं है कि अमूर्त वस्तुवाद की यह विशिष्टता भी मृत और विजातीय भाषा के प्रति उसके अवचेतन लगाव से ही सम्बन्धित है।

अब हमारे लिए यही काम शेष रह जाता है कि हम अमूर्त वस्तुवाद के अपने आलोचनात्मक विश्लेषण का सार-संकलन करें। हमने पहले अध्याय के आरम्भ में जो समस्या उठायी थी—अर्थात अध्ययन के एक विशिष्ट एवं एकीकृत विषय के रूप में भाषा-वैज्ञानिक परिघटनाओं के अस्तित्वमान होने की वास्तविक विधा की समस्या—उसे अमूर्त वस्तुवाद में गलत ढंग से हल किया गया है। मानकीय समरूप रूपों की एक प्रणाली के तौर पर भाषा तो सिर्फ एक अमूर्तन भर है, जिसका सिद्धान्त एवं व्यवहार में औचित्य केवल एक मृत, विजातीय भाषा की गूढ़लिपि का अर्थ निकालने एवं उसका शिक्षण करने

---

16. एक बच्चे द्वारा अपनी भाषा के आत्मसातीकरण की प्रक्रिया शाब्दिक सम्प्रेषण में उसके शनैः-शनैः डूबने की प्रक्रिया है। जैसे-जैसे डूबने की वह प्रक्रिया आगे बढ़ती है, वैसे-वैसे बच्चे की चेतना निर्मित होती और अन्तर्वस्तु से भरती जाती है।

की दृष्टि से ही सिद्ध किया जा सकता है। यह प्रणाली उन भाषा-वैज्ञानिक तथ्यों को समझने और व्याख्यायित करने का आधार नहीं बन सकती जो वास्तव में अस्तित्वमान हैं और अस्तित्वमान होने की सम्भावना रखते हैं। इसके विपरीत, यह प्रणाली हमें भाषा और उसकी सामाजिक कार्रवाइयों के जीवन्त, गत्यात्मक यथार्थ से दूर कर देती है, भले ही अमूर्त वस्तुवाद के समर्थक अपने दृष्टिकोण से इस प्रणाली के सामाजिक महत्त्व के दावे क्यों न करते फिरते हों। अमूर्त वस्तुवाद के सिद्धान्त के आधार में एक तर्कवादी और यांत्रिक विश्वदृष्टि की पूर्वमान्यताएँ निहित हैं। ये पूर्वमान्यताएँ इतिहास की एक सम्यक समझ के लिए आधार प्रदान करने में बहुत कम ही सक्षम हैं—और भाषा आखिरकार एक विशुद्धतः ऐतिहासिक परिघटना ही है।

तब क्या इसका मतलब यह है कि पहली प्रवृत्ति, यानी व्यक्तिवादी मनोगतवाद की प्रवृत्ति की बुनियादी अवस्थितियाँ सही हैं? क्या व्यक्तिवादी मनोगतवाद भाषा-वक्तृत्व के सही यथार्थ को पकड़ पाने में कदाचित सफल है? या कदाचित सच्चाई कहीं इन दोनों प्रवृत्तियों के मध्य में स्थित है, और यह पहली और दूसरी प्रवृत्तियों के बीच, व्यक्तिवादी मनोगतवाद की थीसिसों और अमूर्त वस्तुवाद की प्रति-थीसिसों के बीच, एक समझौता प्रदर्शित करती है?

हमारा विश्वास है कि अन्य मामलों की तरह ही इस मामले में भी सच्चाई न तो स्वर्णिम मध्यमान में स्थित है, न थीसिस और प्रति-थीसिस के बीच समझौते में स्थित है बल्कि वह इनसे ऊपर और परे है, थीसिस और प्रति-थीसिस, दोनों का निषेध करने, अर्थात, एक *द्वंद्वात्मक संश्लेषण* संघटित करने में निहित है। जैसाकि हम अगले अध्याय में देखेंगे, पहली प्रवृत्ति की थीसिसें भी आलोचनात्मक जाँच-पड़ताल पर खरी नहीं उतरतीं।

आइये, इस बिन्दु पर हम अपना ध्यान निम्नलिखित बातों पर केन्द्रित करें : अमूर्त वस्तुवाद भाषा की प्रणाली को साथ लेकर और उसे ही भाषाई परिघटनाओं का एकमात्र मूलमंत्र मानकर, वक्तृत-क्रिया—उद्गार को व्यक्तिगत कहकर खारिज कर देता है। जैसाकि एक बार हम पहले कह चुके हैं, इसी में तो अमूर्त वस्तुवाद का *केन्द्रीय मिथ्यात्व* निहित है। परन्तु व्यक्तिवादी मनोगतवाद के लिए, मामले का एकमात्र मूलमंत्र ठीक वही वक्तृत्व-क्रिया—उद्गार ही है। बहरहाल, व्यक्तिवादी मनोगतवादी भी उसी भाँति इस कार्रवाई को व्यक्तिगत चीज के रूप में नहीं परिभाषित करता है, और उसे वक्ता के व्यक्तिगत मानसिक जीवन के रूप में ही व्याख्यायित करने का प्रयास करता है, इसका *केन्द्रीय मिथ्यात्व* इसी में निहित है।

वास्तव में, वक्तृत्व-क्रिया को, या अधिक सही कहें तो, उसके उत्पाद—उद्गार—को किसी भी तरह से शब्द के विशुद्ध अर्थ में, एक व्यक्तिगत परिघटना नहीं माना जा सकता और उसे वक्ता की व्यक्तिगत मनोवैज्ञानिक या मनो-शरीरक्रियात्मक दशाओं के सन्दर्भ में व्याख्यायित नहीं किया जा सकता। *उद्गार एक सामाजिक परिघटना है।*

हम इस थीसिस पर विस्तृत चर्चा अगले अध्याय में करेंगे।

अध्याय तीन

शाब्दिक अन्तर्क्रिया

व्यक्तिवादी मनोगतवाद और उसका अभिव्यक्ति का सिद्धान्त। अनुभव और अभिव्यक्ति की समाजशास्त्रीय संरचना। व्यवहारात्मक विचारधारा की समस्या। वक्तृत्व की प्रजनक प्रक्रिया की एक बुनियादी इकाई के रूप में उद्गार। भाषा के अस्तित्व की वास्तविक प्रणाली की समस्या के प्रति विभिन्न पहुँचें। एक समग्र तत्व के तौर पर उद्गार और उसके रूप।

भाषा के दर्शन में चिन्तन की दूसरी प्रवृत्ति जैसाकि हम देख चुके हैं, तर्कवाद और नव-क्लासिकीवाद से जुड़ी हुई है। पहली प्रवृत्ति—व्यक्तिवादी मनोगतवाद—*स्वछन्दतावाद* (Romanticism) से जुड़ी है। स्वच्छन्दतावाद, काफी हद तक, विजातीय शब्द और विजातीय शब्द द्वारा प्रवर्तित चिन्तन की कोटियों के विरुद्ध एक प्रतिक्रिया था। अपेक्षाकृत अधिक विशिष्टता और अपेक्षाकृत अधिक तात्कालिकता की दृष्टि से कहें, तो स्वच्छन्दतावाद विजातीय शब्द की सांस्कृतिक शक्ति के पिछले पुनरुत्थानों—नवजागरण और नव-क्लासिकीवाद के युगों—के विरुद्ध एक प्रतिक्रिया था। स्वच्छन्दतावादी देशज भाषा के प्रथम भाषाशास्त्री थे, जिन्होंने सबसे पहले भाषा-वैज्ञानिक चिन्तन में एक आमूल परिवर्तनवादी पुनर्संरचना का प्रयास किया। उनकी पुनर्संरचना देशज भाषा के अनुभव पर आधारित थी जिसे एक ऐसे माध्यम के रूप में लिया गया जिसके जरिये चेतना और धारणाएँ उत्पन्न होती हैं। सचमुच, स्वच्छन्दतावादी शब्द के सटीक अर्थ में भाषाशास्त्री बने रहे। वास्तव में, यह उनकी क्षमता के बाहर की बात थी कि वे भाषा के बारे में चिन्तन की एक ऐसी प्रणाली की पुनर्संरचना करते, जिसने सदियों के दौरान अपना स्वरूप ग्रहण किया था और अपने आप को बनाये रखा था। तब भी इस चिन्तन में नई कोटियों का समावेश किया गया, और वस्तुतः इन्हीं नई कोटियों ने पहली प्रवृत्ति को उसकी अभिलाक्षणिकताएँ भी प्रदान कीं। लाक्षणिक तौर पर, व्यक्तिवादी मनोगतवाद के हाल के प्रतिनिधि भी आधुनिक भाषाओं, खासतौर पर, रोमान्स* भाषाओं के विशेषज्ञ रहे हैं। (वोस्लर, लिओ स्पिट्ज़र, लॉर्क आदि)।

* इटैलिक भाषा समूह से निकली भाषाएँ : फ्रांसीसी, इतालवी, स्पेनी, पुर्तगाली, रोमानियाई, कैटलान, सारडीनियाई, राइटियन बोली समूह और अब लुप्त हो चुकी डलमेटियन—सं.

लेकिन व्यक्तिवादी मनोगतवाद ने भी एकालापी उद्गार को ही अन्तिम यथार्थ और भाषा के प्रति अपने चिन्तन का प्रस्थान-बिन्दु बनाया। बेशक, इसने एकालापी उद्गार के प्रति निष्क्रिय समझ रखनेवाले भाषाशास्त्रियों के दृष्टिकोण से इसे नहीं देखा बल्कि इसके बजाय, इसने भीतर से, अर्थात बोलने और खुद को अभिव्यक्त करनेवाले व्यक्ति के दृष्टिकोण से.इसे देखा।

तब, व्यक्तिगत मनोगतवाद की दृष्टि में एकालापी उद्गार क्या है? हम देख चुके हैं कि यह एक विशुद्धतः व्यक्तिगत कार्रवाई है, अर्थात एक व्यक्तिगत चेतना, उसकी महत्त्वाकांक्षाओं, इरादों, सृजनात्मक अन्तःप्रेरणाओं, अभिरुचियों आदि की अभिव्यक्ति है। व्यक्तिगत मनोगतवाद के लिए अभिव्यक्ति की कोटि ही सर्वोच्च और सबसे विस्तृत कोटि है, जिसके अन्तर्गत वक्तृत्व क्रिया—अर्थात उद्गार को सम्मिलित किया जा सकता है।

लेकिन अभिव्यक्ति क्या है?

इसकी सरलतम कामचलाऊ परिभाषा यह दी जाती है : यह व्यक्ति के मानस में किसी ढंग से अपना स्वरूप और सुनिश्चितता ग्रहण करनेवाली कोई चीज है, जो किसी प्रकार के बाह्य संकेतों की सहायता से दूसरों के लिए बाह्य तौर पर विषय बनती है।

इस प्रकार, अभिव्यक्ति में दो मूल बातें हैं : पहली, एक ऐसी कोई आन्तरिक चीज जो *अभिव्यजंक* है, और दूसरी, उसका दूसरों के लिए (सम्भवतः स्वयं के लिए) *बाह्य विषयीकरण।* अभिव्यवित का कोई भी सिद्धान्त, चाहे वह जितने भी जटिल और सूक्ष्म रूप में क्यों न हो, अनिवार्यतः इन दो तत्वों की पूर्वकल्पना करके ही चलता है—और, इस प्रकार, अभिव्यक्ति की पूरी घटना इन्हीं दोनों के बीच घटित होती है। फलतः अभिव्यक्ति का कोई भी सिद्धान्त अपरिहार्यतः यह भी पूर्वकल्पना करता है कि कोई ऐसी अभिव्यजंक चीज है जो किसी ढंग से अपना स्वरूप ग्रहण करती है और स्वयं अभिव्यक्ति से अलग अस्तित्व रखती है; कि पहले यह एक रूप में अस्तित्वमान रहती है और बाद में दूसरा रूप ग्रहण कर लेती है। ऐसा ही हो सकता है, अन्यथा, यदि अभिव्यंजक चीज शुरू से ही अभिव्यक्ति के रूप में अस्तित्वमान होती, और इन दो मूल बातों के बीच परिमाणात्मक संक्रमण चलता रहता (स्पष्टीकरण, विभेदीकरण आदि के रूप में), तब तो अभिव्यक्ति का पूरा सिद्धान्त ही धराशायी हो जाता। इसीलिए अभिव्यक्ति का सिद्धान्त आन्तरिक और बाह्य तत्वों के बीच एक निश्चित द्वैतवाद की पूर्वकल्पना करता है, जिसमें पहले तत्व की स्पष्ट वरीयता रहती है, कारण कि विषयीकरण (अभिव्यक्ति) की प्रत्येक कार्रवाई भीतर से बाहर की ओर प्रस्थान करती है। इसके स्रोत भीतर होते हैं। भाववादी और अध्यात्मवादी आधार अकारण ही वे एकमात्र आधार नहीं हैं, जिन पर व्यक्तिवादी मनोगतवाद का सिद्धान्त और सामान्य तौर पर अभिव्यक्ति के सारे सिद्धान्त विकसित हुए हैं। इनमें वास्तविक महत्त्व की प्रत्येक चीज भीतर निहित होती है, बाह्य तत्व वास्तविक महत्त्व केवल तभी प्राप्त करता है जब वह आन्तरिक के लिए एक वाहक बनता है, आत्मा की अभिव्यक्ति बनता है।

निश्चय ही, बाह्य बनकर, अपने आप को बाहर की ओर अभिव्यक्त करके ही, आन्तरिक तत्व परिवर्तन के दौर से गुजरता है। आखिरकार, इसे उस बाह्य उपादान पर नियंत्रण करना आवश्यक होता है, जो आन्तरिक तत्व से पृथक अपनी निजी वैधता रखता है। बाह्य उपादान पर नियंत्रण प्राप्त करने, आधिपत्य कायम करने और उसे ही अभिव्यक्ति का एक आज्ञाकारी माध्यम बनाने की इस प्रक्रिया में ही, अनुभवात्मक अभिव्यंजक तत्व परिवर्तन के दौर से गुजरता है, और इसी में वह एक निश्चित समझौता करने अर्थात मध्यमार्ग अपनाने के लिए बाध्य होता है। इसीलिए, भाववादी आधार, जिस पर अभिव्यक्ति के सारे सिद्धान्त स्थापित हुए हैं, अभिव्यक्ति के आमूल परिवर्तनवादी निषेध की गुंजाइश भी रखता है, जिसके नाते आन्तरिक तत्व की शुद्धता विकृत हो जाती है।[1] किसी भी मामले में, अभिव्यक्ति की सारी सृजनात्मक एवं संगठनकारी शक्तियाँ भीतर ही होती हैं। प्रत्येक बाह्य चीज आन्तरिक तत्व के कौशल के लिए महज निष्क्रिय उपादान भर होती है। अभिव्यक्ति मूलतः भीतर ही पैदा होती है और उसके बाद बाहर महज प्रकट भर होती है। अतः इस तर्क के अनुसार, एक विचारधारात्मक परिघटना की समझ, व्याख्या, और स्पष्टीकरण भी आवश्यक रूप से भीतर की ओर ही निर्दिष्ट होने चाहिये, अभिव्यक्ति के लिए इसका एक उल्टा परिपथ अपनाना आवश्यक है। बाह्य विषयीकरण से आरम्भ होकर, स्पष्टीकरण को निश्चय ही उसके आन्तरिक, संगठनकारी आधारों में पहुँचना चाहिये। व्यक्तिवादी मनोगतवाद अभिव्यक्ति को इसी ढंग से समझता है।

भाषा के दर्शन में चिन्तन की पहली प्रवृत्ति का सिद्धान्त बुनियादी तौर पर असंगत है।

अनुभवात्मक, अभिव्यजंक तत्व और उसका बाह्य विषयीकरण, जैसाकि हम जानते हैं, एक ही उपादान से सृजित हैं। आखिरकार, संकेतों की मूर्तमानता से बाहर अनुभव जैसी कोई चीज नहीं होती है। फलतः आन्तरिक और बाह्य तत्व के बीच एक मूलभूत गुणात्मक अन्तर की धारणा अपनी शुरुआत में ही अवैध हो जाती है। इसके अतिरिक्त, संगठनकारी और सृजनकारी केन्द्र की स्थिति भी भीतर (अर्थात, आन्तरिक संकेतों के उपादान में) नहीं, बल्कि बाहर ही है। अनुभव अभिव्यक्ति को नहीं संगठित करता, बल्कि इसके विपरीत, *अभिव्यक्ति अनुभव को संगठित करती है।* अभिव्यक्ति ही अनुभव को सबसे पहले उसका स्वरूप और उसकी दिशा की विशिष्टता प्रदान करती है।

हम इस पर चाहे जिस भी पहलू से विचार करें, यह निश्चित है कि अभिव्यक्ति-उद्गार का निर्धारण किसी सुनिश्चित उद्गार की वास्तविक दशाओं द्वारा और सर्वोपरि रूप से, उसकी *तात्कालिक सामाजिक स्थिति द्वारा* ही होता है।

उद्गार, जैसाकि हम जानते हैं, सामाजिक रूप से संगठित दो व्यक्तियों के बीच, निर्मित होता है, तथा एक वास्तविक श्रोता के अभाव में, एक व्यक्ति के रूप में एक ऐसे

---

1. ''बोला गया विचार एक झूठ है'' (त्युत्शेव), ''काश, बिना शब्दों के ही कोई आत्मा से बोल सकता'' (फेत)। ये कथन भाववादी स्वच्छन्दतावाद के अत्यन्त अभिलाक्षणिक उदाहरण हैं।

श्रोता की पूर्वकल्पना की जाती है, जो उस सामाजिक समूह का एक सामान्य प्रतिनिधि है, जिससे वक्ता सम्बन्धित होता है। *शब्द एक श्रोता की दिशा में ही निर्दिष्ट होता है,* अर्थात *उस व्यक्ति* की दिशा में, जो श्रोता हो : वह एक साथी सदस्य हो सकता है या उस सामाजिक समूह का नहीं भी हो सकता है, या उच्चतर या निम्नतर हैसियत (पिता, भाई, पति, आदि का सम्बन्ध) हो सकता है, या नहीं भी हो सकता है। एक अमूर्त श्रोता जैसी कोई चीज नहीं हो सकती। ऐसे व्यक्ति के साथ अक्षरशः और लाक्षणिक तौर पर, निश्चय ही हमारी कोई एक सामान्य भाषा नहीं हो सकती। भले ही हम कभी-कभी यह अनुभव करने और कहने का दावा करें कि *अपने ही से पायी है आलम की खबर मैंने,* लेकिन वास्तव में और निश्चित रूप से, हम इस "आलम" को अपने आसपास के ठोस सामाजिक वातावरण के प्रिज्म से ही देखते हैं। अधिकतर मामलों में, हम एक निश्चित प्रातिनिधिक एवं स्थिरीकृत *सामाजिक प्रयोजन* की पूर्वकल्पना कर लेते हैं, और उसी दिशा में हमारे अपने सामाजिक समूह की विचारधारात्मक सृजनशीलता और सामयिकता निर्दिष्ट हो जाती है, अर्थात हम अपने श्रोता को अपने साहित्य, अपने विज्ञान, अपनी नैतिक और विधि संहिताओं का समकालीन व्यक्ति मान लेते हैं।

प्रत्येक व्यक्ति की अपनी आन्तरिक दुनिया और चिन्तन का अपना स्थिरीकृत *सामाजिक श्रोता* होता है, जो वह वातावरण निर्मित करता है जिसमें तर्क, अभिप्रेरण, मूल्य आदि स्वरूप ग्रहण करते हैं। जो व्यक्ति जितना ही अधिक सुसंस्कृत होता है, उसका आन्तरिक श्रोता भी विचारधारात्मक सृजनशीलता के सामान्य श्रोता के उतना ही निकट होता है, लेकिन किसी भी मामले में, कोई वर्गविशेष और युगविशेष ही वह सीमा निर्धारित करते हैं, जिससे बाहर श्रोता का आदर्श नहीं जा सकता।

श्रोता की दिशा में शब्द की अभिमुखता अत्यन्त महत्त्वपूर्ण है। वास्तव में, *शब्द एक द्वि-पक्षीय कार्रवाई* है। यह *किसका* शब्द है और इसे किसके लिए कहा गया है—ये दोनों ही बातें समान रूप से इसका निर्धारण करती हैं। शब्द के रूप में, यह *निश्चय ही वक्ता और श्रोता के बीच, सम्बोधनकर्ता और सम्बोधित किये गये व्यक्ति के बीच, पारस्परिक सम्बन्ध का उत्पाद* है। प्रत्येक शब्द "एक" को "दूसरे" के सापेक्ष ही अभिव्यक्त करता है। कोई भी व्यक्ति अपनी शाब्दिक अभिव्यक्ति दूसरे के ही दृष्टिकोण से, अन्ततः उस समुदाय के ही दृष्टिकोण से करता है, जिससे वह सम्बन्धित होता है। यदि इस सेतु का एक सिरा वक्ता पर निर्भर है, तो दूसरा सिरा उसके श्रोता पर। शब्द एक ऐसा क्षेत्र है जिसमें सम्बोधनकर्ता और सम्बोधित किया जानेवाला व्यक्ति, अर्थात वक्ता और उसका श्रोता दोनों सहभागिता करते हैं।

लेकिन वक्ता होने का क्या अर्थ है? भले ही कोई शब्द पूर्णतः उसका अपना न हो, भले ही वह स्वयं उसके और उसके श्रोता के बीच पूरी तरह से सीमा क्षेत्र न बनाता हो, फिर भी अंशतः यह उसी का होता है।

एक स्थिति ऐसी भी हो सकती है जिसमें वक्ता निस्सन्देह अपने शब्द का स्वामी हो

सकता है, और इस स्थिति में उस पर पूर्ण अधिकार हो सकता है। वह स्थिति शब्द को अभिव्यक्त करने की शरीरक्रियात्मक कार्रवाई हो सकती है। लेकिन, चूंकि इस कार्रवाई को विशुद्धतः शरीरक्रियात्मक रूप में लिया गया है, इसलिए इसके लिए स्वामित्व की कोटि लागू नहीं हो सकती।

अब, यदि हम ध्वनि को अभिव्यक्त करने की शरीरक्रियात्मक कार्रवाई के बजाय, शब्द को एक संकेत की अभिव्यक्ति के रूप में लें, तब स्वामित्व का सवाल अत्यन्त जटिल हो जाता है। इस तथ्य के बावजूद कि वक्ता ने एक संकेत के रूप में शब्द को उपलब्ध संकेतों के सामाजिक कोष से लिया है, एक ठोस उद्‍गार के रूप में इस सामाजिक संकेत को व्यक्तिगत रूप से बदले जाना भी सामाजिक सम्बन्धों द्वारा ही निर्धारित होता है। वोस्लरवादी एक उद्‍गार के जिस शैलीगत व्यक्तिगत-विशिष्टीकरण की बात करते हैं, वह भी उन सामाजिक अन्तर्सम्बन्धों का ही एक प्रतिबिम्बन प्रदर्शित करता है, जिनके द्वारा वह वातावरण संघटित होता है, जिसमें एक उद्‍गार पैदा होता है। *तात्कालिक सामाजिक स्थिति और व्यापक सामाजिक वातावरण ही पूर्णरूप से उद्‍गार की संरचना का निर्धारण करते हैं—उसका भीतर से निर्धारण करते हैं।*

निस्सन्देह, हम चाहें जिस भी प्रकार का उद्‍गार लें, यहाँ तक कि एक ऐसे प्रकार का उद्‍गार लें, जो किसी सन्दर्भात्मक सन्देश (संकीर्ण अर्थों में सवांद) न होकर, किसी आवश्यकता—उदाहरण के लिए, भूख—की ही शाब्दिक अभिव्यक्ति क्यों न हो—हम निश्चित रूप से कह सकते हैं कि यह अपनी समग्रता में एक सामाजिक अभिमुखता लिये होता है। यह , सर्वोपरि रूप से एक विशिष्ट स्थिति के सन्दर्भ में, वक्तृत्व की घटना के सहभागियों—प्रकट और अप्रकट, दोनों ही प्रकार के सहभागियों—द्वारा, तात्कालिक तौर पर और प्रत्यक्षतः निर्धारित होती है। और यह स्थिति ही उद्‍गार को इस रूप में निर्धारित करती है कि उसे किस ढंग से ध्वनित होना है—माँग या अनुरोध के रूप में, लच्छेदार या सरल-सीधी शैली में, निश्चयात्मक या हिचकिचाहट भरे ढंग से या अन्य किसी भी प्रकार से, साधिकार आग्रह या याचना के स्वर में।

तात्कालिक सामाजिक स्थिति और उसके तात्कालिक सामाजिक सहभागी ही किसी उद्‍गार के ''अवसरानुकूल'' रूप और उसकी शैली को निर्धारित करते हैं। इसकी संरचना की भीतरी परतें उन अपेक्षाकृत अधिक टिकाऊ और अपेक्षाकृत अधिक बुनियादी सामाजिक सम्बन्धों द्वारा निर्धारित होती हैं, जिनके सम्पर्क में वक्ता होता है।

भले ही हम ऐसा कोई उद्‍गार लें जो अभी ''आत्मा के भीतर'' सृजन की प्रक्रिया में ही हो, फिर भी इससे मामले के सारतत्व में कोई फर्क नहीं पड़ेगा, कारण कि अनुभव की संरचना भी ठीक उतनी ही सामाजिक होती है जितनी के उसके बाह्य विषयीकरण की सरंचना। एक अनुभव जिस सीमा तक बोधगम्य, सुस्पष्ट और सूत्रित होता है, वह उस सीमा के सीधे समानुपाती होती है, जिस तक वह अनुभव सामाजिक रूप से निर्दिष्ट हुआ होता है।

वास्तव में, किसी अनुभूति—उदाहरण के लिए, भूख की अनुभूति जो बाह्य रूप से अभिव्यक्त नहीं होती—का सरल से सरल और धुँधला से धुँधला बोध भी किसी न किसी प्रकार के विचारधारात्मक रूप की झलक देता है। आखिरकार, किसी भी बोध में एक आन्तरिक वक्तृत्व, आन्तरिक शैली का एक आन्तरिक लहजा और उसके आदितत्व तो अनिवार्यतः होते ही हैं : कोई व्यक्ति भूख का बोध खेदपूर्वक, चिढ़ के साथ, क्रुद्ध होकर, रोषपूर्वक या अन्य किसी भी रूप में कर सकता है। बेशक, हमने यहाँ पर आन्तरिक लहजे द्वारा अपनायी जा सकनेवाली अधिक स्थूल, और अधिक सुस्पष्ट दिशाओं को ही इंगित किया है, लेकिन, वास्तव में किसी अनुभव को बयान करने की सम्भावनाओं का समुच्चय अत्यन्त सूक्ष्म और जटिल होता है। अधिकतर मामलों में बाह्य अभिव्यक्ति आन्तरिक वक्तृत्व द्वारा पहले से ही अपनायी गयी दिशा और उसमें निहित लहजे को ही जारी रखती है और उसे अधिकाधिक सुस्पष्ट बनाता है।

भूख की आन्तरिक संवेदना किस ढंग से बयान की जायेगी—यह भूखे व्यक्ति की सामान्य सामाजिक स्थिति पर, और साथ ही साथ, अनुभव की तात्कालिक दशाओं पर निर्भर है। अन्ततः ये दशायें ही यह निर्धारित करती हैं कि भूख का बोध किस मूल्यांकनकारी सन्दर्भ में, किसी सामाजिक दायरे के भीतर, किया जायेगा। तात्कालिक सामाजिक सन्दर्भ उन सम्भावित श्रोताओं, मित्रों या शत्रुओं को निर्धारित करता है, जिनकी ओर भूख की चेतना और अनुभव निर्दिष्ट होंगे : कि क्या इसमें क्रूर प्रकृति के प्रति असन्तोष शामिल होगा, या स्वयं अपने प्रति, या समाज के प्रति, या समाज के भीतर एक विशिष्ट समूह के प्रति या एक विशिष्ट व्यक्ति के प्रति, आदि-आदि। वस्तुतः एक अनुभव की सामाजिक अभिमुखता में बोधगम्यता, सुस्पष्टता और विभेदीकरण भिन्न-भिन्न स्तर हो सकते हैं, लेकिन किसी न किसी प्रकार की मूल्यांकनकारी सामाजिक अभिमुखता के बगैर, कोई अनुभव होता ही नहीं। यहाँ तक कि किसी नन्हे शिशु की चीख भी उसकी माँ की ओर "निर्दिष्ट" होती है। यह भी हो सकता है कि भूख का अनुभव राजनीतिक रंग ले ले, तब इसकी संरचना एक सशक्त राजनीतिक पुकार या राजनीतिक आन्दोलन की आवश्यकता के अनुरूप नीतियों द्वारा निर्धारित होगी। इसका बोध विरोध के एक रूप आदि के रूप में किया जायेगा।

जहाँ तक एक सम्भाव्य (और यहाँ तक कि कभी-कभी स्पष्टतः बोध किये जा सकनेवाले) श्रोता की बात है, तो स्पष्ट विभेदीकरण दो ध्रुवों, अर्थात दो अतियों के रूप में किया जा सकता है, जिनके बीच, कभी इस ध्रुव या अति की ओर, तो कभी उस ध्रुव या अति की ओर झुकाव रखनेवाले अनुभव का बोध किया जा सकता है और तदनुसार ही उसे विचारधारात्मक रूप से संरचित किया जा सकता है। हम इन दो अतियों को *"मैं-अनुभव"* और *"हम-अनुभव"* का नाम दे रहे हैं।

"मैं-अनुभव" वस्तुतः उन्मूलन की दिशा में झुकाव रखता है : यह जैसे-जैसे अपनी अति की सीमा के निकट पहुँचता जाता है, वैसे-वैसे यह अपनी विचारधारात्मक रूप से

संरचित स्थिति खोता जाता है, और इस प्रकार, इसकी बोधगम्यता का गुण, अन्ततः, जन्तु की शरीरक्रियात्मक प्रतिक्रिया में प्रत्यावर्तित हो जाता है। इस अति की ओर गति करने के दौरान, अनुभव सामाजिक अभिमुखता की अपनी सारी सम्भावनाओं को, सारी बोधगम्यता को त्यागता जाता है, और इसीलिए यह अपनी शाब्दिक प्रस्तुति को भी खोता जाता है। एकल अनुभव या एकल अनुभवों के सारे समूह इस अति की ओर जा सकते हैं, और इस अति के दौरान, अपनी विचारधारात्मक स्पष्टता और उसकी संरचनात्मक स्थिति खोते हुए, चेतना की सामाजिक जड़ों तक पहुँच पाने की अक्षमता को प्रमाणित करने लगते हैं।[2]

"हम-अनुभव" किसी झुण्ड का अस्पष्ट अनुभव कतई नहीं होता, यह विभेदीकृत होता है। इसके अतिरिक्त, इसमें विचारधारात्मक विभेदीकरण, अर्थात चेतना का विकास इसकी सामाजिक अभिमुखता की दृढ़ता एवं विश्वसनीयता के समानुपाती होता है। एक व्यक्ति अपने आप में जिस समष्टि के प्रति अभिमुख होता है, वह जितनी अधिक सुदृढ़, जितनी अधिक संगठित और जितनी अधिक विभेदीकृत होती है, उतनी ही सुस्पष्ट और संश्लिष्ट उस व्यक्ति की आन्तरिक दुनिया भी होती है।

"हम-अनुभव" में विचारधारात्मक संरचना की भिन्न-भिन्न सीमाओं और उसके भिन्न प्रकारों की गुंजाइश रहती है।

एक ऐसी स्थिति की कल्पना करें, जिसमें भूखे लोगों के एक विषम समुच्चय में से एक व्यक्ति भूख का बोध करता है, जिसकी भूख एक संयोग की बात है (वह अभागा, भिखारी, या कुछ भी हो सकता है)। इस वर्गच्युत अकिंचन का अनुभव कुछ विशिष्ट ढंग की रंगत लिये होगा और कुछ विशिष्ट विचारधारात्मक रूपों की ओर झुकाव लिये होगा, जिसकी सम्भावित सीमा काफी विस्तृत होगी : उसका अनुभव दीनता, लज्जा, ईर्ष्या आदि मूल्यांकनकारी रंगतें लिये होगा। उसका अनुभव जिन विचारधारात्मक रूपों के साथ विकसित होगा, वे या तो एक आवारागर्द के व्यक्तिवादी विरोध के रूप रहे होंगे या एक पश्चातापी, रहस्यमय आत्मसमर्पण के रूप।

आइये, अब हम एक ऐसे मामले की कल्पना करें जिसमें भूखा व्यक्ति एक ऐसी समष्टि से सम्बन्धित है, जिसमें भूख संयोग की बात नहीं, बल्कि आवश्यक रूप से एक समष्टिगत चरित्र रखती है—लेकिन भूखे लोगों की यह समष्टि आपस में किन्हीं भौतिक बन्धनों में नहीं बँधी है, और इसका प्रत्येक सदस्य व्यक्तिगत रूप से भूख का अनुभव करता है। यह स्थिति अधिकतर किसानों की है। यहाँ भूख का अनुभव तो "व्यापक पैमाने पर" किया जाता है, परन्तु भौतिक विषमताओं की दशाओं में, एक संयुक्तकारी आर्थिक सहमेल के अभाव में, प्रत्येक व्यक्ति भूख की पीड़ा को अपनी ही व्यक्तिगत अर्थव्यवस्था की छोटी-सी, बन्द दुनिया में महसूस करता है। ऐसी समष्टि में संयुक्त

---

2. मानवीय यौन अनुभवों के सामाजिक सन्दर्भ से कट जाने और इसी के साथ-साथ इससे होनेवाली शाब्दिक क्षति की सम्भावना पर देखें हमारी पुस्तक : 'फ्रायडियनिज़्म' (1927)

कार्रवाई के लिए आवश्यक एकात्मक भौतिक फ्रेम का अभाव होता है। ऐसी दशाओं में व्यक्ति की भूख का एक आत्मसमर्पित लेकिन लज्जाहीन एवं अपेक्षाहीन बोध ही नियम बन जाता है—"चूँकि इसे हर कोई झेल रहा है, इसलिए तुम भी झेलो"। यहीं पर अप्रतिरोधी या भाग्यवादी प्रकार की दार्शनिक एवं धार्मिक प्रणालियों (जैसे आरम्भिक ईसाइयत और तोल्स्तोयवाद) के विकास का आधार तैयार हो जाता है।

वस्तुगत और भौतिक रूप से व्यवस्थित एवं एकजुट समष्टि (जैसे, सैनिकों की एक रेजिमेण्ट, एक फैक्टरी की चारदीवारी के भीतर मजदूरों का संगठन, बड़े पैमाने के पूँजीवादी फार्म पर रह रहे भाड़े के मजदूरों का संश्रय, और अन्ततः एक समूचा वर्ग जो परिपक्व हो चुका हो) के एक सदस्य के लिए भूख का एक पूर्णतः भिन्न अनुभव लागू होता है। इसमें भूख का अनुभव प्रभावी तौर पर सक्रिय और आत्मविश्वास से भरे विरोध के अधिस्वरों से अभिचिह्नित होता है, जिसमें विनम्र और समर्पणकारी लहजे का कोई आधार नहीं होता। विचारधारात्मक सुस्पष्टता और उसकी संरचनात्मक स्थिति का अनुभव प्राप्त करने के लिए ये सर्वाधिक अनुकूल आधार हैं।

अभिव्यक्ति के ये सभी प्रकार, अपने-अपने बुनियादी लहजों के साथ, सम्भावित उद्गारों से सम्बन्धित शब्दों एवं सम्बन्धित रूपों से भरपूर होते हैं। इनके सभी मामलों में, सामाजिक स्थिति ही यह निर्धारित करती है कि कौन सा शब्द, कौन सा रूपक, और कौन सा रूप किसी विशिष्ट लहजेवाले अनुभव के कोष से निःसृत होकर भूख को अभिव्यक्त करनेवाले एक उद्गार में विकसित होगा।

व्यक्तिवादी *स्व-अनुभव* एक विशेष प्रकार के चरित्र से अभिचिह्नित होता है। यह ऊपर परिभाषित किये गये शब्द के सटीक अर्थ में "मैं-अनुभव" से सम्बन्धित नहीं होता। व्यक्तिवादी अनुभव पूरी तरह से विभेदीकृत और संरचित होता है। व्यक्तिवाद बुर्जुआ वर्ग के "हम-अनुभव" का एक विशिष्ट विचारधारात्मक रूप है (व्यक्तिवादी स्व-अनुभव का ही एक मिलता-जुलता प्रकार सामन्ती कुलीन वर्ग में भी रहा है)। अनुभव का व्यक्तिवादी प्रकार एक सुदृढ़ और विश्वस्त सामाजिक अवस्थिति से व्युत्पन्न होता है। किसी का अपने आप में व्यक्तिवादी विश्वास, अर्थात उसके अपने व्यक्तिगत मूल्य का बोध भीतर से नहीं, उसके व्यक्तित्व की गहराइयों से नहीं, बल्कि बाहरी दुनिया से प्राप्त होता है। यह किसी व्यक्ति की सामाजिक पहचान और अधिकारों की, तथा समूची सामाजिक व्यवस्था द्वारा उसे प्रदान की गयी वस्तुगत सुरक्षा एवं मान्यता की, और उसकी व्यक्तिगत आजीविका कीी विचारधारात्मक व्याख्या है। सचेत, व्यक्तिगत व्यक्तित्व की संरचना ठीक उतनी ही सामाजिक है जितनी कि अनुभव के समष्टिगत प्रकार की संरचना। यह एक विशिष्ट प्रकार की व्याख्या है जो, एक जटिल और टिकाऊ सामाजिकार्थिक स्थिति में रहनेवाले व्यक्ति की व्यक्तिगत आत्मा में प्रक्षेपित होती है। लेकिन व्यक्तिवादी "हम-अनुभव" के इस प्रकार में, तथा उससे सम्बन्धित सामाजिक व्यवस्था में भी, एक अन्तरविरोध निहित होता है, जो देर-सबेर उसकी विचारधारात्मक संरचना की स्थिति को ध्वस्त कर सकता है।

एक सदृश संरचना एकाकी स्व-अनुभव (''अपनी व्यक्तिगत ईमानदारी के साथ अकेले खड़े रहने की क्षमता और सामर्थ्य'') के रूप में प्रस्तुत की जाती है। इसे रोम्याँ रोलाँ ने और किसी हद तक तोल्स्तोय ने विकसित किया है। लेकिन इस एकाकीपन में जो गर्व निहित है, वह भी ''हम'' पर ही निर्भर है। यह ''हम-अनुभव'' का ही एक भिन्न रूप है, जो आधुनिक काल के पश्चिमी यूरोप के बुद्धिजीवी वर्ग की अभिलाक्षणिक विशिष्टता है। तोल्स्तोय इस पर टिप्पणी करते हुए कहते हैं कि चिन्तन के दो भिन्न-भिन्न प्रकार—एक, ''अपने लिए'' और दूसरा ''जनता के लिए''—होते हुए भी ये महज ''जनता'' की ही दो भिन्न-भिन्न अवधारणाओं का एक सन्निधान प्रस्तुत करते हैं। तोल्स्तोय का ''अपने लिए'' वास्तव में, सिर्फ अपने विशिष्ट श्रोता की ही एक दूसरी सामाजिक अवधारणा को अभिचिह्नित करता है। इसमें ऐसा कुछ नहीं है जिसे सम्भाव्य अभिव्यक्ति की ओर अभिमुखता से बाहर और, इसी नाते उस अभिव्यक्ति की तथा उसमें शामिल चिन्तन की सामाजिक अभिमुखता से बाहर की कोई चीज माना जाये।

इस प्रकार, वक्ता का व्यक्तित्व, भीतर से निकलकर, पूरी तरह से सामाजिक अन्तर्सम्बन्धों का ही एक उत्पाद सिद्ध होता है। केवल इसकी बाह्य अभिव्यक्ति ही नहीं, बल्कि इसका आन्तरिक अनुभव भी सामाजिक क्षेत्र में ही होता है। फलतः आन्तरिक अनुभव (''अभिव्यक्तिशील'') और उसके बाह्य विषयीकरण (''उद्गार'') का समूचा परिपथ पूरी तरह सामाजिक क्षेत्र से ही होकर गुजरता है। जब कोई अनुभव एक सुस्पष्ट उद्गार में चरितार्थ होने की अवस्था में पहुँचता है, तब इसकी सामाजिक अभिमुखता, संवाद की सामाजिक परिस्थितियों पर, और सर्वोपरि रूप से, वास्तविक श्रोताओं के ऊपर केन्द्रित होने के कारण, अतिरिक्त जटिलता प्राप्त कर लेती है।

हमने चेतना और विचारधारा की समस्या के बारे में पीछे जो जाँच-पड़ताल की है, उस पर हमारा विश्लेषण एक नई रोशनी डाल रहा है।

विषयीकरण से बाहर, किसी विशिष्ट उपादान (भावभंगिमा , आन्तरिक शब्द, चीख आदि उपादान) *में मूर्तमान होने से परे, चेतना एक कल्पना ही है।* यह एक असंगत विचारधारात्मक निर्मिति है जिसे सामाजिक अभिव्यक्ति के ठोस तथ्यों से अमूर्तन की पद्धति द्वारा सृजित किया गया है। लेकिन चेतना संगठित, भौतिक अभिव्यक्ति के रूप में (शब्द के विचारधारात्मक उपादान, संकेत, चित्र, रंगों, संगीतमय ध्वनि आदि के रूप में)—ग्रहीत होकर, एक वस्तुगत तथ्य और एक प्रचण्ड सामाजिक शक्ति बन जाती है। निश्चय ही, इस प्रकार की चेतना कोई अस्तित्वेतर परिघटना नहीं होती, और न ही यह अस्तित्व के संघटन को निर्धारित कर सकती है। यह स्वयं में अस्तित्व का ही एक भाग है और उसी की शक्तियों में से एक है, और उसी के कारण यह प्रभावोत्पादक होती है और अस्तित्व के मंच पर अपनी भूमिका अदा करती है। चेतना जब तक अभिव्यक्ति के आन्तरिक शब्दरूपी भ्रूण के रूप में, एक चेतन व्यक्ति के मस्तिष्क के भीतर रहती है, तब भी वह अस्तित्व का एक अति लघु रूप ही होता है, जिसकी क्रियाशीलता का दायरा अभी

अत्यन्त छोटा होता है। लेकिन जब यह सामाजिक विषयीकरण की सभी अवस्थाओं से होकर गुजरती है और विज्ञान, कला, नीतिशास्त्र, या कानून की सत्ता प्रणाली में प्रवेश करती है, तब यह एक ऐसी वास्तविक शक्ति बन जाती है जो सामाजिक जीवन के आर्थिक आधारों तक को भी प्रभावित करने लगती है। निश्चय ही, चेतना की यह शक्ति विशिष्ट सामाजिक संगठनों में ही अवतीर्ण होती है, और अभिव्यक्ति की सुस्थिर विचारधारात्मक विधाओं (विज्ञान, कला आदि) में अनुकूलित होती है, लेकिन चिन्तन एवं अनुभव के मूल और अस्पष्ट रूप में भी यह एक छोटे पैमाने पर सामाजिक घटना के रूप में थी, और व्यक्ति की आन्तरिक कार्रवाई नहीं थी।

अनुभव अपने आरम्भ से ही पूर्णतः चरितार्थ बाह्य अभिव्यक्ति की दिशा में निर्दिष्ट होता है, और अपने आरम्भ से ही उस दिशा में अभिमुख होता है। किसी अनुभव की अभिव्यक्ति चरितार्थ हो सकती है या रोकी जा सकती है या निषिद्ध की जा सकती है। निषिद्ध अवस्था में, अनुभव निषिद्ध अभिव्यक्ति के रूप में होता है (हम यहाँ पर निषिद्धता के कारणों और उसकी दशाओं की अत्यन्त जटिल समस्या में नहीं जायेंगे)। लेकिन चरितार्थ हुई अभिव्यक्ति अनुभव पर एक सशक्त प्रतिवर्ती प्रभाव छोड़ती है : यह आन्तरिक जीवन को एक साथ बाँधना शुरू कर देती है, और उसे अपेक्षाकृत अधिक सुनिश्चित एवं स्थायी अभिव्यक्ति बना देती है।

अनुभव (अर्थात आन्तरिक अभिव्यक्ति) पर संरचित और स्थिरीकृत अभिव्यक्ति का यह प्रतिवर्ती प्रभाव अतीव महत्त्व का है, और इस पर अवश्य ध्यान दिया जाना चाहिये। वैसे, यह दावा किया जा सकता है कि यह *हमारी आन्तरिक दुनिया के साथ स्वयं अपने को समायोजित करनेवाली अभिव्यक्ति का मामला उतना नहीं है, बल्कि यह हमारी आन्तरिक दुनिया का मामला है, जो हमारी अभिव्यक्ति की सम्भावनाओं, उसके सम्भव परिपक्षों एवं उसकी दिशाओं के साथ अपने आप को समायोजित करती है।*

इसे विचारधारा की स्थापित प्रणालियों—कला, नीतिशास्त्र, कानून आदि की प्रणालियां—से स्पष्टतः विभेदित करने की गरज से, हम जीवन-अनुभवों के पूरे समुच्चय और उससे प्रत्यक्षतः सम्बन्धित बाह्य अभिव्यक्तियों के लिए *व्यवहारात्मक विचारधारा* शब्दावली इस्तेमाल करेंगे। व्यवहारात्मक विचारधारा अव्यवस्थित और अस्थिर आन्तरिक एवं बाह्य वक्तृत्व का वह वातावरण है जो हमारे व्यवहार एवं हमारी कार्रवाई के प्रत्येक मामले को तथा हमारी प्रत्येक "चेतन" अवस्था को अर्थ प्रदान करता है। अभिव्यक्ति एवं अनुभव की संरचना की समाजशास्त्रीय प्रकृति को ध्यान में रखते हुए, हम कह सकते हैं कि हमारी अवधारणा में व्यवहारात्मक विचारधारा बुनियादी तौर पर, मार्क्सवादी साहित्य में नामाभिधानित "सामाजिक मनोविज्ञान" से सम्बन्धित है। लेकिन वर्तमान सन्दर्भ में हमारे लिए "मनोविज्ञान" शब्द से बचना ही श्रेयस्कर है, कारण कि यहाँ पर हमारा एकमात्र सरोकार मानस और चेतना की अन्तर्वस्तु से है। अन्तर्वस्तु तो पूरी तरह विचारधारात्मक ही होती है, जो व्यक्तिगत, जैव (जीव वैज्ञानिक या शरीरक्रियात्मक)

कारकों द्वारा नहीं, बल्कि विशुद्धतः समाजशास्त्रीय चरित्र के कारकों द्वारा निर्धारित होती है। व्यक्तिगत, जैव कारक चेतना की अन्तर्वस्तु की बुनियादी सृजनात्मक एवं जीवन्त विशेषताओं की समझ के लिए पूर्णतः अप्रासंगिक ही हैं।

सामाजिक आचार-विचार, विज्ञान, कला और धर्म की स्थापित विचारधारात्मक प्रणालियाँ व्यवहारात्मक विचारधारा के ही सुनिश्चयन हैं, और ये सुनिश्चयन स्वयं व्यवहारात्मक विचारधारा पर भी एक सशक्त प्रभाव छोड़ते हैं, तथा सामान्यतः उसका लहजा भी निर्धारित करते हैं। लेकिन, इसी के साथ-साथ, ये पहले से रूपाकृत विचारधारात्मक उत्पाद व्यवहारात्मक विचारधारा के साथ सर्वाधिक जीवन्त जैविक सम्पर्क भी बनाये रखते हैं और उसी से अपना पोषण भी प्राप्त करते हैं, अन्यथा, इस सम्पर्क के बिना वे मृत हो जाते, ठीक वैसे ही जैसे कोई भी साहित्यिक कृति या संज्ञानात्मक विचार, उसके जीवन्त, मूल्यांकनकारी बोध के बिना मृत हो जाता है। यह विचारधारात्मक बोध, जिसके लिए ही कोई विचारधारात्मक कृति अस्तित्वमान हो सकती है ओर होती है, व्यवहारात्मक विचारधारा की भाषा में प्रस्तुत किया जाता है। व्यवहारात्मक विचारधारा इस कार्य को किसी विशिष्ट सामाजिक स्थिति में सम्पन्न करती है। यह कार्य उन सभी व्यक्तियों की चेतना की समूची अन्तर्वस्तु के साथ संयुक्त होता है जो इसका बोध करते हैं और जो उसके समीक्षात्मक मूल्य केवल उस चेतना के सन्दर्भ में ही निष्कर्षित करते हैं। इसे चेतना (बोधकर्ता की चेतना) का विशिष्ट अन्तर्वस्तु के सन्दर्भ में व्याख्यायित किया जाता है और तब इस पर नये सिरे से प्रकाश पड़ता है। इसी से एक विचारधारात्मक उत्पादन की जीवन्तता संघटित होती है। किसी भी रचनाकर्म को, अपने ऐतिहासिक अस्तित्व की प्रत्येक कालावधि में, अवश्य ही परिवर्तनशील व्यवहारात्मक विचारधारा के निकट साहचर्य में प्रवेश करना होता है, उसके साथ रच-बस जाना होता है, और उससे नया पोषण प्राप्त करना होता है। कोई रचनाकर्म किसी दी गयी कालावधि की व्यवहारात्मक विचारधारा के साथ इस प्रकार के समग्र, जैविक साहचर्य में जिस सीमा तक प्रवेश कर सकता है, उसी सीमा तक वह उस कालावधि के लिए (और बेशक, किसी सुनिश्चित सामाजिक समूह के लिए भी) जीवित रह सकता है। व्यवहारात्मक विचारधारा के साथ अपने सम्बन्ध से बाहर, यह अस्तित्वमान नहीं रह सकता, कारण कि तब यह कोई ऐसी चीज ही नहीं रह जाता, जिसका विचारधारात्मक रूप से सार्थक अनुभव किया जा सके।

हमें व्यवहारात्मक विचारधारा के भीतर तमाम अलग-अलग संस्तरों को अवश्य अभिचिह्नित करना चाहिये। ये संस्तर या तो उस सामाजिक पैमाने द्वारा परिभाषित किये जाते हैं जिन पर अनुभव और अभिव्यक्ति को मापा जाता है, या उन सामाजिक शक्तियों द्वारा परिभाषित किये जाते हैं जिनके सापेक्ष इन्हें स्वयं को प्रत्यक्षतः निर्दिष्ट करना आवश्यक होता है।

एक अनुभव या अभिव्यक्ति जिस दायरे में प्रकट होती है, वह जैसाकि हम जानते हैं, अपनी सीमा में भिन्न-भिन्न हो सकता है। एक अनुभव की दुनिया संकीर्ण और धुँधली

हो सकती है, इसकी सामाजिक अभिमुखता बेतरतीब और क्षणभंगुर तथा केवल व्यक्तियों की एक छोटी संख्या के किसी सतही और ढीले-ढाले सहमेल के लिए ही अभिलाक्षणिक हो सकती है। वस्तुतः ऐसे अनिश्चित अनुभव भी विचारधारात्मक और समाजशास्त्रीय ही होते हैं, लेकिन उनकी स्थिति सामान्य और विकृतिविज्ञानी अनुभवों की सीमा-रेखा पर होती है। इस तरह का अनुभव इसका साक्षात्कार करनेवाले व्यक्ति के मनोवैज्ञानिक जीवन में एक पृथक्कृत तथ्य ही बना रहता है। यह दृढ़ आधार नहीं बना पाता और न ही इसकी विभेदीकृत और सुस्पष्ट अभिव्यक्ति हो पाती है, यदि इसे एक सामाजिक रूप से स्थापित और स्थायी श्रोता नहीं प्राप्त होता, तो इसे अपने विभेदीकरण एवं पूर्ण अभिव्यक्तिकरण के लिए सम्भावित आधार कहाँ मिल सकते हैं? ऐसे अनिश्चित अनुभव को लिपिबद्ध करने या मुद्रित करने की सम्भावना तो और भी कम होती है। इस प्रकार के अनुभवों के लिए, अर्थात क्षणिक और आकस्मिक तौर पर प्राप्त अनुभवों के लिए, प्रभावोत्पादकता का भावी सामाजिक संघात पैदा करने की वस्तुतः कोई सम्भावना नहीं होती।

व्यवहारात्मक विचारधारा के सबसे निचले, सबसे अस्थिर, और शीघ्र परिवर्तशील संस्तर में ही इस प्रकार के अनुभव निहित होते हैं। इसीलिए, हमारे दिमाग में कौंधनेवाले ऐसे सभी अस्पष्ट और अविकसित अनुभव, विचार तथा निरर्थक एवं आकस्मिक शब्द इसी संस्तर से सम्बन्धित होते हैं। ये सभी सामाजिक अभिमुखताओं की विफलताओं के नमूने होते हैं, जो नायकविहीन उपन्यासों या श्रोताविहीन संवाद की भाँति होते हैं। इनमें किसी भी प्रकार की तर्कसंगति या एकता का अभाव होता है। इस विचारधारात्मक कचरे में कोई समाजशास्त्रीय नियम-विधान ढूँढ़ना अत्यन्त कठिन है। व्यवहारात्मक विचारधारा के इस निचले संस्तर में केवल सांख्यिकीय नियमितता ही ढूँढ़ी जा सकती है; चूँकि इसमें इस प्रकार के उत्पाद भारी मात्रा में मौजूद होते हैं, इसलिए सामाजिकार्थिक नियम-विधान की रूपरेखा तो निरूपित की ही जा सकती है। कहने की आवश्यकता नहीं कि इस तरह के किसी भी आकस्मिक अनुभव या अभिव्यक्ति में उसके सामाजिकार्थिक आधारों का पता लगाना व्यवहारतः असम्भव ही है।

व्यवहारात्मक विचारधारा के ऊपरी संस्तर जो विचारधारात्मक प्रणाली से सीधे जुड़े होते हैं, अपेक्षाकृत अधिक जीवन्त, अधिक गम्भीर और सृजनात्मक चरित्र के होते हैं। एक स्थापित विचारधारा की तुलना में, ये संस्तर अत्यधिक गतिशील और संवेदनशील होते हैं : ये सामाजिकार्थिक आधार में होनेवाले परिवर्तनों को अपेक्षाकृत अधिक शीघ्रता और अपेक्षाकृत अधिक प्रखरता के साथ सम्प्रेषित करते हैं। वस्तुतः इन्हीं में वे सृजनात्मक ऊर्जाएँ पैदा होती हैं जिनके माध्यम से विचारधारात्मक प्रणालियों की आंशिक या आमूलपरिवर्तनवादी पुनर्संरचना का आरम्भ होता है। नवोदित सामाजिक शक्तियाँ व्यवहारात्मक विचारधारा के इन्हीं ऊपरी संस्तरों में सबसे पहले अभिव्यक्त और रूपायित होती हैं, और उसके बाद ही ये किसी दूसरी संगठित, आधिकारिक विचारधारा के दायरे में प्रभावी होने में सफल होती हैं। बेशक, इस संघर्ष की प्रक्रिया में, अर्थात विचारधारात्मक

संगठनों (प्रेस, साहित्य और विज्ञान) में धीरे-धीरे प्रवेश करते जाने की इस प्रक्रिया में, व्यवहारात्मक विचारधारा की ये नई धारायें, चाहे वे कितनी भी क्रान्तिकारी क्यों न हों, स्थापित विचारधारात्मक प्रणालियों से प्रभावित होती ही हैं और किसी हद तक पहले से मौजूद रूपों, विचारधारात्मक व्यवहारों, एवं पहुँचों को आत्मसात भी करती हैं।

जिसे "सृजनात्मक वैयक्तिकता" कहा जाता है, वह एक विशिष्ट व्यक्ति की बुनियादी, दृढ़तापूर्वक स्थापित, और सामाजिक अभिमुखता की उसकी सुसंगत दिशा के अलावा और कुछ नहीं है। इसका प्राथमिक और सर्वप्रमुख सरोकार आन्तरिक वक्तृत्व (व्यवहारात्मक विचारधारा) के पूर्णतः संरचित संस्तरों से होता है, जिनके प्रत्येक संस्तर से सम्बन्धित शब्द और लहजे अभिव्यक्ति की अवस्था से होकर गुजर चुके होते हैं, अर्थात अभिव्यक्ति की परीक्षा में उत्तीर्ण हो चुके होते हैं। इस प्रकार, यहाँ जो चीजें शामिल हैं वे हैं शब्द, लहजे और आन्तरिक शब्द की भावभंगिमाएँ, जो कमोबेश यथेष्ट सामाजिक बाह्य अभिव्यक्ति के अनुभव से गुजर चुके होते हैं, तथा सामाजिक श्रोता की तरफ से मिलनेवाली प्रतिक्रियाओं और अनुक्रियाओं प्रतिरोध या समर्थन के प्रभाव में, काफी सामाजिक रंगरोगन और चमक-दमक प्राप्त कर चुके होते हैं।

व्यवहारात्मक विचारधारा के निचले संस्तरों में, बेशक जैव-शरीरक्रियात्मक कारक एक महत्त्वपूर्ण भूमिका अदा करते हैं, परन्तु उद्गार जैसे-जैसे एक विचारधारात्मक प्रणाली में गहरे पैठते जाता है वैसे-वैसे इनका महत्त्व भी लगातार घटता जाता है। इस प्रकार, अनुभव और अभिव्यक्ति (उद्गार) के निचले संस्तरों में जैव-शरीरक्रियात्मक व्याख्याओं का कुछ मूल्य होते हुए भी, ऊपरी संस्तरों में उनकी भूमिका अत्यन्त कम होती है। यहाँ पर वस्तुगत समाजशास्त्रीय प्रणाली का ही पूर्ण नियंत्रण होता है।

अतः, व्यक्तिवादी मनोगतवाद के सिद्धान्त को निश्चय ही खारिज कर देना होगा। *किसी भी उद्गार का, किसी भी अनुभव का, संगठनकारी केन्द्र भीतर नहीं, बल्कि बाहर—व्यक्तिगत अस्तित्व के आसपास के सामाजिक वातावरण में होता है।* केवल एक जन्तु की अस्पष्ट चीख ही एक व्यक्तिगत प्राणी के शरीरक्रियात्मक तंत्र के भीतर वास्तव में संगठित होती है। इस प्रकार की चीख में, शरीरक्रियात्मक प्रतिक्रिया के बरअक्स किसी भी प्रत्यक्ष विचारधारात्मक कारक का अभाव होता है। लेकिन इसके बावजूद एक व्यक्तिगत जैव निकाय द्वारा उत्पन्न सर्वाधिक आदिम प्रकार का मानवीय उद्गार भी उस जैव निकाय से बाहर संगठित उसकी अन्तर्वस्तु, उसकी महत्ता और उसके अर्थ के दृष्टिकोण से, उस जैव निकाय से बाहर के सामाजिक वातावरण की दशाओं में ही होता है। उद्गार अपने आपमें पूरी तरह से सामाजिक अन्तर्क्रिया का ही एक उत्पाद है, वार्तालाप की परिस्थितियों द्वारा निर्धारित तात्कालिक प्रकार की सामाजिक अन्तर्क्रिया और वक्ताओं के किसी सुनिश्चित समुदाय की स्थितियों के समग्र द्वारा निर्धारित अपेक्षाकृत अधिक सामान्य प्रकार की सामाजिक अन्तर्क्रिया—दोनों प्रकार की सामाजिक अन्तर्क्रियाओं का उत्पाद होता है।

व्यक्तिगत उद्गार (parole), अमूर्त वस्तुवाद के तर्कों के बावजूद, कतई एक ऐसा

व्यक्तिगत तथ्य नहीं होता, जो अपनी वैयक्तिकता के नाते ही समाजशास्त्रीय विश्लेषण का विषय नहीं बन सकता। निस्सन्देह, यदि ऐसा होता, तब तो न इन व्यक्तिगत कार्रवाइयों का कुल योग और न ऐसी सभी व्यक्तिगत कार्रवाइयों की सर्वसामान्य विशिष्टताएँ ("मानकीय समरूप रूप") एक सामाजिक उत्पाद पैदा कर पातीं।

व्यक्तिवादी मनोगतवाद उन व्यक्तिगत उद्‌गारों के लिए सही है जो भाषा के वास्तविक, ठोस यथार्थ को संगठित करते हैं, और उसी के नाते भाषा में उनका सृजनात्मक मूल्य भी होता है।

लेकिन व्यक्तिवादी मनोगतवाद इस मायने में गलत है कि यह उद्‌गार की सामाजिक प्रकृति को नजरन्दाज कर उसे समझने में विफल रहता है और कि उद्‌गार को वक्ता की आन्तरिक दुनिया से, उस आन्तरिक दुनिया की ही एक अभिव्यक्ति के रूप में व्युत्पन्न करता है। परन्तु उद्‌गार की और अभिव्यक्त किये जानेवाले अनुभव की संरचना एक *सामाजिक संरचना* है। उद्‌गार का शैलीगत रूपांकन एक सामाजिक प्रकार का रूपांकन है, और भाषा के यथार्थ द्वारा व्यवहारतः उत्पन्न किये जानेवाले उद्‌गारों का *शाब्दिक प्रवाह* एक सामाजिक प्रवाह है। इस प्रवाह की प्रत्येक बूँद सामाजिक होती है और इसकी उत्पत्ति की पूरी गतिकी सामाजिक ही होती है।

साथ ही, व्यक्तिगत मनोगतवाद इस मायने में पूरी तरह सही है कि भाषाई रूप और उसमें विचारधारा का समावेशन परस्पर अविभाज्य हैं। प्रत्येक शब्द विचारधारात्मक होता है और भाषा के प्रत्येक प्रयोग में विचारधारात्मक परिवर्तन सन्निहित होता है। लेकिन व्यक्तिगत मनोगतवाद इस मायने में गलत है कि यह शब्द में विचारधारात्मक समावेशन को व्यक्तिगत मानस की दशाओं से व्युत्पन्न करता है।

व्यक्तिवादी मनोगतवाद, अमूर्त वस्तुवाद की भाँति ही, इस मायने में गलत है कि यह एकालापी उद्‌गार को ही अपने प्रस्थान का बुनियादी बिन्दु बनाता है। यह सच है कि कुछेक वोस्लरवादियों ने संवाद की समस्या पर सोचना शुरू कर दिया है ताकि शाब्दिक अन्तर्क्रिया की एक अपेक्षाकृत अधिक सही समझ की पहुँच विकसित की जा सके। इस सम्बन्ध में अत्यन्त लाक्षणिक पुस्तक लिओ स्पिट्ज़र की पुस्तक है, जिसे हम पहले ही उद्धृत कर चुके हैं—उसकी *Italienische Umgengsprache*, जो इतालवी बोलचाल की भाषा के रूपों का, वार्तालाप परिस्थितियों और सबसे बढ़कर श्रोता को मुद्दे के साथ जोड़कर विश्लेषण करती है। *वर्णनात्मक मनोवैज्ञानिक* विधि इस्तेमाल करता है। वह अपने विश्लेषण से निःसृत हो सकनेवाले मौलिक समाजशास्त्रीय निष्कर्ष नहीं निकालता। अतः वोस्लरवादियों के लिए, एकालापी उद्‌गार ही बुनियादी यथार्थ बना रहता है।

'शाब्दिक अन्तर्क्रिया की समस्या को स्पष्टतः सुव्यक्त रूप से ऑटो डिएट्रिख ने प्रस्तुत किया है। वह अभिव्यक्ति के रूप में उद्‌गार के सिद्धान्त की आलोचना से प्रस्थान करता है। उसके लिए, भाषा का बुनियादी कार्य अभिव्यक्ति नहीं, बल्कि सम्प्रेषण है (सटीक अर्थों में), और इसी आधार पर वह श्रोता की भूमिका पर भी विचार करता है।

डिएट्रिख के अनुसार, एक भाषाई अभिव्यक्ति की न्यूनतम शर्त द्विधात्मक (वक्ता और श्रोता) है। लेकिन डिएट्रिख भी, व्यक्तिवादी मनोगतवाद की भाँति सामान्य मनोवैज्ञानिक प्रकार की कल्पनाओं को ही स्वीकार करके चलता है, और व्यक्तिवादी मनोगतवाद की भाँति उसकी भी गवेषणाएँ किसी प्रकार के निश्चित समाजशास्त्रीय आधार से रहित हैं।

अब हम इस स्थिति में आ गये हैं कि उस सवाल का जवाब दे सकें, जिसे हमने अपने अध्ययन के इस खण्ड के पहले अध्याय के अन्त में प्रस्तुत किया था। *भाषा वक्तृत्व का वास्तविक यथार्थ न तो भाषाई रूपों की अमूर्त प्रणाली है, न पृथक्कृत एकालापी उद्‌गार है, और न ही, उसके चरितार्थ होने की मनोशरीरक्रियात्मक कार्रवाई है, बल्कि एक उद्‌गार या उद्‌गारों में चरितार्थ शाब्दिक अन्तर्क्रिया की एक सामाजिक घटना है।*

इस प्रकार, शाब्दिक अन्तर्क्रिया ही भाषा का बुनियादी यथार्थ है।

वास्तव में, संवाद, शब्द के संकीर्ण अर्थ में, शाब्दिक अन्तर्क्रिया के कई रूपों में से सिर्फ एक रूप है—और एक बहुत ही महत्त्वपूर्ण रूप है। लेकिन संवाद को एक अपेक्षाकृत अधिक व्यापक अर्थ में भी समझा जा सकता है, अर्थात इसे सिर्फ प्रत्यक्ष रूप से, आमने-सामने मौजूद दो व्यक्तियों के बीच मुखरित शाब्दिक सम्प्रेषण के रूप में ही नहीं, बल्कि किसी भी प्रकार के शाब्दिक सम्प्रेषण के अर्थ में भी समझा जा सकता है। पुस्तक, अर्थात *मुद्रित रूप में एक शाब्दिक प्रदर्शन,* शाब्दिक सम्प्रेषण की ही एक कार्रवाई है। यह एक ऐसी चीज है जो वास्तविक, यथार्थ जीवन संवाद में विवेचनीय है, लेकिन इसके अतिरिक्त इसका सक्रिय बोध भी किया जा सकता है, इसे ध्यानपूर्वक पढ़ा जा सता है, इस पर अनुक्रिया की जा सकती है, और शाब्दिक सम्प्रेषण के विशिष्ट दायरे में खोजे गये, सुव्यवस्थित, मुद्रित प्रतिक्रिया के विविध रूपों में, सम्बन्धित सवाल के बारे में अपनी प्रतिक्रिया दी जा सकती है (जैसे, पुस्तक समीक्षा, आलोचनात्मक सर्वेक्षण, बाद की कृतियों पर पड़नेवाले प्रभाव का आकलन आदि)। इसके अतिरिक्त, इस प्रकार शाब्दिक क्रिया अपरिहार्य रूप से, उसी दायरे के पिछली क्रियाओं की ओर भी अभिमुख हो जाती है, चाहे वे क्रियाएँ एक ही लेखक की हों, या दूसरे लेखकों की हों। यह अपना प्रस्थान-बिन्दु अपरिहार्यतः उन विशिष्ट मामलों को बनाता है जिनमें कोई वैज्ञानिक समस्या या कोई साहित्यिक शैली निहित होती है। इस प्रकार, मुद्रित शाब्दिक क्रिया बड़े पैमाने के विचारधारात्मक वार्तालाप में संलग्न हो जाती है : यह किसी के प्रति अनुक्रिया करती है, किसी पर आपत्ति करती है, किसी की पुष्टि करती है, सम्भावित अनुक्रियाओं एवं आपत्तियों का पूर्वानुमान करती है, आदि-आदि।

कोई भी उद्‌गार, चाहे वह अपने आप में कितना भी गुरु-गम्भीर और पूर्ण क्यों न हो, *शाब्दिक सम्प्रेषण की सतत प्रक्रिया में महज एक क्षण ही होता है।* लेकिन वह सतत शाब्दिक सम्प्रेषण भी स्वयं में, एक दी गयी सामाजिक समष्टि की सतत, सर्वसमावेशी, सृजन-प्रक्रिया में, एक क्षण ही होता है। इस सन्दर्भ में एक महत्त्वपूर्ण समस्या उठ खड़ी होती है : ठोस शाब्दिक अन्तर्क्रिया और शब्देतर स्थिति—तात्कालिक स्थिति और व्यापकतर स्थिति

दोनों ही—के बीच सम्बन्ध के अध्ययन की समस्या। यह सम्बन्ध जो रूप ग्रहण करता है, वे भिन्न-भिन्न होते हैं, तथा इस या उस रूप से जुड़े भिन्न-भिन्न कारक भिन्न-भिन्न अर्थ प्रस्तुत करते हैं (उदाहरण के लिए, ये सम्बन्ध साहित्यिक या वैज्ञानिक सम्प्रेषण में स्थिति के भिन्न-भिन्न कारकों के अनुसार भिन्न-भिन्न हो जाते हैं)। *एक ठोस स्थिति के साथ इस सम्बन्ध से बाहर शाब्दिक सम्प्रेषण को कभी समझा या व्याख्यायित नहीं किया जा सकता।* शाब्दिक संसर्ग दूसरे प्रकार के सम्प्रेषणों के साथ अविच्छेद्य रूप से अन्तर्ग्रन्थित होता है, और ये सभी उत्पादन सम्बन्धी सम्प्रेषण की एक ही सामान्य भूमि से पैदा होते हैं। यह कहने की जरूरत नहीं है कि शब्द को सम्प्रेषण की इस शाश्वत, सृजनशील, एकीकृत प्रक्रिया से अलग नहीं किया जा सकता। शाब्दिक सम्प्रेषण, एक अवस्थिति के साथ, अपने ठोस संयोजन में, अपने साथ हमेशा ही एक गैर-शाब्दिक चरित्र की सामाजिक कार्रवाइयाँ (जैसे श्रमकार्य का सम्पादन, कोई धार्मिक अनुष्ठान, समारोह आदि) लिये होता है, और अकसर ऐसी कार्रवाइयों का महज एक गौण सहवर्ती ही होता है, महज एक गौण भूमिका निभाता है। *भाषा न तो भाषा के रूपों की अमूर्त भाषा-वैज्ञानिक प्रणाली में, न वक्ताओं के व्यक्तिगत मानस में, बल्कि, निश्चित तौर पर, ठोस शाब्दिक सम्प्रेषण में ही जीवन प्राप्त करती है और ऐतिहासिक रूप से विकसित होती है।*

ऊपर दी गयी स्थापना से यह नतीजा निकलता है कि भाषा के अध्ययन का पद्धति-आधारित क्रम इस प्रकार होना चाहिये : (1) सम्बन्धित ठोस दशाओं के साथ शाब्दिक अन्तर्क्रिया के रूप और प्रकार; (2) एक घनिष्ठ रूप से सम्बन्धित अन्तर्क्रिया के अवयवों के रूप में विशिष्ट उद्गारों, के अर्थात विशिष्ट वक्तृत्व-क्रियाओं के रूप—जैसे, शाब्दिक अन्तर्क्रिया द्वारा निर्धारित मानवीय व्यवहार एवं विचारधारात्मक सृजनशीलता में वक्तृत्व-क्रिया की प्रजातियाँ; (3) इस नये आधार पर, भाषा के रूपों का उनके सामान्य भाषा-वैज्ञानिक प्रस्तुतीकरण में पुनः परीक्षण।

इसी क्रम से भाषा की वास्तविक सृजन-प्रक्रिया आगे बढ़ती है : *पहले सामाजिक संसर्ग पैदा होता है* (मूलाधार से प्रस्फुटित होता हुआ); *उसमें शाब्दिक सम्प्रेषण और अन्तर्क्रिया उत्पन्न होती है; और अन्तर्क्रिया में वक्तृत्व-क्रियाओं के रूप पैदा होते हैं, तथा अन्त में, यह सृजन-प्रक्रिया भाषा-रूपों के परिवर्तन में प्रतिबिम्बित होती है।*

अव तक कही गयी सारी बातों से जो चीज अत्यन्त महत्त्व के साथ उभर कर सामने आ रही है वह *कुल मिलाकर* उद्गार के रूपों की समस्या है। हम पहले ही इंगित कर चुके हैं कि समकालीन भाषा-विज्ञान में उद्गार के प्रति किसी भी प्रकार की पहुँच का अभाव है। इसका विश्लेषण उद्गार को संघटित करनेवाले अवयवों से आगे नहीं जाता। प्रसंगवश, यहाँ पर फिर इंगित कर दें कि ये उद्गार ही भाषा-वक्तृत्व के प्रवाह की वास्तविक संघटनकारी इकाइयाँ हैं। इस वास्तविक इकाई के रूपों का अध्ययन करने के लिए यह आवश्यक है कि इस वास्तविक इकाई को उद्गारों के ऐतिहासिक प्रवाह से पृथक न किया जाये। उद्गार एक समग्र सत्ता के रूप में, केवल शाब्दिक संसर्ग के प्रवाह में ही चरितार्थ

होता है। यह समग्र, कुल मिलाकर, अपनी सीमाओं द्वारा परिभाषित होता है, और ये सीमाएँ किसी सुनिश्चित उद्गार और गैर-शाब्दिक एवं शाब्दिक (अर्थात अन्य उद्गारों से निर्मित) वातावरण के बीच सम्पर्क करती हुई गुजरती हैं।

पहले और अन्तिम शब्द—अर्थात यथार्थ-जीवन के उद्गार के आरम्भिक और अन्तिम बिन्दु—ही समग्र की समस्या के संघटक अवयव हैं। वक्तृत्व की प्रक्रिया, जो व्यापक अर्थ में आन्तरिक और बाह्य शाब्दिक उद्गार की प्रक्रिया के रूप में समझी जाती है, सतत चलती रहती है। यह न तो आरम्भ है, न अन्त। बाह्य रूप से चरितार्थ उद्गार आन्तरिक वक्तृत्व के समुद्र में एक टापू है; इस टापू के आयाम और रूप उद्गार की *स्थिति* और *श्रोता* द्वारा निर्धारित होते हैं। स्थिति और श्रोता की बदौलत ही आन्तरिक वक्तृत्व चरितार्थ होने की प्रक्रिया से गुजरकर किसी प्रकार की विशिष्ट बाह्य अभिव्यक्ति बनता है, जो सीधे अमुखरित व्यवहारात्मक सन्दर्भ में शामिल हो जाती है और उस सन्दर्भ में उद्गार के दूसरे सहभागियों के क्रियाकलापों, व्यवहार, या उनकी शाब्दिक अनुक्रियाओं द्वारा सम्वर्द्धित होती है। सुस्पष्ट सवाल, हर्ष-विस्मय, आदेश, अनुरोध आदि व्यवहारात्मक उद्गारों की समग्रताओं के प्रातिनिधिक रूप हैं। ये सभी (खासतौर से आदेश और अनुरोध) एक गैर-शाब्दिक पूरक, और बेशक एक गैरशाब्दिक आरम्भ की अपेक्षा रखते हैं। इन छोटी-छोटी व्यवहारात्मक शैलियों द्वारा अपनायी जानेवाली संरचना का प्रकार उस प्रभाव द्वारा निर्धारित होता है, जो शब्द के ऊपर, उसके गैर-शाब्दिक वातावरण के समक्ष और किसी दूसरे शब्द (अर्थात दूसरे लोगों के शब्दों) के समक्ष प्रस्तुत होने पर पड़ता है। इस प्रकार, एक आदेश द्वारा अपनाया जानेवाला रूप, इसके समक्ष आनेवाले व्यवधानों, प्रत्याशित समर्पणशीलता की मात्रा आदि के द्वारा निर्धारित होता है। इन मामलों में शैली की संरचना व्यवहारात्मक स्थितियों की आकस्मिक और अनन्य विशिष्टताओं के अनुसार होती है। व्यावहारिक वक्तृत्व की शैलियों में संरचना के विशिष्ट प्रकारों की बात केवल तभी उठ सकती है, जब सामाजिक परम्परा और परिस्थितियाँ किसी समुचित सीमा तक व्यवहारात्मक विनिमय के निश्चित रूपों को सुनिश्चित और स्थिरीकृत कर चुकी हों। इसीलिए, उदाहरणस्वरूप, ड्राइंगरूम में, जहाँ हर कोई "अपने घर जैसा" महसूस करता है, हल्की-फुल्की और आकस्मिक तौर पर की जानेवाली अनौपचारिक बातचीत के लिए, एक पूर्णतः विशिष्ट प्रकार की शैली संरचना विकसित की गयी है, जहाँ एकत्र व्यक्तियों (श्रोताओं) के बीच स्त्री-पुरुष का ही बुनियादी विभेदीकरण रहता है। यहाँ पर हमें परोक्ष संकेत उपकथन, इरादतन अगम्भीर चरित्र के चुटकुलों की ओर संकेत, आदि के विकसित किये गये विशिष्ट रूप देखने को मिलते हैं। पति-पत्नी के बीच, भाई और बहन आदि के बीच वार्तालाप के मामले में एक भिन्न प्रकार की शैली संरचना विकसित की गयी है। जब किसी मामले में लोगों की एक भीड़ यूँ ही जमा हो जाती है—जैसे कतार में खड़े हुए, प्रतीक्षा करते हुए या कोई काम करते हुए—तब वक्तव्य और शब्दों के आदान-प्रदन पूर्णतः एक दूसरे ही ढंग से शुरू और खत्म तथा संरचित होते हैं। ग्रामीण सिलाई केन्द्रों

में, शहरी मधुशालाओं में, या लंच के समय मजदूरों के बीच चलनेवाली बातचीत, सबके अपने प्रकार होते हैं। प्रत्येक स्थिति, जो सामाजिक परम्परा द्वारा सुनिश्चित और कायम की गयी होती है, एक विशिष्ट प्रकार के श्रोता-संगठन को नियंत्रित करती है और इसीलिए, उस स्थिति के लिए छोटी-छोटी व्यवहारात्मक वक्तृत्व-शैलियों का एक विशिष्ट कोश भी होता है। व्यवहारात्मक वक्तृत्व शैली अपने लिए नियत सामाजिक संसर्ग की प्रणाली में हर जगह फिट हो जाती है तथा उस सामाजिक संसर्ग के प्रकार, उसकी संरचना, उसके उद्देश्य और उसके सामाजिक संघटन के एक विचारधारात्मक प्रतिबिम्बन के रूप में कार्य करती है। व्यवहारात्मक वक्तृत्व-शैली सामाजिक परिवेश —जैसे छुट्टी का दिन, फुरसत का समय या पार्लर, कार्यशाला आदि में होनेवाली मुलाकातों—का एक तथ्य है। यह उसी परिवेश में गुँथी होती है और इसके सभी आन्तरिक पहलू उसी के द्वारा सीमांकित और निर्धारित होते हैं।

श्रम की उत्पादन-प्रक्रियाओं में तथा वाणिज्य की प्रक्रियाओं में उद्‌गारों की संरचना के अलग ही रूप होते हैं।

जहाँ तक, शब्द के सटीक अर्थ में, विचारधारात्मक संसर्ग के रूपों की बात है—जैसे, राजनीतिक भाषणों, राजनीतिक कार्रवाइयों, कानूनों, नियम-विधानों, घोषणापत्रों आदि के रूप; तथा काव्यात्मक उद्‌गारों, वैज्ञानिक शोध-प्रबन्धों आदि के रूप—तो ये रूप साहित्यशास्त्र और काव्यशास्त्र में विशेष अनुसन्धान के विषय रहे हैं, लेकिन जैसाकि हम देख चुके हैं, ये अनुसन्धान एक तरफ भाषा की समस्या से और दूसरी तरफ सामाजिक संसर्ग की समस्या से पूरी तरह कटे रहे हैं।[3] वक्तृत्व के प्रवाह में वास्तविक इकाइयों के तौर पर समूचे उद्‌गारों के रूपों का सृजनात्मक विश्लेषण केवल उसी आधार पर सम्भव है, जब व्यक्तिगत उद्‌गार को एक विशुद्धतः समाजशास्त्रीय परिघटना माना जाये। अतः भाषा के मार्क्सवादी दर्शन को निश्चय ही उद्‌गार को भाषा-वक्तृत्व की वास्तविक परिघटना के रूप में तथा एक सामाजिक-विचारधारात्मक संरचना के रूप में अपना आधार बनाना चाहिये।

उद्‌गार की समाजशास्त्रीय संरचना की एक रूपरेखा प्रस्तुत कर चुकने के बाद, आइये अब हम पुनः दार्शनिक-भाषावैज्ञानिक चिन्तन की उन दोनों प्रवृत्तियों की ओर लौटें और एक अन्तिम समाहार प्रस्तुत करें।

मास्को स्कूल की एक भाषा-वैज्ञानिक और भाषा के दर्शन में दूसरी प्रवृत्ति की समर्थक आर. शोर निम्नलिखित शब्दों में भाषा-विज्ञान की समकालीन स्थिति का संक्षिप्त चित्रण प्रस्तुत करती हैं :

> ''भाषा एक शिल्पवस्तु नहीं, बल्कि मानवजाति की एक प्राकृतिक और जन्मजात गतिविधि है''—उन्नीसवीं सदी के स्वच्छन्दतावादी भाषा-विज्ञान ने यह दावा किया

---

3. कलात्मक सम्प्रेषण की दशाओं से किसी साहित्यिक कृति के सम्बन्ध-विच्छेद और उसके फलस्वरूप उस कृति में आयी निष्क्रियता के विषय में देखें हमारा अध्ययन *'वर्ड इन लाइफ़ ऐण्ड वर्ड इन पोएट्री', ज़्वेज़्दा,* 6 (1926)

था। लेकिन आधुनिक काल का सैद्धान्तिक भाषा-विज्ञान इस दावे को इतर रूप में प्रस्तुत करता है : "भाषा एक व्यक्तिगत गतिविधि नहीं, बल्कि मानव-जाति की एक सांस्कृतिक-ऐतिहासिक विरासत है।"[4]

इस निष्कर्ष का पूर्वाग्रह और एकांगीपन विस्मयकारी है। तथ्यात्मक दृष्टि से, यह पूरी तरह असत्य है। आखिरकार, आधुनिक सैद्धान्तिक भाषा-विज्ञान के अन्तर्गत वोस्लर स्कूल भी तो है, जो समकालीन भाषा-वैज्ञानिक चिन्तन में जर्मनी के सबसे सशक्त आन्दोलनों में से एक है। इस बात की अनुमति नहीं दी जा सकती कि आधुनिक भाषा-विज्ञान को इसकी कई प्रवृत्तियों में से सिर्फ एक ही प्रवृत्ति से जाना जाये।

सैद्धान्तिक दृष्टिकोण से, शोर द्वारा प्रस्तुत की गयी थीसिसें और प्रति-थीसिसें—दोनों ही समान रूप से अस्वीकार्य हैं, कारण कि भाषा की वास्तविक प्रकृति के लिहाज से ये दोनों ही समान रूप से अपर्याप्त हैं।

अब हम निम्नलिखित प्रस्थापनाओं के समुच्चय के रूप में अपने दृष्टिकोण को सूत्रित करने का प्रयास करते हुए अपने तर्कों को समेटने की कोशिश करेंगे :

1. *मानकीय समरूप रूपों की एक स्थिर प्रणाली के रूप में भाषा महज एक वैज्ञानिक अमूर्तन है,* जो केवल कुछ विशिष्ट व्यावहारिक एवं सैद्धान्तिक उद्देश्यों के तहत ही उत्पादनशील हो सकती है। यह अमूर्तन भाषा के ठोस यथार्थ को व्यक्त करने के लिए पर्याप्त नहीं है।

2. *भाषा एक सतत प्रजनक प्रक्रिया है जो वक्ताओं की सामाजिक-शाब्दिक अन्तर्क्रिया में चरितार्थ होती है।*

3. *भाषा की प्रजनक प्रक्रिया के नियम ही व्यक्तिगत मनोविज्ञान के नियम नहीं हैं, लेकिन उन्हें वक्ताओं की गतिविधि से अलग भी नहीं किया जा सकता।* भाषा-प्रजनन के नियम समाजशास्त्रीय नियम हैं।

4. *भाषाई सृजनशीलता न तो कलात्मक सृजनशीलता जैसी है, और न ही किसी अन्य प्रकार की विशिष्टीकृत विचारधारात्मक सृजनशीलता जैसी। लेकिन इसके साथ ही, भाषाई सृजनशीलता को उसगें निर्दिष्ट होनेवाले अर्थों और मूल्यों से अलग भी नहीं समझा जा सकता।* भाषा की प्रजनक-प्रक्रिया, किसी भी ऐतिहासिक प्रजनक-प्रक्रिया की भाँति, एक अन्धी यांत्रिक आवश्यकता के रूप में समझी जा सकती है, लेकिन जब यह एक सचेत और वांछित आवश्यकता की स्थिति में पहुँच जाती है, तब "स्वतंत्र आवश्यकता" भी बन सकती है।

5. *उद्‌गार की संरचना विशुद्ध रूप से एक समाजशास्त्रीय संरचना है* उद्‌गार, अपने आप में, वक्ताओं के बीच उत्पन्न होता है। व्यष्टिगत वक्तृत्व-कार्रवाई ("व्यक्ति" के सटीक अर्थ में) *अपनी विशिष्टता में अन्तरविरोधी है।*

---

4. आर. शोर *'दि क्राइसिस इन कन्टेम्परेरी लिंग्विस्टिक्स'*, 1927.

अध्याय चार

भाषा में विषयवस्तु और अर्थ

विषयवस्तु और अर्थ। सक्रिय बोध की समस्या। मूल्यांकन और अर्थ। अर्थ की द्वंद्वात्मकता।

अर्थ की समस्या भाषा-विज्ञान की सबसे कठिन समस्याओं में से एक है। इस समस्या को हल करने की दिशा में किये गये प्रयास भाषा-विज्ञान के एकांगी एकालापवाद पर ही अत्यधिक जोर देते रहे हैं। निष्क्रिय समझ का सिद्धान्त भाषा में अर्थ की सर्वाधिक मौलिक और सर्वाधिक महत्त्वपूर्ण विशिष्टताओं को शामिल करने की किसी भी सम्भावना को आँखओझल ही करता रहा है।

इस अध्ययन का विषय-क्षेत्र हमें विवश करता है कि हम अपने आप को इस मुद्दे की एक बहुत संक्षिप्त और सरसरी जाँच-पड़ताल तक ही सीमित रखें। अतः हम इसके फलदायी विवेचन की सिर्फ मुख्य विशेषताओं को ही अभिचिह्नित करने का प्रयास करेंगे।

एक निश्चित और समरूप अर्थ, समरूप महत्त्व समग्र के रूप में किसी भी उद्‌गार का गुण होता है। हम यहाँ एक समग्र उद्‌गार के इस महत्त्व को उसकी विषयवस्तु कहेंगे।[1] विषयवस्तु का समरूप होना अनिवार्य है, अन्यथा हमें किसी भी उद्‌गार के बारे में कुछ कहने का आधार ही नहीं मिलेगा। एक उद्‌गार की विषयवस्तु स्वयं में ठीक वैसे ही व्यक्तिगत और पुनरुत्पादनशील होती है, जैसे एक उद्‌गार स्वयं में व्यक्तिगत और पुनरुत्पादनशील होता है। विषयवस्तु उस ठोस, ऐतिहासिक स्थिति की अभिव्यक्ति है, जिसमें उद्‌गार पैदा होता है। यह उद्‌गार कि "क्या समय हुआ है?" जब-जब पूछा जायेगा, तब-तब इसका अलग-अलग अर्थ होगा, और इसीलिए, हमारी शब्दावली के अनुसार, इसकी विषयवस्तु भी अलग-अलग होगी, जो उस ठोस ऐतिहासिक स्थिति पर

---

1. बेशक, यह शब्द कामचलाऊ है। हमारा मानना है कि विषयवस्तु अपने चरितार्थ होने की विशेषता को भी शामिल किये होती है, अतः हमारी अवधारणा एक साहित्यिक कृति की विषयवस्तु की अवधारणा के साथ कतई गड्डमड्ड नहीं की जानी चाहिये। "विषयवस्तुगत एकता" की अवधारणा हमारे अभिप्राय से ज्यादा मेल खाती है।

निर्भर करेगी जिस दौरान यह उच्चरित की जायेगी और जिसका कि सारतः यह एक भाग होगी (यहाँ पर ''ऐतिहासिक'' को सूक्ष्म आयामों में लिया गया है)।

तब इसका अर्थ यह हुआ कि एक उद्गार की विषयवस्तु सिर्फ इसको संरचित करनेवाले भाषा-वैज्ञानिक रूपों—शब्दों, रूपात्मक एवं विन्यासात्मक संरचनाओं, ध्वनियों और लहजों—द्वारा ही नहीं, बल्कि उसकी स्थिति के गैर-शाब्दिक कारकों द्वारा भी निर्धारित होती है। इन स्थितिगत कारकों को छोड़कर हम उतना ही समझ पायेंगे जितना उद्गार के सबसे महत्त्वपूर्ण शब्दों को छोड़ देने पर। किसी उद्गार की विषयवस्तु ठोस होती है—उतनी ही ठोस जितना कि उद्गार से सम्बन्धित उसका ऐतिहासिक क्षण। *जब एक उद्गार को उसके समूचे, ठोस विषयक्षेत्र के साथ एक ऐतिहासिक परिघटना के रूप में लिया जाता है, तभी उसमें विषयवस्तु आती है।* उद्गार की विषयवस्तु का अभिप्राय यही है।

लेकिन, यदि हम अपने आप को प्रत्येक ठोस उद्गार और उसकी विषयवस्तु की ऐतिहासिक अपुनरुत्पादनशीलता और समरूपता तक ही सीमित रखते हैं, तब हम एक बहुत कमजोर भाषा-विशेषज्ञ सिद्ध होंगे। विषयवस्तु के साथ, या यूँ कहें कि विषयवस्तु के भीतर एक अर्थ भी होता है जो उद्गार से सम्बन्धित होता है। विषयवस्तु से अलग, अर्थ का हमारा अभिप्राय उद्गार के उन सभी पहलुओं से है जो चरितार्थता के सभी मामलों में *पुनरुत्पादनशील* और *स्व-समरूप* होते हैं। बेशक ये पहलू अमूर्त ही होते हैं : कृत्रिम ढंग से पृथक्कृत रूप में उनका कोई ठोस, स्वतंत्र अस्तित्व नहीं होता, लेकिन इसी के साथ वे उद्गार के एक अनिवार्य और अविच्छेद्य संघटक अवयव भी होते हैं। एक उद्गार की विषयवस्तु, अपने साररूप में, अविभाज्य होती है। इसके विपरीत, उद्गार का अर्थ उद्गार के विविध भाषाई अवयवों में से प्रत्येक से सम्बन्धित अर्थों के एक समुच्चय में टूट भी जाता है। ''क्या समय हुआ है?''—जैसे उद्गार की अपुनरुत्पादनशीलता को ठोस ऐतिहासिक स्थिति के साथ उसके अविच्छेद्य सम्बन्ध के रूप में लेने पर, उसे उसके संघटक अवयवों में विखण्डित नहीं किया जा सकता। ''क्या समय हुआ है?—जैसे उद्गार का अर्थ—एक ऐसा अर्थ जो अपनी प्रस्तृति के सभी ऐतिहासिक क्षणों में वस्तुतः एक-सा बना रहता है, उन शब्दों के अर्थों, रूपात्मक और विन्यासात्मक, एकता के रूपों, प्रश्नवाचक लहजों, आदि से मिलकर निर्मित होता है, जो एक उद्गार का गठन करते हैं।

विषयवस्तु संकेतों की एक संश्लिष्ट गत्यात्मक प्रणाली है जो प्रजनक-प्रक्रिया के किसी सुनिश्चित क्षण के लिए उपयुक्त होने का प्रयास करती हैं। विषयवस्तु चेतना द्वारा अपनी प्रजनक-प्रक्रिया में अस्तित्व की प्रजनक-प्रक्रिया के प्रति की गयी प्रतिक्रिया है। अर्थ विषयवस्तु की चरितार्थता का तकनीकी उपकरण है। निश्चय ही, विषयवस्तु और अर्थ के बीच कोई निरपेक्ष, यांत्रिक सीमारेखा नहीं खींची जा सकती। अर्थ के बिना कोई विषयवस्तु नहीं होती और विषयवस्तु के बिना कोई अर्थ नहीं होता। इसके अतिरिक्त, यहाँ तक कि एक विशिष्ट शब्द (जैसे किसी को एक विदेशी भाषा पढ़ाते समय प्रयुक्त किया

गया एक विशिष्ट अर्थ) शब्द को विषयवस्तु का एक अवयव बनाये बिना, अर्थात उद्गार का एक ''उदाहरण'' दिये बगैर, सम्प्रेषित करना असम्भव है। दूसरी तरफ यह भी आवश्यक है कि विषयवस्तु किसी प्रकार के सुनिश्चित अर्थ पर आधारित हो, अन्यथा इसका अपने पीछे गुजर चुके और आगे आनेवाले से कोई सम्बन्ध ही नहीं रह जायेगा—अर्थात इसका महत्त्व समाप्त हो जायेगा।

प्रागैतिहासिक मनुष्यों की भाषाओं तथा आधुनिक अर्थ-वैज्ञानिक पुराअध्ययन ने प्रागैतिहासिक चिन्तन के तथाकथित ''जटिल-पन'' के सम्बन्ध में एक निष्कर्ष निकाला है। इसके अनुसार, प्रागैतिहासिक मनुष्य एक ही शब्द से ऐसी तमाम भिन्न-भिन्न परिघटनाओं को सम्बोधित करता था, जो हमारे आधुनिक दृष्टिकोण से, किसी भी सूरत में एक-दूसरे से सम्बन्धित नहीं होती थीं। इतना ही नहीं, एक ही शब्द आपस में नितान्त विपरीत धारणाओं के लिए भी प्रयुक्त होता था—जैसे, ऊपर और नीचे के लिए, धरती और आकाश के लिए, अच्छा और बुरा, आदि के लिए। इस पर मार्र कहते हैं :

> बस इतना कहना ही पर्याप्त है कि भाषा के समकालीन पुराअध्ययन ने हमारे लिए यह सम्भव कर दिया है कि हम अनुसन्धान के जरिये उस युग में पहुँच सकें जब एक कबीला सिर्फ एक शब्द से उन सारे अर्थों का बोध कर लेता था जो मानवजाति की जानकारी में थे।[2]

''लेकिन क्या एक सर्व-अर्थी शब्द सचमुच एक शब्द ही होता था?—यह सवाल हमसे पूछा जा सकता है। हाँ, निस्सन्देह वह एक शब्द ही होता था। इसके विपरीत, यदि कोई एक निश्चित ध्वनि-संश्लिष्ट सिर्फ एक ही निष्क्रिय और अपरिवर्तनशील अर्थ रखती, तब तो ऐसा संश्लिष्ट, एक शब्द, एक संकेत न होकर सिर्फ एक संकेतक ही होता।[3] *अर्थों की अनेकता ही शब्द की रचनात्मक विशिष्टता है।* और मार्र के कथनानुसार जहाँ तक सर्व-अर्थी शब्द की बात है, तो इसके बारे में हम यह कह सकते हैं : *इस तरह का शब्द, अपने साररूप में, वस्तुतः कोई अर्थ नहीं रखता; यह पूरी तरह एक विषयवस्तु होता है। इसका अर्थ इसकी चरितार्थता की ठोस स्थिति से अविभाज्य होता है।* यह अर्थ हर समय एक भिन्न अर्थ होता है, ठीक वैसे ही जैसे हर समय स्थिति भिन्न होती है। इस प्रकार, ऐसे मामले में, विषयवस्तु अर्थ को अपने में समेटे हुए होती है और उसे सुसंगठित और

---

2. एन.वाई. मार्र, *'येफेटिक थिअरी'*, (1926)

3. यह स्पष्ट है, जैसाकि मार्र ने कहा है, कि आदिम से आदिम शब्द भी कतई एक संकेतक की भाँति नहीं होता था (जबकि तमाम अनुसन्धानकर्ता भाषा को संकेतक में ही परिवर्तित कर देने का प्रयास करते हैं)। आखिरकार, एक संकेतक जो सबकुछ का अर्थ दे, एक संकेतक का कार्य कर सकने में कम ही सक्षम हो सकता है। एक स्थिति की परिवर्तनशील दशाओं के अनुसार अनुकूलित होते जाने की एक संकेतक की क्षमता बहुत ही कम होती है। कुल मिलाकर, संकेतक में परिवर्तन का अर्थ है एक संकेतक का दूसरे संकेतक द्वारा विस्थापन।

घनीभूत होने का अवसर मिलने से पहले तक अपने भीतर विलीन किये होती है। लेकिन जैसे-जैसे भाषा आगे विकसित होती जाती है, जैसे-जैसे उसके ध्वनि-संश्लिष्टों का कोष विस्तृत होता जाता है, वैसे-वैसे अर्थ भी उन्हीं ढर्रों पर घनीभूत होता जाता है जो समुदाय के जीवन में इस या उस शब्द के विषयगत प्रयोग के लिए बुनियादी तौर पर और बहुधा प्रचलन में होते हैं।

विषयवस्तु, जैसाकि हम कह चुके हैं, केवल एक समग्र उद्‌गार की ही विशेषता है, यह एक पृथक शब्द से उसी हद तक सम्बन्धित हो सकती है, जिस हद तक वह शब्द एक समग्र उद्‌गार की हैसियत से चरितार्थ होता रहता है। इस तरह, उदाहरण के लिए, मार्र का सर्व-अर्थी शब्द हमेशा एक समग्र की हैसियत से ही चरितार्थ होता है (और निस्सन्देह इसी कारण से कोई तयशुदा अर्थ भी नहीं रखता)। दूसरी ओर अर्थ समग्र के साथ एक तत्व या तत्वों के समुच्चय के सम्बन्ध में चरितार्थ होता है। यह तय बात है कि यदि हम समग्र के साथ इस सम्बन्ध को पूरी तरह तिरस्कृत कर दें, तो हम अर्थ को भी पूरी तरह नष्ट कर देंगे। यही कारण है कि विषयवस्तु और अर्थ के बीच एक स्पष्ट सीमा-रेखा नहीं खींची जा सकती।

विषयवस्तु और अर्थ के अन्तर्सम्बन्ध को सूत्रित करने का सबसे सटीक ढंग निम्नलिखित शब्दावली में बयान किया जा सकता है : *विषयवस्तु भाषाई महत्त्व की ऊपरी, वास्तविक सीमा है;* सारतः, केवल विषयवस्तु ही कुछ निश्चित अर्थ रखती है। अर्थ भाषाई महत्त्व की निचली सीमा है। सारतः अर्थ का कुछ भी अर्थ नहीं होता; इसमें केवल सम्भावना होती है—एक ठोस विषयवस्तु के भीतर अर्थ रखने की सम्भावना। किसी एक या दूसरे भाषा-वैज्ञानिक तत्व का अनुसन्धान, हमारी उपर्युक्त परिभाषा के अनुसार, दो दिशाओं में से किसी एक दिशा में आगे बढ़ सकता है : या तो ऊपरी सीमा की दिशा में, विषयवस्तु की ओर, जिसमें यह एक ठोस उद्‌गार की दशाओं के भीतर किसी सुनिश्चित शब्द के प्रासंगिक अर्थ का अनुंसधान हो सकता है; या यह अनुसन्धान निचली सीमा, यानी अर्थ की सीमा की दिशा में बढ़ सकता है, जिसमें यह भाषा की प्रणाली में एक शब्द के अर्थ का, या एक शब्दकोशीय शब्द के अर्थ का, अनुसन्धान हो सकता है।

विषयवस्तु और अर्थ के बीच एक स्पष्ट भेद और उनके अन्तर्सम्बन्ध की समुचित समझ अर्थ के एक सही विज्ञान की रचना में महत्त्वपूर्ण चरण हैं। परन्तु उनके महत्त्व को आज तक नहीं समझा जा सका है। शब्द के आम और खास अर्थों के बीच फर्क, उसके केन्द्रवर्ती और पार्श्ववर्ती अर्थों के बीच फर्क, उसके सूचकार्थ और सम्पृक्तार्थ के बीच फर्क, जैसे विभेदीकरण असन्तोषजनक ही हैं। ऐसे विभेदीकरणों में निहित बुनियादी प्रवृत्ति—अर्थ के केन्द्रवर्ती, आम पहलू को अपेक्षाकृत अधिक महत्त्व देने की प्रवृत्ति, जो इस पूर्वमान्यता पर आधारित है कि वह पहलू वास्तव में अस्तित्वमान और स्थिर होता है—पूरी तरह से गलत है। इसके अतिरिक्त इसमें विषयवस्तु की कोई गुंजाइश ही नहीं है, कारण कि विषयवस्तु निश्चित तौर पर, शब्दों के खास पार्श्वीय अर्थ की सीमा तक

कतई संकुचित नहीं की जा सकती।

विषयवस्तु और अर्थ के बीच का विभेद *समझने की समस्या* के सन्दर्भ में विशेष रूप से स्पष्ट हो जाता है, जिस पर अब हम संक्षेप में चर्चा करेंगे।

हम पहले ही भाषाशास्त्रीय प्रकार की निष्क्रिय समझ के बारे में चर्चा कर चुके हैं कि इसमें अनुक्रिया को पहले ही बहिष्कृत कर दिया जाता है। लेकिन कोई भी निष्पक्ष प्रकार की समझ सक्रिय होती है और उसमें अनुक्रिया का बीज निहित होता है। केवल एक सक्रिय समझ ही विषयवस्तु का अवगाहन कर सकती है—अर्थात, एक प्रजनक-प्रक्रिया का अवगाहन दूसरी प्रजनक-प्रक्रिया की सहायता से ही किया जा सकता है।

किसी दूसरे व्यक्ति के उद्गार को समझने का मतलब है अपने आप को उस उद्गार की दिशा में निर्दिष्ट करना, उससे सम्बन्धित प्रसंग में उसे उचित स्थान देना। हम जिस उद्गार को समझने की प्रक्रिया में होते हैं, उस उद्गार के प्रत्येक शब्द के लिए, हम स्वयं उसके जवाबी शब्दों का एक समुच्चय तैयार करते हैं। ये जवाबी शब्द संख्या में जितने अधिक होते हैं, हमारी समझ भी उतनी ही अधिक गहरी और व्यापक बनती है।

इस प्रकार, किसी एक उद्गार और समग्रता में समूचे उद्गार का प्रत्येक विभेदीकृत संकेतपरक तत्व हमारे मस्तिष्क में एक अन्य, सक्रिय तथा अनुक्रियात्मक सन्दर्भ में अनूदित हो जाता है। *किसी भी वास्तविक समझ की प्रकृति संवादात्मक होती है।* उद्गार के लिए समझने की क्रिया वैसे ही है जैसे किसी संवाद की एक पंक्ति दूसरे के लिए होती है। समझ वक्ता के शब्द को एक *प्रतिशब्द* से मिलाने की कोशिश करती है। केवल एक विदेशी भाषा के शब्द को समझने में उसे अपनी भाषा के "उसी" शब्द से मिलाने की कोशिश होती है।

इसीलिए यह कहने का कोई तुक नहीं है कि अर्थ कुल मिलाकर बस शब्द से ही सम्बन्धित होता है। अर्थ, अपने साररूप में, वक्ताओं के बीच अपनी स्थिति धारण किये हुए शब्द से सम्बन्धित होता है। अर्थ न तो शब्द में स्थित होता है, न वक्ता की आत्मा में, और न ही श्रोता की आत्मा में स्थित होता है। *अर्थ वक्ता और श्रोता के बीच अन्तर्क्रिया का प्रभाव है जो एक विशिष्ट ध्वनि संश्लिष्ट के उपादान के माध्यम से उत्पन्न होता है।* यह बिजली की एक चिंगारी की भाँति है जो केवल तभी उत्पन्न होती है जब दो भिन्न सिरे एक में जोड़ दिये जाते हैं। जो लोग विषयवस्तु को नजरन्दाज कर देते हैं (जिसे केवल सक्रिय, अनुक्रियात्मक समझ से ही ग्रहण किया जा सकता है) और जो लोग, शब्द का केवल अर्थ ही परिभाषित करने के प्रयास में लगे रहते हैं और इसकी निचली, स्थिर, स्व-समरूप सीमा तक ही पहुँच पाते हैं, वे वास्तव में बिजली का स्विच ऑफ करके बिजली का बल्ब जलाना चाहते हैं। लेकिन केवल शाब्दिक संसर्ग की बिजली ही शब्द को अर्थ से प्रकाशित कर सकती है।

आइये अब हम अर्थों के विज्ञान की सबसे महत्त्वपूर्ण समस्याओं में से एक, *अर्थ और मूल्यांकन के बीच सम्बन्ध* की समस्या की ओर रुख करें।

किसी वास्तविक वक्तृत्व में प्रयुक्त शब्दों में से प्रत्येक शब्द में केवल विषयवस्तु और उन प्रयुक्त शब्दों के सन्दर्भ या अन्तर्वस्तु के लिहाज से एक अर्थ ही नहीं निविष्ट होता है, बल्कि एक मूल्य-निर्णय भी निविष्ट होता है : अर्थात समस्त सन्दर्भात्मक अन्तर्वस्तु एक निश्चित *मूल्यांकनकारी बलाघात* के साथ कही या लिखी गयी होती है। मूल्यांकनकारी बलाघात से रहित शब्द जैसी कोई चीज नहीं होती।

इस बलाघात की प्रकृति क्या है, और यह अर्थ के सन्दर्भात्मक पक्ष से कैसे सम्बन्धित होती है?

शब्द के भीतर समाविष्ट सामाजिक मूल्य-निर्णय का सबसे स्पष्ट, लेकिन इसी के साथ-साथ सबसे सतही पहलू वह है जो अभिव्यंजक लहजे के साथ सम्प्रेषित होता है। अधिकतर मामलों में, लहजा तात्कालिक स्थिति द्वारा और प्रायः उसकी सबसे क्षणभंगुर परिस्थितियों द्वारा निर्धारित होता है। निस्सन्देह, कोई लहजा अपेक्षाकृत अधिक सारगर्भित किस्म का भी हो सकता है। यहाँ पर वास्तविक जीवन के वक्तृत्व में इस्तेमाल किये गये एक ऐसे लहजे का एक क्लासिकी उदाहरण प्रस्तुत किया जा रहा है। दोस्तोयेव्स्की अपनी *लेखक की डायरी* में निम्नलिखित कहानी बयान करते हैं।

> एक रविवार की रात, भोर होने से कुछ ही पहले, मैंने खुद को नशे में चले जा रहे छह दस्तकारों के एक दल के साथ लगभग एक दर्जन कदमों तक चलता हुआ पाया और वहीं मुझे इस बात का कायल हो जाना पड़ा कि सारे विचारों, सारी भावनाओं को, और यहाँ तक कि तार्किक विवेचन के समूचे सिलसिले को, महज एक संज्ञा द्वारा, और वह भी एक अति सरल संज्ञा द्वारा अभिव्यक्त किया जा सकता है (यहाँ दोस्तोयेव्स्की किसी प्रचलित गाली की बात कर रहे हैं—वी.वी.)। हुआ कुछ यों। सबसे पहले इन लोगों में से एक ने पहले से चल रहे अपने सामान्य वाद-विवाद के किसी बिन्दु पर अपने अत्यन्त वितृष्णाभरे इंकार को अभिव्यक्त करने के लिए तीखे और जोरदार ढंग से इस संज्ञा का इस्तेमाल किया। एक आदमी ने पहलेवाले के जवाब में ठीक उसी संज्ञा को दुहराया, लेकिन अबकी बार उसका लहजा और आशय बिल्कुल भिन्न था—मजाकिया लहजे में कही गयी इस संज्ञा से उसका आशय यह था कि वह पहले आदमी के इंकार पर पूरी तरह सन्देह करता है। तीसरा आदमी बड़ी तेजी से और गर्म होकर वाद-विवाद में कूद पड़ा, और उसने पहलेवाले पर क्रोध में बरसते हुए उसी संज्ञा का इस्तेमाल किया, लेकिन इस बार उसका आशय निन्दात्मक और अपमानजनक था। दूसरा आदमी तीसरे की आक्रामकता से क्षुब्ध हो गया, और उसे कहकर चुप करा दिया : "तुम क्या बेकार बक-बक किये जा रहे हो?" मैं और फिज्का कितनी शान्ति से अच्छी बातचीत कर रहे थे कि तुम बीच में कूद पड़े और उसे गरियाने लगे।" पर दरअसल ये सारे विचार बस उसी प्राचीन शब्द के प्रयोग से अभिव्यक्त किये; एक वस्तु-विशेष के लिए इस अत्यन्त संक्षिप्त नाम का उच्चारण करने के अलावा उसने बस यह किया कि अपना हाथ उठाया और अपने साथी का

कन्धा पकड़ लिया। इसके बाद, अचानक चौथा साथी, जो उस दल में सबसे कम उम्र का था और अब तक खामोश था, जो प्रकटतः उस मूल समस्या का हल खोजने में तल्लीन लग रहा था, जिसने इस विवाद को जन्म दिया था, खुशी की उत्तेजना में, एक हाथ आधा उठाकर चीख पड़ा : "यूरेका, मुझे मिल गया, मुझे मिल गया"? नहीं, नहीं, "यूरेका" जैसा कुछ नहीं, "मुझे मिल गया" जैसा कुछ नहीं कहा। उसने भी सिर्फ उसी न छापने योग्य संज्ञा को दुहराया, बस उसी एकमात्र शब्द को; बस अकेले उसी शब्द को, लेकिन हर्षातिरेक के साथ, खुशी से चीखते हुए, और प्रकटतः कुछ अधिक अतिरेक के साथ, क्योंकि छठा साथी, जो रूखे स्वभाव का और दल में सबसे बुजुर्ग था और यह सब पसन्द नहीं करता था, उसकी ओर मुड़ा और तुरन्त उस कम उम्रवाले साथी के हर्षोन्माद को एक रूखे और आपत्तिजनक अन्दाज में उसी संज्ञा को दुहराते हुए शान्त कर दिया–हाँ, उसी संज्ञा को दुहराते हुए, जिसका इस्तेमाल महिलाओं की मण्डली में वर्जित है, लेकिन जो इस मामले में स्पष्टतः और हूबहू यही सूचित करती थी : "तू क्यों बेकार चिल्ला रहा है, नस फट जायेगी तेरी।" और इस प्रकार, बिना कोई दूसरा शब्द कहे, उन्होंने ठीक इसी, उन्हें प्रिय लगनेवाले, छोटे से शब्द को बारी-बारी से छह बार दुहराया, और हर बार वे एक-दूसरे की बात ठीक-ठीक समझ गये।[4]

यहाँ पर उन दस्तकारों की सभी छह "वक्तृत्व-क्रियाएँ" भिन्न-भिन्न हैं, बावजूद इस तथ्य के कि उन सभी में सिर्फ एक और एक ही शब्द निहित है। यह शब्द, इस मामले में, सारतः लहजे का महज एक वाहक भर है। यहाँ वक्ताओं की बातचीत के लहजे उनके मूल्य-निर्णयों को अभिव्यक्त करते थे। ये मूल्य-निर्णय और उनसे सम्बन्धित लहजे बातचीत की तात्कालिक सामाजिक स्थिति द्वारा निर्धारित थे, और इसीलिए, उन्हें किसी सन्दर्भात्मक समर्थन की आवश्यकता नहीं थी। सजीव वक्तृत्व में, लहजे का अर्थ अकसर ही वक्तृत्व की अर्थ-वैज्ञानिक संरचना से स्वतंत्र होता है। हमारे भीतर बन्द लहजे का उपादान अकसर उन भाषाई निर्मितियों में भी अभिव्यक्त होने का मार्ग पा ही जाता है जो उस विशिष्ट प्रकार के बन्द लहजे के लिए पूरी तरह अनुपयुक्त होती हैं। ऐसे मामले में, लहजा भाषाई निर्मिति के बौद्धिक, ठोस सन्दर्भात्मक महत्त्व का अतिक्रमण नहीं करता। हम आदतन अपनी भावनाओं को किसी ऐसे शब्द के अभिव्यक्तिशील और अर्थपूर्ण लहजे में व्यक्त करते हैं जो हमारे दिमाग में संयोगवश, अकसर एक मूर्खतापूर्ण विस्मयबोधक अव्यय या क्रियाविशेषण के रूप में आ जाता है। लगभग प्रत्येक व्यक्ति का अपना कोई न कोई प्रिय विस्मयबोधक अव्यय या क्रियाविशेषण, या कभी-कभी अर्थ-वैज्ञानिक दृष्टि से सुस्पष्टतः निरूपित शब्द भी हो सकता है, जिसे वह रिवाजी तौर पर, रोजमर्रा के जीवन में आनेवाली छोटी-मोटी (और कभी-कभी इतनी छोटी नहीं) स्थितियों एवं मनोदशाओं का विशुद्धतः

4. *'दि कम्प्लीट वर्क्स ऑफ एफ. एम. दोस्तोयेव्स्की'*, खण्ड नौ, पृ. 274-75, 1906

लहजे के जरिये निस्तारण करने के लिए इस्तेमाल करता है। "जैसे-तैसे", "हाँ-हाँ", "अभी-अभी", "ठीक-ठीक" आदि कुछ ऐसी ही अभिव्यक्तियाँ हैं, जो ऐसी स्थितियों के लिए आमतौर पर "सेफ्टी वाल्व" का काम करती हैं। ऐसी अभिव्यक्ति में शब्द-प्रयोग का दुहराव लाक्षणिक होता है, अर्थात, उससे ध्वन्यात्मक बिम्ब का एक कृत्रिम प्रवर्द्धन हो जाता है, जिसका उद्देश्य हमारे भीतर बन्द लहजे को पूरी तरह बाहर निकाल देना होता है। बेशक, इस तरह की किसी भी प्रिय अभिव्यक्ति को, जीवन में आनेवाली विविध स्थितियों एवं मनोदशाओं के अनुसार, विविध प्रकार के लहजों में उच्चरित किया जा सकता है। इन सभी मामलों में विषयवस्तु, जो प्रत्येक उद्गार की एक विशेषता होती है (छह दस्तकारों के उद्गारों में से प्रत्येक उद्गार की भी उसके अनुरूप एक विषयवस्तु थी), पूरी तरह से और एकमात्र अभिव्यक्तिशील लहजे की शक्ति से ही चरितार्थ होती है, जिसके लिए शब्द के अर्थ या व्याकरणात्मक समन्वयन के सहयोग की आवश्यकता नहीं होती। इस प्रकार का मूल्य-निर्णय और उससे सम्बन्धित लहजा उस तात्कालिक स्थिति और उस छोटी-सी सामाजिक दुनिया के संकीर्ण दायरे से बाहर नहीं जा सकता, जिसमें वह चरितार्थ होता है। इस प्रकार के भाषा-वैज्ञानिक मूल्यांकन को भाषा में अर्थ के प्रति एक सहयोगी, एक सहायक परिघटना कहा जा सकता है।

बहरहाल, सारे के सारे मूल्य-निर्णय ऐसे ही नहीं होते। हम चाहे जिस किसी उद्गार को लें जो व्यापकतम सम्भव अर्थ-विस्तार रखता हो और जिसकी पहुँच अधिक से अधिक श्रोताओं के सामाजिक दायरे तक हो, हम तब भी यही पायेंगे कि उस उद्गार में मूल्यांकन का बड़ा महत्त्व है। स्वाभाविक तौर पर, इस मामले में मूल्य-निर्णय लहजे द्वारा न्यूनतम रूप से भी पर्याप्त अभिव्यक्ति की गुंजाइश नहीं रखता, बल्कि यह उद्गार का अर्थ वहन करनेवाले बुनियादी तत्वों के चयन और विस्तार में भी निर्णायक कारक का ही कार्य करता है। कोई भी उद्गार बिना मूल्य-निर्णय के नहीं प्रस्तुत किया जा सकता। प्रत्येक उद्गार, सर्वोपरि रूप से, एक *मूल्यांकनकारी अभिमुखता* होता है। अतः किसी सजीव उद्गार का प्रत्येक तत्व सिर्फ एक अर्थ ही नहीं रखता, बल्कि एक मूल्य भी रखता है। केवल एक अमूर्त तत्व ही, जिसका बोध उद्गार की संरचना के भीतर नहीं बल्कि भाषा की प्रणाली के भीतर किया जाता है, मूल्य-निर्णय से रहित प्रतीत हो सकता है। बहुतेरे भाषा-वैज्ञानिकों ने अपना ध्यान भाषा की अमूर्त प्रणाली पर केन्द्रित करने के कारण ही मूल्यांकन को अर्थ से अलग कर दिया है, और इसी नाते वे मूल्यांकन को अर्थ का एक सहायक कारक, यानी वक्तृत्व की विषय-सामग्री के प्रति वक्ता के व्यक्तिगत दृष्टिकोण की एक अभिव्यक्ति भर मानते हैं।[5]

---

5. एण्टन मार्टी इसी ढंग से मूल्यांकन को परिभाषित करता है, और यह मार्टी ही है जो शब्द के अर्थों का सबसे प्रखर और विस्तृत विश्लेषण प्रस्तुत करता है; देखें उसकी कृति *Untersuchungen zur Grunlehung der allgemeinen Grammatik und Sprachphilosophie* (Halle, 1908).

रूसी विद्वानों में जी. श्पेट ने मूल्यांकन को शब्द के सम्पृक्तार्थ के रूप में निरूपित किया है। अभिलाक्षणिक तौर पर, वह सन्दर्भात्मक अर्थ और मूल्यांकनकारी सम्पृक्तार्थ के बीच एक स्पष्ट विभाजन करता है, और इस विभाजन को यथार्थ की विविध परिधियों में अवस्थित करता है। सन्दर्भात्मक अर्थ और मूल्यांकन के बीच इस प्रकार का विभेदीकरण पूर्णतः अस्वीकार्य है। यह विभेदीकरण वक्तृत्व में मूल्यांकन के अपेक्षाकृत अधिक गहन कार्य पर ध्यान न देने के कारण ही पैदा होता है। सन्दर्भात्मक अर्थ मूल्यांकन के साँचे द्वारा ढाला जाता है; आखिरकार यह मूल्यांकन ही है जो यह निर्धारित करता है कि एक विशिष्ट सन्दर्भात्मक अर्थ वक्ताओं की समझ-सीमा के भीतर—अर्थात एक विशिष्ट सामाजिक समूह की तात्कालिक समझ-सीमा और व्यापकतर सामाजिक समझ-सीमा, दोनों के भीतर—प्रवेश कर सकता है, या नहीं। इसके अतिरिक्त, अर्थ में परिवर्तनों के लिए भी, निश्चित तौर पर यह मूल्यांकन ही है जो सृजनात्मक भूमिका अदा करता है। अर्थ में कोई भी परिवर्तन, आवश्यक रूप से, हमेशा एक पुनर्मूल्यांकन ही होता है : किसी विशिष्ट शब्द का एक मूल्यांकनकारी सन्दर्भ से दूसरे मूल्यांकनकारी सन्दर्भ में स्थानान्तरण के रूप में। इसके तहत एक शब्द या तो एक उच्चतर स्तर तक उठ जाता है या निम्नतर स्तर में पदावनत हो जाता है। अर्थ से शब्द का पृथक्करण अनिवार्य तौर पर अर्थ को जीवन्त प्रक्रिया से (जहाँ अर्थ हमेशा ही मूल्य-निर्णय से सम्पृक्त रहता है) हटा देता है, और उसे सम्भवन की ऐतिहासिक प्रक्रिया से वंचित एक आदर्श सत्ता के रूप में स्थापित और रूपान्तरित कर देता है।

निस्सन्देह विषयवस्तु के सृजन की ऐतिहासिक प्रक्रिया को तथा विषयवस्तु में चरितार्थ अर्थों को समझने के लिए आवश्यक है कि सामाजिक विकास को भी ध्यान में रखा जाये। भाषा में भावार्थ की प्रजनक प्रक्रिया हमेशा ही एक विशिष्ट सामाजिक समूह की मूल्यांकनकारी दृष्टि-सीमा के प्रजनन के साथ, उन सारी चीजों के कुल योग के अर्थ से जुड़ी रहती है, जो उस विशिष्ट समूह के लिए अर्थ और महत्त्व रखती हैं, और यह प्रजनक-प्रक्रिया आवश्यक रूप से आर्थिक मूलाधार के विस्तार द्वारा निर्धारित होती है। आर्थिक मूलाधार जैसे-जैसे विस्तारित होता जाता है, वैसे-वैसे अस्तित्व का वह सीमा-क्षेत्र भी विस्तारित होता जाता है, जो मनुष्य की पहुँच के भीतर, उसके लिए बोधगम्य, और महत्त्वपूर्ण होता है। प्रागैतिहासिक चरवाहा वस्तुतः किसी चीज में दिलचस्पी नहीं रखता था, और न ही उस पर कोई जिम्मेदारी होती थी। लेकिन पूँजीवादी युग के अन्त में मनुष्य का प्रत्येक चीज से सीधे सरोकार बन गया है, अब उसकी दिलचस्पियाँ धरती के सुदूरवर्ती कोनों तक और यहाँ तक कि सुदूरवर्ती नक्षत्रों तक बढ़ गयी हैं। मूल्यांकनकारी दृष्टि-सीमा का यह विस्तार द्वंद्वात्मक रूप से हुआ है। एक बार जब अस्तित्व के नये-नये पहलू सामाजिक दिलचस्पी की परिधि में आ जाते हैं, और जब उनका सम्पर्क मानवीय शब्द और मानवीय भावना से बन जाता है, तब वे पहले से ही उनकी सामाजिक दिलचस्पी की परिधि में आ चुके अस्तित्व के अन्य तत्वों के साथ-साथ शान्तिपूर्वक रहने लगते हैं, लेकिन वे उन्हें एक

संघर्ष में भी संलग्न कर देते हैं, उनका मूल्यांकन करने लगते हैं, तथा अपनी मूल्यांकनकारी दृष्टि-सीमा की एकता के भीतर उनकी स्थिति में परिवर्तन करने लगते हैं। तब यह द्वंद्वात्मक प्रजनक-प्रक्रिया भाषा के अर्थ-वैज्ञानिक गुणों के प्रजनन में प्रतिबिम्बित होने लगती है। एक पुरानी अर्थवत्ता से एक नई अर्थवत्ता प्रकट होने लगती है, जो निश्चय ही पुरानी अर्थवत्ता की मदद से प्रकट होती है, लेकिन ऐसा इस तरह होता है कि नई अर्थवत्ता का पुरानी अर्थवत्ता के साथ अन्तरविरोध हो और यह उसकी पुनर्संरचना करे।

इसका नतीजा यह होता है कि जीवन के प्रत्येक अर्थ-वैज्ञानिक क्षेत्र में स्वराघातों का एक सतत यथार्थ शुरू हो जाता है। लेकिन शब्द के भावार्थ की संरचना में ऐसा कुछ भी नहीं होता जिसे प्रजनक-प्रक्रिया से बढ़कर माना जा सके, और जिसे सामाजिक दृष्टि-सीमा के द्वंद्वात्मक विस्तार से स्वतंत्र कहा जा सके। प्रजनन की प्रक्रिया में समाज, जीवन प्रजनक-प्रक्रिया का अपना बोध स्वयं विस्तारित करता जाता है। इसमें कुछ भी ऐसा नहीं होता जिसे निरपेक्ष रूप से स्थिर कहा जा सके। और इसी कारण ऐसा होता है कि अर्थ—जो कि एक अमूर्त, स्व-समरूप तत्व है—विषयवस्तु के अन्दर निविष्ट रहता है, जो स्वयं विषयवस्तु के जीवन्त अन्तरविरोधों के चलते पृथक्कृत होता है, ताकि वह, ठीक पूर्व की भाँति सिर्फ कुछ समय के लिए एक तयशुदा और अपनी निजी विशिष्टता लिये हुए एक नये अर्थ के रूप में पुनः प्रस्तुत हो सके।

भाग तीन

भाषा की निर्मितियों में उद्गार के रूपों के इतिहास की ओर

(वाक्यविन्यास की समस्याओं के लिए समाजशास्त्रीय विधि के प्रयोग का अध्ययन)

अध्याय एक

उद्गार का सिद्धान्त और वाक्य-विन्यास की समस्याएँ

वाक्य-विन्यास की समस्याओं का महत्त्व। समग्रता में वाक्य-विन्यासात्मक कोटियाँ और उद्गार। अनुच्छेदों की समस्या। प्रतिवेदित वक्तृत्व के रूप।

भाषा-विज्ञान के परम्परागत सिद्धान्त और तौर-तरीके वाक्य-विन्यास की समस्याओं के प्रति एक फलप्रद पहुँच का कोई आधार नहीं उपलब्ध कराते हैं। यह बात अमूर्त वस्तुवाद के लिए खासतौर से सच है, क्योंकि उसमें परम्परागत तौर-तरीके और सिद्धान्त ही सर्वाधिक स्पष्ट रूप में और सर्वाधिक संगति के साथ अभिव्यक्त किये गये हैं। आधुनिक भाषा-वैज्ञानिक चिन्तन की समस्त बुनियादी कोटियाँ, जो मूलतः भारोपीय तुलनात्मक भाषा-विज्ञान के विकास-क्रम में निरूपित की गयी हैं, पूरी तरह *ध्वन्यात्मक* और आकृति-विज्ञानी कोटियाँ ही हैं। तुलनात्मक ध्वनि-विज्ञान और आकृति-विज्ञान का उत्पाद होने के नाते, यह चिन्तन भाषा की अन्य परिघटनाओं को, ध्वन्यात्मक और *आकृति-विज्ञानी* रूपों के चश्मे से देखने के अतिरिक्त, और किसी भी ढंग से देख पाने में अक्षम है। वाक्य-विन्यास को भी यह इसी ढंग से देखता है, और इसीलिए इसने वाक्य-विन्यासात्मक समस्याओं को भी आकृति-विज्ञानी की समस्याओं में बदल डाला है।[1] नतीजतन, वाक्य-विन्यास का अध्ययन बहुत बुरी दशा में है, जो एक ऐसा तथ्य है जिसे भारोपीय स्कूल के अधिकतर प्रतिनिधि भी खुले तौर पर स्वीकार करते हैं।

यह एकदम समझ में आनेवाली बात है, अगर हम एक मृत और विजातीय भाषा के बोध की बुनियादी अभिलाक्षणिक विशिष्टताओं को याद करें—ऐसा बोध जो इस तरह की भाषा का अर्थ निकालने एवं दूसरों को उसी का शिक्षण देने की आवश्यकताओं से

---

1. वाक्य-विन्यासात्मक रूप के आकृति-विज्ञानीकरण की इस प्रच्छन्न प्रवृत्ति के परिणामस्वरूप वाक्य-विन्यास के अध्ययन पर पण्डिताऊ चिन्तन इस कदर हावी है कि इसकी कोई मिसाल भाषा-विज्ञान की अन्य किसी भी शाखा में नहीं मिलती।

परिचालित रहा है।[2]

साथ ही, वाक्य-विन्यास की समस्याएँ भाषा और उसी प्रजनक प्रक्रिया को ठीक से समझने के लिए अत्यन्त महत्त्वपूर्ण हैं। वास्तव में, भाषा के सभी रूपों में से, केवल *वाक्यविन्यासात्मक रूप ही उद्‌गार के ठोस रूपों, यानी वक्तृत्व क्रियाओं के ठोस रूपों के सबसे निकट हैं।* वक्तृत्व के सभी वाक्य-विन्यासात्मक विश्लेषणों के साथ-साथ एक उद्‌गार के जीवित निकाय का विश्लेषण भी आवश्यक होता है और, इसीलिए ये विश्लेषण भाषा की अमूर्त प्रणाली से कतई सम्भव नहीं हैं। वाक्यविन्यासत्मक रूप आकृति-विज्ञानी या ध्वन्यात्मक रूपों से कहीं अधिक ठोस होते हैं, और कथन की यथार्थ दशाओं के साथ घनिष्ठ रूप से जुड़े होते हैं। इसीलिए, भाषा की जीवन्त परिघटनाओं से सरोकार रखनेवाले हमारे दृष्टिकोण के लिए आवश्यक है कि हम वाक्यविन्यासात्मक रूपों को आकृतिविज्ञानी और ध्वन्यात्मक रूपों के ऊपर वरीयता प्रदान करें। लेकिन, जैसाकि हम स्पष्ट भी कर चुके हैं, वाक्यविन्यासात्मक रूपों का फलप्रद अध्ययन केवल उद्‌गार के एक पूर्ण विकसित सिद्धान्त के आधार पर ही सम्भव हो सकता है। जब तक उद्‌गार, अपनी समग्रता में, भाषा-वैज्ञानिकों के लिए एक *अबूझ पहेली* बना रहेगा, तब तक वाक्य-विन्यासात्मक रूपों की एक पण्डिताऊ किस्म की समझ के बजाय, एक सच्ची ठोस समझ की बात करने का सवाल ही नहीं है।

हम पहले ही इंगित कर चुके हैं कि समग्र उद्‌गार के मुद्दे के साथ भाषा-विज्ञान में बहुत बुरा व्यवहार हुआ है। हम यह भी कह सकते हैं कि *भाषा-वैज्ञानिक चिन्तन शाब्दिक समग्र का कोई भी बोध निराशाजनक रूप से छोड़ चुका है।* कोई भी भाषा-वैज्ञानिक किसी वाक्यसम्बन्धी इकाई के केन्द्र का विवेचन करते समय सर्वाधिक आश्वस्त महसूस करता है। वह जैसे-जैसे वक्तृत्व की परिधियों की ओर, और इस प्रकार समग्र रूप में उद्‌गार की समस्या की ओर पहुँचता जाता है, वैसे-वैसे वह अपनी स्थिति अधिकाधिक असुरक्षित महसूस करने लगता है। कारण कि उसे समग्र का विवेचन करने का कोई तरीका ही नहीं सूझता। उसे भाषा-वैज्ञानिक कोटियों में से एक भी कोटि ऐसी नहीं मिलती, जिसका समग्र भाषा-वैज्ञानिक अस्तित्व को परिभाषित करने में कोई मूल्य हो।

तथ्य यह है कि समस्त भाषा-वैज्ञानिक कोटियाँ, अनिवार्यतः, उद्‌गार के केवल भीतरी क्षेत्र में लागू होती हैं। उदाहरण के लिए, समस्त आकृति-विज्ञानी कोटियाँ सिर्फ उद्‌गार

2. इसी के साथ तुलनात्मक भाषा-विज्ञान के और भी विशिष्ट उद्देश्य रहे हैं, जैसे : भाषाओं के एक परिवार की उनकी वंशगत क्रम-व्यवस्था की, और एक आदि भाषा की स्थापना। ये उद्देश्य भाषा-वैज्ञानिक चिन्तन में ध्वनि-विज्ञान की प्राथमिकता पर और भी अधिक बल दे देते हैं। भाषा के समकालीन दर्शन में तुलनात्मक भाषा-विज्ञान की समस्या एक बहुत ही महत्त्वपूर्ण समस्या है, जो आधुनिक भाषा-विज्ञान में अति महत्त्वपूर्ण स्थिति ग्रहण कर चुकने के नाते दुर्भाग्य से हमारे अध्ययन की सीमा के भीतर अछूती ही छोड़ दी गयी है। यह अत्यन्त जटिल समस्या है, यहाँ तक कि इसका सरसरी विवेचन भी हमें इस पुस्तक का कलेवर काफी बड़ा कर देने को विवश कर देता।

के संघटक अवयवों के सम्बन्ध में ही कोई मूल्य रखती हैं, जब उसके समग्र को परिभाषित करने का सवाल आता है, तो ये बेकार सिद्ध हो जाती हैं। ठीक यही बात, वाक्यविन्यासात्मक कोटियों के लिए, उदाहरणस्वरूप, ''वाक्य'' की कोटि के लिए भी सच है : वाक्य की कोटि, एक उद्गार के भीतर एक इकाई-अवयव के रूप में वाक्य की एक परिभाषा-भर है, यह किसी भी रूप में एक समग्र तत्व नहीं है।

समस्त भाषा-वैज्ञानिक कोटियों में इस ''अवयवात्मकता'' के प्रमाण के तौर पर बस इतना काफी है कि एकल शब्दवाले किसी पूर्ण उद्गार को ले लिया जाये (बेशक, सापेक्षिक अर्थ में ही पूर्ण क्योंकि कोई भी उद्गार शाब्दिक प्रक्रिया का भाग ही होता है)। अब यदि हम भाषा-वैज्ञानिकों द्वारा प्रयोग की जानेवाली समस्त कोटियों को इस शब्द पर लागू करें, तो तत्काल यह स्पष्ट हो जायेगा कि ये कोटियाँ शब्द को सिर्फ वक्तृत्व के एक सम्भाव्य अवयव के रूप में ही परिभाषित करती हैं, और इनमें से कोई भी कोटि समग्र उद्गार को नहीं परिभाषित करती। वह कुछ अतिरिक्त चीज जो इस शब्द को एक समग्र उद्गार बनाती है, भाषा-वैज्ञानिक कोटियों एवं परिभाषाओं के पूरे समुच्चय के सीमा-क्षेत्र से बाहर ही रह जाती है। अब यदि हम इस शब्द में सारे के सारे बुनियादी संघटक अवयव भर कर (इस रूप में कि : ''कहा नहीं गया, लेकिन समझा गया'') इसे एक पूर्ण विकसित वाक्य का रूप दे दें, तो हमें बस एक सरल वाक्य ही प्राप्त होगा, जो एक उद्गार कतई नहीं होगा। इस वाक्य पर हम चाहे कोई भी भाषा-वैज्ञानिक कोटि लागू करने की कोशिश करें, लेकिन हम कभी नहीं जान सकेंगे कि वह कौन-सी चीज है जो उसे एक समग्र उद्गार बना देती है। इस प्रकार यदि हम अपने आप को समकालीन भाषा-विज्ञान द्वारा निरूपित व्याकरणात्मक कोटियों तक ही सीमित रखें, तो शाब्दिक समग्र हमारे लिए हमेशा दुर्ग्राह्य और समझ की पकड़ से बाहर ही बना रहेगा। इन भाषा-वैज्ञानिक कोटियों का प्रभाव यह होता है कि ये हमें उद्गार और उसकी संरचना से दूर करके भाषा की अमूर्त प्रणाली में पहुँचा देती हैं।

भाषा-वैज्ञानिक परिभाषा की यह विफलता सिर्फ समग्र अस्तित्व के रूप में उद्गार के मामले में ही नहीं है, बल्कि पूर्ण इकाइयाँ कहे जा सकनेवाले एकालापी उद्गार के भीतर की इकाइयों के मामले में भी यही विफलता हाथ लगती है। इसका एक उदाहरण है लेखन में अन्तःहाशिया के द्वारा एक-दूसरे से अलग की जानेवाली इकाइयाँ जिन्हें हम अनुच्छेद कहते हैं। अनुच्छेदों का वाक्यविन्यासात्मक गठन अत्यन्त विविधतापूर्ण होता है। अनुच्छेद में एक अकेले शब्द से लेकर जटिल वाक्यों की एक पूरी शृंखला तक, कुछ भी हो सकता है। यह कहना कि एक अनुच्छेद में एक पूरा चिन्तन होता है, कोई मतलब नहीं रखता। कुल मिलाकर, जो चीज आवश्यक है, वह है भाषा के दृष्टिकोण से एक परिभाषा, और किसी भी परिस्थिति में ''पूर्ण चिन्तन'' की धारणा को एक भाषा-वैज्ञानिक परिभाषा नहीं माना जा सकता। भले ही यह सच हो, जैसाकि हम मानते हैं, कि भाषा-वैज्ञानिक परिभाषाएँ विचारधारात्मक परिभाषाओं से पूर्णतः अलग नहीं हो सकतीं, फिर भी वे

एक-दूसरे के स्थान पर इस्तेमाल नहीं की जा सकतीं।

यदि हम अनुच्छेदों की भाषा-वैज्ञानिक प्रकृति की और गहराई से छानबीन करें, तो हमें निश्चय ही यह पता चलेगा कि कुछ विशेष रूप से महत्त्वपूर्ण मामलों में अनुच्छेद संवाद-विनिमय से मिलते-जुलते हैं। पैराग्राफ *एक एकालापी उद्‌गार के निकाय में निष्पादित विरूपित संवाद* जैसी कोई चीज है। वक्तृत्व के उसकी इकाइयों में विभाजन जिन्हें हम लिखित रूप में अनुच्छेद कहते हैं, के पीछे श्रोता या पाठक की अभिमुखता और श्रोता या पाठक की सम्भावित प्रतिक्रियाओं की प्रत्याशा निहित होती है। उनकी अभिमुखता और प्रत्याशा जितना ही क्षीण होगा, अनुच्छेदों के रूप में, हमारा संगठित वक्तृत्व भी उतना ही क्षीण होगा। अनुच्छेदों के क्लासिकीय प्रकार ये हैं : सवाल और जवाब (जिसमें लेखक ही सवाल उठाता है और वही जवाब देता है), अनुपूरण, सम्भावित आपत्तियों का पूर्वानुमान, अपने ही तर्क में दिखाई देती असंगतियों और अतार्किकताओं की व्याख्या, आदि।[3] बहुधा हम स्वयं अपने वक्तृत्व को या उसके किसी अंश को (उदाहरणस्वरूप, पिछले अनुच्छेद को) चर्चा का विषय बनाते हैं। ऐसे मामले में, वक्ता का ध्यान अपने वक्तृत्व के सन्दर्भ से हटकर स्वयं वक्तृत्व पर (अपने ही शब्दों पर मनन करने पर) चला जाता है। लेकिन शाब्दिक मंशां में यह ध्यानान्तरण भी श्रोता की दिलचस्पी द्वारा ही अनुकूलित होता है। यदि हम एक ऐसे वक्तृत्व की कल्पना करें जिसमें श्रोता को पूरी तरह से नजरन्दाज कर दिया गया हो (बेशक यह एक असम्भव किस्म का ही वक्तृत्व हो सकता है) तो हमारे पास वक्तृत्व का एक ऐसा उदाहरण होगा जिसका आवयविक विभाजन न्यूनतम ही होगा। कहने की आवश्यकता नहीं कि हम यहाँ पर ऐसे विशेष प्रकार के विभाजनों पर विचार कर रहे हैं जो विशिष्ट विचारधारात्मक क्षेत्रों के विशिष्ट उद्देश्यों द्वारा निर्धारित होते हैं—उदाहरण के लिए, कविता में वक्तृत्व का छन्दबद्ध विभाजन या वक्तृत्व का विशुद्धतः तार्किक विभाजन, जैसे : आमुख, निष्कर्ष, थीसिस, प्रति-थीसिस, आदि।

शाब्दिक सम्प्रेषण के रूपों तथा उनसे सम्बन्धित समस्त उद्‌गारों के रूपों के हमारे अध्ययन से अनुच्छेद विभाजन की प्रणाली पर और उससे मिलती-जुलती सभी समस्याओं पर रोशनी डाली जा सकती है। लेकिन भाषा-विज्ञान जब तक अपने आप को पृथक्कृत एकालापी उद्‌गार की दिशा में निर्दिष्ट करता रहेगा, तब तक वह इन सारे सवालों के प्रति किसी भी

---

3. बेशक हम यहाँ पर अनुच्छेद की समस्या की महज एक सरसरी रूपरेखा भर प्रस्तुत कर रहे हैं। अगर हम इस सम्बन्ध में कोई बात दावे के साथ कहें तो वह निश्चय ही जड़वादी ध्वनित होगी, कारण कि हम उसे यहाँ पर किसी प्रमाण और समुचित साक्ष्य सामग्री के बिना ही प्रस्तुत करेंगे। इसके अतिरिक्त, हम समस्या का सरलीकरण भी कर डालेंगे। अनुच्छेदों के लिखित रूप के जरिये एकालापी वक्तृत्व के विभाजन के बहुतेरे भिन्न-भिन्न तरीके हो सकते हैं। हम इनमें से केवल एक अधिक सापेक्षिक महत्त्व रखनेवाले तरीके अर्थात एक ऐसे तरीके का उल्लेख करना चाहेंगे जिसके अन्तर्गत श्रोता और उसकी सक्रिय समझ को निर्णायक माना जाता है।

आवयविक पहुँच से रहित ही रहेगा। कारण कि, वाक्य-विन्यास की अपेक्षाकृत अधिक प्रारम्भिक समस्याओं तक का विवेचन भी केवल शाब्दिक सम्प्रेषण के आधार पर ही सम्भव है। अतः भाषा-विज्ञान की सारी कोटियों को इसी आधार पर पुनः ध्यान से जाँचने-परखने की आवश्यकता है। हाल ही में वाक्यविन्यासात्मक अध्ययनों के अन्तर्गत लहजे को लेकर जो दिलचस्पी जगी है, और इस दिलचस्पी के साथ-साथ लहजे को अपेक्षाकृत अधिक सूक्ष्म और विभेदीकृत मानते हुए, वाक्यविन्यासात्मक समग्रों की परिभाषाओं को संशोधित करने के लिए जो प्रयास रहे हैं, वे हमें बहुत सार्थक नहीं लगते। वे सार्थक केवल तभी हो सकते हैं जब उन्हें शाब्दिक सम्प्रेषण के आधारों की एक समुचित समझ से जोड़ा जाये।

अब हम अपने अध्ययन के शेष अध्यायों को वाक्यविन्यास की विशिष्ट समस्याओं में से एक के प्रति समर्पित करेंगे।

कभी-कभी यह अत्यन्त महत्त्वपूर्ण हो उठता है कि किसी परिचित और प्रकटतः भलीभाँति अध्ययन की जा चुकी परिघटना को एक समस्या के रूप में पुनः सूत्रबद्ध करके उसपर नई रोशनी डाली जाये; उसके लिए विशेष रूप से महत्त्वपूर्ण प्रश्नों के एक समुच्चय की मदद से उसके नये-नये पहलुओं पर रोशनी डाली जाये। ऐसा करना उन क्षेत्रों में खासतौर से महत्त्वपूर्ण है, जहाँ अनुसन्धान कार्य अति सतर्क एवं अति विस्तृत—परन्तु एकदम निरर्थक—विवरणों एवं वर्गीकरणों के दलदल में धँसे हुए हैं। एक समस्या को इस तरह पुनःसूत्रबद्ध करने के दौरान ऐसा भी हो सकता है कि जो चीज पहले एक सीमित और गौण परिघटना प्रतीत होती थी, वही वास्तव में अध्ययन के समूचे क्षेत्र के लिए बुनियादी महत्त्व की सिद्ध हो। किसी समस्या की कुशल प्रस्तुति विवेचनीय परिघटना में निहित पद्धतिगत सम्भावनाओं को उजागर कर सकती है।

हमारा विश्वास है कि तथाकथित *प्रतिवेदित वक्तृत्व* (reported speech) की परिघटना, अर्थात वाक्य-विन्यासात्मक पैटर्नों (प्रत्यक्ष वार्तालाप, अप्रत्यक्ष वार्तालाप, अर्द्ध-प्रत्यक्ष वार्तालाप) की तथा उन पैटर्नों के रूपान्तरणों एवं उन रूपान्तरणों के भिन्न-भिन्न रूपों की परिघटना ऐसी ही एक अत्यन्त फलप्रद "केन्द्रीय" परिघटना है, जिसे हम भाषा में दूसरे व्यक्तियों के उद्‌गारों को प्रतिवेदित करने के लिए तथा उन उद्‌गारों को, एक बँधे-बँधाये, एकालापी सन्दर्भ के अन्तर्गत, दूसरों के उद्‌गारों के रूप में समाविष्ट करने के लिए चरितार्थ होते हुए पाते हैं। लेकिन इन परिघटनाओं में अन्तर्निहित असाधारण पद्धतिगत दिलचस्पी आज तक कोई अहमियत नहीं पा सकी है। वाक्य-विन्यास के इस मुद्दे के अन्तर्गत अभी तक कोई भी यह नहीं देख सका है कि सामान्य भाषा-वैज्ञानिक एवं सैद्धान्तिक महत्त्व की महत्त्वपूर्ण समस्याओं को कितना गौण मानकर उनकी बस एक सतही छानबीन ही की जाती रही है।[4] निस्सन्देह इस परिघटना के पूरे महत्त्व को, उसकी पूरी व्याख्यात्मक शक्ति को

4. उदाहरण के लिए ए.एम. पेश्कोवस्की के वाक्यविन्यास सम्बन्धी अध्ययन में, इस परिघटना के बारे में महज चार पृष्ठ खर्च किये गये हैं। देखें उसकी कृति *'रशियन सिन्टैक्स इन ए साइण्टिफिक लाइट'*, तीसरा संस्करण, मास्को 1928, पृ. 552-555.

केवल तभी सामने लाया जा सकता है, जब उसे भाषा के साथ एक समाजशास्त्रीय रूप से निर्दिष्ट वैज्ञानिक सरोकार में संस्थापित किया जाये।

प्रतिवेदित वक्तृत्व की परिघटना को समाजशास्त्रीय अभिमुखतावाली समस्या के रूप में स्वीकार करना—यही वह कार्यभार है जिसे हम अपने अध्ययन के शेष भाग में पूरा करेंगे। इस समस्या के उपादान के जरिये हम भाषा में समाजशास्त्रीय विधि लागू करने का प्रयास करेंगे। हम यह मानकर नहीं चलते कि हम एक विशिष्ट ऐतिहासिक किस्म के बड़े सकारात्मक निष्कर्षों की स्थापना कर डालेंगे। कारण कि हमने जो उपादान चुना है, वह समस्या को खोलने तथा समाजशास्त्रीय ढंग से उसका विवेचन करने की आवश्यकता प्रस्तुत करने के उद्देश्य से पर्याप्त होते हुए भी, व्यापक ऐतिहासिक सामान्यीकरण निकालने के लिए अभी अपर्याप्त है। ऐसे ऐतिहासिक सामान्यीकरण बीच-बीच में आये हैं, पर वे महज अस्थायी और परिकल्पनात्मक कोटि के ही हैं।

अध्याय दो

प्रतिवेदित वक्तृत्व की समस्या का स्पष्टीकरण

प्रतिवेदित वक्तृत्व की परिभाषा। संवाद की समस्या के सम्बन्ध में प्रतिवेदित वक्तृत्व के सक्रिय अभिग्रहण की समस्या। लेखकीय सन्दर्भ और प्रतिवेदित वक्तृत्व के अन्तर्सम्बन्ध की गत्यात्मकता। प्रतिवेदन की "एकरेखीय शैली"। प्रतिवेदनकारी वक्तृत्व की "चित्रात्मक शैली"।

प्रतिवेदित वक्तृत्व (reported speech), वक्तृत्व के भीतर वक्तृत्व, उद्गार के भीतर उद्गार है, और साथ ही, यह *वक्तृत्व के बारे में वक्तृत्व, उद्गार के बारे में उद्गार* भी है।

हम जिस भी चीज के बारे में बातचीत करते हैं, वह हमारे वक्तृत्व की अन्तर्वस्तु, हमारे शब्दों की विषयवस्तु ही है। इस प्रकार की विषयवस्तु—और यह केवल विषयवस्तु ही है—उदाहरण के लिए, "प्रकृति", "मनुष्य" या "गौण वाक्यांश" (वाक्यविन्यास की विषयवस्तुओं में से एक) हो सकती है। लेकिन एक प्रतिवेदित उद्गार, वक्तृत्व की सिर्फ विषयवस्तु ही नहीं होता : यह, अपने आप में, वक्तृत्व के भीतर, अपनी वाक्यविन्यासात्मक संरचना के भीतर, उसकी एक अंगभूत इकाई के रूप में प्रवेश कर जाने की क्षमता भी रखता है। और ऐसा करते हुए, यह अपनी निजी संरचनात्मक और अर्थात्मक स्वायत्तता को बनाये रखता है, जबकि इसको समाविष्ट करनेवाले सन्दर्भ का वक्तृत्व-गठन अविकल रहता है।

इतना ही नही, वक्तृत्व की मात्र एक विषयवस्तु के रूप में ही समझा गया एक प्रतिवेदित उद्गार ज्यादा से ज्यादा सतही तौर पर ही अभिचिह्नित हो सकता है। यदि इसकी अन्तर्वस्तु को पूर्णरूपेण ग्रहण करना है, तो इसे वक्तृत्व-संरचना का एक भाग बनाना आवश्यक है। यदि कोई व्यक्ति प्रतिवेदित वक्तृत्व के विवेचन को विषयवस्तुगत अर्थों तक ही सीमित रखे, तो वह यह तो बता सकता है कि अमुक-अमुक ने "कैसे" और

''किसके बारे में'' कहा, परन्तु किसने ''क्या'' कहा, इसका खुलासा तो उसके शब्दों को प्रतिवेदित करके ही किया जा सकता है, भले ही यह अप्रत्यक्ष कथन के रूप में ही क्यों न हो।

लेकिन एक बार जब प्रतिवेदित उद्‌गार लेखक के वक्तृत्व में स्वतः प्रवेश कर उसकी एक संरचनात्मक इकाई बन जाता है, तब साथ ही साथ वह उस वक्तृत्व की एक विषयवस्तु भी बन जाता है। वह उस वक्तृत्व की विषयवस्तुगत अभिकल्पना के भीतर तथ्यतः एक प्रतिवेदित उद्‌गार के रूप में प्रवेश करता है, जिसकी स्वयं अपनी स्वायत्त विषयवस्तु होती है : यह स्वायत्त विषयवस्तु इस तरह एक विषयवस्तु की विषयवस्तु बन जाती है।

वक्ता प्रतिवेदित वक्तृत्व को एक ऐसे उद्‌गार के रूप में लेता है जो *किसी अन्य का* एक ऐसा उद्‌गार है, जो मूलतः पूरी तरह स्वतंत्र था, अपनी संरचना में पूर्ण था, और दिये गये सन्दर्भ से बाहर स्थित था। अब, इसी स्वतंत्र अस्तित्व से प्रतिवेदित वक्तृत्व लेखकीय सन्दर्भ में स्थानान्तरित होती है, लेकिन अपनी निजी सन्दर्भात्मक अन्तर्वस्तु को तथा कम से कम अपनी निजी भाषा-वैज्ञानिक अविकलता को, अपनी आरम्भिक संरचनात्मक स्वतंत्रता को, बनाये रखती है। लेखक का उद्‌गार दूसरे उद्‌गार को समाविष्ट करने के दौरान, उसके आंशिक आत्मसातीकरण के लिए, वाक्यविन्यासात्मक, शैलीगत और संगठनात्मक मानकों को लागू करता है—अर्थात, दूसरे उद्‌गार को लेखक के उद्‌गार की वाक्य-विन्यासात्मक संगठनात्मक, और शैलीगत अभिकल्पना के अनुकूल बनाता है, लेकिन साथ ही वह प्रतिवेदित उद्‌गार की आरम्भिक स्वायत्तता को (वाक्यविन्यासात्मक, संगठनात्मक और शैलीगत रूप से) भी बनाये रखता है (चाहे आद्य रूप में ही सही), अन्यथा उसका पूरा-पूरा अवगाहन नहीं किया जा सकता।

आधुनिक भाषाओं में अप्रत्यक्ष कथन के, और खासतौर से, अर्द्ध-प्रत्यक्ष कथन के कुछ संशोधित रूप प्रतिवेदित उद्‌गार के वक्तृत्व-संयोजन के दायरे से विषयवस्तुगत स्तर की ओर—अन्तर्वस्तु के दायरे में—स्थानान्तरण की प्रवृत्ति दर्शाते हैं। लेकिन इन मामलों में भी, प्रतिवेदित उद्‌गार का लेखकीय सन्दर्भ में विलीनीकरण पूरी तरह सम्पन्न नहीं होता—और न हो ही सकता है। यहाँ पर भी, एक अर्थात्मक प्रकृति के संकेतों के अतिरिक्त, प्रतिवेदित उद्‌गार एक संयोजन के रूप में सुरक्षित रहता है—अर्थात प्रतिवेदित वक्तृत्व का निकाय एक स्वयं-सम्पूर्ण इकाई के रूप में पहचाना जा सकता है।

इस प्रकार, प्रतिवेदनकारी वक्तृत्व में प्रयुक्त रूपों द्वारा जो कुछ भी अभिव्यक्त होता है वह एक सन्देश का दूसरे सन्देश से एक *सक्रिय सम्बन्ध* ही होता है, और इसके अतिरिक्त, यह विषयवस्तु के स्तर पर नहीं, बल्कि स्वयं भाषा के स्थिरीकृत संयोजनात्मक पैटर्नों में अभिव्यक्त होता है।

हम यहाँ पर शब्दों पर प्रतिक्रिया करनेवाले शब्दों की चर्चा कर रहे हैं। लेकिन, यह परिघटना संवाद से स्पष्टतः और मूलभूत रूप से भिन्न है। संवाद में, व्यक्तिगत सहभागियों

की पंक्तियाँ व्याकरणात्मक रूप से असम्बद्ध होती हैं, वे एक ही एकीकृत सन्दर्भ में अंगीभूत नहीं होतीं। वे हो भी कैसे सकती हैं? *यहाँ कोई वाक्यविन्यासात्मक रूप नहीं हैं जो संवाद की एकता निर्मित करें।* यदि दूसरी तरफ, एक संवाद लेखकीय सन्दर्भ में स्थित करके प्रस्तुत किया जाता है, तो हमें एक प्रत्यक्ष कथन का उदाहरण मिलता है, जो उस परिघटना के भिन्न-भिन्न रूपों में से एक है जिसकी चर्चा हम इस विवेचन में कर रहे हैं।

आजकल भाषा-वैज्ञानिकों का ध्यान ज्यादा से ज्यादा संवाद की समस्या की ओर खिंचता चला गया है, और निश्चय ही, कभी-कभी यही उनका केन्द्रीय सरोकार भी बन जाता है।[1] यह अच्छी बात है, क्योंकि जैसाकि अब हमें मालूम हो गया है, वक्तृत्व में चरितार्थ भाषा की वास्तविक इकाई व्यक्तिगत, पृथक्कृत एकालापी उद्‌गार नहीं, बल्कि कम से कम दो उद्‌गारों की अन्तर्क्रिया—अर्थात एक शब्द में कहें तो, संवाद—है। लेकिन संवाद के फलप्रद अध्ययन के लिए यह आवश्यक है कि प्रतिवेदित वक्तृत्व में रूपों का अपेक्षाकृत अधिक गहन अनुसन्धान किया जाये, क्योंकि ये रूप ही *दूसरे वक्ता के वक्तृत्व के सक्रिय अभिग्रहण* में बुनियादी और सतत प्रवृत्तियों को प्रतिबिम्बित करते हैं, और कुल मिलाकर, यह अभिग्रहण ही संवाद के लिए भी एक बुनियादी चीज है।

लेकिन, सवाल वास्तव में यह है कि किसी दूसरे वक्ता के वक्तृत्व का अभिग्रहण कैसे किया जाता है? किसी अभिग्रहणकर्ता की वास्तविक, आन्तरिक वक्तृत्व-चेतना में, किसी दूसरे के उद्‌गार के अस्तित्वमान होने की प्रणाली क्या है? उसमें इसका नियोजन कैसे होता है, और इस मामले में स्वयं अभिग्रहणकर्ता का अनुवर्ती वक्तृत्व अभिमुखता की किस प्रक्रिया से होकर गुजरता है?

वास्तव में, प्रतिवेदित वक्तृत्व के रूपों द्वारा हमारे सामने जो कुछ प्रस्तुत किया जाता है वह इसी अभिग्रहण का एक वस्तुगत अभिलेखन ही होता है। एक बार जब हम इसका अर्थ खोलना सीख जाते हैं, तब यह अभिलेख हमें सूचना प्रदान करता है, परन्तु यह सूचना अभिग्रहणकर्ता के "मन" में चलनेवाली आकस्मिक और अस्थिर मनोगत मनोवैज्ञानिक प्रक्रियाओं के बारे में नहीं, बल्कि दूसरे वक्ताओं के वक्तृत्व के एक सक्रिय अभिग्रहण की सुस्थिर सामाजिक प्रवृत्तियों, अर्थात उन प्रवृत्तियों के बारे में होती है जो भाषा-रूपों में घनीभूत हो चुकी होती हैं। इस प्रक्रिया की कार्यप्रणाली व्यक्तिगत आत्मा में नहीं, बल्कि समाज में स्थित होती है। यह समाज का कार्य है कि वह उद्‌गारों के सक्रिय एवं मूल्यांकनकारी अभिग्रहण के लिए ठीक उन्हीं कारकों को चुने और उन्हें व्याकरणात्मक बनाये (अर्थात

---

1. रूसी विद्वानों द्वारा, संवाद की समस्या पर भाषा-वैज्ञानिक दृष्टिकोण से समर्पित मात्र एक ही अध्ययन प्रकाशित हुआ है, एल.पी. याकुबिंस्की कृत *'आन डायलाजिक स्पीच'*, पेत्रोग्राद 1923। संवाद की समस्या पर अर्द्ध भाषा-वैज्ञानिक प्रकृति की दिलचस्प टिप्पणियाँ, वी. विनोग्रादोव की कृति, *'दि पोएट्री ऑफ़ आन्ना आख्मातोवा'*, लेनिनग्राद, में देखने को मिलती हैं, देखें उसका अध्याय *'डायलॉग जेस्टिकुलेशंस'*। जर्मन शोधार्थियों में, इस समस्या की प्रखर छानबीन हाल ही में वोस्लर स्कूल ने की है।

उन्हें अपनी भाषा की व्याकरणात्मक संरचना के अनुसार अनुकूलित करे) जो सामाजिक रूप से जीवन्त और सुस्थिर हों, और इसीलिए, वक्ताओं के विशिष्ट समुदाय के आर्थिक जीवन में स्थापित हों।

निश्चय ही, किसी दूसरे व्यक्ति के वक्तृत्व के सक्रिय अभिग्रहण और एक बँधे बँधाये सन्दर्भ में उसके सम्प्रेषण के बीच सारभूत भिन्नताएँ होती हैं। इन भिन्नताओं की अनदेखी नहीं की जानी चाहिये। किसी भी प्रकार का सम्प्रेषण—खासतौर से संहिताबद्ध प्रकार का सम्प्रेषण—विशिष्ट उद्देश्यों, उपयुक्त कथानक, कानूनी प्रक्रियाओं, विद्वतापूर्ण बहस, आदि से प्रेरित होता है। इसके अतिरिक्त, सम्प्रेषण एक तीसरे व्यक्ति की भी अपेक्षा रखता है—एक ऐसे व्यक्ति की, जिसको प्रतिवेदित उद्गार सम्प्रेषित किये जा रहे होते हैं। एक तीसरे व्यक्ति की यह अपेक्षा खासतौर से महत्त्वपूर्ण है, क्योंकि यह वक्तृत्व-अभिग्रहण पर संगठित सामाजिक शक्तियों के प्रभाव को सुदृढ़ करता है। जब हम किसी व्यक्ति के साथ एक सजीव संवाद कर रहे होते हैं, तो अपने दूसरे सहभागी से अभिग्रहीत की गयी वक्तृत्व पर विचार करने के दौरान हम उन शब्दों को छोड़ देते हैं, जिनका हम उत्तर दे रहे होते हैं। हम उन्हें, केवल विशेष एवं विरल परिस्थितियों में, तभी दुहराते हैं, जब हम अपने सहभागी के शब्दों में कोई गलती आदि पकड़ना चाहते हैं। ये सभी विशिष्ट कारक, जो सम्प्रेषण को प्रभावित कर सकते हैं, अवश्य ध्यान में रखे जाने चाहिये। लेकिन इससे विषय का सारतत्व नहीं बदल जाता। सम्प्रेषण जिन परिस्थितियों में होता है और वह जिन उद्देश्यों से प्रेरित होता है, वे सभी उस चीज के चरितार्थ होने में योगदान भर करते हैं जो पहले से ही व्यक्ति की आन्तरिक वक्तृत्व-चेतना द्वारा सक्रिय अभिग्रहण की प्रवृत्तियों में रची-बसी होती है। और ये प्रवृत्तियाँ, अपना विकास केवल किसी सुनिश्चित भाषा में वक्तृत्व प्रतिवेदित करने के लिए इस्तेमाल किये जानेवाले रूपों के फ्रेमवर्क के भीतर ही कर सकती हैं।

हम यह दावा करने से अभी दूर हैं कि वाक्यविन्यासात्मक रूप ही—उदाहरण के लिए, अप्रत्यक्ष या प्रत्यक्ष कथन के रूप ही—सीधे या असन्दिग्ध रूप से किसी दूसरे व्यक्ति के उद्गार के एक सक्रिय, मूल्यांकनकारी अभिग्रहण की प्रवृत्तियों को, एवं उसके रूपों को अभिव्यक्त करते हैं। निस्सन्देह हमारा वक्तृत्व-अभिग्रहण सीधे अप्रत्यक्ष और प्रत्यक्ष कथन के रूपों में नहीं चरितार्थ होता। ये रूप तो सिर्फ प्रतिवेदनकारी वक्तृत्व के मानकीकृत पैटर्न भर हैं। लेकिन एक तरफ, जहाँ ये पैटर्न और उनके संशोधित रूप केवल वक्तृत्व-अभिग्रहण की नियंत्रणकारी प्रवृत्तियों के अनुरूप उत्पन्न और रूपायित हो सकते हैं, वहीं, दूसरी तरफ, ये पैटर्न एक बार जब भाषा में रूपायित हो जाते हैं और कार्य करने लगते हैं, तो अस्तित्वमान रूपों द्वारा निर्धारित प्रणाली के भीतर चरितार्थ होनेवाले मूल्यांकनकारी अभिग्रहण की प्रवृत्तियों के विकास पर नियामक या अवरोधी प्रभाव भी डालने लगते हैं।

भाषा वक्ताओं के बीच मनोगत, मनोवैज्ञानिक अनिश्चयों को नहीं, बल्कि स्थिर सामाजिक अन्तर्सम्बन्धों को प्रतिबिम्बित करती है। इन अन्तर्सम्बन्धों के विविध संशोधित

रूप, भिन्न-भिन्न सामाजिक समूहों के भीतर और भिन्न-भिन्न सन्दर्भात्मक उद्देश्यों के तहत, प्रचलन में रहते हैं। इनसे जो बात प्रमाणित होती है वह है वक्ताओं के एक समुदाय की सामाजिक रूप से पारस्परिक अभिमुखता में उन प्रवृत्तियों की दृढ़ता या दुर्बलता, जिसके तहत दिये गये भाषा-वैज्ञानिक रूप स्वयं में स्थिरीकृत और युगों से घनीभूत होते चले आ रहे होते हैं। अगर कहीं इसमें ऐसा होता कि परिस्थितियाँ कुछ विशिष्ट रूपों (उदाहरणस्वरूप, अप्रत्यक्ष कथन के कुछ संशोधित रूपों, जैसे आधुनिक रूसी उपन्यास में प्रयोग किये जानेवाले "जड़सूत्रवादी-तर्कवादी" प्रकार के रूपों) की उपेक्षा करतीं तो यह इस बात का प्रमाण होता कि प्रतिवेदित किये जानेवाले सन्देशों को समझने और मूल्यांकित करनेवाली प्रभावी प्रवृत्तियाँ उस विशिष्ट रूप द्वारा ठीक से अभिव्यक्त नहीं की जा सकतीं—क्योंकि वह अत्यधिक अननुवर्ती, और अत्यधिक बाधक है।

प्रत्येक चीज जो किसी दूसरे व्यक्ति के उद्‌गार के मूल्यांकनकारी अभिग्रहण में महत्त्वपूर्ण होती है, अर्थात प्रत्येक चीज जो कोई न कोई विचारधारात्मक मूल्य रखती है, आन्तरिक वक्तृत्व के उपादान में अभिव्यक्त होती है। आखिरकार, ऐसे उद्‌गार का अभिग्रहणकर्ता कोई मूक, निःशब्द प्राणी नहीं, बल्कि आन्तरिक शब्दों से परिपूर्ण एक मनुष्य ही होता है। उसके सारे के सारे अनुभव—उसकी तथाकथित गुणग्राही पृष्ठभूमि—उसके आन्तरिक वक्तृत्व में ही संहिताबद्ध रूप में अस्तित्वमान रहते हैं, और वे केवल उसी सीमा तक बाहर से अभिग्रहीत की गयी वक्तृत्व के सम्पर्क में आते हैं। शब्द, शब्द के ही सम्पर्क में आता है। इस आन्तरिक वक्तृत्व का सन्दर्भ ही वह स्थल है जहाँ किसी दूसरे व्यक्ति के उद्‌गार का अभिग्रहण, बोध, और मूल्यांकन होता है, यहीं पर वक्ता की सक्रिय अभिमुखता भी चरितार्थ होती है। यह सक्रिय आन्तरिक वक्तृत्व अभिग्रहण दो दिशाओं में आगे बढ़ता है : पहले, अभिग्रहीत उद्‌गार को तथ्यात्मक टीका (शब्द की तथाकथित गुणग्राही पृष्ठभूमि से मेल खाती हुई), अभिव्यक्ति के दृश्यमान संकेतों आदि के एक सन्दर्भ के भीतर अवस्थित किया जाता है, और उसके बाद एक प्रत्युत्तर तैयार किया जाता है। प्रत्युत्तर (*आन्तरिक जवाब*) और *तथ्यात्मक टीका*[2] दोनों ही सावयविक रूप से सक्रिय अभिग्रहण की एकता में गुँथे होते हैं, और इन्हें केवल अमूर्त रूपों में ही पृथक किया जा सकता है। अभिग्रहण की ये दोनों ही दिशायें प्रतिवेदित वक्तृत्व के परिवेशगत "लेखकीय" सन्दर्भ में अभिव्यक्त होती हैं, मूर्त रूप ग्रहण करती हैं। हम इन दोनों प्रवृत्तियों को, किसी सुनिश्चित सन्दर्भ की कार्यात्मक अभिमुखता की परवाह किये बिना—कि वह एक कथाकृति है, एक पोलेमिकल आलेख है, बचाव पक्ष के वकील की दलील है, आदि—समीक्षा की प्रवृत्ति और प्रत्युत्तर की प्रवृत्ति के रूप में अभिचिह्नित कर सकते हैं। आमतौर पर उनमें से कोई एक प्रवृत्ति प्रभावी रहती है। प्रतिवेदित वक्तृत्व और प्रतिवेदन के सन्दर्भ के बीच अत्यधिक पूर्ण जटिल और तनाव के गत्यात्मक सम्बन्ध काम करते

---

2. 'internal retort' and 'factual commentary' : यह शब्दावली एल.पी. याकुविंस्की से उधार ली गयी है (इसके लिए देखें ऊपर उद्धृत आलेख)

रहते हैं। इनका ध्यान नहीं रखने पर प्रतिवेदित वक्तृत्व के किसी भी रूप को समझना असम्भव है।

प्रतिवेदित वक्तृत्व के रूपों के पूर्ववर्ती अनुसन्धानकर्ता यही बुनियादी गलती करते थे कि वे प्रतिवेदित वक्तृत्व को प्रतिवेदन के सन्दर्भ से अलग कर देते थे। इसी से यह स्पष्ट हो जाता है कि इन रूपों की उनकी विवेचना क्यों इतनी गतिहीन और निष्क्रिय है (यह अभिलाक्षणिकता आमतौर पर वाक्यविन्यासात्मक अध्ययन के समूचे क्षेत्र पर लागू होती है)। परन्तु अनुसन्धान का सही उद्देश्य तो निश्चय ही इन दो कारकों, प्रतिवेदित किये जा रहे वक्तृत्व (दूसरे व्यक्ति का वक्तृत्व) और प्रतिवेदन कर रहे वक्तृत्व (लेखकीय वक्तृत्व) के गत्यात्मक अन्तर्सम्बन्ध की खोज के रूप में होना चाहिये। आखिरकार, ये दोनों कारक केवल अपने अन्तर्सम्बन्ध में ही तो अस्तित्वमान और कार्यशील होते हैं, एक-दूसरे से अलग-अलग, अकेले-अकेले नहीं। प्रतिवेदित वक्तृत्व और प्रतिवेदन के सन्दर्भ ही एक गत्यात्मक अन्तर्सम्बन्ध की शर्तें हैं। यही गत्यात्मकता जनसाधारण के बीच शाब्दिक विचारधारात्मक सम्प्रेषण के तहत (बेशक, उस सम्प्रेषण की जीवन्त और सुस्थिर प्रवृत्तियों के भीतर) सामाजिक रूप से पारस्परिक अभिमुखता की गत्यात्मकता को प्रतिबिम्बित करती है।

अब सवाल उठता है कि लेखकीय और प्रतिवेदित वक्तृत्व के बीच अन्तर्सम्बन्ध की गत्यात्मकता किस दिशा में संचालित हो सकती है?

हम इसे दो दिशाओं में संचालित होते देख सकते हैं।

सबसे पहले, प्रतिवेदित वक्तृत्व के प्रति प्रतिक्रिया करने में बुनियादी प्रवृत्ति उस वक्तृत्व की अविकलता और आधिकारिक प्रामाणिकता को बनाये रखने की हो सकती है; कोई भाषा प्रतिवेदित वक्तृत्व के लिए सुनिश्चित सीमाएँ निर्धारित करने का प्रयास कर सकती है। ऐसी दशा में, उसके पैटर्न और उनके संशोधित रूप प्रतिवेदित वक्तृत्व की यथासम्भव स्पष्ट सीमा निर्धारित करने, लेखकीय लहजों के हस्तक्षेप से इसे बचाने, तथा इसकी व्यक्तिगत भाषाई अभिलाक्षणिकताओं को संघनित और सम्बर्द्धित करने का काम करते हैं।

पहली दिशा यहीं होती है। निश्चय ही हमें इसी की सीमा के भीतर यह स्पष्टतः परिभाषित करना होता है कि कोई सुनिश्चित भाषा समुदाय प्रतिवेदित किये जानेवाले वक्तृत्व के सामाजिक अभिग्रहण को किस हद तक विभेदीकृत करता है और किस हद तक उस वक्तृत्व की अभिव्यक्तिशीलता, उसके शैलीगत गुण, और उसके शब्दकोशीय रंग-रूप आदि स्पष्टतः और सामाजिक रूप से महत्त्वपूर्ण मूल्यों से युक्त महसूस किये जाते हैं। ऐसा भी हो सकता है कि किसी दूसरे व्यक्ति का वक्तृत्व सामाजिक व्यवहार के एक ही समग्र निकाय के रूप में, वक्ता की व्यक्तिगत, अवधारणात्मक अवस्थिति के रूप में, अभिग्रहीत किया जाये—तब ऐसी स्थिति में वक्तृत्व का सिर्फ "क्या" ही संज्ञान में आ पाता है और "कैसे" अभिग्रहण से बाहर ही छूट जाता है। वक्तृत्व के अभिग्रहण और प्रतिवेदन का

अवधारण और (एक भाषा-वैज्ञानिक अर्थ में) निवैर्यक्तीकरण करनेवाली यह अन्तर्वस्तु प्राचीन और मध्यकाल की फ्रेंच भाषा में काफी प्रभावी रही है। (मध्यकाल में तो अप्रत्यक्ष कथन के निवैर्यक्तिकरण करनेवाले संशोधित रूपों का काफी विकास हुआ)।[3] ठीक इसी प्रकार की अन्तर्वस्तु पुराने रूसी साहित्यिक अभिलेखों में मिलती है—हालाँकि यहाँ अप्रत्यक्ष कथन का पैटर्न लगभग पूरी तरह नदारद है। इस मामले में सबसे प्रभावी प्रकार की अन्तर्वस्तु निर्वैयक्तीकरण (भाषा-वैज्ञानिक अर्थ में) प्रत्यक्ष कथन में देखने को मिलती है।

पहली दिशा के सीमा-क्षेत्र के भीतर हमें निश्चय ही एक उद्‌गार के साधिकार अभिग्रहण की मात्रा और उसकी विचारधारात्मक आश्वस्ति—उसकी जड़सूत्रता—को भी परिभाषित करना होता है। एक उद्‌गार जितना ही अधिक जड़सूत्रता होता है, उसका बोध और मूल्यांकन करनेवाले व्यक्तियों द्वारा उसके अभिग्रहण में सत्य और मिथ्या के बीच या अच्छे और बुरे के बीच स्वीकार्य पार्श्ववर्ती दूरी भी उतनी ही कम होती है, तथा प्रतिवेदित वक्तृत्व के रूपों का निर्वैयक्तीकरण भी उतना ही अधिक होता है। वास्तव में इस अवस्थिति में, जिसके अन्तर्गत सारे के सारे सामाजिक मूल्य-निर्णय थोकभाव से, सुस्पष्ट विकल्पों में विभाजित हैं, हमारे लिए कोई गुंजाइश ही नहीं बचती कि हम उन सभी कारकों के प्रति एक सकारात्मक और प्रेक्षणकारी दृष्टिकोण अपना सकें, जो किसी दूसरे वक्ता के उद्‌गार को उसका व्यक्तिगत चरित्र प्रदान करते हैं। इस प्रकार की साधिकारवादी जड़सूत्रता मध्यकालीन फ्रेंच और प्राचीन रूसी आलेखों की अभिलाक्षणिकता रही है।[4] फ्रांस में सत्रहवीं सदी और रूस में अठारहवीं सदी की विशिष्टता एक तर्कवादी प्रकार की जड़सूत्रता रही है, लेकिन वह भी, भिन्न-भिन्न तरीकों से सही, प्रतिवेदित वक्तृत्व के वैयक्तीकरण को अवरुद्ध करने में ही प्रवृत्त रही है। तर्कवादी जड़सूत्रवाद के क्षेत्र में, प्रभावी रूप अप्रत्यक्ष कथन की अन्तर्वस्तु का विश्लेषण करनेवाले संशोधित रूप तथा प्रत्यक्ष कथन के वाग्मितापूर्ण संशोधित रूप ही रहे हैं।[5] इनमें लेखकीय और प्रतिवेदित वक्तृत्व के बीच सीमाओं की सुस्पष्टता और अनुल्लंघनीयता अपनी चरम सीमा पर जा पहुँची थी।

हम इस पहली दिशा को, जिसके अन्तर्गत प्रतिवेदनकारी और प्रतिवेदित वक्तृत्व के बीच पारस्परिक अभिमुखता की गत्यात्मकता संचालित होती है, वक्तृत्व-प्रतिवेदन की *एकरेखीय शैली* कह सकते हैं (इस शब्दावली को वुल्फलिन के कला-सम्बन्धी अध्ययन से

---

3. प्राचीन फ्रेंच भाषा की खास विशिष्टताओं के सम्बन्ध में आगे के अध्याय देखें।

4. उदाहरण के लिए, *'दि ले ऑफ इगोर्स कैम्पेन'* में अप्रत्यक्ष कथन का एक भी उदाहरण नहीं है, बावजूद इसके कि इस अभिलेख में अन्य वक्ताओं के शब्दों की भरमार है। पुराने रूसी इतिवृत्तान्तों में अप्रत्यक्ष कथन अत्यन्त विरल है। हर जगह प्रतिवेदित वक्तृत्व एक सुसंगठित अभेद्‌य खण्ड के रूप में ही देखने को मिलता है, जिसमें वैयक्तीकरण बहुत कम है या बिल्कुल ही नहीं है।

5. रूसी नवक्लासिकीवाद में अप्रत्यक्ष कथन वस्तुतः नदारद ही है।

उधार लिया गया है)। एकरेखीय शैली की बुनियादी प्रवृत्ति, प्रतिवेदित वक्तृत्व के लिए, एकदम सुस्पष्ट, बाह्य परिरेखाएँ खींचने की होती है, जिनके अन्तर्गत प्रतिवेदित वक्तृत्व की निजी वैयक्तिकता घटकर न्यूनतम रह जाती है। जहाँ कहीं भी समूचा सन्दर्भ एक सम्पूर्ण शैलीगत समाँगता प्रदर्शित करता है (जिसके तहत लेखक और उसके पात्र हूबहू एक ही भाषा बोलते हैं), वहाँ प्रतिवेदित वक्तृत्व का व्याकरणात्मक और संघटनात्मक नियोजन एक अधिकतम सुसम्बद्ध और सुगठित रूप प्राप्त कर लेता है।

दूसरी दिशा में हमें जो प्रक्रियाएँ देखने को मिलती हैं, जिनके अन्तर्गत प्रतिवेदनकारी और प्रतिवेदित वक्तृत्व के बीच पारस्परिक अभिमुखता की गत्यात्मकता संचालित होती है, वे ठीक विपरीत प्रकृति की होती हैं। भाषा प्रतिवेदित वक्तृत्व में लेखकीय टिप्पणी और टीका समावेश करने के कुशल और सूक्ष्म तरीके ढूँढ़ निकालती है। प्रतिवेदनकारी सन्दर्भ प्रतिवेदित वक्तृत्व की स्वयं-सम्पूर्ण सुसम्बद्धता को तोड़ने, तथा उसकी सीमाओं को मिटाने की कोशिश करता है। हम वक्तृत्व के प्रतिवेदन की इस शैली को *चित्रात्मक* कह सकते हैं। इसकी प्रवृत्ति प्रतिवेदित वक्तृत्व की सुस्पष्ट, बाह्य परिरेखाओं को मिटाने की होती है, साथ ही प्रतिवेदित वक्तृत्व पहले से ज्यादा वैयक्तीकृत हो जाती है—इसके तहत एक उद्‌गार के विविध पहलुओं की मूर्तता सूक्ष्म रूप से विभेदीकृत भी हो सकती है। अब अभिग्रहण में उद्‌गार का, अर्थात उसके द्वारा प्रस्तुत वक्तव्य का, सिर्फ सन्दर्भात्मक अर्थ ही नहीं शामिल होता, बल्कि उसकी शाब्दिक चरितार्थता की सभी भाषाई विशिष्टिताएँ भी शामिल हो जाती हैं।

इस दूसरी दिशा के सीमा-क्षेत्र के भीतर उद्‌गार के ढेरों विविध प्रकार भी शामिल किये जा सकते हैं। इस दिशा के अन्तर्गत, उद्‌गार की परिधियों को क्षीण करने की प्रेरकशक्ति लेखक के सन्दर्भ के भीतर उत्पन्न हो सकती है, और इस मामले में वह सन्दर्भ प्रतिवेदित वक्तृत्व को उसके अपने लहजे—हास्य, व्यंग्य, प्रेम या घृणा, उमंग या तिरस्कार—के साथ अपने में रचा-बसा लेता है। यह प्रकार पुनर्जागरण काल (खासतौर से फ्रेंच भाषा में), अठारहवीं सदी के अन्त और निस्सन्देह समूची उन्नीसवीं सदी की विशेषता थी। इसमें उद्‌गार के आधिकारिक और तर्कवादी दोनों ही प्रकार के जड़वाद का अतिशय दुर्बलीकरण होता रहा है। उस दौरान सामाजिक मूल्य-निर्णय सापेक्षवाद के अधीन होते थे, जो चिन्तन, विश्वास, भावना आदि की सभी वैयक्तीकृत शाब्दिक अर्थच्छायाओं के एक सकारात्मक एवं संवेदनशील बोध के लिए अत्यन्त अनुकूल आधार प्रदान करता था। यह आधार प्रतिवेदित वक्तृत्व की प्रस्तुति में एक "अलंकारिक" प्रवृत्ति को भी प्रोत्साहित करता था, जिसका परिणाम कभी-कभी यह होता था कि उद्‌गार के "रंगरूप" के चक्कर में उद्‌गार के अर्थ की ही उपेक्षा कर दी जाती थी—जैसे, रूसी "प्राकृतिक स्कूल" में किया गया था। बल्कि, गोगोल के यहाँ तो उसके पात्रों का वक्तृत्व कभी-कभी अपना लगभग पूरा सन्दर्भात्मक अर्थ ही खो देता है, और महज परिधान, रूपरंग, साज-सज्जा आदि क तरह एक अलंकरण बनकर रह जाता है।

लेकिन इन सबसे हटकर उद्गार का एक और भिन्न प्रकार भी सम्भव हो सकता है : शाब्दिक प्रधानता का स्थान प्रतिवेदित वक्तृत्व ले सकता है, और तब यह इसके लेखकीय सन्दर्भ से कहीं अधिक सशक्त और सक्रिय हो उठती है। ऐसी स्थिति में, प्रतिवेदित वक्तृत्व प्रतिवेदन के सन्दर्भ को व्यक्त करने लगता है, न कि इसके विपरीत। परिणामतः लेखकीय सन्दर्भ, जो आम तौर पर प्रतिवेदित वक्तृत्व की तुलना में कहीं अधिक वस्तुगत होता है, स्वयं अपनी वस्तुगतता को ही काफी हद तक खो बैठता है। यह मनोगत, "अन्य व्यक्ति" के वक्तृत्व के रूप में अपना बोध करने लगता है, यहाँ तक कि खुद की इसी रूप में पहचान करता है। कथासाहित्य में तो अकसर ही इस प्रकार की संयोजनात्मक अभिव्यक्ति एक वर्णनकर्ता के आविर्भाव के रूप में होती है जो लेखक को विस्थापित कर उसका स्थान ले लेता है। इसमें वर्णनकर्ता का वक्तृत्व ठीक वैसे ही वैयक्तीकृत, रंगरूप से पूर्ण, और गैर-लेखकीय होता है, जैसे पात्रों का वक्तृत्व। इस वर्णनकर्ता की अवस्थिति अस्थिर होती है, और अधिकतर मामलों में वह उन्हीं पात्रों की भाषा प्रयोग करता है जो कृति में चित्रित किये गये होते हैं। वह उनकी मनोगत अवस्थिति से अधिक आधिकारिक और वस्तुगत दुनिया देख ही नहीं सकता। दोस्तोयेव्स्की, अन्द्रेई बैली, रेमिजोव, सोलोगुब और अधिक हाल के रूसी गद्य लेखकों की कृतियों में वर्णन की यही प्रकृति है।[6]

इस प्रकार जहाँ प्रतिवेदित वक्तृत्व के भीतर लेखकीय सन्दर्भ का अतिक्रमण औसत किस्म के भाववाद और समष्टिवाद, दोनों ही में वक्तृत्व-अधिग्रहण की एक प्रातिनिधिक विशेषता है, वहीं वक्तृत्व-अभिग्रहण में लेखकीय सन्दर्भ का विलीनीकरण सापेक्षवादी व्यक्तिवाद की ही पुष्टि करता है। सापेक्षवादी व्यक्तिवाद में, मनोगत प्रतिवेदित उद्गार उस टीकाकारी लेखकीय सन्दर्भ के विपरीत अवस्थित होता है, जो स्वयं को उतना ही मनोगत

---

6. उपन्यास में वर्णनकर्ता की भूमिका को लेकर काफी विस्तृत साहित्य उपलब्ध है। इसमें अब तक की सबसे मौलिक कृति के. फ्रीडमान की है। रूस में "रूपवादियों" ने वर्णनकर्ता की समस्या के बारे में दिलचस्पी पैदा की। वी.वी. विनोग्रादोव गोगोल में वर्णनकर्ता के वक्तृत्व को "लेखक से टेढ़े-मेढ़े चलकर पात्रों तक" के रूप में परिभाषित करता है। (देखें उसकी कृति *'गोगोल एण्ड दि नेचुरल स्कूल'*)। विनोग्रादोव के अनुसार *दि डबल* में दोस्तोयेव्स्की के वर्णनकर्ता की भाषा-शैली, नायक गोल्यादकिन की भाषा-शैली जैसी अवस्थिति अपनाती है। देखें विनोग्रादोव की कृति *'दि स्टाइल ऑफ़ दि पीतर्सबुर्ग एपिक, दि डबल'*, 1923 (वर्णनकर्ता की भाषा और नायक की भाषा के बीच के इस साम्य पर बेलिंस्की पहले ही गौर कर चुके थे)। बी.एम. एंजेलगार्ट का कहना बिल्कुल सही है कि "दोस्तोयेव्सकी के रचना-जगत में बाहरी दुनिया का कोई भी तथाकथित वस्तुगत वर्णन नहीं पाया जा सकता।... इस तथ्य के नाते ही कला के साहित्यिक रचना-कर्म में यथार्थ के बहुस्तरीकरण की परिपाटी चल पड़ी, जिसका नतीजा, दोस्तोयेव्स्की के बाद के रचनाकारों की पीढ़ी में जीवन के एक विचित्र विलीनीकरण में हुआ है।" ... लेकिन इन अध्ययनों में प्रतिवेदित वक्तृत्व की भाषा-वैज्ञानिक समस्या को कहीं भी सूत्रित नहीं किया गया है।

मानता है।

दूसरी दिशा पूरी तरह वक्तृत्व-प्रतिवेदन के मिश्रित रूपों के एक असाधारण विकास की अभिलाक्षणिकता लिये हुए है, जिसमें अर्द्ध अप्रत्यक्ष कथन और खासतौर से, अर्द्ध-प्रत्यक्ष कथन शामिल हैं, जिनमें प्रतिवेदित सन्देशों की सीमाबद्धताएँ अत्यन्त क्षीण कर दी जाती हैं। साथ ही, अप्रत्यक्ष और प्रत्यक्ष कथनों के संशोधित रूपों में से सबसे प्रभावी रूप वे ही हैं जो सर्वाधिक लचीलापन दर्शाते हैं, और जो लेखकीय प्रवृत्तियों (जैसे, विकीर्णित प्रत्यक्ष कथन, अप्रत्यक्ष कथन की बुनावट का विश्लेषण करनेवाले रूप, आदि) के समावेश के लिए सर्वाधिक अनुकूल होते हैं।

वक्तृत्व के सक्रिय रूप से अनुक्रियात्मक अभिग्रहण में दर्शायी गयी इन प्रवृत्तियों की छानबीन में जाँच-पड़ताल का विषय बनायी गयी भाषाई परिघटना की प्रत्येक विशिष्टता पर ध्यान देना आवश्यक है। इसमें लेखकीय सन्दर्भ की प्रयोजनमूलकता खासतौर से महत्त्वपूर्ण है। इस सन्दर्भ में, यह शाब्दिक कला ही है जो पारस्परिक सामाजिक-भाषात्मक अभिमुखता में सारे क्रमपरिवर्तनों को बड़ी तीव्रता से चरितार्थ करती है। शाब्दिक कला से स्पष्टतः भिन्न, वाग्मिता अपनी प्रयोजनमूलकता के चलते, दूसरे वक्ताओं के उद्‌गारों के साथ बर्ताव करने में अपेक्षाकृत कम स्वतंत्र होती है। वाग्मिता के लिए प्रतिवेदित वक्तृत्व की सीमाओं का एक सुस्पष्ट संज्ञान आवश्यक होता है। शब्दों के प्रति स्वत्वाधिकार के उत्कट सजगता और प्रामाणिकता के मामलों में अतिरिक्त सावधानी इसकी विशेषता होती है।

न्यायिक भाषा में मुकदमे के पक्षकारों की शाब्दिक मनोगतता और न्यायालय की वस्तुगतता के बीच—न्यायालयी पीठ से जारी होनेवाले आदेश और न्यायिक व्याख्यात्मक एवं जाँच-सम्बन्धी टिप्पणियों के समूचे तंत्र के बीच—एक स्पष्ट विसंगति होती है। राजनीतिक वाग्मिता एक ऐसा ही सादृश्य प्रस्तुत करती है। अतः यहाँ पर महत्त्वपूर्ण यह है कि किसी सुनिश्चित समय में किसी सुनिश्चित सामाजिक समूह की भाषाई चेतना में न्यायिक या राजनीतिक वाग्मितापूर्ण वक्तृत्व के विशिष्ट गुरुत्व का निर्धारण किया जाये। इसके अतिरिक्त, प्रतिवेदित किये जानेवाले वक्तृत्व का एक प्रतिरूप मूल्यों की सामाजिक श्रेणीबद्धता में जो अवस्थिति ग्रहण करता है, उसे भी ध्यान में रखना आवश्यक है। किसी दूसरे के उद्‌गार में श्रेणीबद्धता की उत्कृष्टता की भावना जितनी ही अधिक प्रबल होगी, उसकी सीमाबद्धता भी उतनी ही स्पष्टता से परिभाषित होगी, तथा बाहर से प्रत्युत्तरदायी और टीकाकारी प्रवृत्तियों का उसमें समावेश भी उतना ही कम हो सकेगा। इसीलिए, उदाहरण के तौर पर, नवक्लासिकीय दायरे के भीतर निम्नकोटि की वक्तृत्व-शैलियों के लिए वक्तृत्व-प्रतिवेदन की तर्कवादी, जड़सूत्रीय, एकरेखीय शैली से आश्चर्यजनक विचलन प्रदर्शित करना सम्भव हो सका। यह प्रतीकात्मक है कि अर्द्ध-प्रत्यक्ष कथन का पहला सशक्त विकास इसी दायरे के भीतर—ला फोंतेन के किस्से-कहानियों में हुआ।

अब तक हमने प्रतिवेदित वक्तृत्व और प्रतिवेदनकारी वक्तृत्व के गत्यात्मक अन्तर्सम्बन्ध

में विविध सम्भव प्रवृत्तियों के बारे में जो कुछ कहा है, उन्हें हम इस तरह कालक्रमानुसार रख सकते हैं :

1. *आधिकारिक जड़वाद* जिसकी विशेषता मध्यकाल में, प्रतिवेदित वक्तृत्व-सम्प्रेषण की एकरेखीय, निर्वैयक्तिक अभिलेखीय शैली रही है;
2. *तर्कवादी जड़वाद* जिसकी और भी प्रखर एकरेखीय शैली सत्रहवीं और अठारहवीं सदियों में प्रचलित रही है;
3. *यथार्थवादी और आलोचनात्मक व्यक्तिवाद,* जिसकी विशेषता चित्रात्मक शैली और लेखकीय प्रत्युत्तर एवं टीका के साथ प्रतिवेदित वक्तृत्व के समावेश की प्रवृत्ति रही है (सत्रहवीं सदी के अन्त में और अठारहवीं सदी के आरम्भ में); और अन्त में
4. *सापेक्षवादी व्यक्तिवाद,* जिसकी विशेषता लेखकीय सन्दर्भ का विघटन है (आधुनिक काल में)।

भाषा स्वयं अपने में और अपने लिए नहीं, बल्कि एक ठोस उद्गार की व्यक्तिगत संरचना से सम्बद्ध होकर अस्तित्वमान होती है। उद्गार के जरिये ही भाषा का सम्प्रेषण से सम्पर्क होता है, यह उसकी जीवन्त शक्ति से अनुप्राणित होती है, और एक वास्तविकता बन जाती है। शाब्दिक सम्प्रेषण की दशायें, उसके रूप और उसके विभेदीकरण की विधियाँ किसी सुनिश्चित कालावधि की सामाजिक एवं आर्थिक पूर्वशर्तों द्वारा निर्धारित होती हैं। ये परिवर्तनशील सामाजिक-भाषाई दशायें ही, वास्तव में, प्रतिवेदित वक्तृत्व के रूपों में होनेवाले उन परिवर्तनों को भी निर्धारित करती हैं, जिनकी चर्चा हम अपने विश्लेषण में कर चुके हैं। हम यह भी कहने का साहस कर सकते हैं कि जिन रूपों में भाषा अभिग्रहीत वक्तृत्व और वक्ता की छापों को दर्ज करती है, उन्हीं में सामाजिक-विचारधारात्मक सम्प्रेषण के बदलते प्रतिरूपों का इतिहास बिल्कुल स्पष्ट ढंग से अभिव्यक्त होता है।

अध्याय तीन

अप्रत्यक्ष कथन, प्रत्यक्ष कथन और उनके संशोधित रूप

पैटर्न और संशोधित रूप; व्याकरण और शैलीविज्ञान। रूस में वक्तृत्व प्रतिवेदन की सामान्य प्रकृति। अप्रत्यक्ष कथन का पैटर्न। अप्रत्यक्ष कथन का सन्दर्भात्मक विश्लेषणात्मक संशोधन। अप्रत्यक्ष कथन का प्रभाववादी संशोधन। प्रत्यक्ष कथन का पैटर्न। पूर्वनिर्धारित प्रत्यक्ष कथन। विशिष्टीकृत प्रत्यक्ष कथन। पूर्वानुमानित, विकीर्णित, और प्रच्छन्न प्रत्यक्ष कथन। वक्तृत्व में हस्तक्षेप की परिघटना। वाग्मितापूर्ण प्रश्न और विस्मयादिबोधक अभिव्यक्तियां। प्रतिस्थापित प्रत्यक्ष कथन। अर्द्ध-प्रत्यक्ष कथन।

हम लेखक और अन्य व्यक्ति के वक्तृत्व की पारस्परिक अभिमुखता को विशिष्टीकृत करनेवाली गत्यात्मकता की बुनियादी दिशाओं का एक खाका खींच चुके हैं। यह गत्यात्मकता अपनी ठोस भाषाई अभिव्यक्ति प्रतिवेदित वक्तृत्व के पैटर्नों में तथा इन पैटर्नों के संशोधित रूपों में करती है—इन पैटर्नों एवं उनके संशोधित रूपों को, भाषा के विकास के दौरान किसी सुनिश्चित समय में, प्राप्त प्रतिवेदनकारी एवं प्रतिवेदित सन्देशों के बीच सन्तुलन के संकेतक कहा जा सकता है।

अब आइये हम पहले ही इंगित की जा चुकी प्रवृत्तियों के दृष्टिकोण से इन पैटर्नों एवं इनके प्रमुख संशोधित रूपों के एक संक्षिप्त चरित्र-चित्रण की ओर रुख करें।

पहले, पैटर्न के साथ संशोधित रूपों के सम्बन्ध के बारे में कुछ शब्द आवश्यक हैं। यह सम्बन्ध कविता की लय की वास्तविकता और उसके मीटर के अमूर्तन के आपसी सम्बन्ध के सदृश होता है। पैटर्न केवल अपने विशिष्ट संशोधित रूप में ही चरितार्थ हो सकता है। संशोधित रूपों के भीतर परिवर्तन कई कालावधियों के दौरान आते हैं, चाहे इसमें शताब्दियाँ लगें या दशाब्दियाँ, तभी जाकर प्रतिवेदित किये जानेवाले वक्तृत्व के प्रति सक्रिय अभिमुखता की नई आदतें स्थापित होती हैं, जो प्रतिवेदित

की जानेवाली वक्तृत्व को वाक्यविन्यासात्मक पैटर्नों में नियमित भाषाई निर्मितियों के रूप में घनीभूत करती हैं। संशोधित रूपों की अवस्थितियाँ व्याकरण और शैली-विज्ञान की सन्धिरेखा पर होती है। बेशक, समय-समय पर विवाद भी उठते रहते हैं कि वक्तृत्व सम्प्रेषण का कोई सुनिश्चित रूप ही पैटर्न है या उसका एक संशोधित रूप, वह व्याकरण का विषय है या शैली का। ऐसे ही विवाद का एक उदाहरण फ्रेंच और जर्मन भाषाओं में अर्द्ध-प्रत्यक्ष कथन को लेकर उठ खड़ा हुआ था, जिसमें बैली एक तरफ था तथा कालेप्की और लॉर्क दूसरी तरफ। बैली अर्द्ध-प्रत्यक्ष कथन में एक वैध वाक्यविन्यासात्मक पैटर्न मानने से इंकार करता था और इसे एक शैलीगत संशोधन से अधिक नहीं मानता था। ठीक यही दलील फ्रेंच भाषा के अर्द्ध-अप्रत्यक्ष कथन पर भी लागू हो सकती है। लेकिन हमारे दृष्टिकोण से, व्याकरण और शैली के बीच, एक व्याकरणात्मक पैटर्न और उसके शैलीगत संशोधित रूप के बीच, स्पष्ट विभाजक रेखा खींचना पद्धतिगत रूप से निरर्थक है और वस्तुतः असम्भव भी है। दरअसल, यह विभाजक रेखा भाषा के अस्तित्वमान होने की प्रणाली के चलते अस्थिर होती है, क्योंकि उसमें, एक ही साथ, कुछ रूपों का व्याकरणीकरण होता रहता है, तो बाकी का गैर-व्याकरणीकरण होता रहता है। ठीक इन्हीं गड्डमड्ड रूपों में भाषा-वैज्ञानिकों की सबसे अधिक दिलचस्पी होती है : वस्तुतः इन्हीं में भाषा की विकासात्मक प्रवृत्तियों की पहचान की जाती है।[1]

हम प्रत्यक्ष और अप्रत्यक्ष कथन के पैटर्नों के अपने संक्षिप्त चरित्रचित्रण को मानक रूसी साहित्य की भाषा तक ही सीमित रखेंगे, और उसमें भी हमारा इरादा इन पैटर्नों के सभी सम्भव संशोधित रूपों की चर्चा करने का नहीं है। यहाँ पर हमारा एकमात्र सरोकार समस्या के पद्धतिगत पहलू से ही रहेगा।

रूस में, जैसाकि भलीभाँति ज्ञात है, प्रतिवेदनकारी वक्तृत्व के वाक्यविन्यासात्मक पैटर्न बहुत ही कमजोर ढंग से विकसित हैं। यहाँ, अर्द्ध-प्रत्यक्ष कथन को छोड़कर (जिसके लिए रूसी भाषा में, स्पष्ट वाक्यविन्यासात्मक अभिचिह्नकों का अभाव है, और ऐसा ही जर्मन भाषा में भी है), हमें दो ही पैटर्न दिखायी देते हैं : प्रत्यक्ष और अप्रत्यक्ष कथन। लेकिन ये पैटर्न भी एक-दूसरे से उतनी स्पष्टता के साथ अलग-अलग सीमाबद्ध नहीं है,

---

1. वोस्लर और वोस्लरवादियों को अकसर इस बात का दोष दिया जाता है कि उन्होंने सटीक अर्थ में भाषा-विज्ञान की अपेक्षा शैलीविज्ञान से ही ज्यादा सरोकार रखा। लेकिन वास्तविकता यह है कि वोस्लर स्कूल की दिलचस्पी इन दो मुद्दों की मध्यवर्ती सीमा के मुद्दों पर, अर्थात इन मुद्दों के पद्धतिगत और अन्वेषणात्मक महत्त्व के पूर्ण बोध की ओर निर्दिष्ट रही है, और उसी में इस शाखा का महत्त्व भी निहित है, जैसाकि हम देख रहे हैं। फिर भी यह खेदजनक है कि वोस्लरवादी इन परिघटनाओं की व्याख्याओं में अपना प्रमुख ध्यान मनोगत मनोवैज्ञानिक कारकों पर तथा व्यक्तिगत इरादों पर ही केन्द्रित करते हैं। इसी नाते भाषा समय-समय पर महज व्यक्तिगत अभिरुचि का एक खिलौना बनकर रह जाती है।

जितनी स्पष्टता के साथ अन्य भाषाओं में दिखायी देते हैं। यहाँ अप्रत्यक्ष कथन के प्रमाण चिह्न अस्पष्ट हैं और बोलचाल की भाषा में वे बड़ी आसानी से प्रत्यक्ष कथन के प्रमाण चिह्नों के साथ घुलमिल जाते हैं।[2]

रूसी भाषा में *कालानुक्रम* और क्रियाभाव के अभाव के चलते अप्रत्यक्ष कथन की अपनी कोई स्पष्ट विशिष्टता नहीं रह जाती। इसमें कुछ ऐसे निश्चित संशोधित रूपों के व्यापक विकास का आधार ही नहीं है जो हमारे दृष्टिकोण से खासतौर पर महत्त्वपूर्ण और दिलचस्प हों। कुल मिलाकर यही मानने पर विवश होना पड़ता है कि रूसी भाषा में प्रत्यक्ष कथन ही निर्बन्ध रूप से प्रमुखता हासिल किये हुए है। रूसी भाषा के इतिहास में कोई ऐसी देकार्तवादी, तर्कवादी कालावधि नहीं आयी, जिसके दौरान एक वस्तुगत "लेखकीय सन्दर्भ" जो अपनी तर्कशक्ति में आत्मविश्वास से भरा होता, प्रतिवेदित वक्तृत्व की सन्दर्भात्मक संरचना का विश्लेषण-विच्छेदन करता और वक्तृत्व के अप्रत्यक्ष सम्प्रेषण के लिए जटिल एवं विशिष्ट उपकरणों का सृजन करता।

लेकिन रूसी भाषा की ये ही विशिष्टताएँ वक्तृत्व प्रतिवेदन की चित्रात्मक शैली के लिए एक अत्यन्त अनुकूल स्थिति भी सृजित करती हैं—गो कि यह कुछ-कुछ ढीली-ढाली और सुस्त किस्म की ही अवस्थिति है, जिसमें आरोपित सीमाओं और उनके प्रतिरोध से पार पाने का वह बोध नहीं होता, जो दूसरी भाषाओं में होता है। यहाँ तो बस प्रतिवेदनकारी और प्रतिवेदित वक्तृत्व के बीच अन्तर्क्रिया और परस्पर अन्तःप्रवेश की असाधारण सुगमता ही एकमात्र नियम है। यह एक तथ्य है जो उस नगण्य भूमिका से सम्बन्धित है, जो (रूसी साहित्यिक भाषा के इतिहास में) वाग्मिता द्वारा, प्रतिवेदित किये जानेवाले उद्‌गारों को जानने-समझने की सुस्पष्ट शैली और उसके अति व्यापक, लेकिन सुस्पष्टतः विभेदित और एकनिष्ठ लहजे के साथ, अदा की जाती है।

आइये हम सबसे पहले अप्रत्यक्ष कथन का, अर्थात उस पैटर्न की अभिलाक्षणिक विशिष्टताओं का वर्णन करें जो रूसी भाषा में सबसे कम परिष्कृत है। और आइये हम इसकी शुरुआत व्याकरणशास्त्री ए.एम. पेश्कोवस्की द्वारा किये गये दावों की एक संक्षिप्त आलोचना से करें। पेश्कोवस्की रूसी भाषा में अप्रत्यक्ष कथन के रूपों के अल्प विकास

---

2. तमाम दूसरी भाषाओं में अप्रत्यक्ष कथन, प्रत्यक्ष कथन (कालों के विशिष्ट प्रयोग, क्रियाभाव, समुच्चयबोधक कारक, पुरुषात्मक रूप) से स्पष्ट वाक्यविन्यासात्मक विभेदीकरण लिये होता है, जो वक्तृत्व के अप्रत्यक्ष प्रतिवेदन में एक विशिष्ट, जटिल पैटर्न निर्मित करता है। लेकिन रूसी भाषा में, हमने अभी-अभी जिन कुछेक विभेदक चिन्हों का जिक्र किया है, वे भी अपना प्रभाव अकसर खो दिया करते हैं, और इस प्रकार अप्रत्यक्ष कथन का प्रत्यक्ष कथन के साथ घालमेल हो जाता है। उदाहरण के लिए, गोगोल की कृति, 'इंस्पेक्टर जनरल' में ओसिप कहता है : "सरायवाले ने कहा *कि मैं* तब तक तुम्हें खाने को कुछ नहीं दूँगा जब तक तुम इसके पैसे नहीं चुका देते।" (यह उदाहरण पेश्कोवस्की की कृति *'रशियन सिन्टैक्स' (तीसरा संस्करण)* से लिया गया है, जिसमें तिरछे टाइप स्वयं पेश्कोवस्की ने प्रयोग किया है)।

को ध्यान में रखते हुए निम्नलिखित अत्यन्त विचित्र घोषणा करते हैं :[3]

> इस बात पर यकीन कर लेने के लिए कि रूसी भाषा अप्रत्यक्ष वक्तृत्व के प्रतिवेदन के लिए स्वाभाविक तौर पर अनुपयुक्त है, महज इतना ही काफी है कि प्रत्यक्ष कथन के किसी भी अवतरण को, यहाँ तक कि एक सरल वक्तव्य से कुछ ही अधिक कथन को, अप्रत्यक्ष कथन में परिवर्तित करने की आजमाइश की जाये। उदाहरण के लिए : गधा जमीन की तरफ अपना सिर झुकाये, बुलबुल से कहता है, *कि बुरा नहीं, कि यह मजाक नहीं, कि उसे गाते हुए सुनना अच्छा लगता है, लेकिन कितनी शर्म की बात है कि वह उनके मुर्गे को नहीं जानती, कि यदि वह उससे कुछ सबक सीख लेती तो वह अपने गायन को और भी माँज लेती।*

यदि पेश्कोवस्की प्रत्यक्ष कथन को यांत्रिक ढंग से अप्रत्यक्ष कथन में रूपान्तरित करने का यही प्रयोग फ्रेंच भाषा का इस्तेमाल करते हुए करता और सिर्फ व्याकरण के नियमों का ही पालन करता, तब भी वह ठीक ऐसे ही नतीजों पर पहुँचता। यदि उसने उदाहरण के लिए, ला फोंतेन के प्रत्यक्ष कथन के प्रयोग को या यहाँ तक कि उसकी कहानियों के अर्द्ध-प्रत्यक्ष कथन तक को भी (जिसके ढेरों उदाहरण मिलते हैं) अप्रत्यक्ष कथन के रूपों में परिवर्तित करने का प्रयास किया होता, तो उसके नतीजे भी व्याकरण की दृष्टि से उतने ही सही और विज्ञान की दृष्टि से उतने ही अस्वीकार्य होते, जितने कि ऊपर दिये गये उदाहरण में। और यह सब इस तथ्य के बावजूद होता कि फ्रेंच भाषा में अर्द्ध-प्रत्यक्ष कथन अप्रत्यक्ष कथन के अत्यन्त निकट होता है (दोनों में कालों और पुरुषों का एक ही जैसा परिवर्तन होता है)। बहरहाल, ऐसे तमाम शब्द-समुच्चय, मुहावरे और वक्तृत्व की रुझानें हैं जो प्रत्यक्ष और अर्द्ध-प्रत्यक्ष कथन के लिए तो उपयुक्त हैं, परन्तु जब इन्हें एक अप्रत्यक्ष कथन की निर्मिति में ढाला जाता है तो यह बेढब बन जाते हैं।

पेश्कोवस्की जो गलती करता है वह एक व्याकरणशास्त्री की प्रातिनिधिक विशिष्टता है। वह प्रतिवेदित वक्तृत्व को एक पैटर्न से दूसरे पैटर्न में जिस यांत्रिक और विशुद्धतः व्याकरणात्मक प्रणाली से, बिना उपयुक्त शैलीगत पुनःसंस्कार किये, रूपान्तरित करता है, वह व्याकरण की कक्षाओं में पढ़ाये जाने के लिए अभ्यासों की रचना करने का एक

---

3. वही, (पेश्कोवस्की ''प्रत्यक्ष कथन का अवतरण'' जो अपने उदाहरण के लिए इस्तेमाल कर रहा है वह इवान क्राइलोव की सुप्रसिद्ध कहानी, 'दि ऐस ऐण्ड दि नाइटिंगेल' से लिया गया है। इस कहानी में गधा, बुलबुल द्वारा अपनी कला के प्रदर्शन के बाद, उससे कहता है : ''बुरा नहीं! यह मजाक नहीं। तुम्हें गाते हुए सुनना अच्छा लगता है। लेकिन कितनी शर्म की बात है कि तुम हमारे मुर्गे के बारे में नहीं जानती। अगर तुम उससे कुछ सबक सीख लेती तो तुम अपने गायन को और भी माँज लेती।'' पेश्कोवस्की इस वक्तव्य का एकदम यांत्रिक ढंग से अप्रत्यक्ष कथन में रूपान्तरण करता है। और नतीजा बहुत बेढब होता है, निस्सन्देह असम्भव। अनुवाद में इसी नतीजे को प्रतिबिम्बित करने की कोशिश की गयी है — अनुवादक)

घटिया और घोर आपत्तिजनक ढंग होने के अलावा और कुछ नहीं है। वक्तृत्व प्रतिवेदन के पैटर्नों की इस किस्म की चरितार्थता का भाषा में उनके वास्तविक अस्तित्व से दूर-दूर तक भी कोई सम्बन्ध नहीं है। पैटर्न तो एक व्यक्ति द्वारा दूसरे व्यक्ति के वक्तृत्व के सक्रिय अभिग्रहण में किसी न किसी प्रवृत्ति को अभिव्यक्त करते हैं। प्रत्येक पैटर्न प्रतिवेदित किये जानेवाले सन्देश को अपनी निजी सृजनात्मक शैली में धारण करता है, और इस हेतु वह स्वयं अपने ही अनुरूप दिशा का अनुसरण करता है। यदि कोई भाषा अपने विकास के किसी सुनिश्चित चरण में, किसी दूसरे व्यक्ति के उद्‌गार को, आदतवश एक सुसम्बद्ध, अविभाज्य, स्थिरीकृत, अभेद्‌य समग्र के रूप में ग्रहण करे, तो वह भाषा आदिम, निष्क्रिय प्रत्यक्ष कथन (अभिलेखन शैली) के पैटर्न के अलावा और किसी भी पैटर्न को नहीं सँभाल सकती। उद्‌गार की अपरिवर्तनशीलता और उसके सम्प्रेषण के निरपेक्ष शाब्दिक अभिधार्थ की ठीक इसी अवधारणा को पेश्कोवस्की अपने प्रयोग में दृढ़तापूर्वक प्रस्तुत करता है, लेकिन इसके बावजूद, वह अप्रत्यक्ष कथन के पैटर्न का प्रयोग करने की भी कोशिश करता है। फिर भी उसके प्रयोग के नतीजे यह कतई नहीं साबित करते कि रूसी भाषा अप्रत्यक्ष वक्तृत्व के प्रतिवेदन के लिए स्वाभाविक तौर पर अनुपयुक्त है। बल्कि इसके विपरीत, वे यही साबित करते हैं कि रूसी भाषा में अप्रत्यक्ष कथन का पैटर्न, चाहे कितना भी कम विकसित क्यों न हो, उसका अपना एक यथेष्ट निजी चरित्र तो है ही, और वह ऐसा नहीं है कि प्रत्यक्ष कथन का हरेक मामला शब्दशः अनुवाद के लिए ही अभिशप्त हो।[4]

पेश्कोवस्की का यह अकेला प्रयोग ही यह सिद्ध कर देता है कि वह अप्रत्यक्ष कथन के भाषाई सारतत्व को पहचान पाने में पूरी तरह असफल हैं। यह सारतत्व किसी व्यक्ति के वक्तृत्व के विश्लेषणात्मक सम्प्रेषण में निहित होता है। कोई भी विश्लेषण सम्प्रेषण का सहवर्ती और उससे अविच्छेद्‌य रहकर ही किसी भी तरह के अप्रत्यक्ष कथन के सभी संशोधित रूपों के अनिवार्य प्रमाणचिह्न को संघटित करता है। और ये संशोधित रूप केवल विश्लेषण की सीमा और दिशा के मामले में ही एक-दूसरे से भिन्न हो सकते हैं।

अप्रत्यक्ष कथन की विश्लेषणात्मक प्रवृत्ति इस तथ्य के रूप में बयान की जा सकती है कि वक्तृत्व की समस्त संवेगशील प्रभावी विशिष्टताएँ, जो अभी सन्देश की अन्तर्वस्तु में नहीं बल्कि उसके रूप में ही अभिव्यक्त हुई होती हैं, ज्यों की त्यों अप्रत्यक्ष कथन में नहीं चली जातीं। वे रूप से अन्तर्वस्तु में परिवर्तित होती हैं, और अन्तर्वस्तु बनकर ही अप्रत्यक्ष कथन की निर्मिति में प्रवेश करती हैं, या प्रत्यक्ष कथन को रूपान्तरित करनेवाली एक टिप्पणी के रूप में मुख्य वाक्यांश की ओर स्थानान्तरित हो जाती हैं।

इस प्रकार, उदाहरण के लिए, यह प्रत्यक्ष उद्‌गार कि "बहुत अच्छा! क्या शानदार कामयाबी है!" अप्रत्यक्ष उद्‌गार में इस प्रकार नहीं प्रस्तुत किया जा सकता कि "उसने कहा कि बहुत अच्छा किया और क्या शानदार कामयाबी है।" इसके बजाय, होना यह

4. हम यहाँ पेश्कोवस्की की जिस गलती की जाँच-पड़ताल कर रहे हैं उससे एक बार फिर व्याकरण और शैलीविज्ञान के सम्बन्ध-विच्छेद की पद्धतिगत विनाशकता ही सिद्ध होती है।

चाहिये कि "उसने कहा कि उसने बहुत अच्छा किया था और कि वह एक शानदार कामयाबी थी", या यह कि "उसने खुश होकर कहा कि उसने बहुत अच्छा किया था और कि वह एक शानदार कामयाबी थी।" संवेगशील प्रभावी आधार पर प्रत्यक्ष कथन में सम्भव सारे के सारे पदलोप, विलोपन आदि अप्रत्यक्ष उद्गार की विश्लेषणकारी प्रवृत्तियों द्वारा वहन नहीं किये जाते, और वे अप्रत्यक्ष उद्गार में और विकसित होकर या पूर्ण हो कर ही प्रवेश कर सकते हैं। पेश्कोवस्की के उदाहरण में प्रस्तुत गधे का यह उद्गार, "बुरा नहीं।" यांत्रिक ढंग से अप्रत्यक्ष कथन में इस भाँति नहीं प्रस्तुत किया जा सता कि "वह कहता है कि बुरा नहीं—", बल्कि इसे सिर्फ इस रूप में ही प्रस्तुत किया जा सकता है कि "वह कहता है यह बुरा नहीं था...", या इस रूप में भी, "वह कहता है कि बुलबुल कोई बुरा नहीं गाती थी"।

इसी तरह न तो "कोई मजाक नहीं" को यांत्रिक ढंग से अप्रत्यक्ष कथन में प्रस्तुत किया जा सकता है न ही "कितने शर्म की बात है कि तुम....नहीं जानते" को इस रूप में परिवर्तित किया जा सकता है कि "लेकिन यह कितने शर्म की बात है कि वह नहीं जानता.... ।"

यहाँ यह स्पष्ट हो जाता है कि प्रत्यक्ष से अप्रत्यक्ष कथन में यांत्रिक परिवर्तन की सम्भाव्यता संयोजनात्मक या संयोजनात्मक-रूपान्तरणशील उपायों के उस किसी भी आदि रूप पर लागू हो सकती है जिसे प्रतिवेदित किया जानेवाला वक्ता अपने इरादे को सम्प्रेषित करने के लिए इस्तेमाल करता है। इस प्रकार, प्रश्नवाचक, विस्मयादिबोधक और आदेशात्मक वाक्यों की संयोजनात्मक एवं रूपान्तरणशील विशिष्टताएँ अप्रत्यक्ष कथन में त्याग दी जाती हैं, और उनकी पहचान सिर्फ अन्तर्वस्तु पर ही निर्भर रह जाती है।

अप्रत्यक्ष कथन किसी सन्देश को भिन्न रूप में "सुनता है", यह उसे सक्रिय रूप से ग्रहण करता है और सम्प्रेषण में, अन्य पैटर्नों की गतिविधियों की तुलना में, सन्देश के भिन्न-भिन्न कारकों, भिन्न-भिन्न पहलुओं को प्रस्तुत करता है। इसी कारण उद्गारों का दूसरे पैटर्नों से अप्रत्यक्ष कथन में यांत्रिक, शब्दशः रूपान्तरण असम्भव हो जाता है। यह सम्भव सिर्फ उन्हीं उदाहरणों में हो सकता है जिनमें प्रत्यक्ष कथन स्वयं में किसी हद तक विश्लेषणात्मक रूप से निर्मित हुआ होता है—अर्थात उसी हद तक जिस हद तक वह प्रत्यक्ष कथन ऐसे विश्लेषण को वहन कर सके। इस तरह, विश्लेषण ही अप्रत्यक्ष कथन का प्राण है।

पेश्कोवस्की के "प्रयोग" की निकट से जाँच-पड़ताल करने पर यह स्पष्ट हो जाता है कि "बुरा नहीं" और "माँज लेने" जैसी अभिव्यक्तियों का शब्दकोशीय आशय अप्रत्यक्ष कथन के विश्लेषणात्मक मिजाज से पूरी तरह मेल नहीं खाता। ऐसी अभिव्यक्तियाँ बेहद सजीव होती हैं, वे केवल कही गयी बात का सटीक अर्थ ही नहीं सम्प्रेषित करती हैं, बल्कि कथा के नायक के रूप में गधे की वक्तृत्व-शैली को भी इंगित करती है। कोई चाहे तो इनकी जगह पर्यायवाची शब्द (जैसे "अच्छा" या "भला" और "बेदाग उसका गायन")

इस्तेमाल कर सकता है या, यदि इन "आकर्षक" शब्दों को अप्रत्यक्ष कथन में जस का तस बनाये ही रखना चाहेगा तो कम से कम वह इतना करेगा कि उन्हें उद्धरण चिह्नों के भीतर बन्द कर देगा। अब यदि हम इस रूप में परिणत अप्रत्यक्ष कथन को सस्वर पढ़ें तो हम उद्धरण चिह्नों के भीतर की अभिव्यक्तियों को कुछ भिन्न प्रकार से बोलेंगे, ताकि हम अपने लहजे से यह संकेत दे सकें कि उन्हें हमने दूसरे व्यक्ति के वक्तृत्व से लिया है और कि हम उससे अपनी एक दूरी बनाये हुए हैं।

अब यहीं पर हमें इस बात की आवश्यकता है कि हम उन दो दिशाओं के बीच फर्क करें जिन्हें अप्रत्यक्ष कथन की विश्लेषणकारी प्रवृत्ति अख्तियार कर सकती है, अर्थात यहीं पर इस विश्लेषणकारी प्रवृत्ति के दो बुनियादी संशोधित रूपों में फर्क करने की आवश्यकता है।

अप्रत्यक्ष कथन के सृजन में शामिल विश्लेषण निश्चय ही दो दिशाओं में जा सकता है या अधिक स्पष्ट कहें तो, यह दो मूलभूत रूप से भिन्न पहलुओं पर केन्द्रित हो सकता है। एक उद्‌गार वक्ता की किसी विशेष उद्‌भावनात्मक अवस्थिति के रूप में भी अभिग्रहीत किया जा सकता है। ऐसी स्थिति में, इसकी सटीक सन्दर्भात्मक बनावट (कि वक्ता ने क्या कहा था) अप्रत्यक्ष कथन की रचना के माध्यम से विश्लेषणात्मक तौर पर सम्प्रेषित होती है। इस प्रकार, हम यहाँ जिस उदाहरण की चर्चा करते आ रहे हैं, उसमें बुलबुल के गायन के बारे में गधे के मूल्यांकन का सटीक सन्दर्भात्मक अर्थ सम्प्रेषित करना सम्भव है। परन्तु, इसके विपरीत दूसरी तरफ, उद्‌गार एक ऐसी अभिव्यक्ति के रूप में भी अभिग्रहीत और विश्लेषणात्मक रूप से सम्प्रेषित हो सकता है, जो सिर्फ अर्थ-सन्दर्भक की नहीं, बल्कि इससे भी आगे बढ़कर, स्वयं वक्ता की—उसकी वक्तृत्व शैली (व्यक्तिगत या टिपिकल या दोनों) की; अन्तर्वस्तु में नहीं, बल्कि उसके वक्तृत्व में अभिव्यक्त उसकी मनोदशा (जैसे, असम्बद्धता, शब्दों के बीच विराम, अभिव्यक्तिशील लहजा आदि) की, वक्ता द्वारा अपने आप को अभिव्यक्त करने की योग्यता या उसके अभाव, आदि की—भी अभिलाक्षणिक विशिष्टताएँ लिये हो सकता है।

अप्रत्यक्ष कथन के सम्प्रेषण द्वारा प्रस्तुत विश्लेषण के ये दोनों उद्देश्य गहन रूप से और बुनियादी तौर पर एक-दूसरे से भिन्न हैं। पहले उद्देश्य के तहत, अर्थ अपनी संघटनात्मक, उद्‌भावनात्मक, सन्दर्भात्मक इकाइयों में विच्छेदित कर दिया जाता है, जबकि दूसरे उद्देश्य के तहत उद्‌गार स्वतः ही उन विविध शैलीगत लड़ियों में टूट जाता है जिनसे उसका शाब्दिक गठन होता है। दूसरी प्रवृत्ति, अपनी तार्किक परिणति पर पहुँच कर, शैली का एक तकनीकी भाषाई विश्लेषण बन जाती है। लेकिन, शैलीगत विश्लेषण की प्रस्तुति के साथ ही प्रतिवेदित की जानेवाली वक्तृत्व का एक सन्दर्भात्मक विश्लेषण भी इस प्रकार के अप्रत्यक्ष कथन में प्रस्तुत हो जाता है, जिसका परिणाम सन्दर्भात्मक अर्थ के विच्छेदन और शाब्दिक आवरण में उसकी चरितार्थता के रूप में प्रस्तुत होता है।

हम अप्रत्यक्ष कथन के पैटर्न के पहले संशोधन को *सन्दर्भात्मक-विश्लेषणकारी* संशोधन,

और दूसरे संशोधन को *गठन-विश्लेषणकारी* संशोधन कहेंगे। सन्दर्भात्मक-विश्लेषणकारी संशोधन एक उद्गार को विशुद्धतः विषयवस्तु के स्तर पर ही अभिग्रहीत करता है, और यह बिल्कुल ही नहीं "सुनता" या बिल्कुल ही परवाह नहीं करता कि उस उद्गार में विषयवस्तुगत महत्त्व के बिना भी कोई चीज हो सकती है। रूपवादी शाब्दिक अभिकल्पना के वे ही पहलू जो विषयवस्तुगत महत्त्व जरूर रखते हैं—जो वक्ता की उद्भावनात्मक अवस्थिति की एक समझ के लिए अनिवार्य होते हैं—इस भिन्न रूप द्वारा विषयवस्तुगत तौर पर या तो सम्प्रेषित हो सकते हैं या लेखक की ओर से किये गये चरित्रचित्रण के रूप में लेखकीय सन्दर्भ में समाहित हो सकते हैं।

सन्दर्भात्मक विश्लेषणकारी संशोधन लेखकीय वक्तृत्व की प्रत्युत्तरदायी और टीकाकारी प्रवृत्तियों के लिए एक व्यापक अवसर प्रदान करता है, जबकि उसी के साथ-साथ यह प्रतिवेदनकारी और प्रतिवेदित वक्तृत्व के बीच एक सख्त और सुस्पष्ट पृथक्करण भी बनाये रखता है। इसी कारण से, यह वक्तृत्व-प्रतिवेदन की एकरेखीय शैली के लिए एक उत्कृष्ट माध्यम भी प्रदान करता है। इसमें असन्दिग्ध रूप से, दूसरे वक्ता के उद्गार का विषयीकरण करने की एक अन्तर्जात प्रवृत्ति होती है, और इस प्रकार यह उद्गार की सुसम्बद्धता और स्वायत्तता को बनाये रखता है, हालाँकि यह सुसम्बद्धता और स्वायत्तता अपनी निर्मिति के रूप में उतनी नहीं होती जितनी कि अर्थ के रूप में होती है (हम देख ही चुके हैं कि कैसे एक प्रतिवेदित किये जानेवाले सन्देश में एक अभिव्यक्तिशील निर्मिति विषयगत रूप से प्रस्तुत की जा सकती है)। लेकिन ये परिणतियाँ, सिर्फ प्रतिवेदित वक्तृत्व के एक निश्चित निर्वैयक्तीकरण की कीमत पर ही सम्भव की जा सकती हैं।

सन्दर्भात्मक-विश्लेषणकारी संशोधन का किसी उल्लेखनीय सीमा तक विकास केवल एक ऐसे लेखकीय सन्दर्भ के भीतर ही हो सकता है, जो अपनी प्रकृति में कुछ-कुछ तर्कवादी और जड़सूत्रीय हो—जो किसी भी कीमत पर ऐसा हो कि उसमें ध्यान का केन्द्रबिन्दु प्रबल रूप से उद्भावनात्मक हो और जिसमें लेखक अपने शब्दों के माध्यम से यह दर्शा सके कि वह स्वयं में, आधिकारिक तौर पर, एक विशिष्ट उद्भावनात्मक अवस्थिति रखता है जहाँ यह सच नहीं सिद्ध होता, जहाँ या तो लेखक की भाषा स्वयं में सजीव और विशिष्टीकृत हो, या जहाँ वक्तृत्व का संचालन सीधे किसी उपयुक्त प्रकार के वर्णनकर्ता को सौंप दिया गया हो, वहाँ इस संशोधन का वहुत ही गौण और यदा-कदा ही महत्त्व होता है (जैसे, गोगोल, दोस्तोयेव्स्की, और अन्य लेखकों की कृतियों में)।

कुल मिलाकर, बात यही है कि रूसी भाषा में यह संशोधन केवल क्षीण रूप में ही विकसित हो पाया है। यह प्रमुखतः (वैज्ञानिक, दार्शनिक, राजनीतिक या ऐसी ही प्रकृति के) तर्कमूलक और वाग्मितापूर्ण सन्दर्भों में ही देखने को मिलता है, जहाँ लेखक को विवेचित किये जानेवाले विषय पर दूसरे लोगों के विचारों की व्याख्या करने, तुलना करने और उन्हें परिप्रेक्ष्य में रखने की समस्या से जूझना पड़ता है। शाब्दिक कला में इसकी प्रस्तुति विरल ही है। यह अपनी एक निश्चित महत्ता केवल उन्हीं लेखकों की

कृतियों में पा सका है जो अपनी निजी बात को उसके विशिष्ट उद्देश्य एवं वजन के साथ कहने से नहीं हिचकते, जैसे तुर्गनेव या खासतौर से तोल्स्तोय। लेकिन इन मामलों में भी, हमें यह संशोधन उतना समृद्ध और विविधतापूर्ण नहीं मिलता जितना कि हमें फ्रेंच या जर्मन भाषाओं में मिलता है।

अब आइये हम गठन-विश्लेषणकारी संशोधन की ओर रुख करें। यह अप्रत्यक्ष कथन के भीतर उन शब्दों और मुहावरों को शामिल करता है जो अभिव्यक्ति के रूप में समझे जानेवाले सन्देश के मनोगत एवं शैलीगत आकृति-विज्ञान की अभिलाक्षणिकताएँ होते हैं। ये शब्द और मुहावरे इस ढंग से शामिल किये जाते हैं कि उनकी निजी विशिष्टता, उनकी मनोगतता, उनकी प्रातिनिधिकता स्पष्टतः महसूस की जा सके, जब-तब उन्हें उद्धरण चिह्नों के भीतर भी रख दिया जाता है। यहाँ पर ऐसे चार उदाहरण दिये जा रहे हैं :

> ग्रिगोरी ने सलीब का चिह्न बनाते हुए, मृतक के बारे में टिप्पणी की कि वह एक-दो मामलों में बढ़िया आदमी था, लेकिन वह मोटे दिमाग का और *अपनी बीमारी से पीड़ित* था, तथा *पक्का काफिर* था, और कि *फेदोर पाव्लोविच* और उसके सबसे बड़े लड़के ने ही उसे *कुफ्र* सिखाया था (दोस्तावोव्स्की, *दि ब्रदर्स कर्माज़ोव*; तिरछे टाइप हमारे)।

> ठीक वही बात पोलैण्डवासियों के साथ हुईः वे गौरव और स्वतंत्रता की बात लेकर उठ खड़े हुए। उन्होंने, यह ऐलान किया कि वे दोनों ही थे, "*ताज की सेवा में*" और उस "*देवतुल्य मिथ्या*" ने 3000 मुद्राओं के बदले उनका सम्मान खरीदने की पेशकश की थी और कि स्वयं उन्होंने उसके हाथों में भारी-भरकम रकम देखी थी (वही)।

> क्रासोत्किन ने गर्वपूर्वक अपने ऊपर लगे आरोप का प्रतिवाद किया, यह मानते हुए कि बेशक "*हमारे समय और युग में*" अपने समवयस्कों, यानी तेरह वर्षीय साथियों के साथ दगा करना शर्मनाक है, लेकिन ऐसा उसने अपने "यारों" के लिए किया क्योंकि वह उन्हें पसन्द करता था और किसी को भी उसकी भावनाओं पर सवाल उठाने का हक नहीं था। (वही)।

> उसने नस्तास्या फिलिपोव्ना को एकदम वैसी ही विक्षिप्तावस्था में पाया : वह रह-रहकर चीखे जा रही थी, काँप रही थी, और चिल्ला-चिल्ला कर कहती थी कि रागोजिन बगीचे में, उन्हीं के घर में छिपा हुआ है, कि उसने अभी-अभी उसे देखा था कि वह *उसकी हत्या* कर डालेगा... *उसका गला काट देगा!* (दोस्तोयेव्स्की, *बौड़म*। यहाँ पर अप्रत्यक्ष-कथन की निर्मिति में मूल सन्देश का अभिव्यक्तिशील लहजा बरकरार है। तिरछे टाइप हमारे)।

यहाँ पर शब्द और अभिव्यक्तियाँ, अपनी निजी पहचान योग्य विशिष्टता के साथ (खासतौर से तब, जब वे उद्धरण चिह्नों के भीतर बन्द हों) अप्रत्यक्ष कथन में शामिल होकर, रूपवादियों की भाषा में, "विचित्र बन गये" हैं, और ये खासतौर से उसी दिशा में विचित्र बने हैं, जो लेखक की आवश्यकताओं के अनुकूल है : अर्थात उन्हें विशिष्टीकृत कर दिया गया है, उनकी सजीवता बढ़ा दी गयी है, लेकिन इसी के साथ-साथ उन्हें ऐसा भी बना दिया गया है कि वे लेखक के दृष्टिकोण की अर्थच्छायाओं—उसके व्यंग्य, उसके हास्य, आदि—के साथ सुसंगति में रहें।

बेहतर है कि इस संशोधन को अप्रत्यक्ष से प्रत्यक्ष कथन में अविखण्डित सम्प्रेषण के मामलों से पृथक रखा जाये, हालाँकि ये दोनों ही प्रकार वस्तुतः एक-जैसे ही कार्य करते हैं। प्रत्यक्ष कथन में, जब अप्रत्यक्ष कथन की निरन्तरता जारी रहती है, तब वक्तृत्व की मनोगतता एक अधिक सुस्पष्टता अख्तियार कर लेती है और उस दिशा में ही गति करती है जो लेखक की आवश्यकताओं के अनुकूल पड़ती है। उदाहरण के लिए :

> एक बार जब किसानों से उस हजार रूबल के नोट के बारे में पूछताछ की जा रही थी तो त्रिफोन बोरिसोविच अपने बचाव की कोशिश भी कर सकता था, फिर भी, उसने अपना अपराध कबूल कर लिया और आगे सिर्फ इतना ही कहा कि उसने "*ईमान और मर्यादा के चलते*" ही तत्काल और वहीं पर हरेक चीज, ईमानदारीपूर्वक वापस कर दी थी और दमित्री फेदोरोविच के पास भेज दी थी, और कि "*बस आप तो जान ही रहे हैं कि वह भला आदमी उस वक्त बुरी तरह पिये हुए था, और उसे याद नहीं कर सकता* (दोस्तोयेव्स्की, *दि ब्रदर्स कर्माज़ोव*, तिरछे टाइप हमारे)।

> यद्यपि वह अपने पूर्व-स्वामी की स्मृति के प्रति अगाध श्रद्धा से भरा हुआ था, फिर भी, उसने अन्य बातों के साथ-साथ, यह स्पष्टतः कहा कि उसने मित्या के प्रति लापरवाही बरती थी और "*बच्चों का गलत पालन-पोषण किया था। मेरे बगैर उस नन्हे बच्चे को जुएँ काटती रही होंगी*", यह कहते हुए उसे मित्या के बचपन के शुरुआती वर्षों की बातें याद हो आयीं। (वही, तिरछे टाइप हमारे)।

इस तरह का उदाहरण प्रत्यक्ष कथन के उन असंख्य संशोधित रूपों से एक है जो चित्रात्मक रूपों में प्रस्तुत किये जाते हैं, जिनमें प्रत्यक्ष कथन को अप्रत्यक्ष कथन के रूप में ऐसे प्रस्तुत किया जाता है जो मानो उसके भीतर से उभर रहे हों—रोदाँ के मूर्तिशिल्पों की भाँति, जिनकी आकृतियाँ पत्थर से आंशिक तौर पर ही उभरी होती हैं।

अप्रत्यक्ष कथन की निर्मिति के गठन-विश्लेषणात्मक संशोधन की यही प्रकृति है। इससे प्रतिवेदित वक्तृत्व के सम्प्रेषण में अत्यन्त मौलिक चित्रात्मक प्रभाव उत्पन्न हो जाते हैं। यह एक ऐसा संशोधन है जिसकी पूर्व शर्त यह है कि भाषाई चेतना में दूसरे वक्ताओं के उद्गारों का एक उच्च स्तरीय वैयक्तीकरण मौजूद हो, तथा एक उद्गार के शाब्दिक आवरण और उसके सन्दर्भात्मक अर्थ का विभेदमूलक बोध करने की योग्यता

हासिल हो। इनमें से कोई भी गुण दूसरे वक्ताओं के उद्‌गारों के न तो अधिकारवादी प्रकार के अभिग्रहण के अनुकूल हैं, और न ही तर्कवादी प्रकार के अभिग्रहण के अनुकूल हैं। एक जीवन्त शैलीगत उपक्रम के तौर पर यह गुण भाषा में केवल तभी स्थापित हो सकता है जब उसमें आलोचनात्मक और यथार्थवादी व्यक्तिवाद का आधार मौजूद हो, जबकि सन्दर्भात्मक-विश्लेषणकारी संशोधन तर्कवादी प्रकार के व्यक्तिवाद की अभिलाक्षणिक विशिष्टता है। रूसी साहित्यिक भाषा के इतिहास में, तर्कवादी प्रकार के व्यक्तिवाद की कालावधि प्रायः नहीं रही है। और यही इस बात का स्पष्ट सबूत भी है कि क्यों रूस में सन्दर्भात्मक-विश्लेषणकारी संशोधन के बजाय गठन-विश्लेषणात्मक संशोधन ही निरपेक्ष रूप से हावी रहा है। साथ ही, रूसी भाषा में *कालक्रमिकता* का अभाव भी गठन-विश्लेषणकारी संशोधन के उच्चस्तरीय विकास के अनुकूल सिद्ध हुआ है।

इसीलिए, हम देखते हैं कि हमारे दोनों संशोधन, पैटर्न की एक ही विश्लेषणात्मक प्रवृत्ति रखते हुए भी, प्रतिवेदित सम्बोधनकर्ता के शब्दों और वक्ता की वैयक्तिकता को लेकर आत्यन्तिक रूप से भिन्न-भिन्न भाषा-वैज्ञानिक अवधारणाएँ प्रस्तुत करते हैं। पहले संशोधन के लिए, वक्ता की वैयक्तिकता केवल तभी एक कारक बनती है जब यह कुछ विशिष्ट उद्‌भावनात्मक अवस्थिति (जैसे शब्दव्युत्पत्तिमूलक, नीतिशास्त्रीय, अस्तित्वात्मक, या व्यवहारात्मक) ग्रहण कर लेती है, और इस अवस्थिति से परे इसका प्रतिवेदनकर्ता के लिए कोई अस्तित्व नहीं रह जाता (क्योंकि यह नितान्त सन्दर्भात्मक रूप में ही सम्प्रेषित होती है)। यहाँ पर वक्ता की वैयक्तिकता के एक बिम्ब के रूप में स्थापित होने के लिए कुछ भी नहीं रहता।

इसके ठीक विपरीत बात दूसरे संशोधन के लिए सच है, जिसमें वक्ता की वैयक्तिकता मनोगत ढंग से (व्यक्तिगत या प्रातिनिधिक रूप में), अर्थात सोचने और बोलने के ढंग के रूप में प्रस्तुत होती है, और इसमें लेखक द्वारा उस ढंग का मूल्यांकन भी शामिल रहता है। यहाँ पर वक्ता की वैयक्तिकता एक बिम्ब सृजित कर लेने के बिन्दु तक स्थापित हो जाती है।

रूसी भाषा में अप्रत्यक्ष कथन का एक तीसरा संशोधित रूप भी देखा जा सकता है, जिसकी उपेक्षा नहीं की जा सकती। इसका इस्तेमाल मुख्य तौर पर, किसी पात्र के वक्तृत्व, उसके विचारों, एवं अनुभवों का प्रतिवेदन करने के लिए किया जाता है। इसमें प्रतिवेदित किये जानेवाले वक्तृत्व का विवेचन बड़े मुक्त ढंग से किया जाता है, इसमें वक्तृत्व का संक्षेपीकरण किया जाता है, और अकसर सिर्फ इसकी विषयवस्तु एवं प्रभावी विशिष्टताओं को ही विशेष महत्त्व दिया जाता है, और इसीलिए इसे प्रभाववादी संशोधन भी कहा जा सकता है। लेखकीय लहजा इसकी तरल संरचना के ऊपर आसानी से, और मुक्त रूप से, लहराता रहता है। यहाँ पर पुश्किन की कृति, *'ब्रीज़ हॉर्समैन'* से प्रभाववादी संशोधन का एक क्लासिकीय उदाहरण प्रस्तुत है :

> उस समय उसके मन में क्या-क्या विचार आये? कि वह गरीब था, कि उसे सम्मान, सुरक्षा हासिल करने के लिए मजबूर होकर अवश्य ही श्रम करना पड़ेगा, कि काश, ईश्वर ने बस उसे कुछ और बुद्धि और धन दे दिया होता। ईश्वर ही जानता है कि ऐसे भी निकम्मे भाग्यशाली कुत्ते हैं जिनके पास थोड़ी भी बुद्धि नहीं है, ऐसे आवारे हैं, *जिनके लिए जिन्दगी बस मौज-मस्ती ही है!* कि वह दो वर्षों से लगातार नौकरी करता आ रहा था, उसके विचारों में यह भी आ रहा था कि मौसम शान्त नहीं हो रहा था, कि नदी उफनती ही जा रही थी, कि नेवा नदी के सभी पुल बस कुछ ही ऊपर दिखायी दे रहे थे और कि वह दो या तीन दिनों में अपनी पारशा से बिछुड़ जायेगा। इसी तरह वह सोचे जा रहा था। (तिरछे टाइप हमारे)।

इस उदाहरण पर गौर करते हुए, हमारा ध्यान जाता है कि अप्रत्यक्ष कथन का प्रभाववादी संशोधन सन्दर्भात्मक-विश्लेषणकारी और गठन-विश्लेषणकारी संशोधनों के बीच कहीं पर स्थित है। लेकिन यह एकदम तय बात है कि यहाँ किसी न किसी मामले में एक सन्दर्भात्मक विश्लेषण अवश्य हुआ है। नायक, येव्गेनी के दिमाग से कुछ निश्चित शब्द और मुहावरे स्पष्टतः प्रकट हुए हैं (हालाँकि इस विशिष्टता पर कोई जोर नहीं दिया गया है)। इसमें ज्यादा से ज्यादा लेखक का व्यंग्य, उसका स्वराघात, और सामग्री को क्रमव्यवस्थित एवं संक्षिप्त करने में उसका कौशल ही प्रस्तुत हुआ है।

अब आइये हम *प्रत्यक्ष कथन* के पैटर्न की ओर रुख करें, जो रूसी साहित्यिक भाषा में भलीभाँति विकसित है और जिसके भीतर स्पष्टतः भिन्न-भिन्न संशोधनों का एक व्यापक संग्रह है। प्राचीन रूसी साहित्य के अभिलेखों में भरे पड़े प्रत्यक्ष कथन के बोझिल, निष्क्रिय और अविभाज्य संग्रहों से लेकर लेखकीय सन्दर्भ में प्रत्यक्ष कथन के समावेशन की आधुनिक, ढीलीढाली, और प्रायः अस्पष्ट विधाओं तक के ऐतिहासिक विकास की यात्रा बहुत लम्बी और शिक्षाप्रद है। लेकिन हम यहाँ पर उस ऐतिहासिक विकास की जाँच-पड़ताल के चक्कर में निश्चय ही नहीं पड़ेंगे, और न ही हम उसके साहित्य की भाषा में प्रत्यक्ष कथन के मौजूद संशोधनों की पूरी सूची प्रस्तुत करेंगे। हम अपने आप को सिर्फ उन्हीं संशोधनों तक सीमित रखेंगे जो लहजों का एक पारस्परिक आदान-प्रदान अर्थात प्रतिवेदन के सन्दर्भ और प्रतिवेदित वक्तृत्व के बीच एक किस्म की पारस्परिक संक्रामकता प्रदर्शित करते हैं। इसके अतिरिक्त, इन सीमाओं के भीतर भी, हमारा सरोकार उन मामलों से उतना अधिक नहीं होगा जिनमें लेखकीय वक्तृत्व प्रतिवेदित सन्देश पर हावी हो जाता है और स्वयं अपने लहजों के साथ इसे अपने भीतर अन्तःप्रवेशन करने देता है, बल्कि इसके विपरीत, हमारा अपेक्षाकृत अधिक सरोकार उन मामलों से होगा, जिनमें प्रतिवेदित सन्देश के संघटक अवयव समूचे लेखकीय सन्दर्भ में प्रवेश करके रच-बस जाते हैं और उसे तरल एवं अस्पष्ट बना देते हैं। लेकिन यह भी सच है कि इन दोनों मामलों के बीच हमेशा ही एक स्पष्ट विभाजक रेखा नहीं खींची जा सकती : कारण कि अकसर

यह प्रभाव के पारस्परिक प्रत्यावर्तन का ही मामला होता है।

लेखक के "हस्तक्षेप" की अभिलाक्षणिकता से विशिष्टीकृत गत्यात्मक अन्तर्सम्बन्ध की पहली दिशा को *पूर्वनिर्धारित प्रत्यक्ष कथन* कहा जा सकता है।[5]

अप्रत्यक्ष कथन के भीतर से उभरनेवाले प्रत्यक्ष कथन का मामला (जिससे हम पहले ही से परिचित हैं) इसी कोटि से सम्बन्धित है। इस संशोधन का एक विशेष रूप से दिलचस्प और व्यापक रूप से प्रचलित उदाहरण अर्द्ध-प्रत्यक्ष कथन के भीतर से प्रत्यक्ष कथन का उभरना है। चूँकि अर्द्ध-प्रत्यक्ष कथन की प्रकृति आधा वर्णन करने की, और आधी प्रतिवेदित वक्तृत्व की होती है, इसलिए यह प्रत्यक्ष कथन की प्रस्तृति को पहले ही से निर्धारित कर लेता है। प्रत्यक्ष कथन की व्यवधानकारी बुनियादी विषयवस्तुओं का पूर्वानुमान सन्दर्भ द्वारा किया जाता है और उन्हें लेखक के लहजों द्वारा सजीव बनाया जाता है। इस प्रकार के विवेचन के अन्तर्गत, प्रेतिवेदित उद्गार की सीमाएँ अत्यन्त ही क्षीण हो जाती हैं। इस संशोधन का एक क्लासिकी उदाहरण मिरगी के दौरे के कगार पर पहुँच प्रिंस मिस्किीन की मनोदशा का चित्रण है, जो दोस्तोयेव्स्की की कृति, *बौड़म* के खण्ड दो के लगभग पूरे पाँचवें अध्याय में छाया हुआ है (उसमें अर्द्ध-प्रत्यक्ष कथन के भी शानदार प्रतिरूप देखे जा सकते हैं)। इस अध्याय में प्रिंस मिश्किन की सीधे प्रतिवेदित की गयी वक्तृत्व उसकी अपने आप में बन्द दुनिया में ही निनादित होती है, कारण कि लेखक उसी की, अर्थात प्रिंस मिश्किन की ही दृष्टि-सीमा के भीतर वर्णन करता है। यहाँ पर "अन्य वक्ता के" उद्गार की प्रस्तुति की आधी पृष्ठभूमि उस अन्य वक्ता (नायक) से सम्बन्धित है, और आधी लेखक से। लेकिन, इससे हमें यह पूरी तरह स्पष्ट हो जाता है कि लेखकीय लहजों का प्रत्यक्ष कथन के भीतर एक गहरा अन्तर्वेशन लगभग हमेशा ही लेखकीय सन्दर्भ की वस्तुगतता को कमजोर करता है।

उसी दिशा में एक दूसरा संशोधन *विशिष्टीकृत प्रत्यक्ष कथन* कहा जा सकता है। इसमें लेखकीय सन्दर्भ इस ढंग से निर्मित हुआ होता है कि लेखक द्वारा एक चरित्र को परिभाषित करने के लिए इस्तेमाल किये गये विशेषक उसकी सीधे प्रतिवेदित की गयी वक्तृत्व पर भारी छायायें डाल देते हैं। यहाँ चरित्र का चित्रण जिन मूल्य-निर्णयों एवं दृष्टिकोणों से ओत-प्रोत होता है, वे ही उसके उद्गार के शब्दों में प्रकट होते हैं। इस संशोधन में प्रतिवेदित उद्गारों का सन्दर्भात्मक वजन घट जाता है। परन्तु इसके बदले, उनकी चरित्र-शास्त्रीय महत्ता, उनकी चित्रात्मकता, या उनकी समय-और-स्थान की प्रातिनिधिकता अपेक्षाकृत अधिक प्रखर हो

---

5. हम यहाँ प्रत्यक्ष कथन में लेखकीय प्रत्युत्तर और समीक्षा के अपेक्षाकृत अधिक आदिम उपायों, जैसे प्रत्यक्ष कथन में लेखक द्वारा तिरछे टाइपों का प्रयोग (स्वराघात का स्थानान्तरण), विविध प्रकार की सन्निविष्ट टिप्पणियों का अन्तर्वेशन, या प्रश्नवाचक चिन्हों या ऐसे प्रचलित संकेत-चिन्हों जैसे (ऐसा!) आदि को छोड़ रहे हैं। अप्रत्यक्ष कथन की निष्क्रियता को दूर करने में समीक्षा और प्रत्युत्तर से युक्त प्रतिवेदनकारी क्रिया की विविध सम्भव अवस्थितियों के निर्धारण का भारी महत्त्व है।

उठती है। इसी तरह, जब हम मंच पर एक हास्य कलाकार को, उसके मेकअप की शैली, उसके परिधान, और उसकी सामान्य भावमुद्रा से पहचान जाते हैं, तब हम उसके शब्दों का अर्थ समझने से पहले ही हंस पड़ने को तैयार हो जाते हैं। गोगोल और तथाकथित "प्राकृतिक स्कूल" के प्रतिनिधि प्रत्यक्ष कथन को आमतौर से इसी प्रकार इस्तेमाल करते हैं। वस्तुतः, दोस्तोयेव्स्की ने अपनी पहली कृति, *दरिद्र नारायण,* में प्रतिवेदित उद्‌गारों के इसी विशिष्टीकृत विवेचन को पुनर्जीवित करने की कोशिश की है।

प्रतिवेदित वक्तृत्व का पूर्व-निर्धारण और उसकी विषयवस्तु का उसकी वर्णनात्मकता में, उसके मूल्यों में, और उसकी विशिष्टताओं में, पूर्वानुमान लेखक के नायक की छवियों में लेखक के सन्दर्भ को इस प्रकार स्वानुभूतिमूलक और सजीव बना सकता है कि वह सन्दर्भ "प्रतिवेदित वक्तृत्व" जैसा ध्वनित होने लगता है, हालाँकि अपने लेखकीय लहजों के साथ एक किस्म की प्रतिवेदित वक्तृत्व अभी भी अक्षुण्ण बनी रहती है। वर्णनात्मकता को एकान्तिक रूप से स्वयं नायक की दृष्टि-सीमा के भीतर, सिर्फ उसके समय एवं स्थान के आयामों के भीतर ही नहीं, बल्कि उसके मूल्यों एवं लहजों की प्रणाली के भीतर भी संचालित करने से प्रतिवेदित उद्‌गारों के लिए एक अत्यन्त ही मौलिक किस्म की प्रस्तुतिवाली पृष्ठभूमि सृजित हो जाती है। इससे हमें एक ऐसे विशेष किस्म के संशोधन, अर्थात उस *पूर्वानुमानित और विकीर्णित प्रतिवेदित वक्तृत्व* की बात करने का आधार मिल जाता है जो लेखकीय सन्दर्भ में छिपी हुई होती है, और जिसे मानो नायक ही वास्तविक प्रत्यक्ष उद्‌गारों में अभिव्यक्त करता है।

यह संशोधन आज के समकालीन गद्य में, खासतौर से अन्द्रेई बैली और उससे प्रभावित लेखकों के गद्य में (जैसे एहरेनबुर्ग की कृति, *निकोलाज कुरबोव में)* बहुत व्यापक रूप से प्रचलित है। लेकिन क्लासिकल प्रतिरूपों को तो निश्चित तौर पर दोस्तोयेव्स्की की पहली और दूसरी रचनावधियों में ही तलाशना होगा (उसकी आखिरी रचनावधि में, यह संशोधन प्रायः कम ही इस्तेमाल हुआ है)। यहाँ हम उसकी कृति, 'ए नेस्टी स्टोरी', पर दृष्टिपात करेंगे।

कोई लेखक ऐसा भी कर सकता है कि पूरे आख्यान को एक "वर्णनकर्ता" के वर्णन के रूप में उद्धरण चिह्नों के भीतर बन्द कर दे, और विषयवस्तु या संयोजन की दृष्टि से किसी भी ऐसे वर्णनकर्ता का संकेत न दे। लेकिन ऐसे आख्यान के भीतर की अवस्थिति इस प्रकार रखी जाती है कि लगभग प्रत्येक विशेषण या परिभाषा या मूल्य-निर्णय भी किसी-न-किसी चरित्र के दिमाग की उपज के रूप में उद्धरण चिह्नों के भीतर बन्द हुए प्रतीत हों।

आइये हम ऊपर इंगित कृति में वर्णित कहानी का एक छोटा सा शुरुआती अवतरण उद्धृत करें :

> एक बार जाड़े के मौसम में, एक सर्द और तुषारमय संध्या बेला में—बल्कि यों कहें, काफी रात गये, ठीक बारह बजे—*तीन अति विशिष्ट सज्जन* पीटर्सबर्ग द्वीप की एक

> खूबसूरत दो-मंजिली इमारत के भीतर एक आरामदेह, भव्य रूप से सुसज्जित कमरे में बैठे हुए थे और एक *अत्यन्त ही विशिष्ट विषय* पर *गुरुगम्भीर* और *अतिरंजनापूर्ण* वार्ता करने में मशगूल थे। ये तीनों सज्जन जनरल स्तर के अधिकारी थे। वे एक छोटी-सी मेज के इर्द-गिर्द, खूबसूरत *आरामदेह* कुर्सियों पर बैठे हुए थे, और वार्ता में विराम के दौरान *आराम से* शैम्पेन की चुस्कियाँ ले रहे थे (तिरछे टाइप हमारे)।

यदि हम इस अवतरण में लहजों की विशिष्ट और जटिल क्रीड़ा पर ध्यान न दें, तो यह अवतरण शैलीगत रूप से घटिया और तुच्छ ही मालूम पड़ेगा। कुछ ही पंक्तियों के भीतर "खूबसूरत" और "आरामदायक" विशेषण दो बार इस्तेमाल हुए हैं, और दूसरे विशेषण हैं, "भव्य रूप से", "गुरुगम्भीर", "*अतिरंजनापूर्ण*", और "अति विशिष्ट"!

निश्चय ही ऐसी शैली हमारे कठोरतम निर्णय से बच नहीं सकती, यदि हम उसे गम्भीरतापूर्वक लेखक द्वारा प्रस्तुत वर्णन समझें (जैसा कि हम तुर्गनेव या तोल्स्तोय के लेखन में समझेंगे)।

लेकिन, इस अवतरण को उस ढंग से लेना असम्भव ही है। इन फीके, तुच्छ, अरुचिकर विशेषकों में से प्रत्येक विशेषक एक रणक्षेत्र है जिसमें दो लहजे, *दो* दृष्टि-बिन्दु, दो वक्तृत्व-कार्रवाइयाँ आपस में मिलती और टकराती हैं।

आइये हम उस इमारत के मालिक, प्रिवी काउंसिलर निकिफोरोव का चरित्रचित्रण करनेवाले अवतरण के कुछेक और अंशों पर दृष्टिपात करें :

> उसके बारे में कुछेक शब्द : उसने अपनी पेशेवर जिन्दगी की शुरुआत एक छोटे कर्मचारी के रूप में की थी, अगले 45 या कुछ अधिक ही वर्षों तक संघर्ष करते हुए अपना सफर तय किया था...। वह अस्तव्यस्तता और उत्तेजनशीलता से घृणा करता था, उत्तेजनशीलता को तो वह नैतिक अस्तव्यस्तता मानता था, और अपने जीवन के आखिरी दिनों में वह पूरी तरह से *मधुर और शिथिल विश्राम* एवं सुनियोजित एकान्त की मनोदशा में डूब गया...। अब उसका प्रकट रूप *एक अत्यन्त सम्माननीय* और चिकने-चुपड़े आदमी का हो गया था जो अपनी *उम्र से कम उम्र* का मालूम पड़ता था, अभी लम्बे समय तक जीते रहने का हौसला रखे हुए था, और *अत्यन्त उच्च कोटि की सज्जनता* का आचरण करता था। उसकी स्थिति पूरी तरह आरामदेह थी : वह किसी विभाग का मुखिया था और समय-समय पर किसी कागज पर अपना हस्ताक्षर किया करता था। *संक्षेप में, उसे बहुत बढ़िया आदमी समझा जाता था।* उसकी एक ही अभिलाषा, या यों कहें , एक ही उत्कट इच्छा थी : कि उसके पास अपना एक निजी घर हो, जो काश्तकारों के घरों की पाँतों में नहीं, जागीरदारों के घरों की पाँतों में बना हो। अन्ततः उसकी इच्छा पूरी हो गयी (तिरछे टाइप हमारे)।

इसमें हम स्पष्ट देख सकते हैं कि पहले अवतरण ने अपने तुच्छ और एकरस विशेषक कहां से लिये हैं (लेकिन उनकी तुच्छ एकरसता को सांकेतिक रूप से बरकरार

रखते हुए)। वे लेखक के दिमाग में नहीं, बल्कि उस जनरल के दिमाग में पैदा हुए हैं जो अपने आराम का आनन्द ले रहा है, अपने घर का आनन्द ले रहा है, जीवन में अपनी स्थिति का आनन्द ले रहा है, और अपने ओहदे का आनन्द ले रहा है—यानी वे विशेषक प्रिवी काउंसलर (निकिफोरोव) के दिमाग की उपज हैं, एक ऐसे आदमी के दिमाग की उपज जो "दुनिया में ऊपर उठ चुका" है। उन शब्दों को "अन्य व्यक्ति के वक्तृत्व" के रूप में, यानी निकिफोरोव के प्रतिवेदित वक्तृत्व के रूप में उद्धरण चिह्नों के भीतर बन्द किया जा सकता था। लेकिन वे केवल उसी से सम्बन्धित नहीं हैं। आखिरकार, कहानी तो एक ऐसे वर्णनकर्ता द्वारा कही जा रही है, जो "जनरलों" से हमदर्दी रखता है, जो उनकी चापलूसी करता है, सभी चीजों में उनका दृष्टिकोण अख्तियार करता है उनकी भाषा बोलता है, लेकिन इन सबके बावजूद वह इसे भड़काऊ बना देता है और इस प्रकार उनके सारे यथार्थ और गूढ़ उद्‌गारों को लेखक के व्यंग्य और परिहास में प्रकट कर देता है। लेखक इन तुच्छ विशेषकों में से प्रत्येक विशेषक द्वारा, अपने वर्णनकर्ता के माध्यम से, नायक को व्यंग्यात्मक और हास्यास्पद ही बनाता है। और यही वह चीज है जो ऊपर उद्धृत अवतरण में लहजों की क्रीड़ा सृजित करती है—यह लहजों की एक ऐसी क्रीड़ा है जो जोर-जोर से पढ़ने पर वस्तुतः नहीं सृजित हो सकती।

इस कहानी का शेष भाग पूरी तरह से एक अन्य मुख्य चरित्र, प्रालिंस्की की दृष्टि-सीमा के भीतर गढ़ा गया है। लेकिन यह भाग भी नायक (उसके छिपे हुए वक्तृत्व) के विशेषकों एवं मूल्यनिर्णयों से भरा है, और इसी पृष्ठभूमि से, लेखक का वास्तविक, चिह्नाँकित आन्तरिक और बाह्य प्रत्यक्ष वक्तृत्व, लेखक के व्यंग्य से ओतप्रोत होकर उभरता है।

इस प्रकार वर्णनात्मकता में प्रत्येक शब्द (जहाँ तक उक्ति में उसकी अभिव्यक्तिशीलता, उसकी भावनात्मक सजीवता, उसकी उच्चारण-विशिष्टता की अवस्थिति का सवाल है) एक ही साथ परस्पर दो प्रतिच्छेदी सन्दर्भों, दो वक्तृत्व-कार्रवाइयों में प्रकट होता है : लेखक वर्णनकर्ता के (व्यंग्यात्मक और उपहासात्मक) वक्तृत्व में और नायक के वक्तृत्व में (जिसमें नायक व्यंग्य से पूरी तरह बेखबर होता है)। दो वक्तृत्व-कार्रवाइयों की यह एक साथ चलनेवाली सहभागिता, जिसमें प्रत्येक वक्तृत्व-कार्रवाई अपनी अभिव्यक्तिशीलता में दूसरी वक्तृत्व-कार्रवाई से भिन्न अभिमुखता लिये होती है, कहानी की अनोखी वाक्य-संरचना को, वाक्य-विन्यास के मोड़ों एवं घुमावों को, तथा अत्यन्त मौलिक शैली को स्पष्ट करती है। यदि इन दो वक्तृत्व—कार्रवाइयों में से सिर्फ एक का ही इस्तेमाल किया गया होता, तो वाक्यों की संरचना दूसरे ही ढंग की होती तथा शैली भी भिन्न हो जाती। यहाँ पर हमने एक ऐसी भाषा-वैज्ञानिक परिघटना—*वक्तृत्व हस्तक्षेप* की परिघटना—का क्लासिकी उदाहरण प्रस्तुत किया है, जिसका अध्ययन लगभग कभी नहीं किया गया है।

रूसी भाषा में, वक्तृत्व-हस्तक्षेप की यह परिघटना एक हद तक अप्रत्यक्ष कथन के गठन-विश्लेषणकारी संशोधन में, तुलनात्मक रूप से उन्हीं विरल उदाहरणों में देखी जा सकती

है जिनमें प्रतिवेदित वाक्यांश सिर्फ मूल शब्दों एवं अभिव्यक्तियों को ही नहीं बल्कि प्रतिवेदित सन्देश की अभिव्यक्तिशील संरचना को भी सन्निविष्ट किये होता है। हम ऊपर इसका एक उदाहरण देख चुके हैं, जिसमें अप्रत्यक्ष कथन मूल सन्देश की हर्ष-विस्मय बोधक संरचना को अपने में समाविष्ट किये हुए है—बेशक, कुछ-कुछ दबे रूप में ही सही। और इसी का परिणाम है लेखक के विश्लेषणात्मक सम्प्रेषण के सुशान्त, कामकाजी वर्णनात्मक लहजे और उसकी अर्द्ध-विक्षिप्त नायिका के भावुक, हिस्टीरियोन्मादी लहजे के बीच एक निश्चित संगति। इसी के चलते वाक्यांश की वाक्यविन्यासात्मक रूपाकृति का विरूपण भी हुआ है—जिसमें एक ही वाक्यांश, दो वक्तृत्व-कार्रवाइयों में एक ही साथ सहभागिता करते हुए, दो स्वामियों की सेवा में नियुक्त है। लेकिन अप्रत्यक्ष कथन, वक्तृत्व-हस्तक्षेप की इस परिघटना के लिए एक स्पष्टतः और टिकाऊ शैलीगत अभिव्यक्ति जैसी किसी चीज के लिए आधार नहीं प्रदान करता।

दो भिन्न-भिन्न अभिमुखताओंवाली वक्तृत्व-कार्रवाइयों के आपस में हस्तक्षेपीय विलयन का सबसे महत्त्वपूर्ण और कम से कम फ्रेंच भाषा में, वाक्यविन्यासात्मक रूप से सर्वाधिक मानकीकृत उदाहरण, *अर्द्ध-प्रत्यक्ष कथन* है। इसके असाधारण महत्त्व को दृष्टिगत रखते हुए, हम अलग पूरा अध्याय अर्द्ध-प्रत्यक्ष कथन के प्रश्न पर ही खर्च करेंगे। उसमें हम यह भी जाँच-पड़ताल करेंगे कि इस प्रश्न को रोमन और जर्मन भाषा-विज्ञान में कैसे लिया गया है। अर्द्ध-प्रत्यक्ष कथन को लेकर उठे विवाद पर और इस मुद्दे पर, खासतौर से वोस्लर स्कूल के सदस्यों द्वारा अपनायी गयी विविध अवस्थितियों पर, पद्धतिगत दिलचस्पी की पर्याप्त सामग्री उपलब्ध है और इसीलिए उसे भी हम अपने आलोचनात्मक विश्लेषण में शामिल करेंगे।

वर्तमान अध्याय के सीमाक्षेत्र के भीतर हमारा सरोकार अर्द्ध-प्रत्यक्ष कथन से सम्बन्धित कुछेक ऐसी और परिघटनाओं की भी जाँच-पड़ताल करने से है, जो शायद, रूसी भाषा में, अर्द्ध-प्रत्यक्ष कथन के प्रारम्भ और गठन के आधार के रूप में अभिचिह्नित की जायें।

प्रत्यक्ष कथन के चित्रात्मक विवेचन में प्रत्यक्ष कथन के द्विधात्मक, दोमुखी संशोधनों के प्रति ही सरोकार रखने के चलते हमने प्रत्यक्ष कथन के *एकरेखीय* संशोधनों में से एक सर्वाधिक महत्त्वपूर्ण संशोधन—*वाग्मितापूर्ण प्रत्यक्ष कथन* की उपेक्षा कर दी है। यह "प्रत्ययी" संशोधन अपने तमाम भिन्न-रूपों के साथ अत्यन्त समाजशास्त्रीय महत्त्व रखता है। वैसे हम इन रूपों पर अधिक चर्चा तो नहीं कर सकते, फिर भी अपना कुछ ध्यान वाग्मिता से जुड़ी कुछ परिघटनाओं पर अवश्य केन्द्रित करेंगे।

सामाजिक संसर्ग की एक परिघटना *वाग्मितापूर्ण प्रश्न* या *वाग्मितापूर्ण विस्मयादिबोधक अभिव्यक्ति* कही जाती है। इस परिघटना के कुछ उदाहरण सन्दर्भ में उनको स्थित करने की समस्या के कारण खासतौर से दिलचस्प हैं। ऐसी विस्मयादिबोधक अभिव्यक्तियाँ लेखकीय और प्रतिवेदित वक्तृत्व (आमतौर पर, आन्तरिक वक्तृत्व) के बीच उनकी सीमारेखा

पर ही अवस्थित प्रतीत होती हैं, और अकसर इस या उस सीमा के भीतर सीधे सरक जाती हैं। इस प्रकार, इनकी व्याख्या या तो लेखक द्वारा स्वयं अपने प्रति सम्बोधित प्रश्न या विस्मयादिबोधक अभिव्यक्तियाँ के रूप में या इसी भाँति नायक द्वारा स्वयं अपने प्रति सम्बोधित सवाल या विस्मयादिबोधक अभिव्यक्तियाँ के रूप में की जा सकती है।

यहाँ पर ऐसे ही एक प्रश्न का उदाहरण दिया जा रहा है :

> लेकिन कौन चुपके-चुपके चला आ रहा है, चाँदनी में नहाये रास्ते पर, गहनतम नीरवता को चीरते हुए? वह रूसी अचानक सामने आता है। उसके सामने खड़ी है, सौम्य, निःशब्द स्वागत में, वह सरकेसियाई युवती। वह उसे चुपचाप निहारता है और सोचता है : यह कोई मिथ्या स्वप्न है, उमड़ती भावनाओं की खोखली क्रीड़ा।... (पुश्किन, *काकेशस का कैदी)*।

यहाँ पर नायक के अन्तिम (आन्तरिक) शब्द लेखक द्वारा प्रस्तुत वाग्मितापूर्ण सवाल के प्रति अनुक्रिया करते प्रतीत होते हैं, और इस वाग्मितापूर्ण प्रश्न की व्याख्या स्वयं नायक के अपने आन्तरिक वक्तृत्व के रूप में की जा सकती है।

अब वाग्मितापूर्ण विस्मयादिबोधक अभिव्यक्तियाँ का उदाहरण प्रस्तुत है :

> एकदम, एकदम डरावनी आवाज सुनायी दी। प्रकृति की दुनिया उसके सामने धुँधला गयी। अलविदा, धन्य स्वतंत्रता! अब वह एक दास था! (*वही*)

गद्य में खासतौर से बार-बार प्रकट होनेवाली परिघटना ही वह मामला है जिसमें कुछ इस तरह का सवाल कि "क्या किया जाये?" नायक के आन्तरिक विमर्शों को या उसकी कार्रवाइयों की स्मृति को समाविष्ट करता है—और ऐसा सवाल लेखक का भी हो सकता है और नायक का भी, जो एक सी स्थिति में उन सबको पाता है।

निश्चय ही यहाँ यह दावा किया जा सकता है कि इनमें और इनसे मिलते-जुलते अन्य सवालों और विस्मयादिबोधक अभिव्यक्तियों में लेखक की पहलकदमी ही प्रमुख होती है, और कि इसी कारण ऐसे सवाल या अभिव्यक्तियाँ कभी उद्धरण चिह्नों के भीतर नहीं प्रकट होते। अर्थात, इन विशिष्ट मामलों में, लेखक ही पहलकदमी करता है, परन्तु ऐसा वह अपने नायक के पक्ष में नहीं करता—वह उसके लिए बोलता भर प्रतीत होता है।

इस प्रकार की अभिव्यक्ति का एक दिलचस्प उदाहरण यहाँ दिया जा रहा है :

> कज्जाक, अपने बरछों, पर झुके हुए, नदी के वेगप्रवाही पानी को देख रहे हैं, जबकि एक बदमाश अपने हथियार के साथ तैरते हुए गुजर गया, जिसे वे कुहरे की धुन्ध में देख नहीं पाये।... तुम क्या सोच रहे हो, कज्जाक? क्या तुम बीते वर्षों की लड़ाइयों को याद कर रहे हो?... अलविदा, सरहद के गाँव, पैतृक बहती घर, शान्त दोन और लड़ाई, और खूबसूरत लड़कियों। अनदेखा दुश्मन किनारे पर आ पहुँचा है, एक तीर तरकश से निकलता है—सनसनाता हुआ आता है—और एक कज्जाक

रक्तरंजित परकोटे से नीचे आ गिरता है। (वही)।

यहाँ पर स्वयं लेखक ही नायक की जगह आ जाता है, और बताता है कि नायक ने क्या कहा होगा या उसे क्या कहना चाहिये, कि दिये गये वक्त की पुकार क्या है। यहाँ पुश्किन कज्जाक की ओर से उसके वतन को अलविदा कहता है (स्वाभाविक तौर पर, यह एक ऐसी बात है जिसे कज्जाक स्वयं नहीं कह सकता था)।

दूसरे के एवज में इस तरह कहना अर्द्ध-प्रत्यक्ष कथन के बहुत करीब है। हम इस मामले को *प्रतिस्थापित प्रत्यक्ष कथन* कहेंगे। इस तरह का प्रतिस्थापन *लहजों की समान्तरता* की पूर्वापेक्षा रखता है, जिसमें लेखक के लहजे और नायक के प्रतिस्थापित वक्तृत्व (उसने क्या कहा होगा या उसे क्या कहना चाहिये), दोनों एक ही दिशा में प्रस्थान करते हैं। इसलिए इसमें कोई हस्तक्षेप नहीं घटित होता।

जब एक वाग्मितापूर्ण ढंग से निर्मित सन्दर्भ के फ्रेमवर्क के भीतर लेखक और उसके नायक के बीच मूल्यों और लहजों की एक पूर्ण सुसंगति बन जाती है, तब लेखक की वाग्मिता और नायक की वाग्मिता परस्पर परिव्यापन करने लगते हैं : उनकी एक सुरसंगति हो जाती है, और तब हमें एक वर्द्धित अवतरण प्राप्त होता है जो एक ही साथ लेखक के आख्यान और नायक के आन्तरिक (हालाँकि कभी-कभी बाहरी भी) वक्तृत्व, दोनों से सम्बन्धित होता है। इससे जो परिणाम प्राप्त होता है वह अर्द्ध-प्रत्यक्ष कथन से लगभग एकदम अभिन्न होता है, बस सिर्फ हस्तक्षेप गायब रहता है। यह युवा पुश्किन की बायरन जैसी वाग्मिता के आधार पर ही सम्भव हुआ कि अर्द्ध-प्रत्यक्ष कथन ने (सम्भवतः पहली बार) रूसी भाषा में अपना स्वरूप ग्रहण किया। *काकेशस का कैदी* में लेखक मूल्यों और लहजों के मामलों में अपने नायक के साथ पूरी सुरसंगति रखता है। इसमें आख्यान को नायक के लहजों में प्रस्तुत किया गया है, और नायक के उद्गारों को लेखक के लहजों में। इसका एक उदाहरण नीचे दिया जा रहा है :

> वहाँ पहाड़ी चोटियाँ, एक सी दिखती हुई, पंक्तिबद्ध फैली हैं, उनके बीच से एक अकेली पगडण्डी टेढ़ी-मेढ़ी जाती हुई अन्धकार में विलीन हो जाती है।... बन्दी युवक का विदीर्ण हृदय *अवसादपूर्ण विचारों* से घिरने लगता है।... दूर, वह पगडण्डी वापस रूस की ओर जाती है, उस भूमि की ओर, जहाँ उसकी अल्हड़ जवानी शुरू हुई थी, कितना गर्वीला, कितना चिन्तामुक्त था वह : जहाँ उसे बेहद प्यार मिला था, जहाँ वह भयानक कष्ट को भी गले लगा लेता था, जहाँ उसने खुशी, इच्छा और आशा को तूफानी जिन्दगी में बर्बाद कर दिया था।... उसने दुनिया और उसके रंग-ढंग की थाह पा ली थी, और एक विश्वासरहित जिन्दगी की कीमत जान ली थी। लोगों के दिलों में उने विश्वासघात पाया और प्रेम के स्वप्नों में, एक पागल विभ्रम... स्वतंत्रता! *बस एकमात्र तुम्हारे लिए* ही, वह इस लौकिक दुनिया की खाक छानता रहा।... अब उसे दुनिया में ऐसा कुछ भी नहीं दिखता जिससे वह कोई

उम्मीद करे, और यहाँ तक कि *तुम भी,* जो उसका प्रिय स्वप्न थी, तुम भी तो उसे छोड़ गयी। अब वह एक दास है (वही; तिरछे टाइप हमारे)।

यहाँ, स्पष्टतः ये बन्दी के ही निजी "अवसादपूर्ण विचार" हैं जो सम्प्रेषित किये जा रहे हैं। यह *उसी का* वक्तृत्व है, लेकिन इसे औपचारिक रूप से लेखक द्वारा प्रकट किया जा रहा है। यदि इसमें व्यक्तिवाचक सर्वनाम "वह" के स्थान पर हरेक जगह "मैं" प्रयोग कर दिया जाता, और यदि क्रिया के रूपों को भी तदनुसार बदल दिया जाता, तो शैली या अन्य किसी भी चीज में कोई असंगति या विषमता नहीं पैदा होती। लेकिन इस वक्तृत्व में, काफी लाक्षणिक रूप से, द्वितीय पुरुष में, सम्बन्धकारक चिह्न ("स्वतंत्रता" के प्रति, "स्वप्नों" के प्रति) निहित हैं, जो कुल मिलाकर लेखक का उसके नायक के साथ तादात्म्य ही रेखांकित करते हैं। नायक के वक्तृत्व का यह उदाहरण शैली या विचारों में उस प्रतिवेदित वाग्मितापूर्ण प्रत्यक्ष कथन से भिन्न नहीं है जो नायक द्वारा कविता के दूसरे भाग में प्रस्तुत किया गया है :

> "मुझे भूल जाओ! मैं तुम्हारे प्रेम के, तुम्हारे हृदय के आह्लाद के, य़ोग्य नहीं हूँ। ... उल्लास से वंचित, इच्छा से रिक्त, मैं मुरझा रहा हूँ, भावना की चपेट में....। अरे मेरी आँखों ने तुम्हें क्यों नहीं देखा बहुत पहले, उन दिनों, जब आशा और आह्लाद के स्वप्नों में अभी मेरा विश्वास कायम था। लेकिन अब तो बहुत देर हो चुकी है! सुख के लिए अब मैं जिन्दा नहीं रहा, आशा की मृगमरीचिका दूर चली गयी है (वही)।

सारे लेखक (शायद एकमात्र अपवाद के रूप में बैली को छोड़कर) यह मानेंगे कि यह अवतरण अर्द्ध-प्रत्यक्ष कथन का एक प्रामाणिक प्रतिरूप है।

लेकिन, हम इसे प्रतिस्थापित प्रत्यक्ष कथन का उदाहरण मानना चाहते हैं। निस्सन्देह इसे अर्द्ध-प्रत्यक्ष कथन में परिवर्तित करने के लिए सिर्फ एक कदम की दरकार है। और पुश्किन ने यह कदम उठाया जब वह अपने नायकों से अलग खड़ा होने में सफल रहा और एक अपेक्षाकृत अधिक वस्तुगत लेखकीय सन्दर्भ के वैषम्य को स्वयं उसी के मूल्यों एवं लहजों के साथ प्रस्तुत किया। ऊपर दिये गये उदाहरण में लेखक के वक्तृत्व और पात्र के वक्तृता के बीच अब भी किसी हस्तक्षेप का अभाव है। फलतः, इसमें उन व्याकरणात्मक एवं शैलीगत विशिष्टताओं का भी अभाव है जो हस्तक्षेप द्वारा पैदा की जाती हैं और जो अर्द्ध-प्रत्यक्ष कथन को उसके परिवेशगत लेखकीय सन्दर्भ से विभेदीकृत करती हुईं, उसका चरित्र-निर्धारण करती हैं। इसमें तथ्य यह है कि हम अपने उदाहरण में "बन्दी" के वक्तृत्व को सिर्फ उसके विशुद्धतः अर्थ-वैज्ञानिक संकेतकों के जरिये पहचानते हैं। यहाँ पर हम दो भिन्न दिशाओं में अभिमुख वक्तृत्व कार्रवाइयों का आपस में मिलना नहीं देखते, यहाँ हम लेखक के सम्प्रेषण के पीछे प्रतिवेदित सन्देश की *अविकलता और प्रतिरोध* का बोध नहीं करते।

अन्त में, यह दिखाने के लिए कि हम किसे अर्द्ध-प्रत्यक्ष कथन समझते हैं, हम यहाँ

पर पुश्किन की कृति, *पोल्तावा* से एक अद्‌भुत बानगी पेश कर रहे हैं। इसी के साथ हम यह अध्याय समाप्त करेंगे।

> लेकिन कुछ कर बैठने के लिए उबलते क्रोध को कोचुबेय ने अपने दिल में गहरे छिपा लिया। "शोक में डूबे उसके सारे विचार अब मौत पर केन्द्रित थे। उसके मन में माज़ेप्पा के लिए कोई दुर्भावना नहीं थी—दोष सिर्फ उसकी बेटी का था। लेकिन उसने अपनी बेटी को भी क्षमा कर दिया : अब ईश्वर ही उससे जवाब माँगेगा। उसने अपने परिवार को बदनामी में धकेल दिया है, लोक-परलोक के सारे नियमों को भुला दिया उसने:...।" लेकिन साथ ही वह बाज जैसी नजरें अपने घर पर फिरा रहा था, और अपने लिए निडर, निष्ठावान और निष्कपट साथी ढूँढ़ रहा था।

अध्याय चार

फ्रेंच, जर्मन, और रूसी भाषाओं में अर्द्ध-प्रत्यक्ष कथन

फ्रेंच भाषा में अर्द्ध-प्रत्यक्ष कथन : तोब्लर, कालेप्की, बैली। बैली के सत्वीकृत अमूर्त वस्तुवाद की आलोचना। बैली और वोस्लरवादी। जर्मन भाषा में अर्द्ध-प्रत्यक्ष कथन। यूजेन लेर्च की अवधारणा। लॉर्क की अवधारणा। भाषा में फन्तासी की भूमिका के बारे में लॉर्क का सिद्धान्त। जेर्त्रा लेर्च की अवधारणा। प्राचीन फ्रेंच भाषा में प्रतिवेदित वक्तृत्व। मध्यकालीन फ्रेंच भाषा में प्रतिवेदित वक्तृत्व। पुनर्जागरण। ला फोंतेन और ला ब्रुएर में अर्द्ध-प्रत्यक्ष कथन। फ्लाबेयर में अर्द्ध-प्रत्यक्ष कथन। जर्मन भाषा में अर्द्ध-प्रत्यक्ष कथन का आविर्भाव। वोस्लरवादियों द्वारा व्यक्तिवादी मनोगतवाद का सत्वीकरण किये जाने की आलोचना।

फ्रेंच और जर्मन भाषाओं में अर्द्ध-प्रत्यक्ष कथन की परिघटना के लिए भिन्न-भिन्न लेखकों ने भिन्न-भिन्न नामावलियाँ प्रस्तावित की हैं। इस विषय पर लिखनेवाले लेखकों में से प्रत्येक ने अपनी-अपनी अलग शब्दावली प्रस्तुत की है। हम अभी तक जेर्त्रा लेर्च की शब्दावली, "अर्द्ध-प्रत्यक्ष कथन" (quasi-direct discourse) का प्रयोग करते आ रहे हैं और आगे भी इसी का प्रयोग करते रहेंगे, कारण कि यह सभी शब्दावलियों में सबसे अधिक पक्षमुक्त है और इसमें किसी सिद्धान्त की सबसे कम झलक मिलती है। रूसी और जर्मन भाषाओं के लिए तो इस शब्दावली में कोई कमी नहीं है। लेकिन फ्रेंच भाषा के मामले में, इसका प्रयोग कुछ आशंकायें उत्पन्न कर सकता है।

प्रत्यक्ष और अप्रत्यक्ष कथन के समकक्ष, उद्‌गार को प्रतिवेदित करने के एक विशेष रूप के तौर पर अर्द्ध-प्रत्यक्ष कथन की सबसे पहले चर्चा तोब्लर ने 1887 में की थी।

तोब्लर ने अर्द्ध-प्रत्यक्ष कथन को "प्रत्यक्ष और अप्रत्यक्ष कथन के एक अनूठे मिश्रण के रूप में परिभाषित किया हे। तोब्लर के अनुसार, यह मिश्रित रूप अपना *स्वर-वैशिष्ट्य*

और *शब्द-क्रम* प्रत्यक्ष कथन से तथा अपने *क्रियात्मक काल* और *पुरुष* अप्रत्यक्ष कथन से लेता है।

यह परिभाषा, शुद्ध वर्णन के रूप में स्वीकार्य मानी जा सकती है। निस्सन्देह, विशिष्टताओं के तुलनात्मक वर्णन के सरसरी दृष्टिकोण से, तोब्लर ने यहाँ पर विवेचित रूप तथा प्रत्यक्ष और अप्रत्यक्ष कथन के बीच की समानताओं और भिन्नताओं को शुद्धता के साथ इंगित किया है।

लेकिन इस परिभाषा का ''मिश्रण'' शब्द बिल्कुल अस्वीकार्य है, क्योंकि यह ''प्रत्यक्ष कथन और अप्रत्यक्ष कथन के अनूठे मिश्रण'' की एक आनुवंशिकी व्याख्या की अपेक्षा रखता है जो शायद ही सिद्ध की जा सकती है। यहाँ तक कि विशुद्ध वर्णनात्मक ढंग से भी यह परिभाषा दोषपूर्ण है, क्योंकि अर्द्ध-प्रत्यक्ष कथन दो रूपों का एक सरल यांत्रिक मिश्रण या गणितीय योग नहीं, बल्कि एक पूर्णतः नई सकारात्मक प्रवृत्ति है जो दूसरे व्यक्ति के उद्गार के सक्रिय अभिग्रहण में ध्वनित होती है, अर्थात यह एक *नई दिशा* है जिसकी ओर प्रतिवेदनकारी और प्रतिवेदित वक्तृत्व के बीच के पारस्परिक अन्तर्सम्बन्ध की गत्यात्मकता संचालित होती है। लेकिन तोब्लर इस गत्यात्मकता की ओर से कान बन्द कर लेता है और इसीलिए सिर्फ पैटर्नों की अमूर्त विशेषताओं को ही दर्ज करता है।

तोब्लर की परिभाषा पर इतना ही। अब सवाल यह उठता है कि वह रूप के आविर्भाव की व्याख्या कैसे करता है?

तोब्लर के अनुसार, एक वक्ता विगत घटनाओं को सन्दर्भित करते हुए, दूसरे व्यक्ति के उद्गार को एक स्वायत्त रूप में ठीक वैसे ही व्यक्त करता है जैसे वह अतीत में व्यक्त हुआ था। इस प्रक्रिया में, वक्ता मूल उद्गार की *वर्तमान काल* की क्रिया को *अपूर्ण काल* की क्रिया में परिवर्तित कर देता है, ताकि वह दिखा सके कि उद्गार सन्दर्भित की जा रही विगत घटनाओं का समकालीन है। इसमें वह कुछ अतिरिक्त परिवर्तन भी करता है (जैसे क्रियाओं एवं सर्वनामों के पुरुषों में परिवर्तन) ताकि उद्गार को सन्दर्भकर्ता का उद्गार समझ लिए जाने की गलतफहमी न पैदा हो।

तोब्लर की यह व्याख्या दोषपूर्ण लेकिन एक पुरानी और बहुत व्यापक रूप से प्रचलित तर्क-पद्धति पर आधारित है, जिस पर यह सवाल उठाया जा सकता है कि यदि वक्ता ने सचेत तौर पर और पहले से ही सोचकर यह नया रूप विकसित किया था, तो इसके पीछे उसका तर्क और अभिप्रेरणा क्या रही होगी?

यदि इस तरह से किसी व्याख्या पर पहुँचने की पद्धति को स्वीकार कर भी लिया जाये, तो भी तोब्लर के ''वक्ता'' की अभिप्रेरणाएँ विश्वसनीय या स्पष्ट बिल्कुल नहीं हैं। यदि वह यही चाहता है कि उद्गार जैसे अतीत में व्यक्त हुआ था ठीक वैसे ही उसकी स्वायत्तता को बनाये रखा जाये, तब भी क्या यह अधिक श्रेयस्कर नहीं होगा कि उसे प्रत्यक्ष कथन में ही दोहराया जाये? तब उसका अतीत से, और प्रतिवेदनकारी नहीं, बल्कि प्रतिवेदित सम्बोधनकर्ता से सम्बन्ध किसी भी सन्देह से परे होगा। या, यदि *अपूर्णकालिक*

क्रिया और *तृतीय* पुरुष प्रयोग करने के बजाय, बस अप्रत्यक्ष कथन का प्रयोग किया जाये, तो क्या यह अधिक आसान नहीं होगा? यहाँ हमारे रूप के लिए—अर्थात यह *प्रतिवेदनकारी और प्रतिवेदित वक्तृत्व के बीच जो पूर्णतः नये पारस्परिक अन्तर्सम्बन्ध* का रूप धारण करता है, उसके लिए—बुनियादी कठिनाई ठीक वही है जिसे तोब्लर की अभिप्रेरणाएँ अभिव्यक्त करने में असफल रह जाती हैं। तोब्लर के लिए तो यह महज दो रूपों का मामला है जिनको आपस में चिपकाकर वह एक नया रूप बना देना चाहता है।

हमारे विचार से, इस प्रकार के तर्क से वक्ता की अभिप्रेरणाओं के बारे में *पहले से ही उपलब्ध* रूप के किसी ठोस उदाहरण में उसको महज इस्तेमाल करने की ही व्याख्या की जा सकती है, लेकिन किसी भी सूरत में यह तर्क भाषा में एक नये रूप के संयोजन को नहीं स्पष्ट कर सकता। वक्ता की व्यक्तिगत अभिप्रेरणाएँ एवं इरादे, एक तरफ सामयिक व्याकरणात्मक सम्भावनाओं द्वारा निर्धारित सीमाओं के भीतर, और दूसरी तरफ, वक्ता के समूह में प्रभावी सामाजिक-शाब्दिक संसर्ग की दशाओं की सीमाओं के भीतर ही, सार्थक रूप से प्रभावी हो सकते हैं। ये सम्भावनाएँ और ये दशायें *सुनिश्चित इयत्ताएँ* होती हैं—ये ही वक्ता की दृष्टि-सीमा का निर्धारण करती हैं। उस दृष्टि-सीमा को बलपूर्वक खुला कर देना वक्ता की व्यक्तिगत शक्ति से परे की बात है।

वक्ता के चाहे जो भी इरादे हों, वह चाहे जो भी गलतियाँ करे, चाहे जैसे भी रूपों का विश्लेषण करे, उन्हें मिश्रित करे या संयुक्त करे, वह भाषा में एक नये रूप का सृजन नहीं कर सकता और न ही वह सामाजिक शाब्दिक संसर्ग में एक नई प्रवृत्ति को जन्म दे सकता है। उसके मनोगत इरादों का सृजनशील चरित्र केवल उसी सीमा तक हो सकता है, जिस सीमा तक वक्ताओं में कुछ ऐसा हो जो उनके सामाजिक-शाब्दिक संसर्ग में उन प्रवृत्तियों से मेल खाता हो जो निर्माण की, सृजन की प्रक्रिया में होती है, और ये प्रवृत्तियाँ सामाजिक-आर्थिक कारकों पर निर्भर होती हैं। अर्द्ध-प्रत्यक्ष कथन के रूप में अभिव्यक्त होनेवाले अन्य व्यक्ति के शब्दों के बोध के लिए आवश्यक, इस नये ढंग के स्थापित होने के लिए सामाजिक-शाब्दिक संसर्ग के भीतर तथा उद्‌गारों की पारस्परिक अभिमुखता के सन्दर्भ में कुछ, विस्थापन, कुछ विचलन भी हो जाते हैं। जब यह नया रूप गठित हो जाता है, तब यह भाषा-वैज्ञानिक सम्भावनाओं के क्षेत्र में केवल उसी दायरे के भीतर प्रवेश करना आरम्भ करता है जिसमें वक्ताओं के व्यक्तिगत इरादे, अपना निश्चयन पाते हैं, अभिप्रेरणा ग्रहण करते हैं, और फलप्रद रूप से चरितार्थ होते हैं।

अर्द्ध-प्रत्यक्ष कथन के विषय पर लिखनेवाला दूसरा लेखक था टी. कालेप्की। उसने अर्द्ध-प्रत्यक्ष कथन में प्रतिवेदित वक्तृत्व के एक पूर्णतः स्वायत्त तीसरे रूप की पहचान की और उसे *प्रच्छन्न* या *ढँका हुआ* कथन (concealed or veiled discourses) के रूप में परिभाषित किया। उसके अनुसार, इस रूप की शैलीगत आवश्यकता इस बात का अनुमान करने के लिए होती है कि वक्ता कौन है। और बेशक, इसमें एक समस्या आती है : अमूर्त व्याकरण के दृष्टिकोण से वक्ता कोई पात्र होता है।

कालेप्की का विश्लेषण हमारी समस्या की छानबीन करने में निस्सन्देह एक कदम आगे है। कारण कि कालेप्की, दो पैटर्नों की अमूर्त विशेषताओं का यांत्रिक संयोजन करने के बजाय, इस रूप में नये, सकारात्मक शैलीगत आचरण की पहचान करने की कोशिश करता है। इसके अतिरिक्त, वह अर्द्ध-प्रत्यक्ष कथन को *दो चेहरेवाली* प्रकृति को भी ठीक से समझता है। लेकिन वह इसे परिभाषित गलत ढंग से करता है। इसीलिए हम किसी भी सूरत में कालेप्की की इस बात से सहमत नहीं हो सकते कि अर्द्ध-प्रत्यक्ष कथन "प्रच्छन्न" कथन होता है और कि इसका उद्देश्य यह अनुमान करना है कि वक्ता कौन है। आखिरकार, कोई भी व्यक्ति अमूर्त व्याकरणात्मक कारणों से समझ की प्रक्रिया शुरू नहीं करता। इसीलिए, जो कुछ कहा गया होता है उसके बोध के तौर पर यह पहले ही से हरेक को स्पष्ट रहता है कि पात्र ही वक्ता है। यहाँ कठिनाई सिर्फ व्याकरणशास्त्रियों के लिए पैदा होती है। इसके अतिरिक्त, हम यहाँ जिस रूप के बारे में चर्चा कर रहे हैं, उसमें "या तो यह या वह" जैसी कोई दुविधा नहीं होती, इसकी विशिष्टता असन्दिग्ध रूप से एक ही समय कथन कर रहे लेखक और पात्र दोनों ही के लिए होती है, अर्थात यह एक एकल भाषाई निर्मिति का मामला है जिसके भीतर दो भिन्न-भिन्न दिशाओं में अभिमुख स्वरों की विशिष्टताएँ बरकरार रहती हैं। हम पहले ही कह चुके हैं कि भाषा में अकृत्रिम ढंग से छिपी हुई प्रतिवेदित वक्तृत्व की परिघटना तो रहती ही है। हम यह भी देख चुके हैं कि कैसे लेखक के सन्दर्भ में छिपी अन्य व्यक्ति के वक्तृत्व का दुरंगा प्रभाव उस सन्दर्भ को, विशेष व्याकरणात्मक और शैलीगत विशिष्टताएँ प्रकट करने के लिए, प्रेरित करता है। लेकिन यह तो प्रत्यक्ष कथन के संशोधित रूपों में से एक है। अर्द्ध-प्रत्यक्ष कथन तो एक प्रकट किस्म का कथन है, बावजूद इस तथ्य के कि यह जानस की भाँति दो चेहरेवाला है।

कालेप्की की पहुँच में मुख्य पद्धतिगत कमी यह है कि इसमें एक भाषा-वैज्ञानिक परिघटना की व्याख्या *व्यक्तिगत चेतना* के फ्रेमवर्क के भीतर की जाती है, और यह भी कि कालेप्की उस परिघटना की सिर्फ मानसिक जड़ों एवं मनोगत-सौन्दर्यात्मक प्रभावों की ही छानबीन करने का प्रयास करता है। आगे जब हम वोस्लरवादियों (लॉर्क, ई. लेर्च, और जी. लेर्च) के दृष्टिकोणों की जाँच-पड़ताल करेंगे, तो इस पहुँच की एक बुनियादी आलोचना पर लौटेंगे।

बैली ने इस विषय पर 1912 में अपने विचार व्यक्त किये। 1914 में कालेप्की का प्रत्युत्तर देते हुए वह एक बार पुनः इस विषय की ओर मुड़ा और इसके मूलभूत सिद्धान्तों पर *"Figures de pénsée et formes linguistiques"* (1914) शीर्षक से एक आलेख प्रस्तुत किया।

बैली भाषा-वैज्ञानिक रूपों और *चिन्तन के रूपों* के बीच एक सुस्पष्ट विभेद करता है। वह चिन्तन के रूपों को अभिव्यक्ति के ऐसे उपकरण समझता है जो भाषा के दृष्टिकोण से अतर्कसंगत होते हैं और जिनमें भाषाई संकेत और उसके सामान्य अर्थ के

बीच का सामान्य पारस्परिक अन्तर्सम्बन्ध भंग हो जाता है। लेकिन चिन्तन के रूपों को सटीक अर्थ में भाषाई परिघटना नहीं माना जा सकता : निस्सन्देह, उनमें कोई ऐसी विशिष्ट, स्थिर भाषाई विशिष्टताएँ होती ही नहीं जो उन्हें अभिव्यक्त कर सकें। इसके विपरीत, भाषा में शामिल भाषाई विशिष्टताएँ एक अर्थ रखती हैं, जो निश्चिय ही चिन्तन के रूपों द्वारा उन पर आरोपित किये गये अर्थ से भिन्न होता है। फिर भी, बैली अर्द्ध-प्रत्यक्ष कथन के शुद्ध रूपों को चिन्तन के ही रूपों में निर्वासित कर देता है। आखिरकार, एक सुनिश्चित व्याकरणात्मक दृष्टिकोण से, यह लेखक का वक्तृत्व ही है, जो इसके बोध के अनुसार, चरित्र का वक्तृत्व बन जाता है। लेकिन जिसे "इसका बोध" कहा गया है, वह किसी भाषाई संकेत द्वारा नहीं प्रदर्शित किया जाता। फलतः, हम यहाँ पर जिस परिघटना की चर्चा कर रहे हैं, वह बैली के अनुसार, एक गैर-भाषाई परिघटना बनकर रह जाती है।

बैली की अर्द्ध-प्रत्यक्ष कथन सम्बन्धी यही मूलभूत अवधारणा है। वह एक ऐसा भाषा-वैज्ञानिक है जो वर्तमान समय में भाषा-वैज्ञानिक अमूर्त वस्तुवाद को बहुत बढ़ा-चढ़ाकर प्रस्तुत करता है। वह ठोस वक्तृत्व-क्रियाओं (अर्थात, व्यावहारिक जीवन, साहित्य, विज्ञान आदि के क्षेत्रों में वक्तृत्व-क्रियाओं) से अमूर्तन के जरिये प्राप्त भाषा के रूपों को सत्वीकृत और पुनर्जीवित करता है। जैसाकि हम पहले ही इंगित कर चुके हैं, भाषा-वैज्ञानिक इस अमूर्तन की प्रक्रिया को मृत, विजातीय भाषा की गूढ़लिपि का अर्थ निकालने के उद्देश्यों के तहत तथा उसके शिक्षण के व्यावहारिक उद्देश्यों के तहत इस्तेमाल करते रहे हैं। लेकिन बैली उनसे आगे बढ़कर इन अमूर्तनों में जीवन और संवेग भरने का काम करता है : उसके अनुसार, अप्रत्यक्ष कथन का एक संशोधन प्रत्यक्ष कथन के पैटर्न की ओर जानेवाले रास्ते का अनुसरण करता है, और इस यात्रा के दौरान ही अर्द्ध-प्रत्यक्ष कथन निर्मित हो जाता है। इस नये रूप के संयोजन में एक सृजनात्मक भूमिका सम्बन्धकारक *que* और प्रतिवेदनकारी क्रिया के विलोपन के रूप में अदा की जाती है। लेकिन, वास्तव में भाषा की अमूर्त प्रणाली, जिसमें बैली के भाषा-वैज्ञानिक रूप खोजे जाने चाहिये, किसी भी गति, किसी भी रूप, किसी भी उपलब्धि से रिक्त ही होती है। कारण कि जीवन तो सिर्फ वहीं से शुरू हो सकता है जहाँ उद्गार, उद्गार से टकराता है, अर्थात जहाँ शाब्दिक अन्तर्क्रिया शुरू होती है, भले ही अभी वह "आमने-सामने" होनेवाली शाब्दिक अन्तर्क्रिया न होकर, मध्यवर्ती साहित्यिक किस्म की ही अन्तर्क्रिया क्यों न हो।[1]

दरअसल मामला यह नहीं है कि एक अमूर्त रूप दूसरे अमूर्त रूप की ओर गति करता है, बल्कि मामला दो उद्गारों की पारस्परिक अभिमुखता का है जो "कथनकर्ता व्यक्तित्व" की, उसकी उद्भावनात्मक, विचारधारात्मक स्वायत्तता की, और उसकी शाब्दिक अविभाज्यता की भाषाई चेतना द्वारा किये जानेवाले सक्रिय बोध में होनेवाले परिवर्तन के आधार पर परिवर्तित होती है। इसमें सम्बन्धकारक *que* का लोप दो अमूर्त रूपों को नहीं,

1. शाब्दिक अन्तर्क्रिया के मध्यवर्तित और अमध्यवर्तित रूपों पर पहले ही उद्धृत किया जा चुका एल.पी. याकुबिंस्की का अध्ययन दृष्टव्य है।

बल्कि दो उद्‌गारों को उसकी समस्त उद्‌भावनात्मक पूर्णता के साथ संयुक्त करता है। यह इस भाँति होता है, मानो बाँध टूट जाये और लेखकीय लहजे स्वतंत्र रूप से प्रतिवेदित वक्तृत्व में फूट निकलें।

लेकिन इस किस्म के सत्वीकरण करनेवाले वस्तुवाद का परिणाम यह भी होता है कि भाषा-वैज्ञानिक रूपों और चिन्तन के रूपों के बीच एक पद्धतिगत सम्बन्ध-विच्छेद हो जाता है। वास्तव में, बैली के दिमाग में जो भाषाई रूप हैं वे केवल व्याकरण की किताबों और शब्दकोशों में ही मिल सकते हैं (जहाँ उनका अस्तित्व, निश्चय ही पूरी तरह से वैध होता है), लेकिन भाषा के जीवित यथार्थ में तो वे उसी चीज में गहरे निमज्जित रहते हैं, जिसे, अमूर्त व्याकरणात्मक दृष्टिकोण से, चिन्तन के रूप का अतार्किक तत्व कहा जाता है।

बैली वहाँ पर भी गलत है जहाँ वह अपने दूसरे प्रकार के जर्मन भाषा के अप्रत्यक्ष कथन को फ्रेंच भाषा के अर्द्ध-प्रत्यक्ष कथन के सदृश मानता है।[2] यह एक अत्यन्त ही लाक्षणिक गलती है। बैली का यह सादृश्य, अमूर्त व्याकरण की दृष्टि से तो निर्दोष है, परन्तु सामाजिक-शाब्दिक प्रवृत्ति के दृष्टिकोण से, यह तुलना आलोचना में टिक नहीं पाता। आखिरकार, भिन्न-भिन्न भाषाओं में एक और एक ही सामाजिक-शाब्दिक प्रवृत्ति (जो एकसमान सामाजार्थिक दशाओं द्वारा निर्धारित होती है), उन भाषाओं की व्याकरणात्मक संरचनाओं के अनुसार, भिन्न-भिन्न बाह्य विशिष्टताओं के साथ प्रकट होती है। किसी भी भाषा में, जो चीज एक निश्चित विशिष्ट दिशा में संशोधन की प्रक्रिया से होकर गुजरती है वह पैटर्न ही है जो आवश्यक परिप्रेक्ष्य में सर्वाधिक अनुकूलनशील बन जाता है। फ्रेंच भाषा में यह अप्रत्यक्ष कथन का पैटर्न था, तो जर्मन और रूसी भाषाओं में यह प्रत्यक्ष कथन का पैटर्न था।

अब आइये हम वोस्लरवादियों के दृष्टिकोण की जाँच-पड़ताल करने की दिशा में मुड़ें। ये भाषा-वैज्ञानिक अपने अनुसन्धान का ध्यान केन्द्रण व्याकरण से हटाकर शैलीविज्ञान और मनोविज्ञान की ओर, तथा "भाषा-रूपों" से हटाकर "चिन्तन के रूपों" की ओर कर देते हैं। उनके बैली से मतभेद, जैसाकि हम पहले ही से जानते हैं, बुनियादी और दूर-दूर तक हैं। लॉर्क जेनेवावासी भाषा-वैज्ञानिक बैली की अपनी आलोचना में, हम्बोल्टियाई शब्दावली का इस्तेमाल करते हुए, भाषा के प्रति उसके दृष्टिकोण को *ergon* कहता है तथा अपने दृष्टिकोण को *energeia* कहकर उसके ठीक विपरीत रखता है। इस प्रकार, यहाँ पर जिस विशेष सवाल पर विचार किया जा रहा है, उसके मामले में व्यक्तिवादी मनोगतवाद का आधारभूत कथन सीधे बैली के दृष्टिकोण के विरोध में आ उपस्थित होता है। फिर तो अर्द्ध-प्रत्यक्ष कथन की व्याख्या करनेवाले कारकों की सूची में जो चीजें शामिल की जा सकती हैं, वे बस भाषा में भाव, भाषा में फन्तासी, तदनुभूति, भाषा-वैज्ञानिक

2. कालेप्की ने बैली से इस गलती के बारे में बताया था, जिसे उसने, अपने दूसरे अध्ययन में अंशतः ठीक किया।

अभिरुचि आदि ही है।

इसके अलावा 1914 में—यानी कालेप्की-बैली विवाद के वर्ष में—यूजेन लेर्च अर्द्ध-प्रत्यक्ष कथन के अपने मूल्यांकन के साथ सामने आया। उसने अर्द्ध-प्रत्यक्ष कथन की परिभाषा दी : ''तथ्य के रूप में वक्तृत्व''। उसके अनुसार, प्रतिवेदित वक्तृत्व इस रूप द्वारा ऐसे सम्प्रेषित की जाती है, मानो इसकी अन्तर्वस्तु एक तथ्य हो जिसे लेखक स्वयं सम्प्रेषित कर रहा है। लेर्च प्रत्येक प्रत्यक्ष, अप्रत्यक्ष, और अर्द्ध-प्रत्यक्ष कथन की अन्तर्वस्तु में, अन्तर्जात यथार्थता की मात्राओं के रूप में इन तीनों प्रकार के कथनों की तुलनात्मक समीक्षा करते हुए, इस निष्कर्ष पर पहुँचा कि सबसे यथार्थ कथन अर्द्ध-प्रत्यक्ष कथन है। साथ ही, उसने यह भी प्रदर्शित किया कि शैली द्वारा सुस्पष्ट और ठोस छाप-प्रभाव उत्पन्न करने में अर्द्ध-प्रत्यक्ष कथन प्रत्यक्ष कथन से बेहतर है। लेर्च की परिभाषा का यही आशय है।

अर्द्ध-प्रत्यक्ष कथन पर एक विस्तृत अध्ययन 1921 में ई. लॉर्क ने *Die "Erlebte Rede"* शीर्षक से एक पुस्तक में प्रस्तुत किया। यह पुस्तक वोस्लर को समर्पित थी। इसमें लॉर्क ने सम्बन्धित मुद्दे के इतिहास पर काफी विस्तार से प्रकाश डाला था।

लॉर्क ने प्रत्यक्ष कथन को ''दुहराये गये वक्तृत्व'' के रूप में और अप्रत्यक्ष कथन को ''सम्प्रेषित वक्तृत्व'' के रूप में परिभाषित करके, इन दोनों से स्पष्टतः भिन्नता दिखाते हुए, अर्द्ध-प्रत्यक्ष कथन को ''अनुभूत वक्तृत्व'' के रूप में परिभाषित किया।

लॉर्क अपनी परिभाषा को निम्नलिखित ढंग से स्पष्ट करता है। आइये हम कल्पना करें कि फाउस्ट मंच पर अपना एकालाप कर रहा है : "Habe nun, ach! Philosophie, Juristerei...durchaus studiert mit heissem Bemühn..." यहाँ नायक जो उद्‌गार प्रथम पुरुष में व्यक्त करता है उसकी अनुभूति दर्शकों में से एक सदस्य तृतीय पुरुष में करता है। और यह पुरुषान्तरण, जो अभिग्रहण की अनुभूति की गहराइयों में होता है, अनुभूत कथन को आख्यान में सम्मिलित कर देता है।

अब यदि श्रोता फाउस्ट के सुने और अनुभूत किये गये वक्तृत्व को किसी अन्य, यानी तीसरे व्यक्ति को सम्प्रेषित करना चाहे तो वह उसे या तो प्रत्यक्ष रूप में उद्धृत करेगा या अप्रत्यक्ष रूप में। लेकिन यदि वह उस अनुभूत किये गये दृश्य के जीवन्त छाप-प्रभाव को स्वयं अपने लिए अपने दिमाग में याद करना चाहे, तो वह इसे इस रूप में याद करेगा : "Faust hat nun, ach! Philosophie..." या ज्यादा से ज्यादा अतीत की धुँधली स्मृति के रूप में, जैसे : "Faust hatte nun, ach!..."

इस प्रकार लॉर्क के अनुसार, अर्द्ध-प्रत्यक्ष कथन एक-दूसरे व्यक्ति के वक्तृत्व की अनुभूति-क्रिया के चित्रण का एक रूप है, उस वक्तृत्व के एक जीवन्त छाप-प्रभाव को याद करने का एक रूप है और, इस आधार पर, उस वक्तृत्व को एक तीसरे व्यक्ति तक सम्प्रेषित करने में कम ही प्रयोग किये जाने योग्य है। निस्सन्देह, यदि अर्द्ध-प्रत्यक्ष कथन का उपर्युक्त उद्देश्य के लिए प्रयोग किया जाये, तो प्रतिवेदन की कार्रवाई अपना सम्प्रेषणात्मक

चरित्र ही गँवा देगी और ऐसा प्रतीत होगा मानो प्रतिवेदनकर्ता या तो स्वयं से बतिया रहा है या विभ्रमित हो गया है। अतः जैसाकि प्रत्याशित था, अर्द्ध-प्रत्यक्ष कथन वार्तालाप की भाषा में प्रयोग किये जाने योग्य नहीं है, और कि यह सिर्फ कलात्मक चित्रण के ही उद्देश्यों को पूरा करने के काम आ सकता है। इसीलिए अर्द्ध-प्रत्यक्ष कथन, अपनी समुचित कार्रवाई में काफी शैलीगत महत्त्व रखता है।

निस्सन्देह, सृजन की प्रक्रिया में संलग्न एक कलाकार के लिए, उसकी फन्तासियों के रूप सर्वाधिक यथार्थ होते हैं, वह उन्हें सिर्फ देखता ही नहीं है, वह उन्हें सुनता भी है। वह उन्हें बोलने के लिए प्रेरित नहीं करता (जैसाकि प्रत्यक्ष कथन में होता है), बल्कि वह उन्हें बोलते हुए सुनता है। और ये मानो स्वप्न में सुने गये स्वरों के छाप-प्रभाव सीधे केवल अर्द्ध-प्रत्यक्ष कथन के रूप में ही अभिव्यक्त किये जा सकते हैं। यह फन्तासी का अपना निजी रूप होता है। और इसी से यह बात स्पष्ट हो जाती है कि ला फोंतेन के कथा-लोक में क्यों ऐसा हो पाया कि इस रूप को जबान मिली और क्यों यह बाल्ज़ाक और खासतौर से फ्लाबेयर जैसे कलाकारों का प्रिय युक्ति-विधान बना, जो इतने समर्थ कलाकार थे कि वे स्वयं अपनी ही फन्तासियों द्वारा सृजित लोक में डूब कर खो जाते थे।

और, ऐसा कलाकार जब इस रूप का इस्तेमाल करता है, तो वह अपने आप को भी केवल पाठक की फन्तासी के प्रति ही सम्बोधित करता है। यहाँ उसका उद्देश्य इस रूप की मदद से चिन्तन के तथ्य या उसकी अन्तर्वस्तु को सम्प्रेषित करना नहीं होता, बल्कि उसकी इच्छा तो सिर्फ अपने छाप-प्रभावों को सीधे सम्प्रेषित करने की होती है, ताकि वह पाठक के दिमाग में जीवन्त रूपों एवं प्रदर्शनों को जागृत कर सके। वह अपने आप को पाठक की मेधा के प्रति नहीं, बल्कि उसकी कल्पना के प्रति सम्बोधित करता है। अब यहाँ पर केवल तर्कशील और विश्लेषणकारी मेधा ही यह जानने की अवस्थिति अख्तियार कर सकती है कि लेखक अर्द्ध-प्रत्यक्ष कथन में बोल रहा है, कारण कि जीवन्त फन्तासी में तो नायक ही बोलता है। अतः फन्तासी ही इस रूप की जननी है।

लॉर्क की बुनियादी धारणा, जिसे वह अपनी अन्य कृतियों में विस्तारपूर्वक प्रस्तुत करता है, इस नतीजे पर पहुँचती है कि *भाषा में सृजनात्मक भूमिका मेधा से नहीं बल्कि फन्तासी से सम्बन्धित है।* केवल वे ही रूप मेधा के नियंत्रण के अधीन हो सकते हैं जो फन्तासी द्वारा पहले ही सृजित किये जा चुके होते हैं और जो अपनी जीवन्त स्फूर्ति खोकर, निःशेष, निष्क्रिय उत्पाद बन चुके होते हैं। मेधा स्वयं कुछ भी सृजित नहीं करती।

लॉर्क की दृष्टि में, भाषा कोई बनी-बनायी सत्ता नहीं, बल्कि एक शाश्वत सम्भवन और जीवन्त उद्‌भवन है। भाषा गैर-भाषाई लक्ष्यों की प्राप्ति का साधन या उपकरण नहीं, बल्कि एक जीवन्त निकाय है जिसका अपना लक्ष्य होता है, जिसे वह अपने भीतर धारण किये होती है और जिसे वह स्वयं अपने भीतर महसूस भी करती है। और भाषा की यही सृजनात्मक आत्मनिर्भरता भाषाई फन्तासी द्वारा चरितार्थ होती है। भाषा में फन्तासी स्वयं को, उसके जीवन्त आदिम तत्व के रूप में, रचा-बसा महसूस करती है। भाषा के लिए

फन्तासी एक साधन नहीं, बल्कि उसके शरीर और रक्त होती है। भाषा की क्रीड़ा के लिए क्रीड़ा ही फन्तासी के लिए यथेष्ट होती है। परन्तु बैली जैसे लेखक भाषा को मेधा के कोण से पकड़ना चाहते हैं और इसीलिए वे उन रूपों को समझने में असमर्थ हो जाते हैं जो भाषा में अब भी जीवन्त होते हैं, जिनकी जीवन की नाड़ी अभी भी धड़क रही होती है और जो अभी तक मेधा के इस्तेमाल के साधनों में नहीं रूपायित हुए होते हैं। यही कारण है कि बैली अर्द्ध-प्रत्यक्ष कथन की अनन्यता को गहराई से समझ पाने में असफल रहा और जब वह इसमें कोई सुसंगति नहीं ढूँढ़ सका तो इसे ही भाषा से बाहर कर दिया।

लॉर्क फन्तासी के दृष्टिकोण से ही अर्द्ध-प्रत्यक्ष कथन में अपूर्ण काल के रूप को समझने और व्याख्यायित करने का प्रयास करता है। वह इसे "Défini-Denkakte" और "Imparfait-Denkakte" में विभेदीकृत करता है। उसके अनुसार, इन कार्रवाइयों के बीच का विभेदीकरण उनकी अवधारणात्मक अन्तर्वस्तु के आधार पर नहीं, बल्कि उनके सम्पादन के रूप के आधार पर है। *Défini* के साथ, हमारी दृष्टि बाहर की ओर, अनुभूत कला-शिल्पों और अन्तर्वस्तुओं की ओर प्रक्षिप्त होती है, और *Imparfait* के साथ हमारी दृष्टि आभ्यन्तर की ओर–चिन्तन की दुनिया में–डूब जाती है, जहाँ सृजन और निर्माण की प्रक्रिया चल रही होती है।

"Défini-Denkakte" का चरित्र तथ्यात्मक निश्चयन का होता है; जबकि "Imparfait-Denkakte" का अनुभूत अनुभव का, एक छाप का चरित्र होता है। फन्तासी इन्हीं के जरिये जीवन्त अतीत का पुनः सृजन करती है।

लार्क निम्नलिखित उदाहरण का विश्लेषण करता है :

> L'Irlande pousse un grand cri soulagement, mais la Chambre des lords, six jours plus tard, *repoussait* le bill: Gladstone *tombait*.

लॉर्क का कहना है कि अपूर्ण काल के उपर्युक्त दोनों मामलों की जगह यदि निश्चित भूतकाल का प्रयोग कर दिया जाये, तो हम इन दोनों मामलों के अन्तर को बहुत स्पष्टता से समझ जायेंगे। लेकिन यहाँ पर *'Gladstone tombait'* को एक भावोत्तेजक लहजा दिया गया है, जबकि *'Gladstone tomba'* ऐसे ध्वनित होता, मानो यह कोई नीरस कारोबारी विज्ञप्ति हो। पहले मामले में चिन्तन अपनी विषयवस्तु पर और स्वयं अपने ऊपर ही ठहर जाता है। लेकिन यहाँ चेतना में ग्लैडस्टोन के पतन का विचार नहीं, बल्कि घटित हुई घटना का ही संवेगात्मक महत्त्व भरा होता है। "La Chambre des lords repoussait le bill" एक अलग मामला है। यहाँ पर उस घटना के परिणामों को लेकर एक प्रकार का चिन्ताभरा असमंजस कायम होता है : "repoussait" का अपूर्णकाल तनावपूर्ण प्रत्याशा की अभिव्यक्ति करता है। अब यहाँ पर केवल इतनी ही आवश्यकता है कि इस पूरे वाक्य का जोर-जोर से उच्चारण किया जाये, ताकि वक्तृत्व की मानसीय अभिमुखता की विशेष विशिष्टताएँ पहचान में आ जायें। इसमें "repoussait" के आखिदी पद का जोर-जोर से उच्चारण करके तनाव और प्रत्याशा की अभिव्यक्ति की जाती है।

यह तनाव '*Gladstone tombait*' में उपशमित और मुक्त होता है। इस प्रकार, दोनों ही वाक्यों का अपूर्णकाल भावोत्तेजक रूप से जीवन्त और फन्तासी से ओतप्रोत होता है; यह इंगित कार्रवाई के तथ्य को उतना स्थापित नहीं करता, बल्कि इसके बजाय, यह उस पर ठहरकर सोचने की अनुभूति देता है और उसे पुनःसृजित करता है। और इसी में अर्द्ध-प्रत्यक्ष कथन के लिए अपूर्णकाल का महत्त्व भी निहित है। इस रूप द्वारा सृजित वातावरण में निश्चित भूतकाल असम्भव ही होता है।

लॉर्क की यही अवधारणा है, वह स्वयं अपने विश्लेषण को भाषाई मानस के क्षेत्र के भीतर अनुसन्धान कहता है। लार्क के अनुसार, इस क्षेत्र का उद्‌घाटन कार्ल वोस्लर ने किया था। और लार्क ने अपने अध्ययन में वोस्लर के ही पदचिह्नों का अनुसरण किया है।

दरअसल, लॉर्क ने इस सवाल की जाँच-पड़ताल उसके स्थिर, मनोवैज्ञानिक आयामों में ही की है। जेर्त्रा लेर्च ने, 1922 में प्रकाशित अपने एक आलेख में, इसी वोस्लरीय आधार का इस्तेमाल करके, उसके व्यापक परिप्रेक्ष्यों को स्थापित करने का प्रयास किया है। उसके अध्ययन में अत्यन्त मूल्यवान अवलोकन निहित हैं, और इसीलिए, हम इस पर कुछ विस्तारपूर्वक विचार करना चाहेंगे।

लॉर्क की अवधारणा में फन्तासी की जो भूमिका है, ठीक वही भूमिका लेर्च की अवधारणा में तदनुभूति की है। लेर्च के अनुसार, यह तदनुभूति ही है जो अर्द्ध-प्रत्यक्ष कथन में अभिव्यक्त होती है। प्रत्यक्ष और अप्रत्यक्ष कथन में एक प्रतिवेदनकारी क्रिया ("कहा", "सोचा" आदि) पूर्वापेक्षित होती है। इसके जरिये, लेखक किये गये कथन का दायित्व अपने चरित्र पर डाल देता है। लेकिन अर्द्ध-प्रत्यक्ष कथन में इस तरह की क्रिया के लोप के कारण, लेखक अपने चरित्रों के उद्‌गारों को यह अभिव्यंजित करते हुए प्रस्तुत करने में समर्थ हो जाता है कि वह स्वयं उन उद्‌गारों को गम्भीरता से ले रहा है, और कि यहाँ बात महज इतनी ही नहीं है कि कुछ कहा या सोचा गया है, बल्कि बात वास्तविक तथ्यों की है। यहाँ पर लेर्च दावे के साथ कहती है कि यह केवल तभी सम्भव है जब कवि स्वयं अपनी फन्तासी की सर्जनाओं के साथ तदनुभूति रखे, स्वयं को उनके साथ तदाकार करे।

अब सवाल यह उठता है कि ऐतिहासिक तौर पर यह रूप आया कैसे? इसके विकास की आधारभूत आवश्यक ऐतिहासिक विशिष्टताएँ क्या थीं?

लेर्च के अनुसार, प्राचीन फ्रेंच भाषा में मनोवैज्ञानिक और व्याकरणात्मक निर्मितियों का उतना स्पष्ट भेद नहीं रहता था जितना कि आज है। प्राचीन फ्रेंच में असम्बद्ध वाक्यविन्यासात्मक एवं सुसम्बद्ध वाक्यविन्यासात्मक संघटक-अवयव अब भी काफी भिन्न-भिन्न ढंग से आपस में मिश्रित किये जा सकते थे। इसीलिए, उस वक्त प्रत्यक्ष कथन और अप्रत्यक्ष कथन के बीच कोई स्पष्ट विभाजक सीमाएँ नहीं थीं। प्राचीन फ्रेंच भाषा का कहानीकार अपनी फन्तासी के रूपों को अपने "मैं" से पृथक करने में अभी समर्थ नहीं था। वह फन्तासी के शब्दों एवं उनकी कार्रवाइयों के भीतर शामिल होकर,

उनके मध्यस्थ और अधिवक्ता के रूप में कार्य करते हुए, सहभागिता करता था। अभी वह यह नहीं सीख पाया था कि कैसे वह अपनी निजी शिरकत और अपने निजी हस्तक्षेप से परहेज करते हुए, किसी दूसरे व्यक्ति के शब्दों को हूबहू उन्हीं के बाह्य रूप में सम्प्रेषित किया जाये। प्राचीन फ्रेंच भाषा अभी भी निर्लिप्त, संज्ञानात्मक अवलोकन एवं वस्तुगत निर्णय से कोसों दूर थी। लेकिन, प्राचीन फ्रेंच भाषा में अपने चरित्रों के भीतर आख्यान का यह विलीनीकरण केवल कहानीकार की मुक्त चयन-वृत्ति का ही परिणाम नहीं था, बल्कि ऐसा आवश्यकतावश भी किया जाता था : उस वक्त सुस्पष्ट, पारस्परिक विभेदीकरण के लिए सुस्थापित तर्कसंगत एवं वाक्यविन्यासात्मक रूपों का अभाव भी तो था। और इस प्रकार, एक स्वतंत्र शैलीगत युक्तिविधान के तौर पर नहीं, बल्कि इसी व्याकरणात्मक कमी के आधार पर प्राचीन फ्रेंच भाषा में अर्द्ध-प्रत्यक्ष कथन पहली बार प्रकट हुआ। इस तरह लेर्च के अनुसार, अर्द्ध-प्रत्यक्ष कथन लेखक द्वारा स्वयं अपने दृष्टिकोण को, स्वयं अपनी अवस्थिति को, अपने चरित्रों के दृष्टिकोण एवं उनकी अवस्थिति से पृथक न कर पाने की उसकी व्याकरणात्मक अक्षमता का ही परिणाम है।

लेकिन उत्तरवर्ती मध्यकाल की फ्रेंच भाषा में अपने आप को दूसरों की मनोदशाओं एवं भावनाओं में निमज्जित कर देने का यह मामला अब सच नहीं रह गया। उस काल के ऐतिहासिक आलेखनों में बहुत कम ही देखने को मिलता है, तथा वर्णनकर्ता का दृष्टिकोण चित्रित व्यक्तियों के दृष्टिकोण से स्पष्टतः अलग रखा जाता है। अब यहाँ भावना मेधा का मार्ग प्रशस्त कर देती है। प्रतिवेदित वक्तृत्व निर्वैयक्तिक और बेजान बन जाता है, तथा वर्णनकर्ता का स्वर, प्रतिवेदित वक्ता के स्वर की अपेक्षा, अब अधिक स्पष्टता से सुनायी देता है।

इस निर्वैयक्तीकरण काल के बाद पुनर्जागरण काल का अत्यधिक सुस्पष्ट व्यक्तिवाद आ जाता है। तब प्रतिवेदित वक्तृत्व एक बार फिर सहजानुभूतिशील होने का प्रयास करने लगता है। कहानीकार एक बार फिर अपने आप को चरित्र के साथ तदाकार करने की कोशिश करने लगता है, ताकि वह अपनी ओर से अपेक्षाकृत अधिक सन्निकट अवस्थिति अख्तियार कर सके। पुनर्जागरण शैली की अभिलाक्षणिक विशिष्टता व्याकरणात्मक कालों एवं क्रियाओं का मुक्त, चंचल, मनोवैज्ञानिक रूप से सजीवीकृत, मनमौजी संयोजन रही है।

सत्रहवीं सदी में, पुनर्जागरण का भाषाई अतर्कवाद अप्रत्यक्ष कथन में काल और क्रियाभाव के सुदृढ़ नियमों के चलन में आ जाने से निष्प्रभावी हो गया (खासतौर से 1632 में ओदिन की बदौलत)। तब चिन्तन के वस्तुगत एवं मनोगत पक्षों के बीच, सन्दर्भात्मक विश्लेषण और व्यक्तिगत दृष्टिकोणों की अभिव्यक्ति के बीच, एक सुसंगत सन्तुलन स्थापित हुआ। लेकिन यह सब कुछ अकादमी के दबाव के बगैर नहीं हुआ।

एक मुक्त, सचेत तौर पर प्रयुक्त शैलीगत युक्ति के रूप में अर्द्ध-प्रत्यक्ष कथन का आविर्भाव केवल तभी सम्भव हो सका, जब *काल-क्रमिकता* की स्थापना की बदौलत, वह

पृष्ठभूमि तैयार हो गयी, जहाँ से अर्द्ध-प्रत्यक्ष कथन का स्पष्टतः बोध किया जा सकता था। इस तरह, यह सर्वप्रथम ला फोंतेन के रचना-कर्म में प्रकट हुआ और उसके द्वारा इस्तेमाल किये गये रूप के अन्तर्गत, वस्तुगत और मनोगत के बीच, नव-क्लासिकीयवाद के युग की अभिलाक्षणिक विशिष्टता के तौर पर, एक सन्तुलन कायम हुआ।

अर्द्ध-प्रत्यक्ष कथन में प्रतिवेदनकारी क्रिया का लोप वर्णनकर्ता का अपने चरित्र के साथ तादात्म्य को सूचित करता है तथा अपूर्णकाल का प्रयोग (प्रत्यक्ष कथन के वर्तमान काल से वैषम्य दर्शाते हुए) और अप्रत्यक्ष कथन के उपयुक्त-सर्वनामों का चयन यह सूचित करते हैं कि वर्णनकर्ता अपनी स्वतंत्र अवस्थिति बनाये हुए है, कि वह पूरी तरह अपने चरित्रों के अनुभवों में डूब नहीं गया है।

अर्द्ध-प्रत्यक्ष कथन की युक्ति, जिसने अमूर्त विश्लेषण और अमध्यवर्तित छाप-प्रभाव के द्वैतवाद को दूर कर, उन्हें एक सुरसंगति प्रदान की, कहानीकार ला फोंतेन के लिए बहुत उपयुक्त सिद्ध हुई। अप्रत्यक्ष कथन अत्यधिक विश्लेषणात्मक और निष्क्रिय था। और प्रत्यक्ष कथन यद्यपि दूसरे व्यक्ति के उद्‌गार को नाटकीय ढंग से पुनःसृजित करने में समर्थ था, फिर भी वह एक ही साथ उद्‌गार के लिए एक मंच, तथा उसके बोध के लिए एक मानसिक और भावनात्मक वातावरण सृजित कर सकने में असमर्थ ही था।

जहाँ यह युक्ति उपयुक्त तदनुभूति पैदा करने में ला फोंतेन का उद्देश्य सिद्ध करने के काम आयी, वहीं ला ब्रूएर इससे तीक्ष्ण व्यंग्यात्मक प्रभाव पैदा करने में समर्थ हुई। उसने अपने चरित्रों को न तो कहानी के रंग में रँगा और न ही उन्हें मृदु-हास्य शैली में प्रस्तुत किया—बल्कि उसने उनके प्रति एक विद्वेष के साथ, उनके ऊपर अपनी वरीयता रखते हुए; अर्द्ध-प्रत्यक्ष कथन का इस्तेमाल किया। वह स्वयं अपने ही द्वारा चित्रित प्राणियों से पीछे हट जाता था। ला ब्रूएर द्वारा प्रस्तुत किये जानेवाले उद्‌गारों के सारे के सारे रूप, व्यंग्यात्मक ढंग से, उसके उपहासात्मक वस्तुवाद के माध्यम से अपवर्तित होते थे।

फ्लाबेयर के मामले में तो यह युक्ति और भी जटिल प्रकृति की है। फ्लाबेयर एकदम कटिबद्ध होकर अपना सरोकार वस्तुतः उन्हीं चीजों के साथ स्थापित करता है जो उसे वीभत्स और जुगुप्सापूर्ण लगती हैं। लेकिन तब भी वह अपने ही द्वारा चित्रित घृणास्पद और तिरस्करणीय चीजों के साथ तदनुभूति करने, उनके साथ तादात्म्य स्थापित करने में, समर्थ है। फ्लाबेयर के रचना-कर्म में अर्द्ध-प्रत्यक्ष कथन ठीक वैसे ही उभयधर्मी और वैसे ही विक्षुब्ध होता है जैसे उसकी रचनाओं के प्रति स्वयं उसका अपना दृष्टिकोण : उसकी आन्तरिक अवस्थिति श्रद्धा और जुगुप्सा के बीच दोलायमान रहती है। इस तरह, अर्द्ध-प्रत्यक्ष कथन एक ही साथ रचनाओं के साथ तादात्म्य स्थापित करने तथा उनसे स्वतंत्र होने एवं दूरी बनाये रखने की अपनी क्षमता के चलते, इस प्रेम-घृणा सम्बन्ध को प्रस्तुत करने में एक अत्यन्त ही उपयुक्त माध्यम था, जिसे फ्लाबेयर अपने चरित्रों के लिए बराबर इस्तेमाल करता था।

हमारे विषय पर जेर्त्रा लेर्च के ये ही—दिलचस्प विमर्श हैं। फ्रेंच भाषा में अर्द्ध-प्रत्यक्ष कथन के विकास की उसकी ऐतिहासिक रूपरेखा में आइये हम उस सूचना को भी जोड़ दें जिसे यूजेन लेर्च ने जर्मन भाषा में इस युक्ति के आविर्भाव के समय के बारे में, उपलब्ध कराया है। उसके अनुसार, जर्मन भाषा में अर्द्ध-प्रत्यक्ष कथन का विकास बहुत बाद में हुआ। एक सुविचारित और सुविकसित युक्ति के रूप में, इसे पहली बार टॉमस मान ने अपने उपन्यास, *बुडेनब्रुक्स* (1910) में इस्तेमाल किया, जो स्पष्टतः जोला से प्रभावित था। यह "पारिवारिक महाकाव्य" लेखक द्वारा भावोत्तेजक लहजे में वर्णित किया गया है, जिसमें बुडेनब्रुक वंश के निरभिमानी सदस्यों में से एक अपने परिवार के पूरे इतिहास को याद करता है और इसी याद में वह उस इतिहास का फिर से अनुभव भी करता है। इसमें हम अपनी यह टिप्पणी भी जोड़ दें कि अपने सबसे ताजा उपन्यास *Der Zauberberg* (1924) में टॉमस मान इस युक्ति का और भी सूक्ष्म और गहन प्रयोग करता है।

यहाँ पर, जानकारी के लिए हम बता दें कि अब तक अर्द्ध-प्रत्यक्ष कथन के मुद्दे पर जो छानबीन की गयी है उसमें न तो कुछ नया है और न ही कोई वजन। अतः आइये हम लॉर्क और लेर्च द्वारा प्रस्तुत किये गये दृष्टिकोणों के एक आलोचनात्मक विश्लेषण की ओर मुड़ें।

अर्द्ध-प्रत्यक्ष कथन की हमारी ठोस परिघटना के स्पष्टीकरण में वोस्लरवादियों का व्यक्तिवादी मनोगतवाद ठीक वैसे ही अस्वीकार्य है जैसे बैली का अमूर्त वस्तुवाद। कुल मिलाकर, तथ्य यह है कि वक्तृत्व करनेवाला व्यक्तित्व, उसकी मनोगत अभिकल्पनाएँ एवं उसके इरादे, तथा उसके सचेत शैलीगत दाँव-पेंच भाषा में अपेन भौतिक विषयीकरण से बाहर अस्तित्व नहीं रखते। कारण कि व्यक्तित्व अपने आप को भाषा में—भले ही वह केवल आन्तरिक वक्तृत्व की ही भाषा क्यों न हो—व्यक्त किये बिना न तो अपने लिए अस्तित्वमान हो सकता है, और न ही दूसरों के लिए, वह अपने आप में केवल उसी चीज का प्रकटीकरण और संज्ञान कर सकता है, जिसके लिए वस्तुगत, प्रकटनकारी उपादान, अर्थात स्थापित शब्दों, मूल्य निर्णयों, एवं स्वर-वैशिष्ट्यों के रूप में चेतना का भौतिक रूप से मूर्त आलोक मौजूद हो। आन्तरिक मनोगत व्यक्तित्व अपनी निजी आत्म-सजगता के साथ एक ऐसे भौतिक तथ्य के रूप में नहीं अस्तित्वमान होता, जिसे कारण-कार्य-सम्बन्ध की व्याख्या के लिए इस्तेमाल किया जा सके, बल्कि यह एक कोरी वैचारिक निर्मिति के रूप में मौजूद होता है। अपने समूचे मनोगत इरादों एवं समूची आन्तरिक गहराइयों समेत, यह आन्तरिक व्यक्तित्व एक वैचारिक निर्मिति के अलावा और कुछ नहीं है—और यह वैचारिक निर्मिति अपने चरित्र में तब तक अस्पष्ट और अस्थिर ही रहती है जब तक यह विचारधारात्मक सृजनशीलता के अपेक्षाकृत अधिक स्थिर और अपेक्षाकृत अधिक सुस्पष्ट उत्पादों के रूप में अपना सुनिश्चित स्वरूप नहीं ग्रहण कर लेती। इसीलिए यह मूर्खता ही है कि विचारधारात्मक परिघटनाओं एवं रूपों को मनोगत मानसीय कारकों एवं इरादों की मदद से व्याख्यायित करने की कोशिश की जाये : ऐसा करने का मतलब होगा

एक अधिक स्पष्टता और परिशुद्धतावाली वैचारिक निर्मिति को एक दूसरी अधिक अस्पष्ट और गड्डमड्ड चरित्रवाली वैचारिक निर्मिति से स्पष्ट करना। लेकिन असली बात यह है कि भाषा ही आन्तरिक व्यक्तित्व और उसकी चेतना को आलोकित करती है, भाषा ही उनकी सर्जना करती है और उन्हें जटिलता एवं गहनता प्रदान करती है—इसके अलावा भाषा और किसी ढंग से कार्य नहीं करती। व्यक्तित्व स्वयं में भाषा के माध्यम से निर्मित होता है, और वह निश्चय ही भाषा के अमूर्त रूपों में नहीं, बल्कि भाषा की विचारधारात्मक विषयवस्तुओं में निर्मित होता है। व्यक्तित्व अपनी आन्तरिक, मनोगत अन्तर्वस्तु के दृष्टिकोण से भाषा की एक विषयवस्तु है, और यह विषयवस्तु ही भाषा की अपेक्षाकृत अधिक स्थिर निर्मितियों की प्रणाली के भीतर विकास और रूपान्तरण की प्रक्रिया से होकर गुजरती है। अतः निष्कर्ष के तौर पर कहा जा सकता है कि *शब्द आन्तरिक व्यक्त्वि की अभिव्यक्ति नहीं है, इसके बजाय, स्वयं आन्तरिक व्यक्तित्व ही एक अभिव्यक्त या आन्तरिक रूप से प्रेरित शब्द है।* और शब्द स्वयं में सामाजिक संसर्ग की, भौतिक व्यक्तित्वों या उत्पादनकर्ताओं की सामाजिक अन्तर्क्रिया की, एक अभिव्यक्ति है। उस पूर्णतः भौतिक संसर्ग की दशायें ही उस प्रकार के विषयवस्तुगत एवं संरचनात्मक स्वरूप का निर्धारण एवं अनुकूलन करती हैं, जिसे व्यक्तित्व किसी दिये गये समय और दिये गये वातावरण में प्राप्त करता है, इसी में वह आत्म-सजगता प्राप्त करता है; इसी में वह आत्म-सजगता अपनी समृद्धि और निश्चयात्मकता का स्तर प्राप्त करती है; तथा अपनी कार्रवाइयों को प्रेरित और मूल्यांकित करने का ढंग प्राप्त करती है। आन्तरिक चेतना का सृजन भाषा की सृजन-प्रक्रिया पर, और निश्चय ही, भाषा की व्याकरणात्मक एवं ठोस विचारधारात्मक संरचना पर निर्भर है। आन्तरिक व्यक्तित्व, शब्द के बोधगम्य एवं ठोस अर्थ में, भाषा के साथ ही, उसकी सर्वाधिक महत्त्वपूर्ण और सर्वाधिक गहन विषयवस्तुओं में से एक विषयवस्तु के रूप में पैदा होता है। इसके साथ ही साथ, भाषा का सृजन सामाजिक सम्प्रेषण की सृजन-प्रक्रिया में एक कारक का कार्य करता रहता है, जो उस सम्प्रेषण से और उसके भौतिक आधार से अविलगनीय है। वह भौतिक आधार समाज के विभेदीकरण को, उसकी सामाजिक-राजनीतिक व्यवस्था को निर्धारित करता है; समाज को श्रेणीबद्ध रूप से संगठित करता है और व्यक्तियों को उसके भीतर अन्तर्क्रिया करने में संलग्न करता है। इसी के तहत, शाब्दिक सम्प्रेषण के स्थान, समय, दशाओं, रूपों एवं साधनों का निर्धारण होता है, और इसी के तहत, भाषा के विकास की किसी सुनिश्चित अवधि में, व्यक्तिगत उद्‌गार के प्रत्यावर्तनों एवं उनकी अनुल्लंघनीयता का स्तर, उसके विविध पक्षों के बोध में भिन्नता का स्तर, तथा उसके उद्‌भावनात्मक एवं शाब्दिक वैयक्तीकरण की प्रकृति का निर्धारण होता है। और इसी की अभिव्यक्ति, सर्वोपरि रूप से, भाषा की स्थिर निर्मितियों में, भाषा पैटर्नों एवं उनके संशोधित रूपों में होती है। इसमें वक्तृत्वशील व्यक्तित्व एक अव्यवस्थित विषयवस्तु के रूप में नहीं, बल्कि एक अपेक्षाकृत अधिक स्थिर निर्मिति में अस्तित्वमान होता है (निश्चय ही, यह विषयवस्तु अपने लिए उपयुक्त

विशिष्ट विषयवस्तुगत अन्तर्वस्तु के साथ अविच्छेद्य रूप से जुड़ी होती है)। यहाँ, प्रतिवेदित वक्तृत्व के रूप में भाषा, शब्द के वाहक के तौर पर व्यक्तित्व के प्रति स्वयं प्रतिक्रिया करती है।

लेकिन वोस्लरवादी क्या करते हैं? वे जो व्याख्याएँ प्रस्तुत करते हैं वे बस इतना ही काम करती हैं कि वक्तृत्वशील व्यक्तित्व के तुलनात्मक रूप से स्थिर संरचनात्मक प्रतिबिम्बन को ढीली-ढाली विषयवस्तुगत शब्दावली में रख देती हैं, और यह शब्दावली सामाजिक सृजन की घटनाओं को, इतिहास की घटनाओं को, व्यक्तिगत अभिप्रेरणाओं की भाषा में अनूदित कर देती है, गो कि ये अभिप्रेरणाएँ सूक्ष्म और निश्छल भी हो सकती हैं। ये वोस्लरवादी विचारधारा की विचारधारा प्रस्तुत करते हैं। लेकिन इन विचारधाराओं के वस्तुगत, भौतिक कारक—भाषा के रूपों में भी और उनके इस्तेमाल के लिए मनोगत अभिप्रेरणाओं में भी—उनके अनुसन्धान क्षेत्र के बाहर ही रह जाते हैं। यहाँ हमारे कहने का तात्पर्य यह नहीं है कि विचारधारा का विचारधाराकरण करने का प्रयास व्यर्थ है। नहीं, इसके विपरीत, कभी-कभी एक औपचारिक निर्मिति का विषयीकरण बहुत महत्त्वपूर्ण इसलिए हो जाता है कि उसकी वस्तुगत जड़ों तक पहुँचा जा सके—आखिरकार ये जड़ें ही तो दोनों पहलुओं में उभयनिष्ठ होती हैं। भाववादी वोस्लरवादियों ने भाषा-विज्ञान में विचारधारा के प्रति जो उत्कट और जीवन्त दिलचस्पी पैदा की है, उससे भाषा के कुछ ऐसे पहलुओं को स्पष्ट करने में जरूर मदद मिलती है जो अमूर्त वस्तुवाद के हाथों में पड़कर निष्क्रिय और निष्प्रभ हो गये थे। और इसके लिए हम जरूर उनके आभारी हैं। उन्होंने भाषा की विचारधारात्मक नाड़ी को ऐसे समय में छेड़ा और झकझोरा जब भाषा, कुछ भाषा-वैज्ञानिकों के हाथों में पड़कर, निर्जीव प्रकृति से मेल खाने लगी थी। लेकिन तब भी वे भाषा की एक यथार्थ, वस्तुगत व्याख्या करने का रास्ता नहीं ढूँढ़ पाये। वे इतिहास के जीवन के निकट तो आये, लेकिन इतिहास की व्याख्या के निकट नहीं पहुँच सके, वे इतिहास के निरन्तर खदबदाते और निरन्तर हलचल करती सतह पर तो पहुँचे, पर उसकी गहराइयों में कार्यरत प्रेरकशक्तियों तक नहीं पहुँच सके। यह लाक्षणिक है कि लॉर्क यूजेन लेर्च को लिखे अपने एक पत्र में—जो कि उसकी पुस्तक के साथ संलग्न है—यह आश्चर्यजनक टिप्पणी करने तक चला जाता है। फ्रेंच भाषा की निष्क्रियता और बुद्धिवादी जरठता पर चर्चा करने के बाद वह टिप्पणी करता है "इसके कायाकल्प की बस एक ही सम्भावना है : सर्वहारा वर्ग शब्द की कमान बुर्जुआ वर्ग के हाथों से छीन ले।"

अब इसे भाषा में फन्तासी की प्रभावी, सृजनशील भूमिकाओं के साथ कैसे सम्बन्धित किया जाये? क्या सर्वहारा वर्ग का कोई सदस्य ऐसा फन्तासीकार होगा?

निश्चय ही लॉर्क के दिमाग में कुछ और ही है। उसका आशय शायद यह है कि सर्वहारा वर्ग के हाथों में शब्द की कमान आ जाने से सामाजिक-शाब्दिक संसर्ग के नये-नये रूप प्रकट होंगे, वक्ताओं की शाब्दिक अन्तर्क्रिया के नये-नये रूप प्रकट होंगे, और सामाजिक लहजों एवं स्वर-वैशिष्ट्यों की एक पूरी नई दुनिया प्रकट होगी। इसी के

साथ एक नया भाषा-वैज्ञानिक सत्य भी प्रकट होगा। शायद यही या कुछ इसी तरह की बात लॉर्क के दिमाग में उस वक्त रही होगी, जब उसने यह उद्‌गार प्रकट किया था। लेकिन यह बात उसके सिद्धान्त में कहीं प्रतिबिम्बित नहीं होती। और जहाँ तक फन्तासीकरण की बात है, तो इसके लिए बुर्जुआ वर्ग सर्वहारा वर्ग से बुरा नहीं है, और उसके पास इस पर मगजमारी करते रहने के लिए अपेक्षाकृत अधिक खाली समय भी है।

लॉर्क के व्यक्तिवादी मनोगतवाद को जब हम अपने ठोस प्रश्न के सन्दर्भ में इस्तेमाल करते हैं तो यह स्वयं ही यह एहसास करा देता है कि प्रतिवेदनकारी और प्रतिवेदित वक्तृत्व के बीच पारस्परिक अन्तर्सम्बन्ध की गत्यात्मकता को प्रतिबिम्बित करने में लॉर्क की अवधारणा अक्षम है। अर्द्ध-प्रत्यक्ष कथन, किसी भी सूरत में दूसरे के उद्‌गार से अभिग्रहीत एक निष्क्रिय छाप-प्रभाव की अभिव्यक्ति नहीं करता। इसके बजाय, यह एक सक्रिय अभिमुखता को अभिव्यक्त करता है, और उसमें भी ऐसी अभिमुखता को नहीं अभिव्यक्त करता है जो सिर्फ प्रथम पुरुष का तृतीय पुरुष में, अर्थात सिर्फ पुरुष का परिवर्तन दिखाये, बल्कि उस अभिमुखता को अभिव्यक्त करता है जो प्रतिवेदित वक्तृत्व के ऊपर अपने निजी स्वर-वैशिष्ट्य आरोपित करे, जो प्रतिवेदित उद्‌गार के स्वर-वैशिष्ट्यों के साथ टकरायें और उनमें हस्तक्षेप करें। हम लॉर्क की इस दलील से भी सहमत नहीं हो सकते कि अर्द्ध-प्रत्यक्ष कथन प्रतिवेदित वक्तृत्व का एक ऐसा रूप है जो अन्य व्यक्ति के वक्तृत्व के प्रत्यक्ष अभिग्रहण और अनुभव के सर्वाधिक निकट है। प्रतिवेदित वक्तृत्व का अप्रत्यक्ष रूप प्रतिवेदित किये जानेवाले वक्तृत्व को अपने ही विशिष्ट ढंग से महसूस कराता है। जेर्त्रा लेर्च इसमें निहित गत्यात्मकता को कुछ-कुछ समझती तो प्रतीत होती है, परन्तु वह इसे मनोगत मनोविज्ञान की शब्दावली में ही व्यक्त करती है। अतः ये दोनों ही लेखक एक त्रि-आयामी परिघटना को सपाट बनाने का प्रयास करते हैं। अर्द्ध-प्रत्यक्ष कथन की वस्तुगत भाषा-वैज्ञानिक परिघटना में, हमें एक व्यक्तिगत मानस के दायरे के भीतर तदनुभूति और विलगाव का संयुक्तीकरण नहीं, बल्कि एक और एक ही भाषाई निर्मिति के दायरे के भीतर चरित्रों के स्वर-वैशिष्ट्यों (तदनुभूति) और लेखक के स्वर-वैशिष्ट्यों (विलगाव) का संयुक्तीकरण देखने को मिलता है।

लेकिन लॉर्क और लेर्च दोनों ही, समान रूप से, हमारी परिघटना को समझने के लिए आवश्यक एक अत्यन्त महत्त्वपूर्ण कारक पर ध्यान देने में असफल रह जाते हैं : यह मूल्यनिर्णय का कारक है जो प्रत्येक जीवन्त शब्द में अन्तर्जात होता है और किसी उद्‌गार के स्वर-विशिष्टीकरण और अभिव्यक्तिशील लहजे द्वारा व्यक्त किया जाता है। वक्तृत्व में निहित सन्देश अपने जीवन्त और ठोस स्वर-विशिष्टीकरण एवं लहजे से बाहर अस्तित्वमान नहीं होता। अर्द्ध-प्रत्यक्ष कथन में, हम अन्य व्यक्ति के उद्‌गार को उसके सन्देश के रूप में उतना नहीं अभिज्ञात करते, जो अमूर्त रूप से सुविचारित किया गया होता है, बल्कि हम उसे सर्वोपरि तौर पर, प्रतिवेदित चरित्र से स्वर-विशिष्टीकरण के रूप में, उसके वक्तृत्व की मूल्यांकनकारी अभिमुखता के रूप में अभिज्ञात करते हैं।

हम लेखक के जिन स्वर-वैशिष्ट्यों एवं लहजों का बोध करते हैं वे अन्य व्यक्ति के इन्हीं मूल्यनिर्णयों द्वारा बाधित हुए होते हैं, और जैसाकि हम जानते हैं, इसी मायने में अर्द्ध-प्रत्यक्ष कथन उस प्रतिस्थापित कथन से भिन्न है, जहाँ परिवेष्टकारी लेखकीय सन्दर्भ की तुलना में कोई भी नया स्वर-वैशिष्ट्य नहीं प्रकट होता।

अब आइये, हम रूसी भाषा के साहित्य से लिये गये कुछ उदाहरणों पर दृष्टिपात करें।

यहाँ एक बार फिर पुश्किन की कृति *पोल्तावा* से लिया गया एक अवतरण प्रस्तुत है, जो अर्द्ध-प्रत्यक्ष कथन के मामले में एक अत्यन्त अभिलाक्षणिक प्रकार का नमूना है :

> जार के सामने पश्चाताप का स्वांग भरते हुए माजेप्पा अपने विनीत स्वर को ऊँचा कर देता है। "*ईश्वर जानता है और सारी दुनिया देख सकती है, उस अभागे अधिकारी ने तहेदिल से जार की बीस वर्षों तक सेवा की है, असीम कृपा का पात्र रहा और आश्चर्यजनक ढंग से आगे बढ़ता रहा....। कितनी बेसमझी है, कितना मूर्खतापूर्ण विद्वेष है। क्या यह सोचा जा सकता है कि वह, जो मृत्यु की दहलीज पर खड़ा है, अपने आप को गद्दारी में पारंगत करेगा और अपनी ईमानदारी के नाम पर बट्टा लगायेगा? और क्या उसने गुस्से से भर कर स्तानिस्लाव की मदद करने से इंकार नहीं कर दिया था, क्या उसने यूक्रेन के ताज का तिरस्कार नहीं किया और जार को षडयंत्र का मसविदा और पत्र नहीं भेजा, जो कि उसका कर्तव्य था? क्या उसने खान और जारग्राद सुल्तान के लल्लो-चप्पो की अनसुनी नहीं कर दी थी? उसने तो जोशो-खरोश में, खुशी-खुशी अपने दिमाग और अपनी तलवार को श्वेत जार के शत्रुओं की तरफ मोड़ दिया था, इसने कोई भी कष्ट उठाने से जी नहीं चुराया और न ही अपनी जिन्दगी की परवाह की, और अब एक दुष्ट शत्रु ने इसके बूढ़े पके बालों को एकदम शर्मसार कर दिया। और वो भी कौन? इस्करा और कोशुबेई ने! जो इतने दिनों तक इसके दोस्त रहे...।*" और खून के आँसू लिये, बर्फ-सी सर्द गुस्ताखी के साथ, वह दुष्ट उनकी सजा की माँग करता है...। किसकी सजा? उस खूसट बूढ़े आदमी की! जिसकी बेटी इसके आगोश में है? लेकिन वह अपने दिल में उठती खलबली को ठण्डेपन से शान्त कर देता है। (तिरछे टाइप हमारे)

इस अवतरण में वाक्यविन्यास और शैली, एक तरफ माजेप्पा की विनयशीलता और आँसूभरी याचना के मूल्यांकनकारी लहजों से निर्धारित हैं, तो दूसरी तरफ यह "आँसूभरी याचना" लेखक के सन्दर्भ की मूल्यांकनकारी अभिमुखता का, उसके उन वर्णनात्मक स्वर-वैशिष्ट्यों का विषय है, जो, इस उदाहरण में, रोष के लहजों द्वारा सजीव कर दिये गये हैं, और यह रोष अन्ततोगत्वा इस वाग्मितापूर्ण प्रश्न में फूट पड़ता है : "किसकी सजा? इस खूसट बूढ़े आदमी की! जिसकी बेटी इसके आगोश में है?"

यह बिल्कुल सम्भव है कि इस अवतरण को जोर-जोर से पढ़ा जाये और इसके प्रत्येक शब्द के दोहरे लहजे को सम्प्रेषित किया जाये, अर्थात इसे पढ़ने के दौरान ही रोष में भरकर माजेप्पा की याचना के स्वाँग को उजागर कर दिया जाये। यह एक एकदम सरल उदाहरण है, जिसमें वाग्मितापूर्ण, कुछ-कुछ आदिम और प्रखरता से उकेरे गये लहजे मौजूद हैं। लेकिन, अधिकतर मामलों में, और खासतौर से ऐसे मामलों में जहाँ अर्द्ध-प्रत्यक्ष कथन एक व्यापक रूप से प्रचलित युक्ति बन चुका है—जैसे आधुनिक कथासाहित्य में—मूल्यांकनकारी हस्तक्षेप के स्वर द्वारा सम्प्रेषण असम्भव ही है। इसके अतिरिक्त, अर्द्ध-प्रत्यक्ष कथन जिस किस्म के विकास से होकर गुजरा है वह बड़ी गद्य-शैलियों की एक मौन प्रस्तुति, अर्थात *मौन पठन* के स्वरान्तरण से सम्बद्ध है। केवल गद्य के इस "मौनीकरण" से ही ऐसे लहजोंवाली संरचनाओं की बहुस्तरीयता और स्वरेतर जटिलता सम्भव हो सकी है जो आधुनिक साहित्य की इतनी अभिलाक्षणिक विशिष्टता बनी हुई है।

यहाँ पर दोस्तोयेव्स्की के उपन्यास *बौड़म* के निम्नलिखित अवतरण के रूप में इस किस्म की ऐसी दो वक्तृत्व-कार्रवाइयों के हस्तक्षेप का उदाहरण दिया जा रहा है, जो सस्वर पाठ के माध्यम से समुचित रूप से सम्प्रेषित नहीं की जा सकतीं :

> और क्यों वह (प्रिंस मिश्किन) उसके पास सीधे जाने से कतराते हुए दूसरी तरफ ऐसे मुड़ गया मानो उसने कुछ देखा ही नहीं, जबकि उनकी आँखें मिल चुकी थीं। (हाँ, उनकी आँखें मिल चुकी थीं! और उन्होंने एक-दूसरे को देखा भी था।) आखिरकार, अभी ज्यादा दिन नहीं हुए जब क्या वह खुद ही उसकी बाँह पकड़कर उसे अपने साथ वहाँ नहीं ले गया था? आखिरकार, क्या वह खुद कल उसके पास जाकर यह नहीं कहनेवाला था कि वह उससे मिलने आया था? आखिरकार, क्या खुद उसने ही वहाँ जाते हुए, बीच रास्ते में ही अपनी दुष्टात्मा को नहीं छोड़ दिया था, जब अचानक उसका हृदय खुशी से गद्गद हो गया था? या क्या सचमुच रोगोजिन में, अर्थात आज उस आदमी की समूची छवि में, उसके शब्दों के कुल योग में, कुछ न कुछ ऐसे हावभाव, व्यवहार, रूपरंग थे, जो प्रिंस मिश्किन की दुष्टात्मा के भयानक पूर्वाभासों और परोक्ष संकेतों को सही ठहरा रहे थे। इस तरह का कुछ था जो अपने आप को महसूस तो करा ही देता है परन्तु जिसे विश्लेषित करना और सम्बन्धित करना कठिन होता है, पर्याप्त कारणों के साथ इसे स्पष्टतः भाँप लेना कुछ असम्भव ही है। लेकिन तब भी यह समूची कठिनाई और असम्भवता के बावजूद एक पूर्णतः निश्चयात्मक और अप्रतिरोध्य छाप-प्रभाव तो छोड़ता ही है जो अनजाने ही सबसे पक्के विश्वास में परिवर्तित हो जाता है। कौन सा विश्वास? (ओह, प्रिंस किस कदर पीड़ित था उस विश्वास की विसंगति से, उसके "घटियापन" से, "उस नीचतापूर्ण छुपे पूर्वाभास" से, और किस कदर वह आत्मभर्त्सना कर रहा था!)।

अब हम *लेखक के सन्दर्भ द्वारा प्रदर्शित प्रतिवेदित वक्तृत्व की ध्वन्यात्मक मूर्तमानता* की बहुत ही महत्त्वपूर्ण और दिलचस्प समस्या पर विचार करने के लिए कुछ शब्द कहेंगे।

यहाँ पर मूल्यांकनकारी, अभिव्यक्तिशील लहजे की कठिनाई लेखक की मूल्यांकनकारी दृष्टि-सीमा का चरित्र की दृष्टि-सीमा में स्थानान्तरण और पुनः उसके प्रत्यावर्तन में निहित है।

किन मामलों में और किन सीमाओं तक एक लेखक अपने चरित्र की अभिनयात्मक प्रस्तुति कर सकता है? हम जिसे अभिनयात्मक प्रस्तुति का चरम समझते हैं वह सिर्फ अभिव्यक्तिशील लहजे का परिवर्तन ही नहीं है—क्योंकि परिवर्तन तो एक अकेले स्वर, एक अकेली चेतना के दायरे के भीतर भी सम्भव है—बल्कि यह तो उस स्वर का वैयक्तीकरण करनेवाली विशिष्टताओं के पूरे समुच्चय के रूप में स्वर का परिवर्तन अर्थात इसमें मुखमुद्रा की अभिव्यक्ति और अंगसंचालन का वैयक्तीकरण करनेवाले विशेषकों के पूरे समुच्चय के रूप में चेहरे ("मुखावरण") का परिवर्तन, और, अन्ततः भूमिका की पूरी अभिनयात्मक प्रस्तुति के दौरान इस स्वर और चेहरे की पूरी आत्म-संगति दोनों ही शामिल हैं। कुल मिलाकर, इस अपने में बन्द निजी दुनिया में, लेखक के लहजों की अब कोई भी मिलावट या झलक शेष नहीं रह जाती। दूसरे स्वर और चेहरे की आत्म-संगति के परिणामस्वरूप, लेखक के सन्दर्भ से प्रतिवेदित वक्तृत्व की ओर तथा प्रतिवेदित वक्तृत्व से लेखक के सन्दर्भ की ओर होनेवाले प्रत्यावर्तन में क्रमस्थापन की कोई सम्भावना नहीं रह जाती। तब प्रतिवेदित वक्तृत्व ऐसे ध्वनित होने लगती है मानो वह एक ऐसी नाट्य-प्रस्तुति में है जहाँ कोई आलिंगनकारी सन्दर्भ नहीं है और जहाँ चरित्रों की पंक्तियाँ, बिना किसी व्याकरणात्मक श्रेणीबद्धता के, दूसरे चरित्रों की पंक्तियों से टकराने लगती हैं। इस प्रकार प्रतिवेदित वक्तृत्व और लेखकीय सन्दर्भ के बीच का सम्बन्ध, चरम अभिनयात्मक प्रस्तुति के माध्यम से, एक ऐसा स्वरूप अख्तियार कर लेता है जो संवाद में बारी-बारी से आनेवाली पंक्तियों के बीच के सम्बन्ध से मिलता-जुलता है। इस तरह, लेखक अपने चरित्र के समकक्ष जा खड़ा होता है, और तब उनका सम्बन्ध संवाद का सम्बन्ध बन जाता है। इन सारी बातों से यही अर्थ निकलता है कि प्रतिवेदित वक्तृत्व की चरम अभिनयात्मक प्रस्तुति, जिसमें एक कथा कृति जोर-जोर से पढ़ी जाती है, केवल विरलतम मामलों में ही स्वीकार्य हो सकती है। अन्यथा, सन्दर्भ की बुनियादी सौन्दर्यात्मक अभिकल्पना के साथ ही एक अपरिहार्य टकराव उत्पन्न हो जायेगा। यह तो मानी हुई बात है कि इन अत्यन्त विरल मामलों में केवल प्रत्यक्ष कथन की निर्मिति के एकरेखीय और आमतौर पर चित्रात्मक संशोधित रूप ही शामिल हो सकते हैं। यदि लेखक की प्रत्युत्तरदायी टिप्पणियाँ प्रत्यक्ष कथन को प्रतिच्छेदित करने लगें या लेखक के मूल्यांकनकारी सन्दर्भ से एक अति सघन छाया उस पर पड़ने लगे, तो चरम अभिनयात्मक प्रस्तुति असम्भव हो जायेगी।

बहरहाल, एक दूसरी सम्भावना आंशिक अभिनयात्मक प्रस्तुति की भी हो सकती है (बिना रूपान्तरण के) जो लेखकीय सन्दर्भ और प्रतिवेदित वक्तृत्व के बीच लहजों के शनैः-शनैः संक्रमणों की गुंजाइश प्रदान कर सकती है और, कुछ मामलों में सुनिश्चित द्विमुखी संशोधित रूप सारे लहजों को एक ही स्वर में समंजित हो जाने की गुंजाइश प्रदान

कर सकते हैं। निश्चय ही, इस तरह की सम्भावना केवल उन्हीं मामलों में साकार हो सकती है जो हमारे द्वारा ऊपर बताये जा चुके उदाहरणों से मिलते-जुलते होते हैं। वाग्मितापूर्ण सवाल और हर्ष-विस्मयबोधक अभिव्यक्तियाँ प्रायः ही एक लहजे से दूसरे लहजे में परिवर्तित होते रहते हैं।

अब हमारे लिए केवल इतना ही करना शेष रह गया है कि हम अर्द्ध-प्रत्यक्ष कथन के अपने विश्लेषण को सारांशित करें और इसके साथ ही, अपने अध्ययन के इस तीसरे खण्ड का भी सार-संक्षेप प्रस्तुत करें। हम यह काम संक्षेप में करेंगे : कारण कि विषय का सार तो स्वयं उसकी विवेचना में आ ही गया है, अतः हम उसी की पुनःप्रस्तुति नहीं करेंगे।

हमने प्रतिवेदित वक्तृत्व के प्रमुख रूपों की जाँच-पड़ताल की है। इसमें हमारा सरोकार उनके अमूर्त व्याकरणात्मक वर्णनों से नहीं रहा है, इसके बजाय हमारी कोशिश यह रही है कि इन रूपों में इस बात के प्रामाणिक तथ्य ढूँढ़ें कि कैसे भाषा अपने विकास की इस या उस कालावधि में किसी दूसरे सम्बोधनकर्ता के शब्दों का और उसके व्यक्तित्व का बोध करती रही है। इस पूरी जाँच-पड़ताल के दौरान जो बात हमारे दिमाग में चलती रही है वह यह है कि भाषा में उद्‌गार और वक्तृत्वशील व्यक्तित्व के प्रत्यावर्तन शाब्दिक अन्तर्क्रिया के, शाब्दिक विचारधारात्मक सम्प्रेषण के सामाजिक प्रत्यावर्तनों को ही, अपनी सर्वाधिक जीवन्त प्रवृत्तियों में प्रतिबिम्बित करते हैं।

शब्द सर्वोत्कृष्ट विचारधारात्मक परिघटना के रूप में सतत सृजन और परिवर्तन की प्रक्रिया में अस्तित्वमान रहता है, इसकी संवेदनशीलता सभी विचलनों एवं बदलावों को प्रतिबिम्बित करती है। शब्द के प्रत्यावर्तनों में शब्द-प्रयोग करनेवाले व्यक्तियों के समाज के ही प्रत्यावर्तन होते हैं। लेकिन शब्द के द्वंद्वात्मक सृजन का अनुसन्धान भिन्न-भिन्न रास्तों से होकर किया जा सकता है। कोई चाहे तो *विचारों के प्रजनन* का, अर्थात सटीक अर्थ में विचारधारा के इतिहास का—*ज्ञान के इतिहास* का—अध्ययन सत्य के प्रजनन के इतिहास के रूप में कर सकता है (कारण कि सत्य केवल शाश्वत रूप से प्रजनित सत्य के रूप में ही शाश्वत हो सकता है), और चाहे तो वह कलात्मक सत्यनिष्ठा के रूप में *साहित्य के इतिहास* का अध्ययन कर सकता है। यह एक रास्ता है। एक दूसरा रास्ता जो पहले रास्ते से घनिष्ठ रूप से जुड़ा हुआ और उसके सहयोग में होता है, *विचारधारात्मक उपादान के रूप में, अस्तित्व के विचारधारात्मक प्रतिबिम्बन के माध्यम के रूप में स्वयं भाषा के सृजन* के अध्ययन का रास्ता हो सकता है, कारण कि मानव-चेतना में अस्तित्व के अपवर्तन का प्रतिबिम्बन केवल शब्द में और शब्द के माध्यम से ही होता है, निश्चय ही, भाषा में अपवर्तित सामाजिक अस्तित्व और सामाजिकार्थिक दशाओं की पूरी अनदेखी करके, भाषा के प्रजनन का अध्ययन नहीं किया जा सकता। इसी तरह, शब्द में सत्य के सृजन और उसकी कलात्मक सत्यनिष्ठा की, तथा उस सत्य और कलात्मक सत्यनिष्ठा के हेतु के तौर पर मानव-समाज की अनदेखी करके भी शब्द के सृजन का अध्ययन नहीं

किया जा सकता। इस प्रकार, ये दोनों रास्ते, आपस में निरन्तर अन्तर्क्रिया करते हुए ही, *शब्द के प्रजनन में प्रकृति और इतिहास के प्रजनन के प्रतिबिम्बन और अपवर्तन का अध्ययन करते हैं*।

लेकिन एक और भी रास्ता है : *स्वयं शब्द के भीतर शब्द के सामाजिक प्रजनन के प्रतिबिम्बन का रास्ता, जिसकी दो शाखायें हैं : शब्द के दर्शन का इतिहास और शब्द के भीतर शब्द का इतिहास।* हमारा अपना अध्ययन वस्तुतः *शब्द के भीतर शब्द के इतिहास* के ही अन्तर्गत है। हम अपने अध्ययन की कमियों से भलीभाँति परिचित हैं और केवल यही आशा कर सकते हैं कि शब्द के भीतर शब्द की प्रस्तुति की समस्या अत्यन्त महत्त्वपूर्ण मालूम पड़े। सत्य का इतिहास, कलात्मक सत्यनिष्ठा का इतिहास, और भाषा का इतिहास स्वय भाषा की निर्मितियों में अपनी बुनियादी परिघटना—*मूर्त उद्‌गार*—के अपवर्तनों से लाभान्वित हो सकता है।

और अब अर्द्ध-प्रत्यक्ष कथन एवं उसके द्वारा अभिव्यक्त होनेवाली सामाजिक प्रवृत्ति के बारे में निष्कर्ष के तौर पर कुछ।

अर्द्ध-प्रत्यक्ष कथन के आविर्भाव एवं विकास का अध्ययन निश्चित तौर पर प्रत्यक्ष कथन और अप्रत्यक्ष के दूसरे चित्रात्मक संशोधित रूपों के विकास के निकट साहचर्य में ही किया जाना चाहिये। तभी हम यह देख पाने में समर्थ हो सकते हैं कि अर्द्ध-प्रत्यक्ष कथन आधुनिक यूरोपीय भाषाओं के विकास के मुख्य मार्ग में स्थित है, कि यह उद्‌गार के सामाजिक प्रत्यावर्तनों में किसी अत्यन्त महत्त्वपूर्ण मोड़-बिन्दु को इंगित करता है। यह तय है कि प्रतिवेदित वक्तृत्व में चित्रात्मक शैली के आत्यन्तिक रूपों की विजय न तो मनोवैज्ञानिक कारकों के रूप में स्पष्ट की जा सकती है और न ही कलाकार के अपने निजी शैलीगत उद्देश्यों के रूप में, बल्कि उसे तो *विचारधारात्मक शाब्दिक-उद्‌गार के सामान्य, सुदूरवर्ती विषयीकरण* के रूप में ही स्पष्ट किया जा सकता है। लेकिन अब तो प्रत्यक्ष कथन व्यापक उद्‌भावनात्मक स्थिति का कोई अभिलेख नहीं रह गया है, अब तो सिर्फ आनुषंगिक, मनोगत दशा की अभिव्यक्ति के रूप में ही इसका एहसास होता है। अब तो उद्‌गार को प्ररूपित और वैयक्तीकृत करनेवाले कलेवर भाषाई चेतना में विभेदीकरण के इतने प्रचण्ड स्तर तक जा पहुँचे हैं कि उन्होंने उद्‌गार के उद्‌भावनात्मक केन्द्र को, उसमें सन्निविष्ट उत्तरदायी सामाजिक स्थिति को, पूरी तरह से आच्छादित कर, अन्योन्याश्रयी बना दिया है। अब उद्‌गार गम्भीर उद्‌भावनात्मक विचार-विमर्श का विषय वस्तुतः रह ही नहीं गया है। अब तो सुस्पष्ट शब्द, "स्वयं किसी के अपने मुँह से" निःसृत शब्द, यानी शब्दकोशीय शब्द सिर्फ वैज्ञानिक लेखनों में ही जीवित बचे हैं। शाब्दिक-विचारधारात्मक सृजनशीलता के बाकी सभी क्षेत्रों में "सुस्पष्ट" नहीं, बल्कि "आविष्कृत" शब्द ही हावी हैं। ऐसे मामलों में समस्त शाब्दिक गतिविधि "अन्य व्यक्ति के शब्दों" और "प्रतीयमानतः अन्य व्यक्तियों के शब्दों" को एक साथ जोड़ने में ही चल रही है। यहाँ तक कि मानविकी विज्ञानों में भी एक प्रवृत्ति विकसित हुई है, जिसके चलते किसी मुद्दे को लेकर किये गये

उत्तरदायित्वपूर्ण कथनों के स्थान पर, उस मुद्दे की समकालीन स्थिति का चित्रण कर दिया जाता है, जिसमें "वर्तमान काल में प्रचलित दृष्टिकोण" का लेखा-जोख और आगमनात्मक प्रस्तुतीकरण शामिल कर दिया जाता है, और कभी-कभी उसे ही सम्बन्धित मुद्दे के सर्वाधिक ठोस किस्म के "समाधान" के रूप में पेश कर दिया जाता है। यह पूरी प्रवृत्ति विचारधारात्मक विश्व की अस्थिरता और अनिश्चितता के खतरे को ही सूचित करती है। अब साहित्य, वाग्मिता, दर्शन, और मानवतावादी अध्ययनों में शाब्दिक अभिव्यक्ति "मतों" का, शुद्धतः मतों का ही क्षेत्र बन चुकी है, और यहाँ तक कि इसकी भी सर्वोपरि विशिष्टता यह नहीं रह गयी है कि उनमें क्या "मत व्यक्त किया गया" है, बल्कि यह कि उनमें *कैसे*—किस व्यक्तिगत या प्रातिनिधिक ढंग से—"मत व्यक्त करने की क्रिया" की गयी है। वर्तमान काल के बुर्जुआ यूरोप में और यहाँ सोवियत संघ में (हमारे मामले में बहुत हाल तक) शब्द के प्रत्यावर्तनों की यह अवस्था *शब्द के एक चीज में रूपान्तरण* की अवस्था के रूप में, *शब्द के विषयवस्तुगत मूल्य में गिरावट की अवस्था के रूप में अभिचित्रित* की जा सकती है। इस प्रक्रिया के सिद्धान्तकार ही, यहाँ और पश्चिमी यूरोप, दोनों जगह, काव्यशास्त्र, भाषा-विज्ञान और भाषा के दर्शन के रूपवादी आन्दोलन हैं। यहाँ यह चर्चा करने की कोई खास जरूरत नहीं है कि इस प्रक्रिया को स्पष्ट करनेवाले निहित सामाजिक कारक क्या हैं, और इसी तरह यहाँ पर लॉर्क के उस सुस्थापित दावे को भी फिर से दुहराने की कोई खास जरूरत नहीं है कि उसकी बदौलत ही (अर्थात सर्वहारा वर्ग द्वारा बुर्जुआ वर्ग के हाथों से शब्द की कमान अपने हाथ में ले लेने के द्वारा ही—अनु.) विचारधारात्मक शब्द को पुनर्जीवित किया जा सकता है—यानी उसे ऐसा बनाया जा सकता है कि वह अपनी विषयवस्तु के साथ अक्षुण्ण, रहे, अपने विश्वस्त और सुस्पष्ट सामाजिक निर्णय से ओतप्रोत रहे, और जो कुछ अभिव्यक्त करे उसका वास्तव में एक अर्थ हो, और साथ ही, वह अपनी अभिव्यक्ति के प्रति जिम्मेदार भी रहे।

●●●